毛宗岗批评本 三国演义 下

〔明〕罗贯中 著

〔清〕毛宗岗 批评

岳麓书社·长沙

诸葛亮安居平五路 （赵成伟 绘）

征南寇丞相大兴师 （赵成伟 绘）

烧藤甲七擒孟获（赵成伟 绘）

赵子龙力斩五将 （赵成伟 绘）

追汉军王双受诛（赵成伟 绘）

陨大星汉丞相归天 （赵成伟 绘）

文鸯单骑退雄兵 （赵成伟 绘）

曹髦驱车死南阙 （赵成伟 绘）

第八十一回　急兄仇张飞遇害
　　　　　　雪弟恨先主兴兵

雪弟恨先主興兵

翼德之不欲先伐魏，而请先伐吴者，非但知兄弟而不知君臣之义也。观其古城之役，误疑关公之降操，而欲拒关公，岂非君臣之义重，而兄弟之情轻乎？其伐吴之意，以为魏固汉贼，而吴之党魏，亦为汉贼。从来除残去暴者，必先翦其党。如殷将伐桀，而先伐韦伐顾伐昆吾；周将伐纣，而先伐崇伐密是也。盖不独为兄弟起见，而伐吴在所当先；即为君臣起见，而伐吴亦在所当先耳。

观于翼德之亡，而先主伐吴之计，愈不得不决矣。翼德之死，为关公而死也。为关公而死，则其与孙权杀之无异也。杀一弟之仇不可忍，杀两弟之仇，又何可忍乎？为一己之私恩而释曹操，人不以此病关公。则为三人之义而讨孙权，岂得以此訾先主！

有关兴而云长不死，有张苞而翼德复生。君子观于此二人，而独为先主之堂构惜也。使刘禅而有兴、苞之风，则邓艾不能越阴平，钟会不能逾剑阁。而"此间乐，不思蜀"之言，不至为晋武所笑矣。呜呼！天不祚汉，其谓之何哉！

李意之见先主，与紫虚上人、公明管子正是一流人物。而紫虚则有数言，李意止写一字，公明唯凭卦象。李意自写图画，极相类又极不相类，而皆为后文伏笔，令读者于数卷之后，追验前文，方知其文之一线穿却也。

陈震之请李意，当是孔明教之。先主决意伐吴，孔明争之不得，故特欲借青城山老叟以相阻耳。然张良能以商山四皓止储君之废，而孔明不能以青城老叟阻伐吴之师。谋之成不成，盖亦有幸有不幸焉。

先主一生见图画者三：初见孔明画图一幅，定三分之形；继见张松画图一幅，定八川之计；最后见李意画图一幅，为白帝托孤之兆。盖其一生俱是画中人也。

当关公显圣之后，便当接先主杀刘封，而中间忽有曹操患病、华佗被杀、曹丕袭爵、曹植赋诗一段文字以间之。及刘封既斩之后，便当接翼德被刺、先主伐吴，而中间又有献帝禅位、曹丕篡汉、成都闻变、孔明劝进一段文字以间之。其过枝接叶处，全不见其断续之痕，而两边夹叙，一笔不漏。如此叙事，真可直追迁史。

却说先主欲起兵东征，赵云谏曰："国贼乃曹操，非孙权也。今曹丕篡汉，神人共怒。陛下可早图关中，屯兵渭河上流，以讨凶逆，则关东义士，必裹粮策马以迎王师。若舍魏以伐吴，兵势一交，岂能骤解？愿陛下察之。"先主曰："孙权害了朕弟，又兼傅士仁、糜芳、潘璋、马忠皆有切齿之仇，啖其肉而灭其族，方雪朕恨！卿何阻耶？"云曰："汉贼之仇公也，兄弟之仇私也。愿以天下为重。"先主答曰："朕不为弟报仇，虽有万里江山，何足为贵？"遂不听赵云之谏，下令起兵伐吴；且发使往五溪，借番兵五万，共相策应；一面差使往阆中，迁张飞为车骑将军，领司隶校尉，封西乡侯兼阆中牧。使命赍诏而去。

却说张飞在阆中闻知关公被东吴所害，旦夕号泣，血湿衣襟。诸将以酒劝解，酒醉怒气愈加。帐上帐下但有犯者即鞭挞之，多有鞭死者。每日望南切齿睁目怒恨，放声痛哭不已。其声其泪，俱从血性中流出。忽报使至，慌忙接入，开读诏旨。飞受爵望北拜毕，设酒款待来使。飞曰："吾兄被害，仇深似海。庙堂之臣，何不早奏兴兵？"使者曰："多有劝先灭魏而后伐吴者。"飞怒曰："是何言也！昔我三人桃园结义，誓同生死；今不幸二兄半途而逝，吾安得独享富贵耶！独生且不愿，何况独受富贵。吾当面见天子，愿为前部先锋，挂孝伐吴，为后文制办白旗、白甲伏笔。生擒逆贼，祭告二兄，以践前盟！"言讫，就同使命望成都而来。

却说先主每日自下教场操演军马，克日兴师，御驾亲征。于是公卿都至丞相府中见孔明，曰："今天子初临大位，亲统军伍，非所以重社稷也。此不谏征吴，但谏亲征。丞相秉钧衡之职，何不规谏？"孔明曰："吾苦谏数次，只是不听。孔明之谏，在孔明口中补出。今日公等随我入教场谏去。"当下孔明引百官来奏先主曰："陛下初登宝位，若欲北讨汉贼以伸大义于天下，方可亲统六师；若只欲伐吴，命一上将统军伐之可也，何必亲劳圣驾？"言伐魏则当亲征，伐吴则不当亲征，主意又与众官不同。先主见孔明苦谏，心中稍回。忽报张飞到来，先主急召入。飞至演武厅拜伏于地，抱先主足而哭。以手足论之，先主缺其一足矣，故抱足而哭。先主亦哭。飞曰："陛下今日为君，早忘了桃园之誓！二兄之仇，如何不报？"先主曰："多官谏阻，未敢轻举。"飞曰："他人岂知昔日之盟？若陛下不去，臣舍此躯与二兄报仇！若不能报时，臣宁死不见陛下也！"只说自家要去，便是要先主去。先主曰："朕与卿同往。卿提本部兵自阆州而出，朕统精兵会于江州，共伐东吴，以雪此恨！"飞临行，先主嘱曰："朕素知卿酒后暴怒，鞭挞健儿，而复令在左右，此取祸之道也。今后务宜宽容，不可如前。"先为下文伏笔。○史称关公善待卒伍，骄于士大夫，张飞爱君子而不恤军人，故先主以此嘱之。飞拜辞而去。

次日，先主整兵要行。学士秦宓奏曰："陛下舍万乘之躯而徇小义，古人所不取也。愿陛下思之。"先主曰："云长与朕犹一体也。大义尚在，岂可忘耶？"宓伏地不起曰："陛下不从臣言，诚恐有失。"〔预为后文伏笔。〕先主大怒曰："朕欲兴兵，尔何出此不利之言！"叱武士推出斩之，〔非此一怒，则众官之谏不息。〕宓面不改色，回顾先主而笑曰："臣死无恨，但可惜新创之业又将颠覆耳！"众官皆为秦宓告免。先主曰："暂且囚下，待朕报仇回时发落。"孔明闻知，即上表救秦宓。其略曰：

臣亮等切以吴贼逞奸诡之计，致荆州有覆亡之祸；陨将星于斗牛，折天柱于楚地。此情哀痛，诚不可忘。但念迁汉鼎者，罪由曹操；移刘祚者，过非孙权。窃谓魏贼若除，则吴自宾服。愿陛下纳秦宓金石之言，以养士卒之力，别作良图，〔二句隐着伐魏，早为前后出师伏笔。〕则社稷幸甚！天下幸甚！

先主看毕，掷表于地曰："朕意已决，无得再谏！"〔先主以孔明为水，今伐吴之心，其急如火，水亦不能制火矣。〕遂命丞相诸葛亮保太子守两川；〔时法正既死，孔明又不同往，则后来之败势所必然。〕骠骑将军马超并弟马岱，助镇北将军魏延守汉中，以当魏兵；虎威将军赵云为后应，兼督粮草；〔因赵云曾谏，故不用为先锋。〕黄权、程畿为参谋；马良、陈震掌理文书；黄忠为前部先锋；冯习、张南为副将；傅彤、张翼为中军护尉；赵融、廖淳为合后。川将数百员，并五溪番将等，共兵七十五万，择定章武元年七月丙寅日出师。

却说张飞回到阆中，下令军中：限三日内制办白旗白甲，三军挂孝伐吴。〔关公之死，为江上有白衣；翼德之死，为军中需白甲。〕次日，帐下两员末将范疆、张达，入帐告曰："白旗白甲，一时无措，须宽限方可。"飞大怒曰："吾急欲报仇，恨不明日便到逆贼之境，（义气凛凛，是真兄弟，不是假兄弟。）汝安敢违我将令！"叱武士缚于树上，各鞭背五十。（前之鞭督邮是怒，继之鞭曹豹是醉，今之鞭范、张是痛。以痛而鞭，鞭必倍痛矣。）鞭毕，以手指之曰："来日俱要完备！若违了限，即杀汝二人示众！"打得二人满口出血，回到营中商议。范疆曰："今日受了刑责，着我等如何办得？其人性暴如火，倘来日不完，你我皆被杀矣！"张达曰："比如他杀我，不如我杀他。"（与糜芳、傅士仁一段商议，前后相对。）疆曰："怎奈不得近前。"达曰："我两个若不当死，则他醉于床上；若是当死，则他不醉。"（吕布以戒酒而为部将所害，张飞以饮酒而为部将所害，前后相反而相对。）二人商议停当。

却说张飞在帐中，神思皆乱，动止恍惚，（与关公梦猪咬足前后相对，一则以梦为醒时之兆，一则以醒为梦时之兆。）乃问部将曰："吾今心惊肉颤，坐卧不安，此何意也？"部将答曰："此是君侯思念关公，以致如此。"飞令人将酒来，与部将同饮，（本欲以酒节哀，谁知以酒致祸。）不觉大醉，卧于帐中。（凡人饮酒易醉，闷饮更是易醉。）范、张二贼探知消息，初更时各藏短刀密入帐中，诈言欲禀机密重事，直至床前。原来张飞每睡不合眼，当夜寝于帐中，二贼见他须竖目张，本不敢动手，（写得张飞声势。曹操见关公于匣中，虽死不死，范、张见翼德于帐中，虽睡不睡。）因闻鼻息如雷，方敢近前，以短刀刺入飞腹。飞大叫一声而亡，（读书至此，亦为之拍案大叫。）时年五十五岁。后人有诗叹曰：

安喜曾闻鞭督邮，黄巾扫尽佐炎刘。

虎牢关上声先震，长坂桥边水逆流。

义释严颜安蜀境，智欺张郃定中州。

伐吴未克身先死，秋草长遗阆地愁。

却说二贼当夜割了张飞首级，便引数十人连夜投东吴去了。次日，军中闻知，起兵追之不及。时有张飞部将吴班，向自荆州来见先主，先主用为牙门将，使佐张飞守阆中。^{吴班事补前文所未及。○"胡班"古本作"吴班"，今从之。}当下吴班先发表章奏知天子，然后令长子张苞具棺椁盛贮，令弟张绍守阆中，苞自来报先主。时先主已择期出师，大小官员皆随孔明送十里方回。孔明回至成都，怏怏不乐，顾谓众官曰："法孝直若在，必能制主上东行也。"^{孔明劝取西川，昭烈不听；法正劝之而即听，然则法正必有所以制之之法也。}

却说先主是夜心惊肉颤，寝卧不安。出帐仰观天文，见西北一星，其大如斗，忽然坠地。^{关公之死，先主感梦；翼德之死，先主见星：前后相对。}先主大疑，连夜令人求问孔明。孔明回奏曰："合损一上将。三日之内，必有惊报。"先主因此按兵不动。忽侍臣奏曰："阆中张车骑部将吴班，差人赍表至。"先主顿足曰："噫！三弟休矣！"^{结义之始，先遇翼德，次遇关公。临终之时，先丧关公，次丧翼德，参差不同。}及至览表，果报张飞凶信。先主放声大哭，昏绝于地。众官救醒。次日，人报一队军马骤风而至。先主出营观之。良久，见一员小将，白袍银铠，滚鞍下马，伏地而哭，乃张苞也。^{张飞挂孝，是一重孝；张苞挂孝，是两重孝。}苞曰："范疆、张达杀了臣父，将首级投吴去了！"先主哀痛至甚，饮食不进。群臣苦谏曰："陛下方欲为二弟报仇，何可先自摧残龙体？"先主方才进膳，遂谓张苞曰："卿与吴班，敢引本部军作先锋，为卿父报仇否？"苞曰："为国为父，万死不辞！"^{不但为父，又为伯父。}先主正欲遣苞起兵，又报一彪军风拥而至。先主令侍臣探之。须臾，侍臣引一小将军，白袍银铠，入营伏地而哭。先主视之，乃关兴也。^{此是制中期服，与张苞亦是两重孝。}先主见了关兴，想起关公，又放声大哭。众官苦劝。先主曰："朕想布衣时与关、张结义，誓同生死；今朕为天子，正欲与二弟共享富贵，不幸俱死于非命！见此二侄，能不断肠！"张飞曾见先主为天子，关公尚不曾见先主为天子。一则乍见而死，一则未见而死，俱为可痛。言讫又哭。

众官曰："二小将军且退。容圣上将息龙体。"侍臣奏曰："陛下年过六旬，不宜过于哀痛。"先主曰："二弟俱亡，朕安忍独生！"言讫，以头顿地而哭。先主从来善哭，何况此时哭上加哭，宜其哭个不住。多官商议曰："今天子如此烦恼，将何解劝？"马良曰："主上亲统大兵伐吴，终日号泣，于军不利。"陈震曰："吾闻成都青城山之西有一隐者，姓李名意。世人传说此老已三百馀岁，能知人之生死吉凶，乃当世之神仙也。百忙中忽叙出一个仙人，与魏之左慈、吴之于吉，遥相映射。何不奏知天子，召此老来，问他吉凶，胜如吾等之言。"遂入奏先主。先主从之，即遣陈震赍诏，往青城山宣召。

震星夜到了青城，令乡人引入山谷深处，遥望仙庄，清云隐隐，端气非凡。与卧龙岗仿佛相似。忽见一小童来迎曰："来者莫非陈孝起乎？"与水镜童子仿佛相似。震大惊曰："仙童如何知我姓字？"童子曰："吾师昨夜有言：'今日必有皇帝诏命至，使者必是陈孝起。'"震曰："真神仙也！人言信不诬矣！"遂与小童同入仙庄，拜见李意，宣天子诏命。李意推老不行。震曰："天子急欲见仙翁一面，幸勿吝鹤驾。"再三敦请，李意方行。与隆中三请仿佛相似。既至御营，入见先主。先主见李意鹤发童颜，碧眼方瞳，灼灼有光，身如古柏之状。李意形状在先主眼中写出，写李意三百岁人，另是一样光景。知是异人，优礼相待。李意曰："老夫乃荒山村叟，无学无识。辱陛下宣召，不知有何见谕？"先主曰："朕与关、张二弟结生死之交，三十馀年矣。今二弟被害，亲统大军报仇，未知休咎如何。久闻仙翁通晓玄机，望乞赐教。"〔何不于关公未死之前问之！〕李意曰："此乃天数，非老夫所知也。"先主再三求问，意乃索纸笔画兵马器械四十馀张，画毕便一一扯碎。〔此应后文连营四十皆被烧毁也。〕又画一大人仰卧于地上，傍边一人掘土埋之，上写一大"白"字，〔此应后文白帝托孤之兆。〕遂稽首而去。先主不悦，谓群臣曰："此狂叟也！不足为信。"即以火焚之，〔为后文火焚之兆。〕便催军前进。

张苞入奏曰："吴班军马已至。小臣乞为先锋。"先主壮其志，即取先锋印赐张苞。苞方欲挂印，又一少年将奋然出曰："留下印与我！"视之，乃关兴也。〔二人争印，与许褚、徐晃争袍，遥相映射。〕苞曰："我已奉诏矣。"兴曰："汝有何能，敢当此任？"苞曰："我自幼学习武艺，箭无虚发。"先主曰："朕正要观贤侄武艺，以定优劣。"苞令军士于百步之外，立一面旗，旗上画一红心。〔旗上画红心是权时从吉。〕苞拈弓取箭，连射三箭，皆中红心。〔写张苞。〕众皆称善。〔傍写众人。〕关兴挽弓在手曰："射中红心何足为奇？"正言间，忽值头上一行雁过，兴指曰："吾射这飞雁第三只。"一箭射去，那只雁应弦而落。〔写关兴。〕〔雁行可比兄弟，不独失却第三，先失却第二矣。〕文武官僚，齐声喝采。〔又写众人。〕苞大怒，飞身上马，手挺父所使丈八点钢矛，大叫曰："你敢与我比试武艺否？"兴亦上马，绰家传大砍刀纵马而出曰："偏你能使矛！吾岂不能使刀！"〔曹操铜雀台前是一红一绿相争，此处却是两白相争，又自不同。〕

二将方欲交锋，先主喝曰："二子休得无礼！"兴、苞二人慌忙下马，各弃兵器，拜伏请罪。〔作者欲写二小将英雄，故借争印稍加点染，今既显过，本是便当如此收科。〕先主曰："朕自涿郡与卿等之父结异姓之交，亲如骨肉。今汝二人亦是昆仲之分，正当同心协力共报父仇，奈何自相争竞，失其大义！父丧未远而犹如此，况日后乎？"〔近日之丧中计利、兄弟相争者，当愧死矣。〕二人再拜伏罪。先主问曰："卿二人谁年长？"苞曰："臣长关兴一岁。"先主即命兴拜苞为兄。二人就帐前折箭为誓，永相救护。桃园之后，又是一番小结义。先主下诏使吴班为先锋，令张苞、关兴护驾，水陆并进，船骑双行，浩浩荡荡，杀奔吴国来。以上按下先主，以下再叙东吴。

却说范疆、张达将张飞首级投献吴侯，细告前事。孙权听罢，收了二人，乃谓百官曰："今刘玄德即了帝位，统精兵七十馀万，御驾亲征，其势甚急，如之奈何？"百官尽皆失色，面面相觑。南人无用，为之一笑。诸葛瑾出曰："某食君侯之禄久矣，无可报效，愿舍残生去见蜀主，以利害说之，使两国相和，共讨曹丕之罪。"诸葛瑾所见，到底与鲁肃相似。权大喜，即遣诸葛瑾为使，来说先主罢兵。正是：

两国相争通使命，一言解难赖行人。

未知诸葛瑾此去如何，且看下文分解。

第八十二回　　孫權降魏受九錫　　先主征吳賞六軍

先主征吳賞六軍

魏王受九锡，吴侯亦受九锡。君子于魏之受，讥曹操之不臣；于吴之受，笑孙权之不君。何也？"宁为鸡口，无为牛后。"韩侯之所以自奋也。江东之地，岂其小于韩邦哉？且降魏而有益于吴，则亦已耳；无益于吴而徒受屈膝之耻，良足叹矣。

操之九锡，操自加之者也；权之九锡，非孙权自加之，而待魏加之者也。自加之与待人加，则有间矣。操之九锡，天子所不敢不与者也；权之九锡，魏欲加之而权所不敢不受者也。人所不敢不与，与己所不敢不受，则又有间矣。且受汉之九锡，则足荣；受魏之九锡，则足耻。为篡汉而受汉之九锡，则为强；降魏而受魏之九锡，则为弱。吾甚为孙权惜之。

孙权前后如二人。前之拔剑砍案，何其壮也！后之俯首称臣，何其愈也！所以然者，失在争荆州而开隙于刘耳。其始也，结刘为援，则以周郎五万人，足以西向而遏曹操百万之师；其既也以刘为仇，则以江东八十一州，乃至北面而受曹丕孺子之命。君子于此，叹与国之不可绝，而辅车相依之势为不可离云。

赵咨之对曹丕，有二语为最妙：其以"获于禁而不害为仁"，所以暴彼之短；其以"屈于陛下为略"，所以抑彼之骄。夫七军覆，庞德死，非魏之见辱于关公者乎？使非东吴，则于禁不得生还矣。是言蜀之凌魏，而吴之大有造于魏也。至于稽首称臣，不曰是诚服，不曰是有礼，不曰是识时务，而乃曰略者，明言降魏非其本心，不过一时权宜之计，而吴终不为魏下也。词令之妙，至于如此，真不愧行人之选哉！

为国者之学，不比书生寻章摘句，旨哉斯言乎？石勒未尝识字，闻郦生劝立六国后，以为此法失当，及闻张良止之，乃曰：

"赖有此耳。"是其能读《汉书》者也。宋理宗好探究理学，而史弥远以小人见用，真德秀、魏了翁以君子见斥，则虽终日读性理，却是不曾读得。

孙策不疑太史慈，孙权不疑诸葛瑾，其事同乎？曰：不同。策当兵势方盛之时，其信慈为易；权当国势可忧之日，其信瑾为难也。庞德不以兄之在蜀而背魏，诸葛瑾不以弟之在蜀而背吴，其事同乎？曰：不同。德事马超而不终，则德之义为非义；瑾事孙权而无贰，则瑾之忠乃真忠也。且瑾在昔日，以瑾之不往，信亮之不留；权在今日，即以其信亮之不留者，信瑾之不往。君臣之相信，殆于兄弟之相信决之耳。

还我汶阳，归我叛人，此鲁之所以与齐盟也。而还荆州不许，还降将不许，则先主之于吴，毋乃已甚乎？晋君朝以入，则婢子夕以死；夕以入，则朝以死。此秦之所以归晋侯也。而送还孙夫人亦不许，则先主之于吴，又毋乃太甚乎？然此仇自此而遂解，兵自此而遂回，则不成其为刘玄德矣。今人称结义必称桃园，玄德之为玄德，索性做兄弟朋友中立极之一人，可以愧后世之朋友寒盟、兄弟解体者。

却说章武元年秋八月，先主起大军至夔关，驾屯白帝城；^{"白帝城"三字先于此处一逗。}前队军马已至川口。近臣奏曰："吴使诸葛瑾至。"先主传旨教休放入。黄权奏曰："瑾弟在蜀为相，必有事而来。陛下何故绝之？当召入，看他言语。可从则从；如不可，则就借彼口说与孙权，令知问罪有名也。"先主从之，召瑾入城。瑾拜伏于地。^{不似前番待鲁肃之礼。}先主问曰："子瑜远来，有何事故？"瑾曰："臣弟久事陛下，臣故不避斧钺，特来奏荆州之事。_{先将孔明说起，要他看军师之面，纳其所言。}前者关公在荆州时，吴侯数次求亲，关公不允。_{此二句隐然责备关公，反推在关公身上。}后关公取襄阳，曹操屡次致书吴侯，使袭荆州。_{又推在曹操身上。}吴侯本不肯许，因吕蒙与关公不睦，故擅自兴兵，误成大事，今吴侯悔之不及。此乃吕蒙之罪，非吴侯之过也。_{又推在吕蒙身上。}今吕蒙已死，冤仇已息。孙夫人一向思归，_{关公死矣，曹操死矣，吕蒙死矣，俱在三个死人身上，却请出一个活夫人来。又要他看夫人之面，纳其所言。}今吴侯令臣为使，愿送归夫人，缚还降将，并将荆州仍旧交还，_{又恐一夫人不足以动之，又说还荆州、还降将以陪之。降将本是汉将，}_{曰"还"是矣；若荆州，向以为东吴所当有，而借与玄德者也，今亦曰"还"，则荆州亦本是汉地，不曾借矣。}永结盟好，共灭曹丕，以正篡逆之罪。"_{末句归重伐魏。前是动之以情，此则动之以义。}先主怒曰："汝东吴害了朕弟，今日敢以巧言来说乎！"瑾曰："臣请以轻重大小之事，与陛下论之。陛下乃汉朝皇叔，今汉帝已被曹丕篡夺，不思剿除，却为异姓之亲而屈万乘之尊，是舍大义而就小义也。_{先论义之大小。}中原乃海内之地，两都皆大汉创业之方，陛下不取，而但争荆州，是弃重而取轻也。_{次论利之轻重。}天下皆知陛下即位，必兴汉室，恢复山河；今陛下置魏不问，反欲伐吴，窃为陛下不取。"_{前还在两家情分上说，此又单就先主上说。前所言是私，后所言是公。}先主大怒曰："杀吾弟之仇，不共戴天！欲朕罢兵，除死方休！_{早为后文谶兆。}不看丞相之面，先斩汝首！今且放汝回去，说与孙权，洗颈就戮！"诸葛瑾见先主不听，只得自回江南。

却说张昭见孙权曰："诸葛子瑜知蜀兵势大，故假以讲和为辞，欲背吴入蜀。此去必不回矣。"_{有此一段议论，愈衬孙权知人之明。}权曰："孤与子瑜有生死不易之盟，孤不负子瑜，子瑜亦不负孤。昔子瑜在柴桑时，孔明来吴，孤欲使子瑜留之。子瑜曰：'弟已事玄德，义无二心；弟之不留，犹瑾之不往。'^{补四十四卷}^{中所未及。}其言足贯神明。今日岂肯降蜀乎？孤与子瑜可谓神交，非外言所得间也。"^{朋友不相}^{信，而君}^{臣之相信如此，为}^{朋友者可以愧矣。}正言间，忽报诸葛瑾回。权曰："孤言若何？"张昭面羞惭而退。^{真正可}^{羞。}瑾见孙权，言先主不肯通和之意。权大惊曰："若如此，则江南危矣！"阶下一人进曰："某有一计，可解此危。"视之，乃中大夫赵咨也。权曰："德度有何良策？"咨曰："主公可作一表，某愿为使，往见魏帝曹丕，陈说利害，使袭汉中，则蜀兵自危矣。"^{先主不肯与吴共伐曹}^{丕，其势必至于此。}权曰："此计虽善，但卿此去，休失了东吴气象。"咨曰："若有些小差失，即投江而死，安有面目见江南人物乎！"

权大喜，即写表称臣，^{恐孙权此时亦难}^{见江南人物。}令赵咨为使，星夜到了许都，先见太尉贾诩等并大小官僚。次日早朝，贾诩出班奏曰："东吴遣中大夫赵咨上表。"曹丕叹曰："此欲退蜀兵故也。"^{有急来求，}^{早已猜着。}即令召入。咨拜伏于丹墀。丕览表毕，遂问咨曰："吴侯乃何如主也？"咨曰："聪明、仁智、雄略之主也。"^{自夸其}^{君。}丕笑曰："卿褒奖毋乃太甚？"咨曰："臣非过誉也。吴侯纳鲁肃于凡品，是其聪也；拔吕蒙于行阵，是其明也；^{带言鲁肃、吕蒙。自夸}^{其君，又自夸其臣。}获于禁而不害，是其仁也；^{是以己之长形彼之短。为人所获，}^{难乎为臣，臣为人获，难乎为君！}取荆州兵不血刃，是其智也；据三江虎视天下，是其雄也；屈身于陛下，是其略也。^{略者，权谋之谓也，即将}^{现前事解"略"字甚妙。}以此论之，岂不为聪明、仁智、雄略之主乎？"丕又问曰："吴主颇知学乎？"咨曰："吴主浮江万艘，带甲百万，任贤使能，志存经略；少有馀闲，博览书传，历观史籍，采其大旨，不效书生寻章摘句而已。"^{帝王之学，与书生不}^{同。若寻章摘句，即伯}丕曰："朕欲伐吴，可乎？"咨曰："大国有征伐之兵，小^{主亦不}^{为也。}

国有御备之策。"_{不失东吴气象。}丕曰："吴畏魏乎？"咨曰："带甲百万，江汉为池，何畏之有？"_{不失东吴气象。}丕曰："东吴如大夫者几人？"咨曰："聪明特达者八九十人；如臣之辈，车载斗量，不可胜数。"_{前表鲁肃、吕蒙，是借华夸臣，此却单就臣说。}丕叹曰："'使于四方，不辱君命'，卿可以当之矣。"于是即除诏命，太常卿邢贞赍册封孙权为吴王，加九锡。_{与前曹操加九锡相反而相对。}赵咨谢恩出城。

大夫刘晔谏曰："今孙权惧蜀兵之势，故来请降。以臣愚见，蜀、吴交兵，乃天亡之也。今若遣上将提数万之兵渡江袭之，蜀攻其外，魏攻其内，吴国之亡，不出旬日。吴亡则蜀孤矣。陛下何不早图之？"_{刘晔劝灭吴，非所以助蜀，正所以图蜀，可见二国之不宜相恶也。}丕曰："孙权既以礼服朕，朕若攻之，是沮天下欲降者之心，不若纳之为是。"刘晔又曰："孙权虽有雄才，乃残汉骠骑将军、南昌侯之职。官轻则势微，尚有畏中原之心；若加以王位，则去陛下一阶耳。今陛下信其诈降，崇其位号，以封殖之，是与虎添翼也。"_{此则书生之见耳。魏即不封吴，吴岂不能自王哉？魏之帝可僭，吴之王何不可僭？}丕曰："不然。朕不助吴，亦不助蜀。待看吴、蜀交兵，若灭一国，止存一国，那时除之，有何难哉？"_{刘晔是踏沉船，曹丕是看冷铺。}朕意已决，卿勿复言。"遂命太常卿邢贞同赵咨捧执册锡，径至东吴。

却说孙权聚集百官，商议御蜀兵之策。忽报："魏帝封主公为王，礼当远接。"顾雍谏曰："主公宜自称上将军、九州伯之位，不当受魏帝封爵。"_{盖以自称则虽伯犹荣，受封则虽王亦辱耳。}权曰："当日沛公受项羽之封，盖因时也；何故却之？"_{亦解嘲语。}遂率百官出城迎接。_{孙权出丑。}邢贞自恃上国天使，入门不下车。张昭大怒，厉声曰："礼无不敬，法无不肃，而君敢自尊大，岂以江南无方寸之刃耶？"

与秦宓之叱简雍仿佛相似。○子布此时颇有胆气。邢贞慌忙下车，与孙权相见，^{赵咨足以服魏君，}^{张昭足以服魏臣。}并车入城。忽车后一人放声哭曰："吾等不能奋身舍命，为主并魏吞蜀，乃令主公受人封爵，不亦辱乎！"众视之，乃徐盛也。^{赵咨之后有张昭，不谓}^{张昭之后又有徐盛。}邢贞闻之，叹曰："江东将相如此，终非久在人下者也！"

却说孙权受了封爵，众文武官僚拜贺已毕，命收拾美玉明珠等物，遣人赍进谢恩。^{孙权丑}^{极。}早有细作报说："蜀主引本国大兵，及蛮国沙摩柯番兵数万，又有洞溪汉将杜路、刘宁二枝兵，水陆并进，声势震天。水路军已出巫口，旱路军已到秭归。"时孙权虽登王位，奈魏王不肯接应，^{王位九锡，岂足以弹}^{压蜀兵乎？一笑。}乃问文武曰："蜀兵势大，当复如何？"众皆默然。权叹曰："周郎之后有鲁肃，鲁肃之后有吕蒙；今吕蒙已亡，无人与孤分忧也！"^{此是激将}^{之语。}言未毕，忽班部中一少年将奋然而出，伏地奏曰："臣虽年幼，颇习兵书。愿乞数万之兵，以破蜀兵。"权视之，乃孙桓也。桓字叔武，其父名河，本姓俞氏，^{与刘封本姓寇}^{正复相似。}孙策爱之，赐姓孙，因此亦系吴王宗族。河生四子，桓居其长，弓马熟娴，常从吴王征讨，累立奇功，授武卫都尉，时年二十五岁。^{百忙中补叙}^{孙桓来历。}权曰："汝有何策胜之？"桓曰："臣有大将二员，一名李异，一名谢旌，俱有万夫不当之勇。乞数万之众，往擒刘备。"^{不过恃二勇夫，}^{便不是良策。}权曰："侄虽英勇，争奈年幼，必得一人相助方可。"虎威将军朱然出曰："臣愿与小将军同擒刘备。"权许之，遂点水陆军五万，封孙桓为左都督，朱然为右都督，^{与前遣周瑜、程普为}^{左右，遥相对照。}即日起兵。哨马探得蜀兵已至宜都下寨，孙桓引二万五千马军，屯于宜都界口，前后分作三营，以拒蜀兵。

　　却说蜀将吴班领先锋之印，自出川以来，所到之处，望风而降，兵不血刃，直到宜都；探知孙桓在彼下寨，飞奏先主。时先主已到秭归，闻奏怒曰："量此小儿，安敢与朕抗耶！"少年有可轻、有不可轻，此处以少年轻孙桓则可，后文以少年轻陆逊则不可。关兴奏曰："既孙权令此子为将，不劳陛下遣大将，臣愿往擒之。"以少年故少年。先主曰："朕正欲观汝壮气。"即命关兴前往。兴拜辞欲行，张苞出曰："既关兴前去讨贼，臣愿同行。"以两少年故一少年。先主曰："二侄同去甚妙，但须谨慎，不可造次。"

　　二人拜辞先主，会合先锋，一同进兵，列成阵势。孙桓听知蜀兵大至，合寨多起。两阵对圆，孙桓领李异、谢旌立马于门旗之下，见蜀营中拥出二员大将，皆银盔银铠，白马白旗；上首张苞挺丈八点钢矛，下首关兴横着大砍刀。再就吴将眼中写出二小将声势。苞大骂曰："孙桓竖子！死在临时，尚敢抗拒天兵乎！"桓亦骂曰："汝父已作无头之鬼；今汝又来讨死，好生不智！"张苞大怒，挺枪直取孙桓。此处独写张苞出头，未写关兴。桓背后谢旌骤马来迎。两将战有三十馀合，旌败走，苞乘胜赶来。李异见谢旌败了，慌忙拍马轮蘸金斧接战。张苞与战二十馀合，不分胜负。写张苞连战二将，又未写关兴。吴军中裨将谭雄见张苞英勇，李异不能胜，却放一冷箭，正射中张苞所骑之马。那马负痛奔回本阵，未到门旗边，扑地便倒，将张苞掀在地上。李异急向前轮起大斧，望张苞脑袋便砍。故作惊人之笔。忽一道红光闪处，李异头早落地。读至此，疑有神助。及阅下文，方知是人不是鬼。原来关兴见张苞马回，正待接应，忽见张苞马倒，李异赶来，兴大喝一声，劈李异于马下，此处关兴突然而出，却先见斩将，后见其人，笔法甚奇。救了张苞，乘势掩杀。孙桓大败。各自鸣金收军。

次日，孙桓又引军来。张苞、关兴齐出。关兴立马于阵前，单搠孙桓交锋。^{此写关兴}桓大怒，拍马挥刀与关兴战三十馀合，气力不加，大败回阵。二小将追杀入营，吴班引着张南、冯习掩杀。张苞奋勇当先杀入吴军，正遇谢旌，被苞一矛刺死。^{此写孙苞}吴军四散奔走。蜀将得胜收兵，只不见了关兴。^{忽然突出，又忽然不见，写得关兴奇妙。}张苞大惊曰："安国有失，吾不独生！"言讫，绰枪上马。寻不数里，只见关兴左手提刀，右手活挟一将。^{此又写关兴。}苞问曰："此是何人？"兴笑答曰："吾在乱军中，正遇仇人，故生擒来。"苞视之，乃昨日放冷箭的谭雄也。苞大喜，同回本营，斩首沥血，祭了死马。^{做了豪杰的马，即死也不漫然。}遂写表差人赴先主处报捷。

孙桓折了李异、谢旌、谭雄等许多将士，力穷势孤，不能抵敌，即差人回吴求救。蜀将张南、冯习谓吴班曰："目今吴兵势败，正好乘虚劫寨。"班曰："孙桓虽然折了许多将士，朱然水军见今结营江上，未曾损折。^{朱然一军不见厮杀，吴班口中补叙出来。}今日若去劫寨，倘水军上岸断我归路，如之奈何？"南曰："此事至易。可教关、张二将军各引五千军伏于山谷中，如朱然来救，左右两军齐出夹攻，必然取胜。"^{南亦能军。}班曰："不如先使小卒诈作降兵，却将劫寨事告与朱然；然见火起必来救应，却令伏兵击之，则大事济矣。"^{前写过兴、苞，此又写吴班三将。}冯习等大喜，遂依计而行。

却说朱然听知孙桓损兵折将，正欲来救，忽伏路军引几个小卒上船投降。然问之，小卒曰："我等是冯习帐下士卒，因赏伐不明，特来投降，就报机密。"然曰："所报何事？"小卒曰："今晚冯习乘虚要劫孙将军营寨，约定举火为号。"朱然听毕，即使人报知孙桓。报事人行至半途，被关兴杀了。^{假报了朱然，真报偏不许报孙桓。}

朱然一面商议，欲引兵去救应孙桓。部将崔禹曰："小卒之言，未可深信。倘有疏虞，水陆二军尽皆休矣。将军只宜稳守水寨，某愿替将军一行。^{是朱然替死鬼。}"然从之，遂令崔禹引一万军前去。是夜，冯习、张南、吴班分兵三路，直杀入孙桓寨中，四面火起，吴兵大乱，寻路奔走。

且说崔禹正行之间，忽见火起，急催兵前进。刚才转过山来，忽山谷中鼓声大震，左边关兴，右边张苞，两路夹攻。崔禹大惊，方欲奔走，正遇张苞，交马只一合，被苞生擒而回。^{关兴杀一人、擒一人，张苞亦杀一人、擒一人，二人功勋正是相对。○关兴擒谭雄用虚写，张苞擒崔禹用实写，又自不同，甚妙。}朱然听知危急，将船往下水退五六十里去了。^{此写吴兵水路。}孙桓引败军逃走，问部将曰："前去何处城坚粮广？"部将曰："此去正北彝陵城，可以屯兵。"桓引败军急望彝陵而走。^{此写吴兵陆路。}方进得城，吴班等追至，将城四面围定。关兴、张苞等解崔禹到秭归来。先主大喜，就将崔禹斩却，大赏三军。自此威风震动，江南诸将无不胆寒。

却说孙桓令人求救于吴王，吴王大惊，即召文武商议曰："今孙桓受困于彝陵，朱然大败于江中，蜀兵势大，如之奈何？"张昭奏曰："今诸将虽多物故，然尚有十馀人，何虑于刘备？可命韩当为正将，周泰为副将，潘璋为先锋，凌统为合后，甘宁为救应，起兵十万拒之。"权依所奏，即命诸将速行。此时甘宁已患痢疾，带病从征。^{为后文死于江边伏线。}

却说先主从巫峡建平起，直接彝陵界分，七十馀里连结四十馀寨，见关兴、张苞屡立大功，叹曰："昔日从朕诸将皆老迈无用矣，复有二侄如此英雄，朕何虑孙权乎！"^{重少轻老，则失之黄忠；重老轻少，则失之陆逊。}正言间，忽报当、泰领兵来到。先主方欲遣将迎敌，近臣奏曰："老将黄忠引五六人投东吴去了。"先主笑曰："黄汉升非反叛之人也。因朕失口误言老者无用，彼必不服老，故奋力去相持矣。"先主之信汉升，与孙权之信子瑜，前后恰好相对。即召关兴、张苞曰："黄汉升此去必然有失。贤侄休辞劳苦，可去相助。略有微功，便可令回，勿使有失。"二小将拜辞先主，引本部军来助黄忠。正是：

老臣素矢忠君志，年少能成报国功。

未知黄忠此去如何，且看下文分解。

第八十三回　战猇亭先主得仇人　守江口书生拜大将

守江口書生拜大將

关公显圣，不一而足。前文既追吕蒙，此卷又擒潘璋，或疑为演义妆点，未必其事之果然，而不知无庸疑也。即公之不没于今日，可以信其不没于当年。以为有关公，何处是关公，以为无关公，何处非关公？岂必拜像瞻图，见赤面长髯者，而后谓之关公哉？是气所磅礴凛烈万古存，殆无日不有一关公在天地，无日不有一关公在人心耳。

潘璋之死，妙在关公显圣；糜芳、傅士仁、马忠之死，又妙在不必关公显圣。若必待关公显圣而后获之，则不胜其显圣矣。且孙权、陆逊亦当显圣以杀之，连营七百里之失，亦当显圣以告之，而全蜀之师可不动，先主之兵可不败，鱼腹之八阵图可不设矣。《三国志》本以纪人事，岂尽如《西游记》仗孙行者之神通，赖南海观音之相救乎？虽然，糜芳之欲降，马忠之被刺，关公之灵，实式凭焉，则亦谓之关公显圣可也。不宁唯是，即孙权之缚送范疆、张达，安知非翼德之灵实使其然？则亦谓之翼德显圣可也。

观先主之伐孙权，而知其必不赦糜芳也。不以孙夫人之尚在而宽孙权，岂肯以糜夫人之既死而赦糜芳乎？又观先主之杀糜芳，而知其必不释东吴也。不以殉难而亡之糜夫人而赦其弟，岂肯以不告而归之孙夫人而恕其兄乎？凡人妻子之情，每足夺其兄弟之情；而爱兄弟之情，每不如其爱妻子之情，观于先主亦可以风矣。

书生而有大将之才，不得以书生目之。亦唯书生而有大将之才，则正以其书生而取之。郄縠悦礼乐而敦诗书，晋之名将，一书生也；张巡读书过目不忘，唐之名将，一书生也；岳飞雅歌投壶，孟珙扫地焚香，宋之名将，一书生也。每怪今人以书生相诟訾，见其人之文而无用者，辄笑之为书生气，试观陆逊之为书生，奈何轻量书生哉？

从来未有不忍辱而能负重者。韩信非为胯下之夫，则不能成兴汉之烈；张良非进圮桥之履，则不能成报韩之功。又未有不能负重而能忍辱者。子胥唯怀破楚之略，故能乞食于丹阳；范蠡唯怀沼吴之谋，故甘受屈于石室。古今大有为之人，一生力量，只在负重二字；一生学问，只在忍辱二字。熟读一卷《老子》，便当得一卷《阴符经》。

爱老而不爱少者，不可以用才；爱少而不爱老者，亦不可以用才。孔明之用黄忠，非以其老而用之也，直以为是请缨之终军、破浪之宗悫、三表五饵之贾谊而用之也。阚泽之荐陆逊，非以其少而荐之也，直以为是皓首之子牙、白发之充国、耆英之文彦博而荐之也。总之，人而才，则老亦可，少亦可；人而不才，则老亦不可，少亦不可。但当论其才与不才，不当论其少与不少云。

周郎之战赤壁，庞统与有力焉；吕蒙之袭荆州，陆逊亦与有力焉。乃鲁肃荐统，而孙权不听；阚泽荐逊，而孙权听之。岂信鲁肃不如其信阚泽哉？亦前后之势有不同耳。一当赤壁大胜之后，故气骄而言难入；一当猇亭新败之日，故心小而谋易从也。

却说章武二年春正月，_{正月叙起，时序分明。}武威后将军黄忠随先主伐吴，忽闻先主言老将无用，即提刀上马，引亲随五六人，径到彝陵营中。_{此老倔强犹昔。}吴班与张南、冯习接入，问曰："老将军此来，有何事故？"忠曰："吾自长沙跟天子到今，多负勤劳。今虽七旬有馀，尚食肉十斤，臂开二石之弓，能乘千里之马，未足为老。昨日主上言吾等老迈无用，故来此与东吴交锋，看吾斩将老也不老！"黄忠不服老，陆逊不服少，正与后文相对。

正言间，忽报吴兵前部已到，哨马临营。忠奋然而起，出帐上马。冯习等劝曰："老将军且休轻进。"忠不听，纵马而去。吴班令冯习引兵助战。忠在吴军阵前勒马横刀，单搦先锋潘璋交战。意在得仇人。璋引部将史迹出马。迹欺忠年老，挺枪出马，斗不三合，被忠一刀斩于马下。潘璋大怒，挥关公使的青龙刀，为前孙权赐刀照应，为后关兴得刀伏笔。来战黄忠。交马数合，不分胜负。忠奋力恶战，璋料敌不过，拨马便走。忠乘势追杀，全胜而回。第一日，黄忠不老。路逢关兴、张苞。兴曰："我等奉圣旨来助老将军；既已立了功，速请回营。"忠不听。

次日，潘璋又来搦战。黄忠奋然上马。兴、苞二人要助战，忠不从；吴班要助战，忠亦不从。譬之善奕棋者，有人从旁帮之，虽赢不喜。只自引五千军出迎。战不数合，璋拖刀便走。忠纵马追之，厉声大叫曰："贼将休走！吾今为关公报仇！"第二日，黄忠又不老。追至三十馀里，四面喊声大震，伏兵齐出，右边周泰，左边韩当，前有潘璋，后有凌统，把黄忠困在垓心。忽然狂风大起，忠急退时，山坡上马忠引一军出，一箭射中黄忠肩窝，险些儿落马。中箭故偏不能落马，吴兵亦是他不老处。吴兵见忠中箭，一齐来攻。读者至此，为黄忠着急。忽后面喊声大起，两路军杀来，吴兵溃散，救出黄忠，乃关兴、张苞也。来得突兀，写以声势。二小将保送黄忠径到御前营中。忠年老血衰，箭疮痛裂，病甚沉重。先主御驾自来看视，抚其背曰："令老将军中伤，是朕之过也！"忠曰：“臣乃一武夫耳，幸遇陛下。臣今年七十有五，寿亦足矣。望陛下善保龙体，以图中原！”不以江东为重，而以中原为重，与赵云一样见识。言讫，不省人事，是夜殒于御营。后人有诗叹曰：

老将说黄忠，收川立大功。重披金锁甲，双挽铁胎弓。

胆气惊河北，威名镇蜀中。临亡头似雪，犹自显英雄。

先主见黄忠气绝，哀伤不已，敕具棺椁，葬于成都。先主叹曰：“五虎大将，已亡三人。朕尚不能复仇，深可痛哉！”又因黄忠，并念关、张。毕竟黄忠是客，关、张是主。乃引御林军直至猇亭，大会诸将，分军八路，水陆俱进。水路令黄权领兵，先主自率大军于旱路进发。时章武二年二月中旬也。自正月序至二月，时序分明，正为下文夏月烧营伏线。

韩当、周泰听知先主御驾来征，引兵出迎。孙权屡次自临阵前，独至此时不敢出面，可谓怯矣。两阵对圆，韩当、周泰出马，只见蜀营门旗开处，先主自出，黄罗绢金伞盖，左右白旄黄钺，金银旌节前后围绕。自为帝之后，须此一番渲染，与受魏九锡者不同。当大叫曰：“陛下今为蜀主，何自轻出？倘有疏虞，悔之何及！”先主遥指骂曰：“汝等吴狗，伤朕手足，誓不与立于天地之间！”当回顾众将曰：“谁敢冲突蜀兵？”部将夏恂挺枪出马。先主背后张苞挺丈八矛纵马而出，大喝一声，直取夏恂。恂见苞声若巨雷，心中惊惧；恰待要走，周泰弟周平见恂抵敌不住，挥刀纵马而来。关兴见了，跃马提刀来迎。张苞大喝一声，一矛刺中夏恂，倒撞下马。周平大惊，措手不及，被关兴一刀斩了。此处双写二将。二小将便取韩当、周泰。韩、周二人慌退入阵。先主视之，叹曰：“虎父无犬子也！”先主处处念着兄弟，又与关公用“虎女犬子”语遥遥相对。用御鞭一指，蜀兵一齐掩杀过去，吴兵大败。那八路兵势如泉涌，杀得那吴军尸横遍野，血流成河。

却说甘宁正在船中养病，听知蜀兵大至，火急上马，正遇一彪蛮兵，人皆披发跣足，皆使弓弩长枪，搪牌刀斧。为首乃是番王沙摩柯，生得面如喷血，碧眼突出，使一个铁蒺藜骨朵，腰带两张弓，威风抖擞。_{写得番王可畏，早为南蛮孟获伏笔。}甘宁见其势大，不敢交锋，拨马而走；被沙摩柯一箭射中头颅。宁带箭而走，_{甘宁病中带箭，犹能带箭而走；黄忠虽老不老，甘宁虽病不病，两人虽死不死矣。}到于富池口，坐于大树之下而死。树上群鸦数百，围绕其尸。吴王闻之，哀痛不已，具礼厚葬，立庙祭祀。_{至今富池口有甘兴霸庙，往来客商祭祀，有神鸦送客一程。}后人有诗叹曰：

吴郡甘兴霸，长江锦幔舟。酬君重知己，报友化仇雠。

劫寨将轻骑，驱兵欲巨瓯。神鸦能显圣，香火永千秋。

却说先主乘势追杀，遂得猇亭。吴兵四散逃走。先主收兵，只不见关兴。_{第二次又不见关兴，写得他出没不测。}先主慌令张苞等四面跟寻。原来关兴杀入吴阵，正遇仇人潘璋，骤马追之。璋大惊，奔入山谷内，不知所往。兴寻思只在山里，往来寻觅不见。看看天晚，迷踪失路。幸得星月有光，_{正与二月中旬相应，用笔闲警。}追至山僻之间，时已二更，到一庄上，下马叩门。一老者出问何人。兴曰："吾是战将，迷路到此，求一饭充饥。"老人引入，兴见堂内点着明烛，中堂绘画关公神像。_{当年便已如此，何况今日乎。}兴大哭而拜。老人问曰："将军何故哭拜？"兴曰："此吾父也。"老人闻言，即便下拜。兴曰："何故供养吾父？"老人答曰："此间皆是尊神地方。在生之日，家家奉侍，何况今日为神乎？<small>近来造生祠者，生则祠之，没则已焉，与关公大不同矣。</small>老夫只望蜀兵早早报仇。今将军到此，百姓有福矣。"遂置酒食待之，卸鞍喂马。

三更已后，忽门外又一人击户。老人出而问之，乃吴将潘璋亦来投宿。<small>狭路相逢，天道之巧往往如此，可不畏哉！</small>恰入草堂，关兴见了，按剑大喝曰："反贼休走！"璋回身便出。忽门外一人，面如重枣，丹凤眼，卧蚕眉，飘三缕美髯，绿袍金铠，按剑而入。<small>潘璋门外所见，与老人堂中所供，有两关公乎？曰是一，不是二。</small>璋见是关公显圣，大叫一声，神魂惊散；欲待转身，早被关兴手起剑落，斩于地上，取心沥血，就关公神像前祭祀。<small>非关兴杀之，而关公杀之也。</small>兴得了父亲的青龙偃月刀，<small>大刀亦又刀环矣。</small>却将潘璋首级摽于马项之下，辞了老人，就骑了潘璋的马，望本营而来。老人自将潘璋之尸拖出烧化。<small>甚细。</small>

且说关兴行无数里，忽听得人言马嘶，一彪军来到，为首一将乃潘璋部将马忠也。<small>又恰好遇着仇人。</small>忠见兴杀了主将潘璋，将首级摽于马项之下，青龙刀又被兴得了，勃然大怒，纵马来取关兴。兴见马忠是害父仇人，气冲牛斗，举青龙刀望忠便砍。忠部下三百军并力上前，一声喊起，将关兴围在垓心。兴力孤势危，<small>读者至此又必谓关公此时显圣杀马忠矣。</small>忽见西北上一彪军杀来，乃是张苞。马忠见救兵到来，慌忙引军自退。关兴、张苞一处赶来。赶不数里，前面糜芳、傅士仁引兵来寻马忠。两军相合，混战一场，苞、兴二人兵少，慌忙撤退，<small>此时马忠即死，糜芳、傅士仁一并就擒，岂不甚快？然事如此便不曲，文如此便不奇。</small>回至猇亭来见先主，献上首级，具言此事。先主惊异，赏犒三军。

却说马忠回见韩当、周泰，收聚败兵，各分头把守。军士中伤者不计其数。马忠带傅士仁、糜芳于江渚屯札。当夜三更，军士皆哭声不止。（既写老人，又写众军，想见关公旧德不泯。）麋芳暗听之，有一伙军言曰："我等皆是荆州之兵，被吕蒙诡计送了主公性命。今刘皇叔御驾亲征，东吴早晚休矣。所恨者，麋芳、傅士仁也。我等何不杀此二贼，去蜀营投降？功劳不小。"又一伙军言曰："不要性急，等个空儿便就下手。"（听得历历分明，声声仔细，与蒋干听周瑜、先主听徐庶更自不同。）

麋芳听毕大惊，遂与傅士仁商议曰："军心变动，我二人性命难保。今蜀主所恨者马忠耳；何不杀了他，将首级去献蜀主，（此时不消关公显圣，却假手于麋芳，乃见天道之巧。）告称：'我等不得已而降吴，今知御驾前来，特地诣营请罪。'"仁曰："不可。去必有祸。"芳曰："蜀主宽仁厚德，目今阿斗太子是我外甥，彼但念我国戚之情，必不肯加害。"（有此数语，愈见下文先主之笃于兄弟也。）二人计较已定，先备了马。三更时分，入帐刺杀马忠，将首级割了。二人带数十骑，径到猇亭而来。（麋、傅之杀马忠，与范、张之刺张飞，相类而相反。）伏路军人先引见张南、冯习，具说其事。次日，到御营中来见先主，献上马忠首级，哭告于前曰："臣等实无反心，被吕蒙诡计称言关公已亡，赚开城门，臣等不得已而降。今闻圣驾前来，特杀此贼，以雪陛下之恨。伏乞陛下恕臣等之罪。"（麋芳之重投先主，与刘封之不降曹操，又相类而相反。）先主大怒曰："朕自离成都许多时，你两个如何不来请罪？今日势危，故来巧言，欲全性命！若饶你，至九泉之下，有何面目见关公乎！"（更不思九泉之下有麋夫人。）言讫，令关兴在御营中设关公灵位，先主亲捧马忠首级，诣前祭祀。（一个死三牲。）又令关兴将麋芳、傅士仁剥去衣服，跪于灵前，亲自用刀剐之，以祭关公。（两个活三牲。）忽张苞上帐哭拜于前曰："二伯父仇人皆已诛戮；臣父冤仇，何日可报？"（接笋甚紧。）先主曰："贤侄勿忧。朕当削平江南，杀尽吴狗，务擒二贼，与汝亲自醢之，以祭汝父。"范疆、张达在吴，而先主伐吴不独为关公报仇，亦为翼德报仇耳。苞泣谢而退。

此时先主威声大振，江南之人尽皆胆裂，日夜号哭。韩当、周泰大惊，急奏吴王，具言糜芳、傅士仁杀了马忠，去归蜀帝，亦被蜀帝杀了。孙权心怯，遂聚文武商议。步骘奏曰："蜀主所恨者，乃吕蒙、潘璋、马忠、糜芳、傅士仁也。今此数人皆亡，独有范疆、张达二人见在东吴。何不擒此二人，并张飞首级，遣使送还，步骘为此语，却是翼德有灵。交与荆州，送还夫人，上表求和，再会前情，共图灭魏，则蜀兵自退矣。"诸葛谨已曾与先主言之矣。权从其言，遂具沉香木匣，盛贮飞首，绑缚范疆、张达，囚于槛车之内，马忠是送死的，范疆、张达是送活的，一是私送，一是公送。令程秉为使，赍国书，望猇亭而来。

却说先主欲发兵前进。忽近臣奏曰："东吴遣使送张车骑之首，并囚范疆、张达二贼至。"先主两手加额曰："此天之所赐，亦由三弟之灵也！"即令张苞设飞灵位。先主见张飞首级在匣中面不改色，与曹操在木匣中见关公，正是相对。放声大哭。张苞自仗利刀，将范疆、张达万剐凌迟，祭父之灵。亦是一副活三牲。祭毕，先主怒气不息，定要灭吴。马良奏曰："仇人尽戮，其恨可雪矣。吴大夫程秉到此，欲还荆州，送回夫人，永结盟好，共图灭魏，伏候圣旨。"先主怒曰："朕切齿仇人，乃孙权也。今若与之连和，是负二弟当日之盟矣。今先灭吴，次灭魏。"不肯得风便转，却是不识时务。便欲斩来使，以绝吴情。多官苦告方免。程秉抱头鼠窜，回奏吴王曰："蜀不从讲和，誓欲先灭东吴，然后伐魏。众臣苦谏不听，如之奈何？"

权大惊，举止失措。阚泽出班奏曰："见有擎天之柱，如何不用耶？"只因先主不见机，就引出这个人来。权急问何人。泽曰："昔日东吴大事全任周郎，后鲁子敬代之；子敬亡后，决于吕子明；今子明虽丧，见有陆伯言在荆州。此人名虽儒生，实有雄才大略，^{儒生诚不可小觑。}以臣论之，不在周郎之下；^{以今论之，当在周郎之上。}前破关公，其谋皆出于伯言。^{补照七五回中事。}主上若能用之，破蜀必矣。如或有失，臣愿与同罪。"权曰："非德润之言，孤几误大事。"张昭曰："陆逊乃一书生耳，非刘备敌手，恐不可用。"^{张昭不知诸葛瑾，安能知陆逊。}顾雍亦曰："陆逊年幼望轻，恐诸公不服；若不服则生祸乱，必误大事。"^{昭以书生轻之，雍亦以年幼轻之。}步骘亦曰："逊才堪治郡耳；若托以大事，非其宜也。"^{雍嫌其望轻，骘又嫌其短，人固易知，知人亦不易也。}阚泽大呼曰："若不用陆伯言，则东吴休矣！臣愿以全家保之！"^{前止以一身保，此又以全家保，如此荐人，荐得有力。}权曰："孤亦素知陆伯言乃奇才也！孤意已决，卿等勿言。"^{前不听鲁肃而用庞统，今独听阚泽而用陆逊，可知昔非今是。}

于是命召陆逊。逊本名陆议，后改名逊，字伯言，乃吴郡吴人也；汉城门校尉陆纡之孙，九江都尉陆骏之子；身长八尺，面如美玉；官领镇西将军。^{百忙中补叙陆逊生平。}当下奉召而至，参拜毕。权曰："今蜀兵临境，孤特命卿总督军马，以破刘备。"逊曰："江东文武皆大王故旧之臣，臣年幼无才，安能制之？"^{陆逊故意作难，便有邀求筑坛赐剑之意。}权曰："阚德润以全家保卿，孤亦素知卿才。今拜卿为大都督，卿勿推辞。"逊曰："倘文武不服，何如？"权取所佩剑与之曰："如有不听号令者，先斩后奏。"^{与前赐剑周瑜相似。}逊曰："荷蒙重托，敢不拜命。但乞大王于来日会聚众官，然后赐臣。"^{意在压服众人，故要众人面前受之。}阚泽曰："古之命将，必筑坛会众，赐白旄黄钺、印绶兵符，然后威行令肃。今大王宜遵此礼，择日筑坛，拜伯言为大都督，假节钺，则众人自无不服矣。"^{如萧何荐韩信故事。}权从之，命人连夜筑坛完备，大会百官，请陆逊登坛，拜为大都督、右护军镇西将军，进封娄侯，赐以宝剑印绶，令掌六郡八十一州兼荆楚诸路军马。吴王嘱之曰："阃以内，孤主之；阃以外，将军制之。"比周郎为都督时倍觉冠冕。

逊领命下坛，令徐盛、丁奉为护卫，即日出师；一面调诸路军马，水陆并进。文书到猇亭，韩当、周泰大惊曰："主上如何以一书生总兵耶？"韩当、周泰乃孙坚旧将，周郎尚是后辈，况陆逊乎。以今世俗论之，当写春晚生名帖矣，安得不惊。比及逊至，众皆不服。韩信拜大将而一军皆惊，今众人之轻陆逊，仿佛似之。逊升帐议事，众人勉强参贺。逊曰："主上命吾为大将，督兵破蜀。军有常法，公等各宜遵守。违者王法无亲，勿致后悔。"众皆默然。周泰曰："目今安东将军孙桓，乃主上之侄，见困于彝陵城中，内无粮草，外无救兵；请都督早施良策，救出孙桓，以安主上之心。"逊曰："吾素知孙安东深得军心，必能坚守，又在陆逊口中带表孙桓。不必救之。待吾破蜀后，彼自出矣。"早已算定。众皆暗笑而退。韩当谓周泰曰："命此孺子为将，东吴休矣！公见彼所行乎？"泰曰："吾聊以言试之，早无一计。安能破蜀也！"前不服周郎，只是程普一人；今不服陆逊，却是韩、周二人。

次日，陆逊传下号令，教诸将各处关防牢守隘口，不许轻敌。众皆笑其懦，不肯坚守。次日，陆逊升帐唤诸将曰："吾钦承王命，总督诸军，昨已三令五申，令汝等各处坚守，俱不遵吾令，何也？"此时陆逊将将亦大难事。韩当曰："吾自从孙将军平定江南，经数百战；其馀诸将，或从讨逆将军，或从当今大王，皆披坚执锐、出生入死之士。今主上命公为大都督，令退蜀兵，早宜定计，调拨军马，分头征进，以图大事；乃只令坚守勿战，岂欲待天自杀贼耶？吾非贪生怕死之人，奈何使吾等堕其锐气？"韩当以言触陆逊，与黄盖以言触周郎，一假一真，前后相映。于是帐下诸将，皆应声而言曰："韩将军之言是也。吾等情愿决一死战！"陆逊听毕，掣剑在手，厉声曰："仆虽一介书生，今蒙主上托以重任者，以吾有尺寸可取，能忍辱负重故也。"忍辱负重"四字，从来成大事人无不由此。汝等各宜守隘口，牢把险要，不许妄动，如违令者皆斩！"此所谓始如处女，敌人闭户者也。众皆愤愤而退。

却说先主自猇亭布列军马，直至川口，接连七百里，前后四十营寨，昼则旌旗蔽日，夜则火光耀天。与曹操赤壁一样声势。○此处火光二字与后文火光相映射。忽细作报说："东吴用陆逊为大都督，总制军马。逊令诸将各守险要不出。"先主问曰："陆逊何如人也？"马良奏曰："逊虽东吴一书生，然年幼多才，深有谋略；前袭荆州，皆系此人之诡计。"又在马良口中照应七十五回中事。先主大怒曰："竖子诡谋损朕二弟，今当擒之！"便传令进兵。马良谏曰："陆逊之才不亚周郎，未可轻敌。"马良与阚泽之见相同。先主曰："朕用兵老矣，岂反不如一黄口孺子耶！"先主与张昭、周泰等之见相似。遂亲领前军，攻打诸处关津隘口。

韩当见先主兵来，差人报知陆逊。逊恐韩当妄动，急飞马自来观看，正见韩当立马于山上，远望蜀兵漫山遍野而来，军中隐隐有黄罗盖伞。韩当接着陆逊，并马而观。当指曰："军中必有刘备，吾欲击之。"写韩当之猛，视彼驱之战而不战，又复天渊矣。逊曰："刘备举兵东下，连胜十馀阵，锐气正盛。今只乘高守险，不许轻出，出则不利。但宜奖励将士，广布守御之策，以观其变。今彼驰骋于平原旷野之间，正自得志；我坚守不出，彼求战不得，必移屯于山林树木间，吾当以奇计胜之。"写后文伏笔。

韩当口虽应诺，心中只是不服。先主使前队搦战，辱骂百端。逊令塞耳休听，不许出迎，亲自遍历诸关隘口，抚慰将士，皆令坚守。的是忍辱负重之人。先主见吴军不出，心中焦躁。马良曰："陆逊深有谋略。今陛下远来攻战，自春历夏；彼之不出，欲待我军之变也。愿陛下察之。"马良之智，亦不输于陆逊。先主曰："彼有何谋？但怯敌耳。向者数败，今安敢再出！"先锋冯习奏曰："即今天气炎热，军屯于赤火之中，谁知避赤火又遇赤火耶！日之火易耐，夜之火难当。取水深为不便。"先主遂命各营，皆移于山林茂盛之地，近溪傍涧，待过夏到秋，并力进兵。冯习遂奉旨将诸寨皆移于林木阴密之处。马良奏曰："吾军若动，倘吴兵骤至，如之奈何？"不言移营之不可，而但言移营之难，犹是第二着。先主曰："朕令吴班引万馀弱兵，近吴寨平地屯住；朕亲选八千精兵，伏于山谷之中。若陆逊知朕移营，必乘势来击，却令吴班诈败；逊若追来，朕引兵突出，断其归路，小子可擒矣。"若不遇陆逊，则此计未尝不妙。文武皆贺曰："陛下神机妙算，诸臣不及也！"

马良曰："近闻诸葛丞相在东川点看各处隘口，恐魏兵入寇。陛下何不将各营移居之地，画成图本，问于丞相？"先主曰："朕亦颇知兵法，何必又问丞相？"良曰："古云：'兼听则明，偏听则蔽。'望陛下察之。"先主曰："卿可自去各营，画成四十八道图本，亲到东川去问丞相。如有不便，可急来报知。"只怕来不及了。马良领命而去。于是先主移兵于林木阴密处避暑。早有细作报知韩当、周泰。二人听得此事大喜，来见陆逊曰："目今蜀兵四十馀营，皆移于山林密处，依溪傍涧，就水歇凉。都督可乘虚击之。"正是：

蜀主有谋能设伏，吴兵好勇定遭擒。

未知陆逊可听其言否，且看下文分解。

第八十四回　陆逊营烧七百里　孔明巧布八阵图

前有火攻破魏之周郎，后复有火攻破蜀之陆逊。同一火也，而陆逊之事，难于周郎。周郎受命于吴师方锐之时，陆逊受命于吴师屡挫之后，一难也；周郎则有同心拒敌之刘备，陆逊则有乘间窥我之曹丕，二难也；周郎则孔明助之，庞统助之，黄盖、阚泽、甘宁又助之，陆逊则张昭疑之，顾雍、步骘疑之，韩当、周泰又疑之，三难也。故曰陆逊之事，难于周郎也。然言其易则亦有较前而独易者，瑜之火在冬月，逊之火在夏天。冬月风逆，必待借风而后烧；夏天风顺，不必待借风而后烧，则烧之易。瑜之火在水上，逊之火在林间。水寨隔绝，必使人诈降而后可烧，旱路通达，不必使人诈降而后可烧，则烧之易。又曹操之船，不自连锁，玄德之营，先自连属。不自连者，必使人赚之使连而后可烧；先自连者，不必使人赚之使连而后可烧，则烧之易。有此三易以济其三难，故逊之成功，与周郎等尔。

兵有挫敌人之锐者，将有大战，先有小战以挫之；将有大战而胜，先有小战而胜以挫之是也。此法周郎用焉。兵有骄敌人之志者，将有大出，先有不出以骄之；将有大出而胜，先有小出而不胜以骄之是也。此法陆逊用焉。当敌人初来之时，宜避其锐而反挫其锐，则周郎用法之奇；当敌人屡胜之后，宜破其骄而反益其骄，则陆逊用法之变。

关公之失，只因不听孔明东和孙权一语耳。先主之败，与关公岂有异哉？不但此也，诸葛瑾两次说关公，一次说玄德，亦只此一语之意也。可见子瑜之才，虽不及孔明，而其识见大略相同，真不愧难兄难弟。

曹操赤壁之兵，骄兵也；先主猇亭之兵，愤兵也。骄亦败，愤亦必败。况以陆逊为年少书生而心轻之，则愤而益之以骄矣。制胜之道，在小其心而平其气。善乎先师之言曰："临事而惧，好谋而成。"小其心故能惧，平其气故能谋。

符坚之败也，王猛已亡；先主之败也，孔明自在。似孔明之智不如王猛矣。然八公山之草木，初非谢安能使之为兵；鱼腹浦之石块，实系孔明能布之作阵。是孔明之才，高于谢安矣。况在入川时，已逆知白帝城之奔，而预设阵图以待陆逊；又逆知逊之数不当绝，而特令丈人黄老做个人情。其神机妙算，至于如此！诸葛公真神仙中人，岂后世智谋之士所能及哉？

吴之胜蜀，孔明知之，而曹丕亦先知之；魏之袭吴，陆逊知之，而孔明亦先知之。斯已奇矣。陆逊又知孔明之必知吴之胜，孔明又知陆逊之必知魏之袭，料人料事，彼此奇中，至于如此，真非他书所有。

一部书中，前后两篇大文，特特相犯，而更无一笔相犯，如周郎、陆逊之两番用火是矣。然周郎止做得半篇，孔明接了后半篇，则华容道乃文之正接者也；陆逊亦只做得半篇，亦有孔明接了后半篇，则鱼腹浦乃文之反接者也。操不能设伏以待追兵，却是孔明设伏以待败兵；陆逊不能设伏以待败兵，却是孔明设伏以待追兵。曹操从江边有烟火处逃来，又向路傍有烟火处走去，以前之烟火为真，而误以后之烟火为假；陆逊向山中有杀气处堤防，不向水边有杀气处躲避，以前之杀气为实，而误以后之杀气为虚。华容道胜周郎十二队之雄师，却只是五百兵捧着一将；鱼腹浦胜先主七百里之劲卒，却到底十万兵不见一人。种种变化，真天地有数文字。

却说韩当、周泰探知先主移营就凉，急来报知陆逊。逊大喜，韩当、周泰喜而欲出，陆逊喜而不出，另有喜处。遂引兵自来观动静，只见平地一屯不满万馀人，大半皆是老弱之众，大书"先锋吴班"旗号。吴班军在陆逊眼中看出的。周泰曰："吾视此等兵如儿戏耳，愿同韩将军分两路击之。如其不胜，甘当军令。"陆逊看了良久，以鞭指曰："前面山谷中，隐隐有杀气起，此处望山中杀气，与后文望水边杀气正相映。其下必有伏兵，故于平地设此弱兵，以诱我耳。诸公切不可出。"棋高一着，先被猜破。众将听了，皆以为懦。

次日，吴班引兵到关前搦战，耀武扬威，辱骂不绝，多有解衣卸甲，赤身裸体，或睡或坐。与马超之诱曹仁，前后相似。徐盛、丁奉入帐禀陆逊曰："蜀兵欺我太甚！某等愿出击之！"逊笑曰："公等但恃血气之勇，未知孙、吴兵法，此彼诱敌之计也，三日后必见其诈矣。"徐盛曰："三日后，彼移营已定，安能击之乎？"逊曰："吾正欲令彼移营也。"此处尚不说明缘故。诸将哂笑而退。过三日后，会诸将于关上观望，见吴班兵已退去。逊指曰："杀气起矣。刘备必从山谷中出也。"言未毕，只见蜀兵皆全装惯束，拥先主而过。吴兵见了，尽皆胆裂。此时方信陆逊之言。逊曰："吾之不听诸公击班者，正为此也。此句已验，众人信之。今伏兵已出，旬日之内，必破蜀矣。"此句未验，众所未信。诸将皆曰："破蜀当在初时，今连营五六百里，相守经七八月，其诸要害皆已固守，安能破乎？"果然信其前语，未信其后语。逊曰："诸公不知兵法。备乃世之枭雄，更多智谋，其兵始集，法度精专；今守之久矣，不得我便，兵疲意阻，取之正在今日。"至此方才说明。诸将方才叹服。后人有赞曰：

虎帐谈兵按《六韬》，安排香饵钓鲸鳌。

三分自是多英俊，又显江南陆逊高。

却说陆逊已定了破蜀之策，遂修笺遣使奏闻孙权，言指日可以破蜀之意。权览毕，大喜曰："江东复有此异人，孤何忧哉！诸将皆上书言其懦，孤独不信。_{诸将上书，又在孙权口中补出，省笔之甚。}今观其言，果非懦也。"于是大起吴兵来接应。

却说先主于猇亭尽驱水军顺流而下，沿江屯扎水寨，深入吴境。黄权谏曰："水军沿江而下，进则易，退则难。_{黄权不谏移营，但谏深入，亦是第二着。}臣愿为前驱，陛下宜在后阵，庶万无一失。"先主曰："吴贼胆落，朕长驱大进，有何碍乎？"众官苦谏，先主从之，遂分兵两路，命黄权督江北之兵，以防魏寇；_{为黄权投魏张本。}先主自督江南诸军，夹江分立营寨，以图进取。细作探知，连夜报知魏主，_{百忙中却放下吴蜀两边，忽叙起北魏一边，笔法又周致，又飘忽。}言"蜀伐吴，树栅连营，纵横七百馀里，分四十馀屯，皆傍山林下寨；令黄权督兵在江北岸，每日出哨百馀里，不知何意"。魏主闻之，仰面笑曰："刘备将败矣！"_{旁观者明。}群臣请问其故。魏主曰："刘玄德不晓兵法，岂有连营七百里，而可以拒敌者乎？包原隰险阻屯兵者，此兵法之大忌也。玄德必败于东吴陆逊之手。旬日之内，消息必至矣。"_{曹丕可谓知兵，乃郎亦不输于老子。}群臣犹未信，皆请拨兵备之。魏主曰："陆逊若胜，必尽举东吴兵去取西川。吴兵远去，国中空虚，朕虚托以兵助战，令三路一齐进兵，东吴唾手可取也。"_{前刘晔劝取东吴，曹丕不乘其危而取之，今反欲乘其胜而取之，诡谲之甚。}众皆拜服。魏主下令，使曹仁督一军出濡须，曹休督一军出洞口，曹真督一军出南郡，三路军马会合日期，暗袭东吴，"朕随后自来接应。"调遣已定。

不说魏兵袭吴。且说马良至川，^{又放下北魏一边，接叙吴蜀事}入见孔明，呈上图本而言曰："今移营夹江，横占七百里，下四十馀屯，皆依溪傍涧、林木茂盛之处。皇上令良将图本来与丞相观之。"孔明看讫，拍案叫苦曰："是何人教主上如此下寨？可斩此人！"^{不好说得先主，却把别人来骂。}马良曰："皆主上自为，非他人之谋。"孔明叹曰："汉朝气数休矣！"^{妙在尚不说明。}良问其故。孔明曰："包原隰险阻而结营，此兵家之大忌。倘彼用火攻，何以解救？^{先生一向惯用火攻，此正是以己度人之法。}又岂有连营七百里而可拒敌乎？祸不远矣！陆逊拒守不出，正为此也。汝当速去见天子，改屯诸营，不可如此。"良曰："倘今吴兵已胜，如之奈何？"孔明曰："陆逊不敢来追，成都可保无虞。"^{奇绝，令人测摸不出。}良曰："逊何故不追？"孔明曰："恐魏兵袭其后也。^{料事如见。}主上若有失，当投白帝城避之。吾入川时，已伏下十万兵在鱼腹浦矣。"^{奇绝，令人一发测摸不出。○于禁入鱼罾之内，陆逊亦几葬鱼腹之中，关公得一鱼，孔明又几得一鹿。}良大惊曰："某于鱼腹浦往来数次，未尝见一卒，丞相何作此诈语？"孔明曰："后来必见，不劳多问。"^{奇绝。○先主之败，孔明不于此时知之，早于入川之时知之，真是神妙不测。}马良求了表章，火速投御营来。孔明自回成都，调拨军马救应。

却说陆逊见蜀兵懈怠，不复堤防，升帐聚大小将士听令曰："吾自受命以来，未尝出战。今观蜀兵，足知动静，故欲先取江南岸一营。谁敢去取？"言未毕，韩当、周泰、凌统等应声而出曰："某等愿往。"逊教皆退不用，^{妙在不要胜先要败，故不用此数人。}独唤阶下末将淳于丹曰："吾与汝五千军，去取江南第四营；蜀将傅彤所守。今晚就要成功。吾自提兵接应。"淳于丹引兵去了。又唤徐盛、丁奉曰："汝等各领兵三千，屯于寨外五里，如淳于丹败回，有兵赶来，当出救之，却不可追去。"<small>预知其败而使之，真是人所不识。</small>二将自引军去了。

却说淳于丹于黄昏时分领兵前进，到蜀寨时，已三更之后。丹令众军鼓噪而入。蜀营内傅彤引军杀出，挺枪直取淳于丹。丹敌不住，拨马便回。忽然喊声大震，一彪军拦住去路，为首大将赵融。丹夺路而走，折其大半。正走之间，山后一彪蛮兵拦住，为首番将沙摩柯。丹死战得脱，背后三路军赶来。比及离营五里，吴军徐盛、丁奉二人两下杀来，蜀兵退去，救了淳于丹回营。丹带箭入见陆逊请罪。逊曰："非汝之过也。吾欲试敌人之虚实耳。<small>蜀兵虚实，逊已尽知，此句亦是托言，不过欲骄敌之心耳。</small>破蜀之计，吾已定矣。"<small>奇绝。</small>徐盛、丁奉曰："蜀兵势大，难以破之，空自损兵折将耳。"逊笑曰："吾这条计，但瞒不过诸葛亮耳。天幸此人不在，使我成大功也。"<small>正与上文孔明之言相应。</small>遂集大小将士听令，使朱然于水路进兵，来日午后东南风大作，<small>六月里，东南风更不消借得。</small>用船装载茅草，依计而行；韩当一军攻江北岸，周泰引一军攻江南岸，<small>半路只差二将与水军朱然，正是三路，却与周郎赤壁十二队相似。</small>每人手执茅草一把，内藏硫黄焰硝，各带火种，各执枪刀，一齐而上，但到蜀营，顺风举火；蜀兵四十屯，只烧二十屯，每间一屯烧一屯。<small>周郎只是连烧，陆逊却用间烧，又是一样烧法。</small>各军预带干粮，不许暂退，昼夜追袭，只擒了刘备方止。众将听了军令，各受计而去。

却说先主正在御营寻思破吴之计，忽见帐前中军旗幡无风自倒，<small>与曹操江中折旗相似。</small>乃问程畿曰："此为何兆？"畿曰："今夜莫非吴兵来劫营？"先主曰："昨夜杀尽，安敢再来？"<small>骄敌极矣，安得不败？</small>畿曰："倘是陆逊试敌，奈何？"<small>畿亦长于料事。</small>正言间，人报山上远远望见吴兵尽沿山望东去了。<small>在蜀人眼中写出吴兵埋伏之状，妙在隐隐跃跃，不知何兵何将。</small>先主曰："此是疑兵。"令众休动，命关兴、张苞各引五百骑出巡。黄昏时分，<small>黄昏时。</small>关兴回奏曰："江北营中火起。"<small>先是一路火起。</small>先主急令关兴往江北，张苞往江南，探看虚实，倘吴兵到时，可急回报。二将领命去了。初更时分，<small>初更时。</small>东南风骤起，<small>此句写风。</small>只见御营左屯火起。<small>又是一路火起。</small>方欲救时，御营右屯又火起。<small>与前共是三路火起。</small>风紧火急，树木皆着，<small>此句写林木。</small>喊声大震。两屯军马齐出，奔离御营中，御营军自相践踏，死者不知其数。后面吴兵杀到，又不知多少军马。先主急上马，奔冯习营时，习营中火光连天而起。<small>与前共是四路火起。</small>江南、江北，照耀如同白日。<small>总写火光一句。此时已不止四路矣。</small>冯习慌上马引数十骑而走，正逢吴将徐盛军到，敌住厮杀。先主见了，拨马投西便走。徐盛舍了冯习，引兵追来。先主正慌，前面又一军拦住，乃是吴将丁奉，两下夹攻。先主大惊，四面无路。<small>此处为先主一急。</small>忽然喊声大震，一彪军杀入重围，乃是张苞，救了先主，引御林军奔走。<small>此处为先主一宽。</small>正行之间，前面一军又到，乃蜀将傅彤也，合兵一处而行。背后吴兵追至。先主前到一山，名马鞍山。<small>马鞍、鱼腹闲闲相对。</small>张苞、傅彤请先主上的山时，山下喊声又起，陆逊大队人马将马鞍山围住。<small>又为先主一急。</small>张苞、傅彤死据山口。先主遥望遍野火光不绝，<small>又总写火光一句，四十营都在其中。</small>死尸重叠，塞江而下。<small>方写岸上，又带写江中一句，妙。</small>

　　次日，吴兵又四下放火烧山，<small>此又是第二日之火。</small>军士乱窜，先主惊慌。忽然火光中一将引数骑杀上山来，视之乃关兴也。<small>又为先主一宽。</small>兴伏地请曰："四下火光迫近，不可久停。陛下速奔白帝城，再收军马可也。"<small>"白帝城"三字又在关兴口中一逗。</small>先主曰："谁敢断后？"傅彤奏曰："臣愿以死当之！"当日黄昏，<small>此是第二个黄昏，烧过一夜一日矣。</small>关兴在前，张苞在中，傅彤断后，保着先主杀下山来。吴兵见先主奔走，皆要争功，各引大军，遮天盖地往西追赶。先主令军士尽脱袍铠，塞道而焚，以断后军。*前是吴兵放火，此是蜀兵放火。以水救火者有之矣，未闻有以火救火者也。真大奇之事。*正奔走间，喊声大震，吴将朱然引一军从江岸边杀来，截住去路。*陆逊第一路先遣朱然，今却于末后出现。*先主叫曰："朕死于此矣！"*又为先主一急。*关兴、张苞纵马冲突，被乱箭射回，各带重伤，不能杀出。背后喊声又起，陆逊引大军从山谷中杀来。*故作吃吓之笔，以跌出下文子龙来，方见来得奇，来得妙也。*先主正慌急之间，此时天色已微明，*此是第三日天明，已烧过一日两夜矣。*只见前面喊声震天，朱然军纷纷落涧，滚滚投岩，一彪军杀入，前来救驾。先主大喜，视之，乃常山赵子龙也。*又为先主一宽。*时赵云在川中江州，闻吴、蜀交兵，遂引军出，忽见东南一带火光冲天，云心惊，远远探视，不想先主被困，云奋勇冲杀而来。*前先主初出兵时，便令子龙为后应，却于此时始出。*陆逊闻是赵云，急令军退。云正杀之间，忽遇朱然，便与交锋，不一合，一枪刺朱然于马下，杀散吴兵，救出先主，望白帝城而走。*以前在火光中几为赤帝，今始是白帝矣。*先主曰："朕虽得脱，诸将士将奈何？"云曰："敌军在后，不可久迟。陛下且入白帝城歇息，臣再引兵去救应诸将。"*为救吴班张本。*此时先主仅存百馀人入白帝城。后人有诗赞陆逊曰：

持矛举火破连营，玄德穷奔白帝城。

一旦威名惊蜀魏，吴王宁不敬书生。

却说傅彤断后，被吴军八面围住。丁奉大叫曰："川将死者无数，降者极多，汝主刘备已被擒获。今汝力穷势孤，何不早降？"傅彤叱曰："吾乃汉将，安肯降吴狗乎！"*骂吴为狗，此时却是众"狗"攒枪矣。*

挺枪纵马，率蜀军奋力死战不下百馀合，往来冲突，不能得脱。

彤长叹曰："吾今休矣！"言讫，口中吐血，死于吴军之中。_{傅彤胜黄权多矣。}后人赞傅彤诗曰：

> 彝陵吴蜀大交兵，陆逊施谋用火焚。
>
> 至死犹然骂"吴狗"，傅彤不愧汉将军。

蜀祭酒程畿，匹马奔至江边，招呼水军赴敌，吴兵随后追来，水军四散奔逃。畿部将叫曰："吴兵至矣！程祭酒快走罢！"畿怒曰："吾自从主上出军，未尝赴敌而逃！"_{即在程畿口中补叙生平，省笔。}言未毕，吴兵骤至，四下无路，畿拔剑自刎。_{文臣亦有武将之风，唯书生能忍辱，亦唯书生不肯受辱。}后人有诗赞曰：

> 慷慨蜀中程祭酒，身留一剑答君王。
>
> 临危不改平生志，博得声名万古香。

时吴班、张南久围彝陵城，忽冯习到，言蜀兵败，遂引军来救先主，孙桓方才得脱。_{彝陵之围自解，已在陆逊算中。}张、冯二将正行之间，前面吴兵将来，背后孙桓从彝陵城杀出，两下夹攻。张南、冯习奋力冲突，不能得脱，死于乱军之中。后人有诗赞曰：

> 冯习忠无二，张南义少双。
>
> 沙场甘死节，史册共流芳。

吴班杀出重围，又遇吴兵追赶，幸得赵云接着，救回白帝城去了。时有蛮王沙摩柯匹马奔走，正逢周泰，战二十馀合，被泰所杀。^{番将能为汉死节，亦为汉之忠臣。}蜀将杜路、刘宁尽皆降吴。蜀营一应粮草器仗，尺寸不存。蜀将川兵，降者无数。时孙夫人在吴，闻猇亭兵败，讹传先主死于军中，遂驱车至江边，望西遥哭，投江而死。^{当夫人怒叱吴兵之时，何其壮也；及观其携阿斗而归，疑其志不如前，今观其哭先主而死，则其烈不减于昔矣。}后人立庙江滨，号曰枭姬祠。尚论者作诗叹之曰：

> 先主兵归白帝城，夫人闻难独捐生。
> 至今江畔遗碑在，犹著千秋烈女名。

却说陆逊大获全功，引得胜之兵，往西追袭。前离夔关不远，逊在马上看见前面临山傍江，一阵杀气冲天而起，^{与初时望山中杀气，一实一虚，前后不同。}遂勒马回顾众将曰："前面必有埋伏，三军不可轻进。"即倒退十馀里，于地势空阔处排成阵势，以御敌军。^{却是见鬼。}即差哨马前去探视，回报并无军屯在此。逊不信，下马登高望之，杀气复起。^{读书至此，又疑是关公显圣。}逊再令人仔细探视，哨马回报，前面并无一人一骑。逊见日将西沉，杀气越加，^{奇绝。}心中犹豫，令心腹人再往探看。回报江边止有乱石八九十堆，并无人马。^{只此便是人马。}逊大疑，令着土人问之。须臾有数人到，逊问曰："何人将乱石作堆？如何乱石堆中有杀气冲起？"土人曰："此处地名鱼腹浦。诸葛亮入川之时，驱兵到此，取石排成阵势于沙滩之上。自此常常有气如云，从内而起。"^{陆逊以火为兵，不若孔明以石为兵。}陆逊听罢，上马引数十骑来看石阵，立马于山坡之上，但见四面八方，皆有门有户。逊笑曰："此乃惑人之术耳，有何益焉！"〔且仔细看。〕遂引数骑下山坡来，直入石阵观看。部将曰："日暮矣，请都督早回。"逊方欲出阵，忽然狂风大作，〔奉答一夜东南风。〕一霎时，飞沙走石，遮天盖地。但见怪石嵯峨，槎枒似剑；横沙立土，重叠如山；江声浪涌，有如剑鼓之声。〔比七百里连营更是声势。〕逊大惊曰："吾中诸葛之计也！"〔却不道是"惑人之术"。〕急欲回时，无路可出。正惊疑间，忽见一老人立于马前，笑曰："将军欲出此阵乎？"〔奇绝。〕逊曰："愿长者引出。"老人策杖徐徐而行，径出石阵，并无所碍，送至山坡之上。逊问曰："长者何人？"老人答曰："老人乃诸葛孔明之岳父黄承彦也。〔先主三顾草庐时，曾遇黄承彦，一向不知下落，至此忽然照应出来。〕昔小婿入川之时，于此布下石阵，阵名'八阵图'。反复八门，按遁甲休、生、伤、杜、景、死、惊、开。每日每时，变化无端，可比十万精兵。〔应孔明所言"十万兵"之语。〕临去之时，曾分付老夫道：'后有东吴大将迷于阵中，莫要引他出来。'〔妙。〕老夫适于山岩之上，见将军从'死门'而入，料想不识此阵，必为所迷。〔当面嘲笑。〕老夫平生好善，不忍将军陷没于此，故特自'生门'引出也。"〔孔明知陆逊不该死的，却留个人情与丈人做。〕逊曰："公曾学此阵法否？"黄承彦曰："变化无穷，不能学也。"逊慌忙下马拜谢而回。〔关公在华容道义释曹操，此则是黄承彦在鱼腹浦义释陆逊矣。〕后杜工部有诗曰：

功盖三分国，名成八阵图。

江流石不转，遗恨失吞吴。

陆逊回寨，叹曰："孔明真卧龙也！吾不能及！"于是下令班师。左右曰："刘备兵败势穷，困守一城，正好乘势击之。今见石阵而退，何也？"逊曰："吾非惧石阵而退。吾料魏主曹丕，其奸诈与父无异，今知吾追赶蜀兵，必乘虚来袭。吾若深入西川，急难退矣。" 非是畏其前，却是料其后。曹丕在陆逊算中，陆逊又在孔明算中。遂令一将断后，逊率大军而回。退兵未及二日，三处人来飞报："魏兵曹仁出濡须，曹休出洞口，曹真出南郡，三路兵马数十万，星夜至境，未知何意。" 照应前文。逊笑曰："不出吾之所料。吾已令兵拒之矣。" 前文未叙其事，在陆逊口中补出，省笔之法。正是：

雄心方欲吞西蜀，胜算还须御北朝。

未知如何退兵，且看下文分解。

第八十五回　刘先主遗诏托孤儿　诸葛亮安居平五路

　　高祖斩白帝子而创业，光武起白水村而中兴，先主入白帝城而托孤，二帝始于白，一帝终于白，正合李意白字之谶。自桃园至此，可谓一大结局矣。然先主之事自此终，孔明之事又将自此始也。前之取西川，定汉中，从草庐三顾中来；后之七擒孟获，六出祁山，从白帝托孤中来。故此一篇，在前幅则为煞尾，在后幅则又为引头耳。

　　观先主托孤之语，而知其不以伐吴为重，终以伐魏为重矣。其曰"君才十倍曹丕"，何以不曰十倍孙权乎？盖以与汉为仇者魏耳，与我为对者曹氏耳。其曰"嗣子可辅则辅之，不可辅则自取之"，犹云能讨贼则辅之，不能讨贼则取之也。重在讨贼，故不重在嗣位。此前后出师之表，所以不能已与？

　　先主教太子之言，已知太子之无用也。何也？刘禅固不能为大善，亦不能为大恶者也。不能为大善，则但勉之以小善而已；不能为大恶，则但戒之以小恶而已。先主枭雄之才，其权谋通变，料非其子之所能学，故曰："汝父德薄不足效。"知子莫若父，然哉，然哉！

　　或问先主令孔明自取之，为真话乎？为假话乎？曰：以为真则是真，以为假则亦假也。欲使孔明为曹丕之所为，则其义之所必不敢出，必不忍出者也。知其必不敢、必不忍，而故令之闻此言，则其辅太子之心愈不得不切矣。且使太子闻此言，则其听孔明、敬孔明之意愈不得不肃矣。陶谦之让徐州，全是真，不是假；刘表之让荆州，半是假，半是真：与先主之遗命，皆不可同年而语矣。

　　图事之法，与奕棋同。有同此一着，而用之于前则妙，用之于后则失者：如张耳劝陈涉立六国后，便是妙着；郦生劝高帝立六国后，便是失着：先后之势异耳。刘晔先言蜀可伐，后言蜀不可伐，一在曹操初破张鲁之时，一在魏兵留守汉中之后也；刘晔先言吴可伐，后言吴不可伐，一在先主初下江东之时，一在陆逊大破蜀兵之后也。刘晔可谓知奕矣。

伊尹三聘，孔明三顾，孔明一伊尹也；吕望钓鱼，孔明观鱼，孔明一吕望也。或谓孔明辅蜀，既在乃翁手中拿班，又在乃郎手中拿班，似乎妆腔太甚。不知不如此，则师相之体不尊。师相之体不尊，则言不听、计不从矣。嗟乎！孔明岂得已哉！

曹丕以三路取吴，以五路取蜀，读至此必谓有一场大厮杀在后；不意三路则一战而即退，五路则不战而自解，虎头蛇尾，可发一笑。有此省力之事，作者亦以省力之笔传之。三路之中，两路虚写，唯濡须之兵用实写；五路之中，四路虚写，唯邓芝之使用实写。又魏之侵吴，吴之御魏，但叙曹丕，不叙孙权；魏之侵蜀，蜀之御魏，既叙曹丕、司马懿，又叙后主、孔明。或详或略，各各不同，尤见笔法之妙。

却说章武二年夏六月，东吴陆逊大破蜀兵于猇亭彝陵之地，先主奔回白帝城，赵云引兵据守。忽马良至，见大军已败，懊悔不及，将孔明之言奏知先主。_{补照前文。}先主叹曰："朕早听丞相之言，不致今日之败！_{又照应八十一回中语。}今有何面目复回成都见群臣乎！"遂传旨就白帝住札，将馆驿改为永安宫。人报冯习、张南、傅彤、程畿、沙摩柯等皆殁于王事，先主伤感不已。_{又总点一句。}又近臣奏称："黄权引江北之兵，降魏去了。_{黄权下落，却在先主一边听得，妙。}陛下可将彼家属送有司问罪。"刘先主曰："黄权被吴兵隔断在江北岸，欲归无路，不得已而降魏；是朕负权，非权负朕也，何必罪其家属？"仍给禄米以养之。先主之待黄权，胜于曹丕之待于禁。

却说黄权降魏，诸将引见曹丕。丕曰："卿今降朕，欲追慕于陈、韩也！"权泣而奏曰："臣受先帝之恩，殊遇甚厚，令臣督诸军于江北，被陆逊绝断。臣归蜀无路，降吴不可，此正体贴先主之意。故来投陛下。败军之将，免死为幸，安敢追慕于古人耶！"丕大喜，遂拜黄权为镇南将军。权坚辞不受。不受爵还有可取。忽近臣奏曰："有细作人自蜀中来，说蜀主将黄权家属尽皆诛戮。"权曰："臣与蜀主推诚相信，知臣本心，必不肯杀臣之家小也。"权若能死，尤为相信之深。丕然之。后人有诗责黄权曰：

降吴不可却降曹，忠义安能事两朝？

堪叹黄权惜一死，紫阳书法不轻饶。

曹丕问贾诩曰："朕欲一统天下，先取蜀乎？先取吴乎？"诩曰："刘备雄才，更兼诸葛亮善能治国；东吴孙权能识虚实，陆逊见屯兵于险要，隔江泛湖，皆难卒谋。以臣观之，诸将之中皆无孙权、刘备敌手。不说主上而说臣下，是不好说得曹丕耳。虽以陛下天威临之，亦未见万全之势也。只可持守，以待二国之变。"贾诩可谓知己知彼。丕曰："朕已遣三路大兵伐吴，安有不胜之理？"曹丕能料蜀兵之必败，而不能料魏兵之不胜，亦只见得别人，不曾见得自己。尚书刘晔曰："近东吴陆逊新破蜀兵七十万，上下齐心，更有江湖之阻，不可卒制，陆逊多谋，必有准备。"刘晔之见，不在贾诩之下。丕曰："卿前劝朕伐吴，今又谏阻，何也？"照应前文。晔曰："时有不同也。昔东吴累败于蜀，其势顿挫，故可击耳；今既获全胜，锐气百倍，未可攻也。"^{刘晔前后两样说话，实有两样解说，不似今人之首鼠两端、反覆不定也。}丕曰："朕意已决，卿勿复言。"遂引御林军亲往接应三路兵马。早有哨马报说："东吴已有准备，令吕范引兵拒住曹休，诸葛瑾引兵在南郡拒住曹真，朱桓引兵当住濡须以拒曹仁。"^{东吴三路兵，却借探马口中叙来，省笔之法。}刘晔曰："既有准备，去恐无益。"丕不从，引兵而去。

却说吴将朱桓，年方二十七岁，极有胆略，孙权甚爱之；时督军于濡须，闻曹仁引大军去取羡溪，桓遂尽拨军守把羡溪去了，^{为后文战败曹仁张本。}止留五千骑守城。忽报曹仁令大将常雕同诸葛虔、王双，引五万精兵飞奔濡须城来。众军皆有惧色。桓按剑而言曰："胜负在将，不在兵之多寡。兵法云：'客兵倍而主兵半者，主兵尚能胜于客兵。'^{此论主客之异。}今曹仁千里跋涉，人马疲困。^{此论劳逸之异。}吾与汝等共据高城，南临大江，北背山险，^{此论形势之异。}以逸待劳，以主待客，此乃百战百胜之势。^{三句分顶上文。}虽曹丕自来，尚不足忧，况仁等耶！"^{预为曹丕自来伏笔。}于是传令，教众军偃旗息鼓，只作无人守把之状。^{桓亦能军。}

且说魏将先锋常雕，领精兵来取濡须城，遥望城上并无军马。雕催军急进，离城不远，一声炮响，旌旗齐竖。朱桓横刀飞马而出，直取常雕。^{忽然有人，写得突兀。}战不三合，被桓一刀斩常雕于马下。吴兵乘势冲杀一阵，魏兵大败，死者无数。朱桓大胜，得了无数旌旗军器战马。^{是东吴一胜。}曹仁领兵随后到来，却被吴兵从羡溪杀出。曹仁大败而退，^{是东吴再胜。○此一回见魏主，细奏大败之事。路交锋，却用实写。}丕大惊。正议之间，忽探马报："曹真、夏侯尚围了南郡，被陆逊伏兵于内，诸葛瑾伏兵于外，内外夹攻，因此大败。"^{此一路交锋用虚写，妙。}

言未毕，忽探马又报："曹休亦被吕范杀败。"^{此一路交锋亦}^{用虚写，妙。}丕听知三路兵败，乃喟然叹曰："朕不听贾诩、刘晔之言，果有此败！"^{与先主不听孔}^{明大同小异。}时值夏天，瘟疫流行，马步军十死六七，遂引军回洛阳。吴、魏自此不和。^{吴、魏不和，此大关目处。○以}^{上按下吴、魏，以下再叙西蜀。}

却说先主在永安宫染病不起，渐渐沉重，至章武三年夏四月，^{一病经}^{一年。}先主自知病入四肢，又哭关、张二弟，其病愈深，两目昏花。厌见侍从之人，乃叱退左右，独卧于龙榻之上。^{将写梦，先}^{写卧；将写}^{见鬼，先写}^{厌见人。}忽然阴风骤起，将灯吹摇，灭而复明，只见灯影之下，二人侍立。先主怒曰："朕心绪不宁，教汝等且退，何故又来！"叱之不退。先主起而视之，上首乃云长，下首乃翼德也。先主大惊曰："二弟原来尚在？"^{宛然梦中}^{之语。}云长曰："臣等非人，乃是鬼也。上帝以臣二人平生不失信义，皆敕命为神。哥哥与兄弟聚会不远矣。"^{忽曰鬼，忽曰神，忽称君臣，忽}^{称哥哥，宛然梦中所听之语。}先主扯定大哭。忽然惊觉，二弟不见。^{直待梦觉，方知是}^{梦，写来如画。}即唤从人问之，时正三更。^{直待知梦，方始知}^{时，写来如画。}先主叹曰："朕不久于人世矣！"遂遣使往成都，请丞相诸葛亮、尚书令李严等，星夜来永安宫，听受遗命。孔明等与先主次子鲁王刘永、梁王刘理，来永安宫见帝，留太子刘禅守成都。^{先主在白帝而刘禅在成都，与曹操在洛阳而曹丕}^{在邺郡，临终之时，父子皆不相见，仿佛相似。}

且说孔明到永安宫，见先主病危，慌忙拜伏于龙榻之下。先主传旨，请孔明坐于龙榻之侧，^{自起兵伐吴以来，至}^{此已有两年之别。}抚其背曰："朕自得丞相，幸成帝业；何期智识浅陋，不纳丞相之言，自取其败。悔恨成疾，死在旦夕。嗣子孱弱，不得不以大事相托。"^{以三顾始，以托孤终。三顾之礼，为自己}^{下定钱；托孤之情，又为儿子下定钱。}言讫，泪流满面。孔明亦涕泣曰："愿陛下善保龙体，以副天下之望！"先主以目遍视，只见马良之弟马谡在傍，先主令且退。谡退出，先主谓孔明曰："丞相观马谡之才何如？"^{百忙中忽论马谡人才，极是闲话，不知后来却是要紧的话。}孔明曰："此人亦当世之英才也。"先主曰："不然。朕观此人，言过其实，不可大用。丞相宜深察之。"^{早为九十六回伏线。}分付毕，传旨召诸臣入殿，取纸笔写了遗诏，递与孔明而叹曰："朕不读书，粗知大略。^{与孙权学问相似。}圣人云：'鸟之将死，其鸣也哀；人之将死，其言也善。'朕本待与卿等同灭曹贼，共扶汉室；^{临终之时，更不提起东吴，只说曹操，则伐吴之举亦悔之矣。}不幸中道而别。烦丞相将诏付与太子禅，令勿以为常言。凡事更望丞相教之！"^{既自教之，又欲孔明教之。}孔明等泣拜于地曰："愿陛下将息龙体！臣等尽施犬马之劳，以报陛下知遇之恩也。"先主命内侍扶起孔明，一手掩泪，一手执其手曰："朕今死矣，有心腹之言相告！"^{郑重其语，不即说出，又作一顿。}孔明曰："有何圣谕？"先主泣曰："君才十倍曹丕，必能安邦定国，终定大事。^{独以曹丕比较，是以伐魏为重也。}若嗣子可辅则辅之，如其不才，君可自为成都之主。"^{宛似刘表让荆州之语。〇人疑此语乃先主所以结孔明之心，吾谓此语乃深知刘禅之无用也。}孔明听毕，汗流遍体，手足失措，泣拜于地曰："臣安敢不竭股肱之力，效忠贞之节，继之以死乎！"言讫，叩头流血。先主又请孔明坐于榻上，唤鲁王刘永、梁王刘理近前，分付曰："尔等皆记朕言：朕亡之后，尔兄弟三人皆以父事丞相，不可怠慢。"^{只分付二子，连三子俱分付在内。}言罢，遂命二王同拜孔明。二王拜毕，孔明曰："臣虽肝脑涂地，安能报知遇之恩也！"

先主谓众官曰："朕已托孤于丞相，令嗣子以父事之。卿等俱不可怠慢，以负朕望。"^{此处方及众官。}又嘱赵云曰："朕与卿于患难之中，相从到今，不想于此地分别。卿可想朕故交，早晚看觑吾子，勿负朕言。"^{一番保阿斗，一番夺阿斗，与别将不同，故又特嘱之。}云泣拜曰："臣敢不效犬马之劳！"先主又谓众官曰："卿等众官，朕不能一一分嘱，愿皆自爱。"此句又极周至。○看他以上历历分付众官之言，无一语及私，与曹操不同。言毕驾崩，寿六十三岁。时章武三年夏四月二十四日也。后杜工部有诗叹曰：

> 蜀主窥吴向三峡，崩年亦在永安宫。
> 翠华想像空山外，玉殿虚无野寺中。

前解：首句如疾雷破山，何等声势。次句如落日掩照，何等苍凉。三虚写当年，四实叹今日也。山外安觅翠华？意中却有；寺中旧有玉殿？目下却无。是有，是无；是无，是有，二语闪烁不定。"翠华"、"玉殿"，又极声势；"空山"、"野寺"，又极苍凉。只一句中，上下忽变，真是异样笔墨。

> 古庙杉松巢水鹤，岁时伏腊走村翁。
> 武侯祠屋长邻近，一体君臣祭祀同。

后解：翠华玉殿既不可见，所见唯古庙存焉。而昭烈故天子也，以天子而有庙，必也玄堂太室，所谓振鹭来宾，和鸾至止者也。而今乃巢水鹤耳。以天子之庙而有祭，必也八佾九献，所谓群公执爵，髦士奉璋者也。而今乃走村翁耳。祠屋近是一样水鹤杉松，祭祀同是一样村翁伏腊，非幸其君臣一体，正伤其君臣无别也。○少陵为依严武而入蜀，蜀主为伐孙权而窥吴，后人所经，前人亦经焉；后人所止，前人亦止焉。后人吊前人，后人复吊后人，不独玉殿翠华徒劳想像，抑且空山野寺亦属虚无。蜀主与武侯，同尽千载，莫辨君臣；村翁与水鹤，俱湮一时，何分人物。昔年白帝托孤，已作英雄往事；今日蜀中怀古，岂非文士空花。可于此诗得禅理矣。

先主驾崩，文武官僚无不哀痛。孔明率众官奉梓宫还成都。太子刘禅出城迎接灵柩，安于正殿之内。举哀行礼毕，开读遗诏。诏曰：

朕初得疾，但下痢耳；后转生杂病，殆不自济。朕闻"人年五十，不称夭寿"。今朕六十有馀，死复何恨？但以汝兄弟为念耳。勉之！勉之！勿以恶小而为之，勿以善小而不为。唯贤唯德，可以服人；汝父德薄，不足效也。汝与丞相从事，事之如父，勿怠！勿忘！汝兄弟更求闻达。至嘱！至嘱！

群臣读诏已毕。孔明曰："国不可一日无君。请立嗣君，以承汉统。"乃立太子禅即皇帝位，改元建兴。加诸葛亮为武乡侯，领益州牧。葬先主于惠陵，谥曰昭烈皇帝。昭者，光也；烈者，武也。隐然以光武比之。尊皇后吴氏为皇太后，谥甘夫人为昭烈皇后，糜夫人亦追谥为皇后。升赏群臣，大赦天下。以上按下西蜀，以下再叙魏国。

早有魏军探知此事，报入中原。近臣奏知魏主，曹丕大喜曰："刘备已亡，朕无忧矣。何不乘其国中无主，起兵伐之？"伐吴不克，却想伐蜀，是谚所云"东边不着西边着"也。贾诩谏曰："刘备虽亡，必托孤于诸葛亮。亮感备知遇之恩，必倾心竭力，扶持嗣主。陛下不可仓卒伐之。"与刘晔谏伐吴一般见识。正言间，忽一人从班部中奋然而出曰："不乘此时进兵，更待何时？"众视之，乃司马懿也。司马懿惯与蜀做对头，却于此处早伏一笔。丕大喜，遂问计于懿。懿曰："若只起中国之兵，急难取胜；须用五路大兵，四面夹攻，令诸葛亮首尾不能救应，然后可图。"伐吴用三路，伐蜀用五路。三路出曹丕之意，五路出司马之谋，前后相对。

丕问何五路，懿曰："可修书一封，差使往辽东鲜卑国，见国王轲比能，赂以金帛，令起辽西羌兵十万，先从旱路取西平关，此一路也。先主用沙摩柯，今司马欲用轲比能，正与前文照应。再修书遣使赍官诰赏赐，直入南蛮，见蛮王孟获，令起兵十万，攻打益州、永昌、牂牁、越巂四郡，以击西川之南，此二路也。早为后文七擒七纵张本，妙。再遣使入吴修好，许以割地，令孙权起兵十万，攻两川夹口，径取涪城，此三路也。以上三路俱是客兵，先言西路、南路而后及东路，先其近者而后其远者也。又可差使至降将孟达处，起上庸兵十万，西攻汉中，此四路也。此一路用蜀中降将，虽是主兵，亦属客兵，犹之以蜀攻蜀耳。然后命大将军曹真为大都督，提兵十万，由京兆径出阳平关取西川，此五路也。末一路方用自家之将，自家之兵。共大兵五十万，五路并进，诸葛亮便有吕望之才，安能当此乎？"丕大喜，随即密遣能言官四员为使前去；又命曹真为大都督，领兵十万，径取阳平关。此时张辽等一班旧将皆封列侯，俱在冀、徐、青及合肥等处据守关津隘口，故不复调用。百忙里又补叙别将，笔法周密。〇以上按下魏国，以下再接西蜀。

却说蜀汉后主刘禅，自即位以来，旧臣多有病亡者，不能细说；闲闲总点一句。凡一应朝廷选法、钱粮、词讼等事，皆听诸葛丞相裁处。时后主未立皇后，孔明与群臣上言曰："故车骑将军张飞之女甚贤，年十七岁，可纳为正宫皇后。"后主即纳之。若论桃园结义，则两人当是兄妹；然异姓为婚，原不碍也，非若吴孟子晋狐姬之类。

建兴元年秋八月，忽有边报说："魏调五路大兵来取西川：第一路曹真为大都督，起兵十万，取阳平关；魏以此为第五路，蜀却以此为第一路。第二路乃反将孟达，起上庸兵十万，犯汉中；魏以此为第四路，蜀却以此为第二路。第三路乃东吴孙权，起精兵十万，取峡口入川；只有第三路彼此相同。第四路乃蛮王孟获，起蛮兵十万，犯益州四郡；魏以此为第二路，蜀却以此为第四路。第五路乃番王轲比能，起羌兵十万，犯西平关。魏以此为第一路，蜀却以此为第五路。〇魏意以客兵为助，重在客兵；蜀报以魏兵为主，重在魏兵。故前后次序各各不同。别处叙事，或一边实写，一边虚写，此处独两边皆详叙一番，又换一番笔法。此五路军马，甚是利害。已先报知丞相，报后主用实写，报孔明用虚写，就详叙中，又一虚一实。丞相不知为何，不出视事。"奇绝，令人猜测不出。后主听罢大惊，不但后主惊，读者至此亦惊。即差近侍赍旨，宣召孔明入朝。第一日差近侍宣召。使命去了半日，回报："丞相府下人言，丞相染病不出。"奇绝，令人测摸不出。后主转慌。不但后主慌，读者至此亦慌。次日，又命黄门侍郎董允、谏议大夫杜琼，去丞相卧榻前告此大事。^{第二日差大臣往告。}董、杜二人到丞相府前，皆不得入。^{奇绝，令人猜测不出。}杜琼曰："先帝托孤于丞相，今主上初登宝位，被曹丕五路兵犯境，军情至急，丞相何故推病不出？"^{不说真病，竟说他推病，只在不肯放入上猜出。}良久，门吏传丞相令，言："病体稍可，明早出都堂议事。"董、杜二人叹息而回。次日，多官又来丞相府前伺候，^{第三日多官往候。}从早至晚又不见出。^{奇绝，令人猜测不出。}多官惶惶，只得散去。杜琼入奏后主曰："请陛下圣驾亲往丞相府问计。"后主即引多官入宫，启奏皇太后。太后大惊曰："丞相何故如此？有负先帝委托之意也！我当自往。"^{故作惊人之笔，以显下文孔明之奇。}董允奏曰："娘娘未可轻往。臣料丞相必有高明之见。^{董允颇有见识。}且待主上先往；如果怠慢，请娘娘于太庙中召丞相问之未迟。"^{请入太庙召之，是重之以先帝之灵也，皆故作惊人之笔，以显下文孔明之奇。}太后依奏。

次日，后主车驾亲至相府。^{第四日御驾亲临。}门吏见驾到，慌忙拜伏于地而迎。后主问曰："丞相在何处？"门吏曰："不知在何处。只有丞相钧旨，教挡住百官，勿得辄入。"后主乃下车步行，^{与先主亲造草庐相似。}独进第三重门，^{过了第三日，又过三重门，与先主三顾草庐相似。}见孔明独倚竹杖，在小池边观鱼。^{与草庐中高卧相似。}后主在后立久，乃徐徐而言曰："丞相安乐否？"^{与先主阶前立候相似。}孔明回顾，见是后主，慌忙弃杖，拜伏于地曰："臣该万死！"后主扶起，问曰："今曹丕分兵五路犯境甚急，相父缘何不肯出府视事？"孔明大笑，扶后主入内室坐定，奏曰："五路兵至，臣安得不知？臣非观鱼，有所思也。"^{观鱼者，观吴也。}后主曰："如之奈何？"孔明曰："羌王轲比能，蛮王孟获，反将孟达，魏将曹真，此四路兵，臣已皆退去了也。^{奇绝，妙绝，真是出人意表。}止有孙权这一路兵，臣已有退之之计，但须一能言之人为使。因未得其人，故熟思之。陛下何必忧乎？"^{孔明之意，只致意在第三路。}

后主听罢，又惊又喜，曰："相父果有鬼神不测之机也！愿闻退兵之策。"孔明曰："先帝以陛下付托与臣，臣安敢旦夕怠慢。成都众官皆不晓兵法之妙贵在使人不测，岂可泄漏于人？_{先言自己托病不出，不与众官议事之故。}老臣先知西番国王轲比能引兵犯西平关，臣料马超积祖西川人氏，素得羌人之心，羌人以超为神威天将军，_{"神威天将军"，名色甚奇，觉"宇宙大将军"之称不足为怪矣。〇忙中带补马超一边事，妙甚。}臣已先遣一人，星夜驰檄，令马超紧守西平关，伏四路奇兵，每日交换，以兵拒之，此一路不必忧矣。_{一向单写子龙、汉升等战功，马超颇觉冷落，于此处用之，功却不小。}又南蛮孟获兵犯四郡，臣亦飞檄遣魏延领一军左出右入，右出左入，为疑兵之计；蛮兵唯凭勇力，其心多疑，若见疑兵，必不敢进，此一路又不足忧矣。_{此处用着魏延，魏延亦不冷落。}又知孟达引兵出汉中，达与李严曾结生死之交；臣回成都时，留李严守永安宫。_{托孤时事，却于此处补出。}臣已作一书，只做李严亲笔，令人送与孟达，达必然推病不出，以慢军心，此一路又不足忧矣。_{此处用着李严，方知托孤时同受了遗命，不为无谓也。}又知曹真引兵犯阳平关；此地险峻，可以保守，臣已调赵云引一军守把关隘，并不出战；曹真若见我兵不出，不久自退矣。_{此处又用子龙，却不用战而用守，又是一样用法。}此四路兵俱不足忧。臣尚恐不能全保，又密调关兴、张苞二将各引兵三万，屯于紧要之处，为各路救应。_{又总用兴、苞二人，布置周密。}此数处调遣之事，皆不曾由成都，故无人知觉。_{又说明众人不知之故。}只有东吴一路兵未必便动，如见四路兵胜，川中危急，必来相攻；若四路不济，安肯动乎？臣料孙权想曹丕三路侵吴之怨，必不肯从其言。_{孔明意中却以孙权一路为第五路，似以此一路为轻。}虽然如此，须用一舌辩之士，径往东吴，以利害说之，则先退东吴；其四路之兵，何足忧乎？_{孔明意中又以孙权一路为第一路，却又以此一路为重。}但未得说吴之人，臣故踌躇。何劳陛下圣驾来临？"后主曰："太后亦欲来见相父。今朕闻相父之言，如梦初觉，复何忧哉！"

孔明与后主共饮数杯，连日受恐，此数杯酒只算压惊。送后主出府。众官皆环立于门外，见后主面有喜色。后主别了孔明，上御车回朝。众皆疑惑不定。不知葫芦里卖甚药。孔明见众官中一人仰天而笑，面亦有喜色。不曾吃酒亦有春色，如此人者，不可不与饮酒。然唯如此人者，可不与饮酒。孔明视之，乃义阳新野人，姓邓名芝，字伯苗，见为户部尚书；汉司马邓禹之后。孔明暗令人留住邓芝。多官皆散，孔明请芝到书院中，问芝曰："今蜀、魏、吴鼎分三国，欲讨二国，一统中兴，当先伐何国？"不用邓芝问孔明，先用孔明问邓芝以试之，妙甚。芝曰："以愚意论之，魏虽汉贼，其势甚大，急难摇动，当徐徐缓图；今主上初登宝位，民心未安，当与东吴连合，结为唇齿，一洗先帝旧怨，此乃长久之计也。其合着东吴孙权一语。未审丞相钧意若何？"孔明大笑曰："吾思之久矣，奈未得其人，今日方得也！"芝曰："丞相欲其人何为？"孔明曰："吾欲使人往结东吴。公既能明此意，必能不辱君命。使吴之任，非公不可。"妙在待他自说出来，然后教他去。芝曰："愚才疏智浅，恐不堪当此任。"孔明曰："吾来日奏知天子，便请伯苗一行，切勿推辞。"芝应允而退。至次日，孔明奏准后主，差邓芝往说东吴。芝拜辞，望东吴而来。正是：

吴人方见干戈息，蜀使还将玉帛通。

未知邓芝此去若何，且看下文分解。

第八十六回　难张温秦宓逞天辨　破曹丕徐盛用火攻

破曹
玉璽
徐盛
用火攻

　　自曹丕以三路取吴，而吴、魏之衅生；自曹丕以五路取蜀，而吴、蜀之交复合。吴、蜀之交复合，而吴、魏之衅乃愈生矣。以前卷观之，则五路之中，孔明独以孙权一路为缓；以此卷观之，则五路之中，孔明又以孙权一路为急。盖其于四路，不过退之已耳；若孙权一路，则不但退之，又将用之。退之使不侵蜀，用之即使侵魏也。吴纵不侵魏，而魏必侵吴，以致吴之侵魏。既致吴之侵，而吴必结我以侵魏。是吴以两路答三路之师，蜀亦以两路答五路之师也。然则魏之伐吴，适所以自伐，而蜀之通吴，乃其所以伐魏欤？

　　孔明之遣邓芝，为伐魏地也。然为伐魏地，亦正为吞吴地也。先主尝仇吴矣，先主仇之，而孔明通之，岂孔明之心异于先主哉？以为不先灭魏，则吴未可吞；而不先通吴，则魏未可灭。魏灭，而蜀与吴势不两存。观邓芝"天无二日"之言，章章可见。然则孔明反先主伐吴之事，实欲终先主吞吴之志耳。

　　屈灵均作《天问》，柳子厚作《天对》。一问于千百载之前，一对于千百载之后。窃谓子厚未识灵均寄托之本意，恨不再起灵均以难之。若秦宓既为《天对》以答问，又复为《天问》以索对，殆以一人而兼灵均、子厚之长矣。

　　吴侯初以刀锯鼎镬待蜀使，而吴使至蜀，蜀岂得无答礼乎？有秦宓之舌剑，可以当刀斧手；其悬河之口，可以当油鼎之沸矣。然孔明亦常舌战东吴之士，何以不自折之，而乃用秦宓也？曰：师相之体，固宜养重，与前番入吴时又自不同故也。

　　前有周郎赤壁之火，又有陆逊猇亭之火，无分毫相犯，斯亦事与文之最奇者矣。乃不意两番之后，又有徐盛南徐之火，又与前两番无分毫相犯。如赤壁、猇亭之用火甚迟，南徐之用火甚速，其不同者一。曹操、先主之兵，烧之而后退；曹丕之兵，至于退而后烧；前两番则以火蹑其后，后一番则以火截其前，其不同者二。周郎之兵，先小胜而后大胜；陆逊之兵，先小败而后大胜；而徐盛则止是一胜，其不同者三。不但此也，程普不服周郎，韩当、周泰不服陆逊，是以老成轻量少年；孙韶不服徐盛，是以少年轻量老成：此则其同而不同者也。曹操有连环之舟，先主有连营之屯，其连在敌；徐盛有连城之势，其连在我：此又其同而不同者也。孔明以草为人，用之大雾之中；徐盛以草为人，见之大雾之后。孔明以石为兵，御陆逊于既胜；徐盛以木为城，惑曹丕于初来。其仿佛处，皆种种各别。如此妙事，如此妙文，使今之捏造稗官者，执笔而摹之，岂能效其万一耶？

若曹丕自守邺都，吴亦以徐盛代守荆州，而令司马懿与陆逊相拒于江淮之间，其斗智必有可观，惜未见此两人之交手也。且使攻南徐者为曹操，则龙舟之役，未必如此之愈。又使助徐盛者有孔明，则曹丕之奔，必无生还之路矣。读者将前后彼此相易而观之，则其人才之分数自出。

却说东吴陆逊自退魏兵之后，吴王拜逊为辅国将军、江陵侯，领荆州牧，自此军权皆归于逊。张昭、顾雍启奏吴王，请自改元。权从之，遂改为黄武元年。魏曰黄初，吴亦曰黄武，皆应黄天当立之谶。忽报魏主遣使至，权召入。使命陈说："蜀前使人求救于魏，魏一时不明，故发兵应之，蜀安肯求救于魏？此说谎骗孙权不信。如今已大悔，欲起四路兵收川，东吴可来接应。若得蜀土，各分一半。"前既救蜀，今又取蜀，便是自相矛盾之语。

　　权闻言不能决，乃问于张昭、顾雍等。昭曰："陆伯言极有高见，可问之。"权即召陆逊至。逊奏曰："曹丕坐定中原，急不可图，今君不从，必为仇矣。臣料魏与吴皆无诸葛亮之敌手。今且勉强应允，整军预备，只探听四路如何。若四路兵胜，川中危急，诸葛亮首尾不能救，主上则发兵以应之，先取成都，此为上策；如四路兵败，别作商议。"已在孔明算中。权从之，乃谓魏使曰："军需未办，择日便当起程。"使者拜辞而去。权令人探得西番兵出西平关，见了马超，不战自退；南蛮孟获起兵攻四郡，皆被魏延用疑兵计杀退回洞去了；上庸孟达兵至半路，忽然染病不能行；曹真兵出阳平关，赵子龙拒住各处险道，果然"一将守关，万夫莫开"。曹真屯兵于斜谷道，不能取胜而回。四路兵退却，在孙权一边听得，不向西蜀一边叙来，笔法变换，却又极省笔。

　　孙权知了此信，乃谓文武曰："陆伯言真神算也。孤若妄动，又结怨于西蜀矣。"怕结怨于蜀一语，绝妙斗笋。忽报西蜀遣邓芝到。张昭曰："此又是诸葛亮退兵之计，遣邓芝为说客也。"权曰："当何以答之？"昭曰："先于殿前立一大鼎，贮油数百斤，下用炭烧。待其油沸，可选身长面大武士一千人，各执刀在手，从宫门前直排至殿上，却唤芝入见。休等此人开言下说词，责以郦食其说齐故事，效此例烹，且看其人如何对答。"如此恐吓，亦是下着。

　　权从其言，遂立油鼎，命武士立于左右，各执军器，召邓芝入。芝整衣冠而入。行至宫门前，只见两行武士威风凛凛，各持钢刀、大斧、长戟、短剑，直列至殿前。芝晓其意，并无惧色，昂然而行。以前能有喜色，故此时能无惧色。至殿前，又见鼎镬内热油正沸。左右武士以目视之，芝但微微而笑。邓芝真是吓不动。近臣引至帘前，邓芝长揖不拜。^{妙。}权令卷起珠帘，大喝曰："何不拜？"芝昂然而答曰：

"上国天使，不拜小邦之主。"^{以硬对硬。}权大怒曰："汝不自料，欲

掉三寸之舌，效郦生说齐乎！可速入油鼎！"芝大笑曰："人皆

言东吴多贤，谁想惧一儒生！"^{不但说自己不惧，反说东吴惧他，妙甚。}权转怒曰："孤

何惧尔一匹夫耶？"芝曰："既不惧邓伯苗，何愁来说汝等

也？"权曰："尔欲为诸葛亮作说客，来说孤绝魏向蜀，是

否？"芝曰："吾乃蜀中一儒生，特为吴国利害而来。^{不说为蜀，反说为吴，妙甚。}

乃设兵陈鼎，以拒一使，何其局量之不能容物耶！"^{又用激法。}

权闻言惶愧，即叱退武士，命芝上殿，赐坐而问曰："吴、

魏之利害若何？愿先生教我。"芝曰："大王欲与蜀讲和，还是

欲与魏讲和？"^{妙在先问他主意。}权曰："孤正欲与蜀主讲和，^{此句待他自说，妙甚。}但

恐蜀主年轻识浅，不能全始全终耳。"芝曰："大王乃命世之英

豪，诸葛亮亦一时之俊杰；^{权欺后主之幼，芝乃请出孔明来对说。}蜀有山川之险，吴有

三江之固。^{上二语说吴蜀人才。此二语说吴蜀形势。}若二国连和，共为唇齿，进则可以兼

吞天下，退则可以鼎足而立。^{此言与蜀和之利。}今大王若委贽称臣于魏，魏

必望大王朝觐，求太子以为内侍；如其不从，则兴兵夹攻，蜀亦

顺流而进取。^{妙在又用一句硬话。}如此则江南之地，不复为大王有矣。^{此言与魏和之害。}若大王以愚言为不然，愚就将死于大王之前，以绝说客之名

也。"<sup>答还说客一言讫，撩衣下殿，望油鼎中便跳。^{此等做法，却是放刁，妙不可言。}

权急命止之，请入后殿，以上宾之礼相待。权曰："先生之言，

正合孤意。孤今欲与蜀主连和，先生肯为我介绍乎？^{反使孙权求他，妙不可言。}芝曰："适欲烹小臣者，乃大王也。今欲使小臣者，亦大王

也。大王犹自狐疑未定，安能取信于人？"^{反是他做难起来，妙不可言。}权曰："孤

意已决，先生勿疑。"^{恐孙权不决，故撩他此一句出来。}

于是吴王留住邓芝，集多官问曰："孤掌江南八十一州，更有荆楚之地，反不如西蜀偏僻之处也。蜀有邓芝，不辱其主；吴并无一人入蜀，以达孤意。"　_{孙权亦用激法。}忽一人出班奏曰："臣愿为使。"众视之，乃吴郡吴人，姓张名温，字惠恕，见为中郎将。权曰："恐卿到蜀见诸葛亮，不能达孤之情。"　_{又激他。}温曰："孔明亦人耳，臣何畏彼哉？"　_{孙权不注意后主，而注意孔明，使者之意亦不在后主，而在孔明。}权大喜，重赏张温，使同邓芝入川通好。　_{以上按东吴，以下再叙西蜀。}

却说孔明自邓芝去后，奏后主曰："邓芝此去，其事必成。吴地多贤，定有人来答礼。陛下当礼貌之，　_{不必用油锅武士。}令彼回吴以通盟好。吴若通和，魏必不敢加兵于蜀矣。吴、魏宁靖，臣当征南，平定蛮方，　_{便为七擒孟获张本。}然后图魏。　_{便为六出祁山张本。}魏削则东吴亦不能久存，　_{仍照顾先主伐吴之意。}可以复一统之基业也。"后主然之。

忽报东吴遣张温与邓芝入川答礼。后主聚文武于丹墀，令邓芝、张温入。温自以为得志，昂然上殿，见后主施礼。后主赐锦墩，坐于殿左，设御宴待之。后主但敬礼而已。　_{说不出一句话。}宴罢，百官送张温到馆舍。次日，孔明设宴相待。孔明谓张温曰："先帝在日与吴不睦，今已晏驾。当今主上深慕吴王，欲捐旧忿，永结盟好，并力破魏。望大夫善言回奏。"　_{邓芝见吴王，不曾提起先主伐吴之事，却于孔明对吴使补出。}张温领诺。酒至半酣，张温喜笑自若，颇有傲慢之意。　_{孔明此日任其傲慢，不与计论，自是相体。}

次日，后主将金帛赐与张温，设宴于城南邮亭之上，命众官相送。孔明殷勤劝酒。忽一人乘醉而入，昂然长揖，入席就坐。　_{此人定是孔明约来。}温怪之，乃问孔明曰："此何人也？"孔明答曰："姓秦名宓，字子勑，见为益州学士。"温笑曰："名称学士，未知胸中曾学事否？"此句笑今人则可，笑秦宓则不可。 宓正色而言曰："蜀中三尺小童尚皆就学，何况于我？"温曰："且说公何所学？"宓对曰："上至天文，下至地理，三教九流，诸子百家，无所不通；古今兴废，圣贤经传，无所不览。"此语大话，我今亦闻之矣，但未见真有如秦宓者耳。温笑曰："公既出大言，请即以天为问：天有头乎？"问得诙谐。宓曰："有头。"答亦诙谐。温曰："头在何方？"诙谐。宓曰："在西方。《诗》云：'乃眷西顾。'以此推之，头在西方也。"便将西蜀高抬。温又问："天有耳乎？"诙谐。宓答曰："天处高而听卑。《诗》云：'鹤鸣九皋，声闻于天。'无耳何能听？"敏妙之极。温又问："天有足乎？"诙谐。宓曰："有足。《诗》云：'天步艰难。'无足何能步？"敏妙之极。温又问："天有姓乎？"诙谐。宓曰："岂得无姓！"妙。温曰："何姓？"宓答曰："姓刘。"妙。温曰："何以知之？"宓曰："天子姓刘，以故知之。"天子为天之子，以子之姓姓其父也，然则天子屡易姓，则天之姓亦屡易矣。温又问曰："日生于东乎？""日"言君象，是言君在东吴也。宓对曰："虽生于东，而没于西。"又将西蜀抹倒东吴。

此时秦宓语言清朗，答问如流，满座皆惊。张温无语。宓乃问曰："先生东吴名士，既以天事下问，必能深明天之理。昔混沌既分，阴阳剖判；轻清者上浮而为天，重浊者下凝而为地；至共工氏战败，头触不周山，天柱折，地维缺，天倾西北，地陷东南。天既轻清而上浮，何以倾其西北乎？张温之问天是诙谐，秦宓却认真问起来，教他如何对答。又未知轻清之外，还是何物？此一句又问天之外，一发难对。愿先生教我。"张温无言可对，乃避席而谢曰："不意蜀中多出俊杰！恰闻讲论，使仆顿开茅塞。"孔明恐温羞愧，故以善言解之曰："席间问难，皆戏谈耳。足下深知安邦定国之道，何在唇齿之戏哉！"暗约秦宓来难倒了他，温拜谢。孔明又令邓芝入吴答礼，就与张温同行。

<small>却又自己收科，孔明真是妙人。</small>

张、邓二人拜谢孔明，望东吴而来。

却说吴王见张温入蜀未还，乃聚文武商议。忽近臣奏曰："蜀遣邓芝同张温入国答礼。"权召入。张温拜于殿前，备称后主、孔明之德，愿求永结盟好，特遣邓尚书又来答礼。权大喜，乃设宴待之。权问邓芝曰："若吴、蜀二国同心灭魏，得天下太平，二主分治，岂不乐乎？"芝答："天无二日，<small>秦宓论天，邓芝又论天。</small>民无二王。如灭魏之后，未识天命所归何人。但为君者各修其德，为臣者各尽其忠，则战争方息耳。"<small>邓芝到底不弱，胜张温多矣。</small>权大笑曰："君之诚款，乃如是耶！"遂厚赠邓芝还蜀。自此吴、蜀通好。<small>自此一和之后，永不相伐，又是大关目处。○以上按下吴蜀两边，以下接叙魏国一边。</small>

却说魏国细作探知此事，火速报入中原。魏主曹丕听知，大怒曰："吴、蜀连和，必有图中原之意也。不若朕先伐之。"于是大集文武，商议起兵伐吴。<small>头醋不酸，只怕二醋不辣。</small>此时大司马曹仁、太尉贾诩已亡。侍中辛毗出班奏曰："中原之地，土阔民稀，而欲用兵，未见其利。今日之计，莫若养兵屯田十年，足食足兵，然后用之，则吴、蜀方可破也。"<small>辛毗十年之说太远，与前贾诩、刘晔之谏伐吴不同。</small>丕怒曰："此迂儒之论也！今吴、蜀连和，早晚必来侵境，何暇等待十年！"即传旨起兵伐吴。司马懿奏曰："吴有长江之险，非船莫渡。陛下必御驾亲征，可选大小战船，从蔡、颍而入淮，取寿春，至广陵，渡江口，径取南徐，此为上策。"<small>与曹操之屯兵赤壁又不同，盖曹操既得荆州，故赤壁之兵欲从荆州渡江，今荆州已属孙权，故淮上之军欲从广陵渡江，地势既殊，局面亦异。</small>丕从之。于是日夜并工，造龙舟十只，长二十余丈，可容二千余人，<small>此时好向镇江看大龙舟也。</small>收拾战船三千余只。魏黄初五年秋八月，会聚大小将士，令曹真为前部，张辽、张郃、文聘、徐晃等为大将先行，许褚、吕虔为中军护卫，曹休为合后，刘晔、蒋济为参谋。_{刘晔此时何以不谏?}前后水陆军马三十馀万，克日起兵。封司马懿为尚书仆射，留在许昌，凡国政大事，并皆听懿决断。_{便为司马氏专权之兆。}

不说魏兵起程。却说东吴细作探知此事，报入吴国。近臣慌奏吴王曰："今魏王曹丕亲自乘驾龙舟，提水陆大军三十馀万，从蔡、颍出淮，必取广陵渡江来下江南，甚为利害。"孙权大惊，即聚众文武商议。顾雍曰："今主上既与西蜀连和，可修书与诸葛孔明，令起兵出汉中，以分其势；_{为下文赵云取阳平关伏线。}一面遣一大将，屯兵南徐以拒之。"权曰："非陆伯言不可当此大任。"雍曰："陆伯言镇守荆州，不可轻动。"_{丕之不取荆州，想亦为陆逊在彼之故。}权曰："孤非不知，奈眼前无替力之人。"_{孙权惯用激将法。}言未尽，一人从班部内应声而出曰："臣虽不才，愿统一军以当魏兵。若曹丕亲渡大江，臣必生擒以献陛下；若不渡江，亦杀魏兵大半，令魏兵不敢正视东吴。"权视之，乃徐盛也。_{守南徐却好用着姓徐的。}权大喜曰："如得卿守江南一带，孤何忧哉！"遂封徐盛为安东将军，总镇都督建业、南徐军马。盛谢恩，领命而退，即传令教众官军多置器械，多设旌旗，以为守护江岸之计。_{其地曰徐，其将曰徐，其用兵亦不疾不徐。}

忽一人挺身出曰："今日大王以重任委托将军，欲破魏兵以擒曹丕，将军何不早发军马渡江，于淮南之地迎敌？直待曹丕兵至，恐无及矣。"_{与韩当、周泰不服陆逊，仿佛相似。}盛视之，乃吴王侄孙韶也。韶字公礼，官授扬威将军，曾在广陵守御，年幼负气，极有胆勇。_{陆逊以年少，人不服他；孙韶亦以年少，不肯服人。}盛曰："曹丕势大，更有名将为先锋，不可渡江迎敌。待彼船皆集于北岸，吾自有计破之。"_{与陆逊候先主移营仿佛相似。}韶曰：“吾手下自有三千军马，更兼深知广陵路势，吾愿自去江北，与曹丕决一死战。如不胜，甘当军令。”盛不从。韶坚执要去，盛只是不肯，韶再三要行。盛怒曰：“汝如此不听号令，吾安能制诸将乎？”叱武士推出斩之。^{如韩信之欲斩樊哙。}刀斧手拥孙韶出辕门之外，立起皂旗。韶部将飞报孙权。权听知，急上马来救。^{樊哙是相国来救，孙韶却是君王自救。}武士恰待行刑，孙权早到，喝散刀斧手，救了孙韶。韶哭奏曰：“臣往年在广陵，深知地理；不就那里与曹丕厮杀，直待他下了长江，东吴指日休矣！”^{孙韶有将军宗悫之风。}权径入营来。徐盛迎接入帐，奏曰：“大王命臣为都督，提兵拒魏。今扬威将军孙韶，不遵军法，违令当斩，大王何故赦之？”权曰：“韶倚血气之壮，误犯军法，万希宽恕。”盛曰：“法非臣所立，亦非大王所立，乃国家之典刑也。若以亲而免之，何以令众乎？”^{徐盛有穰苴、孙武之风。}权曰：“韶犯法，本应任将军处治；奈此子虽本姓俞氏，然孤兄甚爱之，赐姓孙，于孤颇有劳绩。今若杀之，负兄义矣。”^{孙权笃于兄弟，与曹丕不同。}盛曰：“且看大王之面，寄下死罪。”权令孙韶拜谢。韶不肯拜，厉声而言曰：“据吾之见，只是引军去破曹丕！便死也不服你的见识！”^{可谓强项将军。}徐盛变色。权叱退孙韶，谓徐盛曰：“便无此子，何损于吴？今后勿再用之。”^{善于调停。}言讫自回。是夜，人报徐盛说：“孙韶引本部三千精兵，潜地过江去了。”盛恐有失，于吴王面上不好看，乃唤丁奉授以密计，引三千兵渡江接应。^{徐盛亦得体，若弃韶而不救，便不成大将矣。}

　　却说魏王驾龙舟至广陵，前部曹真已领兵列于大江之岸。曹丕问曰：“江岸有多少兵？”真曰：“隔岸远望，并不见一人，亦无旌旗营寨。”^{与朱桓立在濡须，仿佛相似。}丕曰：“此必诡计也。朕自往观其虚实。"于是大开江道，放龙舟直至大江，泊于江岸。船上建日月龙凤五色旌旗，銮仪簇拥，光耀射目。^{此等龙舟，只好去汨罗江吊屈原耳。}曹丕端坐舟中，遥望江南，不见一人，回顾刘晔、蒋济曰："可渡江否？"晔曰："兵法'实实虚虚'。彼见大军至，如何不作准备？陛下未可造次。且待三五日，看其动静，然后发先锋渡江以探之。"^{毕竟刘晔把细。}丕曰："卿言正合朕意。"

是日天晚，宿于江中。当夜月黑，^{将写雾，先写月。}军士皆执灯火，明耀天地，恰如白昼。遥望江南，并不见半点儿火光。^{连写灯火、火光，正为后文火攻点染。}丕问左右曰："此何故也？"近臣奏曰："想闻陛下天兵来到，故望风逃窜耳。"丕暗笑。及至天晓，大雾迷漫，对面不见。^{既写月黑，又写雾天，与曹操舞槊之月、孔明借箭之雾，前后闲闲相映。}须臾风起，雾散云散，望见江南一带皆是连城，城楼上枪刀耀日，遍城尽插旌旗号带。顷刻数次人来报："南徐沿江一带，直至石头城，一连数百里，城郭舟车，连绵不绝，一夜成就。"^{如海市蜃楼之不测。}曹丕大惊。^{读者见之亦吃一惊。}原来徐盛束缚芦苇为人，尽穿青衣，执旌旗，立于假城疑楼之上。^{假城疑楼只用假人守把，妙。}魏兵见城上许多人马，如何不胆寒？丕叹曰："魏虽有武士千群，无所用之。江南人物如此，未可图也！"^{然则特地到此，只当龙舟一乐。}

正惊讶间，忽然狂风大作，白浪滔天，江水溅湿龙袍，大船将覆。曹真慌令文聘撑小舟急来救驾。龙舟人立站不住。文聘跳上龙舟，负丕下得小舟，奔入河港。忽流星马报："赵云引兵出阳平关，径取长安。"^{与曹操在赤壁时闻马腾消息一虚一实，前后闲闲又相映。}丕听得，大惊失色，便教收军。众军各自奔走。背后吴兵追至。丕传旨教尽弃御用之物而走。龙舟将次入淮，忽然鼓角齐鸣，喊声大震，刺斜里一彪军杀到，为首大将乃孙韶也。魏兵不能抵当，折其大半，淹死者无数。_{少年负气未尝误事，与近日少年不同。}诸将奋力救出魏主。魏主渡淮河，行不三十里，淮河中一带芦苇，预灌鱼油，尽皆火着，_{前徐盛所授之计，至此始见。}顺风而下，风势甚急，火焰漫空，截住龙舟。_{曹操之火背后烧来，曹丕之火当面截住，更是着急。}丕大惊，急下小船傍岸时，龙舟上早已火着。_{此时十只龙舟已化作十条火龙矣。}丕慌忙上马。岸上一彪军杀来，为首一将乃丁奉也。张辽急拍马来迎，被奉一箭射中其腰，_{可与太史慈报仇。}却得徐晃救了，同保魏主而走，折军无数。背后孙韶、丁奉夺到马匹、车仗、船只器械不计其数。魏兵大败而回。吴将徐盛大获全功，吴王重加赏赐。张辽回到许昌，箭疮迸裂而亡，曹丕厚葬之，不在话下。_{以上按下东吴，以下再叙西蜀。}

却说赵云引兵杀出阳平关之次，忽报丞相有文书到，说益州耆帅雍闿结连蛮王孟获，起十万蛮兵，侵掠四郡，因此宣云回军，令马超坚守阳平关，丞相欲自南征。_{南蛮消息却从赵云一边听得，绝妙接笋。}赵云乃急收兵而回。此时孔明在成都整饬军马，亲自南征。正是：

方见东吴敌北魏，又看西蜀战南蛮。

未知胜负如何，且看下回分解。

第八十七回　征南寇丞相大興師　抗天兵蠻王初受執

抚天兵鳖王
初受執

孔明通吴之后，便当接以伐魏之事，乃忽置中原，而从事于南方者，何哉？曰：孙权之兵，曹丕所欲借以攻蜀者也；孟获之兵，亦曹丕所欲借以攻蜀者也。魏借孙权以攻蜀，而蜀得收之以为我用；乃魏借孟获以攻蜀，而蜀不得收之以为我用。不惟不为我用，又深足为我患，则安得不以全力取之乎？不以全力取之，而遽欲伐魏，则孟获将乘虚而议我之后矣。故凡孔明之通吴，非注意于东，而注意在北；孔明之征南蛮，亦非注意于南，而注意在北也。

曹操致韩遂之书，妙在先与韩遂看，后与马超看；孔明致雍闿之书，又妙在不令雍闿看，却令高定看；周瑜假作张蔡之书，妙在不与蒋干看，却令蒋干偷看；孔明假作朱褒之书，又妙在自与高定看，更不消高定偷看。曹操、周郎分用之，而各见其奇；孔明兼用之，而又各极其变。

吕凯之图善矣，犹不若马谡之说为善也。何也？吕凯能绘其地，未能绘其人，即能绘其人，未能绘其人之心也；马谡之意，不在取其地，取其人，而在取其人之心。故披吕凯之图，能使南方无处不在孔明之目中；听马谡之说，直当使孔明无日不在南人之心中耳。

用兵之家，但知攻城与兵战，至于攻心心战之论，则《六韬》、《三略》之所未及详，《黄石素书》、《孙武十三篇》之所未及载也。唯南巢牧野之师，为能得此意。而不谓马谡能言之，然非待马谡言之，而孔明始知之，孔明特因马谡之言而愈决之耳。

此卷叙孔明一擒一纵之始事也。而就第一番擒纵之中，已有

三番擒纵之妙。如郭焕之被获，是一番擒纵也；董、阿二人之被
获，又一番擒纵也；至孟获而三矣。且其间交战者三，而用计者
五。若第一番用计，则故以雍闿人认为高定人；第二番用计，则
又故以高定人认为雍闿人；第三番用计，则又故以高定之真降，
认为假降。至于设伏以擒董、阿，设伏以擒孟获，非又用计之第
四番、第五番乎？只一起手时，而事之变化，已不可方物如此，
岂非绝世奇文！

却说诸葛丞相在于成都，事无大小，皆亲自从公决断。两川
之民，忻乐太平，夜不闭户，路不拾遗。又幸连年大熟，老幼鼓
腹讴歌，凡遇差徭，争先早办，因此军需器械应用之物，无不完
备；米满仓廒，财盈府库。^{先叙蜀中富庶，以见内安而后可以外攘也。}

建兴三年，益州飞报："蛮王孟获大起蛮兵十万，犯境侵
掠。^{孟获犹是曹丕五路中之一路，此时乃去而复来。}建宁太守雍闿，乃汉朝什万侯雍齿之
后，今结连孟获造反。牂牁郡太守朱褒、越嶲郡太守高定二人献
了城，止有永昌郡太守王伉不肯反。见今雍闿、朱褒、高定三人
部下人马，皆与孟获为乡导官，攻打永昌郡。今王伉与功曹吕
凯，会集百姓，死守此城，其势甚急。"^{只用传报，不用实叙，皆是省笔。}孔明乃入
朝奏后主曰："臣观南蛮不服，实国家之大患也。臣当自领大
军，前去征讨。"^{不伐魏而亲自征蛮，出人意外。}后主曰："东有孙权，北有曹丕，
今相父弃朕而去，倘吴、魏来攻，如之奈何？"^{先说孙权，次说曹丕，且吴方连和而并}
^{言吴魏来攻，便见其胸中没分晓。}孔明曰："东吴方与我国讲和，料无异心；李严在
白帝城，此人可当陆逊也。^{放下东吴。}曹丕新败，锐气已丧，未能远
图；且有马超守把汉中诸处关口，不必忧也。^{按下北魏。}臣又留关兴、

张苞等分两军为救应，保陛下万无一失。今臣先去扫荡蛮方，然后北伐，以图中原，^{归重中原。征蛮}^{正为伐魏地耳。}报先帝三顾之恩，托孤之重。"后主曰："朕年幼无知，唯相父斟酌行之。"言未毕，班部内一人出曰："不可！不可！"众视之，乃南阳人也，姓王名连，字文仪，见为谏议大夫。连谏曰："南方不毛之地，瘴疫之乡，丞相秉钧衡之重任，而自远征，非所宜也。且雍闿等乃癣疥之疾，丞相直须遣一大将讨之，必然成功。"^{不知南方未平，不是疥癣}^{之疾，直是心腹之患。}孔明曰："南蛮之地离国甚远，人多不习王化，收服甚难，吾当亲去征之。可刚可柔，别有斟酌，非可容易托人。"^{七纵七擒之意，于此}^{已先定矣，不消待马}^{谡说}^{得。}

王连再三苦劝，孔明不从。是日，孔明辞了后主，令蒋琬为参军，费祎为长史，董厥、樊建二人为椽史；赵云、魏延为大将，总督军马；王平、张翼为副将；并川将数十员，共起川兵五十万，前望益州进发。^{似乎小题}^{大做。}忽有关公第三子关索，入军来见孔明曰："自荆州失陷，逃难在鲍家庄养病。每要赴川见先帝报仇，疮痕未合，不能起行。近已安痊，打探得东吴仇人已皆诛戮，径来西川见帝，恰在途中遇见征南之兵，特来投见。"^{关索踪}^{迹，直}^{于此处叙出，}^{前文所未及。}^补孔明闻之，嗟讶不已；一面遣人申报朝廷，就令关索为前部先锋，一同征南。大队人马，各依队伍而行。饥餐渴饮，夜住晓行，所经之处，秋毫无犯。^{的是王者}^{之兵。}

却说雍闿听知孔明自统大军而来，即与高定、朱褒商议，分兵三路，高定取中路，雍闿在左，朱褒在右，三路各引兵五六万迎敌。^{孟获本是一路}^{忽先有三路。}于是高定令鄂焕为前部先锋。焕身长九尺，面貌丑恶，使一枝方天戟，有万夫不当之勇，领本部兵离了大寨，

来迎蜀兵。_{三路又先写一路。}

却说孔明引大军已到益州界分。前部先锋魏延，副将张翼、王平才入界口，正遇鄂焕军马。两阵对圆，魏延出马大骂曰："反贼早早受降！"鄂焕拍马与魏延交锋。战不数合，延诈败走，焕随后赶来。走不数里，喊声大震。张翼、王平两路军杀来，绝其后路。延复回，三员将并力拒战，生擒鄂焕，解到大寨入见孔明，孔明令去其缚，以酒食待之。_{此待孟获之法，先将鄂焕做个引子。}问曰："汝是何人部将？"焕曰："某是高定部将。"孔明曰："吾知高定乃忠义之士，今为雍闿所惑，以致如此。吾今放汝回去，令高太守早早归降，免遭大祸。"鄂焕拜谢而去，_{妙，亦算一擒一纵。}回见高定，说孔明之德。定亦感激不已。次日，雍闿至寨。礼毕，闿曰："如何得鄂焕回也？"定曰："诸葛亮以义放之。"闿曰："此乃诸葛亮反间之计，欲令我两人不和，故设此谋也。"_{雍闿作梗，与高定罪有轻重。}定半信不信，心中犹豫。忽报蜀将搦战，闿自引三万兵出迎。战不数合，闿拨马便走。延率兵大进，追杀二十余里。_{三路中又写一路。}次日，雍闿又起兵来迎。孔明一连三日不出。至第四日，雍闿、高定分兵两路，来取蜀寨。_{三路中并写两路，却不见朱褒一路。}

却说孔明令魏延等两路伺候，果然雍闿、高定两路兵来，被伏兵杀伤大半，生擒者无数，都解到大寨来。雍闿的人囚在一边，高定的人囚在一边。却令军士称说："但是高定的人免死，雍闿的人尽杀。"_{妙计。}众军皆闻此言。少时，孔明令取雍闿的人到帐前，问曰："汝等是何人部从？"众伪曰："高定部下人也。"_{必然如此。}孔明教皆免其死，与酒食赏劳，令人送出界首，纵放回寨。_{先发遣雍闿的人，妙在故意认作高定的人，以疑雍闿。}孔明又唤高定的人问之。众皆告曰：

"吾等实是高定部下军士。"孔明亦皆免其死，赐以酒食，却扬言曰："雍闿今日使人投降，要献汝主并朱褒首级以为功劳，吾甚不忍。汝等既是高定部下军，吾放汝等回去，再不可背反。若再擒来，决不轻恕。"

众皆拜谢而去，^{次发遣高定的人，又妙在诈称雍闿之约，以疑高定，又带朱褒在内。}回到本寨，入见高定，说知此事。定乃密遣人去雍闿寨中探听，却有一半放回的人言说孔明之德。因此雍闿部军，多有归顺高定之心。虽然如此，高定心中不稳，又令一人来孔明寨中探听虚实，被伏路军捉来见孔明。孔明故意认做雍闿的人，^{前将雍闿的人故意认作高定的人，今又将高定的人故意认作雍闿的人，巧妙之极。}唤入帐中问曰："汝元帅既约下献高定、朱褒二人首级，因何误了日期？汝这厮不精细，如何做得细作！"^{妙在对高定的人说雍闿的话。}军士含糊答应。孔明以酒食赐之，修密书一封，付军士曰："汝持此书付雍闿，教他早早下手，休得误事。"^{妙在使高定的人致雍闿的书。}细作拜谢而去，回见高定，呈上孔明之书，说雍闿如此如此。定看书毕，大怒曰："吾以真心待之，彼反欲害吾，情理难容！"便唤鄂焕商议。焕曰："孔明乃仁人，背之不祥。^{孔明已先下种。}我等谋反作恶，皆雍闿之故，不如杀闿以投孔明。"^{皆在孔明算中。}定曰："如何下手？"焕曰："可设一席，令人去请雍闿。彼若无异心，必坦然而来；若其不来，必有异心。我主可攻其前，某伏于寨后小路候之，闿可擒矣。"高定从其言，设席请雍闿。闿果疑前日放回军士之言，惧而不来。^{与假书相合。}是夜高定引兵杀投雍闿寨中。原来有孔明放回免死的人，皆想高定之德，乘势助战。^{又是孔明先下的种。}雍闿军不战自乱。闿上马望山路而走。行不二里，鼓声响处，一彪军出，乃鄂焕也，挺方天戟，骤马当先。雍闿措手不及，被焕一戟刺于马下，就枭其首级。^{非鄂焕杀之，亦非高定}^{杀之，乃孔明杀之耳。}闿部下军士皆降高定。定引两部军来降孔明，献雍闿首级于帐下。孔明高坐于帐上，喝令左右推转高定，斩首报来。^{读至此，令人}^{不解其故。}定曰："某感丞相大恩，今将雍闿首级来降，何故斩也？"孔明大笑曰："汝来诈降，敢瞒吾耶！"^{就是我瞒他，反说}^{他瞒我，妙甚。}定曰："丞相何以知吾诈降？"孔明于匣中取出一缄，与高定曰："朱褒已使人密献降书，说你与雍闿结生死之交，岂肯一旦便杀此人？吾故知汝诈也。"^{既假致雍闿之书，又}^{假作朱褒之书，一}^{派是}假。定叫屈曰："朱褒乃反间之计也，^{不是朱褒反间，}^{实是孔明反间。}丞相切不可信！"孔明曰："吾亦难凭一面之词。汝若捉得朱褒，方表真心。"^{杀朱褒又只用高}^{定，殊不费力。}定曰："丞相休疑。某去擒朱褒来见丞相，若何？"孔明曰："若如此，吾疑心方息也。"

高定即引部将鄂焕并本部兵，杀奔朱褒营来。比及离寨约有十里，山后一彪军到，乃朱褒也。^{来得凑巧，此处}^{方写朱褒一路。}褒见高定军来，慌忙与高定答话。定大骂曰："汝如何写书与诸葛丞相处，使反间之计害吾耶？"褒目瞪口呆，不能回答。^{雍闿妙在先知，}^{朱褒妙在不知。}忽然鄂焕于马后转过，一戟刺朱褒于马下。定厉声而言曰："如不顺者皆戮之！"于是众军一齐拜降。定引两部军来见孔明，献朱褒首级于帐下。孔明大笑曰："吾故使汝杀此二贼，以表忠心。"^{弄高定于股}^{掌之上。}遂命高定为益州太守，总摄三郡；令鄂焕为牙将。

三路军马已平，^{以上了却}^{三路。}于是永昌太守王伉出城迎接孔明。孔明入城已毕，问曰："谁与公守此城，以保无虞？"伉曰："某今日得此郡无危者，皆赖永昌不韦人，姓吕名凯，字季平，皆此人之力。"孔明遂请吕凯至。凯入见，礼毕。孔明曰："久闻公乃永昌高士，多亏公保守此城。今欲平蛮方，公有何高见？"吕凯遂取一图，呈与孔明曰："某自历仕以来，知南人欲反久矣，故密遣人入其境，察看可屯兵交战之处，画成一图，名曰'平蛮指掌图'。蛮人已在今敢献与明公，明公试观之，可为征蛮之一助掌中。也。"与张松献图前后相对。○先主无张松不孔明大喜，就用吕凯为行军能入西川，孔明无吕凯不能平孟获。教授兼乡导官。于是孔明提兵大进，深入南蛮之境。

　　正行军之次，忽报天子差使命至。孔明请入中军，但见一人素袍白衣而进，乃马谡也；为兄马良新亡，因此挂孝。马良之死，在此带叙出，省笔谡曰："奉主上敕命，赐众军酒帛。"孔明接诏已毕，依命叙法。一一给散，遂留马谡在帐叙话。孔明问曰："吾奉天子诏，削平蛮方。久闻幼常高见，望乞赐教。"足见孔明虚心，谡曰："愚有片非今人所及。言，望丞相察之。南蛮恃其地远山险，不服久矣；虽今日破之，明日复叛。丞相大军到彼，必然平服；但班师之日，必用北伐曹丕；蛮兵若知内虚，其反必速。算到北魏，正合夫用兵之道，攻心为孔明意中之事。上，攻城为下；心战为上，兵战为下。此四语是兵法中之所无，却是愿绝妙兵法，又在孙吴之上。丞相但服其心足矣。"的的高孔明叹曰："幼常足知吾肺腑也！"见。于是孔明遂令马谡为参军，即统大兵前进。

　　却说蛮王孟获听知孔明智破雍闿等，遂聚三洞元帅商议：第一洞乃金环三结元帅，第二洞乃董荼那元帅，第三洞乃阿会喃元帅。平了三郡，却又生出三三洞元帅入见孟获。获曰："今诸葛丞相领洞来，正与三郡相对。大军来侵我境界，不得不并力敌之。汝三人可分兵三路而进。如得胜者便为洞主。"于是分金环三结取中路，董荼那取左路，阿会喃取右路，各引五万蛮兵，依令而行。前三郡分三路，今三洞亦分三路。前三路，只是两路厮杀，今却一齐都出。

　　却说孔明正在寨中议事，忽哨马飞报，说三洞元帅分兵三路到来。孔明听毕，即唤赵云、魏延至，却都不分付；不分付，却是胜于分付。更唤王平、马忠至，马忠有二，一为吴之马忠，一为蜀之马忠。吴之马忠已死，此乃蜀之马忠也。嘱之曰："今蛮兵三路而来，吾欲令子龙、文长去，此二人不识地理，未敢用之。孔明惯用激将之法。王平可往左路迎敌，马忠可往右路迎敌。吾却使子龙、文长随后接应。今日整顿军马，来日平明发进。"二人听令而去。又唤张嶷、张翼分付曰："汝二人同领一军，往中路迎敌。今日整点军马，来日与王平、马忠约会而进。吾欲令子龙、文长去取，奈二人不识地理，故未敢用之。"妙在又说一句，再激他一激。张嶷、张翼听令去了。

赵云、魏延见孔明不用，各有愠色。孔明曰："吾非不用汝二人，但恐以中年涉险，为蛮人所算，失其锐气耳。"此是第三番激他。赵云曰："倘我等识地理，若何？"孔明曰："汝二人只宜小心，休得妄动。"妙，止之正以激之也。二人怏怏而退。赵云请魏延到自己寨内商议曰："吾二人为先锋，却说不识地理而不肯用。今用此后辈，吾等岂不羞乎？"延曰："吾二人只今就上马亲去探之，捉住土人，便教引进以敌蛮兵，大事可成。"皆在孔明算中。云从之，遂上马径取中路而来。方行不数里，远远望见尘头大起。二人上山坡看时，果见数十骑蛮兵，纵马而来。二人两路冲出。蛮兵见了，大惊而走。赵云、魏延各生擒几人，回到本寨，以酒食待之，却细问其故。不激不肯如此。蛮兵告曰："前面是金环三结元帅大寨，正在山口。寨边东西两路，却通五溪洞一个洞名。并董荼那、阿会喃各寨之后。"

赵云、魏延听知此话，遂点精兵五千，教擒来蛮兵引路。比及起军时，已是二更天气，月明星朗，趁着月色而行。百忙中偏有闲笔写星月。^写刚到金环三结大寨之时，约有四更，^{行了两个}^{更次。}蛮兵方起造饭，准备天明厮杀。忽然赵云、魏延两路杀入，蛮兵大乱。赵云直杀入中军，正逢金环三结元帅，交马只一合，被云一枪刺落马下，就枭其首级。馀军溃散。魏延便分兵一半，望东路抄董荼那寨来。赵云分兵一半，望西路抄阿会喃寨来。比及杀到蛮兵大寨之时，天已平明。^{又杀了一}^{个更次。}

先说魏延杀奔董荼那寨来，董荼那听知寨后有军杀至，便引兵出寨拒敌。忽然寨前门一声喊起，蛮兵大乱。原来王平军马早已到了。^{明明是孔明教}^{他接应魏延。}两下夹攻，蛮兵大败。董荼那夺路走脱，魏延追赶不上。

却说赵云引兵杀到阿会喃寨后之时，马忠已杀至寨前。^{明明是}^{孔明教}^{他接应}^{赵云。}两下夹攻，蛮兵大败，阿会喃乘乱走脱。各自收军，回见孔明。孔明问曰："三洞蛮兵，走了两洞之主；金环三结元帅首级安在？"赵云将首级献功。众皆言曰："董荼那、阿会喃皆弃马越岭而去，因此赶他不上。"孔明大笑曰："二人吾已擒下了。"^{奇幻之}^{极。}赵、魏二人并诸将皆不信。少顷，张嶷解董荼那到，张翼解阿会喃到。^{妙，令人不}^{解其故。}众皆惊讶。孔明曰："吾观吕凯图本，已知他各人下的寨子，故以言激子龙、文长之锐气，故教深入重地，先破金环三结，随即分兵左右寨后抄出，以王平、马忠应之，非子龙、文长不可当此任也。^{此时却极力赞他一}^{句，真神妙不测。}吾料董荼那、阿会喃必从便径往山路而走，故遣张嶷、张翼以伏兵待之，令关索以兵接应，擒此二人。"^{至此方总}^{说明。}诸将皆拜伏曰："丞相机算，神鬼莫测！"

孔明令押过董荼那、阿会喃至帐下，尽去其缚，以酒食衣服赐之，令各自归洞，勿得助恶。孔明自此以后，只用此法。二人泣拜，各投小路而去。孔明谓诸将曰："来日孟获必然亲自引兵厮杀，便可就此擒之。"乃唤赵云、魏延至，付与计策，各引五千兵去了。前是暗使，此是明遣。又唤王平、关索同引一军，授计而去。孔明分拨已毕，坐于帐上待之。

却说蛮王孟获在帐中正坐，忽哨马报来说，三洞元帅俱被孔明捉将去了，部下之兵各自溃散。获大怒，不大惊而大怒，便见其倔强。遂起蛮兵迤逦进发，正遇王平军马。两阵对圆，王平出马横刀望之，只见旗门开处，数百南蛮骑将两势摆开。中间孟获出马，头顶嵌宝紫金冠，身披缨络红锦袍，腰系碾玉狮子带，脚穿鹰嘴抹绿靴，骑一匹卷毛赤兔马，悬两口松纹镶宝剑，写得孟获怕人，乃见擒之非易，纵之亦非易。昂然观望，回顾左右蛮将曰："人每说诸葛亮善能用兵；今观此阵，旌旗杂乱，队伍交错，刀枪器械无一可能胜吾者，始知前日之言谬也。在孟获眼中写出孔明诱敌。早知如此，吾反多时矣。谁敢去擒蜀将，以振军威？"言未尽，一将应声而出，名唤忙牙长，使一口截头大刀，骑一匹黄骠马，来取王平。二将交锋，战不数合，王平便走。明明是诱敌。孟获驱兵大进，迤逦追赶。关索略战又走，又明明是诱敌。约退二十余里。孟获正追杀之间，忽然喊声大起，左有张嶷，右有张翼，两路兵杀出，截断归路。只道此二人为伏兵，那知又有子龙、文长在后。王平、关索复兵杀回。前后夹攻，蛮兵大败。孟获引部将死战得脱，望锦带山而逃。背后三路兵杀将来。获正奔走之间，前面喊声大起，一彪军拦住，为首大将乃常山赵子龙也。获见了大惊，慌忙奔锦带山小路而走。子龙冲杀一阵，蛮兵大败，生擒者无数。孟获止与数十骑奔入山谷之中，背后追兵至近，前面路狭，马不能行，乃弃了马匹，爬山越岭而逃。忽然山谷中一声鼓响，乃是魏延受了孔明计策，引五百部军伏于此处，孟获抵敌不住，被魏延生擒活捉了。<small>前二张擒董阿用虚写，今魏延擒孟获用实写。○此是一擒。</small>从骑皆降。

魏延解孟获到大寨来见孔明。孔明早已杀牛宰马，设宴在寨，却教帐中排开七重围子手，刀枪剑戟，灿若霜雪；又执御赐黄金钺斧，曲柄伞盖，前后羽葆鼓吹，左右排开御林军，布列得十分严整。<small>令孟获见汉兵威仪。</small>孔明端坐于帐上，只见蛮兵纷纷攘攘，解到无数。孔明唤到帐中，尽去其缚，抚谕曰："汝等皆是好百姓，不幸被孟获所拘，今受惊唬。吾想汝等父母、兄弟、妻子必倚门而望；若听知阵败，定然割肚牵肠，眼中流血。吾今尽放汝等回去，以安各人父母、兄弟、妻子之心。"言讫，各赐酒食米粮而遣之。<small>一路只用此法。</small>蛮兵深感其恩，泣拜而去。孔明教唤武士押过孟获来。不移时，前推后拥，缚至帐前。获跪于帐下。孔明曰："先帝待汝不薄，汝何敢背反？"获曰："两川之地皆是他人所占地土，汝主倚强夺之，自称为帝。吾世居此处，汝等无礼，侵我土地，何为反耶？"<small>两川之地须不是你的。</small>孔明曰："吾今擒汝，汝心服否？"<small>"心"字正与攻心之战相应。</small>获曰："山僻路狭，误遭汝手，如何肯服！"孔明曰："汝既不服，吾放汝去，若何？"<small>妙。</small>获曰："汝放我回去，再整军马，共决雌雄；若能擒吾，吾方服也。"孔明即令去其缚，与衣服穿了，赐以酒食，给与鞍马，差人送出路径，望本寨而去。<small>此是一纵。</small>正是：

寇入掌中还放去，人居化外未能降。

未知再来交战若何，且看下文分解。

第八十八回　渡泸水再缚番王　识诈降三擒孟获

識詐降三擒
孟獲

二擒孟获即《出师表》所谓"五月渡泸"者也。《诗》云："六月萋萋，戎车既饬。"孔明之征南蛮，其宣王之伐猃狁乎！然深入不毛，独与"薄伐猃狁，至于太原"者有异。何哉？盖孟获于初擒之时，则有辞矣，以为彼来犯境而擒之，不足以相服，必深入彼境而擒之，乃足以相服。宣王不再传，而有骊山之祸，正以未尽伐之之力耳。

二擒之计，已在一擒之中也。何也？董荼那、阿会喃即初擒孟获时之所纵也。不必我擒之，而彼之人自擒之。彼之人自擒之，而一如我之擒之。孔明之不费力者在此，孟获之不肯服者亦在此。

兵家有必败之法，非避之之难，而犯之之难；又非犯之之难，而犯而避之之为难。如先主猇亭之兵，屯于林木之间；孔明泸水之兵，亦屯于林木之间。而先主败而孔明胜者，先主以此自愚，而孔明以此愚敌也：则犯之之妙也。至于孟优内应，孟获外攻，皆被擒捉，于是拔寨多起，尽渡泸水，非复前日依山傍林之营：则犯而避之之妙也。

不独二擒止是一擒，即三擒亦止是一擒也。何也？二擒孟获之时，使之遍观各营虚实，正欲其来攻，而中我之计也。则三擒之计，亦于二擒时早伏之也。三擒有相连而及之势，三纵亦有相连而及之势。二擒止是一擒，而孟获不服，所以有三擒；三擒又止一擒，而孟获又不服，所以有三纵云。

马岱自成都来，而孔明用其力；马谡自成都来，而孔明用其谋。用其力，所以分众人之力也；用其谋，所以合一己之谋也。知攻心之为上，是与孔明七纵之谋合；知孟获之诈降，是与孔明三擒之谋合。妙在皆不说明，事后方见。即今日读者猜之，亦不能测其玄机，况当日孟获遇之，安得不中其妙计乎？

却说孔明放了孟获，众将上帐问曰："孟获乃南蛮渠魁，今幸被擒，南方便定，丞相何故放之？"孔明笑曰："吾擒此人如囊中取物耳。^{掌中物，即囊中物。}直须降伏其心，自然平矣。"诸将闻言，皆未肯信。

当日孟获行至泸水，^{先在此处点泸水。}正遇手下败残的蛮兵皆来寻探。众兵见了孟获，且惊且喜，拜问曰："大王如何能勾回来？"获曰："蜀人监我在帐中，被我杀死十馀人，乘夜黑而走；正行间，逢着一哨马军，亦被我杀之，夺了此马，因此得脱。"^{背地出丑之事，在人前遮瞒得干干净净，何近日孟获之多也。}众皆大喜，拥孟获渡了泸水，下住寨栅，会集各洞酋长，陆续招聚原放回的蛮兵，约有十馀万骑。此时董荼那、阿会喃已在洞中。^{前三郡太守，杀其二而存其一；今三洞元帅，杀其一而存其二。}孟获使人去请，二人惧怕，只得也引洞兵来。^{孟获何等倔强，二人何等疲软。}获传令曰："吾已知诸葛亮之计矣，不可与战，战则中他诡计。彼川兵远来劳苦，况即日天炎，彼兵岂能久住？吾等有此泸水之险，将船筏尽拘在南岸一带，皆筑土城，深沟高垒，看诸葛亮如何施谋！"^{蛮子胆怯。}众酋长从其计，尽拘船筏于南岸一带，筑起土城；有依山傍岸之地，高竖敌楼，楼上多设弓弩炮石，准备久处之计。粮草皆是各洞共运。孟获以为万全之策，坦然不忧。^{蛮子胆大。}

却说孔明提兵大进，前军已至泸水，哨马飞报说："泸水之内并无船筏，又兼水势甚急，隔岸一带筑起土城，皆有蛮兵守把。"时值五月，天气炎热，南方之地分外炎酷，军马衣甲皆穿不得。南方属火故也，仿佛似《西游记》火焰山。孔明自至泸水边观毕，回到本寨，聚诸将至帐中，传令曰："今孟获兵屯泸水之南，深沟高垒，以拒我兵。吾既提兵至此，如何空回？汝等各各引兵，依山傍树，拣林木茂盛之处，与我将息人马。"先主在猇亭亦屯于林木茂盛之处，但孔明不是连营耳。乃遣吕凯离泸水百里，拣阴凉之地分作两个寨子，使王平、张嶷、张翼、关索各守一寨，内外皆搭草棚，遮盖马匹，将士乘凉，以避暑气。参军蒋琬看了，入问孔明曰："某看吕凯所造之寨甚不好，正犯昔日先帝败于东吴时之地势矣。回顾前文。倘蛮兵偷渡泸水，前来劫寨，若用火攻，如何解救？"孔明笑曰："公勿多疑，吾自有妙算。"可知孔明在猇亭必不被烧。蒋琬等皆不晓其意。

忽报蜀中差马岱解暑药并粮米到。孔明令入。岱参拜毕，一面将米药分派四寨。此时用得几服香薷饮。孔明问曰："汝今带多少军来？"马岱曰："有三千军。"孔明曰："吾军累战疲困，欲用汝军，未知肯向前否？"岱曰："皆是朝廷军马，何分彼我？丞相要用，虽死不辞。"说出一个"死"字，果应下文死了一半。孔明曰："今孟获拒住泸水，无路可渡。吾欲先断其粮道，令彼军自乱。"岱曰："如何断得？"孔明曰："离此一百五十里，泸水下流沙口，此处水慢，可以扎筏而渡。观吕凯图本，连水之急慢亦多晓得。汝提本部三千军渡水，直入蛮洞，先断其粮，然后会合董荼那、阿会喃两个洞主，便为内应。不可有误。"亦如前卷中之用鄂焕。

马岱欣然去了，领兵前到沙口，驱兵渡水；因见水浅，大半不下筏，只裸衣而过，半渡皆倒；急救傍岸，口鼻出血而死。仿佛《西游记》通天河。马岱大惊，连夜回告孔明。孔明唤乡导土人问之。土人曰："目今炎天，毒聚泸水，日间甚热，毒气正发，有人渡水，必中其毒；或饮此水，其人必死。若要渡时，须待夜静水冷，毒气不起，饱食渡之，方可无事。"_{此又吕凯图中所未及。}孔明遂令土人引路，又选精壮军五六百，随着马岱来到泸水沙口，扎起木筏，半夜渡水，果然无事。岱领着二千壮军，令土人引路，径取蛮洞运粮总路口夹山峪而来。那夹山峪，两下是山，中间一条路，止容一人一马而过。_{与后文邓艾渡阴平岭仿佛相似。}马岱占了夹山峪，分拨军士，立起寨栅。洞蛮不知，正解粮到，被岱前后截住，夺粮百馀车，蛮人报入孟获大寨中。

此时孟获在寨中，终日饮酒取乐，不理军务，_{如避暑九成宫。}谓众酋长曰："吾若与诸葛亮对敌，必中奸计。今靠此泸水之险，深沟高垒以待之；蜀人受不过酷热，必然退走。那时吾与汝等随后击之，便可擒诸葛亮也。"言讫，呵呵大笑。_{蛮子且慢作乐，苦便到也。}忽然班内一酋长曰："沙口水浅，倘蜀兵透漏过来，深为利害，当分军守把。"获笑曰："汝是本处土人，如何不知？吾正要蜀兵来渡此水，渡则必死于水中矣。"_{土人之语，又在孟获口中说一遍。}酋长又曰："倘有土人说与夜渡之法，当复何如？"获曰："不必多疑。吾境内之人，安肯助敌人耶？"_{痴蛮子。}正言之间，忽报蜀兵不知多少，暗渡泸水，绝断了夹山粮道，打着"平北将军马岱"旗号。_{马岱名字，妙在旗号上看出。○"平北将军"今作"平南将军"矣。}获笑曰："量此小辈，何足道哉！"即遣副将忙牙长，引三千兵投夹山峪来。

却说马岱望见蛮兵已到，遂将二千军排在山前。两阵对圆，忙牙长出马，与马岱交锋，只一合被岱一刀刺于马下。_{蛮子无用。}蛮兵大败走回，来见孟获，细言其事。获唤诸将问曰："谁敢去敌马岱？"言未毕，董荼那出曰："某愿往。"孟获大喜，遂与三千兵而去。获又恐有人再渡泸水，即遣阿吩喃引三千兵去守把沙口。

却说董荼那引蛮兵到了夹山峪下寨，马岱引兵来迎。部内军有认得是董荼那，说与马岱如此如此。^{妙在部下人认得，不然马岱如何知之？方知孔明拨与五六百军，正为此时用也。}岱纵马向前大骂曰："无义背恩之徒！吾丞相饶你性命，今又背反，岂不自羞！"董荼那满面羞惭，无言可答，不战而退。^{蛮子原有良心。}马岱掩杀一阵而回。董荼那回见孟获曰："马岱英雄，抵敌不住。"获大怒曰："吾知汝原受诸葛亮之恩，今故不战而退，正是卖阵之计！"喝教推出斩了。众酋长再三哀告，方才免死，叱武士将董荼那打了一百大棍，放归本寨。^{孟获取祸之道。}诸多酋长皆来告董荼那曰："我等虽居蛮方，未尝敢犯中国；中国亦不曾侵我。今因孟获势力相迫，不得已而造反。想孔明神机莫测，曹操、孙权尚自惧之，何况我等蛮方乎？^{是说孔明之智。}况我等皆受其活命之恩，无可为报。^{是说孔明之仁。}今欲舍一死命，杀孟获去投孔明，以免洞中百姓涂炭之苦。"^{势所必然。}董荼那曰："未知汝等心下若何？"内有原蒙孔明放回的人，一齐同声应曰："愿往！"于是董荼那手执钢刀，引百馀人直奔大寨而来，时孟获大醉于帐中。董荼那引众人持刀而入，帐下有两将侍立。董荼那以刀指曰："汝等亦受诸葛丞相之恩，宜当报效。"二将曰："不须将军下手，某当生擒孟获，去献丞相。"^{皆在孔明算中。}于是一齐入帐，将孟获执缚已定，押到泸水边，驾船直过北岸，^{蛮子此时却蛮不过。○此是二擒。}先使人报知孔明。

却说孔明已有细作探知此事，于是密传号令，教各寨将士整顿军器，方教为首酋长解孟获入来，其馀皆回本寨听候。董荼那先入中军见孔明，细说其事。孔明重加赏劳，用好言安慰，遣董荼那引众酋长去了，然后令刀斧手推孟获入。孔明笑曰："汝前者有言：'但再擒得，便肯降服。'今日如何？"获曰："此非汝之能也，乃吾手下之人自相残害，以致如此，如何肯服！"_{蛮子嘴硬，偏会解说。}孔明曰："吾今再放汝去，若何？"_{妙。}孟获曰："吾虽蛮人，颇知兵法。若丞相端的放吾回洞中，吾当率兵再决胜负。若丞相这番再擒得我，那时倾心吐胆归降，并不敢改移也。"_{亏他此付老面皮。}孔明曰："这番生擒，如又不服，必无轻恕。"令左右去其绳索，仍前赐以酒食，列坐于帐上。_{前但赐酒，今又赐坐，第二番更是加厚。}孔明曰："吾自出茅庐，战无不胜，攻无不取。汝蛮邦之人，何为不服？"_{第二番放他，偏有许多说话。}获默然不答。

孔明酒后唤孟获同上马出寨，看视诸营寨栅所屯粮草，所积军器。_{故意教他看虚实，妙。}孔明指谓孟获曰："汝不降吾，真愚人也。吾有如此之精兵猛将，粮草兵器，汝安能胜吾哉？汝若早降，吾当奏闻天子，令汝不失王位，子子孙孙永镇蛮邦。意下若何？"获曰："某虽肯降，怎奈洞中之人未肯心服。若丞相肯再放回去，就当招安本部人马，同心合胆，方可归顺。"_{蛮子说谎。}孔明忻然，又与孟获回到大寨。饮酒至晚，获辞去；孔明亲自送至泸水边，以船送获归寨。_{此是二纵。}

孟获来到本寨，先伏刀斧手于帐下，差心腹人到董荼那、阿会喃寨中，只推孔明有使命至，将二人赚到大寨帐下，尽皆杀之，弃尸于涧。_{好狠蛮子。}孟获随即遣亲信之人，守把隘口，自引军出了夹山峪，要与马岱交战，却并不见一人；及问土人，皆言昨夜尽搬粮草，复渡泸水，归大寨去了。_{孔明撤回马岱，却在孟获一边虚写。}获再回洞中，

与亲弟孟优商议曰："如今诸葛亮之虚实，吾已尽知，汝可去如此如此。"<small>已在孔明算中。</small>

孟优领了兄计，引百馀蛮兵，搬载金珠、宝贝、象牙、犀角之类，渡了泸水，径投孔明大寨而来。方才过了河时，前面鼓角齐鸣，一彪军摆开，为首大将乃马岱也。<small>此时忽然又见马岱，写得神妙不测。</small>孟优大惊。岱问了来情，令在外厢，差人来报孔明。孔明正在帐中与马谡、吕凯、蒋琬、费祎等共议平蛮之事，忽帐下一人报称孟获差弟孟优来进宝贝。孔明回顾马谡曰："汝知其来意否？"谡曰："不敢明言。容某暗写于纸上，呈与丞相，看合钧意否？"<small>与孔明、周郎各写"火"字于掌中仿佛相似。</small>孔明从之。马谡写讫，呈与孔明。孔明看毕，抚掌大笑曰："擒孟获之计，吾已差派下也。汝之所见，正与吾同。"<small>妙在不叙出所说何语，令读者自知之。</small>遂唤赵云入，向耳畔分付如此如此；又唤魏延入，亦低言分付；又唤王平、马忠、关索入，亦各密地分付。

各人受了计策，皆依令而去。<small>妙在不叙出所用何计，待后文方见。</small>方召孟优入帐，优再拜于帐下曰："家兄孟获感丞相活命之恩，无可奉献，辄具金珠宝贝若干，权为赏军之资。续后便有进贡天子礼物。"<small>前说手下人不肯降，今却手下人先来，明明是诈。</small>孔明曰："汝兄今在何处？"优曰："为感丞相天恩，径往银坑山中<small>银坑山先在此处点出，为后文伏线。</small>收拾宝物去了，少时便回来也。"孔明曰："汝带多少人来？"优曰："不敢多带，只是随行百馀人，皆运货物者。"孔明尽教入帐看时，皆是青眼黑面，黄发紫须，耳带金环，鬇头跣足，身长力大之士。<small>名为波斯献宝，却是夜叉作怪。</small>孔明就令随席而坐，教诸将劝酒，殷勤相待。

却说孟获在帐中专望回音，忽报有二人回了；唤入问之，具说："诸葛亮受了礼物大喜；将随行之人，皆唤入帐中，杀牛宰物，设宴相待。二大王令其密报大王，今夜二更，里应外合，以成大事。"孟获所授之计，至此方才叙明。

孟获听知甚喜，即点起三万蛮兵，分为三队。获唤各洞酋长分付曰："各军尽带火具。今晚到了蜀寨时，放火为号。吾当自取中军，以擒诸葛亮。"痴蛮子说得如此容易。诸多蛮将受了计策，黄昏左右各渡泸水而来。孟获带领心腹蛮将百馀人，径投孔明大寨，于路并无一军阻当。前至寨门，获率众将骤马而入，乃是空寨，并不见一人。孔明分付诸将之计，亦至此方才叙明。获撞入中军，只见帐中灯烛荧煌，孟优并番兵尽皆醉倒。蛮子贪嘴。原来孟优被孔明教马谡、吕凯二人管待，令乐人搬做杂剧，殷勤劝酒，酒内下药，尽皆醉倒，浑如醉死之人。奉答泸水之毒。孟获入帐问之，内有醒者但指口而已。好看。获知中计，急救了孟优等一干人，却待奔回中队，前面喊声大震，火光骤起，蛮兵各自逃窜。一彪军杀到，乃是蜀将王平。获大惊，急奔左队时，火光冲天，一彪军杀到，为首蜀将乃是魏延。获慌忙望右队而来，只见火光又起，又一彪杀到，为首蜀将乃是赵云。三将之来，写得参差错落。三路军夹将攻来，四下无路。孟获弃了军士，匹马望泸水而逃。正见泸水上数十个蛮兵，驾一小舟，获慌令近岸。人马方才下船，一声号起，将孟获缚住。此是三擒。原来马岱受了计策，引本部兵扮作蛮兵，撑船在此诱擒孟获。前未叙孔明分付马岱，却于此处补出。于是孔明招安蛮兵，降者无数。孔明一一抚慰，并不加害。一路多用此法。就教救灭了馀火。

须臾，马岱擒孟获至，此是前文所有，用实写。赵云擒孟优至，此是前文未叙，用虚写。魏延、马忠、王平、关索擒诸洞酋长至。马忠、关索于此补出，其诸洞酋长亦用虚写。孔明指孟获而笑曰："汝先令汝弟以礼诈降，如何瞒得吾过！今番又被我擒，汝可服否？"获曰："此乃吾弟贪口腹之故，误中汝毒，因此失了大事。吾若自来，弟以兵应之，必然成功。此乃天败，非吾之不能也，如何肯服！"_{每次不服，必有一段解说，蛮子油嘴。}_{○极似今日低棋输了，到底不服输。}孔明曰："今已三次，如何不服？"孟获低头无语。孔明笑曰："吾再放汝回去。"_{妙。}孟获曰："丞相若肯放我弟兄回去，收拾家下亲丁和丞相大战一场，那时擒得方才死心塌地而降。"孔明曰："再若擒住，必不轻恕。汝可小心在意，勤攻韬略之书，再整亲信之士，早用良策，勿生后悔。"_{十分调笑，十分作乐。}遂令武士去其绳索，放起孟获，并孟优及各洞酋长，一齐都放。孟获等拜谢去了。_{此时三纵。}此时蜀兵已渡泸水。孟获等过了泸水，只见岸口陈兵列将，旗帜纷纷。获到营前，马岱高坐，以剑指之曰："这番拿住，必无轻放！"_{前两番赐酒、赐坐，今第三番又是换一样面孔矣。}孟获到了自己寨时，赵云早已袭了此寨，布列兵马。云坐于大旗下，按剑而言曰："丞相如此相待，休忘大恩！"_{马岱之言纯是刚，赵云之言刚中带宽。}获喏喏连声而去。将出界口山坡，魏延引一千精兵摆在坡上，勒马厉声而言曰："吾今已深入巢穴，夺汝险要。汝尚自愚迷，抗拒大军，这回拿住，碎尸万段，决不轻饶！"_{赵云之言略宽，魏延之言又刚，真是三收三放。}孟获等抱头鼠窜，望本洞而去。后人有诗赞曰：

五月驱兵入不毛，月明泸水瘴烟高。

誓将雄略酬三顾，岂惮征蛮七纵劳。

却说孔明渡了泸水，下寨已毕，大赏三军，聚诸将于帐下曰："孟获第二番擒来，吾令遍观各营虚实，正欲令其来劫营也。吾知孟获颇晓兵法，吾已兵马粮草炫耀，实令孟获看吾破绽，必用火攻。彼令其弟诈降，欲为内应耳。吾三番擒之而不杀，诚欲服其心，不欲灭其类也。^{上项事，此处}吾今明告汝等，勿得辞劳，可用心报国。"^{又激劝众人，是孔明妙处。}众将拜伏曰："丞相智、仁、勇三者足备，虽子牙、张良不能及也。"孔明曰："吾今安望古人耶？皆赖汝等之力，共成功业耳。"^{又奖励众人，皆是孔明妙处。}帐下诸将听得孔明之言，尽皆喜悦。

却说孟获受了三擒之气，^{还亏蛮子肚皮大，着得这许多气。}忿忿归到银坑洞中，即差心腹人赍金珠宝贝，往八番九十三甸等处，并蛮方部落，借使牌刀獠丁军健数十万，^{引出无数蛮子来了。}克日齐备。各队人马，云堆雾拥，俱听孟获调用。伏路军探知其事，来报孔明，孔明笑曰："吾正欲令蛮兵皆至，见吾之能也。"遂上小车而行。正是：

若非洞主威风猛，怎显军师手段高！

未知胜负如何，且看下文分解。

第八十九回　武乡侯四番用计　南蛮王五次遭擒

南蠻王五次遭擒

泸水之险，不可徒涉；西洱河之险，不可方舟：可谓险之极矣。不谓又有哑泉、柔泉、黑泉、灭泉之恶。尤有甚焉，南方属火，炎天如火，蜀兵方苦于火，而忽又苦于水，真有出于意料之外者。惟南方险阻，出于意料之外，乃愈显丞相功绩，出于意料之外耳。

四擒孟获，以假弃旧寨为欲退之势而擒之，是以退为进也。五擒孟获，以深入重地为不可退之势而擒之，是以进为进也。五擒之难，倍难于四擒；则五纵之难，亦倍难于四纵。于四擒见孔明之智，于五擒见孔明之勇，于四纵五纵见孔明之仁。

孔明乃先主之所谓"水"也。而有四泉以难孔明，则是以水厄水矣；又有二溪以助孔明，则又以水济水矣。至于拜井出泉，而水又自能生水。然则蜀人之有孔明，其亦如鱼之得水乎？

每读《封神演义》，满纸仙道，满目鬼神，觉姜子牙竟一无所用，不若《三国志》中之偶一见之也。如伏波显圣，山神指迷，入山求草，祝井出泉，未尝不仰邀神助，恍遇仙翁，然不可无一，不容有二。使尽赖鬼谋，何以见人谋之善？使尽仗仙力，何以见人力之奇哉？

文章之妙，妙在极热时写一冷人，极忙中写一闲景。如万安隐者，飘飘然有世外之风，其地则柏涧松严，其人则竹冠藜杖。孔明之遇之，殆与先主之遇水境，刘璝之问紫虚，陈震之谒青城，几相仿佛矣。然先主遇水镜于难后，孔明则求万安于难中。紫虚、青城未尝赖之以救败，万安则实赖之以救死。是彼虽极闲，而见者之心极忙；彼虽极冷，而见者之心极热：又不似前三人之有意无意，为可见可不见之人也。最相类又最不相类，岂非绝世奇事，绝世奇文！

孔明之见隐者不足奇，而奇莫奇于即孟获之兄也。有四泉之恶，则有二溪之美以为之反。有助虐之孟优，则有助善之孟节以为之反。地既有之，人亦宜然。然我谓孟获之五擒而不服者正在此。何也？纳孟获之弟之诈降以诱孟获，与以孟获诱孟获无异也；赖孟获之兄之相救以制孟获，与以孟获制孟获无异也。以孟获诱孟获，而孟获不服；以孟获制孟获，而孟获愈不服。惟以孔明胜孟获，而孟获始服。则吾得而更观五纵之后矣！

却说孔明自驾小车，引数百骑前来探路。前有一河名曰西洱河，水势虽慢，并无一只船筏。孔明令伐木为筏而渡，其木到水皆沉。_{东方有弱水，南方亦有弱水。}孔明遂问吕凯，凯曰："闻西洱河上流有一山，其山多竹，大者数围。可令人伐之，于河上搭起竹桥，以渡军马。"孔明即调三万人入山，伐竹数十万根，顺水放下，于河面狭处搭起竹桥，阔十馀丈。_{渡泸水尚可用筏，渡此处只可搭桥，比前又险。}乃调大军于河北岸一字儿下寨，便以为濠堑，以浮桥为门，垒土为城；过桥南岸，一字下三个大营，以待蛮兵。_{倚竹桥为寨，全赖篾片之力。}

却说孟获引数十万蛮兵，恨怒而来。将近西洱河，孟获引前部一万刀牌獠丁，直扣前寨搦战。孔明头戴纶巾，身披鹤氅，手执羽扇，乘驷马车，左右众将簇拥而出。_{一边忿怒，一边安闲相形之下，好看煞人。}孔明见孟获身穿犀皮甲，头顶朱红盔，左手挽牌，右手执刀，骑赤毛牛，_{又是一样打扮。}口中辱骂；手下万馀洞丁，各舞刀牌往来冲突。孔明急令退回本寨，四面紧闭，不许出战。蛮兵皆裸衣赤身，直到寨门前叫骂。_{蛮子一味蛮骂。}诸将大怒，皆来禀孔明曰："某等情愿出寨决一死战！"孔明不许。诸将再三欲战，孔明止曰："蛮方之人不遵王化，今此一来狂恶正盛，不可迎也；且宜坚守数日，待其猖獗少懈，吾自有妙计破之。"蛮人正使蛮性，须要让他头势。

于是蜀兵坚守数日。孔明在高阜处探之，窥见蛮兵已多懈怠，乃聚诸众曰："汝等敢出战否？"众将欣然要出。孔明先唤赵云、魏延入帐，向耳畔低言，分付如此如此。二人受了计策先进。却唤王平、马忠入帐，受计去了。此两路受计，不叙明白。又唤马岱分付曰："吾今弃此三寨，退过河北；吾军一退，汝可便拆浮桥，移于下流，却渡赵云、魏延军马过河来接应。"岱受计而去。又唤张翼曰："吾军退去，寨中多设灯火。孟获知之，必来追赶，汝却断其后。"张翼受计而退。此两路受计，先说明白，又是一样笔法。孔明只教关索护车。众军退去，寨中多设灯火。蛮兵望见，不敢冲突。

次日平明，孟获引大队蛮兵径到蜀寨之时，只见三个大寨皆无人马，于内弃下粮草车仗数百馀辆。孟优曰："诸葛亮弃寨而走，莫非有计否？"孟获曰："吾料诸葛亮弃辎重而去，必因国中有紧急之事，若非吴侵，定是魏伐。故虚张灯火以为疑兵，弃车仗而去也。看这般光景，必然料到此处，蛮子原不呆。可速追之，不可错过。"于是孟获自驱前部，直到西洱河边。望见河北岸上，寨中旗帜整齐如故，灿若云锦；沿河一带，又设锦城。蛮兵哨见，皆不敢进。获谓优曰："此是诸葛亮惧吾追赶，故就河北岸少住，不二日必走矣。"蛮子亦会猜，但孔明手法太高，故猜不着耳。遂将蛮兵屯于河岸，又使人去山上砍竹为筏，以备渡河；却将敢战之兵，皆移于寨前面。却不知蜀兵早已入自己之境。只一句轻轻点出，方知前所嘱赵云、魏延之计，乃此计也。

是日狂风大起，四壁厢火明鼓响，蜀兵杀到。蛮兵獠丁自相冲突。孟获大惊，急引宗族洞丁杀开条路，径奔旧寨。忽一彪军从寨中杀出，乃是赵云。_{来得突兀。}获慌忙回西洱河，望山僻处而走。又一彪军杀出，乃是马岱。_{此处方知所授马岱之计。}孟获只剩得数十个败残兵，望山谷中而逃。见南、北、西三处尘头火光，因此不敢前进，_{此处火光是王平、马忠，妙在虚写，令读者自知。}只得望东奔走。方才转过山口，见一大林之前，数十从人引一辆小车，车上端坐孔明，呵呵大笑曰："蛮王孟获，大败至此！吾已等候多时也！"_{作乐得他，妙。}获大怒，回顾左右曰："吾遭此人诡计，受辱三次；今幸得这里相遇。汝可奋力前去，连人带马砍为粉碎！"_{痴蛮子只怕踏了空。}数骑蛮兵猛力向前。孟获当先呐喊，抢到大林之前，趷踏一声，踏了陷坑，一齐塌倒。大林之内转出魏延，引数百军来，一个个拖出，用索缚定。_{此是四擒。}孔明先到寨中招安蛮兵，并诸甸酋长洞丁；此时大半皆归本乡去了，除死伤外，其馀尽皆归降。孔明以酒肉相待，以好言抚慰，尽令放回。_{到底只用此法。}蛮兵皆感叹而去。少顷，张翼解孟优至。_{擒孟优只用虚写。}孔明诲之曰："汝兄愚迷，汝当谏之。今被吾擒了四番，有何面目再见人耶！"孟优羞惭满面，伏地告求免死。孔明曰："吾杀汝不在今日。吾且饶汝性命，劝谕汝兄。"令武士解其绳索，放起孟优。优泣拜而去。_{先打发去一个。}

不一时，魏延解孟获至。孔明大怒曰："汝今番又被吾擒了，有何理说！"_{此时又是一样面孔。}获曰："吾今误中诡计，死不瞑目！"孔明叱武士推出斩之。_{此时又是一样做法，若只仍赐酒食，善言劝之，便没趣矣。}获全然无惧色，回顾孔明曰："若敢再放吾回去，必然报四番之恨！"孔明大笑，令左右去其缚，赐酒压惊，就坐于帐中。_{蛮子真是蛮皮。}_{先硬后软。}孔明问曰："吾今四次以礼相待，汝尚然不服，何也？"获曰：

"吾虽是化外之人，不似丞相专施诡计，吾如何肯服？"^{蛮子偏会强辩。}孔明曰："吾再放汝回去，复能战乎？"获曰："丞相若再拿住吾，那时倾心降服，尽献本洞之物犒军，誓不反乱。"^{蛮子偏会活脱。}

孔明即笑而遣之。获忻然拜谢而去，^{此是四纵。}于是聚得诸洞壮丁数千人，望南迤逦而行。早望见尘头起处，一队兵到，乃是兄弟孟优，重整残兵，来与兄报仇。^{两人一样蛮皮。}兄弟二人抱头相哭，诉说前事。优曰："我兵屡败，蜀兵屡胜，难以抵当。只可就山阴洞中，退避不出。蜀兵受不过暑气，自然退矣。"获问曰："何处可避？"优曰："此去西南有一洞，名曰秃龙洞。洞主朵思大王^{洞名、人名宛似《西游记》上名色。}与弟甚厚，可投之。"于是孟获先教孟优到秃龙洞。^{秃龙争当卧龙。}见了朵思大王，朵思慌引洞兵出迎。孟获入洞，礼毕，诉说前事。朵思曰："大王宽心。若川兵到来，令他一人一骑不得还乡，与诸葛亮皆死于此处！"^{说得利害，竟似洞中妖怪声口。}获大喜，问计于朵思。朵思曰："此洞中止有两条路：东北上一路，就是大王所来之路，地势平坦，土厚水甜，人马可行；若以木石垒断洞口，虽有百万之众，不能进也。^{关门塞狗洞，不算好汉。}西北上有一条路，山险岭恶，道路窄狭；其中虽有小路，多藏毒蛇恶蝎；黄昏时分，烟瘴大起，直至巳、午时方收，^{与泸水可以夜渡者又不同。}惟未、申、酉三时可以往来；水不可饮，人马难行。此处更有四个毒泉：一名哑泉，其水颇甜，人若饮之，则不能言，不过旬日必死；^{人之哓哓多言者，当令饮此。}二曰灭泉，此水与汤无异，人若沐浴，则皮肉皆烂，见骨必死；^{今之好洁太甚者，当令遇此。}三曰黑泉，其水微清，人若溅之在身，则手足皆黑而死；^{若此泉，恐世人多有在心。}四曰柔泉，其水如冰，人若饮之，咽喉无暖气，身躯软弱如绵而死。^{今之刚狠太甚者，当令饮此。}此处虫鸟皆无。惟有汉伏波将军曾到；此处先点伏波一句，为下文孔明祷伏波伏线。自此以后，更无一人到此。今垒断东北大路，令大王稳居敝洞，若蜀兵见东路截断，必从西路而入；于路无水，若见此四泉，定然饮水，虽百万之众皆无归矣。何用刀兵耶！"孔明惯用火攻，朵思却欲以水胜。孟获大喜，以手加额曰："今日方有容身之地！"又望北指曰："任诸葛神机妙算，难以施设！四泉之水，足以报败兵之恨也！"先主以孔明为水，谁知好水又遇着恶水。自此，孟获、孟优终日与朵思大王筵宴。

却说孔明连日不见孟获兵出，遂传号令教大军离西洱河，望南进发。此时正当六月炎天，其热如火。与上文五月渡泸相应。○"火"字与"水"字正相应。有后人咏南方苦热诗曰：

山泽欲焦枯，火光覆太虚。

不知天地外，暑气更何如！

又有诗曰：

赤帝施权柄，阴云不敢生。云蒸孤鹤喘，海热巨鳌惊。

忍舍溪边坐？慵抛竹里行。如何沙塞客，擐甲复长征！

孔明统领大军，正行之际，忽哨马飞报："孟获退住秃龙洞中不出，将洞口要路垒断，内有兵把守；山恶岭峻，不能前进。"孔明请吕凯问之，凯曰："某曾闻此洞有条路，实不知详细。""四泉"恐亦图中之所未详。蒋琬曰："孟获四次遭擒，既已丧胆，安敢再出？况今天气炎热，军马疲乏，征之无益，不如班师回国。"孔明曰：

"若如此，正中孟获之计也。吾军一退，彼必乘势追之。今已到此，安有复回之理！"（此时之势骑虎难下，能入而不能出矣。）遂令王平领数百军为前部，却教新降蛮兵引路，寻西北小境而入。前到一泉，人马皆渴，争饮此水。王平探有此路，回报孔明。比及到大寨之时，皆不能言，但指口而已。（与孟优等中酒毒以手指口前后相对。）

孔明大惊，知是中毒，遂自驾小车引数十人前来看时，见一潭清水深不见底，水气凛凛，军不敢试。孔明下车登高望之，四壁峰岭，鸟雀不闻，心中大疑。忽望见远远山岗之上有一古庙。孔明攀藤附葛而到，见一石屋之中，塑一将军端坐，旁有石牌，乃汉伏波将军马援之庙；因平蛮到此，土人立庙祀之。（此处忽然遇着马超、马岱之祖。）孔明再拜曰："亮受先帝托孤之重，今承圣旨到此平蛮，欲待蛮方既平，然后伐魏吞吴，重安汉室。（大主意。）今军士不识地理，误饮毒水，不能出声。万望尊神念本朝恩义，通灵显圣，护佑三军！"

祈祷已毕，出庙寻土人问之。隐隐望见对山一老叟扶杖而来，形容甚异。（来得奇，与陆逊之遇黄承彦相似。）孔明请老叟入庙，礼毕，对坐于石上。孔明问曰："丈者高姓？"老叟曰："老夫久闻大国丞相隆名，幸得拜见。蛮方之人多蒙丞相活命，皆感恩不浅。"孔明问泉水之故，老叟答曰："军所饮水，乃哑泉之水也，饮之难言，数日而死。此泉之外，又有三泉：东南有一泉，其水至冷，人若饮之，咽喉无暖气，身躯软弱而死，名曰柔泉；正南有一泉，人若溅之在身，手足皆黑而死，名曰黑泉；西南有一泉，沸如热汤，人若浴之，皮肉尽脱而死，名曰灭泉。（又将四泉历叙一遍，却与朵思大王所言参差前后，文法甚变。）敝处有此四泉，毒气所聚，无药可治。又烟瘴甚起，惟未、申、酉三时辰可往来；馀者时辰，皆瘴气密布，触之即死。" 亦与朵思之 言照应。

孔明曰："如此则蛮方不可平矣。蛮方不平，安能并吞吴、魏，再兴汉室？有负先帝托孤之重，生不如死也！" 读者至此，已是山穷水尽。老叟曰："丞相勿忧。老夫指引一处，可以解之。" 忽然绝处逢生。孔明曰："老丈有何高见，望乞指教。"老叟曰："此去正西数里，有一山谷，入内行二十里，有一溪名曰万安溪。只"万安"二字，便可破得"四泉"名色。上有一高士，号为'万安隐者'；人以溪名乎？溪以人名乎？此人不出溪有数十馀年矣。其草庵后有一泉，名安乐泉。只"安乐"二字，又可破得"四泉"名色。人若中毒，吸其水饮之即愈。有人或生疥癞，或感瘴气，于万安溪内浴之，自然无事。以水治水，以一水治四水。更兼庵前有一等草，名曰'薤叶芸香'。好名色。人若口含一叶，则瘴气不染。草头郎中赛过服药。丞相可速往求之。"孔明拜谢，问曰："承丈者如此活命之德，感刻不胜，愿闻高姓。"老叟入庙曰："吾乃本处山神，奉伏波将军之命，特来指引。"言讫，喝开庙后石壁而入。前有关公显圣，此处有伏波显圣。关公自显圣，伏波又使山神显圣，愈出愈奇。孔明惊讶不已，再拜庙神，寻旧路上车，回到大寨。

次日，孔明备信香礼物，引王平及众哑军，连夜望山神所言去处迤逦而进。入山谷小径约行二十馀里，但见长松大柏，茂竹奇花，环绕一庄；篱落之中，有数间茅屋，闻得馨香喷鼻。又是一个水镜庄卧龙岗也。孔明大喜，到庄前扣户，有一小童出。孔明方欲通姓名，早有一人竹冠草履，白袍皂绦，碧眼黄发，忻然出曰："来者莫非汉丞相否？"又与紫虚上人、青城老叟一般风致。孔明笑曰："高士何以知之？"隐者曰："久闻丞相大纛南征，安得不知！"遂邀孔明入草堂，礼

毕，分宾主坐定。孔明告曰："亮受昭烈皇帝托孤之重，今承嗣
君圣旨，领大军到此，欲服蛮邦，使归王化。不期孟获潜入洞
中，军士误饮哑泉之水。夜来蒙伏波将军显圣，言高士有药泉，
可以治之。望乞矜念，赐神水以救众兵残生。" <small>水火不求人，孰知
此时水亦甚贵。</small>隐
者曰："量老夫山野废人，何劳丞相枉驾。此泉就在庵后。"教
取来饮。

于是童子引王平一起哑军，来到溪边，汲水饮之，随即吐出
恶涎，便能言语。<small>如今之服半夏者，
忽饮着生姜汤。</small>童子又引众军到万安溪中沐浴。
隐者于庵中进柏子茶、松花菜，以待孔明。<small>百忙中却偏叙出隐士清冷
之况，令人烦襟顿涤。</small>
隐者告曰："此间蛮洞多毒蛇恶蝎，柳花飘入溪泉之间，水不可
饮；但掘地为泉，汲水饮之方可。"孔明求"薤叶芸香"，隐者
令众军尽意采取："各人口含一叶，自然瘴气不侵。"<small>留香草根何如
此草之妙。</small>
孔明拜求隐者姓名，隐者笑曰："某乃孟获之兄孟节是也。"
<small>说出名姓，
令人一吓。</small>孔明愕然。隐者又曰："丞相休疑，容伸片言。某一父
母所生三人：长即老夫孟节，次孟获，又次孟优。父母皆亡。二
弟强恶，不归王化。某屡谏不从，故更名改姓，隐居于此。<small>兄弟之
不得如
此，可
叹。</small>
今辱弟造反，又劳丞相深入不毛之地，如此生受，孟节合该
万死，故先于丞相之前请罪。"孔明叹曰："方信盗跖、下惠之
事，今亦有之。"遂与孟节曰："吾申奏天子，立公为王，可
乎？"节曰："为嫌功名而逃于此，岂复有贪富贵之意！"<small>泰伯让
天下而</small>
<small>逃之蛮方，此蛮又让蛮王之位而逃之深山，其殆比
泰伯之让而更甚耶，名之曰"节"，真不愧其名。</small>孔明乃具金帛赠之。孟节
坚辞不受。孔明嗟叹不已，拜别而回。后人有诗曰：

高士幽栖独闭关，武侯曾此破诸蛮。

至今古木无人境，犹有寒烟锁旧山。

孔明回到大寨之中，令军士掘地取水。掘下二十馀丈，并无滴水；凡掘十馀处，皆是如此。军心惊慌。又作一折，令读者再吃一惊。孔明夜半焚香告天曰："臣亮不才，仰承大汉之福，受命平蛮。今涂中乏水，军马枯渴。倘上天不绝大汉，即赐甘泉；若气运已终，臣亮等愿死于此处！"是夜祝罢，平明视之，皆得满井甘泉。与后文司马昭祝井遥相对照。后人有诗曰：

为国平蛮统大兵，心存正道合神明。
耿恭拜井甘泉出，诸葛虔诚水夜生。

孔明军马既得甘泉，遂安然由小径直入秃龙洞前下寨。蛮兵探知，来报孟获曰："蜀兵不染瘴疫之气，又无枯渴之患，诸泉皆不应。"孟获不是失地利，乃失人和耳。朵思大王闻知皆不信，自与孟获来高山望之。只见蜀兵安然无事，大桶小担，搬运水浆，饮马造饭。朵思见之，毛发耸然，回顾孟获曰："此乃神兵也！"有此处疑为神兵，便生出后文神兽来。获曰："吾兄弟二人与蜀兵决一死战，就殒于军前，安肯束手受缚！"朵思曰："若大王兵败，吾妻子亦休矣。当杀牛宰马，大赏洞丁，不避水火，直冲蜀寨，方可得胜。"于是大赏蛮兵。

正欲起程，读者至此必谓有一场大厮杀矣，不知下文竟不消厮杀得。忽报洞后迤西银冶洞二十一洞主杨锋引三万兵来助战。读者至此，必谓下文又有一场助战矣，不知却是相反。孟获大喜曰："邻兵助我，我必胜矣！"即与朵思大王出洞迎接。杨锋引兵入曰：“吾有精兵三万，皆披铁甲，能飞山越岭，足以敌蜀兵百万；我有五子，皆武艺足备，愿助大王。”锋令五子入拜，皆彪躯虎体，威风抖擞。孟获大喜，遂设席相待杨锋父子。酒至半酣，锋曰：“军中少乐，吾随军有蛮姑，善舞刀牌，以助一笑。”〔先主与刘璋饮酒之时，有诸将舞剑；今杨锋与孟获饮酒之时，有诸蛮舞刀，正复相似。〕获忻然从之。须臾，数十蛮姑，皆披发跣足，从帐外舞跳而入，群蛮拍手以歌和之。杨锋令二子把盏。二子举杯诣孟获、孟优前。二人接杯，方欲饮酒。锋大喝一声，二子早将孟获、孟优执下座来。〔董茶那之擒孟获，则读者之所料也；〕〔杨锋之擒孟获，则非读者之所料。〕朵思大王却待要走，已被杨锋擒了。蛮姑横截于帐上，谁敢近前。获曰：“‘兔死狐悲，物伤其类。’吾与汝皆是各洞之主，往日无冤，何故害我？”锋曰：“吾兄弟子侄皆感诸葛丞相活命之恩，无可以报；〔又与前文放回蛮兵照应。〕今汝反叛，何不擒献！”

于是各洞蛮兵，皆走回本乡。杨锋将孟获、孟优、朵思等解赴孔明寨来。〔此是五擒。〕孔明令入，杨锋等拜于帐下曰：“某等子侄皆感丞相恩德，故擒孟获、孟优等呈献。”孔明重赏之，令驱孟获入。孔明笑曰：“汝今番心服乎？”获曰：“非汝之能，乃吾洞中之人自相残害，以致如此。要杀便杀，只是不服！”〔甚矣，心之难攻。〕孔明曰：“汝赚吾入无水之地，更以哑泉、灭泉、黑泉、柔泉如此之毒，吾军无恙，岂非天意乎？汝何如此执迷？”获又曰：“吾祖居银坑山中，有三江之险，重关之固。汝若就彼擒之，吾当子子孙孙倾心服事。”〔纵虎归穴，然后入穴取虎，更自不易。〕孔明曰：“吾再放汝回去，重整兵马，与吾共决胜负；如那时擒住，汝再不服，当灭九族。”叱左右去其缚，放起孟获。获再拜而去。〔此是五纵。〕孔明又将孟优并朵思大王皆释其缚，赐酒食压惊。二人悚惧，不敢正视。孔明令鞍马送回。_{前番先放孟优，次放孟获，此又先放孟获，次放孟优。}正是：

深临险地非容易，更展奇谋岂偶然！

未知孟获整兵再来胜负如何，且看下文分解。

第九十回　驱巨兽六破蛮兵　烧藤甲七擒孟获

烧藤甲七擒孟获

　　天下惟猛兽最难降，又惟妇人最难降。降猛兽而猛汉不足忧矣，降妇人而猛兽又不足忧矣。木鹿大王之驱虎豹，是猛汉仗猛兽之威以跋扈者也；孟获之有祝融夫人，是男蛮仗女蛮之威以跋扈者也。降女蛮之法，妙在以我之汉将，擒彼之女蛮，即以彼之女蛮，易我之汉将，而女蛮亦为我所用；降猛兽之法，妙在以我之假兽，逐彼之真兽，又使彼之猛汉，即受逐于彼之猛兽，而猛兽亦为我所用。诸葛真神人哉！

　　木兽之用，不可无一，不容有二。何也？木鹿大王，亦兽类也。彼既以兽驱兽，我亦以兽胜兽，特因其人而用之耳。使尽欲不用人而用兽，岂长恃之法哉？齐用火牛以攻燕而胜，楚用燧象以攻吴而不胜。观于往事，可为明鉴。

　　前卷祝井出泉，是孔明但邀神助；此卷以扇反风，是孔明自有神通。每读《西游记》，见孙行者之降妖；读《水浒传》，见公孙胜之斗法，以为奇幻。不谓《三国志》中已备《西游》、《水浒》之长矣。况彼以捏造之事，虽层见叠出，总属虚谈；不若此为真实之事，即偶有一二，已足括彼全部也。

　　七擒之中，缚送者三，有前二者之真，而后之一假生焉；七擒之中，诈降者二，有前者之降，而后之诈又因焉。孔明辨其真于二擒五擒，而又辨其假于六擒，则知其异；识其诈于二纵之后，而又识其诈于七擒之前，则知其同。

　　武侯博望之火、新野之火及助周郎赤壁之火，皆烧之不尽不绝，而独于藤甲军，则烧之尽绝，毋乃太酷乎？曰：此藤甲军之自取耳。能御金、能御水，而独不能御火。不惟不能御火，又特特引火，是如身负硫黄焰硝而行，于人何尤焉？且既有四泉之恶，又有桃花溪之恶，而孔明以火治之，此以火胜水也。若夫南方属火，而用火于南，此又以火胜火也。火与火遇，而火之威安得不烈耶！

武侯之欲抚南蛮，而即用孟获者，真深得安蛮之道哉！得其土而欲守之，不能不分兵，分兵则不能不转饷，转饷而输挽徒劳，不若使自守之，而庇荫之下，皆吾土也；得其人而欲治之，不能不设官，设官则不能不用法，用法而刑狱滋扰，不若使自治之，而函盖之下，皆吾人也。不但此也。杀其身，不能变其心，杀之不足以为武；而生其身，又复夺其地，则生之亦不足以为恩。不杀其人，而南人不反；不夺其地，而南人乃愈不反耳。

武侯仍以孟获王南蛮，何如立孟节以王南蛮？曰：孟节在蛮而超于蛮者也。在蛮而超于蛮，则孟节非蛮人也。以非蛮治蛮，岂若以蛮治蛮之为善乎？故虽使孟节肯受爵，而用节不如用获也。然则荆蛮曷为有泰伯？曰：泰伯圣人也，孟节贤人也。惟贤守节，惟圣达权。圣人可以治蛮，而贤人不可以治蛮。贤人不可以治蛮，则惟听蛮人之自相治而已矣。

却说孔明放了孟获等一干人，杨锋父子皆封官爵，重赏洞兵。杨锋等拜谢而去。孟获等连夜奔回银坑洞。那洞外有三江，乃是泸水、甘南水、西城水。三路水会合，故为三江。<small>泸水之外，又添出二水。</small>其洞北近平坦二百余里，多产万物。洞西二百里有盐井。西南二百里，直抵泸、甘。正南三百里，乃是梁都洞，洞中有山，环抱其洞；山土出银矿，故名为银坑山。<small>产银之山而谓之坑，可见钱财与粪土一般，奈何今人之陷此坑而不悟也。</small>山中置宫殿楼台，以为蛮王巢穴。其中建一祖庙，名曰"家鬼”。老蛮子谓之祖，死蛮子谓之鬼。四时宰牛杀马享祭，名曰“卜鬼”。以祭为卜，则其俗之无卜可知，管辂、吕范全用不着矣。每年常以蜀人并外乡之人祭之。平蛮之后，此风始革，武侯之功不少。若人患病，不肯服药，只祷师巫，名为“药鬼”。以祷为药，则其俗之无医可知，华佗、吉平全用不着矣。其处无刑法，但犯罪即斩。倒爽利。有女长成，却于溪中沐浴，男女自相混淆，任其自配，父母不禁，名为“学艺”。问他所学何艺，可发一笑。一年岁雨水均调，则种稻谷；倘若不熟，杀蛇为羹，煮象为饭。是蛮食。每方隅之中，上户号曰“洞主”，次曰“酋长”。每月初一、十五两日，皆在三江城中买卖，转易货物。其风俗如此。如此风俗，何必设官理之，宜孔明服蛮之后，不复设官也。○以上抵得一篇《南蛮风俗志》。吕凯但能图之，此则谱之也。

却说孟获在洞中，聚集宗党千馀人，谓之曰：“吾屡受辱于蜀兵，立誓欲报之。汝等有何高见？”言未毕，一人应曰：“吾举一人，可破诸葛亮。”众视之，乃孟获妻弟，见为八番部长，名曰“带来洞主”。获大喜，急问何人。带来洞主曰：“此去西南八纳洞，洞主木鹿大王，深通法术，出则骑象，能呼风唤雨，常有虎豹豺狼、毒蛇恶蝎跟随。真是一洞妖魔。如《西游记》金角、银角、虎力、鹿力之类。手下更有三万神兵，甚是英勇。又如《水浒传》樊瑞、高廉之类。大王可修书具礼，某亲往求之。此人若允，何惧蜀兵哉！”获忻然，令国舅赍书而去。却令朵思大王守把三江城，以为前面屏障。东吴以江为固，南蛮亦以江为固，俨然鼎足之外，又是一足。

却说孔明提兵直至三江城，遥望见此城三面傍江，一面通旱，即遣魏延、赵云同领一军，于旱路打城。军到城下时，城上弓弩齐发。原来洞中之人多习弓弩，一弩齐发十矢，箭头上皆用毒药；但有中箭者，皮肉皆烂，见五脏而死。此药不减四泉之毒。赵云、魏延不能取胜，回见孔明，言药箭之事。孔明自乘小车，到军前看了虚实，回到寨中，令军退数里下寨。所以疏敌之防。蛮兵望见蜀兵远退，皆大笑作贺，只疑蜀兵惧怯而退，因此夜间安心稳睡，不去哨探。已在孔明算中。

却说孔明约军退后，即闭寨不出。一连五日，并无号令。疏敌之防。黄昏左侧，忽起微风。孔明传令曰："每军要衣襟一幅，限一更时分应点，无者立斩。"奇。诸将皆不知其意，读者亦不知其意。众军依令预备。初更时分，又传令曰："每军衣襟一幅包土一包，无者立斩。"奇。众军亦不知其意，读者亦不知其意。只得依令预备。孔明又传令曰："诸军包土俱在三江城下交割，先到者有赏。"妙。众军闻令，皆包净土，飞奔城下。孔明令积土为蹬道，先上城者为头功。妙，原来如此。○四番号令，两言罚，两言赏。于是蜀兵十馀万，并降兵万馀，将所包之土一齐弃于城下，一霎时积土成山，接连城上。一声暗号，蜀兵皆上城。有前之退，故有此之速。蛮兵急放弩时，大半早被执下，馀者弃城而走。朵思大王死于乱军之中。想朵思此时已着了两刀矣。蜀将督军分路剿杀。孔明取了三江城，所得珍宝，皆赏三军。败残蛮兵奔回见孟获说："朵思大王身死，失了三江城。"获大惊。

正虑之间，人报蜀兵已渡江，见在本洞中下寨。孟获甚是慌张。忽然屏风后一人大笑而出曰："既为男子，何无智也？我虽是一妇人，愿与你出战。"获视之，乃妻祝融夫人也。蛮子还蛮不了，蛮婆又蛮起来，真好看煞人。夫人世居南蛮，乃祝融氏之后，南方属火，故有此火种。然则此妇如火一般热，如何熬得他火气。善使飞刀，百发百中。孟获起身称谢。夫人忻然上马，引宗党猛将数百员、生力洞兵五万，出银坑宫阙，来与蜀兵对敌。貂蝉可当女将军，然未尝用兵也。孙夫人虽好兵，然未尝以兵战也。此处却真有一员女将出来。《三国志》中真是无所不有。方才转过洞口，一彪军拦住，为首蜀将乃是张嶷。蛮兵见之，却早两路摆开。祝融夫人背插五口飞刀，还有一口软箭刀更利害。手挺丈八长标，夫人亦喜挺长标耶？坐下卷毛赤兔马。<small>夫人坐下之物，又毛又赤，可发一笑。</small>张嶷见之暗暗称奇。二人骤马交锋。战不数合，夫人拨马便走。张嶷赶去，空中一把飞刀落下。嶷急用手隔，正中左臂，翻身落马。蛮兵发一声喊，将张嶷执缚去了。<small>这一张斗他不过。</small>马忠听得张嶷被执，急出救时，早被蛮兵困住，望见祝融夫人挺标勒马而立，忠忿怒向前去战，坐下马绊倒，亦被擒了。<small>夫人又战倒了一个。</small>都解入洞中来见孟获。获设席庆贺。夫人叱刀斧手推出张嶷、马忠要斩。获止曰："诸葛亮放吾五次，今番若杀彼将，是不义也。<small>毕竟蛮婆心狠，还是蛮子心软。</small>且囚在洞中，待擒住诸葛亮，杀之未迟。"夫人从其言，笑饮作乐。

却说败残兵来见孔明，告知其事。孔明即唤马岱、赵云、魏延三人受计，各自领军前去。<small>两个战倒了，又差三个去。</small>次日，蛮兵报入洞中，说赵云搦战。祝融夫人即上马出迎。二人战不数合，云拨马便走。夫人恐有埋伏，勒兵而回。<small>蛮婆甚乖。</small>魏延又引军来搦战，夫人纵马相迎。正交锋紧急，延诈败而逃，夫人只不赶。<small>又不赶来，毕竟蛮婆乖似蛮子。</small>次日，赵云又引军来搦战，夫人领洞兵出迎。二人战不数合，云诈败而走，夫人按标不赶；欲收兵回洞时，魏延引军齐声辱骂，<small>骂得必然好听，大约是啰唵也。</small>夫人急挺标来取魏延。延拨马便走。夫人忿怒赶来，延骤马奔入山僻小路。忽然背后一声响亮，延回头视之，夫人仰鞍落马。<small>"仰"字妙，想见此时两脚朝天，甚是好看。</small>原来马岱埋伏在此，用绊马牵绊倒，就里擒缚，解投大寨而来。<small>前孔明所授之计，至此方叙明。</small>蛮将洞兵皆来救时，赵云一阵杀散。孔明端坐于帐上，马岱解祝融夫人至。孔明急令武士去其缚，请在别帐赐酒压惊；遣使往告孟获，欲送夫人换张嶷、马忠二将。<small>此番交易，不知谁得便宜。</small>孟获允诺，即放出张嶷、马忠还了孔明。孔明遂送夫人入洞。<small>夫人有洞可入，可发一笑。</small>孟获接入，又喜又恼。忽报八纳洞主到。孟获出洞迎接，见其人骑着白象，身穿金珠缨络，腰悬两口大刀，领着一班喂养虎豹豺狼之士，簇拥而入。_{蛮妇人不济事，又唤一起蛮畜生来了。○先在孟获眼中写木鹿声势。}获再拜哀告，诉说前事。木鹿大王许以报仇。获大喜，设宴相待。

次日，木鹿大王引本洞兵带猛兽而出。赵云、魏延听知蛮兵出，遂将军马布成阵势。二将并辔立于阵前视之，只见蛮兵旗帜器械皆别，人多不穿衣甲，尽裸身赤体，面目丑陋，身带四把尖刀；军中不鸣鼓角，但篩金为号。木鹿大王腰挂两把宝刀，手执蒂钟，身骑白象，从大旗中而出。_{又在蜀将眼中写木鹿声势。}赵云见了，谓魏延曰："我等上阵一生，未尝见如此人物。"二人正沉吟之际，只见木鹿大王口中不知念甚咒语，手摇蒂钟。_{念咒摇钟，极似今日和尚、道士，吾恐和尚、道士之毒，亦不输与木鹿大王也。}忽然狂风大作，飞沙走石，如同骤雨；一声画角响，虎豹豺狼，毒蛇猛兽，乘风而出，张牙舞爪，冲将过来。_{蛮子是禽兽，禽兽亦只算是蛮子。}蜀兵如何抵当，往后便退。蛮兵追杀，直赶到三江界路方回。

赵云、魏延收聚败兵，来孔明帐前请罪，细说此事。孔明笑曰："非汝二人之罪。吾未出茅庐之时，先知南蛮有驱虎豹之法。吾在蜀中已办下破此阵之物也，_{与鱼腹浦石块正复相似。}随军有二十辆车，俱封记在此。_{车中是何物，令人不测。}今日且用一半，留下一半，后有别用。"_{早为七擒伏线。}遂令左右取了十辆红油柜车到帐下，留十辆黑油柜车在后。众皆不知其意。孔明将柜打开，皆是木刻彩画巨兽，俱用五色绒线为毛衣，钢铁为牙爪，一个可骑坐十人。_{与后木牛流马仿佛相似。}孔明选了精壮军士一千馀人，领了一百口内装烟火之物，藏在车中。_{早为烧藤甲之火作一引子。}次日，孔明驱兵大进，布于洞口。蛮兵探知，入洞报与蛮王。木鹿大王自谓无敌，即与孟获引洞兵而出。孔明纶巾羽扇，身衣道袍，端坐于车上。孟获指曰："车上坐的便是诸葛亮！若擒住此人，大事定矣！"（负心蛮子）木鹿大王口中念咒，手摇蒂钟。顷刻之间，狂风大作，猛兽突出。孔明将羽扇一摇，其风便回吹彼阵中去了，（孔明能借风，又能退风。）蜀阵中假兽拥出。蛮洞真兽见蜀阵巨兽口吐火焰，鼻出黑烟，身摇铜铃，张牙舞爪而来，诸恶兽不敢前进，皆奔回蛮洞，反将蛮兵冲倒无数。（不是真破假，反是假破真，奇幻之极。）孔明驱兵大进，鼓角齐鸣，望前追杀。木鹿大王死于乱军之中。（又当摇钟召之。）洞内孟获宗党，皆弃宫阙，扒山越岭而走。孔明大军占了银坑洞。

次日，孔明正欲分兵缉擒孟获，忽报："蛮王孟获妻弟带来洞主，因劝孟获归降，获不从，今将孟获并祝融夫人及宗党数百馀人尽皆擒来，献与丞相。"（前只使孟获诈降，今却一齐都来，更不费力。）孔明听知，即唤张嶷、马忠，分付如此如此。二将受了计，引二千精壮兵，伏于两廊。孔明即令守门将，俱放进来。带来洞主引刀斧手解孟获等数百人，拜于殿下。孔明大喝曰："与吾擒下！"两廊壮兵齐出，二人捉一人，尽被执缚。（此是六擒。）孔明大笑曰："量汝些小诡计，如何瞒得我！汝见二次俱是本洞人擒汝来降，吾不加害；汝只道吾深信，故来诈降，欲就洞中杀吾！"（孟获一边算计，却在孔明一边叙出。）喝令武士搜其身畔，果然各带利刀。孔明问孟获曰："汝原说在汝家擒住，方始心服；今日如何？"获曰："此是我等自来送死，非汝之能也。吾心未服。"（南蛮巧舌。）孔明曰："吾擒汝六番，尚然不服，欲待何时耶？"获曰："汝第七次擒住，吾方倾心归服，誓不反矣。"孔明曰："巢穴已破，吾何虑哉！"令武士尽去其缚，叱

之曰：“这番擒住，再若支吾，必不轻恕！”孟获等抱头鼠窜而去。_{此是六纵。○纵法与前又异。}

却说败残蛮兵有千馀人，大半中伤而逃，正遇蛮王孟获。获收了败兵，心中稍喜，却与带来洞主商议曰：“吾今洞府已被蜀兵所占，今投何地安身？”带来洞主曰：“只有一国可以破蜀。”_{前荐一人，此又荐一国，是此国之人死期至矣。}获喜曰：“何处可去？”带来洞主曰：“此去东南七百里，有一国名乌戈国。国主兀突骨，身长二丈，不食五谷，以生蛇恶兽为饭；_{亦与杀蛇为羹、煮象为饭者差不多。}身有鳞甲，刀箭不能侵。_{今人腹中有鳞甲亦一乌戈国也。}其手下军士，俱穿藤甲。_{木鹿之兵不穿甲，乌戈之兵穿藤甲，愈出愈奇。○其军以藤为甲，不若其主身自有鳞甲。}其藤生于山涧之中，盘于石壁之内，国人采取，浸于油中，半年方取出晒之；晒干复浸，凡千馀遍，却才造成铠甲，_{好个引火之物。}穿在身上，渡江不沉，经水不湿，刀箭皆不能入，因此号为‘藤甲军’。_{不惧水、不惧金，独不能御火耳。}今大王可往求之。若得彼相助，擒诸葛亮如利刀破竹也。”_{孰知竹能破藤。}孟获大喜，遂投乌戈国，来见兀突骨。其洞无宇舍，皆居土穴之内。孟获入洞再拜，哀告前事。兀突骨曰：‘吾起本洞之兵，与汝报仇。”获忻然拜谢。于是兀突骨唤两个领兵俘长，一名土安，一名奚泥，起三万兵，皆穿藤甲，离乌戈国望东北而来。行至一江，名桃花水，两岸有桃树，历年落叶于水中，若别国人饮之尽死，惟乌戈国人饮之，倍添精神。_{桃花之名甚美，而独不宜于他国，岂尽如桃花源之未许人问津者耶？}兀突骨兵至桃花渡口下寨，以待蜀兵。

却说孔明令蛮人哨探孟获消息，回报曰：“孟获请乌戈国主，引三万藤甲军，见屯于桃花渡口。孟获又在各番聚集蛮兵，并力拒战。”_{此时将服，定须大战一场，以作收尾。}孔明听说，提兵大进，直至桃花渡口。隔岸望见蛮兵，不类人形，甚是丑恶；又问土人，言说即日桃叶正落，水不可饮。孔明退五里下寨，留魏延守寨。

次日，乌弋国主引一彪藤甲军过河来，金鼓大震。魏延引兵出迎。蛮兵卷地而至。蜀兵以弩箭射到藤甲之上，皆不能透，俱落于地；刀砍枪刺，亦不能入。<small>此番作怪，又与木鹿大王不同。</small>蛮兵皆使利刀钢叉，蜀兵如何抵当，尽皆败走。蛮兵不赶而回。魏延复回，赶到桃花渡口，只见蛮兵带甲渡水而去；内有困乏者，将甲脱下，放在水面，以身坐其上而渡。<small>以甲为舟，更是奇幻。</small>魏延急回大寨，来禀孔明，细言其事。孔明请吕凯并土人问之。凯曰："某素闻南蛮中有一乌弋国，无人伦者也。<small>有此一句，觉后尽情烧杀，亦不为过。</small>更有藤甲护身，急切难伤。又有桃叶恶水，本国人饮之，反添精神；别国人饮之即死。如此蛮方，纵使全胜，有何益焉？不如班师早回。"<small>借吕凯口中作一顿文势，更曲。</small>孔明笑曰："吾非容易到此，岂可便去！吾明日自有平蛮之策。"<small>还有十辆油车，未曾发市。</small>于是令赵云助魏延守寨，且休轻出。

次日，孔明令土人引路，自乘小车到桃花渡口北岸山僻去处，遍观地理。山险岭峻之处，车不能行，孔明弃车步行。忽到一山，望见一谷，形如长蛇，皆危峭石壁，并无树木，中间一条大路。孔明问土人曰："此谷何名？"土人答曰："此处名为盘蛇谷。<small>后即变作"火龙洞"。</small>出谷则三江城大路，谷前名塔郎甸。"孔明大喜曰："此乃天赐吾成功于此也！"遂回旧路，上车归寨，唤马岱分付曰："与汝黑油柜车十辆，须用竹竿千条，<small>以竹竿对藤甲，皆是草木门。</small>柜内之物，如此如此。<small>妙在不说明柜中何物。</small>可将本部兵去把住盘蛇谷两头，依法而行。与汝半月限，一切完备，至期如此施设。倘有走漏，定按军法。"马岱受计而去。又唤过赵云分付曰："汝去盘蛇谷后三江大路口如此守把。所用之物，克日完备。"<small>妙在不说明所用何物。</small>赵云受计而去。又唤魏延分付曰："汝可引本部兵去桃花渡口下寨。如蛮兵渡水来敌，汝便弃了寨，望白旗处而走。<small>白旗正与后文红焰相映。</small>限半个月内，须要连输十五阵，弃七个寨栅。若输十四阵，也休来见我。"<small>骄敌之计，大妙，大妙。</small>魏延领命，心中不乐，怏怏而去。<small>今之畏厮杀者遇如此军令，有何不乐。</small>孔明又唤张翼另引一军，依所指之处，筑立寨栅去了。却令张嶷、马忠引本洞所降千人，如此行之。<small>此是用降兵以赚孟获耳，妙在不便叙明。</small>各人都依计而行。

却说孟获与乌弋国主兀突骨曰："诸葛亮多有巧计，只是埋伏。今后交战，分付三军，但见山谷之中林木多处，切不可轻进。"<small>只避林木多处，谁知却在无林木处等你。</small>兀突骨曰："大王说的有理。吾已知道中国人多行诡计。今后依此言行之。吾在前面厮杀，汝在背后教道。"两人商量已定。忽报蜀兵在桃花渡口北岸立寨。兀突骨即差二俘长引藤甲军渡河来，与蜀兵交战。不数合，魏延败走。<small>是第一日败。</small>蛮兵恐有埋伏，不赶自回。次日，魏延又去立了营寨。蛮兵哨得，又有众军渡过河来战。延出迎之。不数合，延败走。<small>是第二日败。</small>蛮兵追杀十馀里，见四下并无动静，便在蜀寨中屯住。<small>弃第一个寨。</small>次日，二俘长请兀突骨到寨，说知此事。兀突骨即引兵大进，将魏延追一阵。蜀兵皆弃甲抛戈而走，<small>所弃之甲，蛮兵却用不着。○是第三日败。</small>只见前有白旗。延引败兵，急奔回白旗处，早有一寨，就寨中屯住。兀突骨驱兵追至，魏延引兵弃寨而走。<small>弃第二个寨。</small>蛮兵得了蜀寨。次日，又望前追杀。魏延回兵交战，不三合又败，<small>是第四日败。</small>只看白旗处而走，又有一寨，延就寨屯住。次日，蛮兵又至。延略战又走，<small>是第五日败。</small>蛮兵占了蜀寨。<small>弃第三个寨。</small>

话休絮烦，魏延且战且走，已败十五阵，连弃七个营寨。_{前逐日写逐寨，写至此却总叙一句，省笔之法。}蛮兵大进追杀。兀突骨自在军前破敌，于路但见林木茂盛之处，便不敢进；却使人远望，果见树阴之中，旌旗招飐。_{孔明疑兵在兀突骨眼中点出。}兀突骨谓孟获曰："果不出大王所料。"孟获大笑曰："诸葛亮今番被吾识破！大王连日胜他十五阵，夺了七个营寨，蜀兵望风而走。诸葛亮已是计穷，只此一进，大事定矣！"_{当彼丧胆之后，而欲骄其志为最难。既有六擒以挫之，须此十五阵以骄之。}兀突骨大喜，遂不以蜀兵为念。至第十六日，魏延引败残兵来，与藤甲军对敌，兀突骨骑象当先，头戴日月狼须帽，身披金珠缨络，两肋下露出生鳞甲，眼目中微有光芒，_{在魏延眼中写兀突骨声势，以见孔明胜之之难。}手指魏延大骂。延拨马便走。后面蛮兵大进。魏延引兵转过了盘蛇谷，望白旗而走。兀突骨统引兵众，随后追杀。兀突骨望见山上并无草木，料无埋伏，放心追杀。_{呆蛮子}赶到谷中，见数十辆黑油柜车在当路。蛮兵报曰："此是蜀兵运粮道路，因大王兵至，撇下粮车而走。"_{此粮是荡手的}兀突骨大喜，催兵追赶。将出谷口，不见蜀兵，只见横木乱石滚下，垒断谷口。兀突骨令兵开路而进，忽见前面大小车辆，装载干柴，尽皆火起。_{粮车未取，草车反来。}兀突骨忙教退兵，只闻后军发喊，报说谷中已被干柴垒断，车中原来皆是火药，一齐烧着。_{"藤甲军"身上已自各有火药。}兀突骨见无草木，心尚不慌，_{"藤甲军"身上已自各有草木。}令寻路而走。只见山上两边乱丢火把，_{火自上而下。}火把到处，地中药线皆着，就地飞起铁炮。_{火自下而上。}满谷中火光乱舞，但逢藤甲，无有不着，将兀突骨并三万藤甲军，烧得互相拥抱，死于盘蛇谷中。_{几番用火都是横烧，此番用火却是竖烧。}孔明在山上往下看时，只见蛮兵被火烧的伸拳舒腿，大半被铁炮打的头脸粉碎，皆死于谷中，臭不可闻。_{真是臭蛮子。}孔明垂泪而叹曰："吾虽有功于社稷，必损寿矣！" _{此为后人好杀者说法耳。五丈原之殒星，岂真为此乎？若真为此，则}新野、博望，前后共二十万之兵，赤壁亦有八十三万之兵，其生还者无几，殆更多于"藤甲军"也。左右将士，无不感叹。

却说孟获在寨中，正望蛮兵回报。忽然千馀人笑拜于寨前，言说："乌弋国兵与蜀兵大战，将诸葛亮围在盘蛇谷中了。特请大王前去接应。我等皆是本洞之人，不得已而降蜀；今知大王前到，特来助战。" _{前受计降兵，于此处方才明白。}孟获大喜，即引宗党并所聚番人，连夜上马，就令蛮兵引路。方到盘蛇谷时，只见火光甚众，臭味难闻。获知中计，急退兵时，左边张嶷，右边马忠，两路军杀出。获方欲抵敌，一声喊起，蛮兵中大半皆是蜀兵，将蛮王宗党并聚集的番人，尽皆擒了。孟获匹马杀出重围，望山径而走。_{孟获此时不即就擒，妙有曲折。}

正走之间，见山凹里一簇人马，拥出一辆小车；车中端坐一人，纶巾羽扇，身衣道袍，乃孔明也。孔明大喝曰："反贼孟获！今番如何？"获急回马走。_{不似前番赶去，乃是惊弓之鸟矣。}旁边闪过一将，拦住去路，乃是马岱。孟获措手不及，被马岱生擒活捉了。_{此是七擒。}此时王平、张翼已引一军赶至蛮寨中，将祝融夫人并一应老小皆活捉而来。_{蛮子是第七番出丑，蛮婆是第二番出丑。}

孔明归到寨中，升帐而坐，谓众将曰："吾今此计，不得已而用之，大损阴德。我料敌人必算吾于林木多处埋伏，吾却空设旌旗，实无兵马，疑其心也。_{疑其心，使不进他处。}吾令魏文长连输十五阵者，坚其心也。_{坚其心，使专追一处。}吾见盘蛇谷止一条路，两壁厢皆是光石，并无树木，下面都是沙土，因令马岱将黑油车安排于谷中，车中油柜内，皆是预先造下的大炮，名曰'地雷'，_{先生能使风，又能使雷。}一炮中藏九炮，三十步埋之，中用竹竿通节，以引药线；才一发动，山损石裂。吾又令赵子龙预备草车，安排于谷口。又于山上准备大木乱石。却令魏延赚兀突骨并藤甲军入谷，放出魏延，即断其路，随后焚之。*此处方将上项事一一说明。*吾闻：'利于水者必不利于火。'藤甲虽刀箭不能入，乃油浸之物，见火必着。蛮兵如此顽皮，非火攻安能取胜？*又说明用计之意。*使乌弋国之人不留种类者，是吾之大罪也！"*大罪乃是大功。*众将拜伏曰："丞相天机，鬼神莫测也！"孔明令押过孟获来。孟获跪于帐下。孔明令去其缚，教且在别帐与酒食压惊。*妙。*孔明唤管酒食官至坐榻前，如此如此，分付而去。

却说孟获与祝融夫人并孟优、带来洞主、一切宗党在别帐饮酒。忽一人入帐谓孟获曰："丞相面羞，不欲与公相见。*不说孟获羞，倒说孔明羞，其羞孟获甚矣。*特令我来放公回去，再招人马来决胜负。公今可速去。"*妙，妙。胜似打，胜似杀。*孟获垂泪言曰："七擒七纵，自古未尝有也。吾虽化外之人，颇知礼义，直如此无羞耻乎？"*此时蛮子亦蛮不过矣。*遂同兄弟妻子宗党人等，皆匍匐跪于帐下，肉袒谢罪曰："丞相天威，南人不复反矣！"*攻心之法，至此方才战胜。*孔明曰："公今服乎？"获泣谢曰："某子子孙孙皆感覆载生成之恩，安得不服！"*前说畏威，此说感恩，恩威交至。*孔明乃请孟获上帐，设宴庆贺，就令永为洞主。所夺之地，尽皆退还。孟获宗党及诸蛮兵无不感戴，皆欣然跳跃而去。*此是七纵。*后人有诗赞孔明曰：

羽扇纶巾拥碧幢，七擒妙策制蛮王。
至今溪洞传威德，为选高原立庙堂。

长史费祎入谏曰："今丞相亲提士卒，深入不毛，收服蛮方；今蛮王既已归服，何不置官吏，与孟获一同守之？"孔明曰："如此有三不易：留外人则当留兵，兵无所食，一不易也；^{此言留兵之难。}蛮人伤破，父兄死亡，留外人而不留兵，必成祸患，二不易也；^{此言不留兵之难。}蛮人累有废杀之罪，自有嫌疑，留外人终不相信，三不易也。^{此言设官之难。}今吾不留人，不运粮，与相安于无事而已。"^{蛇羹象饭，不可以汉人饮食之道治之；沐浴学艺，不可以汉人男女之道治之；卜鬼药鬼，不可以汉人祭祀之道治之。不可治而不治，正治之以不治也。}众人尽服。于是南方皆感孔明恩德，乃为孔明立生祠，四时享祭，^{如此人不愧生祠矣，与前卷马伏波庙正是相映。}皆呼之为"慈父"；各送珍珠金宝、丹漆药材、耕牛战马，以资军用，誓不再反。南方已定。^{文势至此一束。}

却说孔明犒军已毕，班师回蜀，令魏延引本部兵为前锋。延引兵方至泸水，忽然阴云四合，水面上一阵狂风骤起，飞沙走石，军不能进。延退兵回报孔明。孔明遂请孟获问之。正是：

塞外蛮人方帖服，水边鬼卒又猖狂。

未知孟获所言若何，且看下文分解。

第九十一回

祭泸水汉相班师

伐中原武侯上表

伐中原
武侯
上表

观伏波之显圣，而知南人之信神，真有神；观泸水之夜哭，而知南人之信鬼，真有鬼也。虽然，明于天地之理者，不可惑以神怪。使鬼能作祟，何以猇亭七十馀万之众，不闻为祟于林间，以阻陆生之驾；赤壁八十三万之师，不闻为祟于江上，以阻周郎之舟乎？若畏其鬼而祭之，则藤甲三万人，孔明亦哀之矣，曷为不祭盘蛇谷而独祭泸水也？所以然者，为死于王事，理所当恤。非动于猖獗之足畏，而动于忠义之可矜耳。且也曹操哭既死之典韦，以劝未死之典韦；武侯哭阵亡之蜀将，以劝未亡之蜀将。盖不独为死者而不得不祭，亦为生者而不得不祭云。

读武侯祭泸水一篇，而叹兵之不可轻用也。古人不得已而用兵，则有遣戍卒之诗，有劳还卒之诗，必备述其骨肉绸缪、室家系恋之况。至于杨柳雨雪，蟏户鹿场，无不代写离忧，为之永叹。其待生者且然，况既死乎？若为上者不哀之，而使其人自哀之，则"死生契阔，与子成说"，卫风所以悲也；"转予于恤，有母尸饔"，《祈父》所以怨也。"谁无父母，提携捧负，恐其不寿"；"谁无兄弟，如足如手；谁无妻子，如宾如友"。尝览唐人《从军行》，及诸《塞上曲》，如"碛里征人三十万，一时回首月中看"，又如"可怜无定河边骨，犹是深闺梦里人"。其词之痛，情之伤，有令人泫然泣下者。今武侯秋夜奠文，可以仿佛矣。

兵固不可轻用，而有不得不用者，迫于讨贼之义也。然伐魏所以讨贼，平蛮岂亦以讨贼乎？而伐魏之师，必在平蛮之后者何也？亦犹曹操之不灭吕布，则未敢谋袁绍；不灭袁绍，则未敢窥江南耳。不然，而夫差争长于潢池，勾践已入于国；苻坚投鞭于淝水，慕容已袭其邦：此非其明验哉？且魏欲借蛮以攻蜀，则武侯之平蛮，即谓之伐魏也可。平蛮即为伐魏，则武侯之初伐魏，即谓之再伐魏也可。

武侯北伐而无南顾之忧，此武侯之所乐也；武侯外伐而终不免于内顾之忧，此则武侯之所惧也。何也？平蛮之后，忧不在于南人，而忧乃在于后主也。试观武侯《出师》一篇曰"临表涕泣"。夫伐魏即伐魏耳，何用涕泣为哉？正惟此日国事，实当危急存亡之际；而此日嗣主，方在醉生梦死之中。知子莫如父，推"不可辅"之言，固已验矣。岂知臣莫如君，而"自取之"之语，乃遂敢真蹈也？于是而身提重师，万万不可不去；而心牵钝物，又万万不能少宽。因而切切开导，勤勤叮咛，一回如严父，一回如慈妪。盖先生此日此表之涕泣，固有甚难于嗣主者，非但为汉贼之不两立也。后日杜工部有诗云："干排雷雨犹力争，根断泉源岂天意。"正是此一副眼泪矣。今人但知此表为讨贼之义，而不知其为恋主之忠，安得为知武侯者耶？

《周礼》阉人领之太宰，则外庭有制内庭之礼，而内庭无侵外庭之权。武侯之教后主者，止在宫中府中一语耳。使宫中亲而府中疏，遂至小人近而贤人远，此桓、灵之所以失也。于六出祁山之前，早知有后主宠黄皓之事；在七擒孟获之后，犹回顾桓、灵宠常侍之文。后事于此伏焉，前文又于此照焉。《三国》一书，当以此卷为一大关键，一大章法。

武侯《出师》一表，固为前后文之伏应；而马谡反间之计，亦为前后文之伏应也。何也？曹操欲立曹植而问贾诩，则在初称魏王之时矣。"煮豆燃豆"之诗，则在曹丕初立之时矣。"三马同槽"，一梦于马腾未死之前，一梦于曹操将死之日矣。而谯之行反间，言曹植之当立，则前文于此应也；言司马氏之欲反，则后文又于此伏也。不但此也。好言天象者，莫如谯周。前称天象以劝刘璋之出降，后复称天象以劝刘禅之出降。而此卷谏武侯之语，亦正与前后文相连属云。

蜀使入吴，而有徐盛南徐之役。是虽吴之破魏，而实蜀之以吴破魏也。吴使入蜀，而有赵云阳平之兵。是虽蜀之为吴伐魏，而实蜀之为汉伐魏也。然犹未大伸讨贼之义也。《纲目》书云："汉丞相武乡侯诸葛亮出师伐魏。"则讨贼之义所由大伸者，断自武侯出师始。

却说孔明班师回国，孟获率引大小洞主酋长及诸部落，罗拜相送。前军至泸水，时值九月秋天，^{与前五月渡泸相映。}忽然阴云布合，狂风骤起。兵不能渡，回报孔明。孔明遂问孟获。获曰："此水原有猖神作祸，往来者必须祭之。"^{猖神者蛮鬼也。}孔明曰："用何物祭享？"获曰："旧时国中因猖神作祸，用七七四十九颗人头并黑牛白羊祭之，自然风恬浪静，更兼连年丰稔。"^{假使四十九个鬼又作祸，将奈何？}孔明曰："吾今事已平定，安可妄杀一人？"遂自到泸水岸边观看。果见阴风大起，波涛汹涌，人马皆惊。^{再在武侯眼中一写。}孔明甚疑，即寻土人问之。土人告说："自丞相经过之后，夜夜只闻得水边鬼哭神号，自黄昏直至天晓，哭声不绝。瘴烟之内，阴鬼无数。^{又在土人口中补写。}因此作祸，无人敢渡。"孔明曰："此乃我之罪愆也。前者马岱引蜀兵千馀，皆死于水中；^{照应八十八卷中事。}更兼杀死南人，尽弃此处。狂魂怨鬼，不能解释，以致如此。^{往往鬼哭，天阴则闻，方信李华《吊古战场文》不}

是虚话。吾今晚当亲自往祭。"土人曰:"须依旧例,杀四十九颗人头为祭,则怨鬼自散也。"如此则是以鬼杀鬼。孔明曰:"本为人死而成怨鬼,岂可又杀生人耶?若为鬼杀人,而人又成鬼,是鬼与鬼相怨,无己时也。吾自有主意。"唤行厨宰杀牛马;和面为剂,塑成人头,内以牛羊等肉代之,名曰"馒头"。是国法,亦是佛法。今日和尚吃馒头,恨不以此为之。当夜于泸水岸上,设香案,铺祭物,列烛四十九盏,扬幡招魂;将馒头等物,陈设于地。三更时分,孔明金冠鹤氅,亲自临祭,令董厥读祭文。其文曰:

维大汉建兴三年秋九月一日,武乡侯、领益州牧、丞相诸葛亮,谨陈祭仪,享于故殁王事蜀中将校以及南人亡者阴魂曰:

我大汉皇帝,威胜五霸,明继三王。昨自远方侵境,异俗起兵;纵蛮尾以兴妖,恣狼心而逞乱。我奉王命,问罪遐荒;大举貔貅,悉除蝼蚁;雄军云集,狂寇冰消;才闻破竹之声,便是失猿之势。但士卒儿郎,尽是九州豪杰;官僚将校,皆为四海英雄。习武从戎,投明事主,莫不同申三令,共展七擒;齐坚奉国之诚,并效忠君之志。何期汝等偶失兵机,缘落奸计。或为流矢所中,魂掩泉台;或为刀剑所伤,魄归长夜。生则有勇,死则成名。今凯歌欲还,献俘将及。汝等英灵尚在,祈祷必闻。随我旌旗,逐我部曲,同回上国,各认本乡;受骨肉之蒸尝,领家人之祭祀;莫作他乡之鬼,徒为异域之魂。我当奏之天子,使汝等各家尽沾恩露,年给衣粮,月赐廪禄。用兹酬答,以慰汝心。至于本境土神,南方亡鬼,血食有常,凭依不远。生者既凛天威,死者亦归王化;想宜宁帖,毋致号啕。聊表丹忱,敬陈祭祀。呜呼哀哉!伏惟尚飨!

读祭文毕，孔明放声大哭，极其痛切，情动三军，无不下泪。孟获等众，尽皆哭泣。只见愁云怨雾之中，隐隐有数千鬼魂，皆随风而散。恐今日和尚施食倒无此等应验。于是孔明令左右将祭物尽弃于泸水之中。

次日，孔明引大军俱到泸水南岸，但见云收雾散，风静浪平。蜀兵安然尽渡泸水，果然鞭敲金镫响，人唱凯歌还。绝妙好辞。行到永昌，孔明留王伉、吕凯守四郡；发付孟获领众自回，嘱其勤政驭下，善抚居民，勿失农务。孟获涕泣拜别而去。蛮子原有良心，若没良心人，虽十擒十纵亦不服也。

孔明自引大军回成都。后主排銮驾出郭三十里迎接，下辇立于道傍，以候孔明。与献帝迎曹操相类，而君之诚伪既殊，臣之忠奸亦别。孔明慌下车伏道而言曰："臣不能速平南方，使主上怀忧，臣之罪也。"后主扶起孔明，并车而回，设太平筵会，重赏三军。自此远邦进贡来朝者二百馀处。服者不但南人。孔明奏准后主，将殁于王事者之家，一一优恤。人心欢悦，朝野清平。以上按下蜀汉一边，以下再叙魏国一边。

却说魏主曹丕，在位七年，即蜀汉建兴四年也。丕先纳夫人甄氏，即袁绍次子袁熙之妇，前破邺城时所得。追应三十三卷中事。后生一子，名叡，字元仲，自幼聪明，丕甚爱之。后丕又纳安平广宗人郭永之女为贵妃，甚有颜色；其父尝曰："吾女乃女中之王也。"故号为"女王"。便有夺后之意。自丕纳为贵妃，因甄夫人失宠，郭贵妃欲谋为后，却与幸臣张韬商议。时丕有疾，韬乃诈称于甄夫人宫中掘得桐木偶人，上书天子年月日时，为压镇之事。丕大怒，遂将甄夫人赐死，立郭贵妃为后。郭妃夺嫡，亦比曹丕之篡。因无出，如此人自然绝嗣。养曹叡为己子。虽甚爱之，不立为嗣。叡年至十五岁，弓马熟娴。当年春二月，丕带叡出猎。行于山坞之间，赶出子母二鹿，丕一箭射倒母鹿，回视小鹿驰于曹叡马前。丕大呼曰："吾儿何不射之？"叡在马上泣告曰："陛下已杀其母，安忍复杀其子？"^{曹操射鹿，失君臣之礼；曹叡射}_{鹿，动母子之情。前后相对。}丕闻之，掷弓于地曰："吾儿真仁德之主也！"于是遂封叡为平原王。

夏五月，丕感寒疾，医治不痊，乃召中军大将军曹真、镇军大将军陈群、抚军大将军司马懿三人入寝宫。丕唤曹叡至，指谓曹真等曰："今朕病已沉重，不能复生。此子年幼，卿等三人可善辅之，勿负朕心。"三人皆告曰："陛下何出此言？臣等愿竭力以事陛下至千秋万岁。"丕曰："今年许昌城门无故自崩，乃不祥之兆，朕故自知必死也。"^{许昌灾异，从曹}_{丕口中补出。}正言间，内侍奏征东大将军曹休入宫问安。^{三人召来，}_{一人自来。}丕召入谓曰："卿等皆国家柱石之臣也，若能同心辅朕之子，朕死亦瞑目矣！"言讫，坠泪而薨。时年四十岁，在位七年。于是曹真、陈群、司马懿、曹休等，一面举哀，一面拥立曹叡为大魏皇帝。谥父丕为文皇帝，^{谥之曰"文"，取继体守文之意也，}_{然则造篡汉之基者，统归之曹丕矣。}谥母甄氏为文昭皇后。封钟繇为太傅，曹真为大将军，曹休为大司马，华歆为太尉，王朗为司徒，陈群为司空，司马懿为骠骑大将军。其馀文武官僚，各各封赠。大赦天下。时雍、凉二州缺人守把，司马懿上表乞守西凉等处。^{司马懿注意在西，}_{所畏者蜀也。}曹叡从之，遂封懿提督雍、凉等处兵马，领诏去讫。

早有细作飞报入川。^{斗笋甚}_{紧。}孔明大惊曰："曹丕已死，孺子曹叡即位，馀皆不足虑；司马懿深有谋略，今督雍、凉兵马，倘训练成时，必为蜀中之大患。不如先起兵伐之。"^{司马懿患蜀，蜀}_{亦患司马懿。}参军马谡曰："今丞相平蛮方回，军马疲敝，只宜存恤，岂可复远征？某有一计，使司马懿自死于曹叡之手，未知丞相钧意允否？"孔明问是何计，马谡曰："司马懿虽是魏国大臣，曹叡素怀疑忌。何不密遣人往洛阳、邺郡等处，布散流言，道此人欲反；更作司马懿告示天下榜文，遍贴诸处，使曹叡心疑，必然杀此人也。"〔此一时反间之计耳，孰知后来果应司马氏篡位。〕孔明从之，即遣人密行此计去了。

却说邺城门上，忽一日见贴下告示一道。守门者揭了，来奏曹叡。叡观之，其文曰：

骠骑大将军总领雍、凉等处兵马事司马懿，谨以信义布告天下：昔太祖武皇帝创立基业，本欲立陈思王子建为社稷主；不幸奸谗交集，岁久潜龙。皇孙曹叡素无德行，妄自居尊，有负太祖之遗意。今吾应天顺人，克日兴师，以慰万民之望。告示到日，各宜归命新君。如不顺者，当灭九族！先此告闻，想宜知悉。

曹叡览毕，大惊失色，急问群臣。太尉华歆奏曰："司马懿上表乞守雍、凉，正为此也。先时太祖武皇帝尝谓臣曰：'司马懿鹰视狼顾，不可付以兵权，久必为国家大祸。'〔曹孟德语，却今日反从此处补出。〕情已萌，可速诛之。"王朗奏曰："司马懿深明韬略，善晓兵机，素有大志；若不早除，久必为祸。"〔又是一个趱脚踮的。〕叡乃降旨，欲兴兵御驾亲征。忽班部中闪出大将军曹真奏曰："不可。文皇帝托孤于臣等数人，是知司马仲达无异志也。今事未知真假，遽尔加兵，乃逼之反耳。或者蜀、吴奸细行反间之计，使我君臣自乱，彼却乘虚而击，未可知也。陛下幸察之。"^{曹子丹略有见识。}叡曰："司马懿若果谋反，将奈何？"真曰："如陛下心疑，可仿汉高伪游云梦之计，御驾幸安邑；司马懿必然来迎，观其动静，就车前擒之可也。"^{此时仲达亦危矣。}叡从之，遂命曹真监国，亲自领御林军十万，径到安邑。

司马懿不知其故，欲令天子知其威严，乃整兵马，率甲士数万来迎。^{仲达虽乖，此时却着了道儿。}近臣奏曰："司马懿果率兵十馀万，前来抗拒，实有反心矣。"叡慌命曹休先领兵迎之。司马懿见兵马前来，只疑车驾亲至，伏道而迎。曹休出曰："仲达受先帝托孤之重，何故反耶？"^{问得出其不意。}懿大惊失色，汗流遍体，乃问其故。休备言前事。懿曰："此吴、蜀奸细反间之计，欲使我君臣自相残害，彼却乘虚而袭。某当自见天子辨之。"^{毕竟仲达乖觉。}遂急退了军马，至叡车前俯伏泣奏曰："臣受先帝托孤之重，安敢有异心？必是吴、蜀之奸计。臣请提一旅之师，先破蜀，后伐吴，报先帝与陛下，以明臣心。"叡疑虑未决。华歆奏曰："不可付之兵权，可即罢归田里。"^{名士见识亦甚平常。}叡依言，将司马懿削职回乡，^{我见"三马同槽"，先见一马离槽。}命曹休总督雍、凉军马。曹叡驾回洛阳。^{以上按下魏国一边，以下再叙蜀汉一边。}

却说细作探知此事，报入川中。孔明闻之大喜曰："吾欲伐魏久矣，奈有司马懿总雍、凉之兵。今既中计遭贬，吾有何忧！"次日，后主早朝，大会官僚，孔明出班，上《出师表》一道。表曰：

臣亮言：先帝创业未半，而中道崩殂；^{落笔更不着半句闲言语，只用八字恸哭先帝，早使读者}

今天下三分，益州罢敝，此诚危急存亡之秋也。^{精诚发越}^{笔态一伏}然侍卫之臣不懈于内，忠志之士忘身于外者，盖追先帝之殊遇，欲报之于陛下也。^{笔态一起，一面读其妙文，一面记其口口先帝。}诚宜开张圣听，以光先帝遗德，恢宏志士之气；^{此是说宜。}不宜妄自菲薄，引喻失义，以塞忠谏之路也。^{此是说不宜。"宜"、"不宜"二语发起一篇。○"妄自菲薄"是子弟大病，"引喻失义"又是子弟大病，此特说尽。}宫中府中，俱为一体；^{此又说宜。○恐其昵于宫中，已预知有宠黄皓之事。}陟罚臧否，不宜异同。^{此又说不宜。}若有作奸犯科，及为忠善者，宜付有司，论其刑赏，以昭陛下平明之治；^{此又说宜。}不宜偏私，使内外异法也。^{此又说不宜。○宫中昵，府中疏，出师进表，全为此一段可知。}侍中、侍郎郭攸之、费祎、董允等，此皆良实，志虑忠纯，是以先帝简拔以遗陛下。^{重之以先帝，句句不脱"先帝"。}愚以为宫中之事，事无大小，悉以咨之，然后施行，必得裨补阙漏，有所广益。^{切嘱宫中。}将军向宠，性行淑均，晓畅军事，试用之于昔日，先帝称之曰能，^{重之以先帝。}是以众议举宠以为督。^{看此处入"众议"二字，嫌疑不少。}愚以为营中之事，事无大小，悉以咨之，必能使行阵和穆，优劣得所也。^{切嘱府中。}亲贤臣，远小人，此先汉所以兴隆也；亲小人，远贤臣，此后汉所以倾颓也。先帝在时，每与臣论此事，未尝不叹息痛恨于桓、灵也！^{明明龟鉴之言，亦必重之以先帝，哀哉。○桓、灵之宠十常侍，正与后主之宠黄皓同。}侍中尚书、^{陈震}长史参军，^{蒋琬。}此悉贞亮死节之臣也，愿陛下亲之、信之，则汉室之隆，可计日而待也。^{此二臣先生所进，恐出师后未必用，故又另嘱。}

臣本布衣，躬耕南阳，苟全性命于乱世，不求闻达于诸侯。^{自叙最悲苦。}先帝不以臣卑鄙，猥自枉屈，三顾臣于草庐之中，谘臣以当世之事，由是感激，遂许先帝以驱驰。^{自叙最悲苦。}后直倾覆，受任于败军之际，奉命于危难之间，尔来二十有一年矣。先帝知臣谨慎，故临崩寄臣以大事也。^{自叙最悲苦。}受命以来，夙夜忧虑，恐付托不效，以伤先帝之明，故五月渡泸，深入不毛。〔自叙最悲苦。〕今南方已定，甲兵已足，当奖帅三军，北定中原，庶竭驽钝，攘除奸凶，兴复汉室，还于旧都。此臣所以报先帝而忠陛下之职分也。至于斟酌损益，进尽忠言，则攸之、祎、允之任也。〔自叙最悲苦。此非以师保推三臣，盖自既解任去，而出师则必使之自代耳。〕愿陛下托臣以讨贼兴复之效，不效则治臣之罪，以告先帝之灵；若无兴复〔一本作"兴德"。〕之言，则责攸之、祎、允等之咎，以彰其慢。〔说自出师必连三臣祎补者。忧不在外贼，而在内蛊也。哀哉！〕陛下亦宜自谋，以谘诹善道，察纳雅言，深追先帝遗诏。〔要他"纳言"，亦必重之以先帝。〕臣不胜受恩感激！今当远离，临表涕泣，不知所云。〔非为伐魏而涕泣，为后主而涕泣也。〕

后主览表曰："相父南征，远涉艰难，方始回都，坐未安席；今又欲北征，恐劳神思。"孔明曰："臣受先帝托孤之重，夙夜未尝有怠。今南方已平，可无内顾之忧；〔一向南征，正是为此。〕不就此时讨贼，恢复中原，更待何日？"忽班部中太史谯周出奏曰："臣夜观天象，北方旺气正盛，星曜倍明，未可图也。"〔与后文仇国论相应。〕乃顾孔明曰："丞相深明天文，何故强为？"孔明曰："天道变易不常，岂可拘执？吾今且驻军马于汉中，观其动静而后行。"谯周苦谏不从。于是孔明乃留郭攸之、董允、费祎等为侍中，总摄宫中之事。〔正应表中。〕又留向宠为大将，总督御林军马；〔又应表中。〕陈震为侍中，蒋琬为参军；〔此表中所已及。〕张裔为长史，掌丞相府事；杜琼为谏议大夫；杜微、杨洪为尚书；孟光、来敏为祭酒；尹默、李譔为博士；郤正、费诗为秘书；谯周为太史。内外文武官僚一百馀员，同理蜀中之事。〔此又表中所未及。〕

孔明受诏归府，唤诸将听令：前督部镇北将军、领丞相司马、凉州刺史、都亭侯魏延；前军都督领扶风太守张翼；牙门将裨将军王平；后军领兵使安汉将军、领建宁太守李恢，副将定远将军、领汉中太守吕义；兼管运粮左军领兵使平北将军、陈仓侯马岱，副将飞卫将军廖化；右军领兵使奋威将军、博阳亭侯马忠，镇抚将军、关内侯张嶷；行中军师车骑大将军、都乡侯刘琰；中监军扬武将军邓芝；中参军安远将军马谡；前将军都亭侯袁綝；左将军高阳侯吴懿；右将军玄都侯高翔；后将军安乐侯吴班；领长史绥军将军杨仪；前将军征南将军刘巴；前护军偏将军汉成亭侯许允；左护军笃信中郎将丁咸；右护军偏将军刘敏；后护军典军中郎将宫雝；行参军昭武略中郎将胡济；行参军谏议将军阎晏；行参军偏将军爨习；行参军裨将军杜义，武略中郎将杜祺，绥军都尉盛教；从事武略中郎将樊岐；典军书记樊建；丞相令史董厥；帐前左护卫使龙骧将军关兴；右护卫使虎翼将军张苞。〔以上历叙诸将官衔，以出师伐魏，故特书其官以予之也。〕以上一应官员，都随着平北大都督、丞相、武乡侯、领益州牧、知内外事诸葛亮。〔大书特书。〕分拨已定，又檄李严等守川口以拒东吴。〔周密之至。〕选定建兴五年春三月丙寅日，出师伐魏。〔至此方大伸讨贼之义。〕

忽帐下一老将厉声而进曰：“我虽年迈，尚有廉颇之勇，马援之雄。此二古人皆不服老，何故不用我耶？”众视之，乃赵云也。孔明曰：“吾自平南回都，马孟起病故，〔马超之死，在孔明口中补出，省笔之法。〕吾甚惜之，以为折一臂也。今将军年纪已高，倘稍有参差，动摇一世英名，减却蜀中锐气。”〔又用激将之法。〕云厉声曰：“吾自随先帝以来，临阵不退，遇敌则先。大丈夫得死于疆场者，幸也，吾何恨焉？愿为前部先锋！”孔明再三苦劝不住。云曰：“如不教我为先锋，就撞死于阶下！"写子龙悍
勇之极。孔明曰："将军既要为先锋，须得一人同去。"言未尽，一人应曰："某虽不才，愿助老将军先引一军前去破敌。"孔明视之，乃邓芝也。即是不畏油
鼎之人。孔明大喜，即拨精兵五千、副将十员，随赵云、邓芝去讫。孔明出师，后主引百官送于北门外十里。孔明辞了后主，旌旗蔽野，戈戟如林，率军望汉中迤逦进发。写得孔明堂堂正
正，十分声势。

却说边庭探知此事，报入洛阳。是日曹叡设朝，近臣奏曰："边官报称：诸葛亮率领大兵三十馀万，出屯汉中，孔明兵数在曹
叡近臣口中补
出妙。令赵云、邓芝为前部先锋，引兵入境。"叡大惊，问群臣曰："谁可为将，以退蜀兵？"忽一人应声而出曰："臣父死于汉中，切齿之恨，未尝得报。照应七十一
卷中事。今蜀兵犯境，臣愿引本部猛将，更乞陛下赐关西之兵，前往破蜀，上为国家效力，下报父仇，臣万死不恨！"众视之，乃夏侯渊之子夏侯楙也。楙字子休，其性最急，又最吝，乃父已负妙才之名，
其子却又不才之甚。自幼嗣与夏侯惇为子。后夏侯渊为黄忠所斩，曹操怜之，以女清河公主招楙为驸马，曹操本姓夏侯，而以女与楙，
则是同姓为婚，渎祖甚矣。因此朝中钦敬。虽掌兵权，未尝临阵。当时自请出征，曹叡即命为大都督，调关西诸路军马前去迎敌。司徒王朗谏曰："不可。夏侯驸马素不曾经战，今付以大任，非其所宜。更兼诸葛亮足智多谋，深通韬略，不可轻敌。"夏侯楙叱曰："司徒莫非结连诸葛，欲为内应耶？吾自幼从父学习韬略，深通兵法。汝何欺我年幼？吾若不生擒诸葛亮，誓不回见天子！"志大言大之人，
每每无用。王朗等皆不敢言。夏侯楙辞了魏主，星夜到长安，调关西诸路军马二十馀万，来敌孔明。

正是：

欲秉白旄麾将士，却教黄吻掌兵权。

未知胜负如何，且看下文分解。

第九十二回　赵子龙力斩五将　诸葛亮智取三城

諸葛亮智取三城

此卷首写赵云战功，所以成云之志也。曷成乎云之志？曰：先主初即帝位时，云即以伐魏为劝矣。先主之伐吴，以云为后应，为其志不在伐吴故也；武侯之伐魏，以云为先锋，为其志在伐魏故也。英雄有复仇之志者，自惜其年，又惜仇人之年。不能及曹丕之未死而伐魏，已深为曹丕惜；不更及赵云之未死而伐魏，得不为赵云惜哉？然则云之复仇，不敢以老而自爱，正以老而愈不得不奋耳。

魏延子午谷之谋，未尝不善，武侯以为危计而不用，盖逆知天意之不可回，而不欲行险以争之耳。知天意之不可回，而行险以争之，即争之未必胜。争之不胜，而天下后世乃得以行险之失，为我咎矣！惟兢兢然持一至慎之心，出于万全之策，而终不能回天意于万一，然后可以无憾于人事耳。

一擒孟获之前，先取三郡；一出祁山之前，亦先取三郡，斯则同矣。而前三郡之取则俱易，后三郡之取则两易而一难。前者高定真降，妙在假疑其诈，今者崔谅诈降，妙在假信其真。前者高定与雍闿不睦，妙在使中我之计；今者崔谅与杨陵同谋，又妙在即用彼之计。令读者观其前文，更不能测其后文；观其后文，乃始解其前文。事之巧，文之幻，皆妙绝今古。

蜀之有姜维，非继武侯而终伐魏之事者乎？六出祁山之后，始有九伐中原之事。而一出祁山之前，早伏一九伐中原之人。将正伏之，先反伏之。正伏之为蜀之姜维，反伏之为魏之姜维。而此卷则犹反伏之者也。观天地古今自然之文，可以悟作文者结构之云矣。

却说孔明率兵前至沔阳，经过马超坟墓，乃令其弟马岱挂孝，孔明亲自祭之。_{祭死的，与祭
活的看。}祭毕，回到寨中，商议进兵。忽哨马报道："魏主曹叡遣驸马夏侯楙，调关中诸路军马，前来拒敌。"魏延上帐献策曰："夏侯楙乃膏粱子弟，懦弱无谋。_{魏延之
谋瞒不}^{过司马懿，却}_{瞒得夏侯楙。}延愿得精兵五千，取路出褒中，循秦岭以东，当子午谷而投北，不过十日，可到长安。夏侯楙若闻某骤至，必然弃城望横门邸阁而走。某却从东方而来，丞相可大驱士马，自斜谷而进。如此行之，则咸阳以西，一举可定也。"_{此亦韩信暗渡陈仓之
计，惜孔明之不用也。}孔明笑曰："此非万全之计也。汝欺中原无好人物，_{早为下文姜维之
来虚伏一笔。}倘有人进言，于山僻中以兵截杀，非惟五千人受害，亦大伤锐气。决不可用。"_{武侯只是小心
不肯放胆。}魏延又曰："丞相兵从大路进发，彼必尽起关中之兵，于路迎敌，则旷日持久，何时而得中原？"孔明曰："吾从陇右取平坦大路，依法进兵，何忧不胜！"_{出师之名
既正，出}^{师之路亦}_{取其正。}遂不用魏延之计。魏延怏怏不悦。_{早为后文
伏笔。}孔明差人令赵云进兵。

却说夏侯楙在长安聚集诸路军马。时有西凉大将韩德，善使开山大斧，有万夫不当之勇，引西羌诸路兵八万到来，见了夏侯楙，楙重赏之，就遣为先锋。德有四子，皆精通武艺，弓马过人：长子韩瑛，次子韩瑶，三子韩琼，四子韩琪。_{以四小将衬
出一老将。}韩德带四子并西羌兵八万，取路至凤鸣山，正遇蜀兵。两阵对圆。韩德出马，四子列于两边。德厉声大骂曰："反国之贼，安敢犯吾境界！"赵云大怒，挺枪纵马，单搦韩德交战。长子韩瑛，跃马来迎；战不三合，被赵云一枪刺死于马下。_{子龙不
老。}次子韩瑶见之，纵马挥刀来战。赵云施逞旧日虎威，抖擞精神迎战。瑶抵敌不住。〔子龙真不老。〕三子韩琼，急挺方天戟骤马前来夹攻。云全然不惧，枪法不乱。〔子龙不老。〕四子韩琪，见二兄战云不下，也纵马轮两口日月刀而来，围住赵云。云在中央独战三将。少时，韩琪中枪落马，〔子龙着实不老。〕韩阵中偏将急出救去。云拖枪便走。韩琼按戟，急取弓箭射之，连放三箭，皆被云用枪拨落。琼大怒，仍绰方天戟纵马赶来，却被云一箭射中面门，落马而死。〔受过三箭，只答一礼，已当不起。〕韩瑶纵马举宝刀便砍赵云。云弃枪于地，闪过宝刀，生擒韩瑶归阵，复纵马取枪杀过阵来。〔子龙着实不老。○赵能灭韩，亦能灭魏。〕韩德见四子皆丧于赵云之手，肝胆皆裂，先走入阵去。西凉兵素知赵云之名，今见其英勇如昔，谁敢交锋？赵云马到处，阵阵倒退。赵云匹马单枪，往来冲突，如入无人之境。〔子龙着实不老。〕后人有诗赞曰：

忆昔常山赵子龙，年登七十建奇功。

独诛四将来冲阵，犹似当阳救主雄。

邓芝见赵云大胜，率蜀兵掩杀，西凉兵大败而走。韩德险被赵云擒住，弃甲步行而逃。云与邓芝收军回寨。芝贺曰："将军寿已七旬，英勇如昨。今日阵前力斩四将，世所罕有！"云曰："丞相以吾年迈，不肯见用，吾故聊以自表耳。"〔有得他说嘴：权将少年人试我老本事。〕遂差人解韩瑶，申报捷书，以达孔明。

却说韩德引败军回见夏侯楙，哭告其事。〔一丧其父，一丧其子，正是愁人说与愁人道。〕楙自统兵来迎赵云。探马报入蜀寨，说夏侯楙引兵到。云上马绰枪，引千馀军，就凤鸣山前摆成阵势。当日，夏侯楙戴金盔，坐白马，手提大砍刀，立在门旗之下。见赵云跃马挺枪，往来驰骋，楙欲自战。韩德曰："杀吾四子之仇，如何不报！"纵马轮开山大斧，直取赵云。云奋怒挺枪来迎；战不三合，枪起处，韩德刺死于马下，_{彼老不如此老。}急拨马直取夏侯楙。楙慌忙闪入本阵。邓芝驱兵掩杀，魏兵又折一阵，退十馀里下寨。楙连夜与众将商议曰："吾久闻赵云之名，未尝见面；今日年老，英雄尚在，方信当阳长坂之事。_{又提照四十一卷中事。}似此无人可敌，如之奈何？"参军程武，乃程昱之子也，进言曰："某料赵云有勇无谋，不足为虑。来日都督再引兵出，先伏两军于左右。都督临阵先退，诱赵云到伏兵处；都督却登山指挥四面军马，重叠围住，云可擒矣。"_{此计亦平常不过，赵云太猛，故中之耳。}楙从其言，遂遣董禧引三万军伏于左，薛则引三万伏于右，二人埋伏已定。

次日，夏侯楙复整金鼓旗幡，率兵而进。赵云、邓芝出迎。芝在马上谓赵云曰："昨夜魏兵大败而走，今日复来，必有诈也。老将军防之。"_{邓芝甚是仔细，与孔明之小心相似。}子龙曰："量此乳臭小儿，何足道哉！吾今日必当擒之！"便跃马而出。魏将潘遂出迎，战不三合，拨马便走。赵云赶去，魏阵中八员将一齐来迎。放过夏侯楙先走，八将陆续奔走。赵云乘势追杀，邓芝引兵继进。赵云深入重地，只听得四面喊声大震。邓芝急收军退回，左有董禧，右有薛则，两路兵杀到。邓芝兵少，不能解救。_{然则长坂坡之解救，仍赖后主之顽福？}赵云被困在垓心，东冲西突，魏兵越厚。时云手下止有千馀人，杀到山坡之下，只见夏侯楙在山上指挥三军。赵云投东则望东指，投西则望西指，因此赵云不能突围，乃引兵杀上山来。半山中擂木炮石打将下来，不能上山。_{与黄汉升之战猇亭仿佛相似。}

赵云从辰时杀至酉时，不得脱走，只得下马少歇，且待月明再战。却才卸甲而坐，月光方出，_{此处写月，忙中闲笔。}忽四下火光冲天，鼓声大震，矢石如雨，魏兵杀到，皆叫曰："赵云早降！"云急上马迎敌。四面军马渐渐逼近，八方弩箭交射甚急，人马皆不能向前。云仰天叹曰："吾不服老，死于此地矣！"_{故作惊人之笔，跌出下文。}忽东北角上喊声大起，魏兵纷纷乱窜。一彪军杀到，为首大将持丈八点钢矛，马项下挂一颗人头。云视之，乃张苞也。_{来得突兀。}苞见了赵云，言曰："丞相恐老将军有失，特遣某引五千兵接应。闻老将军被困，故杀透重围。正遇魏将薛则拦路，被某杀之。"_{斩薛则在张苞口中叙出，殊不费力。}云大喜，即与张苞杀出西北角来。只见魏兵弃戈奔走，一彪军从外呐喊杀入，为首大将提偃月青龙刀，手挽人头。云视之，乃关兴也。_{亦来得突兀。○两颗人头一在马项下，一在手中，两样写法。}兴曰："奉丞相之命，恐老将军有失，特引五千兵前来接应。却才阵上逢着魏将董禧，被吾一刀斩之，枭首在此。_{斩董禧在关兴口中叙出，殊不费力。}丞相随后便到也。"云曰："二将军已建奇功，何不趁今日擒住夏侯楙，以定大事？"_{好子龙，有志气。}张苞闻言，遂引兵去了。兴曰："我也干功去。"遂亦引兵去了。_{前写子龙，此处又夹写兴、苞。}云回顾左右曰："他两个是吾子侄辈，尚且争先干功，吾乃国家上将，朝廷旧臣，反不如此小儿耶？吾当舍老命以报先帝之恩！"_{杀了一日，犹然如此，子龙到底不老。}于是引兵来捉夏侯楙。当夜三路兵夹攻，大破魏军一阵。邓芝引兵接应，杀得尸横遍野，血流成河。夏侯楙乃无谋之人，更兼年幼，不曾经战，见军大乱，遂引帐下骁将百馀人，望南安郡而走。_{曹操女婿甚是不济。}众军因见无主，尽皆逃窜。兴、苞二将闻夏侯楙望南安郡去了，连夜赶来。楙走入城中，令紧闭城门，驱兵守御。兴、苞二人赶到，将城围住；赵云随后也到，三面攻打。少时，邓芝亦引兵到。_{前将四人分开，今将四}

人合叙。一连围了十日，攻打不下。忽报丞相留后军住沔阳，左军屯阳平，右军屯石城，自引中军来到。赵云、邓芝、关兴、张苞皆来拜问孔明，说连日攻城不下。

孔明遂乘小车亲到城边周围看了一遍，回寨升帐而坐。众将环立听令。读至此，似已有取南安之策，却猜不出有下文。孔明曰："此郡濠深城峻，不易攻也。吾正事不在此城，汝等如只久攻，倘魏兵分道而出，以取汉中，吾军危矣。"读至此，又似有不欲取南安之意，更猜不出下文。邓芝曰："夏侯楙乃魏之驸马，若擒此人，胜斩百将。今困于此，岂可弃之而去？"邓芝不以南安为重，却以夏侯楙为重。孔明曰："吾自有计。此处西连天水郡，北抵安定郡。二处太守，不知何人？"孔明不于南安用计，却欲以天水、安定用计，奇妙。探卒答曰："天水太守马遵，安定太守崔谅。"孔明大喜，乃唤魏延受计，如此如此；又唤关兴、张苞受计，如此如此；又唤心腹军士二人受计，如此行之。妙在此处不叙明白。各将领命，引兵而去。孔明却在南安城外，令军运柴草堆于城下，口称烧城。魏兵闻知，皆大笑不惧。

却说安定太守崔谅，在城中闻蜀兵围了南安，困住夏侯楙，十分慌惧，即点军马约共四千，守住城池。忽见一人自正南而来，口称有机密事。方知心腹军士，如此用法。崔谅唤入问之，答曰："某是夏侯楙都督帐下心腹将裴绪。奉都督将令，特来求救于天水、安定二郡。南安甚急，每日城上纵火为号，专望二郡救兵，并不见到，因复差某杀出重围，来此告急。可星夜起兵为外应，都督若见二郡兵到，便开城门接应也。"此是孔明分付之语，至此方才明白。谅曰："有都督文书否？"绪贴肉取出，汗已湿透；略教一视，假文书不急令手堪再看。下换了匹马，便出城望天水而去。故作着忙之状，妆得活像。不二日，又有报马到，说天水太守已起兵救援南安去了，教安定早早接应。此亦心腹军士，又是一样用法。崔谅与府官商议。多官曰："若不去救，失了南安，送了夏侯驸马，皆我两郡之罪也，只得救之。"谅即点起人马，离城而去，只留文官守城。此失城之由。崔谅提兵向南安大路进发，遥望见火光冲天，催兵星夜前进。离南安尚有五十馀里，忽闻前后喊声大震，哨马报道："前面关兴截住去路，背后张苞杀来！"前分付兴苞之言，于此方见。安定之兵，四下逃窜。谅大惊，乃领手下百馀人，往小路死战得脱，奔回安定。方到城濠边，城上乱箭射下来。蜀将魏延在城上叫曰："吾已取了城也！何不早降？"前分付魏延之计，于此方见。原来魏延扮作安定军，黄夜赚开城门，蜀兵尽入，因此得了安定。兴、苞截路用实写，魏延取城用虚写，两样笔法。

崔谅慌投天水郡来。行不到一程，前面一彪军摆开。大旗之下，一人纶巾羽扇，道袍鹤氅，端坐于车上。谅视之，乃孔明也，急拨回马走。关兴、张苞两路兵追到，只叫早降。崔谅见四面皆是蜀兵，不得已遂降，同归大寨。孔明以上宾相待。孔明曰："南安太守与足下交厚否？"谅曰："此人乃杨阜之族弟杨陵也，南安太守姓名，在崔谅口中补出。与某邻郡，交契甚厚。"孔明曰："今欲烦足下入城，说杨陵擒夏侯楙，可乎？"谅曰："丞相若令某去，可暂退军马，容某入城说之。"孔明从其言，即时传令，教四面军马各退二十里下寨。崔谅假应承，孔明亦假信任。以假对假，自有妙用。崔谅匹马到城边叫开城门，入到府中，与杨陵礼毕，细言其事。陵曰："我等受魏主大恩，安忍背之？可将计就计而行。"杨陵欲将计就计，孰知孔明又将计就计。遂引崔谅到夏侯楙处，备细说知。楙曰："当用何计？"杨陵曰："只推某献城门，赚蜀兵入，却就城中杀之。"

崔谅依计而行，出城见孔明说："杨陵献城门，放大军入城，以擒夏侯楙。杨陵本欲自捉，因手下勇士不多，未敢轻动。"^{此句便知其假}孔明曰："此事至易。今有足下原降兵百馀人，于内暗藏蜀将扮作安定军马带入城去，^{此是真语}先伏于夏侯楙府下，却暗约杨陵待半夜之时献开城门，里应外合。"^{此是假话}崔谅暗思："若不带蜀将去，恐孔明生疑。且带入去，就内先斩之，举火为号，赚孔明入来，杀之可也。"^{暗写崔谅意中之语}因此应允。孔明嘱曰："吾遣亲信将关兴、张苞随足下先去，^{此是真话}只推救军杀入城中，以安夏侯楙之心；但举火，吾当亲入城去擒之。"^{又是假语}时值黄昏，关兴、张苞受了孔明密计，^{妙在不叙明白}披挂上马，各执兵器，杂在安定军中，随崔谅来到南安城下。杨陵在城上撑起悬空板，倚定护心栏，问曰："何处军马？"崔谅曰："安定救军来到。"谅先射号箭上城，箭上带着密书曰："今诸葛亮先遣二将伏于城中，要里应外合；且不可惊动，恐泄漏计策，待入府中图之。"^{崔谅极乖，却不知已在孔明算中}杨陵将书见了夏侯楙，细言其事。楙曰："既然诸葛亮中计，可教刀斧手百馀人伏于府中。如二将随崔太守到府下马，闭门斩之；^{不知者为兴、苞捏一把汗}却于城上举火，赚诸葛亮入城。伏兵齐出，亮可擒矣。"^{不知者又为孔明捏一把汗}安排已毕，杨陵回到城上言曰："既是安定军马，可放入城。"关兴跟崔谅先行，张苞在后。杨陵下城，在门边迎接。兴手起刀落，斩杨陵于马下。^{方知临行时所受密计，却不是府中，是门边，却不是夜半，是黄昏也。}崔谅大惊，急拨马走到吊桥边，张苞大喝曰："贼子休走！汝等诡计，如何瞒得丞相耶！"手起一枪，刺崔谅于马下。^{读至此，方识孔明将计就计之妙。}关兴早到城上，放起火来。四面蜀兵齐入。夏侯楙措手不及，开南门并力杀出。一彪军拦住，为首大将乃是王平，交马只一合，生擒夏侯楙于马上，^{丈人做尽了人，女婿却如此出丑。}馀皆杀死。

孔明入南安，招谕军民，秋毫无犯。众将各各献功。孔明将夏侯楙囚于车中。邓芝问曰："丞相何故知崔谅诈也？"<small>读者至此亦欲急问其故</small>孔明曰："吾已知此人无降心，故意使入城。彼必尽情告与夏侯楙，欲将计就计而行。吾见来情，足知其诈，复使二将同去，以稳其心。此人若有真心，必然阻当；彼忻然同去者，恐吾疑也。他意中度二将同去，赚入城杀之未迟，又令吾军有托，放心而进。<small>窥见肺肝。</small>吾已暗嘱二将，就城门下图之。城内必无准备，吾军随后便到。此出其不意也。"<small>前面一派疑阵至此方才说明。</small>众将拜服。孔明曰："赚崔谅者，吾使心腹人诈作魏将裴绪也。<small>假裴绪亦于此处叙明。</small>吾又去赚天水郡，至今未到，不知何故。<small>赚天水亦于此处叙明。</small>今可乘势取之。"乃留吴懿守南安，刘琰守安定，替出魏延军马去取天水郡。

却说天水郡太守马遵，听知夏侯楙困在南安城中，乃聚文武官商议。功曹梁绪、主簿尹赏、主记梁虔等曰："夏侯驸马乃金枝玉叶，倘有疏虞，难逃坐视之罪。太守何不尽起本部兵以救之？"<small>若依此计，消孔明赚得。</small>马遵正疑虑间，忽报夏侯驸马差心腹将裴绪到。<small>又是一个假裴绪。即是前番做裴绪，换汤不换药。</small>绪入府，取公文付马遵，说："都督求安定、天水两郡之兵星夜救应。"言讫，匆匆而去。次日，又有报马到，称说安定兵已先去了，教太守火急前来会合。<small>两个军士，两样用法，亦换汤不换药。</small>马遵正欲起兵，忽一人自外而入曰："太守中诸葛亮之计矣！"众视之，乃天水冀人也，姓姜名维，字伯约。<small>姜维于此出现，又为后文张本。</small>父名冏，昔日曾为天水郡功曹，因羌人乱，没于王事。维自幼博览群书，兵法武艺无所不通；奉母至孝，郡人敬之；后为中郎将，就参本部军事。<small>详叙伯约生平，正为后文伐魏注脚。</small>当日姜维谓马遵曰："近闻诸葛亮杀败夏侯楙，困于南安，水泄不通，安得有人自重围之中而出？又且裴绪乃无名下将，从不曾见；赚安定之假裴绪，在孔明口中说出；赚天水之假裴绪，又在姜维口中道破。况安定报马，又无公文。以此察之，此人乃蜀将诈称魏将。赚得太守出城，料城中无备，必然暗伏一军于左近，乘虚而取天水也。"孔明瞒过夏侯楙，却瞒不过姜维。马遵大悟曰："非伯约之言，则误中奸计矣！"维笑曰："太守放心。某有一计，可擒诸葛亮，解南安之危。"正是：

运筹又遇强中手，斗智还逢意外人。

未知其计如何，且看下文分解。

第九十三回　　姜伯约归降孔明　　武乡侯骂死王朗

走鄉廛鷂
死王郎

有将计就计之孔明，以破崔谅之计，斯已奇矣。又有将计就计之姜维，以破孔明之计则更奇。以假裴绪赚天水，而姜维能料，斯已奇矣。即以假姜维赚天水，而姜维不能料，则更奇。夫以孔明之计，而有破之之人，则其人固孔明之所深爱也。以能料孔明之计之人，而终有不及料之事，则孔明又其人之所不得不服也。纵一夏侯楙以招姜维，而诈称姜维之有书，是犹在人意想之中。遣一假姜维以见夏侯楙，而即称夏侯楙之有书，是则出人意想之外。其变幻不测，疑鬼疑神，今日读之者，且为之迷心眩目，况当日遇之者，能不俯首屈膝哉！

此卷有假姜维，前乎此者有假张飞矣。假张飞有二，一则张飞所以赚严颜；一则张飞所以赚张郃。而假姜维不容有二，乃孔明所以困姜维。试以《西游记》拟之，则前之假张飞，是孙行者毫毛所变之假行者也；后之假姜维，是六耳猕猴所冒之假行者也。同一假，而或自假之，或不自假而他人假之。然则《三国》之幻，殆不减《西游》云。

姜维有母，而孔明即以姜维之母，牵制姜维；亦犹徐庶有母，而曹操即以徐庶之母牵制徐庶也。然曹操假其母之书以招其子，孔明则不必假其母之书以招其子。所以然者，欲其人之背顺归逆，不得不以母子之情，夺其君臣之义；若使其人之背逆助顺，则自有君臣之义，正不专恃其母子之情耳。且曹操之才，不足以胜徐庶；而孔明之才，实足以服姜维。庶不为操屈，而但为母屈；维则不独为母屈，而直为孔明屈矣。

人但知讨贼者当诛其首，而不知讨贼者当先诛其从。何也？无贾充、成济，则司马氏父子不能肆其凶；无华歆、王朗，则曹氏父子不能恣其恶。故骂曹操而不骂华歆，未足夺曹操之魂；骂曹丕、曹叡而不骂王朗，未足褫曹丕、曹叡之魂也。骂曹操者，有陈琳之檄矣，有衣带之诏矣，有汉中王进位之疏矣，独于曹丕而缺焉。武侯虽有出师之表上告嗣君，恨无讨贼之文布告天下。今观骂王朗一篇，即以此当骂曹丕，即以此当布告之文可耳。

兵家之有劫寨，题目旧矣。独至此卷而有翻陈出新者，料彼不知我劫而劫之，不足奇；料彼知我劫而仍劫之，则奇矣。待彼来劫我，而我往劫之，不足奇；知彼待我之往劫而后来，而我故赚其来，则又奇矣。不但此也。以我劫寨之兵，截其归寨之兵，又使彼归寨之兵，即被杀于防我劫寨之兵，其愈出愈幻至于如此。每见他书所纪劫寨之事，不过杀入寨中，并无一人，情知中计，望后便走等语耳。层层叠叠，数见不鲜。问有以旧题而作新文，若此卷之神妙者乎？

却说姜维献计于马遵曰："诸葛亮必伏兵于郡后，赚我兵出城，乘虚袭我。某愿请精兵三千，伏于要路。太守随后发兵出城，不可速去，止行三十里便回，但看火起为号，前后夹攻，可获大胜。如诸葛亮自来，必为某所擒矣。"前卷孔明用计，说明在后；此处姜维用计，说明在前。遵用其计，付精兵与姜维去讫，然后自与梁虔引兵出城等候；只留梁绪、尹赏守城。原来孔明果遣赵云引一军伏于山僻之中，只待天水人马离城，便乘虚袭之。当日细作回报赵云，说天水太守马遵起兵出城，只留文官守城。赵云大喜，又令人报与张翼、高翔，教于要路截杀马遵。此二处兵亦是孔明预先埋伏。前卷之事，补叙于此。

却说赵云引五千兵，径投天水郡城下，高叫曰："吾乃常山赵子龙也！汝知中计，早献城池，免遭诛戮！"城上梁绪大笑曰："汝中吾姜伯约之计，尚然不知耶？"<small>前是孔明将计就计，此是姜维将计就计，可谓礼无不答。</small>云恰待攻城，忽然喊声大震，四面火光冲天。当先一员少年将军，挺枪跃马而言曰："汝见天水姜伯约乎！"<small>在子龙眼中写一姜维。○语亦自负甚。</small>云挺枪直取姜维。战不数合，维精神倍长。云大惊，暗忖曰："谁想此处有这般人物！"<small>又在子龙意中写一姜维。</small>正战时，两路军夹攻来，乃是马遵、梁虔引军杀回。赵云首尾不能相顾，冲开条路，引败兵奔走。姜维赶来。亏得张翼、高翔两路军杀出，接应回去。<small>又亏此一路接应。子龙虽败，可见孔明用计之妙。</small>赵云归见孔明，说中了敌人之计。孔明惊问曰："此是何人，识吾玄机？"有南安人告曰："此人姓姜名维，字伯约，天水冀人也；事母至孝，文武双全，智勇足备，真当世之英杰也。"<small>又在南安人口中写一姜维。</small>赵云又夸奖姜维枪法，与他人大不同。<small>又在子龙口中写一姜维。</small>孔明曰："吾今欲取天水，不想有此人。"遂起大军前来。

却说姜维回见马遵曰："赵云败去，孔明必然自来。彼料我军必在城中。今可将本部军马，分为四枝。某引一军伏于城东，如彼兵到则截之。太守与梁虔、尹赏各引一军城外埋伏。梁绪率百姓在城上守御。"<small>写姜维第三番用计，亦用明写。</small>分拨已定。

却说孔明因虑姜维，自为前部，望天水郡进发。将到城边，孔明传令曰："凡攻城池，以初到之日，激励三军，鼓噪直上。若迟延日久，锐气尽隳，急难破矣。"于是大军径到城下。因见城上旗帜整齐，未敢轻攻。<small>此非写梁绪，亦是写姜维。</small>候至半夜，忽然四下火光冲天，喊声震地，正不知何处兵来。只见城上亦鼓噪呐喊相应，蜀兵乱窜。孔明急上马，有关兴、张苞二将保护，杀出重围。回头看时，正东上马军，一带火光，势若长蛇。<small>四路兵独写正东。以三路之无用，衬出一路之独奇。</small>孔明令关兴探视，回报曰："此姜维兵也。"孔明叹曰："兵不在多，在人之调遣耳。此人真将才也！"<small>又在孔明眼中、口中写一姜维。</small>收兵归寨，思之良久，乃唤安定人问曰："姜维之母，现在何处？"<small>从事母至孝上得来。</small>答曰："维母今居冀县。"孔明唤魏延分付曰："汝可引一军，虚张声势，诈取冀县。若姜维到，可放入城。"又问："此地何处紧要？"安定人曰："天水钱粮，皆在上邽；若打破上邽，则粮道自绝矣。"孔明大喜，教赵云引一军去攻上邽。<small>欲取天水，却不于天水用计，又于别处用计，妙。</small>孔明离城三十里下寨。早有人报入天水郡，说蜀兵分为三路：一军守此郡，一军取上邽，一军取冀城。姜维闻之，哀告马遵曰："维母现在冀城，恐母有失。维乞一军往救此城，兼保老母。"<small>亦如徐庶所云方寸乱矣。</small>马遵从之，遂令姜维引三千军去保冀城，梁虔引三千军去保上邽。

却说姜维引兵至冀城，前面一彪军摆开，为首蜀将乃是魏延。二将交锋数合，延诈败奔走。维入城闭门，率兵守护，拜见老母，并不出战。赵云亦放过梁虔入上邽城去了。<small>详于姜维而略于梁虔，人有轻重，故叙有详略。</small>孔明乃令人去南安郡，取夏侯楙至帐下。孔明曰："汝惧死乎？"楙慌拜伏乞命。<small>曹家女婿如此出丑。</small>孔明曰："目今天水姜维现守冀城，使人持书来说：但得驸马在，我愿来降。<small>又用前番赚高定之法。</small>吾今饶汝性命，汝肯招安姜维否？"楙曰："情愿招安。"孔明乃与衣服鞍马，不令人跟随，放之自行。<small>又用前番纵崔谅之法。</small>楙得脱出塞，欲寻路而走，奈不知路径。正行之间，忽逢人奔走。楙问之，答曰："我等是冀县百姓，今被姜维献了城池，归降诸葛亮，蜀将魏延纵火劫财，我等因此弃家奔走，投上邽去也。"<small>此是孔明之计，妙在不叙明白，令读者自知之。</small>

柰又问曰："今守天水城是谁？"土人曰："天水城中乃马太守也。"柰闻之，纵马望天水而行。又见百姓携男抱女远来，所说皆同。^{妙哉计乎！}柰至天水城下叫门，城上人认得是夏侯柰，慌忙开门迎接。马遵惊拜问之。柰细言姜维之事，又将百姓所言说了。遵叹曰："不想姜维反投蜀矣！"^{孔明只赚夏侯柰，却借夏侯柰以赚马遵，赚一个便是赚两个。}梁绪曰："彼意欲救都督，故以此言虚降。"柰曰："今维已降，何为虚也？"正踌躇间，时已初更，蜀兵又来攻城。火光中见姜维在城下挺枪勒马，大叫曰："请夏侯都督答话！"^{试令读者掩卷猜之，此是真姜维乎？假姜维乎？}夏侯柰与马遵等皆到城上，见姜维耀武扬威大叫曰："我为都督而降，都督何背前言？"^{妙极。}柰曰："汝受魏恩，何故降蜀？有何前言耶？"维应曰："汝写书教我降蜀，何出此言？汝要脱身，却将我陷了！^{明明当面说谎，却使夏侯柰闻之，又疑是孔明假作柰书以赚姜维也。}我今降蜀，加为上^必将，安有还魏之理？"言讫，驱兵打城，至晓便退。^{若得天明，便认得是假姜维矣。}原来夜间妆姜维者，乃孔明之计，令部卒形貌相似者，假扮姜维攻城，因火光之中，不辨真伪。^{此处方才说明。○《水浒传》假秦明，从此学来，然不如此处曲折之妙也。}

孔明却引兵来攻冀城。城中粮少，军食不敷。姜维在城上见蜀军大车小辆，搬运粮草，入魏延寨中去了。维引三千兵出城，径来劫粮。蜀兵尽弃了粮车，寻路而走。^{弃一骓马以赚之，又弃无数粮车以赚之，足见姜维身}^{价之重。}姜维夺得粮车，欲要入城，忽然一彪军拦住，为首蜀将张翼也。二将交锋，战不数合，王平引一军又到，两下夹攻。维力穷，抵敌不住，夺路归城。城上早插蜀兵旗号，原来已被魏延袭了。^{此番却着了道儿。}维杀条路奔天水城，手下尚有十馀骑；又遇张苞杀了一阵，维止剩得匹马单枪，来到天水城下叫门。城上军见是姜维，慌报马遵。遵曰："此是姜维来赚我城门也。"令城上乱箭射下。前把假姜维认作真姜维，今把真姜维认作假姜维，被孔明弄得七颠八倒。姜维回顾蜀兵至近，遂飞奔上邽城来。城上梁虔见了姜维，大骂曰："反国之贼，安敢来赚我城池！吾已知汝降蜀矣！"遂乱箭射下。梁虔一边知道，却用暗写，此省笔处。姜维不能分说，仰天大叹，两眼泪流，拨马望长安而走。行不数里，前至一派大树茂林之处，一声喊起，数千兵拥出，为首蜀将关兴，截住去路。孔明用计不在孔明一边写去，只在姜维一边见来，异样笔法。维人困马乏，不能抵当，勒回马便走。忽然一辆小车从山坡中转出。一辆小车抵得一队大兵。其人头戴纶巾，身披鹤氅，手摇羽扇，乃孔明也。孔明唤姜维曰："伯约此时何尚不降？"维寻思良久，前有孔明，后有关兴，又无去路，只得下马投降。只此一降，便生出后来无数文字。孔明慌忙下车而迎，执维手曰："吾自出茅庐以来，遍求贤者，欲传授平生之学，恨未得其人。今遇伯约，吾愿足矣。"一见便有此深谈，此收拾英雄之法。维大喜拜谢。

孔明遂同姜维回寨，升帐商议取天水、上邽之计。维曰："天水城中尹赏、梁绪与某至厚，当写密书二封射入城中，使其内乱，城可得矣。"弄假成真。孔明从之。姜维写了二封密书，拴在箭上，纵马直至城下，射入城中。小校拾得，呈与马遵。遵大疑，与夏侯楙商议曰："梁绪、尹赏与姜维结连，欲为内应，都督宜早决之。"楙曰："可杀二人。"尹赏知此消息，乃谓梁绪曰："不如纳城降蜀，以图进用。"又在姜维算中。是夜，夏侯楙数次使人请梁、尹二人说话。二人料知事急，遂披挂上马，各执兵器，引本部军大开城门，放蜀兵入。夏侯楙、马遵惊慌，引数百人出西门，弃城投羌城而去。梁绪、尹赏迎接孔明入城。安民已毕，孔明问取上邽之计。梁绪曰："此城乃某亲弟梁虔守之，愿招来降。"甚不费力。孔明大喜。绪当日到上邽唤梁虔出城来降。孔明重加赏劳，就令梁绪为天水太守，尹赏为冀城令，梁虔为上邽令。孔明分拨已毕，整兵进发。诸将问曰："丞相何不去擒夏侯楙？"孔明曰："吾放夏侯楙，如放一鸭耳。^{轻薄。}今得伯约，得一凤也！"^{凤雏之后，又有一凤。}

孔明自得三城之后，威声大震，远近州郡，望风归降。孔明整顿军马，尽提汉中之兵，前出祁山，^{是一出祁山。}兵临渭水之西。细作报入洛阳。^{以下按过孔明，再叙魏国。}

时魏主曹叡太和元年，升殿设朝。近臣奏曰："夏侯驸马已失三郡，逃窜羌中去了。今蜀兵已到祁山，前军临渭水之西。乞早发兵破敌。"叡大惊，乃问群臣曰："谁可为朕退蜀兵耶？"司徒王朗出班奏曰："臣观先帝每用大将军曹真，所到必克；今陛下何不拜为大都督，以退蜀兵？"^{亦强夏侯楙不多。}叡准奏，乃宣曹真曰："先帝托孤与卿，今蜀兵入寇中原，卿安忍坐视乎？"真奏曰："臣才疏智浅，不称其职。"王朗曰："将军乃社稷之臣，不可固辞。老臣虽驽钝，愿随将军一往。"^{此老死期至矣。}真又奏曰："臣受大恩，安敢推辞？但乞一人为副将。"叡曰："卿自举之。"真乃保太原阳曲人，姓郭名淮，字伯济，官封射亭侯，领雍州刺史。叡从之，遂拜曹真为大都督，赐节钺；命郭淮为副都督，王朗为军师。朗时年已七十六岁矣。^{老而不死，是为贼。}选拨东西二京军马二十万与曹真。真命宗弟曹遵为先锋，又命荡寇将军朱赞为副先锋。当年十一月出师，魏主曹叡亲自送出西门之外方回。

曹真领大军来到长安，过渭河之西下寨。真与王朗、郭淮共议退兵之策。朗曰："来日可严整队伍，大展旌旗。老夫自出，只用一席话，管教诸葛亮拱手而降，蜀兵不战而退。"^{痴老儿真在梦中。可发一笑。}

真大喜，是夜传令，来日四更造饭，平明务要队伍整齐，人马威仪，旌旗鼓角，各按次序。当时使人先下战书。

次日，两军相迎，列成阵势于祁山之前。蜀军见魏兵甚是雄壮，与夏侯楙大不相同。^{在蜀兵眼中写魏国军容之盛。}三军鼓角已罢，司徒王朗乘马而出。上首乃都督曹真，下首乃副都督郭淮，两个先锋压住阵角。探子马出军前大叫曰："请对阵主将答话！"只见蜀兵门旗开处，关兴、张苞分左右而出，立马于两边；次后一队队骁将分列，^{在魏兵眼中写蜀汉军容之盛。}门旗影下，中央一辆四轮车，孔明端坐车中，纶巾羽扇，素衣皂绦，飘然而出。孔明举目见魏阵前三个麾盖，旗上大书姓名。中央白髯老者，乃军师、司徒王朗。孔明暗忖曰："王朗必下说词，吾当随机应之。"遂教推车于阵外，令护军小校传曰："汉丞相与司徒会话。"^{只一"汉"字可以压倒王朗。○司徒上削去"魏"字，不予其事魏也；亦不加以"汉"字者，以不成其为汉臣也。}王朗纵马而出。孔明于车上拱手，朗在马上欠身答礼。朗曰："久闻公之大名，今幸一会。公既知天命、识时务，何故兴无名之兵？"孔明曰："吾奉诏讨贼，何谓无名？"^{不但奉后主之诏，直奉先主之诏也。又不但奉先主之诏，直奉衣带诏之诏也。}朗曰："天数有变，^{开口便说一"天"字来压孔明。}神器更易而归有德之人，此自然之理也。曩自桓、灵以来，黄巾倡乱，天下争横，^{应第一卷中事。}降至初平、建安之岁，董卓造逆，^{应第九卷以前事。}催、汜继虐；^{应十三卷以前事。}袁术僭号于寿春，^{应十七卷中事。}袁绍称雄于邺土；^{应三十一卷以前事。}刘表占据荆州，^{应三十九卷以前事。}吕布虎吞徐郡。^{应十九卷以前事。}盗贼蜂起，奸雄鹰扬，社稷有垒卵之危，生灵有倒悬之急。^{将群雄总叙四句。}我太祖武皇帝，扫清六合，席卷八荒；万姓倾心，四方仰德，非以权势取之，实天命所归也。^{应七十八卷以前事。○称一"天"字以尊曹操。}世祖文帝，神文圣武，以膺大统，应天合人，法尧禅舜，处中国以治万邦，岂非天心人意乎？ ^{应九十一卷以前事。〇称一"天"字，又添出一"人"字，以尊曹丕。}今公蕴大才、抱大器，自欲比于管、乐，^{先将孔明一扬。}何乃强欲逆天理、背人情而行事耶？^{又将孔明一抑。〇但云逆天数则可，若云逆天理则不可，勉强将一理字换一数字，又勉强添一人字对上天字。}岂不闻古人云：'顺天者昌，逆天者亡。'^{究竟只好归重"天"字上去。}今我大魏带甲百万，良将千员。谅腐草之萤光，怎及天心之皓月？公可倒戈卸甲，以礼来降，不失封侯之位。国安民乐，岂不美哉！"

孔明在车上大笑曰："吾以为汉朝大老元臣，必有高论，^{劈头将一"汉"字对他"天"字。}岂期出此鄙言！吾有一言，诸军静听：^{要在众人面前出他丑。}昔日桓、灵之世，汉统凌替，宦官酿祸；国乱岁凶，四方扰攘。黄巾之后，董卓、傕、汜等接踵而起，迁劫汉帝，残暴生灵。^{略叙往时之乱，括不烦。}因庙堂之上，朽木为官，殿陛之间，禽兽食禄；狼心狗行之辈，滚滚当朝，奴颜婢膝之徒，纷纷秉政，以致社稷丘墟，苍生涂炭。^{骂尽汉臣暗切王朗。}吾素知汝所行：世居东海之滨，初举孝廉入仕；理合匡君辅国，安汉兴刘；何期反助逆贼，同谋篡位。罪恶深重，天地不容！天下之人，愿食汝肉！^{方指明骂他。}今幸天意不绝炎汉，^{此以天理决天数。}昭烈皇帝继统西川。吾今奉嗣君之旨，兴师讨贼。^{自叙出师伐魏之意。不但奉诏讨贼，亦是奉天讨贼！}汝既为谄谀之臣，只可潜身缩首，苟图衣食；安敢在行伍之前，妄称天数耶！^{折倒他天数之语。}皓首匹夫！苍髯老贼！汝即日将归于九泉之下，何面目见二十四帝乎！^{又奉列圣之灵以折之，连死后都骂到。}老贼速退！可教反臣与吾共决胜负！"

王朗听罢，气满胸膛，大叫一声，撞死于马下。^{周瑜有三气，王朗只是一气。老儿气不起，不似少年熬得。}后人有诗赞孔明曰：

兵马出西秦，雄才敌万人。

轻摇三寸舌，骂死老奸臣。

孔明以扇指曹真曰："吾不逼汝。汝可整顿军马，来日决战。"言讫回车。于是两军皆退。曹真将王朗尸首，用棺木盛贮，送回长安去了。^{一个军师早完了局。}副都督郭淮曰："诸葛亮料吾军中治丧，今夜必来劫寨。可分兵四路，两路兵从山僻小路，乘虚去劫蜀寨；两路兵伏于本寨外，左右击之。"^{算到敌人劫寨，却又去劫敌人之寨，其计亦巧。}曹真大喜曰："此计与吾相合。"遂传令唤曹遵、朱赞两个先锋分付曰："汝二人各引一万军，抄出祁山之后。但见蜀兵望吾寨而来，汝可进兵去劫蜀寨。如蜀兵不动，便撤兵回，不可轻进。"^{若彼不劫，我亦不劫，其谋亦慎。}二人受计，引兵而去。真谓淮曰："我两个各引一枝军伏于寨外，寨中虚堆柴草，只留数人。如蜀兵到，放火为号。"诸将皆分左右，各自准备去了。

却说孔明归帐，先唤赵云、魏延听令。孔明曰："汝二人各引本部兵去劫魏寨。"魏延进曰："曹真深明兵法，必料我乘丧劫寨。他岂不堤防？"^{此写魏延。}孔明笑曰："吾正欲曹真知吾去劫寨也。^{妙极。}彼必伏兵在祁山之后，待我兵过去，却来袭我寨；吾故令汝二人，引兵前去，过山脚后路，远下营寨，待魏兵来劫吾寨。汝看火起为号，分兵两路，文长拒住山口，子龙引兵杀回，必遇魏兵，却放彼走回，汝乘势攻之，彼必自相掩杀，可获全胜。"^{妙在原不教他劫寨，只教他杀劫寨之人。}二将引兵受计而去。又唤关兴、张苞分付曰："汝二人各引一军，伏于祁山要路；放过魏兵，却从魏兵来路，杀奔魏寨而去。"^{这两个却是教他劫寨。}二人引兵受计去了。又令马岱、王平、张翼、张嶷四将，伏于寨外，四面迎击魏兵。孔明乃虚立寨栅，居中堆起柴草，以备火号；自引诸将退于寨后，以观动静。*既防他来劫寨，又要骗他来劫寨，神妙之极。*

却说魏先锋曹遵、朱赞黄昏离寨，迤逦前进。二更左侧，遥望山前隐隐有军行动。曹遵自思曰："郭都督真神机妙算！" *且慢赞着。* 遂催兵急进。到蜀寨时，将及三更。曹遵先杀入寨，却是空寨，并无一人。料知中计，急撤军回。寨中火起。朱赞兵到，自相掩杀，人马大乱。曹遵与朱赞交马，方知自相践踏。*此是以魏伐魏，妙，妙。* 急合兵时，忽四面喊声大震，王平、马岱、张翼、张嶷杀到。*第三次分付的，第一次出现。* 曹、朱二人引心腹军百馀骑，望大路奔走。忽然鼓角齐鸣，一彪军截住去路，为首大将乃常山赵子龙也。*第一次分付的第二次先是一个出现。* 大叫曰："贼将那里去？早早受死！"曹、朱二人夺路而走。忽喊声又起，魏延又引一彪军杀到。*第一次分付的第三次又是一个出现。* 曹、朱二人大败，夺路奔回本寨。守寨军士只道蜀兵来劫寨，慌忙放起火号。左边曹真杀至，右边郭淮杀至，自相掩杀。*又是以魏杀魏，妙，妙。* 背后三路蜀兵杀至：中央魏延，左边关兴，右边张苞，大杀一阵。*第二次分付的第四次出现，又妙在魏延再出现。* 魏兵败走十馀里，魏将死者极多。孔明全获大胜，方始收兵。曹真、郭淮收拾败军回寨，商议曰："今魏兵势孤，蜀兵势大，将何策以退之？"淮曰："胜负乃兵家常事，不足为忧。某有一计，使蜀兵首尾不能相顾，定然自走矣。"正是：

可怜魏将难成事，欲向西方索救兵。

未知其计如何，且看下文分解。

司馬懿赶日擒孟達

　　读《三国》者，读至此卷，而知文之彼此相伏，前后相因，殆合十数卷而只如一篇，只如一句也。其相反而相因者，有助汉之沙摩柯，乃有抗汉之孟获；其不相反而相因者，有借羌兵之曹丕，乃有借羌兵之曹真；其相类而相因者，有马超在而即去之轲比能，乃有马超死而忽来之撤里吉；其不相类而相因者，有六纵而不服之蛮王，乃有一纵而即服之雅丹丞相。至于孟达致书于李严，早有李严致书于孟达以为之伏笔矣。申仪助司马而杀孟达，早有孟达之约申仪而背刘封以为之伏笔矣。文如常山蛇然，击首则尾应，击尾则首应，击中则首尾皆应，岂非结构之至妙者哉！

　　此卷之内，忽有一关公之神，突如其来，倏然而往。一救关兴，再救张苞，可谓英灵之极矣。然越吉元帅之头，何不即取之以云中显圣之偃月刀，而必待孔明之用计而后斩之乎？曰：《三国》一书，所以纪人事，非以纪鬼神。惟有一番筹度，一番诱敌，乃见相臣之劳心，诸将之用命，不似《西游》、《水浒》等书，原非正史，可以任意结构也。

　　平蛮之后，又有平羌；藤甲之后，又有铁车。一则在于未伐魏之始，一则间于既伐魏之中。一则炎天，一则雪地。一则出其全力持之旷日，一则施以小计定之终朝。或详或略，或长或短，事不雷同，文亦不合掌。如此妙事，如此妙文，真他书之所未有。

　　司马懿不用，则孟达不死。孟达不死，则两京可图。两京可图，则曹氏可灭。曹氏之不遽灭，以为司马懿之功也。然而救魏之事，即为篡魏之阶。魏之以懿拒汉，犹之前门拒虎后门进狼耳。此卷于司马懿起复之初，便叙师、昭二子之英英露爽。盖非魏之亡于此救，而正魏之亡于此兆云。

蜀事之坏，一坏于失荆州，再坏于失上庸也。荆州不失，则可由荆州以定襄樊；上庸不失，则可由上庸以取宛、洛。而原其所以失，则有故焉。当关公离荆州以伐魏之时，使别遣一上将以守荆州，则荆州可以不失；当孟达弃上庸而奔魏之时，更遣一上将以守上庸，则上庸可以不失。而先主不虑之，孔明亦不虑之，则皆天也，非人也。其所以失而不复者，又有故焉。当先主大战猇亭之初，孙权愿献荆州，而先主不之拒，则荆州虽失而可复；当孔明初出祁山之时，孟达欲献上庸，而司马懿未之知，则上庸虽失而可复。而先主必拒之，司马懿必知之，则又天也，非人也。天不祚汉，亦何咎于先主，亦何咎于孟达耶？

孟达不足咎，而孟达之不知人，则可咎也。于诸葛亮之小心不之信，于申仪、申耽则信之矣；于司马懿之机警不之信，于李辅、邓贤则信之矣。不能料申仪、申耽，而何能料司马懿？不能识李辅、邓贤，而何能识诸葛亮哉？盖惟诸葛亮能知司马懿，亦惟司马懿能知诸葛亮耳。

却说郭淮谓曹真曰："西羌之人，自太祖时连年入贡，文皇帝亦有恩惠加之；我等今可据住险阻，遣人从小路直入羌中求救，许以和亲，羌人必起兵袭蜀兵之后。^{即曹丕五路中之一也。}吾却以大兵击之，首尾夹攻，岂不大胜？"真从之，即遣人星夜驰书赴羌。

却说西羌国王彻里吉，自曹操时年年入贡；手下有一文一武，文乃雅丹丞相，武乃越吉元帅。^{亦如董荼那、阿哙喃等名色。}时魏使赍金珠并书到国，先来见雅丹丞相，送了礼物，具言求救之意。雅丹引见国王，呈上书礼。撤里吉览了书，与众商议。雅丹曰："我与魏国素相往来，今曹都督求救，且许和亲，理合依允。"_{是金帛说话。}撤里吉从其言，即命雅丹与越吉元帅起羌兵二十五万，皆惯使弓弩、枪刀、蒺藜、飞锤等器；又有战车，用铁叶裹钉，装载粮食军器什物，或用骆驼驾车，或用骡马驾车，号为"铁车兵"。_{写得羌兵可畏，以见孔明之能。}二人辞了国王，领兵直扣西平关。守关蜀将韩祯，急差人赍文报知孔明。

孔明闻报，问众将曰："谁敢去退羌兵？"张苞、关兴应曰："某等愿往。"孔明曰："汝二人要往，奈路涂不熟。"遂唤马岱曰："汝素知羌人之性，久居彼处，可作乡导。_{用马岱可谓最得其人。}便起精兵五万，与兴、苞二人同往。"兴、苞等引兵而去。行有数日，早遇羌兵。关兴先引百馀骑登山坡看时，只见羌兵把铁车首尾相连，随处结寨；车上遍排兵器，就似城池一般。_{赤壁江中有连舟，西平关外有连车。连舟易破，连车不易破。}兴睹之良久，无破敌之策，回寨与张苞、马岱商议。岱曰："且待来日见阵，观其虚实，另作计议。"_{马超已死，马岱亦无如之何。}次早，分兵三路：关兴在中，张苞在左，马岱在右，三路兵齐进。羌兵阵里，越吉元帅手挽铁锤，腰悬宝雕弓，跃马奋勇而出。关兴招三路兵径进。忽见羌兵分在两边，中央放出铁车，如潮涌一般，_{其静也如城，其动也如水。}弓弩一齐骤发。蜀兵大败，马岱、张苞两军先退；关兴一军，被羌兵一裹，直围入西北角上去了。

兴在垓心，左冲右突，不能得脱；_{兴至此好生着急。}铁车密围，就如城池。蜀兵你我不能相顾。兴望山谷中寻路而走。看看天晚，但见一簇皂旗，蜂拥而来，一员羌将，手提铁锤大叫曰："小将休走！吾乃越吉元帅也！"关兴急走到前面，尽力纵马加鞭，正遇断涧，^{兴至此好生着急。}只得回马来战越吉。兴终是胆寒，抵敌不住，望涧中而逃；被越吉赶到，一铁锤打来，兴急闪过，正中马胯。那马望涧中便倒，兴落于水中。^{兴至此又好着急。}忽听得一声响处，背后越吉连人带马，平白地倒下水来。兴就水中挣起看时，只见岸上一员大将，杀退羌兵。^{绝处逢生，出于意外。}兴提刀待砍越吉，吉跃水而走。^{此时未便斩越}吉，^{更妙。}关兴得了越吉马，牵到岸上，整顿鞍辔，绰刀上马。只见那员将，尚在前面追杀羌兵。^{读者至此，必谓不是张苞必是马岱。}兴自思此人救我性命，当与相见，遂拍马赶来。看看至近，只见云雾之中，隐隐有一大将，面如重枣，眉若卧蚕，绿袍金铠，提青龙刀，骑赤兔马，手绰美髯，分明认得是父亲关公。^{关公又于此处显圣，却是意想不到。}兴大惊。忽见关公以手望东南指曰："吾儿可速望此路去，吾当护汝归寨。"言讫不见。关兴望东南急走。至半夜，^{前是黄昏，此是半夜，正与斩潘璋时相似。}忽见一彪军到，乃张苞也，问兴曰："汝曾见二伯父否？"^{问得奇特。}兴曰："汝何由知之？"苞曰："我被铁车军追急，忽见伯父自空而下，惊退羌兵，^{关公在张苞一边显圣，却用虚写。}指曰：'汝从这路去救吾儿。'因此引军径来寻你。"关兴亦说前事，共相嗟异。二人同归寨内。马岱接着，对二人说："此军无计可退。我守住寨栅，你二人去禀丞相，用计破之。"^{虽有关公神助，终赖诸葛奇谋。}于是兴、苞二人，星夜来见孔明，备说此事。

孔明遂命赵云、魏延各引一军埋伏去讫，然后点三万军，带了姜维、张翼、关兴、张苞，亲自来到马岱寨中歇定。次日上高阜处观看，见铁车连络不绝，人马纵横，往来驰骤。孔明曰："此不难破也。"^{别人难，他偏不难。}唤马岱、张翼分付如此如此。二人去了，^{妙在不叙出来。}乃唤姜维曰："伯约知破车之法否？"维曰："羌人惟恃一勇力，岂知妙计乎？"^{妙在不说出来。}孔明笑曰："汝知吾心也。今彤云密布，朔风紧急，天将降雪，吾计可施矣。"^{隐隐说出，却是不曾说出。}便令关兴、张苞二人引兵埋伏去讫，^{又是两路伏兵。}令姜维领兵出战，但有铁车兵来，退后便走；寨口虚立旌旗，不设军马。准备已定。

是时十二月终，果然天降大雪。姜维引军出，越吉引铁车兵来。姜维即退走。羌兵赶到寨前，姜维从寨后而去。羌兵直到寨外观看，听得寨内鼓琴之声，^{当歌白雪诗以和之。}四壁皆空竖旌旗，急回报越吉。越吉心疑，未敢轻进。雅丹丞相曰："此诸葛亮诡计，虚设疑兵耳。可以攻之。"越吉引兵至寨前，但见孔明携琴上车，^{赋诗不能退敌，携琴却可以诱敌。}引数骑入寨，望后而走。羌兵抢入寨栅，直赶过山口，见小车隐隐转入林中去了。^{以小车引出大车。}雅丹谓越吉曰："这等兵虽有埋伏，不足为惧。"遂引大兵追赶。又见姜维兵俱在雪地之中奔走。越吉大怒，催兵急追。山路被雪漫盖，一望平坦。^{绝妙雪景。○此句不是闲笔。}正赶之间，忽报蜀兵自山后而出。雅丹曰："纵有些小伏兵，何足惧哉！"只顾催趱兵马，往前进发。忽然一声响，如山崩地陷，羌兵俱落于坑堑之中；^{所谓乘雪用计，乃此计也。}背后铁车正行得紧溜，急难收止，并拥而来，自相践踏。后兵急要回时，左边关兴、右边张苞，两军冲出，万弩齐发；背后姜维、马岱、张翼三路兵又杀到，铁车兵大乱。越吉元帅望后面山谷中而逃，正逢关兴，交马只一合，被兴举刀大喝一声，砍死于马下。^{若在关公显圣时杀之，便不见关兴之勇，又不见孔明之能矣。}雅丹丞相早被马岱活捉，解投大寨来。羌兵四散逃窜。孔明升帐，马岱押过雅丹来。孔明叱武士去其缚，赐酒压惊，用好言抚慰。^{又用纵孟获之法。}雅丹深感其德。孔明曰："吾主乃大汉皇帝，今命吾讨贼，尔如何反助逆？吾今放你回去，说与汝主，吾国与尔乃邻邦，永结盟好，勿听反贼之言。"遂将所获羌兵及车马器械，尽给还雅丹，俱放回国。众皆拜谢而去。_{羌人不复反矣。}孔明引三军连夜投祁山大寨而来，命关兴、张苞引军先行；一面差人赍表奏报捷音。

却说曹真连日望羌人消息，忽有伏路军来报说："蜀兵拔寨收拾起程。"_{孔明用计却在曹真一边写出}郭淮大喜曰："此因羌兵攻击，故尔退去。"遂分两路追赶。前面蜀兵乱走，魏兵随后追赶。先锋曹遵正赶之间，忽然鼓声大震，一彪军闪出，为首大将乃魏延也，_{孔明使魏延埋伏，于此写出。}大叫："反贼休走！"曹遵大惊，拍马交锋，不三合，被魏延一刀斩于马下。副先锋朱赞引兵追赶，忽然一彪军闪出，为首大将乃赵云也。_{孔明使赵云埋伏，于此写出。}朱赞措手不及，被云一枪刺死。曹真、郭淮见两路先锋有失，欲收兵回，背后喊声大震，鼓角齐鸣，关兴、张苞两路兵杀出，_{兴苞埋伏于此写出。}围了曹真、郭淮，痛杀一阵。曹、郭二人引败兵冲路走脱。蜀兵全胜，直追到渭水，夺了魏寨。曹真折了两个先锋，哀伤不已，只得写本申朝，乞拨援兵。

却说魏主曹叡设朝，近臣奏曰："大都督曹真，数败于蜀，折了两个先锋，羌兵又折了无数，其势甚急。今上表求救，请陛下裁处。"叡大惊，急问退军之策。华歆奏曰："须是陛下御驾亲征，大会诸侯，人皆用命，方可退也。不然，长安有失，关中危矣！"_{也得孔明骂他一场方好。}太傅钟繇奏曰："凡为将者，知过于人，则能制人。孙子云：'知彼知己，百战百胜。'臣量曹真虽久用兵，非诸葛亮对手。臣以全家良贱，保举一人，可退蜀兵。未知圣意准否？"_{自然引出这个人来。}叡曰："卿乃大老元臣，有何贤士可退蜀兵，早召来与朕分忧。"钟繇奏曰:"向者诸葛亮欲兴师犯境,但惧此人,故散流言,使陛下疑而去之,_{前疑吴、蜀反间,今专指蜀人。}方敢长驱大进。今若复用之,则亮自退矣。"叡问何人。繇曰:"骠骑大将军司马懿也。"_{郑重说出。}叡叹曰:"此事朕亦悔之。今仲达现在何处?"繇曰:"近闻仲达在宛城闲住。"叡即降诏,遣使持节,复司马懿官职,加为平西都督,就起南阳诸路军马,前赴长安。叡御驾亲征,令司马懿克日到彼聚会。使命星夜望宛城去了。_{以下按过魏国,再叙孔明。}

却说孔明自出师以来,累获全胜,心中甚喜;正在祁山寨中,会众议事,忽报镇守永安宫李严令子李丰来见。孔明只道东吴犯境,心甚惊疑,_{有此一句,反衬下文之喜。}唤入帐中问之。丰曰:"特来报喜。"孔明曰:"有何喜?"丰曰:"昔日孟达降魏,乃不得已也。彼时曹丕爱其才,时以骏马金珠赐之,曾同辇出入,封为散骑常侍,领新城太守,镇守上庸、金城等处,委以西南之任。_{曹丕恩遇孟达却于此处补出。}自丕死后,曹叡即位,朝中多人嫉妒,孟达日夜不安,常谓诸将曰:'我本蜀将,势逼于此。'今累差心腹人,持书来见家父,教早晚代禀丞相:前者五路下川之时,曾有此意;_{又将前事补照一句。}今在新城,听知丞相伐魏,欲起金城、新城、上庸三处军马,就彼举事,径取洛阳;丞相取长安,两京大定矣。_{此事若成,岂不大妙?}今某引来人并累次书信呈上。"孔明大喜,厚赏李丰等。忽细作入报说:"魏主曹叡一面驾幸长安,一面诏司马懿复职,加为平西都督,起本处之兵,于长安大会。"孔明大惊。_{一惊之后,忽有一喜。}_{一喜之后,又忽有一惊。}又参军马谡曰:"量曹叡何足道!若来长安,可就而擒之。丞相何故惊讶?"孔明曰:"吾岂惧曹叡耶?所患者惟司马懿一人而已。今孟达欲举大事，若遇司马懿，必败矣。达非司马懿对手，必被所擒。孟达若死，中原不易得也。"下文之事，早于孔明口中说出。马谡曰："何不急修书，令孟达堤防？"孔明从之，即修书令来人星夜回报孟达。

却说孟达在新城，专望心腹人回报。一日，心腹人到来，将孔明回书呈上。孟达拆封视之。书略曰：

近得书，足知公忠义之心，不忘故旧，吾甚喜慰。若成大事，则公汉朝中兴第一功臣也。然极宜谨密，不可轻易托人。惧之！戒之！近闻曹叡复诏司马懿起宛、洛之兵，若闻公举事，必先至矣。管辂之卜无此奇验。须万全堤备，勿视为等闲也。

孟达览毕，笑曰："人言孔明心多，今观此事可知矣。"乃具回书，令心腹人来答孔明。孔明唤入帐中。其人呈上回书。孔明拆封视之。书曰：

适承钧教，安敢少怠。窃谓司马懿之事，不必惧也。宛城离洛城约八百里，至新城一千二百里。若司马懿闻达举事，须表奏魏主，往复一月间事，达城池已固，诸将与三军皆在深险之地。司马懿即来，达何惧哉？丞相宽怀，惟听捷报！

孔明看毕，掷书于地而顿足曰："孟达必死于司马懿之手矣！"管辂之卜无此奇验。马谡问曰："丞相何谓也？"孔明曰："兵法云：攻其无备，出其不意。岂容料在一月之期？曹叡既委任司马懿，逢寇即除，何待奏闻？若知孟达反，不须十日，兵必到矣，安能措手耶？"^{英雄所见略同。}众将皆服。孔明急令来人回报曰："若未举事，切莫教同事者知之；知则必败。"^{又早知二申之叛。}其人拜辞，归新城去了。

却说司马懿在宛城闲住，闻知魏兵累败于蜀，乃仰天长叹。^{此老心痒难熬。}懿长子司马师，字子元；次子司马昭，字子尚。二人素有大志，通晓兵书，^{此处忽写二子，为晋代魏张本。}当日侍立于侧，见懿长叹，乃问曰："父亲何为长叹？"懿曰："汝辈岂知大事耶？"司马师曰："莫非叹魏主不用乎？"司马昭笑曰："早晚必来宣召父亲也。"^{昭更英敏。}言未已，忽报天使持节至。懿听诏毕，遂调宛城诸路军马。忽又报金城太守申仪家人有机密事求见。懿唤入密室问之，其人细说孟达欲反之事。更有孟达心腹人李辅并达外甥邓贤，随状出首。^{方知"不可轻易托人"语，乃孔明金玉之言。}司马懿听毕，以手加额曰："此乃皇上齐天之洪福也！诸葛亮兵在祁山，杀得内外人皆胆落；今天子不得已而幸长安，若旦夕不用吾时，孟达一举，两京破矣！^{此时司马懿原是魏之功臣。}此贼必通谋诸葛亮，吾先擒之，诸葛亮定然心寒，自退兵也。"长子司马师曰："父亲可急写表申奏天子。"懿曰："若等圣旨，往复一月之间，事无及矣。"^{与孔明之言不谋而合。}即传令教人马起程，一日要行二日之路，如迟立斩；一面令参军梁畿赍檄星夜去新城，教孟达等准备征进，使其不疑。^{更是周密。}梁畿先行，懿随后发兵。行了二日，山坡下转出一军，乃是右将军徐晃。晃下马见懿，说："天子驾到长安，亲拒蜀兵，今都督何往？"懿低言曰："今孟达造反，吾去擒之耳。"^{写仲达机密之至。}晃曰："某愿为先锋。"懿大喜，合兵一处。徐晃为前部，懿在中军，二子押后。又行了二日，前军哨马捉住孟达心腹人，搜出孔明回书，来见司马懿。懿曰："吾不杀汝，汝从头细说。"其人只得将孔明、孟达往复之事，一一告说。懿看了孔明回书，大惊曰："世间能者所见皆同，^{两能相遇，彼此皆惊。}吾机先被孔明识破。幸得天子有福，获此消息，孟达今无能为矣。"遂星夜催军前行。

却说孟达在新城约下金城太守申仪、上庸太守申耽，克日举事。耽、仪二人佯许之，每日调练军马，只待魏兵到，便为内应，却报孟达军器粮草，俱未完备，不敢约期起事。达信之不疑。^{写孟达疏虞之至。}忽报参军梁畿来到，孟达迎入城中。畿传司马懿将令曰："司马都督今奉天子诏，起诸路军以退蜀兵。太守可集本部军马听候调遣。"达问曰："都督何日起程？"畿曰："此时约离宛城，望长安去了。"^{谁知不向长安，却向上庸。}达暗喜曰："吾大事成矣！"遂设宴待了梁畿，送出城外，即报申耽、申仪知道，明日举事，换上大汉旗号，发诸路军马，径取洛阳。^{写孟达卤莽之至。}忽报："城外尘土冲天，不知何处兵来。"孟达登城视之，只见一彪军，打着"右将军徐晃"旗号，飞奔城下。达大惊，急扯起吊桥。徐晃坐下马收拾不住，直来到河边，高叫曰："反贼孟达，早早受降！"达大怒，急开弓射之，正中徐晃头额，魏将救去。城上乱箭射下，魏兵方退。孟达恰待开门追赶，四面旌旗蔽日，司马懿兵到。^{懿真可谓能。}达仰天长叹曰："果不出孔明所料也！"^{悔之晚矣。}于是闭门坚守。

却说徐晃被孟达射中头额，众军救到寨中，取了箭头，令医调治，当晚身死，时年五十九岁。^{可为关平报仇。}司马懿令人扶枢还洛阳安葬。次日，孟达登城遍视，只见魏兵四面围得铁桶相似。达行坐不安，惊疑未定，忽见两路兵自外杀来，旗上大书"申耽"、"申仪"。孟达只道是救军到，忙引本部兵大开城门杀出。〔写孟达愚暗之至。〕耽、仪大叫曰："反贼休走！早早受死！"达见事变，拨马望城中便走，城上乱箭射下。李辅、邓贤二人在城上大骂曰："吾等已献了城也！"达夺路而走，申耽赶来。达人困马乏，措手不及，被申耽一枪刺于马下，〔可为害刘封之报。〕枭其首级。馀军皆降。李辅、邓贤大开城门，迎接司马懿入城。抚民劳军已毕，遂遣人奏知魏主曹叡。叡大喜，教将孟达首级去洛阳城市示众，加申耽、申仪官职，就随司马懿征进，命李辅、邓贤守新城、上庸。

却说司马懿引兵到长安城外下寨。懿入城来见魏主。叡大喜曰："朕一时不明，误中反间之计，悔之无及。今达造反，非卿等制之，两京休矣！"〔叡知用了司马，两京终不姓曹。〕懿奏曰："臣闻申仪密告反情，意欲表奏陛下，恐往复迟滞，故不待圣旨，星夜而去。若待奏闻，则中诸葛亮之计也。"〔借司马懿口中将孔明所料，明白说言一遍。不是写仲达，正是写孔明。〕言讫，将孔明回孟达密书奉上。叡看毕，大喜曰："卿之学识，过于孙、吴矣！"赐金钺斧一对，后遇机密重事，不必奏闻，便宜行事，〔机密之事，孰有大于篡位者乎？将来亦不必奏闻矣。司马氏谨领命。〕就令司马懿出关破蜀。懿奏曰："臣举一大将，可为先锋。"叡曰："卿举何人？"懿曰："右将军张郃可当此任。"〔张辽、徐晃已死，独张郃尚存。一向冷落，此处却又出头。〕叡笑曰："朕正欲用之。"遂命张郃为前部先锋，随司马懿离长安来破蜀兵。正是：

既有谋臣能用智，又求猛将助施威。

未知胜负如何，且看下文分解。

第九十五回　马谡拒谏失街亭　武侯弹琴退仲达

武侯彈琴退仲達

前卷方写孟达不听孔明之言而失上庸，此卷便接写马谡不听孔明之言而失街亭。上庸失而使孔明无进取之望，街亭失而几使孔明无退足之处矣。何也？无街亭则阳平关危；阳平关危，则不惟进无所得，而且退有所失也。未失者且忧其失，而既得者安能保其得？于是南安不得不弃，安定不得不捐，天水不得不委，箕谷之兵不得不撤，西城之饷不得不收。遂令向之擒夏侯、斩崔谅、杀杨陵、取上邽、袭冀县、骂王朗、破曹真者，其功都付之乌有。悲夫！

兵家胜败之故，有异而同者，有同而异者。徐晃拒王平之谏，而背水以为阵；马谡拒王平之谏，而依山以为营。水与山异，而必败之势则同也。黄忠屯兵于山，而能斩夏侯渊；马谡屯兵于山，而不能退司马懿。山与山同，而一胜一败之势则异也。马谡之所以败者，因熟记兵法之成语于胸中，不过曰"置之死地而后生"耳，不过曰"凭高视下，势若劈竹"耳。孰知坐论则是，起行则非；读书虽多，致用则误；岂不重可叹哉！故善用人者不以言，善用兵者不在书。

请守街亭之马谡，即献计平蛮之马谡也，又即反间司马懿之马谡也。何以前则智而后则愚？曰：此非人之所能为也，天也。试以前二事论之：其策南人，则其言果效；其策司马，则其言始效而不终效。岂非天方授魏，天方启晋，而人实不能与天争乎？故知一效一不尽效之故。而街亭之失，不必为马谡咎，更不必为用马谡者咎。

此卷乃司马懿初与孔明对垒之时也。而孔明利在战，司马懿利在不战。夏侯楙、曹真皆战而败，司马懿则欲以不战而胜。其守郿城、箕谷者，所以遏孔明之前，而使不得进也；其取街亭、柳城者，所以截孔明之后，而使不得不退也。使不得不退，而懿于是乎可以不战矣。非不欲战，实不敢战，畏蜀如虎，盖自今日而已然云。

唯小心人不做大胆事，亦唯小心人能做大胆事。魏延欲出子午谷，而孔明以为危计，是小心者惟孔明也。坐守空城，只以二十军士扫门，而退司马懿十五万之众，是大胆者亦惟孔明也。孔明若非小心于平日，必不敢大胆于一时。仲达不疑其大胆于一时，正为信其小心于平日耳。

为将之道，不独进兵难，退兵亦难。能进兵是十分本事，能退兵亦是十分本事。当不得不退之时，而又当必不可退之势，进将被擒，退亦受执，于此而权略不足以济之，欲全师而退，难矣！试观孔明焚香操琴，以不退为退；子龙设伏斩将，又能以退为进。蜀中有如此之相，如此之将，而卒不能克复中原。呜呼！此天不祚汉耳，岂战之罪哉？

自九十二卷至此，叙武侯第一次伐魏之事，而始之以赵云，终之以赵云者，冲锋陷阵，唯子龙为功首也；班师整旅，亦唯子龙为功首也。以连斩五将始，以杀一将释一将终。觉长坂之英雄如昨，汉水之胆智犹新，务自伸其讨魏报汉之志，真不愧先主之旧臣矣！

却说魏主曹叡令张郃为先锋，与司马懿一同征进，一面令辛毗、孙礼二人领兵五万，往助曹真。二人奉诏而去。

且说司马懿引二十万军，出关下寨，请先锋张郃至帐下曰：

"诸葛亮平生谨慎，未敢造次行事。若是吾用兵，先从子午谷径取长安，早得多时矣。_{魏延之计早为司马懿所料。}他非无谋，但恐有失，不肯弄险。_{孔明不用魏延之计，又为司马懿所料。}今必出军斜谷，来取郿城。若取郿城，必分兵两路，一军取箕谷矣。_{因祁山算出郿城一路，因郿城又算出箕谷一路。}吾已发檄文，令子丹拒守郿城，若兵来不可出战；_{此二路是不战。}令孙礼、辛毗截住箕谷道口，若兵来到出奇兵击之。"_{此一路是战。○以上曹真一枝兵，孙礼、辛毗一枝兵，皆在司马懿口中叙出：省笔之法。}郃曰："今将军当于何处进兵？"懿曰："吾素知秦岭之西，有一条路，地名街亭；傍有一城名列柳城，此二处皆是汉中咽喉。_{前算出两路，又算出两路。}诸葛亮欺子丹无备，定从此进。吾与汝径取街亭，_{两路原只重在一路。}一望阳平关不远矣。亮若知吾断其街亭要路，绝其粮道，则陇西一境不能安守，必然连夜奔回汉中去也。彼若回动，吾提兵于小路击之，可得全胜；_{料孔明必出于此，是正说。}若不归时，吾却将诸处小路尽皆垒断，俱以兵守之。一月无粮，蜀兵皆饿死，亮必被吾擒矣。"_{料孔明必不出于此，此是反说。}张郃大悟，拜伏于地曰："都督神算也！"懿曰："虽然如此，诸葛亮不比孟达。将军为先锋，不可轻进。当传与诸将，循山西路，远远哨探，如无伏兵，方可前进；若是怠忽，必中诸葛亮之计。"_{亦以小心对小心。}张郃受计引军而行。

却说孔明在祁山寨中，忽报新城探细人来到。孔明急唤入问之，细作告曰："司马懿倍道而行，八日已到新城，孟达措手不及，又被申耽、申仪、李辅、邓贤为内应，孟达被乱军所杀。今司马懿撤兵到长安见了魏主，同张郃引兵出关，来拒我师也。"_{橐括不烦。}孔明大惊曰："孟达作事不密，死固当然。今司马懿出关，必取街亭，断吾咽喉之路。"_{司马懿之计，已在孔明料中。}便问："谁敢引兵去守街亭？"言未毕，参军马谡曰："某愿往。"孔明曰："街亭虽小，干系甚重，倘街亭有失，吾大军皆休矣。汝虽深通谋略，此地奈无城郭，又无险阻，守之极难。"惟其无城郭可守，无险阻可依，所以马谡欲屯兵山上也。谡曰："某自幼熟读兵书，颇知兵法，正坏在此。岂一街亭不能守耶？"孔明曰："司马懿非等闲之辈，更有先锋张郃乃魏之名将，恐汝不能敌之。"十分疑虑。谡曰："休道司马懿、张郃，便是曹叡亲来，有何惧哉！此句便差惧，司马懿乃不足惧耳。若有差失，乞斩全家。"孔明曰："军中无戏言。"谡曰："愿立军令状。"孔明从之，谡遂写了军令状呈上。孔明曰："吾与汝二万五千精兵，再拨一员上将，相助你去。"即唤王平分付曰："吾素知汝平生谨慎，故特以此重任相托。汝可小心谨守此地，下寨必当要道之处，正与马谡山上屯兵相反。使贼兵急切不能偷过。安营既毕，便画四至八道地理形状图本来我看。十分仔细。凡事商议停当而行，不可轻易。如所守无危，则是取长安第一功也。戒之！戒之！"十分叮咛。二人拜辞引兵而去。

孔明寻思，恐二人有失，十分提防。又唤高翔曰："街亭东北上有一城，名列柳城，乃山僻小路，此可以屯兵扎寨。与汝一万兵，去此城屯扎。但街亭危，可引兵救之。"十分周密。高翔引兵而去。孔明又思高翔非张郃对手，必得一员大将屯兵于街亭之右方可防之，十分小心。遂唤魏延引本部兵去街亭之后屯扎。十分到家。延曰："某为前部，理合当先破敌，何故置某于安闲之地？"孔明曰："前锋破敌，乃偏裨之事耳。今令汝接应街亭，当阳平关冲要道路，总守汉中咽喉，此乃大任也，何为安闲乎？汝勿以等闲视之，失吾大事，切宜小心在意！"十分郑重。魏延大喜，引兵而去。孔明恰才心安，乃唤赵云、邓芝分付曰："今司马懿出兵，与旧日不同。汝二人各引一军出箕谷，以为疑兵。如逢魏兵，或战或不战，以惊其心。^{司马懿所算,}孔^{明亦算到此。}吾自统大军由斜谷径取郿城，若得郿城，长安可破矣。"^{街亭是算退后路,}二人受命而去。孔明令姜维作先锋，兵出斜谷。

却说王平、马谡二人兵到街亭，看了地势。马谡笑曰："丞相何故多心也？谅此山僻之处，魏兵如何敢来！"^{孔明一团正经,却看得如此没要紧。}王平曰："虽然魏兵不敢来，可就此五路总口下寨，^{此孔明所谓要道也。}即令军士伐木为栅，以图久计。"谡曰："当道岂是下寨之地？此处侧边一山，四面皆不相连，且树木极广，此乃天赐之险也：可就山上屯军。"平曰："参军差矣。若屯兵当道，筑起城垣，贼兵纵有十万，不能偷过；今若弃此要路，屯兵于山上，倘魏兵骤至，四面围定，将何策保之？"^{后文之事,先在王平口中道破。}谡大笑曰："汝真女子之见！兵法云：凭高视下，势如劈竹。^{泥成法者不可与论兵。}若魏兵到来，吾教他片甲不回！"^{会说大话的每每多误事。}平曰："吾累随丞相经阵，每到之处，丞相尽意指教。今观此山，乃绝地也，^{王平会看风水,赛过今日堪舆先生。}若魏兵断我汲水之道，军士不战自乱矣。"^{后文之事,又在王平口中道破。}谡曰："汝莫乱道！孙子云：置之死地而后生。若魏兵绝我汲水之道，蜀兵岂不死战？以一可当百也。吾素读兵书，丞相诸事尚问于我，汝奈何相阻耶！"^{马谡只记得许多兵书。记得多,却是见得少也。}平曰："若参军欲在山上下寨，可分兵与我，自于山西下一小寨，为犄角之势。倘魏兵至，可以相应。"^{马谡不听王平,是大话;王平不听马谡,是小心。}马谡不从。忽然山中居民，成群结队，飞奔而来，报说魏兵已到。王平欲辞去。马谡曰："汝既不听吾令，与汝五千兵自去下寨。^{二万五千兵,如何只拨五千?若多与之,犹不至于败。}待吾破了魏兵，到丞相面前须分不得功！"王平引兵离山十里下寨，画成图本，星夜差人去禀孔明，具说马谡自于山上下寨。^{照应上文。}

却说司马懿在城中，令次子司马昭去探前路：若街亭有兵守御，即当按兵不行。司马昭奉令探了一遍，回见父曰："街亭有兵把守。"懿叹曰："诸葛亮真乃神人，吾不如也！"昭笑曰："父亲何故自堕志气耶？男料街亭易取。"<small>前写司马懿，此处写司马昭。</small>懿问曰："汝安敢出此大言？"昭曰："男亲自哨见，当道并无寨栅，军皆屯于山上，故知可破也。"<small>见识高于马谡。</small>懿大喜曰："若兵果在山上，乃天使吾成功矣！"<small>又写司马懿。</small>遂更换衣服，引百馀骑亲自来看。是夜天晴月朗，<small>闲笔点染。</small>直至山下，周围巡哨了一遍方回。马谡在山上见之，大笑曰："彼若有命，不来围山！"<small>你若有命，不屯在山。</small>传令与诸将："倘兵来，只看山顶上红旗招动，即四面皆下。"<small>一面写司马懿在山下探看，一面写马谡在山上传令，夹写得妙。</small>

却说司马懿回到寨中，使人打听是何将引兵守街亭。回报曰："乃马良之弟马谡也。"懿笑曰："徒有虚名，乃庸才耳！<small>虚名是平日听来，庸才是今日看出。</small>孔明用如此人物，如何不误事！"又问："街亭左右别有军否？"探马报曰："西山十里有王平安营。"懿乃命张郃引一军，当住王平来路。<small>懿亦十分周密。</small>又令申耽、申仪引两路兵围山，先断了汲水道路，<small>果应王平之言。</small>待蜀兵自乱，然后乘势击之。当夜调度已定。次日天明，张郃引兵先往背后去了。司马懿大驱军马，一拥而进，把山四面围定。<small>竟来围山，不怕无命。</small>马谡在山上看时，只见魏兵漫山遍野，旌旗队伍，甚是严整。蜀兵见之，尽皆丧胆，不敢下山。马谡将红旗招动，军将你我相推，无一人敢动。<small>红旗不济事。</small>谡大怒，自杀二将。众军惊怕，只得努力下山来冲魏兵。魏兵端然不动。蜀兵又退上山去。<small>谡曰"置之死地而后生"，则"置之死地而竟死"矣。</small>今马谡见事不谐，教军紧守寨门，只等外应。<small>因守穷山，以待外应：岂亦兵书中有此策耶？</small>

却说王平见魏兵到，引军杀来，正遇张郃，战有数十馀合，平力穷势孤，只得退去。^{更无外应了。}魏兵自辰时困至戌时，山上无水，军不得食，寨中大乱。嚷至半夜时分，^{口枯舌干，怕嚷不响。}山南蜀兵大开寨门，下山降魏。马谡禁止不住。^{兵法何在。}司马懿又令人于沿山放火，^{既绝之以水，又赠之以火。}山上蜀兵愈乱。马谡料守不住，只得驱残兵杀下山西逃奔。^{坏了街亭，失了好个熟读兵书、深明韬略的。}司马懿放条大路，让过马谡。背后张郃引兵赶来。赶到三十馀里，前面鼓角齐鸣，一彪军出，放过马谡，拦住张郃；视之，乃魏延也。^{孔明用魏延，本为守街亭，谁知却是救马谡。}挥刀纵马，直取张郃。郃回军便走。延驱兵赶来，复夺街亭。^{至此为孔明一喜。}赶到五十馀里，一声喊起，两边伏兵齐出，左边司马懿，右边司马昭，却抄在魏延背后，把延困在垓心。张郃复来，三路兵合在一处。魏延左冲右突，不得脱身，折兵大半。^{至此又为孔明一叹。}正危急间，忽一彪军杀入，乃王平也。^{孔明用王平本为守街亭，谁知却是救魏延。}延大喜曰："吾得生矣！"二将合兵一处，大杀一阵，魏兵方退。二将慌忙奔回寨时，营中皆是魏兵旌旗。申耽、申仪从营中杀出。王平、魏延径奔列柳城，来投高翔。此时高翔闻知街亭有失，尽起列柳城之兵，前来救应。^{接笋甚紧。}正遇延、平二人，诉说前事。高翔曰："不如今晚去劫魏寨，再复街亭。"当时三人在山坡下商议已定。^{三人商议，难出司马懿所料。}待天色将晚，分兵三路。魏延引兵先进，径到街亭，不见一人，^{此时司马懿用计，却在魏延一边写出。}心中大疑，不敢轻进，且伏在路口等候。忽见高翔兵到，二人共说魏兵不知在何处。正没理会，却不见王平兵到。^{亏得他还未到。}忽然一声炮响，火光冲天，鼓声震地，魏兵齐出，把魏延、高翔围在垓心。二人尽力冲突，不得脱身。忽听得山坡后喊声若雷，一彪军杀入，乃是王平，救了高、魏二人，此王平第二次救魏延。径奔列柳城来。比及奔到城下时，城边早有一军杀到，旗上大书"魏都督郭淮"字样。原来郭淮与曹真商议，恐司马懿得了全功，乃分淮来取街亭，闻知司马懿、张郃成了此功，遂引兵径袭列柳城，此是趁现成。正遇三将，大杀一阵。蜀兵伤者极多。魏延恐阳平关有失，慌与王平、高翔望阳平关来。

却说郭淮收了军马，乃谓左右曰："吾虽不得街亭，却取了列柳城，亦是大功。"且慢喜着，还有手长的。引兵径到城下叫门，只见城上一声炮响，旗帜皆竖，当头一面大旗，上书"平西都督司马懿"。懿撑起悬空板，倚定护心木栏杆，大笑曰："郭伯济来何迟也？"本是郭淮要趁现成，又被司马懿趁去了，妙甚。淮大惊曰："仲达神机，吾不及也！"遂入城。相见已毕，懿曰："今街亭已失，诸葛亮必走。公可速与子丹星夜追之。"郭淮从其言，出城而去。懿唤张郃曰："子丹、伯济恐吾全获大功，故来取此城池。吾非独欲成功，乃侥幸而已。吾料魏延、王平、马谡、高翔等辈，必先去据阳平关。魏延等三人商议，又不出司马懿所料。吾若去取此关，诸葛亮必随后掩杀，中其计矣。司马懿算计，却非魏延等所料。兵法云：'归师勿掩，穷寇莫追。'汝可从小路抄箕谷退兵，此是孙礼、辛毗所守处。吾自引兵当斜谷之兵。若彼败走，不可相拒，只宜中途截住，蜀兵辎重可尽得也。"慢着，且保了自己的辎重者。张郃受计，引兵一半去了。懿下令："径取斜谷，由西城而进。西城虽山僻小县，乃蜀兵屯粮之所，又南安、天水、安定三郡总路。若得此城，三郡可复矣。"又算出一个紧要去处。于是司马懿留申耽、申仪守列柳城，自领大军望斜谷进发。以上按下司马懿，以下再叙孔明。

却说孔明自令马谡等守街亭去后，犹豫不定。忽报王平使人送图本至。孔明唤人，左右呈上图本。孔明就文几上拆开视之，拍案大惊曰："马谡无知，坑陷吾军矣！"与见猇亭图本时一样左右问曰："丞相何故失惊？"孔明曰："吾观此图本，失却要路，占山为寨。倘魏兵大至，四面围合，断汲水道路，不须二日，军自乱矣。若街亭有失，吾等安归？"长史杨仪进曰："某虽不才，愿替马幼常回。"孔明将安营之法，一一分付与杨仪。正待要行，忽报马到来，说街亭、列柳城，尽皆失了。孔明跌足长叹曰："大事去矣！此吾之过也！"急唤关兴、张苞分付曰："汝二人各引三千精兵，投武功山小路而行。如遇魏兵，不可大击，只鼓噪呐喊，为疑兵惊之。彼当自走，亦不可追。待军退尽，便投阳平关去。"又令张翼先引军去修理剑阁，以备归路。又密传号令，教大军暗暗收拾行装，以备起程。又令马岱、姜维断后，先伏于山谷中，待诸军退尽，方始收兵。又差心腹人，分路报与天水、南安、安定三郡官吏军民，皆入汉中。又遣心腹人到冀县搬取姜维老母，送入汉中。

　　孔明分拨已定，先引五千兵退去西城县搬运粮草。忽然十馀次飞马报到，说司马懿引大军十五万，望西城蜂拥而来。时孔明身边别无大将，止有一班文官，所引五千军，已分一半先运粮草去了，只剩二千五百军在城中。众官听得这个消息，尽皆失色。孔明登城望之，果然尘土冲天，魏兵分两路望西城县杀来。孔明传令众："将旌旗尽皆藏匿；诸军各守城铺，如有妄行出入，及高声言语者，立斩！"大开四门，每一门上用二十军士扮作百姓，洒扫街道。奇绝，奇绝，人当不得十五万之众二十人却反当得十五万之众，妙，妙。如魏兵到时，不可擅动，吾自有计。"正不知先生将用何计。孔明乃披鹤氅，戴纶巾，引二小童携琴一张，于城上敌楼前凭栏而坐，焚香操琴。奇绝妙绝，弄出隆中故态，只怕此时之琴，有杀声在弦中见矣。

却说司马懿前军哨到城下，见了如此模样，皆不敢进，急报与司马懿。懿笑而不信，不惟仲达不信，至今我亦不信。遂止住三军，自飞马远远望之。果见孔明坐于城楼之上，笑容可掬，焚香操琴。左有一童子，手捧宝剑；右有一童子，手执麈尾。城门内外，有二十馀百姓，低头洒扫，傍若无人。懿看毕大疑，作怪，蹊跷，不独仲达大疑，至今我亦大疑。便到中军，教后军作前军，前军作后军，望北山路而退。妙，妙，仲达反吓走了。次子司马昭曰："莫非诸葛亮无军，故作此态？父亲何故便退兵？"司马昭胜似其父。懿曰："亮平生谨慎，不曾弄险。今大开城门，必有埋伏。我兵若进，中其计也。汝辈岂知！宜速退。"正以平日信之，故于此时疑之。于是两路兵尽皆退去。孔明见魏军远去，抚掌而笑。众官无不骇然，乃问孔明曰："司马懿乃魏之名将，今统十五万精兵到此，见了丞相，便速退去，何也？"莫非孔明弹琴时，默念退兵咒语？孔明曰："此人料吾生平谨慎，必不弄险，见如此模样，疑有伏兵，所以退去。知彼之能知己，因出于彼所不及知之外以善全夫己。真正神妙。吾非行险，盖因不得已而用之。此日之险更比子午谷更险此人必引军投山北小路去也。吾已令兴、苞二人在彼等候。"不唯自己不唬，倒还要去唬人。众皆惊服曰："丞相之机，鬼神莫测。若某等之见，必弃城而走矣。"孔明曰："吾兵只有二千五百，若弃城而走，必不能远遁。得不为司马懿所擒乎？"走则不能走，不走则能走。后人有诗赞曰：

瑶琴三尺胜雄师，诸葛西城退敌时。

十五万人回马处，二人指点到今疑。

言讫，拍手大笑，曰："吾若为司马懿，必不便退也。"*使仲达为先生，将何如？* 遂下令教西城百姓随军入汉中，司马懿必将复来。*只疑得他一时，料他必然省觉。* 于是孔明离西城望汉中而走。天水、安定、南安三郡官吏军民，陆续而来。

却说司马懿望武功山小路而走。忽然山坡后喊杀连天，鼓声震地。*才闻琴声，又闻鼓声。* 懿回顾二子曰："吾若不走，必中诸葛之计矣。"*你今走，正中诸葛之计矣。* 只见大路上一军杀来，旗上大书"右护卫使虎翼将军张苞"。*只在旗鼓上写得声势。* 魏兵皆弃甲抛戈而走。行不到一程，山谷中喊声震地，鼓角喧天，前面一杆大旗，上书"左护卫使龙骧将军关兴"。*亦只在旗鼓上写得声势。* 山谷应声，不知蜀兵多少；更兼魏军心疑，不敢久停，只得尽弃辎重而去。*欲夺蜀兵辎重，反自弃其辎重。* 兴、苞二人皆遵将令，不敢追袭，多得军器粮草而归。司马懿见山谷中皆有蜀兵，不敢出大路，遂回街亭。此时曹真听知孔明退兵，急引兵追赶。山背后一声炮起，蜀兵漫山遍野而来，为首大将乃是姜维、马岱。*二将齐出，叙法与前变。* 真大惊，急退军时，先锋陈造已被马岱所斩。真引兵鼠窜而还。*司马懿尚不能赶，曹真又何能为。* 蜀兵连夜皆奔回汉中。

却说赵云、邓芝伏兵于箕谷道中，闻孔明传令回军，云谓芝曰："魏军知吾兵退，必然来追。吾先引一军伏于其后，公却引兵打吾旗号，徐徐而退。吾一步步自有护送也。"*写赵云更是精神。*

却说郭淮提兵再回箕谷道中，唤先锋苏颙分付曰："蜀将赵云英勇无敌，汝可小心堤防。彼军若退，必有计也。"苏颙欣然曰："都督若肯接应，某当生擒赵云。"*马谡只为说大话坏了事，今又是一个说大话的。* 遂引前部三千兵奔入箕谷，看看赶上蜀兵，只见山坡后闪出红旗白字，上书"赵云"。　　苏颙急收兵退走，　　　　　行不到数里，喊声大震，一彪军撞出，为首大将挺枪跃马，大喝曰："汝识赵子龙否！"苏颙大惊曰："如何这里又有赵云？"　　措手不及，被云一枪刺死于马下。　　　余军溃散。云迤逦前进，背后又一军到，乃郭淮部将万政也。云见魏兵追急，乃勒马挺枪，立于路口，待来将交锋。蜀兵已去三十余里。万政认得是赵云，不敢前进。云等待天色黄昏，方才拨回马缓缓而进。郭淮兵到，万政言赵云英勇如旧，因此不敢近前。淮传令教军急赶，政令数百骑壮士赶来。　　行至一大林，忽听得背后大喝一声曰："赵子龙在此！"惊得魏兵落马者百余人，余者皆越岭而去。　　万政勉强来敌，被云一箭射中盔缨，惊跌于涧中。云以枪指之曰："吾饶汝性命，回去快教郭淮赶来！"　　万政脱命而回。云护送车仗人马，望汉中而去，沿途并无遗失。曹真、郭淮复夺三郡，以为己功。

却说司马懿分兵而进，此时蜀兵尽回汉中去了。懿引一军复到西城，因问遗下居民及山僻隐者，皆言孔明只有二千五百军在城中，又无武将，只有几个文官，别无埋伏。武功山小民告曰："关兴、张苞，只各有三千军，转山呐喊，鼓噪惊退，又无别军，并不敢厮杀。"懿悔之不及，仰天叹曰："吾不如孔明也！"　　遂安抚了诸处官民，引兵径还长安，朝见魏主。叡曰："今日复得陇西诸郡，皆卿之功也。"懿奏曰："今蜀兵皆在汉中，未尽剿灭。臣乞大兵并力收川，以报陛下。"叡大喜，令懿即便兴兵。忽班内一人出奏曰："臣有一计，足可定蜀降吴。”正是：

> 蜀中将相方归国，魏地君臣又逞谋。

未知献计者是谁，且看下文分解。

第九十六回　孔明挥泪斩马谡　周鲂断发赚曹休

周鲂断
髪赚
曹休

孔明之自贬，而愈知马谡之斩难宽也。丞相且以用参军之误而治罪，参军得不以负丞相之故而坐法乎？又观孔明之斩谡，而愈知自贬之情非伪也。参军且以误丞相之故而受诛，丞相得不以辱天子之命而自责乎？奉《春秋》先自治之义，既不容责人而恕己；准《尚书》克厥爱之文，又不容责己而恕人。盖孔明之治蜀以严，而治兵之法，一如其治国而已。

赵括之母，预知其子之必败，以其好言兵而又易言兵也。先主之知马谡，亦犹此乎？以战为戏之子玉，其病在玩；过门超乘之三师，其病在轻；若举趾高之莫敖，其病在骄；截截善谝言之枕谷，其病在佞。此数者，皆法家之所忌。览马谡之事，可为用兵者鉴，又可为用人者鉴。

武侯之临袁涕泣，恋后主也。武侯之临刑涕泣，念先帝也。其出师之初，一则曰先帝，再则曰先帝；其悔败之馀，亦一则曰先帝，再则曰先帝。不独斩马谡为奉先帝以斩之，即自贬三等，亦奉先帝以贬之耳。君子于街亭之自责，而知武侯之尽瘁；于枋头之自讳，而知桓温之不臣。

麦城之後，蜀方伐魏，而有吕蒙袭荆州之事，是吴乃汉之罪人也；街亭之後，魏方胜蜀，而有陆逊破曹休之事，是吴又汉之功臣也。然非吴之能为罪又能为功也，在乎蜀之能用之耳。武侯惟善用之，故终武侯之世，吴不为罪而但为功云。

黄盖、甘宁、阚泽之后，复有周鲂。何南人之多诈与？不知此非南人诈也，乃南人之忠也。用以欺敌，则谓之诈；用以报主，则谓之忠。不当曰南人多诈，正当曰南人多忠耳。有谓南人不可为宰相者，此宋朝迂儒之论。试观东吴，当日岂尝借才于异国哉？

曹操诈欲自刎而割其发，周鲂亦诈欲自刎而割其发。曹操以此欺我军，所以申军法也；周鲂以此欺敌国，所以成战功也。世之不古，乃有以父母之遗体而行诈者。虽然，发如此用，方为不负此发；发不虚生，亦不虚弃。不似今日之和尚无故自髡，又不似今日之割发者，徒以供妇人云髻之用也。

却说献计者，乃尚书孙资也。曹叡问曰："卿有何妙计？"资奏曰："昔太祖武皇帝收张鲁时，危而后济，常对群臣曰：'南郑之地，真为天狱。'（"天狱"字亦奇。）中斜谷道为五百里石穴，非用武之地。（补六十七卷中所未及。）今若尽起天下之兵伐蜀，则东吴又将入寇。不如以现在之兵，分命大将据守险要，养精蓄锐。不过数年，中国日盛，吴、蜀二国必自相残害。那时图之，岂非胜算？乞陛下裁之。"（特地画策，不过是守而不战。）叡乃问司马懿曰："此论若何？"懿奏曰："孙尚书所言极当。"叡从之，命懿分拨诸将守把险要，留郭淮、张郃守长安。大赏三军，驾回洛阳。（按下魏国，再叙孔明。）

却说孔明回到汉中，计点军士，只少赵云、邓芝，心中甚忧，乃令关兴、张苞各引一军接应。二人正欲起身，忽报赵云、邓芝到来，并不曾折一人一骑，辎重等器亦无遗失。（此番一出，便斩五将，可谓全始全终。）孔明大喜，亲引诸将出迎。赵云慌忙下马伏地曰："败军之将，何劳丞相远接？"孔明急扶起，执手而言曰："是吾不识贤愚，以致如此！（越是有本事人，便不瞒着短处。）各处兵将败损，惟子龙不折一人一骑，何也？"邓芝告曰："某引兵先行，子龙独自断后，斩将立功，敌人惊怕，因此军资什物，不曾遗弃。"孔明曰："真将军也！"

遂取金五十斤以赠赵云，又取绢一万匹赏云部卒。^{败而整旅，更难于胜而班师，赏之不谬。}云辞曰："三军无尺寸之功，某等俱各有罪；若反受赏，乃丞相赏罚不明也。且请寄库，候今冬赐与诸军未迟。"^{与谏先主分田意同。}孔明叹曰："先帝在日，常称子龙之德，今果如此！"^{赞子龙能正乃思先帝。}乃倍加钦敬。

忽报马谡、王平、魏延、高翔至。孔明先唤王平入帐，责之曰："吾令汝同马谡守街亭，汝何不谏之，致使失事？"平曰："某再三相劝，要在当道筑土城，安营守把。参军大怒不从，某因此自引五千军离山十里下寨。魏兵骤至，把山四面围合，某引兵冲杀十馀次，^{十馀次在此补出。}皆不能入。次日土崩瓦解，降者无数。某孤军难立，故投魏文长求救。半途又被魏兵困在山谷之中，某奋死杀出。比及归寨，早被魏兵占了。及投列柳城时，路逢高翔，遂分兵三路去劫魏寨，指望克复街亭。因见街亭并无伏路军，以此心疑。登高望之，^{此句亦是补出。}只见魏延、高翔被魏兵围住，某即杀入重围，救出二将，就同参军并在一处。某恐失却阳平关，因此急来回守。非某之不谏也。^{将上项事诉说一遍，凡载之未详者，皆于王平口中补之。}丞相不信，可问各部将校。"孔明喝退，又唤马谡入帐。谡自缚跪于帐前。孔明变色曰："汝自幼饱读兵书，熟谙战法。^{说笑他亦是可惜。}吾累次叮咛告戒，街亭是吾根本。汝以全家之命，领此重任。汝若早听王平之言，岂有此祸？今败军折将，失地陷城，皆汝之过也！^{西城之役，连孔明亦几乎送在他手中。}若不明正军律，何以服众？汝今犯法，休得怨吾。汝死之后，汝之家小，吾按月给与禄米，汝不必挂心。"^{此是法外之恩。}叱左右推出斩之。谡泣曰："丞相视某如子，某以丞相为父。某之死罪，实已难逃；愿丞相思舜帝殛鲧用禹之义，某虽死亦无恨于九泉！"言讫大哭。孔明挥泪曰："吾与汝义同兄弟，<small>谬曰父子，亮曰兄弟，情好如此</small>而终不免一死，<small>可见军法之严</small>汝之子即吾之子也，不必多嘱。"左右推出马谡于辕门之外将斩，参军蒋琬自成都至，见武士欲斩马谡，大惊，高叫"留人！"入见孔明曰："昔楚杀得臣而文公喜。<small>引一春秋故事。</small>今天下未定，而戮智谋之士，岂不可惜乎？"孔明流涕而答曰："昔孙武所以能制胜于天下者，用法明也。<small>亦引一春秋故事。</small>今四方分争，兵交方始，若复废法，何以讨贼耶？合当斩之。"须臾，武士献马谡首级于阶下。孔明大哭不已。蒋琬问曰："今幼常得罪，既正军法，丞相何故哭耶？"孔明曰："吾非为马谡而哭。吾想先帝在白帝城临危之时，曾嘱吾曰：'马谡言过其实，不可大用。'今果应此言。乃深恨己之不明，追思先帝之明，因此痛哭耳！"大小将士，无不流涕。马谡亡年三十九岁，时建兴六年夏五月也。后人有诗曰：

> 失守街亭罪不轻，堪嗟马谡枉谈兵。
> 辕门斩首严军法，拭泪犹思先帝明。

却说孔明斩了马谡，将首级遍示各营已毕，用线缝在尸上，具棺葬之，自修祭文享祀；将谡家小加意抚恤，按月给与禄米。<small>先尽法后尽情。</small>于是孔明自作表文，令蒋琬申奏后主，请自贬丞相之职。<small>光明正大，无一毫掩饰之意。</small>琬回成都，入见后主，进上孔明表章。后主拆视曰：

臣本庸才，叨窃非据，亲秉旄钺，以励三军。不能训章明法，临事而惧，至有街亭违命之阙，箕谷不戒之失。咎皆在臣不明，不知人，虑事多暗。_{不似曹操不
肯认差。}《春秋》责备，罪何所逃？请自贬三等，以督厥咎。臣不胜惭愧，俯伏待命！

　　后主览毕曰："胜负兵家常事，丞相何出此言？"侍中贾诩奏曰："臣闻治国者，必以奉法为重。法若不行，何以服人？丞相败绩，自行贬降，正其宜也。"_{丞相杀参军，天子
贬丞相，皆法也。}后主从之，乃诏贬孔明为右将军，行丞相事，照旧总督军马，就命费祎赍诏到汉中。孔明受诏贬降讫，祎恐孔明羞赧，乃贺曰："蜀中之民知丞相初拔四县，深以为喜。"_{背后正言，当面世事，
此等人今日最多。}孔明变色曰："是何言也！得而复失，与不得同。公以此贺我，实足使我愧赧耳。"_{取三郡不
自功。}祎又曰："近闻丞相得姜维，天子甚喜。"孔明怒曰："兵败师还，不曾夺得寸土，此吾之大罪也。量得一姜维，于魏何损？"_{收姜维亦
不自功。}祎又曰："丞相现统雄师数十万，可再伐魏乎？"孔明曰："昔大军屯于祁山、箕谷之时，我兵多于贼兵，而不能破贼，反为贼所破，此病不在兵之多寡，在主将耳。今欲减兵省将，明罚思过，较变通之道于将来；如其不然，虽兵多何用？自今以后，诸人有远虑于国者，但勤攻吾之阙，责吾之短，则事可定，贼可灭，功可翘足而待矣。"_{深戒面谀
之人。}费祎诸将皆服其论。费祎自回成都。孔明在汉中惜军爱民，励兵讲武，置造攻城渡水之器，聚积粮草，预备战筏，以为后图。细作探知，报入洛阳。_{按过孔明，
再叙魏国。}

　　魏主曹叡闻知，即召司马懿商议收川之策。懿曰："蜀未可攻也。方今天道亢炎，蜀兵必不出；若我军深入其地，彼守其险要，急切难下。"_{只肯为应蜀之兵，
不肯为攻蜀之兵。}叡曰："倘蜀兵再来入寇，如之奈何？"懿曰："臣已算定今番诸葛亮必效韩信暗渡陈仓之计。臣举一人往陈仓道口，筑城守御，万无一失。此人身长九尺，猿臂善射，深有谋略。若诸葛亮入寇，此人足可当之。"^{又引出一}_{个人来。}叡大喜，问曰："此何人也？"懿奏曰："乃太原人，姓郝名昭，字伯道，现为杂霸将军，镇守河西。"^{前荐一张郃，此}_{又荐一郝昭。}

叡从之，加郝昭为镇西将军，命把守陈仓道口，^{早为后文孔明}_{攻陈仓伏线。}遣使持诏去讫。忽报扬州司马大都督曹休上表，说东吴鄱阳太守周鲂，愿以郡来降，密遣人陈言七事，说东吴可破，乞早发兵取之。叡就御床上展开，与司马懿同观。懿奏曰："此言极有理，吴当灭矣！^{司马懿此时}_{亦猜不着。}臣愿引一军往助曹休。"忽班中一人进曰："吴人之言，反覆不一，未可深信。周鲂智谋之士，必不肯降，此特诱兵之诡计也。"^{此人见识胜}_{似仲达。}众视之，乃建威将军贾逵也。懿曰："此言亦不可不听，机会亦不可错失。"^{两可之}_{论。}魏主曰："仲达可与贾逵同助曹休。"二人领命去讫。于是曹休引大军径取皖城；贾逵引前将军满宠、东皖太守胡质，径取阳城，直向东关；司马懿引本部军径取江陵。^{按下魏国，}_{再叙东吴。}

却说吴主孙权，在武昌东关会多官商议曰："今有鄱阳太守周鲂密表，奏称魏都督曹休，有入寇之意。今鲂诈施诡计，暗陈七事，引诱魏兵深入重地，可设伏兵擒之。^{读者至此，方知仲}_{达之见不如贾逵。}今魏兵分三道而来，诸卿有何高见？"顾雍进曰："此大任非陆伯言不敢当也。"权大喜，乃召陆逊，封为辅国大将军、平北都元帅，统御林大兵，摄行王事，授以白旄黄钺，文武百官，皆听约束。权亲自与逊执鞭。^{此时陆逊宠}_{荣之极。}逊领命谢恩毕，乃保二人为左右都督，分兵以迎三道。权问何人，逊曰："奋威将军朱桓、绥南将军全琮，二人可为辅佐。"权从之，即命朱桓为左都督，全琮为右都督。于是陆逊总率江南八十一州并荆湖之众七十馀万，令朱桓在左，全琮在右，逊自居中，三路进兵。以三路对三路。朱桓献策曰："曹休以亲见任，非智勇之将也。今听周鲂诱言，深入重地，元帅以兵击之，曹休必败。败后必走两条路，左乃夹石，右乃桂车。此二条路，皆山僻小径，最为险峻。某愿与全子璜各引一军，伏于山险，先以柴木大石塞断其路，曹休可擒矣。若擒了曹休，便长驱直进，唾手而得寿春，以窥许、洛，此万世一时也。"说得高兴，可为蜀中吐气。逊曰："此非善策，吾自有妙用。"于是朱桓怀不平而退。逊令诸葛瑾等拒守江陵，以敌司马懿。诸路俱各调拨停当。

却说曹休兵临皖城，周鲂来迎，径到曹休帐下。休问曰："近得足下之书，所陈七事深为有理，奏闻天子，故起大军三路进发。若得江东之地，足下之功不少。有人言足下多谋，诚恐所言不实。吾料足下必不欺我。"周鲂大哭，何从得此一急掣从人所佩剑欲自刎。今之欲以死诈人者，大都是学周鲂。休急止之。鲂仗剑而言曰："吾所陈七事，恨不能吐出心肝。今反生疑，必有吴人使反间之计也。若听其言，吾必死矣。吾之忠心，惟天可表！"言讫，又欲自刎。越妆越像，劝愈力则妆愈甚。曹休大惊，慌忙抱住曰："吾戏言尔，足下何故如此！"鲂乃用剑割发掷于地曰："吾以忠心待公，公以吾为戏，吾割父母所遗之发，以表此心！"只怕头发是空心的。○周鲂断发易，黄盖苦肉难。以断发不痛，而苦肉则痛也。然亦视所赚之人何如耳，赚曹操不痛不信，赚曹休直是不消痛得。曹休乃深信之，设宴相待。席罢，周鲂辞去。忽报建威将军贾逵来见，休令入，问曰："汝此来何为？"逵曰："某料东吴之兵，必尽屯于皖城。都督不可轻进，待某两下夹攻，贼兵可破矣。"休怒曰："汝欲夺吾功耶？"〔痴人声口〕逵曰："又闻周鲂截发为誓，此乃诈也。昔要离断臂，刺杀庆忌，未可深信。"〔亦引一吴中故事〕休大怒曰："吾正欲进兵，汝何出此言以慢军心！"叱左右推出斩之。〔若发可当头，何不亦断其发以示罚也？〕众将告曰："未及进兵，先斩大将，于军不利。且乞暂免。"休从之，将贾逵兵留在寨中调用，自引一军来取东关。时周鲂听知贾逵削去兵权，暗喜曰："曹休若用贾逵之计，则东吴败矣！〔若如此，白做了一个光头〕今天使我成功也！"即遣人密到皖城，报知陆逊。逊唤诸将听令曰："前面石亭，虽是山路，足可埋伏。早先去占石亭阔处，布成阵势，以待魏军。"遂令徐盛为先锋，引兵前进。

却说曹休命周鲂引兵而进，正行间，休问曰："前至何处？"鲂曰："前面石亭也，堪以屯兵。"休从之，遂率大军并车仗等器，尽赴石亭驻扎。〔骗上路了〕次日，哨马报道："前面吴兵不知多少，据住山口。"休大惊曰："周鲂言无兵，为何有准备？"急寻鲂问之。人报周鲂引数十人，不知何处去了。〔有头发做当头，怕他则甚。〕休大悔曰："吾中贼之计矣！虽然如此，亦不足惧！"〔生姜汤自暖肚〕遂令大将张普为先锋，引数千兵来与吴兵交战。两阵对圆，张普出马骂曰："贼将早降！"徐盛出马相迎。战无数合，普抵敌不住，勒马收兵，回见曹休，言徐盛勇不可当。休曰："吾当以奇兵胜之。"〔何奇之有。〕就令张善引二万军伏于石亭之南，又令薛乔引二万军伏于石亭之北，"明日吾自引一千兵搦战，却佯输诈败，诱到北山之前，放炮为号，三面夹攻，必获大胜。"〔如此便自以为奇兵，那知都做了败兵耶。〕二将受计，各引二万军到晚埋伏去了。

却说陆逊唤朱桓、全琮分付曰："汝二人各引三万军，从石亭山路抄到曹休寨后，放火为号，吾亲率大军从中路而进，可擒曹休也。"当日黄昏，二将受计引兵而进。二更时分，朱桓引一军正抄到魏寨后，迎着张普伏兵。普不知是吴兵，径来问时，被朱桓一刀斩于马下。魏兵便走。桓令后军放火。恰好此一路伏兵遇着此一路伏兵。全琮引一军抄到魏寨后，正撞在薛乔阵里，就那里大杀一阵。薛乔败走，魏兵大损，奔回本寨。又是一路伏兵遇着一路伏兵。四伏相遇，大家撞破，魏兵吃亏。后面朱桓、全琮两路杀来。曹休寨中大乱，自相冲击。休慌上马，望夹石道奔走。徐盛引大队军马，从正路杀来。魏兵死者不可胜数，逃命者尽弃衣甲。曹休大惊，在夹石道中奋力奔走，忽见一彪军从小路冲出，为首大将乃贾逵也。休惊慌少息，自愧曰："吾不用公言，果遭此败！"周鲂自嫌发短，曹休自觉颜厚。逵曰："都督可速出此道。若被吴兵以木石塞断，吾等皆危矣！"于是曹休骤马而行，贾逵断后。逵于林木茂盛处及险峻小径，多设旌旗以为疑兵。亏此得脱。及至徐盛赶到，见山坡下闪出旗角，疑有埋伏，不敢追赶，收兵而回。周鲂以空头骗了曹休，贾逵又以空头骗了徐盛。因此救了曹休。司马懿听知休败，亦引兵退去。仲达此时亦虎头蛇尾。

　　却说陆逊正望捷音，须臾，徐盛、朱桓、全琮皆到。所得车仗、牛马、驴骡、军资、器械，不计其数，降兵数万馀人。逊大喜，即同太守周鲂并诸将班师还吴。吴主孙权领文武官僚出武昌城迎接，以御盖覆逊而入。陆逊此时十分荣耀，年少书生固未可量。诸将尽皆升赏。权见周鲂无发，周鲂无发，却弄得曹休无法。慰劳曰："卿断发成此大事，功名当书于竹帛也。"即封周鲂为关内侯；光了头宜封他为国光侯。大设筵会，劳军庆贺。陆逊奏曰："今曹休大败，魏已丧胆，可修国书，遣使入川，教诸葛亮进兵攻之。"权从其言，遣使赍书入川去。正是：

只因东国能施计，致令西川又动兵。

未知孔明再来伐魏，胜负如何，且看下文分解。

第九十七回 讨魏国武侯再上表 破曹兵姜维诈献书

破曹兵姜維詐獻書

　　《前出师表》开导嗣君，《后出师表》力辩众议。辩众议亦所以开嗣君也。《前出师表》忧在国中，《后出师表》虑在境外。虑境外亦所以忧国中也。何也？自失街亭斩马谡以来，议者以为但宜安蜀，不宜伐魏。武侯则以为若不伐魏，不能安蜀；我不灭贼，贼必灭我。此不两立之势，非不欲偏安，正恐欲偏安而不能耳。汉与贼不两立，则不共天地，不同日月。既以义断之，而在所当奋矣。贼亦与汉不两立，则如苗有莠，如粟有秕，不又以势度之，而在所当虑乎？"不两立"一语，今人但见得汉一边，不曾见得贼一边。然则表中"虑"字，将何所指？是虽读过《后出师表》一篇，却是未尝读一字也。

　　人知武侯之智不可及，不知武侯之愚不可及。料其事之必成必利而后为之，此智者之事也；不能料其事之必成必利而亦为之，此愚者之心也；不能料其事之必败必钝而蹈之，此愚而愚者之事也；能料其事之必败必钝而终必蹈之，此智而愚者之心也。先生未出草庐，已知三分天下。然则伐魏之无成，出师之不利，先生料之熟矣。明明逆睹而乃云非所逆睹者，何哉？盖以智而愚者，自尽老臣之责；而仍以愚而愚者，上杜幼主之疑耳。

　　武侯之死，尚在数卷之后，而此处表中结语，早下一"死"字，已为五丈原伏笔矣。先生不但知伐魏之无成，出师之不利，而又逆知其身之必死于是役也。以汉、贼不两立之故，而至于败亦不惜，钝亦不惜，即死亦不惜。呜呼！先生真大汉之忠臣哉！文天祥《正气歌》曰："或为《出师表》，鬼神泣壮烈。"殆于后一篇而愈见之。

　　武侯未出祁山，而天使姜维归汉，特以备六出祁山以后之用耳。然将写其敌武侯，不先写其敌武侯，不见姜维之才之妙也。但写其敌武侯于前，不写其佐武侯于后，又不见姜维之才之妙也。此卷之赚曹真，则其佐武侯者矣。武侯未死而有佐武侯之姜维，然后武侯既死而有继武侯之姜维。人但知武侯既死，而后显一能伐魏之姜维；不知武侯未死而早见一能伐魏之姜维。然则九伐中原之事，殆兆端于此乎！

周鲂降魏，而曹休信之；姜维降魏，而曹真又信之：其事相类。而鲂以书往又以身往，维则不以身往但以书往；曹休则赚之而来，曹真则赚之不来，而真之部将来：此则其不相类者也。孟达以蜀人归蜀，而武侯信之；姜维以魏人归魏，而曹真亦信之：其事相类。而一则信之而是，一则信之而非；一则真而孟达之谋不谐，一则诈而姜维之谋克遂：此又其不相类者也。至于天水城外，有一叫门之假姜维，曹真书中又有一降魏之假姜维，或假而假，或真而假，前后无不映射成趣。

却说蜀汉建兴六年秋九月，魏都督曹休被东吴陆逊大破于石亭，车仗马匹，军资器械，并皆罄尽。休惶恐之甚，气忧成病，到洛阳，疽发背而死。陆逊气杀曹休，与孔明气杀王朗，正复相似。魏主曹叡敕令厚葬。司马懿引兵还，众将接入问曰："曹都督兵败，即元帅之干系，何故急回耶？"懿曰："吾料诸葛亮知吾兵败，必乘虚来取长安。倘陇西紧急，何人救之？吾故回耳。"疑其惧吴，却是惧蜀。众皆以为惧怯，哂笑而退。

却说东吴遣使致书蜀中请兵伐魏，并言大破曹休之事，一者显自己威风，二者通和会之好。叙事中忽断二语，直是《史记》笔法。后主大喜，令人持书至汉中报知孔明。时孔明兵强马壮，粮草丰足，所用之物一切完备，正要出师，听知此信，即设宴大会诸将，计议出师。忽一阵大风，自东北角上而起，把庭前松树吹折。正应栋梁之才将折。众皆大惊。孔明就占一课，曰："此风主损一大将！"诸将未信。正饮酒间，忽报镇南将军赵云长子赵统、次子赵广来见丞相。孔明大惊，掷杯于地曰："子龙休矣！"二子入见，拜哭曰："某父昨夜三更病重而死。"前出师以子龙始、以子龙终者，以子龙于此结局也。孔明跌足而哭曰："子龙身故，国家损一栋梁，去吾一臂也！"众将无不挥涕。孔明令二子入成都面君报丧。后主闻云死，放声大哭曰："朕昔年幼，非子龙则死于乱军之中矣！"追应四十一卷中之事。即下诏追赠大将军，谥顺平侯，敕葬于成都锦屏山之东；建立庙堂，四时享祭。后人有诗曰：

　　常山有虎将，智勇匹关张：汉水功勋在，当阳姓字彰。
　　两番扶幼主，一念答先皇。青史书忠烈，应流百世芳。

　　却说后主思念赵云昔日之功，祭葬甚厚；封赵统为虎贲中郎，赵广为牙门将，就令守坟。二人辞谢而去。忽近臣奏曰："诸葛丞相将军马分拨已定，即日将出师伐魏。"后主问在朝诸臣，诸臣多言未可轻动。只因朝臣多有言不当伐魏者，故先生《后出师表》中历历辩之。后主疑虑未决。忽奏丞相令杨仪赍《出师表》至。后主宣入，仪呈上表章。后主就御案上拆视，其表曰：

　　先帝虑汉、贼不两立，汉、贼不两立，从来人只解得一半，但曰汉不与贼两立，止是誓不共戴之意耳。不知汉不灭贼，则贼必灭汉，贼亦不与汉两立。此则先主之所深虑也。若 **王业不偏安，**此句承上虑字说来，言我不讨贼，则贼必灭我，是偏安不成矣。今人都作不欲偏安，便觉上文虑字说不去。 **故托臣以讨贼也。**重以先帝之托，可见武侯不讨贼，则是不忠后主。不使武侯讨贼，则是不孝。 **以先帝之明，量臣之才，故知臣伐贼，才弱敌强也。**故字作固字解，此四句反说以跌下文。明明自己谦逊，却借先帝来说。 **然不伐贼，王业亦亡。**正是不两立注脚。 **惟坐而待亡，孰与伐之？是故托臣而弗疑也。**此四句正说自起。至此述先帝见托之意。 **臣受命之日，寝不安席，食不甘味；思惟北征，宜先入南，**可见先生入南正是为北。 **故五月渡泸，深入不毛，并日而食。臣非不自惜也，**亦反跌一句，以起下文。 **顾王业不可偏安于蜀都，**"不可"犹言"不能"。 **故冒危难以奉先帝之遗意；**"自臣受命"一句至此，自叙其奉先帝之意。 **而议者谓为非计。**只因此一句，生出下文六未解来。 **今贼适疲于西，**指街亭之相持之。 **又务于东，**指石亭之战败。 **兵法乘劳，此进趋之时也。**此四句正今日伐魏主意。 **谨陈其事如左：**以上作一冒。

　　高帝明并日月，谋臣渊深，然涉险被创，危然后安。今陛下未及高帝，谋臣不如良平；而欲以长策取胜，坐定天下，此臣之未解一也。此言贼不可待其自灭。特借高帝为证，以破议者未可轻动之说。 **刘繇、王朗各据州郡，论安言计，动引圣人，群疑满腹，众难塞胸；今岁不战，明年不征，使孙权坐大，遂并江东，此臣之未解二也。**此言狃于偏安之必失。又借刘繇、王朗为证，以破议者姑守一隅之说。 **曹操智计，殊绝于人，其用兵也，仿佛孙、吴，然困于南阳，险于乌桓，危于祁连，逼于黎阳，几败北山，殆死潼关，然后伪定一时耳；况臣才弱，而欲以不危而定之，此臣之未解三也。**此借曹操之屡败，自解其街亭之败。 **曹操五攻昌霸不下，四越巢湖不成，任用李服而李服图之，委任夏侯而夏侯败亡，先帝每称操为能，犹有此失；况臣驽下，何能必胜？此臣之未解四也。**此又借曹操用人之误，自解其用马谡之误。 **自臣到汉中，中间期年耳，然丧赵云、阳群、马玉、阎芝、丁立、白寿、刘郃、邓铜等，及曲长屯将七十馀人，突将无前，賨、**

叟、青羌，散骑武骑一千餘人，此皆数十年之内，所纠合四方之精锐，非一州之所有；若复数年，则损三分之二也，当何以图敌？此臣之未解五也。此言旧臣代谢，若不及时讨贼，恐将来无讨贼之人。今民穷兵疲，而事不可息；事不可息，则住与行劳费正等；而不及早图之，欲以一州之地，与贼持久，此臣之未解六也。此言一隅难恃。若不及时讨贼，恐蜀中非持久之地。以上六段皆用反说，驳倒议者之论。

　　夫难平者，事也。昔先帝败军于楚，当此时，曹操拊手，谓天下已定。此是汉败而贼成，汉钝而贼利。然后先帝东连吴、越，西取巴、蜀，举兵北征，夏侯授首，此操之失计，而汉事将成也。此是贼败而汉成，贼钝而汉利矣。然后吴更违盟，关某毁败，秭归蹉跌，曹丕称帝，凡事如是，难可逆料。此言往事之难料，以见后事之难期。臣鞠躬尽瘁，死而后已；至于成败利钝，非臣之明所能逆睹也。说到终篇，下一"死"字，虽云非所逆睹，已预知有五丈原之事。

　　后主览表甚喜，即敕令孔明出师。孔明受命，起三十万精兵，令魏延总督前部先锋，径奔陈仓道口而来。

　　早有细作报入洛阳。以上按下蜀汉一边，以下再叙魏国一边。司马懿奏知魏主，大会文武商议。大将军曹真出班奏曰："臣昨守陇西，功微罪大，不胜惶恐。今乞引大军往擒诸葛亮。有曹休伐吴看样，也要仔细。臣近得一员大将，使六十斤大刀，骑千里征骠马，开两石铁胎弓，暗藏三个流星锤，百发百中，有万夫不当之勇，乃陇西狄道人，姓王名双，字子全。臣保此人为先锋。"司马懿进一郝昭，曹真亦荐一王双，互相赌赛。叡大喜，便召王双上殿，视之，身长九尺，面黑睛黄，熊腰虎背。王双之勇，在曹真口中叙出，王双之形，在曹叡眼中看见。叡笑曰："朕得此大将，有何虑哉！"遂赐锦袍金甲，封为虎威将军、前部大先锋；此曹叡之许诸也。曹真为大都督。真谢恩出朝，遂引十五万精兵，会合郭淮、张郃，分道守把隘口。

却说蜀兵前队哨至陈仓，回报孔明说："陈仓口已筑起一城，内有大将郝昭守把，_{一卷之前，预为此处埋伏。}深沟高垒，遍排鹿角，十分谨严。不如弃了此城，从太白岭鸟道出祁山甚便。"孔明曰："陈仓正北是街亭，必得此城，方可进兵。"_{六出祁山而陈仓未得，则有内顾之忧故也。}命魏延引兵到城下四面攻之，连日不能破。魏延复来告孔明，说城难打。孔明大怒，欲斩魏延。忽帐下一人告曰："某虽无才，随丞相多年，未尝报效。愿去陈仓城中，说郝昭来降，不用张弓只箭。"众视之，乃部曲靳祥也。_{如李恢之请说马超。}孔明曰："汝用何言以说之？"祥曰："郝昭与某同是陇西人氏，自幼交契。某今到彼，以利害说之，必来降矣。"孔明即令前去。靳祥骤马径到城下，叫曰："郝伯道故人靳祥来见。"城上人报知郝昭。昭令开门放入，登城相见。昭问曰："故人因何到此？"祥曰："吾在西蜀孔明帐下参赞军机，待以上宾之礼。特令某来见公，有言相告。"昭勃然变色曰："诸葛亮乃我国仇敌也！吾事魏，汝事蜀，各事其主，昔时为昆仲，今时为仇敌！汝再不必多言，便请出城！"_{司马懿荐人如此，亦见懿之知人。}靳祥又欲开言，郝昭已出敌楼上了。魏军急催上马，赶出城外。祥回头视之，见昭倚定护心木栏杆。祥勒马以鞭指之曰："伯道贤弟，何太情薄耶？"昭曰："魏国法度，兄所知也。吾受国恩，但有死而已，兄不必下说词。早回见诸葛亮，教快来攻城，吾不惧也！"_{言非不壮，惜乎事非其主耳。}祥回告孔明曰："郝昭未等某开言，便先阻却。"孔明曰："汝可再去见他，以利害说之。"祥又到城下，请郝昭相见。_{李恢见马超只是一次，靳祥见郝昭却是两番。}昭出到敌楼上。祥勒马高叫曰："伯道贤弟，听吾忠言。汝据守一孤城，怎拒数十万之众？今不早降，后悔无及！且不顺大汉而事奸魏，抑何不知天命、不辨清浊乎？愿伯道思之。"郝昭大怒，拈弓搭箭，指靳祥而喝曰："吾前言已定，汝不必再言！可速退，吾不射汝！"马超一说便来，郝昭再说不从者，一则有人驱之于内，一则无人驱之于内也。

　　靳祥回见孔明，具言郝昭如此光景。孔明大怒曰："匹夫无礼太甚！岂欺吾无攻城之具耶？"随叫土人问曰："陈仓城中，有多少人马？"土人告曰："虽不知的数，约有三千人。"孔明笑曰："量此小贼，安能御我！休等他救兵到，火速攻之！"于是军中起百乘云梯，一乘上可立十数人，周围用木版遮护。军士各把短梯软索，听军中擂鼓，一齐上城。郝昭在敌楼上望见蜀兵装起云梯，四面而来，即令三千军各执火箭分布四面，待云梯近城，一齐射之。马谡以三万人而不能守街亭，郝昭以三千人而竟能守陈仓者，一则无城以为固，一则有城以为固也。孔明只道城中无备，故大造云梯，令三军鼓噪呐喊而进；不期城上火箭齐发，云梯尽焚，梯上军士多被烧死。城上矢石如雨，蜀兵皆退。司马懿能取街亭，武侯不能取陈仓者，所遇之人不同，所攻之城亦异耳。孔明大怒曰："汝烧吾云梯，吾却用冲车之法！"于是连夜安排下冲车。次日，又四面鼓噪呐喊而进。郝昭急命运石凿眼，用葛索穿定飞打，冲车皆被打折。郝昭甚能。孔明又令人运土填城濠，教廖化引三千锹镢军，从夜间掘地道，暗入城去。郝昭又于城中掘重濠横截之。能断城外之水，不能断城内之水。如此昼夜相攻二十餘日，无计可破。孔明不减公输，郝昭不减墨翟。孔明营中忧闷，忽报："东边救兵到了，旗上书：'魏先锋大将王双。'"孔明问曰："谁可迎之？"魏延出曰："某愿往。"孔明曰："汝乃先锋大将，未可轻出。"又问："谁敢迎之？"裨将谢雄应声而出。孔明与三千军去了。孔明又问曰："谁敢再去？"裨将龚起应声要去。孔明亦与三千兵去了。孔明恐城内郝昭引兵冲出，乃把人马退二十里下寨。

却说谢雄引军前行，正遇王双，战不三合，被双一刀劈死。有郝昭之能守，又有王双之能战，不想于此处遇着两个劲敌。蜀兵败走，双随后赶来。龚起接着，交马只三合，亦被双所斩。此处写王双之勇，为后卷斩王双伏线。败兵回报孔明。孔明大惊，忙令廖化、王平、张嶷三人出迎。攻郝昭连换三样攻法，攻王双亦连调三次人马，取一人如取一城之难。两阵对圆，张嶷出马，王平、廖化压住阵角。王双纵马来与张嶷交马，数合，不分胜负。双诈败便走，嶷随后赶去。王平见张嶷中计，忙叫曰："休赶！"毕竟王平精细。嶷急回马时，王双流星锤早到，正中其背。嶷伏鞍而走，双回马赶来。王平、廖化截住，救得张嶷回阵。王双驱兵大杀一阵，蜀兵折伤甚多。嶷吐血数口，回见孔明，说："王双英勇无敌，如今将二万兵就陈仓城外下寨，四面立起排栅，筑起重城，深挑濠堑，守御甚严。"孔明见折二将，张嶷又被打伤，即唤姜维曰："陈仓道口这条路不可行。别求何策？"维曰："陈仓城池坚固，郝昭守御甚密，又得王双相助，实不可取。不若令一大将依山傍木下寨固守；再令良将守把要道，以防街亭之攻；却统大军去袭祁山，某却如此如此用计，可捉曹真也。"妙在不叙明何计，待下文自见。孔明从其言，即令王平、李恢引二枝兵守街亭小路，牵制街亭之兵。魏延引一军守陈仓口。牵制陈仓马之兵。马岱为先锋，关兴、张苞为前后救应使，从小径出斜谷望祁山进发。此是二出祁山。

却说曹真因思前番被司马懿夺了功劳，因此到洛口分调郭淮、孙礼东西守把；又听的陈仓告急，已令王双去救，闻知王双斩将立功，大喜，乃令中护军大将费耀，权摄前部总督，诸将各自守把隘口。忽报山谷中捉得细作来见。曹真令押入，跪于帐前。其人告曰："小人不是奸细，有机密来见都督，误被伏路军捉来，乞退左右。"真乃教去其缚，左右暂退。其人曰："小人乃姜伯约心腹人也，蒙本官遣送密书。"*此姜维用计也，妙在不向姜维一边写来，却在曹真一边见得。*真曰："书安在？"其人于贴肉衣内取出呈上。真拆视曰：

罪将姜维百拜，书呈大都督曹麾下：维念世食魏禄，忝守边城，叨窃厚恩，无门补报。昨日误遭诸葛亮之计，陷身于巅崖之中。思念旧国，何日忘之！今幸蜀兵西出，诸葛亮甚不相疑。赖都督亲提大兵而来，如遇敌人，可以诈败；维当在后，以举火为号，先烧蜀人粮草，却以大兵翻身掩之，则诸葛亮可擒也。非敢立功报国，实欲自赎前罪。倘蒙照察，速须来命。*周鲂赚曹休书是虚叙，姜维赚曹真书是实叙。*

曹真看毕，大喜曰："天使吾成功也！"遂重赏来人，便令回报，依期会合。真唤费耀商议曰："今姜维暗献密书，令吾如此如此。"耀曰："诸葛亮多谋，姜维智广，或者是诸葛亮所使，恐其中有诈。"*此人见识殊胜曹真。*真曰："他原是魏人，不得已而降蜀，又何疑乎？"*曹真只因要夺司马懿之功，故易于中。*耀曰："都督不可轻去，只守定本寨。某愿引一军接引姜维，如成功尽归都督；倘有奸计，某自支当。"*太便宜了曹真，可惜了费耀。*真大喜，遂令费耀引五万兵，望斜谷而进。行了两三程，屯下军马，令人哨探。当日申时分，回报："斜口道中，有蜀兵来也。"耀忙催兵进。蜀兵未及交战先退，耀引兵追之。蜀兵又来，方欲对阵，蜀兵又退。如此者三次。*省笔。*俄延至次日申时分。魏军一日一夜不曾敢歇，只恐蜀兵攻击。方欲屯军造饭，忽然四面喊声大震，鼓角齐鸣，蜀兵漫山遍野而来。^{先疲之而后诱之。}门旗开处，闪出一辆四轮车，孔明端坐其中，令人请魏军主将答话。^{只道曹真自来，故亲自诱敌耳，不然割鸡焉用牛刀。}耀纵马而出，遥见孔明，心中暗喜，回顾左右曰："如蜀兵掩至，便退后走。若见山后火起，却回身杀去，自有兵来相应。"分付毕，跃马出呼曰："前者败将，今何敢又来！"孔明曰："汝唤曹真来答话！"耀骂曰："曹都督乃金枝玉叶，安肯与反贼相见耶！"孔明大怒，把羽扇一招，左有马岱，右有张嶷，两路兵冲出。魏兵便退，行不到三十里，望见蜀兵背后火起，喊声不绝。^{正合姜维之书。}费耀只道火号，便回身杀来。蜀兵齐退。耀提刀在前，只望喊处追赶。将次近火，山路中鼓角喧天，喊声震地，两军杀出，左有关兴，右有张苞。山上矢石如雨，往下射来。魏兵大败。费耀知是中计，急退军望山谷中而走，人马困乏。^{为一夜不曾睡之故。}背后关兴引生力军赶来。魏兵自相践踏及落涧身死者，不知其数。耀逃命而走，正遇山坡口一彪军，乃是姜维。耀大骂曰："反贼无信！吾不幸误中汝奸计也！"维笑曰："吾欲擒曹真，误赚汝矣！^{可惜一篇大文字，却换了一个小题目。}速下马受降！"耀骤马夺路，望山谷中而走。忽见谷口火光冲天，背后追兵又至。耀自刎身死，^{是曹真替死鬼。}馀众尽降。孔明连夜驱兵，直出祁山前下寨，收住军马，重赏姜维。维曰："某恨不得杀曹真也！"孔明亦曰："可惜大计小用矣。"

　　却说曹真听知折了费耀，悔之不及，遂与郭淮商议退兵之策。于是孙礼、辛毗星夜具表申奏魏主，^{只得又去求司马懿来救。硬要挣气，挣气不来。}言蜀兵又出祁山，曹真损兵折将，势甚危急。叡大惊，即召司马懿入内曰："曹真损兵折将，蜀兵又出祁山。卿有何策可以退之？"懿曰："臣已有退诸葛亮之计。不用魏军扬武耀威，蜀兵自然走矣。"正是：

　　　　已见子丹无胜术，全凭仲达有良谋。

未知其计如何，且看下文分解。

第九十八回　追汉军王双受诛
　　　　　　袭陈仓武侯取胜

进兵有进兵之奇，退兵又有退兵之奇。使人不知我进而进，而后我不为敌之所防；使人不知我退而退，而后我不为敌之所掩。夫胜则不退，不胜则退者，人之所知也。不胜则不退，一胜则急退者，则非人之所知也。人不知而武侯知之，我于此奇武侯；武侯知之，而司马懿又知之，我更于此奇司马。

文有与前相应者，观后事益信其有前事；事有与前相反者，读前文更不料其有后文。如武侯之斩王双，袭陈仓，是则与前相反者矣。王双之战甚勇，郝昭之守甚坚。三战之而不胜，而忽斩之于一朝；两说之而不降，屡攻之而不下，而忽取之于一夕。不有所甚难于前，不见其甚易于后者之为异耳。

七擒孟获之文，妙在相连；六出祁山之文，妙在不相连。于一出祁山之后，二出祁山之前，忽有陆逊破魏之事以间之，此间于数卷之中者也。二出祁山之后，三出祁山之前，又有孙权称帝之事以间之，此即间于一卷之内者也。每见左丘明叙一国，必旁及他国而事乃详。又见司马迁叙一事，必旁及他事而文乃曲。今观《三国演义》，不减左丘、司马之长。

《三国》之中，惟孙权之称帝独后。何也？曰：有不得不后之势也。不称帝于曹操未死之时，恐操之挟天子以伐之耳。至于曹丕称帝，其亦可以尤而效之矣。而犹不敢者，蜀方伐吴，而吴遽帝，是益其伐也；吴方求援于魏，而吴遽帝，是绝其援也。迨夫蜀既款，魏既离，蜀方有事于魏，魏方屡败于蜀，夫然后乘间而践天子位焉。此孙权之所以谨避于先而审处于后者也。

魏僭帝，吴亦僭帝。则魏贼也，吴亦贼也。武侯伐魏而不伐吴，不惟不伐，又加款焉，毋乃讨贼之意未全与？曰：原夫伏后之所以死，献帝之所以亡，元恶大憝，不在吴而在魏也。君子耻失其君而悼丧其亲，则惟讨魏之是急，讨魏急则讨吴不得不缓。且吴尝称臣于魏，而受魏之九锡矣，是欲魏之助吴以攻蜀也。吴既帝而吴与魏必不复合。吴与魏不复合，不独魏之势孤，而吴之势亦孤。然则武侯款吴之计，谓即吞吴之计也可。

武侯初出祁山而表一上，二出祁山而表再上，何至于三，而表独阙焉？曰：武侯之志决而言切，已尽在《后出师表》一篇中矣。志即决则不必多言，言既切则不必更赘之以言。非独三出祁山为然也，即至六出祁山之事，亦不过"死而后已"一语足以概之云。

却说司马懿奏曰："臣尝奏陛下，言孔明必出陈仓，故以郝昭守之，今果然矣。自喜其前言之已中。彼若从陈仓入寇，运粮甚便。孔明之力攻陈仓，正是为此，却在仲达口中说出。今幸有郝昭、王双守把，不敢从此路运粮。其馀小道，搬运艰难。臣算蜀兵，行粮止有一月，利在急战。我军只宜久守。司马懿之意只是利在不战。陛下可降诏，令曹真坚守诸路关隘，不要出战。不须一月，蜀兵自走。自信其后言之必中。那时乘虚而击之，诸葛亮可擒矣。"为王双被斩反衬一句。叡欣然曰："卿既有先见之明，何不自引一军以袭之？"懿曰："臣非惜身重命，实欲存下此兵，以防东吴陆逊耳。孙权不久必将僭号称尊，为后文孙权称帝伏笔。如称尊号，恐陛下伐之，定先入寇也，臣故欲以兵待之。"正言间，忽近臣奏曰："曹都督奏报军情。"懿曰："陛下可即令人告戒曹真，凡追赶蜀兵，必须观其虚实，不可深入重地，以中诸葛亮之计。"又为斩王双反衬一句。叡即时下诏，遣太常卿韩暨持节告戒曹真："切不可战，务在谨守；只待蜀兵退去，方才击之。”司马懿送韩暨于城外，嘱之曰：“吾以此功让与子丹；_{先知曹真有争功之意}公见子丹，休言是吾所陈之意，只道天子降诏，教保守为上。追赶之人，大要仔细，勿遣性急气躁者追之。”_{再为斩王双反衬一句，更妙。}暨辞去。

却说曹真正升帐议事，忽报天子遣太常卿韩暨持节至。真出寨接入，受诏已毕，退与郭淮、孙礼计议。淮笑曰：“此乃司马仲达之见也。”_{司马懿能料孔明，郭淮又能料司马懿。}真曰：“此见若何？”淮曰：“此言深识诸葛亮用兵之法。久后能御蜀兵者，必仲达也。”_{高抬仲达，却是当面抹倒曹真。}真曰：“倘蜀兵不退，又将如何？”淮曰：“可密令人去教王双引兵于小路巡哨，彼自不敢运粮。待其粮尽兵退，乘势追击，可获全胜。”_{说追与司马同，不说追之宜慎，则不及司马矣。}孙礼曰：“某去祁山虚妆做运粮兵，车上尽装干柴茅草，以硫黄焰硝灌之，却教人虚报陇西运粮到。若蜀兵无粮，必然来抢。待入其中，放火烧车，外以伏兵应之，可胜矣。”_{此计亦通，但恐瞒不过武侯耳。}真喜曰：“此计大妙！”即令孙礼引兵依计而行。又遣人教王双引兵于小路巡哨，郭淮引兵提调箕谷、街亭，令诸路军马守把险要。真又令张辽子张虎为先锋，乐进子乐綝为副先锋，同守头营，不许出战。_{以上按下曹真一边，以下再叙武侯一边。}

却说孔明在祁山寨中，每日令人挑战，魏兵坚守不出。孔明唤姜维等商议曰：“魏兵坚守不出，是料吾军中无粮也。_{司马所算，又在孔明算中。}今陈仓转运不通，其馀小路盘涉艰难，吾算随军粮草，不敷一月用度，如之奈何？”正踌躇间，忽报：“陇西魏军运粮数千车于祁山之西，运粮官乃孙礼也。”_{来得凑巧。宜孔明之必中计矣。}孔明曰：“其人如何？”有魏人告曰：“此人曾随魏主出猎于大石山，忽惊起一猛虎直奔御前，孙礼下马拔剑斩之，从此封为上将军，乃曹真心腹人也。"^{孙礼往事前文未见，忽}_{于此处补前文所未及。}孔明笑曰："此是魏将料吾乏粮，故用此计。车上装载者，必是茅草引火之物。^{孙礼所算，又}_{在孔明算中。}吾平生专用火攻，彼乃欲以此计诱我耶？^{真是班门}_{弄斧。}彼若知吾军去劫粮草，必来劫吾寨矣。^{曹真所未及即算者，}_{已早在孔明算中。}可将计就计而行。"遂唤马岱分付曰："汝引三千军径到魏兵屯粮之所，不可入营，但于上风头放火。^{不待他放火，倒替}_{他放火，妙甚。}若烧着车仗，魏兵必来围吾寨。"^{第一路是诱}_{劫寨之兵。}又差马忠、张嶷各引五千兵在外围住，内外夹攻。^{第二路是敌其}_{劫寨之兵。}三人受计去了。又唤关兴、张苞分付曰："魏兵头营接连四通之路。今晚若西山火起，魏兵必来劫吾营。汝二人却伏于魏寨左右，只等他兵出寨，汝二人便可劫之。"^{第三路是劫}_{彼寨之兵。}又唤吴班、吴懿分付曰："汝二人各引一军伏于营外。如魏兵到，可截其归路。"^{第四路是截}_{路之兵。}孔明分拨已毕，自在祁山上凭高而坐。魏兵探知蜀兵要来劫粮，慌忙报与孙礼。礼令人飞报曹真。真遣人去头营分付张虎、乐綝："看今夜山西火起，蜀兵必来救应。可以出军，如此如此。"^{不出孔明}_{所算。}二将受计，令人登楼专看火号。

却说孙礼把军伏于山西，只待蜀兵到。是夜二更，马岱引三千兵来，^{第一路兵于}_{此处出现。}人皆衔枚，马皆勒口，径到山西，见许多车仗，重重叠叠，攒绕成营，车仗虚插旌旗。正值西南风起，^{赤壁之}_{火仗着}东南风，此处之火却仗着西南风。岱令军士径去营南放火，车仗尽着，火光冲天。孙礼只道蜀兵到魏寨内放号火，急引兵一齐掩至。背后鼓角喧天，两路兵杀来，乃是马忠、张嶷，^{第二路兵于}_{此处出现。}把魏军围在垓心。孙礼大惊。又听的魏军中喊声起，一彪军从火光边杀来，乃是马岱。^{第一路兵于}_{此处出现。}内外夹攻，魏兵大败。火紧风急，人马乱窜，死者无数。孙礼引中伤军，冲烟冒火而走。

却说张虎在营中望见火光，大开寨门，与乐綝尽引人马，杀奔蜀寨来，寨中不见一人，急收军回时，吴班、吴懿两路兵杀出，断其归路。〔第四路兵于此出现。〕张、乐二将急冲出重围，奔回本寨，只见大城之上箭如飞蝗，原来却被关兴、张苞袭了营寨。〔第三路兵于此出现。〕〔〇以上四路兵写得参差错落，笔法变幻之极。〕魏兵大败，皆投曹真寨来。方欲入寨，忽见一彪败军飞奔而来，乃是孙礼；遂同入寨见真，各言中计之事。〔愁人说与愁人道。〕真听知，谨守大寨，更不出战。

蜀兵得胜，回见孔明。孔明令人密授计与魏延，〔此处伏一句，妙在不叙明。〕一面教拔寨齐起。〔奇绝人意外。〕杨仪曰："今已大胜，挫尽魏兵锐气，何故反欲收军？"孔明曰："吾兵无粮，利在急战。今彼坚守不出，吾受其病矣。彼今虽暂时兵败，中原必有添益，若以轻骑袭吾粮道，那时要归不能。今乘魏兵新败，不敢正视蜀兵，便可出其不意，乘机退去。〔巧于退兵，军师妙计。〕所忧者但魏延一军，在陈仓道口拒住王双，急不能脱身。吾已令人授以密计，教斩王双，使魏人不敢来追。〔此处说明一句，却不说出如何斩法，直待下文自见，妙在隐隐跃跃。〕只令后队先行。"当夜，孔明只留金鼓守在寨中打更。一夜兵已尽退，只落空营。

却说曹真正在寨中忧闷，忽报左将军张郃引军到。〔魏兵有添益，果应孔明所言。〕郃下马入帐，谓真曰："某奉圣旨，特来听调。"真曰："曾别仲达否？"郃曰："仲达分付云：'吾军胜，蜀兵必不便去；若吾军败，蜀兵必即去矣。'〔能者所见略同。读到此等处最好看。〕今吾军失利之后，都督曾往哨探蜀兵消息否？"真曰："未也。"于是即令人往探之，果是虚营，只插着数十面旌旗，兵已去了二日也。〔如猜拳者，遇着此等空拳，却是再猜不着。〕曹真懊悔无及。

且说魏延受了密计，当夜二更拔寨，急回汉中。早有细作报知王双。双大驱军马，并力追赶。追到二十馀里，看看赶上，见魏延旗号在前，_{旗号之下却无魏延，与前番赵云退兵时正是仿佛。}双大叫曰："魏延休走！"蜀兵更不回头。双拍马赶来。背后魏兵叫曰："城外寨中火起，恐中敌人奸计。"_{孔明所授之计，于此始见。}双急勒马回时，只见一片火光冲天，慌令退军。行到山坡左侧，忽一骑马从林中骤出，大喝曰："魏延在此！"_{此处忽然又有一魏延，写得出色惊人。}王双大惊，措手不及，被延一刀砍于马下。_{杀得好。}魏兵疑有埋伏，四散逃走。延手下只有三十骑人马，望汉中缓缓而行。_{以三十骑斩一大将，写魏延正是写武侯。}后人有诗赞曰：

孔明妙算胜孙庞，耿若长星照一方。

进退行兵神莫测，陈仓道口斩王双。

原来魏延受了孔明密计，先教存下三十骑伏于王双营边，只待王双起兵赶时，却去他营中放火；待他回寨，出其不意，突出斩之。_{此处方将上项事叙明一遍。}魏延斩了王双，引兵回到汉中见孔明，交割了人马。孔明设宴大会，不在话下。

且说张郃追蜀兵不上，回到寨中。忽有陈仓城郝昭差人申报，言王双被斩，曹真闻之，伤感不已，因此忧成疾病，遂回洛阳；命郭淮、孙礼、张郃守长安诸道。_{以上按下魏国，以下接叙东吴。}

却说吴王孙权设朝，有细作人报说："蜀诸葛丞相出兵两次，魏都督兵损将亡。"于是群臣皆劝吴王兴师伐魏，以图中原。_{借兴兵引出称帝来，甚有步骤。}权犹疑未决。张昭奏曰："近闻武昌东山凤皇来仪，大江之中黄龙屡现。主公德配唐、虞，明并文、武，可即皇帝位，然后兴兵。"_{因魏兵屡败而吴国称尊，斗笋甚奇。}多官皆应曰："子布之言是也。"遂选定夏四月丙寅日，筑坛于武昌南郊。是日，群臣请权登坛即皇帝位，^{颇觉前番受九锡之无谓。}改黄武八年为黄龙元年。^{到底不换"黄"字，又是"黄天当立"之谶。}谥父孙坚为武烈皇帝，母吴氏为武烈皇后，兄孙策为长沙桓王。立子孙登为皇太子。命诸葛瑾长子诸葛恪为太子左辅，张昭次子张休为太子右弼。^{魏有张辽、乐进之子，吴有诸葛瑾、张昭之子。一班小辈后生，前后闲闲相对。}

恪字元逊，身长七尺，极聪明，善应对。权甚爱之。年六岁时，值东吴筵会；恪随父在座。权见诸葛瑾面长，乃令人牵一驴来，用粉笔书其面曰："诸葛子瑜。"众皆大笑。恪趋至前，取粉笔添二字于其下曰："诸葛子瑜之驴。"^{又添得二字，驴面之长可知。}满座之人，无不惊讶。权大喜，遂将驴赐之。又一日，大宴官僚，权命恪把盏。巡至张昭面前，昭不饮曰："此非养老之礼也。"权谓恪曰："汝能强子布饮乎？"恪领命，乃谓昭曰："昔姜尚父年九十，秉旄仗钺，未尝言老。^{先破他"老"字，十分调笑。}今临阵之日先生在后，饮酒之日先生在前，何谓不养老也？"^{又破他"养"字，又十分调笑。}昭无言可答，只得强饮。权因此爱之，故命辅太子。^{忙中忽夹此一段闲文。}张昭佐吴王，位列三公之上，故以其子张休为太子右弼。^{恪以才选，休以贵选。}又以顾雍为丞相，陆逊为上将军，辅太子守武昌。权复还建业。群臣共议伐魏之策。张昭奏曰："陛下初登宝位，未可动兵，^{前说先称帝然后动兵，及称帝后又说未可动兵，随口变换，方知上文斗笋之幻。}只宜修文偃武，增设学校，以安民心；遣使入川，与蜀同盟，共分天下，缓缓图也。"

权从其言，即令使命星夜入川，来见后主。礼毕，细奏其事。后主闻知，遂与群臣商议。众议皆谓孙权僭逆，宜绝其盟好。^{此是正论，但不知通变耳。}蒋琬曰："可令人问于丞相。"后主即遣使到汉中问孔明。孔明曰："可令人赍礼物入吴作贺，乞遣陆逊兴师伐魏。非爱孙权，只为重在伐魏，故暂许之。魏必命司马懿拒之。懿若南拒东吴，我再出祁山，长安可图也。"欲以陆逊牵制司马懿。后主依言，遂令太尉陈震，将名马、玉带、金珠、宝贝，入吴作贺。震至东吴，见了孙权，呈上国书。权大喜，设宴相待，打发回蜀。两国使者，遂游二帝之间。权召陆逊入，告以西蜀约会兴兵伐魏之事。逊曰："此乃孔明惧司马懿之谋也。能者所见略同。读到此等处最是好看。既与同谋，不得不从。今却虚作起兵之势，遥与蜀兵为应。待孔明攻魏急，吾可乘虚取中原也。"此学孔明取南郡之智，又是一个要趁现成的。即时下令，教荆襄各处都要训练人马，择日兴兵。以上按下东吴，以下再叙蜀汉。

却说陈震回到汉中，报知孔明。孔明尚忧陈仓不可轻进，先令人去哨探。回报说："陈仓城中郝昭病重。"孔明曰："大事成矣。"遂唤魏延、姜维分付曰："汝二人领五千兵，星夜直奔陈仓城下，如见火起，并力攻城。"正不知火自何来，令人猜摸不出。二人俱未深信，不独二人不信，即我至今亦尚未信。又来告曰："何日可行？"孔明曰："三日都要完备，不须辞我，即便起行。"一发作怪。二人受计去了。又唤关兴、张苞至，附耳低言："如此如此。"正不知所言何语，又令人猜摸不出。二人各受密计而去。

且说郭淮闻郝昭病重，乃与张郃商议曰："郝昭病重，你可速去替他。我自写表申奏朝廷，别行定夺。"张郃引着三千兵，急来替郝昭。此人亦不为疏虞。时郝昭病危，当夜正呻吟之间，忽报蜀军到城下了。昭急令人上城守把。时各门上火起，正不知火自何来，令人猜摸不出。城中大乱。昭听知惊死。蜀兵一拥入城。

却说魏延、姜维领兵到陈仓城下看时，并不见一面旗号，又无打更之人。一发作怪。二人惊疑，不敢攻城。忽听得一声炮响，四面旗帜齐竖，只见一人纶巾羽扇，鹤氅道袍，大叫曰："汝二人来的迟了！"二人视之，乃孔明也。_{正不知何时到此，发令人猜摸不出。}二人慌忙下马，拜伏于地曰："丞相真神计也！"孔明令放入城，谓二人曰："吾打探得郝昭病重，吾令汝三日内领兵取城，此乃稳众人之心也。_{方知三日之限是假。}吾却令关兴、张苞，只推点军，暗出汉中。_{方知附耳低言乃是此语。}吾即藏于军中，星夜倍道径到城下，使彼不能调兵。_{方知武侯来法。}吾早有细作在城内放火、发喊相助，_{方知城中起火之由。}令魏兵惊疑不定。兵无主将，必自乱矣。吾因而取之，易如反掌。_{至此方将上项事细说一遍。前乎此者，令人如在梦中。}兵法云：'出其不意，攻其无备。'正谓此也。"_{又自下一注脚。}魏延、姜维拜伏。孔明怜郝昭之死，令彼妻小扶灵柩回魏，以表其忠。_{上文都是鬼神手段，此处忽现一菩萨心肠。}

孔明谓魏延、姜维曰："汝二人且莫卸甲，可引兵去袭散关。把关之人若知兵到，必然惊走。若稍迟，必有魏兵至关，即难攻矣。"_{看过上文神机妙算，无以加矣，不意又有一段在后。}魏延、姜维受命，引兵径到散关。把关之人果然尽走。二人上关才要卸甲，遥见关外尘头火起，魏兵到来。_{先生之言，其应如响。}二人相谓曰："丞相神算，不可测度！"急登楼视之，乃魏将张郃也。二人乃分兵守住险道。张郃见蜀兵把住要路，遂令退军。魏延随后追杀一阵，魏兵死者无数，张郃大败而去。_{前者差遣姜、魏二人，本为取陈仓之用，不知却为取散关之用。}延回到关上，令人报知孔明。孔明先自领兵，出陈仓斜谷，取了建威。后面蜀兵陆续进发。后主又命大将陈式来助。孔明驱大兵复出祁山，_{此是三出祁山。}安下营寨。孔明聚众言曰："吾二次出祁山，不得其利；今又到此，吾料魏人必依旧战之地，与吾相敌。彼意疑我取雍、郿二处，必以兵拒守；吾观阴平、武都二郡，与汉连接，若得此城，亦可分魏兵之势。_{舍却两路，又算出两路来。}何人敢取之？"姜维曰："某愿往。"王平应曰:"某亦愿往。"孔明大喜,遂令姜维引兵一万取武都,王平引兵一万取阴平。二人领兵去了。

再说张郃回到长安,见郭淮、孙礼说:"陈仓已失,郝昭已亡,散关亦被蜀兵夺了,今孔明复出祁山,分道进兵。"淮大惊曰:"若如此,必取雍、郿矣!"_{不出武侯所料。}乃留张郃守长安,令孙礼保雍城。淮自引兵星夜来郿城守御,一面上表入洛阳告急。

却说魏主曹叡设朝,近臣奏曰:"陈仓城已失,郝昭已亡,诸葛亮又出祁山,散关亦被蜀兵夺了。"叡大惊。忽又奏满宠等有表,说:"东吴孙权僭称帝号,与蜀同盟;今遣陆逊在武昌训练人马,听候调用,只在旦夕,必入寇矣。"_{若在梨园剧中,当是一对双探子。}叡闻知两处危急,举止失措,甚是惊慌。此时曹真病未痊,即召司马懿商议。懿奏曰:"以臣愚意所料,东吴必不举兵。"_{陆逊所算,已在司马懿算中。}叡曰:"卿何以知之?"懿曰:"孔明尝思报猇亭之仇,非不欲吞吴也,只恐中原乘虚击彼,故暂与东吴结盟。陆逊亦知其意,故假作兴兵之势以应之,实是坐观成败耳。_{你猜着我,我猜着你,两人对手不奇,三手一般则大奇矣。}陛下不必防吴,只须防蜀。"_{放下一头,单重一头。}叡曰:"卿真高见!"遂封懿为大都督,总摄陇西诸路军马,令近臣取曹真总兵将印来。懿曰:"臣自去取之。"_{曹真之印,不欲天子收之,而欲令曹真自让之,善处曹真耶?然天子之印,不待天子与之,而曰"臣自取之",便是目无天子处。}遂辞帝出朝,径到曹真府下,先令人入府报知,懿方进见。问病毕,懿曰:"东吴、西蜀会合,兴兵入寇。今孔明又出祁山下寨,明公知之乎?"真惊讶曰:"吾家人知我病重,不令我知。似此国家危急,何不拜仲达为都督,以退蜀兵耶?"_{妙在待他自说出来。}懿曰:"某才薄智浅,不称其职。"真曰:"取印与仲达。"懿曰:"都督少虑。某愿助一臂之力,只不敢受此印也。"^{极写司马}^{懿之诈。}真跃起曰："如仲达不领此任，中国危矣！吾当抱病见帝以保之！"^{又要逼出他此一句来，}^{极写司马懿之诈。}懿曰："天子已有恩命，但懿不敢受耳。"^{老奸猾}^{老世事。}真大喜曰："仲达今领此任，可退蜀兵。"懿见真再三让印，遂受之，辞了魏主，引兵往长安来与孔明决战。正是：

> 旧帅印为新帅取，两路兵惟一路来。

未知胜负如何，且看下文分解。

第九十九回　诸葛亮大破魏兵　司马懿入寇西蜀

司馬懿入冠西蜀

武侯之计，未尝不为司马懿之所料；而无如司马懿之料武侯，又早为武侯之所料也。懿料武侯之必出，于是而思有以破之；武侯又料懿之知我之出，于是而预有以防之。料其在祁山寨中，而已在武都、阴平；料其在武都、阴平，而已在祁山寨中。料其真退，而竟是假退；料其假退，而竟是真退。致使一足智多谋之司马懿，而动多舛误，束手无策，武侯真神人哉！

武侯一出祁山而即归，以街亭之既失也；再出祁山而又归，以陈仓之未拔也。迨三出祁山而陈仓拔矣，陈仓拔而粮道便矣，粮道便而街亭之兵不必忧矣，且蜀又屡胜，魏又屡败，宜其不归而终亦归者，复因张苞之死，而致武侯之病。呜呼！天不祚汉，于人乎何尤？

前文连写三次出师，而两间以吴国之事。此卷将写武侯四番出师，而又间以魏国之事。夫以吴国间伐魏不足奇，即以魏事间伐魏则奇矣。以魏之侵吴间伐魏不足奇，即以魏之侵汉间伐魏则更奇矣。且魏方侵汉，而不得侵而去，是前所间之两事为实，而今所间之一事为虚也。魏不侵汉，汉犹伐之；及其侵汉，汉乃不追而听其去，是有前三事与后三事之实，而后间以此一事之虚也。断断续续，实实虚虚，岂非妙事妙文，天造地设！

为将者不可不知天时。知天时而后能战，亦惟知天时而后能不战。赤壁之风，南徐之雾，破铁车之雪，所以助战者也。蜀道陈仓之雨，所以阻战者也。知其战而有战之备，知其不战而亦有不战之备。乃孔明知之而御之，司马懿亦知之而不早避之，则司马懿终逊孔明一头。

刘晔之戒漏言，与王肃之请回兵，同一意也。何也？兵为诡道，声趋左而实趋右。所谓出其不意，攻其无备也。事未发而谋先泄，犹恐敌人知之而备我，况劳师于外，旷日持久而不得进者哉。用兵之法贵在密，贵在速。不密则不速，不速则不密，故曰两人之意同。

观于魏之侵蜀，而四出祁山之师，愈不容缓矣。汉以魏为贼，魏亦以汉为贼。汉纵忘贼，贼不忘汉。故曰不伐贼则王业亦亡。此"汉贼不两立"之言，于斯益验也。我以彼为贼，而伐之不得不急；至彼亦以我为贼，而我之伐之又何得不急哉！

蜀汉建兴七年夏四月，^{与后六月之天相照。}孔明兵在祁山分作三寨，专候魏兵。^{先写蜀兵下寨。}

却说司马懿引兵到长安，张郃接见，备言前事。懿令郃为先锋，戴凌为副将，引十万兵到祁山，于渭水之南下寨。^{次写魏兵下寨。}郭淮、孙礼入寨参见。懿问曰："汝等曾与蜀兵对阵否？"二人答曰："未也。"^{蜀兵不战，却借魏将口中叙出。}懿曰："蜀兵千里而来，利在速战；今来此不战，必有谋也。陇西诸路，曾有信息否？"淮曰："已有细作探得各郡十分用心，日夜提防，并无他事。只有武都、阴平二处，未曾回报。"^{为下文虚伏一笔。}懿曰："吾自差人与孔明交战。汝二人急从小路去救二郡，却掩在蜀兵之后，彼必自乱矣。"^{亦算得着，但恐迟了些。}二人受计，引兵五千，从陇西小路来救武都、阴平，就袭蜀兵之后。郭淮于路谓孙礼曰："仲达比孔明如何？"礼曰："孔明胜仲达多矣。"^{诚如所论。○两人优劣却在魏将口中定之。}淮曰："孔明虽胜，此一计足显仲达有过人之智。蜀兵如正攻两郡，我等从后抄到，彼岂不自乱乎？"^{衬起下文。}正言间，忽哨马来报："阴平已被王平打破了，武都已被姜维打破了。<small>不在姜维、王平一边写来，只在郭淮、孙礼一边听得，省笔之甚。</small>前离蜀兵不远。"

礼曰："蜀兵既已打破了城池，如何陈兵于外，必有诈也。不如速退。"<small>前用反笔衬起下文，此用正笔衬起下文。</small>郭淮从之。方传令教军退时，忽然一声炮响，山背后闪出一枝军马来，旗上大书："汉丞相诸葛亮。"中央一辆四轮车，孔明端坐于上。<small>写得孔明出色惊人。○先见旗，次见车，然后见人。</small>左有关兴，右有张苞。孙、郭二人见之大惊。孔明大笑曰："郭淮、孙礼休走！司马懿之计，安能瞒得过吾？他每日令人在前交战，<small>司马懿在祁山一边事，又借孔明口中叙出。</small>却教汝等袭吾军后。<small>司马懿所算，已在孔明算中。</small>武都、阴平吾已取了。汝二人不早来降，欲驱兵与吾决战耶？"郭淮、孙礼听毕大慌。<small>适才路上闲评，何其闲也。</small>忽然背后喊杀连天，王平、姜维引兵从后杀来。兴、苞二将又引军从前面杀来。两下夹攻，魏兵大败。孙、郭二人弃马爬山而走。张苞望见，骤马赶来，不期连人带马，跌入涧内。后军急忙救起，头已跌破。孔明令人送回成都养病。<small>令人叹想蜀道之难。</small>

　　却说郭、孙二人走脱，回见司马懿曰："武都、阴平二郡已失。孔明伏于要路，前后攻杀，因此大败，弃马步行，方得逃回。"懿曰："非汝等之罪，孔明智在吾先。<small>不惟孙礼知之，司马懿亦自知之。</small>可再引兵守把雍、郿二城，切勿出战。吾自有破敌之策。"二人拜辞而去。懿又唤张郃、戴凌分付曰："今孔明得了武都、阴平，必然抚百姓以安民心，不在营中矣。<small>只因孙、郭二人路上撞见孔明，故算到此。</small>汝二人各引一万精兵，今夜起身，抄在蜀兵营后，一齐奋勇杀将过来。吾却引兵在前布阵，只待蜀兵势乱，吾大驱人马，攻杀进去。两军并力，可夺蜀寨也。若得此地山势，破敌何难？"<small>此计大妙。若以郭淮论之，又道必胜矣。</small>二人受计引兵而去。戴凌在左，张郃在右，各取小路进发，<small>孔明二人受计引兵而去。</small>

深入蜀兵之后。三更时分，来到大路，两军相遇，合兵一处，却从蜀兵背后杀来。行不到三十里，前军不行。张、戴二人自纵马视之，只见数百辆草车横截去路。每到遇伏兵处，便是一声炮响、一彪军出，文法旧矣。○此处不写炮，先写车，不写敌军忽至，却写我军不行，又换一样文法。郃曰："此必有准备，可急取路而回。"才传令退军，只见满山火光齐明，鼓角大震，伏兵四下皆出，把二人围住。孔明在祁山上大叫曰："戴凌、张郃可听吾言：司马懿料吾往武都、阴平抚民，不在营中，故令汝二人来劫吾寨，却中吾之计也。不写孔明在营中算他劫寨、调遣伏兵，却于此处突然而出，不独张、戴二人所不料，亦令日读者所不料。汝二人乃无名下将，吾不杀害，下马早降！"郃大怒，指孔明而骂曰："汝乃山野村夫，侵吾大国境界，如何敢发此言！吾若捉住汝时，碎尸万段！"言讫，纵马挺枪，杀上山来。山上矢石如雨。郃不能上山，乃拍马舞枪，冲出重围，无人敢当。蜀兵困戴凌在垓心。郃杀出旧路，不见戴凌，即奋勇翻身又杀入重围，救出戴凌而回。极写张郃之勇，正为后文射张郃伏线。孔明在山上，见郃在万军之中，往来冲突，英勇倍加，乃谓左右曰："尝闻张翼德大战张郃，人皆惊惧。照应七十卷中事。吾今日见之，方知其勇也。若留下此人，必为蜀中之害。吾当除之。"木门道之箭已伏于此。遂收军还营。

却说司马懿引兵布成阵势，只待蜀兵乱动，一齐攻之。忽见张郃、戴凌狼狈而来，告曰："孔明先如此堤防，因此大败而归。"懿大惊曰："孔明真神人也！不如且退。"即传令教大军尽回本寨，坚守不出。坚守不出是他看家拳。

且说孔明大胜，所得器械、马匹，不计其数，乃引大军回寨。每日令魏延挑战，魏兵不出。一连半月，不曾交兵。孔明正在帐中思虑，忽报天子遣侍中费祎赍诏至。孔明接入营中，焚香礼毕，开诏读曰：

街亭之役，咎由马谡；而君引愆，深自贬抑。重违君意，听顺所守。前年耀师，馘斩王双；今岁爰征，郭淮遁走；降集氐、羌，复兴二郡。威震凶暴，功勋显然。方今天下骚扰，元恶未枭，君受大任，干国之重，而久自抑损，非所以光扬洪烈也。今复君丞相，君其勿辞！

孔明听诏毕，谓祎曰："吾国事未成，安可复丞相之职？"坚辞不受。祎曰："丞相若不受职，拂了天子之意，又冷淡了将士之心。复爵于军中，不专答丞相之勋，实以鼓将士之气。宜且权受。"孔明方才拜受。受爵不在斩王双之时，而在破郭淮之后，功如武侯，犹不敢滥爵如此，人奈何欲享无劳之俸耶？祎辞去。

孔明见司马懿不出，思得一计，传令教各处皆拔寨而起。孔明第一次诱敌。当有细作报知司马懿，说孔明退兵了。懿曰："孔明必有大谋，不可轻动。"写仲达把细之甚。张郃曰："此必因粮尽而回，如何不退？"懿曰："吾料孔明上年大收，今又麦熟，粮草丰足；虽然转运艰难，亦可支吾半载，前算一月，此算半年，粮多粮少，都要司马懿代为记帐，竟似知数人一般，只因畏葛如虎故也。安肯便走？彼见吾连日不战，故作此计引诱。可令人远远哨之。"写仲达把细之甚。军士探知，回报说："孔明离此三十里下寨。"懿曰："吾料孔明果不走。且坚守寨栅，不可轻进。"仲达第一次不赶。住了旬日，绝无音信，并不见蜀将来战。懿再令人哨探，回报说："蜀兵已起营去了。"孔明第二次诱敌。懿未信，乃更换衣服，杂在军中，亲自来看，只见蜀兵又退三十里下寨。懿回营谓张郃曰："此乃孔明之计也，不可追赶。"仲达第二次又不赶。又住了旬日，再令人哨探。

回报说："蜀兵又退三十里下寨。"^{孔明第三次诱敌}郃曰："孔明用缓兵之计，渐退汉中，都督何故怀疑，不早追之？郃愿往决一战！"懿曰："孔明诡计极多，倘有差失，丧我军之锐气。不可轻进。"^{仲达第三次又不欲赶}郃曰："某去若败，甘当军令。"懿曰："既汝要去，可分兵两枝：汝引一枝先行，须要奋力死战；吾随后接应，以防伏兵。汝次日先进，到半途驻扎，后日交战，使兵力不乏。"^{凡作三番跌顿，然后赶去，却又再三堤防，再三分付，写仲达十分周密，不比他人。}遂分兵已毕。次日，张郃、戴凌引副将数十员、精兵三万，奋勇先进，到半路下寨。司马懿留下许多军马守寨，只引五千精兵，随后进发。^{以上在魏兵一面写}

原来孔明密令人哨探，见魏兵半路而歇。^{以下在蜀兵一面写}是夜，孔明唤众将商议曰："今魏兵来追，必然死战，汝等须以一当十，吾以伏兵截其后，非智勇之将，不可当此任。"言毕，以目视魏延。延低头不语。^{魏延此时不肯当先，只因不听其子午谷之计，心中不悦，非复前之魏延矣}王平出曰："某愿当之。"^{激出一个人来。}孔明曰："若有失，如何？"平曰："愿当军令。"孔明叹曰："王平肯舍身亲冒矢石，真忠臣也！^{赞王平，正反衬魏延。}虽然如此，奈魏兵分两枝前后而来，断吾伏兵在中；平纵然智勇，只可当一头，岂可分身两处？须再得一将同去为妙。怎奈军中再无舍死当先之人！"^{又用激法。}言未毕，一将出曰："某愿往！"孔明视之，乃张翼也。^{又激出一个人来}孔明曰："张郃乃魏之名将，有万夫不当之勇，汝非敌手。"^{又用激法。}翼曰："若有失事，愿献首于帐下。"^{写张翼，亦反衬魏延。}孔明曰："汝既敢去，可与王平各引一万精兵伏于山谷中，只待魏兵赶上，任他过尽，汝等却引伏兵从后掩杀。若司马懿随后赶来，却分兵两头，张翼引一军当住后队，王平引一军截其前队。两军须要死战，吾自有别计相助。"^{第一起调拨二人，是明}

白分付。二人受计引兵而去。孔明又唤姜维、廖化分付曰："与汝二人一个锦囊，引三千精兵，偃旗息鼓，伏于前山之上。如见魏兵围住王平、张翼，十分危急，不必去救，只开锦囊看视，自有解危之策。"第二起调拨二人，却用锦囊，不是明白分付。二人受计引兵而去。又令吴班、吴懿、马忠、张嶷四将，附耳分付曰："如来日魏兵到，锐气正盛，不可便迎，且战且走。只看关兴引兵来掠阵之时，汝等便回军赶杀，吾自有兵接应。"第三起调拨四人，又是明白分付。四将受计引兵而去。又唤关兴分付曰："汝引五千精兵伏于山谷，只看山上红旗飐动，却引兵杀出。"第四起只调拨一人，亦用明白分付。兴受计引兵而去。

却说张郃、戴凌领兵前来，骤如风雨。马忠、张嶷、吴懿、吴班四将接着，出马交锋。前第三起所拨，却于第一次出现。张郃大怒，驱兵追杀。蜀兵且战且走，魏兵追赶约有二十馀里。时值六月，天气十分炎热，人马汗如泼水。百忙中忽点时序，与五月渡泸遥遥相对。走到五十里外，魏兵尽皆气喘。孔明在山上把红旗一招，关兴引兵杀出，前第四起所拨，却于第二次出现。马忠等四将一齐引兵掩杀回来。张郃、戴凌死战不退。忽然喊声大震，两路军杀出，乃王平、张翼也，前第一起所拨，却于第三次出现。各奋勇追杀，截其后路。郃大叫众将曰："汝等到此不决一死战，更待何时！"魏兵奋力冲突，不得脱身。忽然背后鼓角喧天，司马懿自领精兵杀到。懿指挥众将，把王平、张翼围在垓心。已在孔明算中。翼大呼曰："丞相真神人也！计已算定，必有良谋。吾等当决一死战！"即分兵两路，平引一军截住张郃、戴凌，翼引一军力当司马懿。两头死战，叫杀连天。姜维、廖化在山上探望，前第二起所拨，却于第四次出现。见魏兵势大，蜀兵力危，渐渐抵当不住。维谓化曰："如此危急，可开锦囊看计。"二人拆开视之，内书云："若司马懿兵来围王平、张翼至急，汝二人可分兵两枝，竟袭司马懿之营；懿必急退，汝可乘乱攻之。营虽不得，可获全胜。"独此数语，却于此处一方见，机密之至。一人大喜，即分兵两路，径袭司马懿营中而去。

原来司马懿亦恐中孔明之计，沿途不住的令人传报。懿正催战间，忽流星马飞报，言蜀兵两路竟取大寨去了。维、化二人劫寨，只在司马懿耳中虚写，妙。懿大惊失色，乃谓众将曰："吾料孔明有计，汝等不信，勉强追来，却误了大事！"即提兵急回，军士惶惶乱走。张翼随后掩杀，魏兵大败。第一起张翼于此再写一番。张郃、戴凌见势孤，亦望山僻小路而走，蜀兵大胜。背后关兴引兵接应诸路。第四起关兴亦再写一笔。司马懿大败一阵，奔入寨时，蜀兵已自回去。又将维、化二人虚写一笔。懿收聚败军，责骂诸将曰："汝等不知兵法，只凭血气之勇，强欲出战，致有此败。今后切不许妄动，再有不遵，决正军法！"众皆羞惭而退。这一阵，魏将死者极多，遗弃马匹器械无数。又将上项事总叙一句。

却说孔明收得胜军马入寨，又欲起兵进取。忽报有人自成都来，说张苞身死。赵云之死，在《后出师表》之中；苞之死，又在《后出师表》之外。孔明闻知，放声大哭，口中吐血，昏绝于地。众人救醒。孔明自此得病卧床不起，曹操哭典韦，孔明哭张苞。然曹操不病，孔明却病，哭可假得，病却假不得。诸将无不感激。后人有诗叹曰：

悍勇张苞欲建功，可怜天不助英雄！

武侯泪向西风洒，为念无人佐鞠躬。

旬日之后，孔明唤董厥、樊建入帐分付曰："吾自觉昏沉，不能理事，不如且回汉中养病，再作良图。汝等切勿走泄。司马懿若知，必来攻击。"遂传号令，教当夜暗暗拔寨，皆回汉中。孔明去了五日，懿方得知，乃长叹曰："孔明真有神出鬼没之计，吾不能及也！"于是司马懿留诸将在寨中，分兵守把各处隘口；懿自班师回。

却说孔明将大军屯于汉中，自回成都养病。文武官僚出城迎接，送入丞相府中。后主御驾自来问病，命御医调治，日渐痊可。

建兴八年秋七月，魏都督曹真病可，^{方叙武侯病可，又忽叙曹真病可，斗笋绝妙。}乃上表说："蜀兵数次侵界，屡犯中原，若不剿除，必为后患。今时值秋凉，^{与上文炎天相应。}人马安闲，正当征伐。臣愿与司马懿同领大军，径入汉中，殄灭奸党，以清边境。^{汉不伐贼，贼亦伐汉，果应《后出师表》之言。}"魏主大喜，问侍中刘晔曰："子丹劝朕伐蜀，若何？"晔奏曰："大将军之言是也。今若不剿除，后必为大患。陛下便可行之。^{可见贼亦与汉不两立。}"叡点头。晔出内回家，有众大臣相探，问曰："闻天子与公计议兴兵伐蜀，此事如何？"晔应曰："无此事也。蜀有山川之险，非可易图；空费军马之劳，于国无益。^{忽然要瞒众人。}"众官皆默然而出。杨暨入内奏曰："昨闻刘晔劝陛下伐蜀，今日与众臣议，又言不可伐，是欺陛下也。陛下何不召而问之？"叡即召刘晔入内问曰："卿劝朕伐蜀，今又言不可，何也？"晔曰："臣细详之下，蜀不可伐。^{又在天子面前瞒众人，更妙。}"叡大笑。少时，杨暨出内。晔奏曰："臣昨日劝陛下伐蜀，乃国之大事，岂可妄泄于人？夫兵者，诡道也，事未发，切宜秘之。^{前此只疑其模棱两可，至此方知是深心人。}"叡大悟曰："卿言是也。"自此愈加敬重。旬日内，司马懿入朝，魏主将曹真表奏之事，逐一言之。懿奏曰："臣料东吴未敢动兵，今日正可乘此去伐蜀。"叡即拜曹真为大司马、征西大都督，司马懿为大将军、征西副都督，此时大都督印又是曹真挂了，可见前番司马懿谦让，正是老世事处。刘晔为军师。三人拜辞魏主，引四十万大兵，前行至长安，径奔剑阁，来取汉中。其馀郭淮、孙礼等，各取路而行。

汉中人报入成都。此时孔明病好多时，每日操练人马，习学八阵之法，尽皆精熟，早为后卷赌阵伏笔。欲取中原，正要讨贼，贼却自来受讨。听得这个消息，遂唤张嶷、王平分付曰："汝二人先引一千兵去守陈仓古道，以当魏兵，只用一千兵，人测摸不出。令吾却提大兵便来接应。"二人告曰："人报魏兵四十万，诈称八十万，声势甚大，如何只与一千兵去守隘口？倘魏兵大至，何以拒之？"不独两人不解，即读者亦不解。孔明曰："吾欲多与，恐士卒辛苦耳。"说得没气力、没要紧，一发令人不解。嶷与平面面相觑，皆不敢去。孔明曰："若有疏失，非汝等之罪。不必多言，可疾去。"二人又哀告曰："丞相欲杀某二人，就此请杀，只不敢去。"不独二人哀，我亦为二人哀之。孔明笑曰："何其愚也！吾令汝等去，自有主见。吾昨夜仰观天文，见毕星躔于太阴之分，此月内必有大雨淋漓。先生知风知雾又知雨。魏兵虽有四十万，安敢深入山险之地？因此不用多军，决不受害。吾将大军皆在汉中安居一月，待魏兵退，那时以大兵掩之，以逸待劳，吾十万之众可胜魏兵四十万也。"此处方才尽情说明。二人听毕，方大喜，拜辞而去。孔明遂统大军出汉中，传令教各处隘口预备干柴草料军粮，俱勾一月人马支用，以防秋雨；又点"秋"字，应上秋凉时序，一毫不乱。将大军宽限一月；先给衣食，俟候出征。以上按下武侯一边，以下再叙真、懿一边。

却说曹真、司马懿同领大军径到陈仓城内，不见一间房屋，寻土人问之，皆言孔明回时放火烧毁。将前事于此补出。曹真便要往陈仓道进发。懿曰："不可轻进。我夜观天文，见毕星躔于太阴之分，此月内必有大雨。<small>孔明知雨，仲达知雨，但孔明知有一月之雨，仲达则未必知有一月之雨耳。</small>若深入重地，或胜则可；倘有疏虞，人马受苦，要退则难。且宜在城中搭起窝铺住札，以防阴雨。"真从其言。未及半月，天雨大降，淋漓不止。陈仓城外，平地水深三尺，军器尽湿，人不得睡，昼夜不安。<small>沉灶产蛙，仿佛似晋阳当日。</small>大雨连降三十日，马无草料，死者无数，军士怨声不绝。传入洛阳，魏主设坛，求晴不得。<small>此时道士亦大吃苦也。</small>黄门侍郎王肃上疏曰：

前志有之："千里馈粮，士有饥色；樵苏后爨，师不宿饱。"此谓平途之行军者也。<small>先言转饷之远。</small>又况于深入险阻，凿路而前，则其为劳，必倍者也。<small>次言路径之险。</small>今又加之以霖雨，山坡峻滑，众逼而不展，粮远而难继，实行军之大忌也。<small>次言天时之灾。</small>闻曹真发已逾月，而行方半谷，治道功大，战士悉作，是彼偏得以逸待劳，乃兵家之所惮也。<small>次言士卒之劳。</small>言之前代，则武王伐纣，出关而复还；论之近事，则武、文征权，临江而不济，岂非顺天知时，通于权变者哉？愿陛下念水雨艰剧之故，休息士卒；<small>此言目下必宜退兵。</small>后日有衅，乘时用之。所谓"悦以犯难，民忘其死"者也。<small>此言他日方可进兵。</small>

魏主览表，正在犹豫，杨阜、华歆亦上疏谏。<small>王肃表用实写，杨阜、华歆表用虚写。</small>魏主即下诏，遣使诏曹真、司马懿还朝。

却说曹真与司马懿商议曰："今连阴三十日，军无战心，各有思归之意，如何禁止？"<small>此番一出是特地来赏雨。</small>懿曰："不如且回。"真曰："倘孔明追来，怎生退之？"懿曰："先伏两军断后，方可回兵。"正议间，忽使命来召。二人遂将大军前队作后队，后队作

前队，徐徐而退。以上按下真、懿一边，
以下再叙武侯一边。

　　却说孔明计算一月秋雨，天气未晴，自提一军屯于城固，又传令教大军会于赤坡驻札。孔明升帐唤众将言曰："吾料魏兵必走，魏主必下诏来取曹真、司马懿兵回。先生如见。吾若追之，必有准备；不如任他且去，再作良图。"魏兵每为追蜀兵而败，武侯不追，大有主见。忽王平令人报来，说魏兵已回。孔明分付来人，传与王平："不可追袭。吾自有破魏兵之策。"正是：

　　　　魏兵纵使能埋伏，汉相原来不肯追。

　　未知孔明怎生破魏，且看下文分解。

第一百回　汉兵劫寨破曹真
　　　　武侯斗阵辱仲达

武庚
闘陣
辱仲達

　　将写武侯与仲达决雌雄，先见仲达与子丹决雌雄。其以面涂红粉，身服女衣为赌。此以赢者为雄，输者为雌也。然以仲达、子丹相较，则子丹是女，仲达是男。若以武侯、仲达相较，则又武侯是男，仲达是女。观后文巾帼之受，其不异于面涂红粉、身服女衣者几希矣。

　　武侯气王朗，只是一气；气曹真，不止是一气。姜维诈降一气也，王双被斩一气也，秦良死而寨又劫三气也。与三气周瑜之事，殆相仿佛矣。然周瑜未死之前，有两句歌谣，一封书札；周瑜既死之后，又有一篇祭文。独至曹真而片纸之中，一番教训，一番嘲笑，一番哀怜，直将歌谣、书札、祭文合成一幅，尤令见者解颐。

　　甚矣，为将之不可不严也！武侯斩陈式而不杀魏延，怜其勇耳。若纵苟安而反为其所谮，则宽之过也。且陈式未归之时，恐其降魏，而使邓芝抚之；魏延将反之日，预知其背汉，而使马岱防之。独至苟安而武侯虑不及此，又似失之于疏矣。虽然，此天之不兴汉，岂武侯之咎与？

　　我以此计中人，而人亦以此计中我。如武侯曾以反间之计退仲达，而仲达亦以反间之计退武侯是也。虽然，物必先腐也，而后虫生之。仲达虽智，岂能间英明之主哉？苟安不能愚后主，而宦官得以愚后主，又非宦官足以愚后主，而后主实受愚于宦官。昭烈所为叹息痛恨于桓、灵者，而其父恨焉，其子蹈焉，悲夫！

　　三出祁山之师，为武侯之病而去，此仲达不知其去者也。四出祁山之师，为苟安之谮而去，此仲达先知其必去者也。不知其去，则其去也易；知其必去，则其去也难。而武侯卒不难于去者，则其减兵添灶之计得也。孙膑以减灶诱敌之追，武侯又以增灶遏敌之追，是得孙膑之意而变化之。可见读古书者，读此句必是此句，便是不能读；用古事者，用此法必是此法，便是不能用。观于武侯可以悟矣。

却说众将闻孔明不追魏兵，俱入帐告曰："魏兵苦雨，不能屯扎，因此回去，正好乘势追之。丞相如何不追？"孔明曰："司马懿善能用兵，今军退必有埋伏。吾若追之，正中其计。不犯他人失着。不如纵他远去，吾却分兵径出斜谷而取祁山，使魏人不堤防也。"此之谓攻其无备。众将曰："取长安之地，别有路途；丞相只取祁山，何也？"吾亦欲问之。孔明曰："祁山乃长安之首也。陇西诸郡倘有兵来，必经由此地；更兼前临渭滨，后靠斜谷，左出右入，可以伏兵，乃用武之地。吾故欲先取此，得地利也。"前卷是仰观天文，后卷是俯察地理。众将皆拜服。孔明令魏延、张嶷、杜琼、陈式出箕谷；马岱、王平、张翼、马忠出斜谷，俱会于祁山。调拨已定，孔明自提大军，令关兴、廖化为先锋，随后进发。以上按下武侯一边，以下再叙真、懿一边。却说曹真、司马懿二人在后监督人马，令一军入陈仓古道探视，回报说蜀兵不来。又行旬日，后面埋伏众将皆回，说蜀兵全无音耗。真曰："连绵秋雨，栈道断绝，蜀人岂知吾等退军耶？"写曹真之愚，以衬司马之智。懿曰："蜀兵随后出矣。"诚如公言。真曰："何以知之？"懿曰："连日晴朗，蜀兵不赶，料吾有伏兵也，故纵我兵远去，待我兵过尽，他却夺祁山矣。"诚如公言。曹真不信。懿曰："子丹如何不信？吾料孔明必从两谷而来。吾与子丹各守一谷口，十日为期。若无蜀兵来，我面涂红粉，身穿女衣，来营中伏罪。"此等赌法甚奇，赢的是男子，输的是妇人。但恐今日天下妇人，偏要赢的男子也。○面涂红粉，早与后文张虎、乐綝相映；身穿女衣，早与后文受巾帼相映。真曰："若有蜀兵来，我愿将天子所赐玉带一条、御马一匹与你。"以天子所赐为赌，孰知后来却把一个天子输与他家。即分兵两路，真引兵屯于祁山之西斜谷口，懿引军屯于祁山之东箕谷口。各下寨已毕。懿先引一枝兵伏于山谷中；其馀军马，各于要路安营。懿更换衣妆，杂在众军之中，赌输了要换妇人妆来，今不曾输，先着小卒衣裳。遍观各营。忽到一营，有一偏将仰天而怨曰："大雨淋了许多时，不肯回去，今又在这里顿住，强要赌赛，却不苦了官军！"赌赛原是一时高兴。懿闻言，归寨升帐，聚众将皆到帐下，揪出那将来。懿叱之曰："朝廷养军千日，用在一时。汝安敢出怨言，以慢军心！"其人不招。懿叫出同伴之人对证，那将不能抵赖。懿曰："吾非赌赛，欲胜蜀兵，胜曹真便是取笑，胜蜀兵便是正经。令汝各人有功回朝。汝乃妄出怨言，自取罪戾！"喝令武士推出斩之。取笑弄出认真来。须臾，献首帐下。众将悚然。懿曰："汝等诸将皆要尽心以防蜀兵。听吾中军炮响，四面皆进。"众将受令而退。以上按下真懿一边，以下再叙武侯一边。

　　却说魏延、张嶷、陈式、杜琼四将，引二万兵，取箕谷而进。正行之间，忽报参谋邓芝到来。四将问其故，芝曰："丞相有令：如出箕谷，堤防魏兵埋伏，不可轻进。"司马懿之料武侯，又为武侯所料。陈式曰："丞相用兵何多疑耶？吾料魏兵连遭大雨，衣甲皆毁，必然急归，安得又有埋伏？今吾兵倍道而进，可获大胜，如何又教休进？"芝曰："丞相计无不中，谋无不成，汝安敢违令？"式笑曰："丞相若果多谋，不致街亭之失！"照应九十五回中事。魏延想起孔明向日不听其计，亦笑曰："丞相若听吾言，径出子午谷，此时休说长安，连洛阳皆得矣！"照应九十二回中之语。今执定要出祁山，有何益耶？既今进兵，今又教休进，何其号令不明！"式曰："吾自有五千兵，径出箕谷，先到祁山下寨，看丞相羞也不羞！"芝再三阻当，式只不听，径自引五千兵出箕谷去了。_{司马懿部下一末将不服，武侯部下一大将不服，正是相对。○陈式又是一个马谡。}邓芝只得飞报孔明。

却说陈式引兵行不数里，忽听的一声炮响，四面伏兵皆出。式急退时，魏兵塞满谷口，围得铁桶相似。式左冲右突，不能得脱。忽闻喊声大震，一彪军杀入，乃是魏延，救了陈式。回到谷中，五千兵只剩得四五百带伤人马。_{此时陈将军羞也不羞？}背后魏兵赶来，却得杜琼、张嶷引兵接应，魏兵方退。陈、魏二人方信孔明先见如神，懊悔不及。

且说邓芝回见孔明，言魏延、陈式如此无礼。孔明笑曰："魏延素有反相，吾知彼常有不平之意。因怜其勇而用之，久后必生患害。"_{早为一百五回伏笔。}正言间，忽流星马报到，说陈式折了四千馀人，止有四五百带伤人马，屯在谷中。孔明令邓芝再来箕谷抚慰陈式，防其生变；_{周密之至。}一面唤马岱、王平分付曰："斜谷若有魏兵守把，汝二人引本部军越山岭，夜行昼伏，速出祁山之左，举火为号。"又唤马忠、张翼分付曰："汝等从山僻小路，昼伏夜行，径出祁山之右，举火为号，与马岱、王平会合，共劫曹真营寨。"_{前番调拨以此四人为一路，今又分作两路。}吾自从谷中三面攻之，魏兵可破也。"四人领命分头引兵去了。孔明又唤关兴、廖化分付曰："如此如此。"_{前两路叙明所授之计，此一路不叙明所授之计，待后文始见，是换笔。}二人受了密计，引兵而去。孔明自领精兵倍道而行。正行间，又唤吴班、吴懿授与密计，_{又不叙明所授何计，又留在末后分明，亦是换笔。}亦引兵先行。

却说曹真心中不信蜀兵来，以此怠慢，纵令军士歇息；只等十日无事，要羞司马懿。不觉守了七日，[再熬过三日，便要赢他花面矣。]忽有人报谷中有些小蜀兵出来。真令副将秦良引五千兵哨探，不许纵令蜀兵近界。[图欲瞒过司马懿也。曹真之意，只以赌赛为重，不以国事为重。]秦良领命，引兵刚到谷口，哨见蜀兵退去。良急引兵赶来，行到五六十里，不见蜀兵，[此乃孔明所授密计也。]心下疑惑，教军士下马歇息。忽哨马报说："前面有蜀兵埋伏。"良上马看时，只见山中尘土大起，急令军士堤防。不一时，四壁厢喊声大震，前面吴班、吴懿引兵杀出，[末后分付的最先出现]背后关兴、廖化引兵杀来。[第三起分付的出现在第二]左右是山，皆无走路。山上蜀兵大叫："下马投降者免死！"[不尽杀之而欲降之，计画已定。]魏军大半多降。秦良死战，被廖化一刀斩于马下。[今番却瞒不过司马懿也。]孔明把降卒拘于后军，却将魏军衣甲与蜀兵五千人穿了，扮作魏兵，[不见男子扮女子，先见蜀兵扮魏兵]令关兴、廖化、吴班、吴懿四将引着，[此四人重复调拨]径奔曹真寨来，先令报马入寨说："只有些小蜀兵，尽赶去了。"[妙，正合他不许近界之意]真大喜。忽报司马都督差心腹人至，真唤入问之。其人告曰："今蜀兵用埋伏计，杀魏兵四千余人。[与陈式所折正好相当，武侯正了本矣。]司马都督致意将军，教休将赌赛为念，务要用心堤备。"[夹叙此一段，笔法妙甚]真曰："吾这里并无一个蜀兵。"[还要强嘴]遂打发来人回去。忽又报秦良引兵回来了。真自出帐迎之。比及到寨，人报前后两把火起。真急回寨后看时，关兴、廖化、吴班、吴懿四将，指麾蜀军，就营前杀将进来；[重复调拨的于此再出现]马岱、王平从后面杀来；马忠、张翼亦引兵杀到。[第一番调拨与第二番调拨的却于末后出现]魏军措手不及，各自逃生。众将保曹真望东而走，背后蜀兵赶来。曹真正奔走，忽然喊声大震，一彪军杀到。真胆战心惊，[每到遇救兵处，故作惊人之笔]视之，乃司马懿也。[莫非来取玉带、御马乎？]懿大战一场，蜀兵方退。真得脱，羞惭无地。[不惟输与孔明，又输与仲达，是双输了，安得不羞。]懿曰："诸葛亮夺了祁山地势，吾等不可久居此处；宜去渭滨安营，再作良图。"真曰："仲达何以知吾遭此大败也？"懿曰："见来人报称子丹说并无一个蜀兵，吾料孔明暗来劫寨，因此知之，故相接应。今果中计。^{司马懿一边事即在}切莫言赌赛之事，只同心报国。"^{老奸猾}曹真甚是惶恐，气成疾病，卧床不起。^{姓曹的如此无用，安得}兵屯渭滨，懿恐军心有乱，不敢教真引兵。

却说孔明大驱士马，复出祁山。^{此时四出}劳军已毕，魏延、陈式、杜琼、张嶷入帐拜服请罪。孔明曰："是谁失陷了军来？"延曰："陈式不听号令，潜入谷中，以此大败。"式曰："此事魏延教我行来。"^{始而一齐扛帮，继而互}孔明曰："他倒救你，你反攀他！^{轻轻一句，便}将令已违，不必巧说！"即令武士推出陈式斩之。须臾，悬首于帐前，以示诸将。此时孔明不杀魏延，欲留之以为后用也。^{按中忽结一断}孔明既斩了陈式，正议进兵，忽有细作报说曹真卧病不起，现在营中治疗。孔明大喜，谓诸将曰："若曹真病死，必便回长安。今魏兵不退，必为病重，故留于军中，以安众人之心。吾写下一书，教秦良的降兵持与曹真，真若见之，必然死矣！"^{与前番致书于周}遂唤降兵至帐下，问曰："汝等皆是魏军，父母妻子多在中原，不宜久居蜀中。今放汝等回家，若何？"^{武侯妙}众军泣泪拜谢。孔明曰："曹子丹与吾有约，吾有一书，汝等带回送与子丹，必有重赏。"^{武侯妙}魏军领了书，奔回本寨，将孔明书呈与曹真。真扶病而起，拆封视之。其书曰：

汉丞相、武乡侯诸葛亮，致书于大司马曹子丹之前：窃谓夫为将者，能去能就，能柔能刚；能进能退，能弱能强。不动如山岳，难知如阴阳。无穷如天地，充实如太仓。浩渺如四海，眩明如三光。预知天文之旱涝，先识地理之平康。察阵势之期会，揣敌人之短长。嗟尔无学后辈，上逆穹苍，助篡国之反贼，称帝号于洛阳。走残兵于斜谷，遭霖雨于陈仓。水陆困乏，人马猖狂。抛盈郊之戈甲，弃满地之刀枪。都督心崩而胆裂，将军鼠窜而狼忙！无面见关中之老父，何颜入相府之厅堂！史官秉笔而记录，百姓众口而传扬。仲达闻阵而惕惕，子丹望风而遑遑！吾军兵强而马壮，大将虎奋以龙骧；扫秦川为平壤，荡魏国作坵荒！<small>直是一篇叶韵祭文。</small>

曹真看毕，恨气填胸，至晚死于军中。<small>又是一个王朗。</small>司马懿用兵车装载，差人送赴洛阳安葬。

魏王闻知曹真已死，即下诏催司马懿出战。懿提大军来与孔明交锋，隔日先下战书。<small>仲达此时亦是不得已。</small>孔明谓诸将曰："曹真必死矣。"遂批回："来日交锋。"使者去了。孔明当夜教姜维受了密计："如此而行。"又唤关兴分付："如此如此。"<small>又不知先生用何妙计。</small>次日，孔明尽起祁山之兵前到渭滨，一边是河，一边是山，中央平川旷野，好片战场！<small>正好摆阵要了。</small>两军相迎，以万箭射住阵角。三通鼓罢，魏阵中门旗开处，司马懿出马，众将随后而出，只见孔明端坐于四轮车上，手摇羽扇。<small>二人向来并不曾交话，此是第一番相见。</small>懿曰："吾主上法尧禅舜，<small>开口便说禅代，正为他日效尤张本。</small>相传二帝，坐镇中原，容汝蜀、吴二国者，乃吾主宽慈仁厚，恐伤百姓也。汝乃南阳一耕夫，不识天数，强要相侵，理宜殄灭！如省心改过，宜即早回，各守疆界，以成鼎足之势，免致生灵涂炭，汝等皆得全生！"孔明笑曰："吾受先帝托孤之重，安肯不倾心竭力以讨贼乎！_{对嗣君开口说先帝，对敌人亦开口只说先帝。}汝曹氏不久为汉所灭。汝祖父皆为汉臣，世食汉禄，不思报效，反助篡逆，岂不自耻？"懿羞惭满面曰："吾与汝决一雌雄！汝若能胜，吾誓不为大将！汝若败时，早归故里，吾并不加害。"_{又是一番赌赛。}

孔明曰："汝欲斗将？斗兵？斗阵法？"_{偏有许多斗法。}懿曰："先斗阵法。"孔明曰："先布阵我看。"懿入中军帐下，手执黄旗招飐，左右军动，排成一阵。复上马出阵，问曰："汝识吾阵否？"孔明笑曰："吾军中末将亦能布之。此乃'混元一气阵'也。"_{取混一之意。}懿曰："汝布阵我看。"孔明入阵，把羽扇一摇，复出阵前，问曰："汝识我阵否？"懿曰："量此'八卦阵'，如何不识！"_{一气主合，八卦主分，以分破合也。}孔明曰："识便识了，敢打我阵否？"懿曰："既识之，如何不敢打！"孔明曰："汝只管打来。"司马懿回到本阵中，唤戴凌、张虎、乐綝三将，分付曰："今孔明所布之阵，按休、生、伤、杜、景、死、惊、开八门。汝三人可从正东'生门'打入，往西南'休门'杀出，复从正北'开门'杀入，此阵可破。汝等小心在意！"_{如黄承彦教陆逊之语。}于是戴凌在中，张虎在前，乐綝在后，各引三十骑，从生门打入。两军呐喊相助。三人杀入蜀阵，只见阵如连城，冲突不出。三人慌引骑转过阵脚，往西南冲去，却被蜀兵射住，冲突不出。_{鱼腹浦前石疑是人，祁山寨前人疑是石。}阵中重重叠叠，都有门户，那里分东西南北？_{妙写阵法。}三将不能相顾，只管乱撞，但见愁云漠漠，惨雾濛濛。_{又加此二句，更见阵法之神奇。}喊声起处，魏军一个个皆被缚了，_{赌阵法输了。}送到中军。孔明坐于帐中，左右将张虎、戴凌、乐綝并九十个军皆缚在帐下。孔明笑曰："吾纵然捉得汝等，何足为奇！吾放汝等回见司马懿，教他再读兵书，重观战策，那时来决雌雄，未为迟也。教他回去读书，竟似对求试不中的秀才说。汝等性命既饶，当留下军器战马。"遂将众人衣甲脱了，以墨涂面，步行出军。司马懿与曹真赌，只赌得红粉涂面，今却搽了黑脸，更是难当。司马懿见之大怒，老羞变怒。回顾诸将曰："如此挫败锐气，有何面目回见中原大臣耶！"即指挥三军，奋死掠阵，懿自拔剑在手，引百馀骁将，催督冲杀。两军恰才相会，忽然阵后鼓角齐鸣，喊声大震，一彪军从西南上杀来，乃关兴也。第二次授计者出现在前。懿分后军当之，后催军向前厮杀。忽然魏兵大乱，原来姜维引一彪军悄地杀来，第一次授计者出现在后。蜀兵三路夹攻。懿大惊，急忙退军。蜀兵周围杀到，懿引三军望南死命冲出。魏兵十伤六七。斗兵斗将又输了。司马懿退在渭滨南岸下寨，坚守不出。

孔明收得胜之兵，回到祁山。时永安城李严遣都尉苟安解送粮米，至军中交割。苟安好酒，于路怠慢，违限十日。孔明大怒曰："吾军中专以粮为大事，误了三日便该处斩，汝今误了十日，有何理说？"喝令推出斩之。与陈式正是同罪。长史杨仪曰："苟安乃李严用人，又兼钱粮多出于西川，若杀此人，后无人敢送粮也。"孔明乃叱武士去其缚，杖八十放之。不斩此人，反受其误，可见好人做不得。苟安被责，心中怀恨，连夜引亲随五六骑，径奔魏寨投降。苟安不是苟，竟是"狗"矣。懿唤入，苟安拜告前事。懿曰："虽然如此，孔明多谋，汝言难信。汝能为我干一件大功，吾那时奏准天子，保汝为上将。"安曰："但有甚事，即当效力。"懿曰："汝可回成都布散流言，说孔明有怨上之意，早晚欲称为帝，使汝主召回孔明，便是汝之功。"此乃答前文马谡反间之计，彼此相对。

苟安允诺，竟回成都，见了宦官，_{得其人}布散流言，说孔明自
倚大功，早晚必将篡国。宦官闻知大惊，即入内奏帝，细言前
事。_{宫中、府中
不宜异同。}后主惊讶曰："似此如之奈何？"宦官曰："可诏还
成都，削其兵权，免生叛逆。"后主下诏，宣孔明班师回朝。
_{"亲小人，远贤臣"，
后汉所以倾颓也。}蒋琬出班奏曰："丞相自出师以来，累建大功，
何故宣回？"后主曰："朕有机密事，必须与丞相面议。"_{也会说
谎。}
即遣使赍诏。星夜宣孔明回。

使命径到祁山大寨，孔明接入，受诏已毕，仰天叹曰："主
上年幼，必有佞臣在侧！吾正欲建功，何故取回？我若不回，是
欺主矣。若奉命而退，日后再难得此机会也。"_{苟安之罪，
上通于天。}姜维问
曰："若大军退，司马懿乘势掩杀，当复如何？"孔明曰："吾今
退军，可分五路而退。今日先退此营，假如营内兵一千，却掘
二千灶，今日掘三千灶，明日掘四千灶。每日退军，添灶而
行。"_{孙膑减灶之法，武侯反用之；
虞诩增灶之法，武侯正用之。}杨仪曰："昔孙膑擒庞涓，用添兵
减灶之法；今丞相退兵，何故增灶？"孔明曰："司马懿善能用
兵，知吾兵退，必然追赶；心中疑吾有伏兵，定于旧营内数灶；
见每日增灶，兵又不知退与不退，则疑而不敢追。吾徐徐而退，
自无损兵之患。"_{方将添灶计策
解说一遍。}遂传令退军。

却说司马懿料苟安行计停当，只待蜀兵退时一齐掩杀。正踌
躇间，忽报蜀寨空虚，人马皆去。懿因孔明多谋，不敢轻追，自
引百馀骑前来蜀营内踏看，教军士数灶，_{不出先生
所料。}仍回本寨。次
日，又教军士赶到那个营中，查点灶数。回报说："这营内之
灶，比前又增一分。"司马懿谓诸将曰："吾料孔明多谋，今果
添兵增灶，吾若追之，必中其计；_{谁知已中孔
明之计。}不如且退，再作良图。"于是回军不追。孔明不折一人，望成都而去。次后，川口上人来报司马懿，说孔明退兵之时，未见添兵，只见增灶。懿仰天长叹曰："孔明效虞诩之法，瞒过吾也！其谋略吾不如之！"遂引大军还洛阳。正是：

　　　　棋逢敌手难相胜，将遇良才不敢骄。

　　未知孔明回到成都，竟是如何，且看下文分解。

第一百一回　　出陇上诸葛妆神
　　　　　　　奔剑阁张郃中计

奔繡闖張郃
中計

或谓武侯妆神作怪，不过为割麦之计，毋乃为人所笑。予曰不然。今天下之妆神作怪者，大抵类此矣。书符遣将，祷雨祈晴，使人群相尊奉，称其道法，无他故也，重口食也。烧丹炼药，却老延年，使人转相传述，指曰仙翁，无他故也，重口食也。杖锡升座，讲佛谈禅，使人疑为慧远再来，生公复出，无他故也，重口食也。歌姬舞妓，尽态极妍，使人疑为天上飞琼，山中神女，无他故也，重口食也。翰墨丹青，琴棋诸艺，穷工斗巧，竭智悉能，使人疑其笔下有神，腕中有鬼，无他故也，重口食也。星卜堪舆，医方杂术，推吉论凶，知生决死，使人疑其胸罗阴阳，心通造化，无他故也，重口食也。推而准之，比比皆是，何独笑一武侯哉？

劳师远征，动以年岁，杨仪请立换班之法，可谓善矣。然使及期而不代，此连称、管至父之所以作乱于齐也。一旦大敌猝临，新军未至，不从权则无以应敌，欲从权则又恐失信于我军。当此之时，将何法以处之乎？而武侯则更有妙术焉。以为我欲从权，而人必以我为失信；惟我不失信，而人乃乐于从权。于是不以驱之战者督其战，正以遣之去者鼓其战。《易》曰："悦以使民，民忘其劳；悦以犯难，民忘其死。"武侯其得此道也夫！

君子读书至此，而叹粮之为累大也。民以食为天，兵亦以食为天。武侯割陇上之麦，迫于无粮耳。司马懿之不战，亦曰粮尽而彼自退耳；郭淮之请断剑阁，又曰截其粮道则彼自乱耳。前者苟安之被责而兴谤，不过以解粮之过期；今者李严之遣书以相欺，亦不过为运粮之有缺。嗟乎！兵之需饷如此，而饷之艰难又如此，然则将如之何哉？故国家兵未足必先足食，食不足无宁去兵。

吓司马懿，则孔明之外又有孔明。东西南北一人化作四人，何其多而幻也！诱张郃，则魏延之外止有关兴，关兴之外止有魏延。轮流转换，两人只是两人，何其少而穷也！非多而幻，须吓司马懿不得；非少而穷，亦诱张郃不得。假张飞两度撮空，假姜维一番窃冒，假孔明四面分身，前后可称三绝。罾口山中捕一活鱼，鱼腹浦边放一生鹿，木门道上获一死獐，前后又可称三绝。

却说孔明用减兵添灶之法，退兵到汉中；司马懿恐有埋伏，不敢追赶，亦收兵回长安去了，因此罢兵，不曾折了一人。孔明大赏三军已毕，回到成都入见后主，奏曰："老臣出了祁山，欲取长安，忽承陛下降诏召回，不知有何大事？"后主无言可对，良久乃曰：_{活画一昏庸之主。}"朕久不见丞相之面，心甚思慕，故特诏回，别无他事。"_{又来说谎。}孔明曰："此非陛下本心，必有奸臣谗谮，言臣有异志也。"_{一语说着。}后主闻言，默然无语。_{活画一昏庸之主。}孔明曰："老臣受先帝厚恩，誓以死报。今若内有奸邪，臣安能讨贼乎？"后主曰："朕因过听宦官之言，一时召回丞相。今日茅塞方开，悔之不及矣！"_{活画一昏庸之主。}孔明遂唤众宦官究问，方知是苟安流言；急令人捕之，已投魏国去了。孔明将妄奏的宦官诛戮，馀皆废出宫外；又深责蒋琬、费祎等不能觉察奸邪，规谏天子。_{责攸之、祎允等之咎，《前出师表》已言之矣。}二人唯唯服罪。孔明拜辞后主，复到汉中，一面发檄令李严应付粮草，仍运赴军前；一面再议出师。杨仪曰："前数兴兵，军力罢弊，粮又不继。今不如分兵两班，以三个月为期。且如二十万之兵，只领十万出祁山，住了三个月，却教这十万替回，循环相转。若此则兵力不乏，然后徐徐而进，中原可图矣。”^{轮流更换之法，使兵不苦于远征，}孔明曰：“此言正合我意。吾伐中原，非一朝一夕之事，正当为此长久之计。”^{死而后已，}遂下令分兵两班，限一百日为期，循环相转，^{所谓及瓜}违限者按军法处治。

建兴九年春二月，^{此处忽点时序，正与}孔明复出师伐魏。时魏太和五年也。^{以上按过蜀汉，}魏主曹叡知孔明又伐中原，急召司马懿商议。懿曰：“今子丹已亡，臣愿竭一人之力，剿除寇贼，以报陛下。”^{贼反以汉为贼，贼者汉之}叡大喜，设宴待之。次日，人报蜀兵寇急。^{贼反以伐为寇。有巡检为强盗所擒，而巡检呼}叡即命司马懿出师御敌，亲排銮驾送出城外。^{司马懿渐渐与}懿辞了魏主，径到长安，大会诸路人马，计议破蜀兵之策。张郃曰：“吾愿引一军去守雍、郿，以拒蜀兵。”懿曰：“吾前军不能独当孔明之众，而又分兵为前后，非胜算也。不如留兵守上邽，馀众悉往祁山。公肯为先锋否？”^{懿之资张郃，犹}郃大喜曰：“吾素怀忠义，欲尽心报国，惜未遇知己。今都督肯委重任，虽万死不辞！”^{说出一“死”}于是司马懿令张郃为先锋，总督大军。又令郭淮守陇西诸郡，其馀众将各分道而进。前军哨马报说：孔明率大军望祁山进发，前部先锋王平、张嶷，径出陈仓，过剑阁，由散关望斜谷而来。^{蜀兵之来，}司马懿谓张郃曰：“今孔明长驱大进，必将割陇西小麦，以资军粮。汝可结营守祁山，吾与郭淮巡略天水诸郡，以防贼兵割麦。”^{谨防偷麦贼，}郃领诺，遂引四万兵守祁山。懿引大军望陇西而去。^{以上按过司马，}

却说孔明兵至祁山，^{此是五出}安营已毕，见渭滨有魏军堤备，乃谓诸将曰："此必是司马懿也。即今营中乏粮，屡遣人催并李严运米应付，却只是不到。（预为李严赚武侯伏笔。）吾料陇上麦熟，可密引兵割之。"于是留王平、张嶷、吴班、吴懿四将守祁山营，孔明自引姜维、魏延等诸将，前到卤城。卤城太守素知孔明，慌忙开城出降。（先声夺人。）孔明抚慰毕，问曰："此时何处麦熟？"太守告曰："陇上麦已熟。"孔明乃留张翼、马忠守卤城，自引诸将并三军望陇上而来。前军回报说："司马懿引兵在此。"孔明惊曰："此人预知吾来割麦也！"（亦算是绝粮道。）即沐浴更衣，（读者至此，必谓又如拜井出泉故事，祷之于天以求食也。）推过一般三辆四轮车来，车上皆要一样妆饰。此车乃孔明在蜀中预先造下的。（与黑油车又自不同。）当下令姜维引一千军护车，五百军擂鼓，伏在上邽之后；（第一路。）马岱在左，魏延在右，亦各引一千军护车，五百军擂鼓。（第二第三路。）每一辆车，用二十四人，皂衣跣足，披发仗剑，手执七星皂幡，在左右推车。（又来作怪。）三人各受计，引兵推车而去。孔明又令三万军皆执镰刀、驮绳，伺候割麦。（原来妆妖作怪只是为此。）却选二十四个精壮之士，各穿皂衣，披发跣足，仗剑簇拥四轮车，为推车使者。令关兴结束做天蓬模样，（是《西游记》猪八戒名色。○今之打劫东西者，往往搭画头脸，想亦用此法也。）手执七星皂幡，步行于车前。孔明端坐于上，望魏营而来。

哨探军见之大惊，不知是人是鬼，（在众人眼中写一作怪跷蹊之孔明。）火速报知司马懿。懿自出营视之，只见孔明簪冠鹤氅，手摇羽扇，端坐于四轮车上，左右二十四人披发仗剑，前面一人手执皂幡，隐隐似天神一般。（又像七星坛前祭风时形状。○又在司马懿眼中写一作怪跷蹊之孔明也。）懿曰："这个又是孔明作怪也！"遂拨二千人马分付曰："汝等疾去，连车带人，尽情都捉来！"（诸葛妆神，司马又要捉鬼。）魏兵领命，一齐追赶。孔明见魏兵赶来，便教回车，遥望蜀营缓缓而行。魏兵皆骤马追赶，_{西厢曲云"马儿慢慢行，车儿紧紧随"，今却是}"车儿慢慢行，_{马儿紧紧随"矣。}但见阴风习习，冷雾漫漫，尽力赶了一程，追之不上。_{是《西游记》孙行者神通。}各人大惊，都勒住马言曰："奇怪！我等急急赶了三十里，只见在前，追之不上，如之奈何？"孔明见兵不来，又令推车过来，朝着魏兵歇下。_{一发作怪，倒好耍子。}魏兵犹豫良久，又放马赶来。孔明复回车慢慢而行。魏兵又赶了二十里，只见在前，不曾赶上，_{竟似海上三神山，可望而不可即。}尽皆痴呆。孔明教回过车，朝着魏兵推车倒行。_{一发作怪，倒好耍子。}魏兵又欲追赶。后面司马懿自引一军到，传令曰："孔明善会八门遁甲，能驱六丁六甲之神。此乃六甲天书内缩地之法也。_{借司马懿口中，下一注脚。}众军不可追之。"众军方勒马回时，左势下战鼓大震，一彪军杀来。懿急令兵拒之，只见蜀兵队里二十四人，披发仗剑，皂衣跣足，拥出一辆四轮车；车上端坐孔明，簪冠鹤氅，手摇羽扇。_{又是一个孔明，与前却是两个孔明，作怪之极。}懿大惊曰："方才那个车上坐着孔明，赶了五十里，追之不上；如何这里又有孔明？怪哉！怪哉！"_{不知遁甲天书中可有此等变化。}言未毕，右势下战鼓又鸣，一彪军杀来，四轮车上亦坐着一个孔明，左右亦有二十四人，皂衣跣足，披发仗剑，拥车而来。_{叙法比前变，又是一个孔明，与前却是三个孔明，作怪之极。}懿心中大疑，回顾诸将曰："此必神兵也！"_{疑是六丁六甲变的。}众军心下大乱，不敢交战，各自奔走。

正行之际，忽然鼓声大震，又一彪军杀来：当先一辆四轮车，孔明端坐于上，左右前后推车使者，同前一般。_{又是一个孔明，与前却是四个孔明，作怪之极。○叙法又变。}魏兵无不骇然。司马懿不知是人是鬼，又不知多少蜀兵，十分惊惧，急急引兵奔入上邽，闭门不出。_{一个孔明当不起，又生出无数孔明，司马懿真要吓杀也。}此时孔明早令三万精兵将陇上小麦割尽，运赴卤城打晒去了。^{今人虽有吃食意智，却弄不出这等神通。}司马懿在上邽城中，三日不敢出城。^{此时麦已晒干矣。}后见蜀兵退去，方敢令军出哨，于路捉得一蜀兵，来见司马懿。懿问之，其人告曰："某乃割麦之人，因走失马匹，被捉前来。"懿曰："前者是何神兵？"^{竞道是神兵。}答曰："三路伏兵，皆不是孔明，乃姜维、马岱、魏延也。^{借蜀兵口中注明。}每一路只有一千军护车，五百军擂鼓。只是先来诱阵的车上乃孔明也。"^{又注明一句。}懿仰天长叹曰："孔明有神出鬼没之机！"忽报副都督郭淮入见。懿接入，礼毕，淮曰："吾闻蜀兵不多，见在卤城打麦，可以击之。"懿细言前事。淮笑曰："只瞒过一时，今已识破，何足道哉！^{只怕到底识不破。}吾引一军攻其后，公引一军攻其前，卤城可破，孔明可擒矣。"懿从之，遂分兵两路而来。^{如今不怕鬼了。}

却说孔明引军在卤城打晒小麦，忽唤诸将听令曰："今夜敌人必来攻城。吾料卤城东西麦田之内足可伏兵，^{割了麦去止剩光田，正好屯兵。}谁敢为我一往？"姜维、魏延、马忠、马岱四将出曰："某等愿往。"孔明大喜，乃命姜维、魏延各引二千兵伏东南、西北两处，马岱、马忠各引二千兵伏在西南、东北两处，^{前是四个孔明，今亦是四面埋伏。}只听炮响，四角一齐杀来。四将受计，引兵去了。孔明自引百馀人，各带火炮出城，伏在麦田之内等候。

却说司马懿引兵径到卤城下，日已昏黑，乃谓诸将曰："若白日进兵，城中必有准备，今可乘夜晚攻之。^{只怕夜里有鬼。}此处城低壕浅，可便打破。"遂屯兵城外。一更时分，郭淮亦引兵到。两下合兵，一声鼓响，把卤城围得铁桶相似。城上万弩齐发，矢石如雨，魏兵不敢前进。忽然魏军中信炮连声，三军大惊，又不知何处兵来。^{先闻炮声，又恐是驱使雷神。}淮令人去麦田搜时，四角上火光冲天，喊声大震，四路蜀兵，一齐杀至。卤城四门大开，城内兵杀出，里应外合，大杀了一阵，魏兵死者无数。^{是被天蓬元帅击死了。}司马懿引败兵奋死突出重围，占住了山头；郭淮亦引败兵奔到山后扎住。孔明入城，令四将于四角下安营。^{犄角之势。}郭淮告司马懿曰："今与蜀兵相持许久，无策可退，目下又被杀了一阵，折伤三千馀人；^{折兵之数，在郭淮口中补出。}若不早图，日后难退矣。"懿曰："当复如何？"淮曰："可发檄文调雍、凉人马并力剿杀。吾愿引军袭剑阁，截其归路，使彼粮草不通，^{武侯割陇上之麦，所重在粮；郭淮欲截剑阁之路，亦所重在粮。}三军慌乱。那时乘势击之，敌可灭矣。"懿从之，即发檄文星夜往雍、凉调拨人马。不一日，大将孙礼引雍、凉诸郡人马到。懿即令孙礼约会郭淮去袭剑阁。^{与前之袭街亭一样算计。}

却说孔明在卤城相距日久，不见魏兵出战，乃唤马岱、姜维入城听令曰："今魏兵守住山险，不与我战，一者料吾麦尽无粮，二者令兵去袭剑阁，断吾粮道也。汝二人各引一万军先去守住险要，魏兵见有准备，自然退去。"^{与前之使马谡、王平二人引兵守街亭一样算计。}二人引兵去了。长史杨仪入帐告曰："向者丞相令大兵一百日一换，今已限足，汉中兵已出川口，前路公文已到，只待会兵交换。见存八万军，内四万该与换班。"孔明曰："既有令，便教速行。"众军闻知，各各收拾起程。^{军士思家，归心如箭。}忽报孙礼引雍、凉人马二十万来助战，去袭剑阁，司马懿自引兵来攻卤城了。蜀兵无不惊骇。^{欲归不得，惊骇可知。}杨仪入告孔明曰："魏兵来得甚急，丞相可将换班军且留下退敌，待新来兵到，然后换之。"^{杨仪是老实算计。}孔明曰："不可。吾用兵命将，以信为本；既有令在先，岂可失信？且蜀兵应去者，皆准备归计，其父母妻子倚扉而望；吾今便有大难，决不留他。"即传令教应去之兵，当日便行。武侯是巧妙机权，着实要他去，正是着实不要他去也。众军闻之，皆大呼曰："丞相如此施恩于众，我等愿且不回，各舍一命，大杀魏兵，以报丞相！"方知武侯几句抚慰好语，赛过一纸催督公文。孔明曰："尔等该还家，岂可复留于此？"妙在只是打发他去，却是不留之留。众军皆要出战，不愿回家。越打发他越不肯去。孔明曰："汝等既要与我出战，可出城安营，待魏兵到，莫待他息喘，便急攻之，此以逸待劳之法也。"要去时便再三遣归，不去时便立刻要战，足见机权之妙。众兵领命，各执兵器，欢喜出城，列阵而待。

却说西凉人马倍道而来，走的人马困乏，方欲下营歇息，被蜀兵一拥而进，人人奋勇，将锐兵骁，雍、凉兵抵敌不住，望后便退。蜀兵奋力追杀，杀得那雍、凉兵尸横遍野，血流成渠。以少胜众，全亏以逸待劳。孔明出城，收聚得胜之兵，入城赏劳。忽报永安李严有书告急。孔明大惊，拆封视之。书云：

近闻东吴令人入洛阳，与魏连和。魏令吴取蜀，幸吴尚未起兵。今严探知消息，伏望丞相早作良图。

孔明览毕，甚是惊疑，乃聚众将曰："若东吴兴兵寇蜀，吾须紧速回也。"试令读《三国》者掩卷猜之，谓书中之言真乎？假乎？若曰真也，则洛阳有此消息，何不知会司马懿，而令司马懿一边曾不闻也？即传令："教祁山大寨人马，且退回西川。司马懿知吾屯军在此，必不敢追赶。"于是王平、张嶷、吴班、吴懿，分兵两路，徐徐退入西川去了。

张郃见蜀兵退去，恐有计策，不敢来追，乃引兵往见司马懿曰："今蜀兵退去，不知何意？"懿曰："孔明诡计极多，不可轻动。（惊弓之鸟。）不如坚守，待他粮尽，自然退去。”大将魏平出曰：“蜀兵拔祁山之营而退，正可乘势追之，都督按兵不动，畏蜀如虎，（卧龙亦是卧虎。）奈天下笑何？”懿坚执不从。

却说孔明知祁山兵已回，遂唤杨仪、马忠入帐，授以密计，令：“先引一万弓弩手，去剑阁木门道两下埋伏，若魏兵追到，听吾炮响，急滚下木石，先截其去路，两头一齐射之。”二人引兵去了。（此处授计明白叙出，与前卷文法不同。）又唤魏延、关兴引兵断后，城上四面遍插旌旗，城内乱堆柴草，虚放烟火。大兵尽望木门道而去。（去得井井有条。）

魏营巡哨军来报司马懿曰：“蜀兵大队已退，但不知城中还有多少兵。”懿自往视之，见城上插旗，城中烟起，笑曰：“此乃空城也。”令人探之，果是空城，懿大喜曰：“孔明已退，谁敢追之？”（方知旌旗烟火非拒其追，正诱其追也。）先锋张郃曰：“吾愿往。”懿阻曰：“公性急躁，不可去。”郃曰：“都督出关之时，命吾为先锋，今日正是立功之际，（正是效死之日。）却不用吾，何也？”懿曰：“蜀兵退去，险阻处必有埋伏，须十分仔细，方可追之。”郃曰：“吾已知得，不必挂虑。”懿曰：“公自欲去，莫要追悔。”郃曰：“大丈夫舍身报国，虽万死无恨。”（说一“死”字，在他口内明明道破下文。）懿曰：“公既坚执要去，可引五千兵先行；却教魏平引二万马步兵后行，以防埋伏。吾却引三千兵随后策应。”（写仲达行细之极。）张郃领命，引兵火速望前追赶。行到三十馀里，忽然背后一声喊起，树林内闪出一彪军，为首大将，横刀勒马大叫曰：“贼将引兵那里去！”郃回头视之，乃魏延也。（不以无伏兵诱之，正以有伏兵诱之。）郃大怒，回马交锋。不十合，魏延诈败而走。（使知伏兵之无用，则伏兵不足畏矣。）郃又追赶三十馀里，勒马回顾，全无伏兵，忽间一段无伏兵处，使知伏兵之迢递，则伏兵不足畏矣。又策马前追。方转过山坡，忽喊声大起，一彪军拥出，为首大将乃关兴也，不止以一路伏兵诱之，又再以一路伏兵诱之。横刀勒马大叫曰："张郃休赶！有吾在此！"郃就拍马交锋。不十合，关兴拨马便走。使知伏兵之皆无用，则伏兵又不足畏矣。郃随后追之。赶到一密林内，郃心疑，令人四下哨探，并无伏兵，再间一段无伏兵处，使知伏兵又如于此之迢递，则伏兵愈不足畏矣。是放心又赶。不想魏延却抄在前面；郃又与战十馀合，延又败走。郃奋怒赶来，又被关兴抄在前面，截住去路。后所见之伏兵，即前所见之伏兵，使知伏兵之更无添换，则伏兵愈不足畏矣。郃大怒，拍马交锋，战有十合。蜀兵尽弃衣甲什物等件，塞满道路，魏兵皆下马争取。以利诱之。延、兴二将轮流交锋，省笔法。张郃奋勇追赶。看看天晚，赶到木门道口，魏延拨回马，高声大骂曰："张郃逆贼！吾不与汝相拒，汝只顾赶来，吾今与汝决一死战！"郃十分忿怒，挺枪骤马，直取魏延。延挥刀来迎。战不十合，延大败，尽弃衣甲、头盔，匹马引败兵望木门道中而走。如此方才引得到木门道去。张郃杀的性起，又见魏延大败而逃，乃骤马赶来。此时天色昏黑，一声炮响，山上火光冲天，大石乱柴滚将下来，阻截去路。今番着了道儿。郃大惊曰："我中计矣！"急回马时，背后已被木石塞满了归路，中间只有一段空地，两边皆是峭壁，郃进退无路。忽一声梆子响，两下万弩齐发，将张郃并百馀个部将，皆射死于木门道中。此日之死，早在三出祁山伏之。后人有诗曰：

伏弩齐飞万点星，木门道上射雄兵。

至今剑阁行人过，犹说军师旧日名。

却说张郃已死，随后魏兵追到，见塞了道路，已知张郃中计。众军勒回马急退。^{读至此必谓一篇妙文已完，不谓又有一篇妙文在后。}忽听的山头上大叫曰："诸葛丞相在此！"众军仰视，只见孔明立于火光之中，指众军而言曰："吾今日围猎，欲射一'马'，^{司马之"马"。}误中一'獐'。^{张郃之"张"。}汝各人安心而去，上覆仲达，早晚必为吾所擒矣。"^{木门道射张郃，是一篇叙传。续以武侯几句言语，竟是一篇论赞。此段妙文，更出意外。}魏兵回见司马懿，细告前事。懿悲伤不已，仰天叹曰："张隽义身死，吾之过也！"^{又是几句论赞。}乃收兵回洛阳。魏主闻张郃死，挥泪叹息，令人收其尸厚葬之。

却说孔明入汉中，欲归成都见后主。都护李严妄奏后主曰："臣已办备军粮，行将运赴丞相军前，不知丞相何故忽然班师。"^{两舌之人，今日多有，毋独怪李严也。}后主闻奏，即命尚书费祎入汉中见孔明，问班师之故。祎至汉中，宣后主之意。孔明大惊曰："李严发书告急，说东吴将兴兵寇川，因此回师。"费祎曰："李严奏称军粮已办，丞相无故回师，天子因此命某来问耳。"孔明大怒，令人访察，乃是李严因军粮不济，怕丞相见罪，故发书取回，却又妄奏天子，遮饰己过。^{此处方才叙明。}孔明大怒曰："匹夫为一己之故，废国家大事！"令人召至，欲斩之。费祎劝曰："丞相念先帝托孤之意，姑且宽恕。"^{照应八十五卷中事。}孔明从之。费祎即具表启奏后主。后主览表，勃然大怒，叱武士推李严出斩之。参军蒋琬出班奏曰："李严乃先帝托孤之臣，^{先主能知马谡，而不能知李严，可见知人之难。}乞望恩宽恕。"后主从之，即谪为庶人，徙于梓潼郡闲住。

孔明回到成都，用李严子李丰为长史；^{黜其父而用其子，是孔明无成心处。}积草屯粮，讲阵论武，整治军器，存恤将士，三年然后出征。两川人民军士，皆仰其恩德。

光阴荏苒，不觉三年。时建兴十三年春二月，孔明入朝奏曰："臣今存恤军士，已经三年。<small>日月逝矣，岁不我与，不更讨贼，将待何时。</small>粮草丰足，军器完备，人马雄壮，可以伐魏。今番若不扫清奸党，恢复中原，誓不见陛下也！"<small>已为五丈原之谶。○武侯此行，果然不复见后主矣。读书至此，为之一哭。</small>后主曰："方今已成鼎足之势，吴、魏不曾入寇，相父何不安享太平？"孔明曰："臣受先帝知遇之恩，梦寐之间，未尝不设伐魏之策。竭力尽忠，为陛下克复中原，重兴汉室，臣之愿也。"言未已，班部中一人出曰："丞相不可兴兵。"众视之，乃谯周也。正是：

　　　　武侯尽瘁惟忧国，太史知机又论天。

　　未知谯周有何议论，且看下文分解。

第一百二回　司马懿占北原渭桥　诸葛亮造木牛流马

諸葛亮造木牛流馬

观武侯渭桥之败，而益信魏延子午谷之计，非善计也。武侯不能必魏人之不防渭桥，魏延安能必魏人之不防子午谷哉？且烧渭桥而不克，则一败犹可以复胜；若使出子午谷而不遂，则一败将不可复胜。故武侯宁为渭桥之偶有一失，而必不为子午谷之侥幸于一得耳。

司马懿之使郑文为内应，犹孟获之使孟优为内应也。而孟优未尝杀一人，以取孔明之信；郑文则自杀一将，以取孔明之信：是司马懿之谋，巧于孟获也。孔明欲赚司马懿，而止赚一秦朗，犹姜维之欲赚曹真，而止杀一费耀也。乃姜维则以我献书，而使彼中我之计；孔明即以彼献书，而使彼自中彼之计：是孔明之谋巧于姜维也。两巧相对，而尤巧者胜焉，真令读者惊心悦目！

平蛮之时，曾用木兽矣。而驱兵之木兽，止用于一时，运粮之木兽可用之永久：则后之兽，更奇于前之兽也。割麦之时，尝妆神将矣。而陇上之神将，使人背地割麦；渭滨之神将，妙在当面夺粮：是后之将，更奇于前之将也。以木为兽，能使之活；以人为兵，能使之神。却不止一番，偏用两番，又各各惊人，各各出色。若在稗官捏造，不足为怪，而此独为正史中之所实有者，岂非造物奇观！

天下事有我能为之，人亦能学之者矣。而学之者终不如为之者能知其变，则学者不如为者之智也。且为之者能使学之者之适为我用，则学者反受为者之愚也。武侯木牛流马，不但不禁人学，正欲使人学，而人乃至于不敢学。妙哉，技至此乎！

却说谯周官居太史，颇明天文，见孔明又欲出师，乃奏后主曰："臣今职掌司天台，但有祸福，不可不奏。近有群鸟数万，自南飞来，投于汉水而死，此不祥之兆。^{鸟兽之变}臣又观天象，见奎星躔于太白之分，盛气在北，不利伐魏；^{星辰之变}又成都人民，皆闻柏树夜哭。^{草木之变。○梁木其坏，正应武侯之死。}有此数般灾异，丞相只宜谨守，不可妄动。"孔明曰："吾受先帝托孤之重，当竭力讨贼，岂可以虚妄之灾氛，而废国家大事耶！"遂命有司设太牢祭于昭烈之庙，^{武侯此去，便与昭烈之庙永别。读书至此，为之一哭}涕泣拜告曰："臣亮五出祁山，未得寸土，负罪非轻！今臣复统全部，再出祁山，誓竭力尽心，剿灭汉贼，恢复中原，鞠躬尽瘁，死而后已！"^{告后主之言，即以告先帝。}祭毕，拜辞后主，星夜至汉中，聚集诸将，商议出师。忽报关兴病亡。孔明放声大哭，昏倒于地，半晌方苏。^{与哭张苞仿佛，然一在将归，一在初出，又各不同。}众将再三劝解，孔明叹曰："可怜忠义之人，天不与以寿！我今番出师，少一员大将也！"后人有诗叹曰：

生死人常理，蜉蝣一样空。

但存忠孝节，何必寿乔松。

孔明引蜀兵三十四万，分五路而进，令姜维、魏延为先锋，皆出祁山取齐；令李恢先运粮草于斜谷道口伺候。^{以下按过武侯一边，再叙魏国一边。}

却说魏国因旧岁有青龙自摩坡井内而出，改为青龙元年。^{青蛇见御座，早为此日改元之兆。}此时乃青龙二年春二月也。近臣奏曰："边官飞报，蜀兵三十馀万，分五路复出祁山。"魏主曹叡大惊，急召司马懿至，谓曰："蜀人三年不曾入寇，今诸葛亮又出祁山，如之奈何？"懿奏曰："臣夜观天象，见中原旺气正盛，奎星犯太白，不利于西川。^{与谯周之言相应。}今孔明自负才智，逆天而行，乃自取败亡也。臣托陛下洪福，当往破之。但愿保四人同去。"叡曰："卿保何人？"懿曰："夏侯渊有四子，长名霸字仲权，次名威字季权，三名惠字雅权，四名和字义权。霸、威二人弓马熟娴，惠、和二人谙知韬略。此四人常欲为父报仇。臣今保夏侯霸、夏侯威为左右先锋，夏侯惠、夏侯和为行军司马，共赞军机，以退蜀兵。"^{前所荐郝昭、张郃已死，今又引出四人来。}叡曰："向者夏侯楙驸马违误军机，失陷了许多人马，至今羞惭不回。^{照应武侯初出祁山时事。}今此四人，亦与楙同否？"懿曰："此四人非楙之比也。"^{此夏侯非彼夏侯，若但以宗室亲党薄之，此子建所以有求自试之表也。}叡乃从其请，即命司马懿为大都督，凡将士悉听量才委用，各处兵马皆听调遣。懿受命，辞朝出城。叡又以手诏赐懿曰：

卿到渭滨，宜坚壁固守，勿与交锋。蜀兵不得志，必诈退诱敌，卿慎勿追。待彼粮尽，必将自走，然后乘虚攻之，则取胜不难，亦免军马疲劳之苦。计莫善于此也。^{此诏出于司马懿之意，乃密令天子赐之耳，恐诸将欲战故也。}

司马懿顿首受诏，即日到长安，聚集各处军马共四十万，皆来渭滨下寨；又拨五万军，于渭水上搭起九座浮桥，令先锋夏侯霸、夏侯威过渭水安营；又于大营之后东原，筑起一城，以防不虞。^{筑城便是欲守不欲战之意。}懿正与众将商议间，忽报郭淮、孙礼来见。懿迎入，礼毕，淮曰："今蜀兵现在祁山，倘跨渭登原，接连北山，阻绝陇道，大可虞也。"懿曰："所言甚善。公可就总督陇西军马，据北原下寨，深沟高垒，按兵休动；只待彼兵粮尽，方可攻之。"^{即曹叡手诏中语。}郭淮、孙礼领命，引兵下寨去了。

却说孔明复出祁山，_{此是六出}_{祁山。}下五个大寨，按左、右、中、前、后；自斜谷直至剑阁，一连又下十四个大寨，分屯军马，以为久计，_{已有不欲复}_{返之势。}每日令人巡哨。忽报郭淮、孙礼领陇西之兵，于北原下寨。孔明谓诸将曰："魏兵于北原安营者，惧吾取此路，阻绝陇道也。吾今虚攻北原，却暗取渭滨。令人扎木筏百馀只，上载草把，选惯熟水手五千人驾之。我趁夜只攻北原，司马懿必引兵来救。彼若少败，我把后军先渡过岸去，然后把前军下于筏中，休要上岸，顺水取浮桥放火烧断，以攻其后。吾自引一军去取前营之门。若得渭水之南，则进兵不难矣。"_{武侯此算亦是妙}_{着，但恨有司马}_{懿猜破}_{耳。}诸将遵令而行。早有巡哨军飞报司马懿。懿唤诸将议曰："孔明如此设施，其中有计。彼以取北原为名，顺水来烧浮桥，乱吾后，却攻吾前也。"_{以前往往只猜得一半，}_{此却被他全猜着。}即传令与夏侯霸、夏侯威曰："若听得北原发喊，便提兵于渭水南山之中，待蜀兵至击之。"_{先遣一路兵，}_{是防渭滨。}又令张虎、乐綝："引二千弓弩手伏于渭水浮桥北岸。若蜀兵乘木筏顺水而来，可一齐射之，休令近桥。"_{又遣一路兵，}_{又是防渭滨。}又传令郭淮、孙礼曰："孔明来北原暗渡渭水，汝新立之营，人马不多，可尽伏于半路。若蜀兵午后渡水，黄昏时分，必来攻汝。汝诈败而走，蜀兵必退。汝等皆以弓弩射之。吾水陆并进。若蜀兵大至，只看吾指挥击之。"_{第三路兵方}_{是防北原。}各处下令已毕，又令二子司马师、司马昭，引兵救应前营。_{第四路又是}_{懿自引}_{防渭滨。}一军救北原。_{第五路又}_{防北原。}

却说孔明令魏延、马岱引兵渡渭水攻北原；_{孔明第一路兵令吴}_{是攻北原。}令吴班、吴懿引木筏兵去烧浮桥；_{第二路烧}_{浮桥。}令王平、张嶷为前队，姜维、马忠为中队，廖化、张翼为后队，分兵三路，去攻渭水旱营。^{此三路俱取渭滨。}是日午时，人马离大寨，尽渡渭水，列成阵势缓缓而行。

却说魏延、马岱将近北原，天色已昏。^{先写第一路蜀兵。}孙礼哨见，便弃营而走。魏延知有准备，急退军时，四下喊声大震，左有司马懿，右有郭淮，两路兵杀来。^{两路魏兵于此出现。}魏延、马岱奋力杀出，蜀兵多半落于水中，馀众奔逃无路。幸得吴懿兵杀来，救了败兵过岸拒住。吴班分一半兵撑筏顺水来烧浮桥，^{再写第二路蜀兵。}却被张虎、乐綝在岸上乱箭射住。^{又一路魏兵于此出现。}吴班中箭，落水而死。^{吴班死了。}馀军跳水逃命，木筏尽被魏兵夺去。此时王平、张嶷不知北原兵败，直奔到魏营，^{又写第三路蜀兵。}已有二更天气，只听得喊声四起。王平谓张嶷曰："马军攻打北原，未知胜负。渭南之寨现在面前，如何不见一个魏兵？莫非司马懿知道了，先作准备也？我等且看浮桥火起，方可进兵。"^{王平比众人又加把细。}二人勒住军马，忽背后一骑马来报，说："丞相教军马急回。北原兵、浮桥兵俱失了。"^{姜维、马忠、廖化、张翼两路兵已在取回之内，故不复实写，用笔甚妙。}王平、张嶷大惊，急退军时，却被魏兵抄在背后，一声炮响，一齐杀来，火光冲天。^{此司马师、司马昭、夏侯霸、夏侯威也。妙在不实写其人，但虚写其兵，令读者自知。}王平、张嶷引兵相迎，两军混战一场。平、嶷二人奋力杀出，蜀兵折伤大半。孔明回到祁山大寨，收聚残兵，约折了万馀人，心中忧闷。^{街亭之失，失在马谡；渭桥之败，败由武侯。胜败之不可料如此。用兵者何不临事而惧耶？}

忽报费祎自成都来见丞相。孔明请入。费祎礼毕，孔明曰："吾有一书，正欲烦公去东吴投递，不知肯去否？"祎曰："丞相之命，岂敢推辞？"孔明即修书付费祎去了。祎持书径到建业，入见吴主孙权，呈上孔明之书。权拆视之，书略曰：

汉室不幸，王纲失纪，曹贼篡逆，蔓延及今。亮受昭烈皇帝寄托之重，敢不竭力尽心！今大兵已会于祁山，狂寇将亡于渭水。伏望陛下念同盟之义，命将北征，共取中原，同分天下。书不尽言，万希圣听！

权览毕大喜，乃谓费祎曰："朕久欲兴兵，未得会合孔明。今既有书到，即日朕自亲征，入居巢门，取魏新城；再令陆逊、诸葛瑾等屯兵于江夏、沔口取襄阳，孙韶、张承等出兵广陵取淮阳等处。三处一齐进军，共三十万，克日兴师。"<small>读者至此为之一快。</small>费祎拜谢曰："诚如此，则中原不日自破矣！"权设宴款待费祎。饮宴间，权问曰："丞相军前，用谁当先破敌？"祎曰："魏延为首。"权笑曰："此人勇有馀而心不正。若一朝无孔明，彼必为祸。孔明岂未知耶？"<small>赵咨称其智，良然，良然。</small>祎曰："陛下之言极当！臣今归去，即当以此言告孔明。"遂拜辞孙权，回到祁山见了孔明，具言吴主起大兵三十万，御驾亲征，兵分三路而进。孔明又问曰："吴主别有所谓否？"费祎将论魏延之语告之。孔明叹曰："真聪明之主也！吾非不知此人，为惜其勇，故用之耳。"祎曰："丞相早宜区处。"孔明曰："吾自有法。"<small>早为授计马岱伏笔。</small>祎辞别孔明，自回成都。

孔明正与诸将商议进征，忽报有魏将来投降。孔明唤入问之，答曰："某乃魏国偏将军郑文也。近与秦朗同领人马，听司马懿调用。不料懿徇私偏向，加秦朗为前将军，而视文如草芥，因此不平，特来投降丞相。愿赐收录。"言未已，人报秦朗引兵在寨外，单搦郑文交战。<small>秦朗来得快，明明是假。</small>孔明曰："此人武艺比汝若何？"郑文曰："某当立斩之。"孔明曰："汝若先杀秦朗，吾方不疑。"郑文欣然上马出营，与秦朗交锋。孔明亲自出营视之。只见秦朗挺枪大骂曰："反贼盗我战马来此，可早早还我！"_{不责其反，但索其马，明明是假。}言讫，直取郑文。文拍马舞刀相迎，只一合，斩秦朗于马下。_{如此斩得快，又明明是假。}魏军各自逃走。郑文提首级入营。孔明回到帐中坐定，唤郑文至，勃然大怒，叱左右："推出斩之！"_{奇妙。}郑文曰："小将无罪！"孔明曰："吾向识秦朗。汝今斩者，并非秦朗。安敢欺我！"_{武侯实未尝识秦朗，哄骗得妙。}文拜告曰："此实秦朗之弟秦明也。"_{一冒便说，然秦朗不是秦朗，秦明亦不是秦明，还有一半是假。}孔明笑曰："司马懿令汝来诈降，于中取事，却如何瞒得我过！若不实说，必然斩汝！"_{奇妙。}郑文只得诉告其实是诈降，泣求免死。_{一吓又一吓，只得尽情说出。}孔明曰："汝既求生，可修书一封，教司马懿自来劫营，_{司马懿先教郑文斩一魏将，以取信于孔明，则必不料此书之诈也。}吾便饶汝性命。若捉住司马懿，便是汝之功，还当重用。"郑文只得写了一书，呈与孔明。孔明令将郑文监下。樊建问曰："丞相何以知此人诈降？"孔明曰："司马懿不轻用人。若加秦朗为前将军，必武艺高强；今与郑文交马只一合，便为文所杀，必不是秦朗也。以故知其诈。"_{说曾识秦朗，亦是武侯之诈。}众皆拜服。

孔明选一舌辨军士，附耳分付如此如此。军士领命，持书径来魏寨，求见司马懿。懿唤入，拆书看毕，问曰："汝何人也？"答曰："某乃中原人，流落蜀中；郑文与某同乡。_{秦朗既有兄弟，郑文如何没有同乡。}今孔明因郑文有功，用为先锋。郑文特托某来献书，约于明日晚间，举火为号，望乞都督尽提大军前来劫寨，郑文在内为应。"_{此皆孔明附耳分付之语。}司马懿反覆诘问，又将来书仔细检看，果然是实，_{书中笔迹果然是实。}即赐军士酒食，分付曰："本日二更为期，我自来劫寨。大事若成，必重用汝。"军士拜别，回到本寨告知孔明。孔明仗剑步罡，祷祝已毕，^{又来作怪}唤王平、张嶷分付："如此如此。"又唤马忠、马岱分付："如此如此。"又唤魏延分付："如此如此。"^{此处不先叙明，只用虚笔，妙。}孔明自引数十人，坐于高山之上，指挥众军。

却说司马懿见了郑文之书，便欲引二子提大兵来劫蜀寨。长子司马师谏曰："父亲何故据片纸而亲入重地？倘有疏虞，如之奈何？不如令别将先去，父亲为后应可也。"^{懿之不死，赖有此儿。}懿从之，遂令秦朗引一万兵去劫蜀寨，^{真秦朗来了。}懿自引兵接应。是夜初更，风清月朗，^{先写风月，反衬下文。}将及二更时分，忽然阴云四合，黑气漫空，对面不见。^{此从仗剑步罡里来，令读者自知。}懿大喜曰："天使我成功也！"于是人尽衔枚，马皆勒口，长驱大进。秦朗当先，引一万兵直杀入蜀寨中，并不见一人。朗知中计，忙叫退兵。四下火把齐明，喊声震地，左有王平、张嶷，右有马岱、马忠，两路兵杀来。^{"如此如此"，原来如此。}秦朗死战，不能得出。背后司马懿见蜀寨火光冲天，喊声不绝，又不知魏兵胜负，只顾催兵接应，望火光中杀来。忽然一声喊起，鼓角喧天，火炮震地，左有魏延，右有姜维，两路杀出。^{"如此如此"，又原来如此。}魏兵大败，十伤八九，四散逃奔。此时秦朗所引一万兵，都被蜀兵围住，箭如飞蝗。秦朗死于乱军之中。^{是司马懿替死鬼。○假秦朗之死瞒不得孔明，真秦朗之死却替死仲达。}司马懿引败兵奔入本寨。

三更以后，天复清朗。^{神奇之极。}孔明在山头上鸣金收军。原来三更时阴云暗黑，乃孔明用遁甲之法；后收兵已了，天复清朗，乃孔明驱六丁六甲扫荡浮云也。^{补注明白。○如此作法，不曾杀得司马懿，只算小题大做。}

当下孔明得胜回寨，命将郑文斩了，^{写书后不即斩，至得胜后方斩，大有针线。}再议取渭南之策。每日令兵搦战，魏军只不出迎。孔明自乘小车，来祁山前、渭水东西踏看地理。忽到一谷口，见其形如葫芦之状，内中可容千馀人；两山又合一谷，可容四五百人；背后两山环抱，只可通一人一骑。^{与征蛮时盘蛇谷相仿佛。}孔明看了，心中大喜，问乡导官曰："此处是何地名？"答曰："此名上方谷，又号葫芦谷。"孔明回到帐中，唤裨将杜叡、胡忠二人，附耳授以密计，令唤集随军匠作一千馀人，入葫芦谷中制造木牛流马应用；^{有征蛮时所用木兽，早为此时木牛流马作一引子。}又令马岱领五百兵守住谷口。孔明嘱马岱曰："匠作人等不许放出，外人不许放入。吾还不时自来点视。捉司马懿之计只在此举，切不可走漏消息。"^{为后卷伏线。}马岱受命而去。杜叡等二人在谷中监督匠作，依法制造。孔明每日往来指示。

忽一日，长史杨仪入告曰："即今粮米皆在剑阁，人夫牛马，搬运不便，如之奈何？"^{不用孔明分付杨仪，先写杨仪来禀孔明，斗笋处用逆不用顺，绝妙笔法。}孔明笑曰："吾已运谋多时也。前者所积木料，并西川收买下的大木，教人制造木牛流马，搬运粮米，甚是便利。牛马皆不水食，可以搬运昼夜不绝。"^{今有人要便宜者，谚讥之云：又要马儿不吃草，又要马儿走得好，惜其未得传孔明之法也。}众皆惊曰："自古及今，未闻有木牛流马之事。不知丞相有何妙法，造此奇物？"孔明曰："吾已令人依法制造，尚未完备。吾今先将造木牛流马之法，尺寸方员，长短阔狭，开写明白，汝等视之。"众大喜。孔明即手书一纸，付众观看。众将环绕而视。其造木牛之法云：

方腹曲胫，一腹四足；头入领中，舌着于腹。载多而行少，独行者数十里，群行者三十里。曲者为牛头，双者为牛足，横者为牛领，转者为牛脚，覆者为牛背，方者为牛腹，垂者为牛舌，曲者为牛肋，刻者为牛齿，立者为牛角，细者为牛鞅，摄者为牛鞅轴。牛御双辕，人行六尺，牛行四步。人不大劳，牛不饮食。

造流马之法云：

肋长三尺五寸，广三寸，厚二寸五分，左右同。前轴孔分墨去头四寸，径中二寸。前脚孔分墨去头四寸五分，长一寸五分，广一寸。前杠孔去前脚孔分墨二寸七分，孔长二寸，广一寸。后轴孔去前杠孔分墨一尺五寸，大小与前同。后杠孔去后脚孔分墨一寸二分，后杠孔分墨四寸五分。前杠长一尺八寸，广二寸，厚一寸五分。后杠舆等板方囊二枚，厚八分，长二尺七寸，高一尺六寸五分，广一尺六寸：每枚受米二斛三斗。从上杠孔去肋下七寸，前后同。上杠孔去下杠孔分墨一尺三寸，孔长一寸五分，广七分，八孔同。前后四脚广二寸，厚一寸五分。形制如象，靬长四寸，径面四寸三分。孔径中三脚杠，长二尺一寸，广一寸五分，厚一寸四分。

众将看了一遍，皆拜服曰："丞相真神人也！"_{若非神人，安能驱使草木。}过了数日，木牛流马皆造完备，宛然如活者一般，上山下岭，各尽其便。_{不惟省力，亦好耍子。}众军见之，无不欣喜。孔明令右将军高翔引一千兵，驾着木牛流马，自剑阁直抵祁山大寨，往来搬运粮草，供给蜀兵之用。后人有诗赞曰：

剑阁险峻驱流马，斜谷崎岖驾木牛。

后世若能行此法，输将安得使人愁？

却说司马懿正忧闷间，忽哨马报说："蜀兵用木牛流马转运粮米。人不大劳，牛马不食。"懿大惊曰："吾所以坚守不出者，为彼粮草不能接济，欲待其自毙耳。今用此法，必为久远之计，不思退矣。如之奈何？"畏蜀如虎，虎可畏，牛马更可畏。急唤张虎、乐𬘓二人分付曰："汝二人各引五百军，从斜谷小路抄出，待蜀兵驱过木牛流马，任他过尽，一齐杀出；不可多抢，只抢三五匹便回。"偷石人石马者是笨贼，抢木牛流马者是巧贼。二人依令，各引五百军，扮作蜀兵，夜间偷过小路，伏在谷中，果见高翔引兵驱木牛流马而来。将次过尽，两边一齐鼓噪杀出。蜀兵措手不及，弃下数匹，张虎、乐𬘓欢喜，驱回本寨。爱丧其马，蜀人之忧；尔牛来思，魏人之喜。司马懿看了，果然进退如活的一般，乃大喜曰："汝会用此法，难道我不会用！"便令巧匠百馀人，当面拆开，分付依其尺寸长短厚薄之法，一样制造木牛流马。司马懿善抄别人文字，然依样画葫芦，毕竟未尽知文字中之妙也。不消半月，造成二千馀只，与孔明所造者一般法则，亦能奔走。遂令镇远将军岑威，引一千军驱驾木牛流马，去陇西搬运粮草，往来不绝。抄得快，用得快，极似今之读时文秀才。魏营军将，无不欢喜。

却说高翔回见孔明，说魏兵抢夺木牛流马各五六匹去了。孔明笑曰："吾正要他抢去。我只费了几匹木牛流马，却不久便得军中许多资助也。"故意使他抄我文字，却是替我做了文字，妙极。诸将问曰："丞相何以知之？"孔明曰："司马懿见了木牛流马，必然仿我法度，一样制造。那时我又有计策。"妙在不即说明。数日后，人报魏兵也会造木牛流马，往陇西搬运粮草。孔明大喜曰："不出吾之算也。"便唤王平分付曰："汝引一千兵扮作魏人，星夜偷过北原，只说是巡粮军，混入彼运粮军中，将护粮之人尽皆杀散，却驱木牛流马而回，径奔过北原来。此处必有魏兵追赶，汝便将木牛流马口内舌头扭转，牛马就不能行动，<u>前但说得造法，不曾说得用法；前但说得行法，不曾说得止法；却在此处补出。</u>汝等竟弃之而走，背后魏兵赶到，牵拽不动，扛抬不去。吾再有兵到，汝却回身再将牛马舌扭过来，长驱大行。魏兵必疑为怪也！"<u>真正作怪。</u>王平受计引兵而去。

孔明又唤张嶷分付曰："汝引五百军，都扮作六丁六甲神兵，鬼头兽身，用五彩涂面，妆作种种怪异之状，一手执绣旗，一手仗宝剑；身挂葫芦，内藏烟火之物，伏于山傍。待木牛流马到时，放起烟火，一齐拥出，驱牛马而行。<u>比前番割麦时倍觉声势，如此用兵倒好耍子。</u>魏人见之，必疑是神鬼，不敢来追赶。"张嶷受计引兵而去。孔明又唤魏延、姜维分付曰："汝二人同引一万兵，去北原寨口接应木牛流马，以防交战。"又唤廖化、张翼分付曰："汝二人引五千兵，去断司马懿来路。"又唤马忠、马岱分付曰："汝二人引二千兵去渭南搦战。"<u>先遣一队天将，后遣三队人兵。</u>六人各各遵令而去。

且说魏将岑威引军驱木牛流马，装载粮草，正行之间，忽报前面有兵巡粮。岑威令人哨探，果是魏兵，<u>人且可以妆神，蜀何不可妆魏。</u>遂放心前进。两军合在一处，忽然喊声大震，蜀兵就本队里杀起，大呼："蜀中大将王平在此！"魏兵措手不及，被蜀兵杀死大半。岑威引败兵抵敌，被王平一刀斩了，馀皆溃散。王平引兵尽驱木牛流马而回，<u>司马懿用别人文字却倒被别人用了去。</u>败兵飞奔报入北原寨内。郭淮闻军粮被劫，疾忙引军来救。王平令兵扭转木牛流马舌头，俱弃于道中，且战且走。郭淮教且莫追，只驱回木牛流马。众军一齐驱赶，却那里驱得动？此时却似盗石人石马矣。郭淮心中疑惑，正无奈何，忽鼓角喧天，喊声四起，两路兵杀来，乃魏延、姜维也。王平复引兵杀回。三路夹攻，郭淮大败而走。王平令军士将牛马舌头重复扭转，驱赶而行。司马懿但能学文，不能学舌。郭淮望见，方欲回兵再追，只见山后烟云突起，一队神兵拥出，一个个手执旗剑，怪异之状，拥护木牛流马如风拥而去。妆神作怪只为抢粮之用，与前卷天蓬元帅正是一般。郭淮大惊曰："此必神助也！"众军见了，无不惊畏，不敢追赶。

却说司马懿闻北原兵败，急自引军来救。方到半路，忽一声炮响，两路兵自险峻处杀出，喊声震地。旗上大书"汉将张翼廖化"。司马懿见了大惊。魏军着慌，各自逃窜。正是：

路逢神将粮遭劫，身遇奇兵命又危。

未知司马懿怎地抵敌，且看下文分解。

第一百三回　上方谷司馬受困
　　　　　五丈原諸葛禳星

五丈原諸葛禳星

二出祁山之前，有魏侵吴、吴破魏之事。六出祁山之时，又有吴侵魏、魏破吴之事。犹是吴也，御魏则胜，攻魏则不胜。何也？曰：无讨贼之志也。魏之侵吴，司马懿在焉，乃曹休一败，而司马引归，为虑武侯之将伐魏也。吴之侵魏，陆逊在焉，乃诸葛瑾一败，而陆逊亦引归，此岂亦虑武侯之将伐吴乎？本无所虑，而一败辄退，使武侯之倚赖于吴者，竟成画饼。悲夫！

武侯一生，用火攻者凡五，有烧之而不必杀之者，如博望之烧，不必杀夏侯惇；新野之烧，不必杀曹仁；赤壁之烧，不必杀曹操是也。有烧之而必欲杀之者，如盘蛇谷之烧，必欲杀藤甲；上方谷之烧，必欲杀司马懿是也。乃不欲杀之，则果无一人之见杀；必欲杀之，则独有一事之不同。何也？人曰：天之助魏。予曰：非天之助魏，而天之助晋也。天为助晋而雨，则不惟不助魏，乃正所灭魏与！

或谓武侯知曹操之不死，而特使关公释之；知陆逊之不死，而特使黄承彦救之。若独于司马氏三人，而不能预知其不死，是不智也。知其不死，而必欲置之于死，是逆天也。予曰不然。华容之役，不遣别将，或以为孔明咎矣。鱼腹之役，不报猇亭，或又以为孔明咎矣。以为人之纵之，而非天之纵之也。唯至于上方谷之事，而殚虑竭能，尽其人力，然而人不纵之，而天终纵之。夫然后天下后世，不得以谋事之不忠咎武侯，而武侯亦得告无憾于先帝耳。

因粮于敌之计，善矣。而敌之粮不可常恃，则因粮不若运粮之善也。木牛流马之挽输，善矣。而我之粮又未可常继，则运粮又不若屯田之善也。屯田而转饷不劳，蜀之兵便，而蜀之民亦便矣。三分其田，而军屯其一，民屯其二，兵不妨民，民不苦兵。不独蜀之民便，而魏之民亦便矣。后之有事于远征者，武侯屯田渭滨之法，其何可以不讲乎？

司马懿克日而擒孟达，未尝受诏于曹丕；受巾帼而不战，何独受诏于曹叡！知其军中请诏之诈，而临行所受之诏，亦必其密启之魏主，而求其赐之者也。为将之道，贵于随机应变，便宜行事。岂有既出师以后，而为将者复有欲战之谋，千里而请命者哉？则又岂有未出师以前，而为上者主一不战之说，先期而预定者哉？由其后之非真，益可悟其前之是假。

《诗》之刺尹氏者曰："谁秉国钧，不自为政。"盖言大臣误天子，而大臣所用者误大臣也。武侯之自校簿书，殆鉴诸此矣。托马谡而马谡失之，释苟安而苟安负之，任李严而李严又背之，其犹敢以弗躬弗亲而取咎与？故处陈平、丙吉之世，可以不为武侯；而当武侯之时，不得复为陈平、丙吉。

天下岂有寿而可借者哉？若寿而可借，则死亦可诅也。武侯祝之，仲达何必不诅之？武侯自祝之，何不取仲达而诅之也？天下岂有星而可救者哉？若星可救，则雨亦可止也。风将借之，雨独不能止之？陈仓之雨，既知之而预备之。上方谷之雨，何以不知之，而勿烧之也？然则武侯之祝寿而禳星者，毋乃愚乎？曰：武侯非为己请命，而为汉请命耳。忠臣之事君，如孝子之事父母，知其亲之将殂，而不复为之求医，不复为之问卜者，必非人情。然则武侯之披发步罡，与金滕之秉圭植璧一而已矣！

却说司马懿被张翼、廖化一阵杀败，匹马单枪，望密林间而走。张翼收住后军，廖化当先追赶。看看赶上，懿着慌，绕树而转。化一刀砍去，正欲在树上；及拔出刀时，懿已走出林外。^{与马超追曹操相似。}廖化随后赶出，却不知去向，但见树林之东，落下金盔一个。廖化取盔捎在马上，一直望东追赶。原来司马懿把金盔弃于林东，却反向西走去了。^{与孙坚之弃赤帻相似。}廖化追了一程，不见踪迹，奔出谷口，遇见姜维，同回寨见孔明。张嶷早驱木牛流马到寨，交割已毕，获粮万馀石。廖化献上金盔，录为头功。魏延心中不悦，口出怨言。孔明只做不知。^{又为后文伏笔。}

　　且说司马懿逃回寨中，心甚恼闷。忽使命赍诏至，言东吴三路入寇，朝廷正议命将抵敌，令懿等坚守勿战。^{此则是魏主之诏矣，然亦司马懿教之于前也。}懿受命已毕，深沟高垒，坚守不出。^{以下按过西蜀，再叙吴、魏。}

　　却说曹叡闻孙权分兵三路而来，亦起兵三路迎之，命刘劭引兵救江夏，田豫引兵救襄阳，叡自与满宠率大军救合淝。满宠先引一军至巢湖口，望见东岸战船无数，旌旗整肃。宠入军中奏魏主曰："吴人必轻我远来，未曾提备，今夜可乘虚劫其水寨，必得全胜。"^{此写魏将用计，三路中只写一路。}魏主曰："汝言正合朕意。"即令骁将张球领五千兵，各带火具，从湖口攻之；满宠引兵五千，从东岸攻之。是夜二更时分，张球、满宠各引军悄悄望湖口进发；将近水寨，一齐呐喊杀入。吴兵慌乱，不战而走，被魏军四下举火，烧毁战船，粮草、器具不计其数。^{吴人两次以火攻胜魏，今却反为魏所烧，何其愈也。}诸葛瑾率败兵逃走沔口。魏兵大胜而回。次日，哨军报知陆逊。逊集诸将议曰："吾当作表申奏主上，请撤新城之围，以兵断魏军归路，吾率众攻其前；彼首尾不敌，一鼓可破也。"^{此写吴将用计，三路中只写两路。}众服其言。陆逊即具表，遣一小校密地赍往新城。小校领命，赍着表文行至渡口，不期被魏兵伏路的捉住，解赴军中见魏主曹叡。叡搜出陆逊表文，览毕叹曰："东吴陆逊真妙算也！"遂令将吴卒监下，令刘劭谨防孙权后兵。<small>魏将用计而吴人不知，吴将用计而魏人知备，亦天意也。</small>

却说诸葛瑾大败一阵，又值暑天，人马多生疾病，乃修书一封，令人转达陆逊，议欲撤兵还国。逊看书毕，谓来人曰："拜上将军，吾自有主意。"使者回报诸葛瑾。瑾问："陆将军作何举动？"使者曰："但见陆将军催督众人于营外种豆菽，自与诸将在辕门射戏。"<small>从容不迫，颇有名士风流，然不似他人之燕雀处堂也。</small>瑾大惊，亲自往陆逊营中，与逊相见，问曰："今曹叡亲来，兵势甚盛，都督何以御之？"逊曰："吾前遣人奏表于主上，不料为敌人所获。机谋既泄，彼必知备；与战无益，不如且退。已差人奉表约主上缓缓退兵矣。"<small>前上表用实写，后上表用虚写。</small>瑾曰："都督既有此意，即宜速退，何又迟延？"逊曰："吾军欲退，当徐徐而动。今若便退，魏人必乘势追赶，此取败之道也。足下宜先督船只诈为拒敌之意，吾悉以人马向襄阳而进，为疑敌之计，然后徐徐退归江东，魏兵自不敢近耳。"<small>与武侯火烧操琴一样意思。</small>瑾依其计，辞逊归本营，整顿船只，预备起行。陆逊整肃部伍，张扬声势，望襄阳进发。<small>以进为退，是为善退。</small>早有细作报知魏主，说吴兵已动，须用提防。魏将闻之，皆要出战。魏主素知陆逊之才，谕众将曰："陆逊有谋，莫非用诱敌之计？不可轻动。"众将乃止。数日后，哨卒报来："东吴三路兵马皆退矣。"魏主未信，再令人探之，回报果然尽退。魏主曰："陆逊用兵不亚孙、吴，东南未可平也。"<small>善进为能，退亦为能。</small>因敕诸将，各守险要，自引大军屯合淝，以伺其变。<small>以下按过吴、魏，再叙武侯。</small>

却说孔明在祁山，欲为久驻之计，乃令蜀兵与魏民相杂种田，军一分，民二分，并不侵犯，魏民皆安心乐业。（木牛流马运粮虽便，不如屯田之尤便。）司马师入告其父曰："蜀兵劫去我许多粮米，今又令蜀兵与我民相杂屯田于渭滨，以为久计，似此真为国家大患。父亲何不与孔明约期大战一场，以决雌雄？"懿曰："吾奉旨坚守，不可轻动。"（老儿油嘴，只是害怕耳。）正议间，忽报魏延将着元帅前日所失金盔，前来骂战。（先以失金盔盖之，后乃以送巾帼辱之。）众将忿怒，俱欲出战。懿笑曰："圣人云：'小不忍则乱大谋。'但坚守为上。"（今之引书中言语以掩饰其短者，大率类此。）诸将依令不出。魏延辱骂良久方回。

孔明见司马懿不肯出战，乃密令马岱造成木栅，营中掘下深堑，多积干柴引火之物；周围山上，多用柴草虚用窝铺，内外皆伏地雷。置备停当，孔明附耳嘱之曰："可将葫芦谷后路塞断，暗伏兵于谷中。若司马懿追到，任他入谷，便将地雷干柴一齐放起火来。"（葫芦里却是卖火药。）又令军士昼举七星号带于谷口，夜设七盏明灯于山上，以为暗号。（七星灯之火正与下文之火相应，燎原之大，未有不本于星星之细者也。）马岱受计引兵而去。孔明又唤魏延分付曰："汝可引五百兵去魏寨讨战，务要诱司马懿出战，不可取胜，只可诈败。懿必追赶，汝可望七星旗处而入；若是夜间，则望七盏灯处而走。只要引得司马懿入葫芦谷内，吾自有擒之之计。"（如孙行者以葫芦装人。）魏延受计，引兵而去。孔明又唤高翔分付曰："汝将木牛流马或二三十为一群，或四五十为一群，各装米粮，于山路往来行走。如魏兵抢去，便是汝之功。"（此又测摸不定。）高翔领计，驱驾木牛流马去了。孔明将祁山兵一一调去，只推屯田，分付："如别兵来战，只许诈败；若司马懿自来，方并力只攻渭南，断其归路。"（算到他归路，是算无遗策。）孔明分拨已毕，自引一军近上方谷下营。

且说夏侯惠、夏侯和二人入寨告司马懿曰："今蜀兵四散结营，各处屯田，以为久计；若不趁此时除之，纵令安居日久，深根固蒂，难以摇动。"懿曰："此必又是孔明之计。"^{只是不敢一出头。}二人曰："都督若如此疑虑，寇敌何时得灭？我兄弟二人当奋力决一死战，以报国恩。"懿曰："既如此，汝二人可分头出战。"^{自己不敢出头，却推别人去试一试。}遂令夏侯惠、夏侯和各引五千兵去讫，懿坐待回音。

却说夏侯惠、夏侯和二人分兵两路，正行之间，忽见蜀兵驱木牛流马而来。二人一齐杀将过去，蜀兵大败奔走，木牛流马尽被魏兵抢获，解送司马懿营中。^{以木牛流马引诱司马懿，是以牛引马，以马引马也。}次日又劫掳得人马百馀，亦解赴大寨。^{既以流马引马，又以活马引马。}懿将解到蜀兵诘审虚实，蜀兵告曰："孔明只料都督坚守不出，尽命我等四散屯田，以为久计，不想却被擒获。"^{此明系武侯所教，却不叙明，令读者自知。}懿即将蜀兵尽皆放回。夏侯和曰："何不杀之？"懿曰："量此小卒，杀之无益。放归本寨，令说魏将宽厚仁慈，释彼战心，此吕蒙取荆州之计也。"^{照应七十五卷中事。}遂传令今后凡有擒到蜀兵，俱当善遣之，乃重赏有功将吏。诸将皆听令而去。

却说孔明令高翔佯作运粮，驱驾木牛流马，往来于上方谷口。夏侯惠等不时截杀，半月之间连胜数阵。^{省笔之法。}司马懿见蜀兵屡败，心中欢喜。一日，又擒到蜀兵数十人。懿唤到帐下问曰："孔明今在何处？"众告曰："诸葛丞相不在祁山，在上方谷西十里下寨安住。令每日运粮屯于上方谷。"^{此又明系武侯所教，今却不叙明，令读者自知。}懿备细问了，即将众人放去，乃唤诸将分付曰："孔明今不在祁山，在上方谷安营。汝等于明日可一齐并力攻取祁山大寨，吾自

引兵来接应。"　今番却骗得
出头了。众将领命，各各准备出战。司马师曰：
"父亲何故反欲攻其后？"懿曰："祁山乃蜀人之根本，若见我
兵攻之，各营必尽奔救；我却取上方谷烧其粮草，彼必首尾不
接，必大败也。"　欲攻上方，先取祁山，自以为
妙计，那知正中了别人妙计。司马师拜服。懿即发兵
起行，令张虎、乐𬘭各引五千兵，在后救应。

且说孔明正在山上，望见魏兵或三五千一行，或一二千一
行，队伍纷纷，前后顾盼，料必来取祁山大寨，乃密传令众将：
"若司马懿自来，汝等便往劫魏寨，夺了渭南。"　骗他出户，
便使无家。众将
各各听令。

却说魏兵皆奔祁山寨来，蜀兵四下一齐呐喊奔走，虚作救应
之势。司马懿见蜀兵都去救祁山寨，便引二子并中军护卫人马，
杀奔上方谷来。　今番着了
道儿。魏延在谷口，只盼司马懿到来，忽见一枝
魏兵杀到，延纵马向前视之，正是司马懿。　候久
了。延大喝曰："司马
懿休走！"舞刀相迎。懿挺枪接战。不上三合，延拨回马便走，
懿随后赶来。延只望七星旗处而走。懿见魏延只一人，军马又
少，放心追之，令司马师在左，司马昭在右，懿自居中，一齐攻
杀将来。　不是三马同槽，却
是三马落阱矣。魏延引五百兵皆退入谷中去。懿追到谷
口，先令人入谷中哨探。　亦甚把
细。回报谷内并无伏兵，山上皆是草
房。懿曰："此必是积粮之所也。"遂大驱士马尽入谷中。懿忽
见草房上尽是干柴，前面魏延已不见了。懿心疑，谓二子曰：
"倘有兵截断谷口，如之奈何？"　至此方疑，
已是迟了。言未已，只听得喊声
大震，山下一齐丢下火把来，烧断谷口。魏兵奔逃无路。山上火
箭射下，地雷一齐突出，草房内干柴都着，刮刮杂杂，火势冲
天。司马懿惊得手足无措，乃下马抱二子大哭曰："我父子三人

皆死于此处矣！"读至此，为之拍案一快。正哭之间，忽然狂风大作，黑气漫空，一声霹雳响处，骤雨倾盆。满谷之火，尽皆浇灭；地雷不震，火器无功。地雷怎及天雷，人火怎当霹雳火。○读至此，为之废书一叹。司马懿大喜曰："不就此时杀出，更待何时！"即引兵奋力冲杀。张虎、乐綝亦各引兵杀来接应。马岱军少，不敢追赶。司马懿父子与张虎、乐綝合兵一处，同归渭南大寨，不想寨栅已被蜀兵夺了。虽失其槽，未丧其马。郭淮、孙礼正在浮桥上与蜀兵接战。司马懿等引兵杀到，蜀兵退去。懿烧断浮桥，据住北岸。

且说魏兵在祁山攻打蜀寨，听知司马懿大败，失了渭南营寨，军心慌乱，急退时，四面蜀兵冲杀将来。魏兵大败，十伤八九，死者无数，馀众奔过渭北逃生。孔明在山上见魏延诱司马懿入谷，一霎时火光大起，心中甚喜，以为司马懿此番必死。不期天雨大降，火不能着，哨马报说司马懿父子俱逃去了。孔明叹曰："'谋事在人，成事在天。'不可强也！"知其不可而强为之，亦欲自尽其人事耳，若竟诿之天而不为之谋，岂昭烈托孤之意哉？后人有诗叹曰：

谷口风狂烈焰飘，何期骤雨降青霄。

武侯妙计如能就，安得山河属晋朝！

却说司马懿在渭北寨内传令曰："渭南寨栅今已失了，诸将如再言出战者斩。"只是不要出头好。众将听令，据守不出。郭淮入告曰："近日孔明引兵巡哨，必将择地安营。"懿曰："孔明若出武功，依山而东，我等皆危矣；若出渭南，西止五丈原，方无事也。"此是欺人之语。明知孔明必屯五丈原，故诈为此言，以安众心耳。令人探之，回报果屯五丈原。

司马懿以手加额曰："大魏皇帝之洪福也！"_{老儿油嘴。}遂令诸将："坚守勿出，彼久必自变。"

且说孔明自引一军屯于五丈原，累令人搦战，魏兵只不出。孔明乃取巾帼并妇人缟素之服，盛于大盒之内，修书一封，遣人送至魏寨。_{既送巾帼，又送缟服，唯是妇人，又是寡妇矣。}诸将不敢隐蔽，引来使入见司马懿。懿对众启盒视之，内有巾帼妇人之衣，并书一封。懿拆视其书，略曰：

仲达既为大将，统领中原之众，不思披坚执锐，以决雌雄，乃甘窟守土巢，谨避刀箭，与妇人又何异哉！今遣人送巾帼素衣至，如不出战，可再拜而受之。倘耻心未泯，犹有男子胸襟，早与批回，依期赴敌。

司马懿看毕，心中大怒，乃佯笑曰："孔明视我为妇人耶！"即受之，_{亏他耐得，便是今日妇人亦不肯自以为妇人，而耐男子之气也。}令重待来使。懿问曰："孔明寝食及事之烦简若何？"使者曰："丞相夙兴夜寝，罚二十以上皆亲览焉。所啖之食，日不过数升。"懿顾谓诸将曰："孔明食少事烦，其能久乎？"_{更无别策，只好咒他死，却不想受了他巾帼女衣，是竟为孔明之妇矣。若咒死了他，则是真正寡妇也。}使者辞去，回到五丈原，见了孔明，具说："司马懿受了巾帼女衣，看了书札，并不嗔怒，只问丞相寝食及事之烦简，绝不提起军旅之事。某如此应对，彼言：食少事烦，岂能长久？"孔明叹曰："彼深知我也！"_{武侯亦自料其不久于人世也。}主簿杨颙曰："某见丞相常自校簿书，窃以为不必。夫为治有礼，上下不可相侵。譬之治家之道，必使仆执耕，婢典爨，私业无旷，所求皆足，其家主从容自在，高枕饮食而已。若皆身亲其事，将形疲神困，终无一成。岂其智之不如婢仆哉？失为家主之道也。是故古人称：坐而论道，谓之三公；作而行之，谓之士大夫。昔丙吉忧牛喘，而不问横道死人；陈平不知钱谷之数，曰：‘自有主者。’ 陈平、丙吉当国家无事之时，岂可与武侯一例论乎？今丞相亲理细事，汗流终日，岂不劳乎？司马懿之言，真至言也。”孔明泣曰：“吾非不知。但受先帝托孤之重，唯恐他人不似我尽心也！” 正是"鞠躬尽瘁"之意。众皆垂泪。自此孔明自觉神思不宁。诸将因此未敢进兵。

却说魏兵皆知孔明以巾帼女衣辱司马懿，懿受之不战。众将尽忿，入帐告曰：“我等皆大国名将，安忍受蜀人如此之辱！即请出战，以决雌雄。” 主将已是雌了，人雄出甚么来。懿曰：“吾非不敢出战而甘心受辱也。奈天子明诏，令坚守勿动。今若轻出，有违君命矣。” 老儿油嘴。何不云"将在外，君命有所不受"乎？众将俱忿怒不平。懿曰：“汝等皆要出战，待我奏准天子，同力赴敌，何如？” 浑身是解说。众皆允诺。懿乃写表，遣使直至合淝军前，奏闻魏主曹叡。叡拆表览之。表略曰：

臣才薄任重，伏蒙明旨，令臣坚守不战，以待蜀人之自毙。奈今诸葛亮遗臣以巾帼，待臣如妇人，耻辱至甚！臣谨先达圣聪，旦夕将效死一战，以报朝廷之恩，以雪三军之耻。臣不胜激切之至！ 纯是假话。

叡览讫，乃谓多官曰：“司马懿坚守不出，今何故又上表求战？”卫尉辛毗曰：“司马懿本无战心，必因诸葛亮耻辱，众将忿怒之故，特上此表，欲更乞明旨，以遏诸将之心耳。"　^{辛毗猜破仲}^{达之诈。}叡然其言，即令辛毗持节至渭北寨传谕，令勿出战。司马懿接诏入帐，辛毗宣谕曰："如再有敢言出战者，即以违旨论。"^{此时不独}^{司马懿为}^{妇人，曹叡亦}^{为妇人矣。}众将只得奉诏。懿暗谓辛毗曰："公真知我心也！"于是令军中传说："魏主命辛毗持节，传谕司马懿勿得出战。"蜀将闻知此事，报与孔明。孔明笑曰："此乃司马懿安三军之法也。"^{此法瞒不得辛毗，}^{怎瞒得武侯耶？}姜维曰："丞相何以知之？"孔明曰："彼本无战心，所以请战者，以示武于众耳。岂不闻'将在外，君命有所不受'。安有千里而请战者乎？^{若必请诏而后战，则上方谷}^{之兵何以不闻奉诏而出也？}此乃司马懿因将士忿怒，故借曹叡之意，以制众人。今又播传此言，欲懈我军心也。"^{若蜀兵懈惰，}^{懿必复出矣。}

正论间，忽报费祎到。孔明请入问之，祎曰："魏主曹叡闻东吴三路进兵，乃自引大军至合淝，令满宠、田豫、刘劭分兵三路迎敌。满宠设计尽烧东吴粮草战具，吴兵多病。陆逊上表于吴王，约会前后夹攻，不意赍表人中途被魏兵所获，因此机关泄漏，吴兵无功而还。"孔明听知此信，长叹一声，不觉昏倒于地。^{"谋事在人，成事在}^{天"，于此愈信。}众将急救，半晌方苏。孔明叹曰："吾心昏乱，旧病复发，恐不能生矣！"是夜，孔明扶病出帐，仰观天文，十分惊慌，入帐谓姜维曰："吾命在旦夕矣！"维曰："丞相何出此言？"孔明曰："吾见三台星中，客星倍明，主星幽暗，相辅列曜，其光昏暗。天象如此，吾命可知！"^{但观前日之雨，不必}^{更观今日之星矣。}维曰："天象虽则如此，丞相何不用祈禳之法挽回之？"孔明曰："吾素谙祈禳之法，但未知天意若何。汝可引甲士四十九人，各执皂旗，穿皂衣，环绕帐外；我自于帐中祈禳北斗。若七日内主灯不灭，吾寿可增一纪；如灯灭，吾必死矣。闲杂人等，休教放人。凡一应需用之物，只令二小童搬运。"此等禳星法，是真本事，不似今日道士禳星，是骗姜维领命，自去准备。时值八月中秋，是夜银河耿斋供吃也。耿，玉露零零，旌旗不动，刁斗无声。写军中秋夜，与子美暮姜维在上河阳桥之诗相仿佛。帐外引四十九人守护。孔明自于帐中设香花祭物，地上分布七盏大灯，外布四十九盏小灯，内安本命灯一盏。上方谷只有此盏灯，此处又添出无数小灯，灯孔明拜祝曰："亮生于乱世，甘老林泉；承昭烈皇帝三顾与灯前后之恩，托孤之重，不敢不竭犬马之劳，誓讨国贼。不意将星欲相应。坠，阳寿将终。谨书尺素，上告穹苍，伏望天慈，俯垂鉴听，曲延臣算，使得上报君恩，下救民命，克复旧物，永延汉祀。非敢妄祈，实由情切。"是非为己请命，拜祝毕，就帐中俯伏待旦。不像而为汉请命也。今之伏坛道士，本无诚心，次日，扶病理事，吐血不止。日则计议军机，一味妆模做样也。夜则步罡踏斗。一发食少事烦

却说司马懿在营中坚守，忽一夜仰观天文大喜，谓夏侯霸曰："吾见将星失位，孔明必然有病，不久便死。幸灾乐祸，只缘你无可奈何耳。可引一千军去五丈原哨探。若蜀人攘乱，不出接战，孔明必然患病矣。吾当乘势击之。"此时何不奉霸引兵而去。孔明在帐中祈禳天子诏？已及六夜，见主灯明亮，心中甚喜。姜维入帐，正见孔明披发仗剑，踏罡步斗，压正将星。忽听得寨外呐喊，方欲令人出问，魏延飞步入告曰："魏兵至矣！"延脚步急，竟将主灯扑灭。谷中之火为大孔明弃剑而叹曰："死生有命，不可得而禳雨所扑灭，帐中之火为魏延所扑灭，前后相映也！"原是禳不得，可魏延惶恐，伏地请罪。姜维忿怒，拔剑欲杀魏破愚知之见。

延。正是：

万事不由人做主，一心难与命争衡。

未知魏延性命如何，且看下文分解。

第一百四回　陨大星汉丞相归天　见木像魏都督丧胆

　　或疑武侯有灵异之术，如八阵图、木牛流马之类，几于神矣，仙矣，而终不免于一死者，何也？曰：武侯非左慈、李意之比也。长生不死，为出世之神仙；有生有死，为入世之圣贤。学圣贤则不失为真实，学神仙则多至于妖妄。武侯不以神仙之不可知者，示天下以可疑；正以圣贤之无不可知者，示天下以可法耳。

　　曹操、司马懿之为相，与诸葛武侯之为相，其总揽朝政相似也，其独握兵权相似也，其神机妙算，为众推服，又相似也。而或则篡，而或则忠者，一则有私，一则无私；一则为子孙计，一则不为子孙计故也。操之临终，必嘱曹丕；懿之临终，必嘱师、昭。而武侯不然。其行丞相事，则托之蒋琬、费祎矣；其行大将军事，则付之姜维矣。而诸葛瞻、诸葛尚，曾不与焉。自桑八百株、田十五顷而外，更无有一事以增家虑。则出将入相之孔明，依然一弹琴抱膝之孔明耳。原其初心，本欲俟功成之后，为泛湖之范蠡，辟谷之张良，而无如事之未终，乃卒于五丈原之役。呜呼！有人如此，尚得于功名富贵中求之哉！

　　五丈原之役，所以践"死而后已"之一语也。而有死而不已者：后事有所托，则九伐中原，将自此而始；前事有所承，则六出祁山，不自此而止也。又有死而不死者：蜀人之思孔明，皆有一未死之孔明在其心；魏人之畏孔明，如有一未死之孔明在其目也。岂独当日之刻像于车中者为然哉！后世之慕义者，读出师二表，无不歔欷慷慨，想见其为人。则虽谓武侯至今未尝死，至今未尝已焉，可也。

　　死为定数，而武侯有不欲死之心，何也？曰：念托孤之任重，则不可以死；念嗣君之才劣，则不可以死；外顾敌之未灭，如内顾诸臣，更无一人堪与我匹者，则又不可以死。不可以死而死，此武侯所以不欲死也。虽然，人事已尽，则亦可以无憾于死。无憾于死，则不可死者，其心；而可以死者，其事也。老泉以不可死者责管仲，而独不能以此责武侯。则武侯之死，殆贤于管仲多矣。

管仲尊周，有拨乱之风；乐毅存燕，有继绝之力，武侯自比管、乐，特以拨乱继绝之意自寓耳。而武侯之才与品，有非管、乐之所能及者。其用兵，则年少之子牙也；其辅主，则异姓之公旦也，至其出处大纲，又与伊尹最相仿佛。如先识三分，非先觉乎？躬耕南阳，非乐道乎？三顾而出，非三聘之幡然乎？鞠躬尽瘁，非自任以天下之重乎？兄弟各事一国，而天下不以为疑，非犹五就汤五就桀之迹乎？专国十二年，而后主不以为疑，非犹迁桐宫废太甲之事乎？始之不求闻达，依然千驷弗视之心；继之誓愿讨贼，无异一夫不获之耻，三代以后，一人而已！

却说姜维见魏延踏灭了灯，心中忿怒，拔剑欲杀之。孔明止之曰："此吾命当绝，非文长之过也。"维乃收剑。孔明吐血数口，卧倒床上，谓魏延曰："此是司马懿料吾有病，故令人来探视虚实。汝可急出迎敌。"〔抱病若此，料事到底如神。〕魏延领命，出帐上马，引兵杀出寨来。夏侯霸见了魏延，慌忙引军退走。延追赶二十馀里方回。孔明令魏延自回本寨把守。

姜维入帐，直至孔明榻前问安。孔明曰："吾本欲竭忠尽力，恢复中原，重兴汉室；奈天意如此，吾旦夕将死。吾平生所学，已著书二十四篇，计十万四千一百一十二字，内有八务、七戒、六恐、五惧之法。务居其一，戒、恐、惧居其三，可见用兵之道，贵在小心。吾遍观诸将，无人可授，独汝可传我书。切勿轻忽！"维哭拜而受。孔明又曰："吾有'连弩'之法，不曾用得。其法：矢长八寸，一弩可发十矢，皆画成图本。汝可依法造用。"为后文射魏兵伏线。维亦拜受。孔明又曰："蜀中诸道，皆不必多忧；唯阴平之地，切须仔细。此地虽险峻，久必有失。"为后文邓艾入川伏线。又唤马岱入帐，附耳低言，授以密计，嘱曰："我死之后，汝可依计行之。"为后文斩魏延伏线。岱领计而出。少顷，杨仪入。孔明唤至榻前，授与一锦囊，密嘱曰："我死，魏延必反；待其反时，汝与临阵，方开此囊。那时自有斩魏延之人也。"为后文临阵见马岱伏线。孔明一一调度已毕，便昏然而倒，至晚方苏，便连夜表奏后主。后主闻奏大惊，急令尚书李福星夜至军中问安，兼询后事。李福领命，趱程赴五丈原，入见孔明，传后主之命，问安毕。孔明流涕曰："吾不幸中道丧亡，虚废国家大事，得罪于天下。我死后，公等宜竭忠辅主。国家旧制，不可改易。吾所用之人，亦不可轻废。周公曰："厥若夷及，抚事如予。"伊尹曰："无以辩言乱旧政。"同此意也。吾兵法皆授与姜维，他自能继吾之志，为国家出力。为后九伐中原伏线。吾命已在旦夕，当即有遗表上奏天子也。"李福领了言语，匆匆辞去。

孔明强支病体，令左右扶上小车，出寨遍观各营，自觉秋风吹面，彻骨生寒，写尽病躯。妙在"自觉"二字。乃长叹曰："再不能临阵讨贼矣！悠悠苍天，曷其有极！"千古以下，同此悲愤。○宗泽临终大呼"过河"者三，又高吟"出师未捷身先死，长使英雄泪满襟"之句，盖亦以诸葛武侯自况也。叹息良久。回到帐中，病转沉重，乃唤杨仪分付曰："马岱、王平、廖化、张翼、张嶷等，皆忠死之士，久经战阵，多负勤劳，堪可委用。<small>前对李福止言姜维，此对杨仪并及此数人。</small>我死之后，凡事俱依旧法而行。<small>前与李福言者是国法。此与杨仪言者是军法。</small>缓缓退兵，不可急骤。汝深通谋略，不必多嘱。姜伯约智勇足备，可以断后。"<small>嘱杨仪亦重托姜维。</small>杨仪泣拜受命。孔明令取文房四宝，于卧榻上手书遗表，以达后主。表略曰：

伏闻生死有常，难逃定数。死之将至，愿尽愚忠。臣亮赋性愚拙，遭时艰难，分符拥节，专掌钧衡，兴师北伐，未获成功。何期病入膏肓，命垂旦夕，不及终事陛下，饮恨无穷！伏愿陛下清心寡欲，约己爱民；达孝道于先皇，布仁恩于宇下；提拔幽隐，以进贤良；屏斥奸邪，以厚风俗。<small>即"亲贤臣，远小人"之意。</small>臣家有桑八百株，田五十顷，子孙衣食，自有馀饶。至于臣在外任，随身所需，悉仰于官，不别治生产。臣死之日，不使内有馀帛，外有馀财，以负陛下也。

孔明写毕，又嘱杨仪曰："吾死之后，不可发丧。可作一大龛，将吾尸坐于龛中，以米七粒放吾口内；脚下用明灯一盏；军中安静如常，切勿举哀，则将星不坠，吾阴魂更自起镇之。<small>神奇之极。</small>司马懿见将星不坠，必然惊疑。吾军可令后寨先行，然后一营一营缓缓而退。若司马懿来追，汝可布成阵势，回旗反鼓。等他来到，却将我先时所雕木像，安于车上，推出军前，令大小将士，分列左右。懿见之必惊走矣。"<small>前用木牛木马，今又用木人，何先生之善能驱使草木也。</small>杨仪一一领诺。是夜，孔明令人扶出，仰观北斗，遥指一星曰："此吾之将星也。"<small>奇绝。</small>众视之，见其色昏暗，摇摇欲坠。孔明以剑止之，口中念咒。更是神奇之极。咒毕急回帐时，不省人事。众将正慌乱间，忽尚书李福又至，见孔明昏绝，口不能言，乃大哭曰："我误国家之大事也！"须臾，孔明复醒，又奇。开目遍视，见李福立于榻前。孔明曰："吾已知公复来之意也。"奇绝。福谢曰："福奉天子命，问丞相百年后，谁可任大事者。适因匆遽，失于谘请，故复来耳。"孔明曰："吾死之后，可任大事者，蒋公琰其宜也。"福曰："公琰之后，谁可继之？"孔明曰："费文祎可继之。"福又问："文祎之后，谁当继者？"孔明不答。费祎之后，汉祚亦终矣，孔明所以不答。众将近前视之，已薨矣。时建兴十二年秋八月二十三日也，寿五十四岁。后杜工部有诗叹曰：

> 长星昨夜坠前营，讣报先生此日倾。
> 虎帐不闻施号令，麟台谁有著勋名。
> 空馀门下三千客，辜负胸中百万兵。
> 好看绿阴清昼里，于今无复迓歌声！

白乐天亦有诗曰：

> 先生晦迹卧山林，三顾那逢贤主寻。
> 鱼到南阳方得水，龙飞天外便为霖。
> 托孤既尽殷勤礼，报国还倾忠义心。
> 前后出师遗表在，令人一览泪沾襟。

初，蜀长水校尉廖立，自谓才名宜为孔明之副，尝以职位闲散，怏怏不平，怨谤无已。于是孔明废之为庶人，徙之汶山。及闻孔明亡，乃垂泣曰："吾终为左衽矣！"李严闻之，亦大哭病死。盖严尝望孔明复收己，得自补前过；度孔明死后，人不能用之故也。管仲夺伯氏骈邑三百，没齿无怨言，夫无怨已难矣，今废之、黜之而又为之泣、为之死，孔明之得此于李、廖二人者，更不易也。○忙中忽夹叙此二事，绝有笔力。后元微之有诗赞孔明曰：

拨乱扶危主，殷勤受托孤。英才过管乐，妙策胜孙吴。

凛凛《出师表》，堂堂八阵图。如公存盛德，应叹古今无！

是夜，天愁地惨，月色无光，孔明奄然归天。姜维、杨仪遵孔明遗命，不敢举哀，依法成殓，安置龛中，令心腹将卒三百人守护；随传密令，使魏延断后，各处营寨一一退去。以下按过蜀将一边，再叙魏将一边。

却说司马懿夜观天文，见一大星，赤色，光芒有角，星有角，大奇。自东北方流于西南方，坠于蜀营内，三投再起，此是孔明神通。隐隐有声。星有声，大奇。懿惊喜曰："孔明死矣！"既惊又喜，写仲达忌孔明之甚。即传令起大兵追之。方出寨门，忽又疑虑曰："孔明善会六丁六甲之法，今见我久不出战，故以此术诈死，诱我出耳。今若追之，必中其计。"既喜又疑，写仲达畏孔明之甚。遂复勒马回寨不出，只令夏侯霸暗引数十骑，往五丈原山僻哨探消息。以下按过魏将，再叙蜀兵。

却说魏延在本寨中夜作一梦，梦见头上忽生二角，武侯既死而其星有角，魏延未死而其头梦角，亦闲闲相对。醒来甚是疑异。次日，行军司马赵直至，延请入问曰："久知足下深明《易》理。吾夜梦头生二角，不知主何吉凶？烦足下为我决之。"赵直想了半晌，答曰："此大吉之兆。麒麟头上有角，苍龙头上有角，乃变化飞腾之象也。"总之要反，则是头上生延大喜曰：“如应公言，当有重谢！”直辞去，行不数里，正^{出角耳。}遇尚书费祎。祎问何来。直曰：“适至魏文长营中，文长梦头生角，令我决其吉凶。此本非吉兆，但恐直言见怪，因以麒麟苍龙解之。”祎曰：“足下何以知非吉兆？”直曰：“角之字形，乃‘刀’下‘用’也。今头上有刀，其凶甚矣！”^{预为后文之兆。}祎曰：“君且勿泄漏。”直别去。费祎至魏延寨中，屏退左右，告曰：“昨夜三更，丞相已辞世矣。临终再三嘱付，令将军断后以当司马懿，缓缓而退，不可发丧。今兵符在此，便可起兵。”延曰：“何人代理丞相之大事？”^{此句便有不肯相下之意。}祎曰：“丞相一应大事，尽托与杨仪；用兵密法，皆授与姜伯约。此兵符乃杨仪之令也。”^{闻此数语宜其不服。}延曰：“丞相虽亡，吾今现在。杨仪不过一长史，安能当此大任？他只宜扶柩入川安葬。我自率大兵攻司马懿，务要成功。岂可因丞相一人而废国家大事耶？”^{不说投魏，只说伐魏；不说不肯听令，只说不宜回兵。以渐而来。}祎曰：“丞相遗令，教且暂退，不可有违。”延怒曰：“丞相当时若依我计，取长安久矣！^{此是不服武侯。○遥应初出祁山时事。}吾今官任前将军、征西大将军、南郑侯，^{好货}安肯与长史断后！”^{此是不服杨仪。}祎曰：“将军之言虽是，然不可轻动，令敌人耻笑。待吾往见杨仪，以利害说之，令彼将兵权让与将军，何如？”^{费祎诡词以对，极为得体。}延依其言。

祎辞延出营，急到大寨见杨仪，具述魏延之语。仪曰：“丞相临终，曾密嘱我曰：‘魏延必有异志。’今我以兵符往，实欲探其心耳。今果应丞相之言。吾自令伯约断后可也。”于是杨仪领兵扶柩先行，令姜维断后；依孔明遗令，徐徐而退。^{此处杨仪、魏延又分作两边写。}魏延在寨中不见费祎来回覆，心中疑惑，乃令马岱引十数骑往探消息。回报曰：“后军乃姜维总督，前军大半退入谷中去了。"延大怒曰:"竖儒安敢欺我!我必杀之!"因顾谓岱曰:"公肯相助否?"岱曰:"某亦素恨杨仪,今愿助将军攻之。"^{此是孔明所教,却不叙}明,令读者自知。延大喜,即拔寨引本部兵望南而行。^{以下按过蜀将一边,再叙魏营一边。}

却说夏侯霸引军至五丈原看时,不见一人,急回报司马懿曰:"蜀兵已尽退矣。"懿跌足曰:"孔明真死矣!可速追之!"夏侯霸曰:"都督不可轻追。当令偏将先往。"^{又是一番怕的。}懿曰:"此番须吾自行。"遂引兵同二子一齐杀奔五丈原来,呐喊摇旗,杀入蜀寨时,果无一人。^{只好在无人处耀武扬威,想因孔明死后,特到营中来吓鬼净宅耳。}懿顾二子曰:"汝急催兵赶来,吾先引军前进。"于是司马师、司马昭在后催军,懿自引军当先,追到山脚下,望见蜀兵不远,乃奋力追赶。忽然山后一声炮响,喊声大震,只见蜀兵俱回旗返鼓,树影中飘出中军大旗,上书一行大字曰:"汉丞相武乡侯诸葛亮。"^{此是铭旌耳,犹认作帅旗,大发一笑。}懿大惊失色。定睛看时,只见军中数十员上将,拥出一辆四轮车来。车上端坐孔明,纶巾羽扇,鹤氅皂绦。^{写司马懿先见旗,后见像,吃惊不小。}懿大惊曰:"孔明尚在!吾轻入重地,堕其计矣!"急勒回马便走。背后姜维大叫:"贼将休走!你中了我丞相之计也!"魏兵魂飞魄散,弃甲丢盔,抛戈撇戟,各逃性命,自相践踏,死者无数。^{畏蜀如虎,见死虎亦认作生虎,可发一笑。}司马懿奔走了五十馀里,背后两员魏将赶上,扯住马嚼环叫曰:"都督勿惊。"懿用手摸头曰:"我有头否?"^{惊极逼出趣语。○如无头尚然会走,则陨星安得便死。}二将曰:"都督休怕,蜀兵去远了。"懿喘息半晌,神色方定,睁目视之,乃夏侯霸、夏侯惠也;^{被死人吓怕,连活人亦几乎不认得。}乃徐徐按辔,与二将寻小路奔归本寨,使众将引兵四散哨探。

过了两日,乡民奔告曰:"蜀兵退入谷中之时,哀声震地,军中扬起白旗。孔明果然死了，止留姜维引一千兵断后。前日车上之孔明，乃木人也。"人如孔明，虽木人，可当活人；不似今人，活人却像木人也。懿叹曰："吾能料其生，不能料其死也！"解嘲语，然而颜汗矣。因此蜀中人谚曰："死诸葛能走生仲达。"武侯原是如生，仲达几乎吓死，直可谓之"生诸葛走死仲达"耳。后人有诗叹曰：

长星半夜落天枢，奔走还疑亮未殂。

关外至今人冷笑，头颅犹问有和无！

司马懿知孔明死信已确，乃复引兵追赶。无耻。行到赤岸坡，见蜀兵已去远，乃引还，顾谓众将曰："孔明已死，我等皆高枕无忧矣！"可知以前却是夜眠不贴席也。遂班师回。一路见孔明安营下寨之处，前后左右，整整有法，懿叹曰："此天下奇才也！"又在武侯死后补写武侯。于是引兵回长安，分调众将，各守隘口，懿自回洛阳面君去了。以下按过魏兵，再叙蜀事。

却说杨仪、姜维排成阵势，缓缓退入栈阁道口，然后更衣发丧，扬幡举哀。蜀军皆撞跌而哭，至有哭死者。使人畏威易，使人怀德难，孔明何以得此于蜀军哉！蜀兵前队正回到栈阁道口，忽见前面火光冲天，喊声震地，一彪军拦路。故作惊人之笔。众将大惊，急报杨仪。正是：

已见魏营诸将去，不知蜀地甚兵来。

未知来者是何处军马，且看下文分解。

第一百五回　武侯预伏锦囊计　魏主拆取承露盘

魏主拆取承露盤

此记武侯死后之事也。前营之星方殒，而魏延遂兴反汉之兵，则武侯之不可以死也。锦囊之计有遗，而魏延终应生角之梦，则武侯之实未尝死也。逆知其必叛，而不于未叛之时除之，于此见武侯之仁；不待其既叛，而早于未叛之先防之，于此见武侯之智。

魏延既反，不独司马懿一大敌也，即魏延亦一大敌也。当其焚栈道，攻南郑，使魏人知之而回兵转斗，则蜀之亡可翘足而待矣。且有杨仪与延互相讦奏，少主疑于内，诸将阻于外，且太后忧惶而未宁，廷臣聚议而未决，而卒能定之俄顷，易危而为安，则武侯身后之功，不其伟哉！武侯死，而吴之君臣惧可知也，曰："今而后莫予援已也。"武侯死，而魏之君臣喜可知也，曰："今而后莫予毒也已。"惟其惧，而边境之戍于是乎增；惟其喜，而土木之功于是乎起。然则思武侯者，不独蜀人为然也。于其戍之劳，而吴之人不得不思武侯；于其役之苦，而魏之人亦不得不思武侯。凡后人之失，未有不本于前人之失，以为之倡也。有铜雀、玉龙、金凤之台作于前，乃有总章观、青霄阁、凤凰楼之工兴于后矣；有曹丕之杀甄后，以作之于前，乃有曹叡之杀毛后，以效之于后矣。然曹操止于筑台，而叡则更劳其民于拆台；操止以其民充役，而叡至欲以官充役。毛氏比甄氏之来为正，而其被黜亦与甄氏同。曹叡曾以射鹿之事讽其父，而其杀毛氏则与其父等。尤而效之，更有甚焉。则祖宗之为法于子孙者，可不惧与？

却说杨仪闻报前路有军拦截，忙令人哨探。回报说魏延烧绝

栈道，引兵拦路。^{魏延隐然一敌国。}仪大惊曰："丞相在日，料此人久后必反，谁想今日果然如此！今断吾归路，当复如何？"费祎曰："此人必先捏奏天子，诬吾等造反，故烧绝栈道，阻遏归路。^{魏延上表事，在费祎一边虚写。}吾等亦当表奏天子，陈魏延反情，然后图之。"姜维曰："此间有一小径，名槎山，虽崎岖险峻，可以抄出栈道之后。"一面写表奏闻天子，一面将人马望嵯山小路进发。^{费祎只算得上表，姜维便算到归路。}

且说后主在成都，寝食不安，动止不宁，后作一梦，梦见成都锦屏山崩倒，^{孔明乃蜀之屏障，先主得孔明如得水，后主倚孔明如倚山。}遂惊觉，坐而待旦，聚集文武，入朝圆梦。谯周曰："臣昨夜仰观天文，见一星，赤色，光芒有角，自东北落于西南，主丞相有大凶之事。今陛下梦山崩，正应此兆。"^{泰山其颓，哲人其萎。}后主愈加惊怖。忽报李福到，后主急召入问之。福顿首泣奏丞相已亡，将丞相临终言语，细述一遍。后主闻言大哭曰："天丧我也！"哭倒于龙床之上。^{能令后主如此，不是写后主，是写武侯。}侍臣扶入后宫。吴太后闻之，亦放声大哭不已。^{能令太后如此，不是写太后，是写武侯。}多官无不哀恸，百姓人人涕泣。^{能令多官、百姓如此，不是写多官、百姓，是写武侯。}后主连日伤感，不能设朝。忽报魏延表奏杨仪造反，^{不在魏延一边写，只在后主一边写，省笔之法。}群臣大骇，入宫启奏后主。时吴太后亦在宫中。后主闻奏大惊，命近臣读魏延表。其略曰：

征西大将军、南郑侯臣魏延，诚惶诚恐，顿首上言：杨仪自总兵权，率众造反，劫丞相灵柩，欲引敌人入境。臣先烧绝栈道，以兵守御。谨此奏闻。

读毕，后主曰："魏延乃勇将，足可拒杨仪等众，何故烧绝栈道？"^{此句颇似聪明。}吴太后曰："尝闻先帝有言，孔明识魏延背后有反骨，每欲斩之；^{又将五十三回中语一提。}因怜其勇，故姑留用。今彼奏杨仪等造反，未可轻信。杨仪乃文人，丞相委以长史之任，必其人可用。今日若听此一面之词，杨仪等必投魏矣。此事当深虑远议，不可造次。"^{太后亦能于料人料事。}众官正商议间，忽报长史杨仪有紧急表到。近臣拆表读曰：

长史、绥军将军臣杨仪，诚惶诚恐，顿首谨表：丞相临终，将大事委于臣，照依旧制，不敢变更，使魏延断后，姜维次之。今魏延不遵丞相遗语，自提本部人马，先入汉中，放火烧断栈道，劫丞相灵车，谋为不轨。变起仓卒，谨飞章奏闻。

太后听毕，问："卿等所见若何？"蒋琬奏曰："以臣愚见：杨仪为人虽禀性过急，不能容物，至于筹度粮草，参赞军机，与丞相办事多时，今丞相临终，委以大事，决非背反之人。魏延平日恃功务高，人皆下之，仪独不假借；延心怀恨，今见仪总兵，心中不服，故烧栈道，断其归路，又诬奏而图陷害。臣愿将全家良贱，保杨仪不反。实不敢保魏延。"^{一个先料杨仪，次料魏延。}董允亦奏曰："魏延自恃功高，常有不平之心，口出怨言。向所以不即反者，惧丞相耳。今丞相新亡，乘机为乱，势所必然。若杨仪，才干敏达，为丞相所任用，必不背反。"^{一个先料魏延，次料杨仪，所见皆同。}后主曰："若魏延果反，当用何策御之？"蒋琬曰："丞相素疑此人，必有遗计授与杨仪。若仪无恃，安能退入谷口乎？延必中计矣。陛下宽心。"蒋琬料事如见，武侯荐之不谬。写蒋琬亦是写武侯。不多时，魏延又表至，告称杨仪反了。正览表之间，杨仪又表到，奏称魏延背反。二人接连具表，各陈是非。后表俱用虚写，省却无数笔墨。忽报费祎到。后主召入，祎细奏魏延反情。后主曰："若如此，且令董允假节释欢，用好言抚慰。"和事天子。允奉诏而去。

却说魏延烧断栈道，屯兵南谷，把住隘口，自以为得计；不想杨仪、姜维星夜引兵抄到南谷之后。仪恐汉中有失，令先锋何平引三千兵先行。仪同姜维等引兵扶柩望汉中而来。杨仪亦可谓能。

且说何平引兵径到南谷之后，擂鼓呐喊。哨马飞报魏延，说杨仪令先锋何平引兵自槎山小路抄来搦战。延大怒，急披挂上马，提刀引兵来迎。两阵对圆，何平出马大骂曰："反贼魏延安在？"延亦骂曰："汝助杨仪造反，何敢骂我！"平叱曰："丞相新亡，骨肉未寒，汝焉敢造反！"乃扬鞭指川兵曰："汝等军士，皆是西川之人，川中多有父母妻子，兄弟亲朋；丞相在日，不曾薄待汝等，今不可助反贼，宜各回家乡，听候赏赐。"众军闻言，大喊一声，散去大半。先散其兵，此必杨仪、姜维所教。延大怒，挥刀纵马，直取何平。平挺枪来迎。战不数合，平诈败而走，延随后赶来。众军弓弩齐发，延拨马而回。见众将纷纷溃散，延转怒，拍马赶上，杀了数人，却只止遏不住；只有马岱所领三百人不动。此受武侯之计，不即叙明，令读者自知。延谓岱曰："公真心助我，事成之后，决不相负。"遂与马岱追杀何平。平引兵飞走而去。魏延收聚残军，与马岱商议曰："我等投魏若何？"岱曰："将军之言，不智甚也。大丈夫何不自图霸业，乃轻屈膝于人耶？吾观将军智勇足备，两川之士，谁敢抵敌？吾誓同将军先取汉中，然后进攻西

川。"　妙，岱亦善
　　　于词令。

　　延大喜，遂同马岱引兵直取南郑。姜维在南郑城上，见魏
延、马岱耀武扬威，风拥而来。维急令拽起吊桥。延、岱二人大
叫早降。此时马岱竟似同谋，　姜维令人请杨仪商议曰："魏延勇猛，
　　　　令人猜摸不出。
更兼马岱相助，虽然军少，何计退之？"不是一番疑惑，不　仪曰：
　　　　　　　　　　　　　　见武侯遗计之妙。
"丞相临终遗一锦囊，嘱曰：'若魏延造反，临城对敌之时，方
可开拆，便有斩魏延之计。'今当取出一看。"遂出锦囊拆封看
时，题曰："待与魏延对敌，马上方许拆开。"妙在拆开又不见计　维
　　　　　　　　　　　　　　　　　　　策，令人猜摸不出。
大喜曰："既丞相有戒约，长史可收执。吾先引兵出城，列为阵
势，公可便来。"姜维披挂上马，绰枪在手，引三千军，开了城
门，一齐冲出，鼓声大震，排成阵势。维挺枪立马于门旗之下，
高声大骂曰："反贼魏延！丞相不曾亏汝，今日如何背反？"延
横刀勒马而言曰："伯约，不干你事。只教杨仪来！"魏延只恨　仪
　　　　　　　　　　　　　　　　　　　　　　　一杨仪。
在门旗影里，拆开锦囊视之，如此如此。妙在到此处又不说明，　仪大
　　　　　　　　　　　　　　　　　只是令人猜摸不出。
喜，轻骑而出，立马阵前，手指魏延而笑曰："丞相在日，知汝
久后必反，教我堤备，今果应其言。汝敢在马上连叫三声'谁敢
杀我'，便是真大丈夫，吾就献汉中城池与汝。"读者至此，正不　延
　　　　　　　　　　　　　　　　　　　　　知此是甚计策。
大笑曰："杨仪匹夫听着！若孔明在日，吾尚惧三分；他今已
亡，天下谁敢敌我？休道连叫三声，便叫三万声，亦有何难！"
遂提刀按辔，于马上大叫曰："谁敢杀我？"一声未毕，脑后一
人厉声而应曰："吾敢杀汝！"手起刀落，斩魏延于马下。来得突
　　　　　　　　　　　　　　　　　　　　　　　　　兀，出
人意　众将骇然。斩魏延者，乃马岱也。先闻其声，次见其刀，然后　原来
外。　　　　　　　　　　　　　知其人，总是写得意外。
孔明临终之时，授马岱以密计，只待魏延喊叫时，便出其不意斩
之。当日，杨仪读罢锦囊计策，已知伏下马岱在彼，故依计而

行，果然杀了魏延。_{此处方才叙明，以前却是疑阵。}后人有诗曰：

> 诸葛先机识魏延，已知日后反西川。
>
> 锦囊遗计人难料，却见成功在马前。

却说董允未及到南郑，马岱已杀了魏延，与姜维合兵一处。杨仪具表星夜奏闻后主。后主降旨曰："既已名正其罪，仍念前功，赐棺椁葬之。"_{如此待之，不失为厚。}杨仪等扶孔明灵柩到成都，后主引文武官僚，尽皆挂孝，出城二十里迎接。后主放声大哭。上至公卿大夫，下及山林百姓，男女老幼，无不痛哭，哀声震地。_{又写一番哀痛。}后主命扶柩入城，停于丞相府中。其子诸葛瞻守孝居丧。

后主还朝，杨仪自缚请罪。后主令近臣去其缚曰："若非卿能依丞相遗教，灵柩何日得归，魏延如何得灭。大事保全，皆卿之力也。"遂加杨仪为中军师。马岱有讨逆之功，即以魏延之爵爵之。_{此亦处置得停当，想必蒋公琰所教也。}仪呈上孔明遗表。后主览毕大哭，降旨卜地安葬。费祎奏曰："丞相临终，命葬于定军山，不用墙垣砖石，亦不用一切祭物。"_{补前卷中所未及。}后主从之。择本年十月吉日，后主自送灵柩至定军山安葬。_{为后文钟会感神伏线。}后主降诏致祭，谥号忠武侯；令建庙于沔阳，四时享祭。后杜工部有诗曰：

> 丞相祠堂何处寻，锦官城外柏森森。
>
> 映阶碧草自春色，隔叶黄鹂空好音。

前解"咏祠堂"，后解"咏丞相"。至"城外"然后有"丞相祠堂"，然至"城外"而见"祠堂"，是无心于见"祠堂"者也。先言"祠堂"而后至"城外"，是有心于吊"祠堂"者也。有一丞相于胸中，而至其地寻其庙，则在"锦官城外""森林"柏树之中也。三四两句是但见"祠堂"而无丞相也。"碧草春色""黄鹂好音"，入一"自"字"空"字，便凄清之极。黄鸟所以求友，旷百世而相感，君子有尚友，古人之思而无如古人，终不可见如隔叶也。

　　　　三顾频烦天下计，两朝开济老臣心。

　　　　出师未捷身先死，长使英雄泪满襟！

后解承三四来。丞相不可见于今日矣，然当时若非三顾草庐，丞相并不得见于昔日也。天下妙计，在混一不在偏安也。丞相受眷于先，并效忠于后也，虽不能混一天下，成开济之功，然老臣之计，老臣之心，则如是也。死而后已者，老臣所自矢于我者也。捷而后死者，老臣所仰望于天者也。天不可必，老臣之志则可必也。"未"字、"先"字妙绝，一似后曾恢复，而老臣未及身见之者，体其心而为言也。当日有未了之事，今日遂长留一未了之计，未了之心。嗟呼！后世英雄有其计与心而不获见诸事者，可胜道哉！在昔日为英雄之计，英雄之心，在今日皆成英雄之泪矣。

又杜工部诗曰：

　　　　诸葛大名垂宇宙，宗臣遗像肃清高。

　　　　三分割据纡筹策，万古云霄一羽毛。

前解：史迁疑子房以为魁梧奇伟，而状貌乃如妇人，"好女"二语，正与此诗起二语意相似。向闻其名，但震其大，今观其像，又叹其高，"清高"二字从遗像写出，入相则紫袍象简，出将则黄钺白旄，而今其遗像，羽扇纶巾，一何清高之至也。加一"肃"字，又有气定神闲，不动声色之意。三分割据，英才辈出，持筹扶策，比肩皆是，如孔明者，万古一人。三是泛指众人，四是独指诸葛也。鸿渐于达，其羽可用为仪，"凤翱翔于千仞兮，揽德辉而下之"，羽毛状其清，云霄状其高也。

　　　　伯仲之间见伊吕，指挥若定失萧曹。

　　　　运移汉祚终难复，志决身歼军务劳。

后解：千古罕有其匹矣。古人中可与为伯仲者，庶几其伊、吕乎？若萧、曹辈，不足数耳。然耕莘钓渭，与伊、吕同其清高；而荡秦灭楚，不得与萧、曹同其功烈。何耶？此缘汉祚之已改，非军务之或疏也。运虽移而志则决，"身"即所云"鞠躬"，"劳"即所云"尽瘁"，"歼"即所云"死而后已"，"终难复"即所云

"成败利钝，非臣逆睹"也。"终"字妙，包得前后拜表、六出祁山无数心力在内。前解慕其大名不朽，后解惜其大功不成。慕是十分慕，惜是十分惜。

　　却说后主回到成都，忽近臣奏曰："边庭报来，东吴令全综引兵数万，屯于巴丘界口，未知何意。"后主惊曰："丞相新亡，东吴负盟侵界，如之奈何？"不用顺接，忽用逆接，斗笋甚奇。蒋琬奏曰："臣敢保王平、张嶷引兵数万屯于永安，以防不测。陛下再命一人去东吴报丧，以探其虚实。"虽无全综之事，亦当报丧。后主曰："须得一舌辨之士为使。"一人应声而出曰："微臣愿往。"众视之，乃南阳安众人，姓宗名预，字德艳，官任参军、右中郎将。后主大喜，即命宗预往东吴报丧，兼探虚实。不重在报丧，重在探虚实。

　　宗预领命，径到金陵入见吴主孙权。礼毕，只见左右人皆着素衣。不消送帛，先自挂孝。权作色而言曰："吴蜀已为一家，卿主何故而增白帝之守也？"责问王平、张嶷守永安之故。预曰："臣以为东益巴丘之戍，西增白帝之守，皆事势宜然，俱不足以相问也。"预亦善于词令。权笑曰："卿不亚于邓芝。"照应八十六卷中事。乃谓宗预曰："朕闻诸葛丞相归天，每日流涕，令官僚尽皆挂孝。不是写孙权，是写武侯。朕恐魏人乘丧取蜀，故增巴丘守兵万人，以为救援，别无他意也。"说明全综守巴丘之意。预顿首拜谢。权曰："朕既许以同盟，安有背义之理？"预曰："天子因丞相新亡，特命臣来报丧。"权遂取金钅比箭一枝折之，设誓曰："朕若负前盟，子孙绝灭！"前者砍石为誓，今者折箭为誓。一为伐魏，一为和蜀。又命使赍香帛奠仪，入川致祭。冥仪四色，奉申奠敬。

　　宗预拜辞吴主，同吴使还成都，入见后主，奏曰："吴主因丞相新亡，亦自流涕，令群臣皆挂孝。其益兵巴丘者，恐魏人乘虚而入，别无异心。今折箭为誓，并不背盟。"后主大喜，重赏宗预，厚待吴使去讫。以下按过东吴，专叙西蜀。遂依孔明遗言，加蒋琬为丞相、大将军，录尚书事；加费祎为尚书令，同理丞相事；加吴懿为车骑将军，假节督汉中；姜维为辅汉将军、平襄侯，总督诸处人马，同吴懿出屯汉中，以防魏兵。^{防魏重于防吴。}其馀众校，各依旧职。

杨仪自以为年宦先于蒋琬，而位出琬下；且自恃功高，未有重赏，口出怨言，谓费祎曰："昔日丞相初亡，吾若将全师投魏，宁当寂寞如此耶！"^{杨仪为人亦与魏延乃将此言具表密奏后魏延仿佛。}费祎乃将此言具表密奏后主。后主大怒，命将杨仪下狱勘问，欲斩之。蒋琬奏曰："仪虽有罪，但前日随丞相多立功劳，未可斩也，当废为庶人。"后主从之，遂贬杨仪赴汉中嘉郡为民。仪羞惭自刎而死。^{杨仪结局却与彭羕仿佛。}

蜀汉建兴十三年，魏主曹叡青龙三年，吴主孙权嘉禾四年，三国各不兴兵。^{将三国总叙作一关锁。}单说魏主封司马懿为太尉，总督军马，安镇诸边。懿拜谢回洛阳去讫。^{以下又按下蜀吴单叙魏国。}魏主在许昌大兴土木，建盖宫殿；^{前既胜吴而归，今又闻武侯已死，故安意肆志于土木也。}又于洛阳造朝阳殿、太极殿，筑总章观，俱高十丈；又立崇华殿、青霄阁、凤凰楼、九龙池，命博士马钧监造，极其华丽，雕梁华栋，碧瓦金砖，光辉耀日。^{抵得一篇《阿房宫赋》。}选天下巧匠三万馀人，民夫三十馀万，不分昼夜而造。民力疲困，怨声不绝。

叡又降旨起土木于芳林园，使公卿皆负土树木于其中。^{公卿为栋梁，今使公卿负木，是栋梁负栋梁也。}司徒董寻上表切谏曰：

伏自建安以来，野战死亡，或门殚户尽；虽有存者，遗孤老弱。若今宫室狭小，欲广大之，犹宜随时，不妨农务，况作无益之物乎？陛下既尊群臣，显以冠冕，被以文绣，载以华舆，所以异于小人也。今又使负木担土，沾体涂足，毁国之光，以崇无益，甚无谓也。<small>役民既已不情，役官更是无礼。</small>孔子云："君使臣以礼，臣事君以忠。"无忠无礼，国何以立？臣知言出必死，而自比于牛之一毛，生既无益，死亦何损。秉笔流涕，心与世辞。臣有八子，臣死之后，累陛下矣。不胜战栗待命之至！

叡览表怒曰："董寻不怕死耶！"左右奏请斩之。叡曰："此人素有忠义，今且废为庶人。<small>做了庶人，一发该搬砖弄瓦，为役夫之事矣。</small>再有妄言者必斩！"时有太子舍人张茂，字彦材，亦上表切谏，叡命斩之。即日诏马钧问曰："朕建高台峻阁，欲与神仙往来，以求长生不老之方。"<small>武侯祈缓死，忠也；魏主求长生，愚也。</small>钧奏曰："汉朝二十四帝，惟武帝享国最久，寿算极高，盖因服天上日精月华之气也。尝于长安宫中，建柏梁台；台上立一铜人，手捧一盘，名曰'承露盘'，接三更北斗所降沆瀣之水，其名曰'天浆'，又曰'甘露'。取此水用美玉为屑，调和服之，可以反老还童。"<small>马钧是李少君一流人。</small>叡大喜曰："汝今可引人夫星夜至长安，拆取铜人，移至芳林园中。"

钧领命，引一万人至长安，令周围搭起木架，上柏梁台去。不移时间，五千人连绳引索，旋环而上。<small>公卿搬木石，是公卿为役夫；今役夫升青云，是役夫为公卿矣。</small>那柏梁台高二十丈，铜柱圆十围。马钧教先拆铜人。多人并力拆下铜人来，只见铜人眼中潸然泪下。<small>兴废无常，成毁顿易，铁汉亦心酸，铜人安得不泪下。</small>众皆大惊。忽然台边一阵狂风起处，飞砂走石，急若骤雨；一声响亮，就如天崩地裂，台倾柱倒，压死千馀人。<small>不死于兵，又死于役。君求长生，民则不聊生矣。</small>钧取铜人及金盘回洛阳，入见魏主，献上铜人、承露盘。魏主问曰："铜柱安在？"钧奏曰："柱重百万斤，不能运至。"叡令将铜柱打碎，运来洛阳，铸成二个铜人，号为翁仲，列于司马门外；又铸铜龙凤两个：龙高四丈，凤高三丈馀，立在殿前。又于上林苑中，种奇花异木，蓄养珍禽怪兽。少傅杨阜上表谏曰：

木牛流马却是有用，铜人铜龙铜凤却是无用。

　　臣闻尧尚茅茨，而万国安居；禹卑宫室，而天下乐业；及至殷、周，或堂崇三尺，度以九筵耳。古之圣帝明王，未有宫室高丽，以凋弊百姓之财力者也。桀作璇室、象廊，纣为倾宫、鹿台，致丧社稷；楚灵以筑章华而身受其祸；秦始皇作阿房宫而殃及其子，天下背叛，二世而灭。夫不度万民之力，以从耳目之欲，未有不亡者也。陛下当以尧、舜、禹、汤、文、武为法，以桀、纣、楚、秦为诫。而乃自暇自逸，惟宫室是饰，必有危亡之祸矣。君作元首，臣作股肱，存亡一体，得失同之。臣虽驽怯，敢忘诤臣之义？言不切至，不足以感陛下。谨叩棺沐浴，伏候重诛。

表上，叡不省，只催督马钧建造高台，安置铜人承露盘。又降旨广选天下美女，入芳林园中。*奇花异木，珍禽怪兽，犹不若此物之佳。○此句便引起下文宠妃废后事，绝妙过接法。* 众官纷纷上表谏诤，叡俱不听。

　　却说曹叡之后毛氏，乃河内人也。先年叡为平原王时，最相恩爱；及即帝位，立为后。叡因宠郭夫人，毛后失宠。*曹叡固甄后之子也，独不记甄后失宠之事耶？* 郭夫人美而慧，叡甚嬖之，每日取乐，月馀不出宫闱。是岁春三月，芳林园中百花争放，叡同郭夫人到园中赏玩饮酒。郭夫人曰："何不请皇后同乐？"叡曰："若彼在，朕涓滴不能下咽。"其新孔嘉，遂令旧者之
取厌如此，为之一叹。遂传谕宫娥，不许令毛后知道。毛后见叡月馀不入正宫，是日引十馀宫人，来翠花楼上消遣，只听得乐声嘹亮，乃问曰："何处奏乐？"一宫官启曰："乃圣上与郭夫人于御花园中赏花饮酒。"毛后闻之，心中烦恼，回宫安歇。却恨含
情掩秋扇，空悬明
月待君王。次日，毛皇后乘小车出宫游玩，正迎见叡于曲廊之间，乃笑曰："陛下昨游北园，其乐不浅也！"叡大怒，即命擒昨日侍奉诸人到，叱曰："昨游北园，朕禁左右不许使毛后知道，何得又宣露！"喝令宫官将诸侍奉人尽斩之。毛后大惊，回车至宫，叡即降诏赐毛皇后死，立郭夫人为皇后。皮去毛曰郭，今去
毛立郭，却是光皮
矣，笑。朝臣莫敢谏者。忽一日，幽州刺史毌丘俭上表，报称辽东公孙渊造反，自号为燕王，改元绍汉元年，建宫殿，立官职，兴兵入寇，摇动北方。叡大惊，即聚文武官僚，商议起兵退渊之策。正是：

才将土木劳中国，又见干戈起外方。

未知何以御之，且看下文分解。

第一百六回　公孙渊兵败死襄平　司马懿诈病赚曹爽

司馬懿詐
病賺
曹爽

　　孙权之欲结公孙渊以拒魏，犹曹丕之欲借孟获以侵蜀也。公孙渊之斩吴使以献曹叡，犹公孙康之杀二袁以献曹操也。孟获之叛汉者不一，而公孙之奉魏者至再，则魏于公孙，其亦可以恕之矣。而武侯不杀孟获，司马懿必杀公孙，何仁与不仁之不同如是耶？厥后，怀、愍二帝为刘渊父子所戮辱，前渊后渊，其名不谋而合，君子于此，有报反之感焉。

　　用兵之道，有势同而事不同者：陈仓道口之雨，足以阻侵蜀之师；襄平城外之雨，独不返平辽之马是也。有势不同而事亦不同者：敌粮多而我粮少，则八日而取上庸；敌粮少而我粮多，则百日而后拔襄平是也。或退或进，或速或迟，随时而易，变化无常。读此可以悟兵法。

　　武侯之平蛮难，仲达之平辽易，何也？攻心则难，攻城则易也。且祁山未出之前，武侯有北顾之忧，而能肆志于南征，则其事非人之所能及。武侯既死之后，仲达无西顾之患，而后安意于东伐，则其事犹人之所能为，故仲达虽能，终在武侯之下。

　　甚矣，管辂之深于《易》也。以不言为要言，则正使人于不言而得其所言；以常谈见不谈，则又使人于其言而得其所未言。后世之侈陈阴阳、广衍象数者，直谓之未尝知《易》可耳。

　　曹操之父，为乞养之子；曹丕之孙，亦为乞养之子。夫以父而乞养，则前之世系于此斋；以孙而乞养，则后之宗祀于此斩也。盖曹氏之绝，不待晋之受禅，而于曹芳继立之时，已为吕秦、黄楚之续矣。或以芳为任城王曹楷之所出，然则宗室入继，何以不明告之大臣，而乃秘而不传，使人莫知其所从来乎？呜呼！曹丕之谋之，如彼其艰难；而螟蛉之嗣之，如此其率易。后之篡臣，其亦鉴于此而知沮也夫！

以既死之孔明，而妆一未死之孔明，所以使仲达见之而惧也；以不死之仲达，而妆一将死之仲达，所以使曹爽闻之而喜也。见之而惧者，不疑此日所见之车，是既死而赚以不死，反疑前夜所见之星，是不死而赚以将死。然则仲达之卧床，其殆以所疑于武侯者反用之也与？

却说公孙渊乃辽东公孙度之孙，公孙康之子也。建安十二年，曹操追袁尚，未到辽东，康斩尚首级献操，操封康为襄平侯；照应三十三卷中事。后康死，有二子：长曰晃，次曰渊，皆幼；康弟公孙恭继职。曹丕时封恭为车骑将军、襄平侯。又补叙曹丕时事，此前文所未及。太和二年，渊长大，文武兼备，性刚好斗，夺其叔公孙恭之位。曹叡封渊扬烈将军、辽东太守。又补叙曹叡时事，亦前文所未及。后孙权遣张弥、许宴赍金宝珍玉赴辽东，封渊为燕王。渊惧中原，乃斩张、许二人，送首与曹叡。叡封渊为大司马、乐浪公。又补叙东吴事。以上叙公孙渊来历，皆补前文所未及。渊心不足，与众商议，自号为燕王，改元绍汉元年。副将贾范谏曰："中原待主公以上公之爵，不为卑贱；今若背反，实为不顺。更兼司马懿善用兵，西蜀诸葛武侯且不能取胜，何况主公乎？"又带应祁山事。渊大怒，叱左右缚贾范，将斩之。参军伦直谏曰："贾范之言是也。圣人云：'国家将亡，必有妖孽。'今国中屡见怪异之事：近有犬戴巾帻，身披红衣，上屋作人行；此是兽妖。又城南乡民造饭，饭甑之中，忽有一小儿蒸死于内；此是人妖。襄平北市中，地忽陷一穴，涌出一块肉，周围数尺，头面眼耳口鼻都具，独无手足，刀箭不能伤，不知何物。此非人非兽之妖。卜者占之曰：'有形不成，有口不声；国家亡灭，故现其形。'有此三者，皆不祥之兆也。^{可当齐谐志怪之书。}主公宜避凶就吉，不可轻举妄动。"渊勃然大怒，叱武士绑伦直并贾范同斩于市。令大将军卑衍为元帅，杨祚为先锋，起辽兵十五万，杀奔中原来。^{何不于武侯未死之前为之。}

　　边官报知魏主曹叡。叡大惊，乃召司马懿入朝计议。懿奏曰："臣部下马步官军四万，足可破贼。"^{以四万当十五万。}叡曰："卿兵少路远，恐难收复。"懿曰："兵不在多，在能设奇用智耳。臣托陛下洪福，必擒公孙渊以献陛下。"^{武侯一死，懿便自负。}叡曰："卿料公孙渊作何举动？"懿曰："渊若弃城预走，是上计也；守辽东拒大军，是中计也；至守襄平，是为下计，必被臣所擒矣。"^{如滕公之料英布。}叡曰："此去往复几时？"懿曰："四千里之地，往百日，攻百日，还百日，休息六十日，大约一年足矣。"^{前擒孟获不消一月，今平公孙算定一年。一速一迟，前后相应。}叡曰："倘吴、蜀入寇，如之奈何？"懿曰："臣已定下守御之策，陛下勿忧。"叡大喜，即命司马懿兴师往讨公孙渊。懿辞朝出城，令胡遵为先锋，引前部兵先到辽东下寨。哨马飞报公孙渊。渊令卑衍、杨祚分八万兵屯于辽隧，^{此是司马仲达所算中计的。}围堑二十馀里，环绕鹿角，甚是严密。胡遵令人报知司马懿。懿笑曰："贼不与我战，欲老我兵耳。我料贼众大半在此，其巢穴空虚，不若弃却此处，径奔襄平；贼必往救，却于中途击之，必获全功。"^{欲其奔襄平，使彼出下计。}于是勒兵从小路襄平进发。

　　却说卑衍与杨祚商议曰："若魏兵来攻，休与交战。彼千里而来，粮草不继，难以持久，粮尽必退；待他退时，然后出奇兵击之，司马懿可擒也。昔司马懿与蜀兵相拒，坚守渭南，孔明竟卒于军中，今日正与此理相同。"^{是抄司马懿旧文字耳，不想此处却用不着这篇文字。}二人正商议间，忽报："魏兵往南去了。"卑衍大惊曰："彼知吾襄平军少，去袭老营也。若襄平有失，我等守此处无益矣。"遂拔寨随后而起。_{即司马懿取街亭、守陈仓之意。武侯能料之，卑衍、杨祚不能料之，是原本不会抄文字也。}早有探马飞报司马懿。懿笑曰："中吾计矣！"乃令夏侯霸、夏侯威各引一军，伏于济水之滨："如辽兵到，两下齐出。"二人受计而往。早望见卑衍、杨祚引兵前来。一声炮响，两边鼓噪摇旗：左有夏侯霸、右有夏侯威，一齐杀出。卑、杨二人无心恋战，夺路而走；奔至首山，正逢公孙渊兵到，_{卑、杨一边用实写，公孙渊一边用虚写。}合兵一处，回马再与魏兵交战。卑衍出马骂曰："贼将休使诡计！汝敢出战否？"夏侯霸纵马挥刀来迎。战不数合，被夏侯霸一刀斩卑衍于马下，辽兵大乱。霸驱兵掩杀，公孙渊引败兵奔入襄平城去，闭门坚守不出。_{此则竟出下计矣。}魏兵四面围合。

时值秋雨连绵，一月不止，平地水深三尺，运粮船自辽河口直至襄平城下。魏兵皆在水中，行坐不安。_{与陈仓道之雨前后仿佛。}左都督裴景入帐告曰："雨水不住，营中泥泞，军不可停，请移于前面山上。"懿怒曰："捉公孙渊只在旦夕，安可移营？如有再言移营者斩！"_{与陈仓道退军又是不同。}裴景喏喏而退。少顷，右都督仇连又来告曰："军士苦水，乞太尉移营高处。"懿大怒曰："吾军令已发，汝何敢故违！"即命推出斩之，悬首于辕门外。_{武侯用兵严以济宽，懿之用兵一于严耳。}于是军心震慑。

懿令南寨人马暂退二十里，纵城内军民出城樵采柴薪，牧放牛马。司马陈群问曰："前太尉攻上庸之时，兵分八路，八日赶至城下，遂生擒孟达而成大功；_{照应九十四回卷中事。}今带甲四万，数千里而来，不令攻打城池，却使久居泥泞之中，又纵贼众樵牧。不知太

尉是何主意？”懿笑曰：“公不知兵法耶？昔孟达粮多兵少，我
粮少兵多，故不可不速战，出其不意，突然攻之，方可取胜。今
辽兵多，我兵少，贼饥我饱，何必力攻？正当任彼自走，然后乘
机击之。我今放开一条路，不绝彼之樵牧，是容彼自走也。”
粮则以多胜少，
兵则以少胜多。陈群拜服。

　　于是司马懿遣人赴洛阳催粮。魏主曹叡设朝，群臣皆奏曰：
“近日秋雨连绵一月不止，人马疲劳，可召回司马懿，权且罢
兵。”与前王肃等之
谏又相仿佛。叡曰：“司马太尉善能用兵，临危制变，多有良
谋，捉公孙渊计日而待。卿等何必忧也？”遂不听群臣之谏，
此处不听谏者之言，
比前又是不同。使人运粮解至司马懿军前。懿在寨中，又过数
日，雨止天晴。是夜，懿出帐外，仰观天文，忽见一星，其大如
斗，流光数丈，自首山东北，坠于襄平东南。各营将士，无不惊
骇。或疑是司马
懿死耳。懿见之大喜，乃谓众将曰：“五日之后，落星处必
斩公孙渊矣。迟则百日，速则五日；
迟则极迟，速则极速。来日可并力攻城。”众将得令，
次日侵晨引兵四面围合，筑土山，掘地道，立炮架，装云梯，日
夜攻打不息，箭如急雨，射入城去。

　　公孙渊在城中粮尽，皆宰牛马为食。至此方攻，正
是待其粮尽。人人怨恨，
各无守心，欲斩渊首，献城归降。渊闻之，甚是惊忧，慌令相国
王建、御史大夫柳甫，往魏寨请降。孟获屡战不降，公孙渊
一战便降，彼此不同。二人自城
上系下，来告司马懿曰：“请太尉退二十里，我君臣自来投
降。”懿大怒曰：“公孙渊何不自来？殊为无理！”叱武士推出
斩之，将首级付与从人。孟获不降而武侯纵之，公孙渊愿降
而司马懿不许，彼此又自不同。从人回报，
公孙渊大惊，又遣侍中卫演来到魏营。司马懿升帐，聚众将立于
两边。演膝行而进，跪于帐下，告曰：“愿太尉息雷霆之怒。克

日先送世子公孙修为质当，然后君臣自缚来降。"懿曰："军事大要有五：能战当战，不能战当守，不能守当走，重在此一句 不能走当降，不能降当死耳！何必送子为质当？"司马懿狠甚 叱卫演回报公孙渊，演抱头鼠窜而去。归告公孙渊，渊大惊，乃与子公孙修密议停当，选下一千人马，当夜二更时分，开了南门，往东南而走。不能守当走，谨如司马懿之教。渊见无人，心中暗喜。行不到十里，忽听得山上一声炮响，鼓角齐鸣，一枝兵拦住，中央乃司马懿也；左有司马师，右有司马昭。二人大叫曰："反贼休走！"渊大惊，急拨马寻路奔逃。早有胡遵兵到，左有夏侯霸、夏侯威，右有张虎、乐綝，四面围得铁桶相似。公孙渊父子只得下马纳降。"不能走当降"亦谨如司马懿之教。懿在马上顾诸将曰："吾前夜丙寅日见大星落于此处，今夜壬申日应矣。"众将称贺曰："太尉真神机也！"懿传令斩之。公孙渊父子对面受戮。孟获有七擒，公孙渊只是一擒。武侯有七纵，司马懿更不一纵。彼此又大不同。司马懿遂勒兵来取襄平，未及到城下时，胡遵早引兵入城中。省笔 人民焚香拜迎，魏兵尽皆入城。懿坐于衙上，将公孙渊宗族并同谋官僚人等俱杀之，计首级七十余颗。司马懿好杀，是但能攻城而不能攻心，但能兵战而不能心战者也。出榜安民。人告懿曰："贾范、伦直苦谏渊不可反叛，俱被渊所杀。"懿遂封其墓而荣其子孙。就将库内财物，赏劳三军，封赏竟自己出，司马氏专权之渐。班师回洛阳。

却说魏主在宫中，夜至三更，忽然一阵阴风，吹灭灯光，只见毛皇后引数十个宫人哭至座前索命。才见番兵灭了，又是一阵阴兵来了。叡因此得病。病渐沉重，命侍中光禄大夫刘放、孙资，掌枢密院一切事务；又召文帝子燕王曹宇为大将军，佐太子曹芳摄政。宇为人恭俭温和，不肯当此大任，坚辞不受。叡召刘放、孙资问曰："宗族之内，何人可任？"二人久得曹真之惠，乃保奏曰："惟曹子丹之子曹爽可也。"宇贤于爽，舍其贤者用其不贤者，此曹氏之当衰也。叡从之。二人又奏曰："欲用曹爽，当遣燕王归国。"叡然其言。二人遂请叡降诏，赍出谕燕王曰："有天子手诏，命燕王归国，限即日就行；若无诏不许入朝。"燕王涕泣而去。用一曹必去一曹，曹氏之党寡，而后司马氏之党盛矣。遂封曹爽为大将军，总摄朝政。叡病渐危，急令使持节诏司马懿还朝。懿受命，径到许昌入见魏主。叡曰："朕惟恐不得见卿，今日得见，死无恨矣。"懿顿首奏曰："臣在途中，闻陛下圣体不安，恨不肋生两翼，飞至阙下。两翼已成矣，将飞入宫廷食曹氏之子孙也。今日得睹龙颜，臣之幸也。"叡宣太子曹芳，大将军曹爽，侍中刘放、孙资等，皆至御榻之前。叡执司马懿之手曰："昔刘玄德在白帝城病危，以幼子刘禅托孤于诸葛孔明，照应八十五回中事。孔明因此竭尽忠诚，至死方休。偏邦尚然如此，何况大国乎？僭号之国，反指正统为偏邦，此在曹爽之言则然，后世修史者亦复踵之，何其误也。朕幼子曹芳，年才八岁，不堪掌理社稷。幸太尉及宗兄元勋旧臣，竭力相辅，无负朕心！"又唤芳曰："仲达与朕一体，尔宜敬礼之。"遂命懿携芳近前。芳抱懿颈不放。叡曰："太尉勿忘幼子今日相恋之情！"言讫，潸然泪下。懿顿首流涕。魏主昏沉，口不能言，只以手指太子，须臾而卒；曹叡好神仙，何不以承露盘中天浆活之？在位十三年，寿三十六岁。时魏景初三年春正月下旬也。

当下司马懿、曹爽扶太子曹芳即皇帝位。芳字兰卿，乃叡乞养之子，秘在宫中，人莫知其所由来。曹操奸猾，曹丕篡逆，孰知再传而后，遂不知为何人之子，盖不待司马氏之篡，而曹氏已早绝也。于是曹芳谥叡为明帝，葬于高平陵；尊郭皇后为皇太后；改元正始元年。司马懿与曹爽辅政。爽事懿甚谨，一应大事，必先启知。曹爽无用。爽字昭伯，自幼出入宫中。明帝见爽谨慎，甚是爱敬。爽门下有客五百人，内有五人以浮华相尚：^{亦是无用之人。}一是何晏，字平叔；一是邓飏，字玄茂，乃邓禹之后；一是李胜，字公昭；一是丁谧，字彦静；一是毕范，字昭先。^{此五人先叙其人品，后详其姓氏。}又有大司农桓范字元则，颇有智谋，人多称为"智囊"。^{此一人先叙其姓氏，后详其品。}此数人皆爽所信任。何晏告爽曰："主公大权，不可委托他人，恐生后患。"爽曰："司马公与我同受先帝托孤之命，安忍背之？"晏曰："昔日先公与仲达破蜀兵之时，累受此人之气，因而致死。主公如何不察也？"^{将赌赛羞惭事，于此一提，照应第一百回中语。}爽猛然省悟，遂与多官计议停当，入奏魏主曹芳曰："司马懿功高德重，可加为太傅。"^{太尉掌兵，太傅不掌兵，此议夺其兵权也。}芳从之，自是兵权皆归于爽。爽命弟曹羲为中领军，曹训为武卫将军，曹彦为散骑常侍，^{三曹怎敌二马。}各引三千御林军，任其出入禁宫。又用何晏、邓飏、丁谧为尚书，毕范为司隶校尉，李胜为河南尹。此五人日夜与爽议事。于是曹爽门下宾客日盛。司马懿推病不出，二子亦皆退职闲居。^{此时武侯若在，亦是伐魏一大机会。}爽每日与何晏等饮酒作乐，凡用衣服器皿，与朝廷无异；各处进贡玩好珍奇之物，先取上等者入己，然后进宫，佳人美女，充满府院。黄门张当，谄事曹爽，私选先帝侍妾七八人，送入府中。又选善歌舞良家子女三四十人为家乐。又建重楼画阁，造金银器皿，用巧匠数百人，昼夜工作。^{如此所为，便不能成事，安能制司马懿乎。}

却说何晏闻平原管辂明数术，请与议《易》。时邓飏在座，问辂曰："君自谓善《易》，而语不及《易》中词义，何也？"辂曰："夫善《易》者，不言《易》也。"^{孔子学《易》而《易》不在雅言之数，可见《易》不可以言传。}晏笑而赞之曰："可谓要言不烦。"^{不言《易》正深于言《易》也，故赞之曰要言。}因谓辂曰："试为我卜一卦，可至三公否？"又问："连梦青蝇数十，来集鼻上，此是何兆？"辂曰："元恺辅舜，周公佐周，皆以和惠谦恭，享有多福。^{以周公、元恺为言，}^{连曹爽亦说在内。}今君侯位尊势重，而怀德者鲜，畏威者众，殆非小心求福之道。^{可谓要}^{言。}且鼻者，山也；山高而不危，所以常守贵也。^{忽讲相}^{法。}今青蝇臭恶而集焉。位峻者颠，可不惧乎？愿君侯衰多益寡，^{此益卦}^{之义。}非礼勿履，^{此履卦之义。}^{《易》却是言《易》。}然后三公可至，青蝇可驱也。"^{不论数而}^{论命。}邓飏怒曰："此老生之常谈耳！"辂曰："老生者见不生，常谈者见不谈。"^{玄语，隐语，}^{亦妙语。}遂拂袖而去。二人大笑曰："真狂士也！"辂到家，与舅言之。舅大惊曰："何、邓二人，威权甚重，汝奈何犯之？"辂曰："吾与死人语，何所畏也！"^{所谓"老生者}^{见不生"}舅问其故。辂曰："邓飏行步，筋不束骨，脉不制肉，起立倾倚，若无手足，此为'鬼躁'之相。何晏视侯，魂不守宅，血不华色，精炎烟浮，容若槁木，此为'鬼幽'之相。^{此麻衣相法}^{之所无。}二人早晚必有杀身之祸，何足畏也！"^{不决之于卜，}^{而决之于相。}其舅大骂辂为狂子而去。

却说曹爽尝与何晏、邓飏等畋猎。其弟曹羲谏曰："兄威权太甚，而好出外游猎，倘为人所算，悔之无及。"^{预为后文}^{伏线。}爽叱曰："兵权在吾手中，何惧之有！"司农桓范亦谏，不听。^{不叙所谏何}^{语，是省笔。}时魏主曹芳，改正始十年为嘉平元年。曹爽一向专权，不知仲达虚实，适魏主除李胜为青州刺史，即令李胜往辞仲达，就探消息。胜径到太傅府下，早有门吏报入。司马懿谓二子曰："此乃曹爽使来探吾病之虚实也。"乃去冠散发，上床拥被而坐，又令二婢扶策，方请李胜入府。^{曹操假病以试吉平，司马懿假病以}^{欺李胜。奸雄手段，前后一辙。}胜至床前拜曰："一向不见太傅，谁想如此病重。今天子命某为青州刺史，特来拜辞。"懿佯答曰："并州近朔方，好为之备。"

诈妆耳聋，_{妙甚。}胜曰："除青州刺史，非'并州'也。"懿笑曰："你方从并州来？"_{妙绝，像聋子。}^活胜曰："山东青州耳。"懿大笑曰："你从青州来也！"_{妙绝，像聋子。}^活胜曰："太傅如何病得这等了？"左右曰："太傅耳聋。"胜曰："乞纸笔一用。"左右取纸笔与胜。胜写毕呈上，懿看之笑曰："吾病的耳聋了。此去保重。"言讫，以手指口。_{妙绝，像病人。}^活侍婢进汤，懿将口就之，汤流满襟，_{妙绝，像病人。}^活乃作哽噎之声曰："吾今衰老病笃，死在旦夕矣。二子不肖，望君教之。若见大将军，千万看觑二子！"言讫，倒在床上，声嘶气喘。_{妙绝，像病人。}^活李胜拜辞仲达，回见曹爽，细言其事。爽大喜曰："此老若死，吾无忧矣！"

司马懿见李胜去了，遂起身谓二子曰：_{病得快，好得快。}"李胜此去回报消息，曹爽必不忌我矣。只待他出城畋猎之时，方可图之。"_{又先为下文虚伏一笔。}不一日，曹爽请魏主曹芳去谒高平原，祭祀先帝。大小官僚，皆随驾出城。爽引三弟，并心腹人何晏等，及御林军护驾正行，司农桓范叩马谏曰："主公总典禁兵，不宜兄弟皆出。倘城中有变，如之奈何？"_{此之谓智囊，若曹爽，只是酒囊饭囊耳。}爽以鞭指而叱之曰："谁敢为变？再勿乱言！"当日，司马懿见爽出城，心中大喜，即起旧日手下破敌之人，并家将数十，引二子上马，径来谋杀曹爽。正是：

闭户忽然有起色，驱兵自此逞雄风。

未知曹爽性命如何，且看下文分解。

第一百七回

魏主政归司马氏
姜维兵败牛头山

姜維兵敗牛頭山

甚矣，天之恶魏也！继之以不知所从来之曹芳，而又相之以醉生梦死之曹爽，纵令司马懿真病而真死，而其国亦必为蜀、吴之所并矣。纵使曹爽听桓范之言，而迁驾许都，檄召外兵，其势必不胜，亦必终为司马氏之所并矣。而况同槽之三马，猝然闭城，恋豆之驽马，靦然就缚哉！孟德奸雄，而再传以后，其苗裔之不振如此，悲夫！

知何晏、邓飏之附曹爽为必死者，管辂也。知司马懿之谋曹爽为必胜者，辛宪英也。然管辂知之不足奇，宪英知之则奇矣。当曹爽之未灭，而出从曹爽者辛敞也。及曹爽之既灭，而不背曹氏者夏侯女也。然听其姊以全我之义，不足奇，违其父以伸己之志，则奇矣。管辂以男子知人，必知之以卜与相；宪英以女子知人，不必知之以卜与相。辛敞以男子之智资于妇人，夏侯女则以妇人之志，过于男子。如此二女子者，殆《烈女传》中所仅见。不以盛衰改节，此夏侯女之节，一武侯佐汉之节也；不以存亡易心，此夏侯女之心，一武侯报先帝之心也。然则耳之截，鼻之割，即谓之张睢阳之齿、颜常山之舌可也。身毁而乃以全身，形残而乃以践形，是又管辂相法之所不能及者。辂但知鬼躁、鬼幽为死人之相，孰知截耳、割鼻有完人之目耶？

此卷叙曹氏失政，为司马篡魏之由。而夏侯霸入蜀，又为姜维伐魏之始。然夏侯霸之心，非姜维之心也。霸所欲伐者司马，而欲借汉以存曹也。维所欲伐者曹氏，而欲借霸以灭魏也。姜维之心则武侯之心也。武侯以先帝之心为心，而欲终先帝之事。姜维又以武侯之心为心，而欲终武侯之事也。霸与维事同而心则异，维与武侯心同而才则异。才异而一出即败，君子亦以其心取之而已。

文之以前伏后者，有实笔，有虚笔。姜维伐魏在六出祁山之后，而一出祁山之前，先写一姜维；此以实笔伏之者也。钟、邓入蜀，在九伐中原之后，而一伐中原之前，先在夏侯霸口中，写一钟会，写一邓艾：此以虚笔伏之者也。且前有武侯之嘱阴平，葬定军，又虚中之虚。此处夏侯霸之言，又虚中之实。叙事作文，如此结构，可谓匠心。

却说司马懿闻曹爽同弟曹羲、曹训、曹彦并心腹何晏、邓飏、丁谧、毕范、李胜等及御林军，随魏主曹芳出城谒明帝墓，就去畋猎。懿大喜，即到省中，令司徒高柔^{一个司马懿心腹。}假以节钺行大将军事，先据曹爽营；又令太仆王观^{又是一个司马懿心腹。}行中领军事，据曹羲营。^{如陈平领太尉入北军。}懿引旧官入后宫奏郭太后，言爽背先帝托孤之恩，奸邪乱国，其罪当废。^{周勃去产、禄，要瞒着妇人；司马懿去曹爽，正要用着妇人。}郭太后大惊曰："天子在外，如之奈何？"懿曰："臣有奏天子之表，诛奸臣之计。太后勿忧。"太后惧怕，只得从之。懿急令太尉蒋济、尚书令司马孚，一同写表，^{又是两个司马懿心腹。}遣黄门赍出城外，径至帝前申奏。懿自引大军据武库。早有人报知曹爽家。其妻刘氏急出厅前，唤守府官问曰："今主公在外，仲达起兵何意？"^{郭后已为司马懿所用，刘氏干得甚事？}守门将潘举曰："夫人勿惊，我去问来。"乃引弓弩手数十人，登门楼望之，正见司马懿引兵过府前。举令人乱箭射下，懿不得过。偏将孙谦在后止之曰："太傅为国家大事，休得放箭。"^{又是一个司马懿心腹。}连止三次，举方不射。司马昭护父司马懿而过，引兵出城屯于洛河，守住浮桥。

　　且说曹爽手下司马鲁芝，见城中事变，来与参军辛敞商议曰："今仲达如此变乱，将如之何？"敞曰："可引本部兵出城去见天子。"芝然其言。敞急入后堂。其姊辛宪英见之，问曰："汝有何事，慌速如此？"敞告曰："天子在外，太傅闭了城门，必将谋逆。"宪英曰："司马公未必谋逆，特欲杀曹将军耳。"_{善于料事。刘氏若能学之，必不使曹爽出城矣。}敞惊曰："此事未知如何？"宪英曰："曹将军非司马公之对手，必然败矣。"_{明于料人。刘氏若能学之，必不使曹爽废仲达矣。}敞曰："那日司马教我同去，未知可去否？"宪英曰："职守，人之大义也。凡人在难，犹或恤之；执鞭而弃其事，不祥莫大焉。"_{忠于劝义。刘氏若能学之，必不使曹爽行僭妄之事矣。}敞从其言，乃与鲁芝引数十骑，斩关夺门而出。人报知司马懿。懿恐桓范亦走，急令人召之。范与其子商议。其子曰："车驾在外，不如南出。"_{辛敞有姊，桓范有儿。}范从其言，乃上马至平昌门，城门已闭，把门将乃桓范旧吏司蕃也。范袖中取出一竹版曰："太后有诏，可即开门。"司蕃曰："请诏验之。"范叱曰："汝是吾故吏，何敢如此！"蕃只得开门放出。范出的城外，唤司蕃曰："太傅造反，汝可速随我去。"_{后仲达杀桓范，只为此语。}蕃大惊，追之不及。人报知司马懿。懿大惊曰："'智囊'泄矣！如之奈何？"蒋济曰："驽马恋栈豆，必不能用也。"_{'智囊'怎当钝物？}懿乃召许允、陈泰曰：_{又是两个司马懿心腹。}"汝去见曹爽，说太傅别无他事，只是削汝兄弟兵权而已。"_{恐其在外生变，故诱之使归而就死耳。}许、陈二人去了。又召殿中校尉尹大目至，令蒋济作书，与目持去见爽。懿分付曰："汝与爽厚，可领此任。_{曹爽所厚者，又为司马懿心腹。}汝见爽，说吾与蒋济指洛水为誓，只因兵权之事，别无他意。"_{直如骗小儿。}尹大目依令而去。

却说曹爽正飞鹰走犬之际，忽报城内有变，太傅有表。爽大惊，几乎落马。_{太傅忽然起床，曹爽应落。}黄门官捧表跪于天子之前。爽接表拆封，令近臣读之。表略曰：

征西大都督、太傅臣司马懿，诚惶诚恐，顿首谨表：臣昔从辽东还，先帝诏陛下与秦王及臣等，升御床，把臣臂，深以后事为念。今大将军曹爽，背弃顾命，败乱国典；内则僭拟，外专威权。以黄门张当为都监，专共交关，看察至尊，伺候神器，离间二宫，伤害骨肉；天下汹汹，人怀危惧。此非先帝诏陛下及嘱臣之本意也。

臣虽朽迈，敢忘往言？太尉臣济、尚书臣孚等，皆以爽为有无君之心，兄弟不宜典兵宿卫。奏永宁宫，皇太后令敕臣表奏施行。臣辄敕主者及黄门令，罢爽、羲、训吏兵，以侯就第，不得逗遛以稽车驾；敢有稽留，便以军法从事。_{此数语竟似告示，不像表文，司马懿之专于此见矣。}臣辄力疾将兵，屯于洛水浮桥，同察非常。谨此上闻，伏干圣听。_{"伏干圣听"四字何不竟改"想宜知悉"。}

魏主曹芳听毕，乃唤曹爽曰："太傅之言若此，卿如何裁处？"爽手足失措，回顾二弟曰："为之奈何？"羲曰："劣弟亦曾谏兄，兄执迷不听，致有今日。_{应前卷中语。}司马懿谲诈无比，孔明尚不能胜，况我兄弟乎？不如自缚见之，以免一死。"_{爽兄弟三人都是驽马，懿父子三人都是骏马，三驽马恋栈，三骏马便同槽矣。}言未毕，参军辛敞、司马鲁芝到。爽问之，二人告曰："城中把得铁桶相似，太傅引兵屯于洛水浮桥，势将不可复归。宜早定大计。"正言间，司农桓范骤马而至，谓爽曰：

“太傅已变，将军何不请天子幸许都，调外兵以讨司马懿耶？”<small>若行此计，国中必大乱，姜维得乘乱伐魏，必得成功。</small>爽曰：“吾等全家皆在城中，岂可投他处求援？”<small>果应蒋济之料。</small>范曰：“匹夫临难，尚欲望活。今主公身随天子，号令天下，谁敢不应？岂可自投死地乎？”爽闻言不决，惟流涕而已。<small>因恋生泪，只是抛不下栈豆耳。</small>范又曰：“此去许都不过半宿，城中粮草足支数载。今主公别营兵马，近在关南，呼之即至。大司马之印，某将在此。主公可急行，迟则休矣！”<small>此之谓智囊。</small>爽曰：“多官勿太催逼，待吾细细思之。”<small>活画一无用之人。</small>少顷，侍中许允、尚书令陈泰至。二人告曰：“太傅只为将军权重，不过要削去兵权，别无他意。将军可早归城中。”爽默然不语。<small>其名曰“爽”，何其人之不爽如此。</small>又只见殿中校尉尹大目至。目曰：“太傅指洛水为誓，并无他意。<small>罚咒当饭吃。</small>有蒋太尉书在此。将军可削去兵权，早归相府。”爽信为良言。桓范又告曰：“事急矣，休听外言而就死地！”

是夜，曹爽意不能决，乃拔剑在手，嗟叹寻思，自黄昏直流涕到晓，终是狐疑不定。<small>今之文思迟钝者，竟日不成一字，毋乃与曹爽同乎？</small>桓范入帐催之曰：“主公思虑一昼夜，何尚不能决？”爽掷剑而叹曰：“我不起兵，情愿弃官，但为富家翁足矣！”<small>曹子丹被孔明气死、羞死，尚是有羞、有气，今曹爽直是不羞不气也。</small>范大哭，出帐曰：“曹子丹以智谋自矜！今兄弟三人，真豚犊耳！”痛哭不已。许允、陈泰令爽先纳印绶与司马懿。爽令将印送去，主簿杨综扯住印绶而哭曰：“主公今日舍兵权自缚去降，不免东市受戮也！”爽曰：“太傅必不失信于我。”<small>曹氏子孙如此无用，当使奸雄气沮。</small>于是曹爽将印绶与许、陈二人，先赍与司马懿。众军见无将印，尽皆四散。爽手下只有数骑官僚。到浮桥时，懿传令，教曹爽兄弟三人且回私宅，<small>奸雄手段，妙在缓缓而来。</small>馀皆发监，听候敕旨。爽等入城时，并无一人侍从。桓范至浮桥边，懿在马上以鞭指之曰："桓大夫何故如此？"范低头不语，_{智囊今已矣。}入城而去。

于是司马懿请驾拔营入洛阳。曹爽兄弟三人回家之后，懿用大锁锁门，令居民八百人围守其宅。曹爽心中忧闷。羲谓爽曰："今家中乏粮，兄可作书与太傅借粮。_{刀在其颈，犹欲借粮，为之一笑。}如肯以粮借我，必无相害之心。"爽乃作书令人持去。司马懿览书，遂遣人送粮一百斛，运至曹爽府内。_{奸雄手段，只是缓缓而来。}爽大喜曰："司马公本无害我之心也！"遂不以为忧。_{愚人愚到底。}原来司马懿先将黄门张当捉下狱中问罪。当曰："非我一人，更有何晏、邓飏、李胜、毕范、丁谧等五人，同谋篡逆。"懿取了张当供词，却捉何晏等勘问明白，皆称三月间欲反。_{此等狱词皆周内所成，未必真有其事也。}懿用长枷钉了。城门守将司蕃告称："桓范矫诏出城，口称太傅谋反。"懿曰："诬人反情，抵罪反坐。"亦将桓范等皆下狱，随押曹爽兄弟三人并一干人犯，皆斩于市曹，灭其三族。_{拔剑寻思想了一夜，竟想不到此。}其家产财物，尽抄入库。

时有曹爽从弟文叔之妻，乃夏侯令女也，早寡而无子，其父欲改嫁之，女截耳而自誓。及爽被诛，其父复将嫁之，女又断去其鼻。其家惊惶，谓之曰："人生世间，如轻尘栖弱草，何至自苦如此？_{今日此等达人多矣。}且夫家又被司马氏诛戮已尽，守此欲谁为哉？"女泣曰："吾闻'仁者不以盛衰改节，义者不以存亡易心'。曹氏盛时，尚欲保终；况今灭亡，何忍弃之？此禽兽之为，吾岂行乎！_{辛宪英教弟以义，夏侯女辞父以节，同时乃有两个奇女子。}懿闻而贤之，听使乞子自养，为曹氏后。_{司马懿自受巾帼，当以男子衣冠送夏侯氏。}后人有诗曰：

弱草微尘尽达观，夏侯有女义如山。

大夫不及裙钗节，自顾须眉亦汗颜。

却说司马懿斩了曹爽，太尉蒋济曰："尚有鲁芝、辛敞斩关夺门而出，杨综夺印不与，皆不可纵。"懿曰："彼各为其主，乃义人也。"遂复各人旧职。_{独杀桓范，特以智囊见忌耳。}辛敞叹曰："吾若不问于姊，失大义矣！"_{好姐姐，我亦愿为之弟也。}后人有诗赞辛宪英曰：

为臣食禄当思报，事主临危合尽忠。
辛氏宪英曾劝弟，故今千载颂高风。

司马懿饶了辛敞等，仍出榜晓谕：但有曹爽门下一应人等，尽皆免死，有官者照旧复职。军民各守家业，内外安堵。何、邓二人死于非命，果应管辂之言。_{应前卷中语。}后人有诗赞管辂曰：

传得圣贤真妙诀，平原管辂相通神。
"鬼幽""鬼躁"分何邓，未丧先知是死人。

却说魏主曹芳封司马懿为丞相，加九锡。_{令人追忆魏公加九锡时。}懿固辞不肯受。_{此则贤于曹操。}芳不准，令父子三人同领国事。懿忽然想起："曹爽全家虽诛，尚有夏侯霸守备雍州等处，系爽亲族，倘骤然作乱，如何堤备？必当处置。"即下诏遣使往雍州，取征西将军夏侯霸赴洛阳议事。_{翦灭公室，其意可知。}夏侯霸听知大惊，便引本部三千兵造反。有镇守雍州刺史郭淮，听知夏侯霸反，即率本部兵来与夏侯霸交战。淮出马大骂曰："汝既是大魏皇族，天子又不曾亏汝，何故背反？"霸亦骂曰："吾祖父于国家多建勤劳，今司马懿何等人，灭吾曹氏宗族耶？又来取我，早晚必思篡位。吾仗义讨贼，何反之有？"夏侯霸欲讨魏贼，姜维即借他来共讨汉贼。淮大怒，挺枪骤马，直取夏侯霸。霸挥刀纵马来迎。战不十合，淮败走，霸随后赶来。忽听得后军呐喊，霸急回马时，陈泰引兵杀来。郭淮复回，两路夹攻。霸大败而走，折兵大半，寻思无计，遂投汉中来降后主。孔明得姜维为帮手，姜维又得一夏侯霸为帮手。

有人报与姜维，维心不信，令人体访得实，方教入城。霸拜见毕，哭告前事。维曰："昔微子去周，成万古之名。公能匡扶汉室，无愧古人也。"遂设宴相待。维就席问曰："今司马懿父子掌握重权，有窥我国之志否？"霸曰："老贼方图谋逆，未暇及外。但魏国新有二人，正在妙龄之际，若使领兵马，实吴、蜀之大患也。"预为数卷后伏笔。维问："二人是谁？"霸告曰："一人见为秘书郎，乃颍州长社人，姓钟名会，字士季，太傅钟繇之子，幼有胆智。乃翁笔下有字，乃郎胸中有字。繇尝率二子见文帝，会时年七岁，其兄毓年八岁。见帝惶惧，汗流满面。帝问毓曰：'卿何以汗？'毓对曰：'战战惶惶，汗出如浆。'帝问会曰：'卿何以不汗？'会对曰：'战战栗栗，汗不敢出。'一人戏问曰：人身上何物不怕吓？或答曰：惟有汗不怕吓。人越吓他，越要急流出来。今会曰"汗不敢出"则是汗亦怕吓矣。为之一笑。帝独奇之。及稍长，喜读兵书，深明韬略。司马懿与蒋济皆称其才。一人见为椽吏，乃义阳人也，姓邓名艾，字士载，幼年失父，素有大志。但见高山大泽，辄窥度指画，何处可以屯兵，何处可以积粮，何处可以埋伏。便为渡阴平岭张本。人皆笑之，独司马懿奇其才，遂令参赞军机。艾为人口吃，每奏事必称'艾艾'。古之名人口吃者，韩非、周昌、扬雄、邓艾也。今有嘲口吃者曰：既是昌家，又疑非类，如无雄风，定有艾气。懿戏谓曰：

'卿称艾艾，当有几艾？'艾应声曰：'"凤兮凤兮"，故是一凤。'其资性敏捷，大抵如此。此二人深可畏也。"二人来历，却在夏侯霸口中叙出，省笔之法。维笑曰："量此孺子，何足道哉！"

于是姜维引夏侯霸至成都，入见后主。维奏曰："司马懿谋杀曹爽，又来赚夏侯霸，霸因此投降。目今司马懿父子专权，曹芳懦弱，魏国将危。臣在汉中有年，兵精粮足。臣愿领王师，即以霸为乡道官，进取中原，重兴汉室，以报陛下之恩，以终丞相之志。"此一段言语可当姜维一篇《前出师表》。尚书令费祎谏曰："近者蒋琬、董允皆相继而亡，二人之死在费祎口中补出，省笔之法。内治无人。伯约只宜待时，不宜轻动。"维曰："不然。人生如白驹过隙，似此迁延岁月，何日恢复中原乎？""微尘栖草"是言其轻，"白驹过隙"是言其快。则以"徇节"为不必，一则以"徇节"当及时也。祎又曰："孙子云：知彼知己，百战百胜。我等皆不如丞相远甚，丞相尚不能恢复中原，何况我等？"将六出祁山事如此一提。维曰："吾久居陇上，深知羌人之心。今若结羌人为援，虽未能克复中原，自陇而西，可断而有也。"既得夏侯霸为帮手，又欲借羌人为帮手。后主曰："卿既欲伐魏，可尽忠竭力，勿堕锐气，以负朕命。"于是姜维领敕辞朝，同夏侯霸径到汉中，计议起兵。维曰："可先遣使去羌人处通盟，然后出西平，近雍州。先筑二城于麴山之下，令兵守之，以为犄角之势。我等尽发粮草于川口，依丞相旧制，次第进兵。"此是一伐中原。是年秋八月，先差蜀将句安、李歆同引一万五千兵，往麴山前连筑二城。句安守东城，李歆守西城。

早有细作报与雍州刺史郭淮。淮一面申报洛阳，一面遣副将陈泰引兵五万，来与蜀兵交战。句安、李歆各引一军出迎，因兵少不能抵敌，退入城中。泰令兵四面围住攻打，又以兵断其汉中粮道。句安、李歆城中粮缺。郭淮自引兵亦到，看了地势，忻然而喜，回到寨中，乃与陈泰计议曰："此城山势高阜，必然水少，须出城取水者。断其上流，蜀兵皆渴死矣。"马谡屯山上，患在水道；今二将屯城中，亦患水道。盖蜀道山多而水少故也。遂令军士掘土堰断上流，城中果然无水。李歆引兵出城取水，雍州兵围困甚急。歆死战不能出，只得退入城去。句安城中亦无水，乃会了李歆，引兵出城，并在一处，大战良久，又败入城去。此时蜀兵甚渴，其望姜维之救亦甚渴矣。军士枯渴。安与歆曰："姜都督之兵至今未到，不知何故。"街亭之危，咎在马谡，二人之危，咎在姜维。歆曰："我当舍命杀出求救。"遂引数十骑，开了城门，杀将出来。雍州兵四面围合，歆奋死冲突，方才得脱；只落得独自一人，身带重伤，馀皆杀于乱军之中。是夜北风大起，阴云布合，天降大雪，因此城内蜀兵分粮化雪而食。蜀兵啮雪，几似苏武当年。○此日之雪，虽承露盘之天浆不是过矣。

　　却说李歆撞出重围，从西山小路行了两日，正迎着姜维人马。歆下马伏地告曰："麹山二城，皆被魏兵围困，绝了水道。幸得天降大雪，因此化雪度日，甚是危急。"维曰："吾非救迟，为聚羌兵未到，因此误了。"羌人误姜维，而姜维又误二将也。遂令人送李歆入川养病。维问夏侯霸曰："羌兵未到，魏兵围困麹山甚急，将军有何高见？"霸曰："若等羌兵到，麹山二城皆陷矣。吾料雍州兵尽来麹山攻打，雍州城定然空虚。将军可引兵径往牛头山，抄在雍州之后。郭淮、陈泰必回救雍州，则麹山之围自解矣。"此围魏救赵之法。维大喜曰："此计最善！"于是姜维引兵望牛头山而去。

　　却说陈泰见李歆杀出城去了，乃谓郭淮曰："李歆若告急于姜维，姜维料吾大兵皆在麹山，必抄牛头山袭吾之后。将军可引一军去取洮水，断绝蜀兵粮道；吾分兵一半，径往牛头山击之。

彼若知粮道已绝，必然自走矣。"_{夏侯霸所算，在陈泰算中。}早郭淮从之，遂引一军暗取洮水。陈泰引一军径往牛头山来。

却说姜维兵至牛头山，忽听得前军发喊，报说魏兵截住去路。维慌忙自到军前视之。陈泰大喝曰："汝欲袭吾雍州，吾已等候多时了！"_{句安等候多时，偏等不来，为之一叹。}维大怒，挺枪纵马，直取陈泰。泰挥刀而迎。战不三合，泰败走，维挥兵掩杀。雍州兵退回，占住山头。维收兵就牛头山下寨。维每日令兵搦战，不分胜负。夏侯霸谓姜维曰："此处不是久停之所。连日交战，不分胜负，乃诱兵之计耳，必有异谋。不如暂退，再作良图。"正言间，忽报郭淮引一军取洮水，断了粮道。维大惊，急令夏侯霸先退，维自断后。陈泰分兵五路赶来。维独拒五路总口，战住魏兵。泰勒兵上山，矢石如雨。维急退到洮水之时，郭淮引兵杀来。维引兵往来冲突。魏兵阻其去路，密如铁桶。维奋死杀出，折兵大半，_{第一次出兵，动见掣肘，不及武侯多矣。}飞奔上阳平关来。前面又一军杀到，为首一员大将，纵马横刀而出。那人生得圆面大耳，方口厚唇，左目下生个黑瘤，瘤上生数十根黑毛，_{不知管辂相之又作何语。}乃司马懿长子、骠骑将军司马师也。维大怒曰："孺子焉敢阻吾归路！"拍马挺枪，直来刺师。师挥刀相迎。只三合，杀败了司马师，维脱身径奔阳平关来。城上人开门放入姜维。司马师也来抢关，两边伏弩齐发，一弩发十矢，乃武侯临终时所遗"连弩"之法也。_{忽将武侯临终事一提，与一百四回照应。}正是：

难支此日三军败，犹赖当年十矢传。

未知司马师性命如何，且看下文分解。

第一百八回　丁奉雪中奋短兵　孙峻席间施密计

密計　孫峻席間施密計

今人将曹操、司马懿并称。及观司马懿临终之语，而懿之与操则有别矣。操之事皆懿之子为之，而懿则终其身未敢为操之事也。操之忌先主，是欲除宗室之贤者；懿之谋曹爽，是特杀宗室之不贤者。至于弑主后，害皇嗣，僭皇号，受九锡，但见之于操，而未见之于懿。故君子于懿有恕辞焉。

曹丕乘丧以伐刘禅，曹芳亦乘丧以伐孙亮。而前之伐则丕自主之；后之伐非芳自主之，而司马师主之。其不同者一。前之兵有五路，而止一路是魏兵；后之兵有三路，而三路皆魏兵。其不同者二。前之兵不战而自解；后之兵战而后退。其不同者三。前之兵四路实，而一路是虚；后之兵一路败，而两路皆走。其不同者四。前后更无一毫相犯，岂非奇事奇文！

乘雪以诱敌者，有之矣，武侯之破铁车兵是也；而冒雪以犯敌，则未之有也。以黑夜劫营者，有之矣，甘宁百骑之劫是也；而白日劫营，则未之有也。用短兵步卒，于险峻无人之处者，有之矣，邓艾之袭阴平岭是也；用之于平川大寨，则未之有也。以舟师破舟师者，有之矣，黄盖之烧北船是也；而以舟师入旱寨，则未之有也。以前后所未有者，而独于丁奉战徐塘见之，真异样惊人。

丁奉成东兴之功，而诸葛恪不能奏新城之绩，其故何也？曰：魏来而我御之则克，我往攻魏则不克。其明验已见于前事矣。自周郎之御赤壁，而吴一胜；乃孙权之攻合淝，而吴不胜。当曹操之攻濡须，而吴再胜；及张辽之拒逍遥津，而吴又不胜。及曹丕之攻三郡，而吴三胜。有徐盛之守南徐，而吴四胜。又曹休之败石亭，而吴五胜；乃诸葛瑾之被烧于满宠，而吴又不胜。

此非其章章者哉？画江而守，自顾有馀，而取人不足。在孙权未死，周瑜、鲁肃、吕蒙、陆逊未亡之时，犹然如是，而乃欲于孙亮之日，进图中原，吾知其难耳。

司马懿之杀曹爽，是以异姓而灭宗室；孙峻之杀诸葛恪，是以宗室而灭异姓。恪与爽之才不才不同，而其气骄而计疏则一也。外不能测张特之诈，内不能灼孙峻之奸，而又刚愎自矜，果于杀戮。聪明虽过于其父，而卒以恃才取祸，哀哉！

却说姜维正走，遇着司马师引兵拦截。原来姜维取雍州之时，郭淮飞报入朝，魏主与司马懿商议停当，懿遣长子司马师引兵五万，前来雍州助战。〔司马师发兵补叙在此，省笔之法。〕师听知郭淮敌退蜀兵，师料蜀兵势弱，就来半路击之。直赶到阳平关，却被姜维用武侯所传连弩法，于两边暗伏连弩百馀张，一弩发十矢，皆是药箭，两边弩箭齐发，前军连人带马射死不知其数。司马师于乱军之中，逃命而回。〔几同上方谷之难。〕

却说麴山城中蜀将句安，见援兵不至，乃开门降魏。姜维折兵数万，领败兵回汉中屯札。〔以上按下蜀汉，以下再叙魏国。〕司马师自还洛阳。至嘉平三年秋八月，司马懿染病，渐渐沉重，〔前是诈病，此是真病了。〕乃唤二子至榻前嘱曰："吾事魏历年，官授太傅，人臣之位极矣。人皆疑吾有异志，吾尝怀恐惧。吾死之后，汝二人善理国政，慎之！慎之！"〔与曹操铜雀台语相似。○此言讫而亡。时偏不耳聋，偏不错乱。〕长子司马师，次子司马昭，二人申奏魏主曹芳。芳厚加祭葬，优锡赠谥；封师为大将军，总领尚书机密大事，昭为骠骑上将军。〔以上按下魏国，以下接叙东吴。〕

却说吴主孙权，先有太子孙登，乃徐夫人所生，于吴赤乌四年身亡，遂立次子孙和为太子，乃琅邪王夫人所生。和因与金公主不睦，被公主所谮。权废之，和忧恨而死。又立三子孙亮为太子，乃潘夫人所生。此时陆逊、诸葛瑾皆亡，一应大小事务，皆归于诸葛恪。^{补前文所未及}太和元年秋八月初一日，忽起大风，江海涛涌，平地水深八尺。吴主先陵所种松柏，尽皆拔起，直飞到建业城南门外，倒插望道上。^{孙权将亡，先书灾异，与后诸葛恪将亡，亦先书灾异，正是相对。}权因此受惊成病，至次年四月内病势沉重，乃召太傅诸葛恪、大司马吕岱至榻前，嘱以后事。嘱讫而薨。在位二十四年，寿七十一岁，^{紫髯白矣。}乃蜀汉延熙十五年也。后人诗曰：

　　紫髯碧眼号英雄，能使臣僚肯尽忠。
　　二十四年兴大业，龙盘虎踞在江东。

　　孙权既亡，诸葛恪立孙亮为帝，大赦天下，改元大兴元年；谥权曰大皇帝，葬于蒋陵。早有细作探知其事，报入洛阳。司马师闻孙权已死，遂议起兵伐吴。尚书傅嘏曰："吴有长江之险，先帝屡次征伐，皆不遂意。^{照应前事。}不如各守边疆，乃为上策。"师曰："天道三十年一变，^{不但欲灭吴，亦有吞魏之意。吴将变，魏亦将变也。}岂皇帝为鼎峙乎？吾欲伐吴。"昭曰："今孙权新亡，孙亮幼懦，其隙正可乘也。"遂令征南大将军王昶引兵十万攻南郡，征东将军胡遵引兵十万攻东兴，镇南都督毌丘俭引兵十万攻武昌，三路进发。^{前曹丕用三路取吴，今司马师亦用三路取吴，正复相似。}又遣弟司马昭为大都督，总领三路军马。是年冬十二月，^{为雪天伏笔。}司马昭兵至东吴边界，屯住人马，唤王昶、胡遵、毌丘俭到帐中计议曰："东吴最紧要处，惟东兴郡也。今他筑起大堤，左右又筑两城，以防巢湖后面攻击，诸公须要仔细。"遂令王昶、毌丘俭："各引一万兵列在左右，且勿进发；待取了东兴郡，那时一齐进兵。"昶、俭二人受令而去。昭又令胡遵为先锋，总领三路兵前去。先搭浮桥，取东兴大堤；若夺得左右二城，便是大功。遵领兵来搭浮桥。

却说吴太傅诸葛恪，听知魏兵三路而来，聚众商议。平北将军丁奉曰："东兴乃东吴紧要处所，若有失，则南郡、武昌危矣。"_{写丁奉能谋，是老将之智。}恪曰："此论正合吾意。公可就引三千水兵从江中去，吾随后令吕据、唐咨、刘纂各引一万马步兵，分三路来接应。但听连珠炮响，一齐进兵。吾自引大兵后至。"丁奉得令，即引三千水兵，分作三十只船，望东兴而来。

却说胡遵渡过浮桥，屯军于堤上，差桓嘉、韩综攻打二城。左城中乃吴将全怿守把，右城中乃吴将刘略守把。此二城高峻坚固，急切攻打不下。全、刘二人见魏兵势大，不敢出战，死守城池。_{蜀有句安、李歆守二城，吴亦有全怿、刘略守二城，仿佛相似，而胜败不同。}胡遵在徐州下寨。时值严寒，天降大雪，胡遵与众将设席高会。_{前卷蜀兵取雪当水，此卷魏兵对雪饮酒，同是一雪也，而忧乐大异。}忽报水上有三十只战船来到。遵出寨视之，见船将次傍岸，每船上约有百人。遂还帐中，谓诸将曰："不过三千人耳，何足惧哉！"只令部将哨探，仍前饮酒。_{何贪杯至此。}丁奉将船一字儿抛在水上，乃谓部将曰："大丈夫立功名，正在今日！"遂令众军脱去衣甲，卸了头盔，不用长枪大戟，止带短刀。_{狭巷短兵相接处，杀人如草，不闻声，此用之狭巷耳。今用之平川则奇矣。}魏兵见之大笑，更不准备。忽然连珠炮响了三声，丁奉扯刀当先，一跃上岸。_{写丁奉能战，是老将之勇。}众军皆拔短刀，随奉上岸，砍入魏寨，_{以水兵劫旱寨奇绝。}魏兵措手不及。韩综急拔帐前大戟迎之，早被丁奉抢入怀内，手起刀落，砍翻在地。<small>雪天遇雪刀，两白相照，何不更以酒赏之。</small>桓嘉从左边转出，忙绰枪刺丁奉，被奉挟住枪杆。嘉弃枪而走，奉一刀飞去，正中左肩，嘉望后便倒。<small>以我之短胜彼之长。</small>奉赶上，以枪刺之。<small>即用彼之长济我之短。</small>三千吴兵，在魏寨中左冲右突。胡遵急上马夺路而走。魏兵一齐奔上浮桥，浮桥已断，<small>断桥雪景，大有可观。惜此时魏兵心忙，无暇吃酒耳。</small>大半落水而死；杀倒在雪地者，不知其数。<small>魏兵此时可谓红雪齐腰。</small>车仗马匹军器，皆被吴兵所获。司马昭、王昶、毌丘俭听知东兴兵败，亦勒兵而退。

却说诸葛恪引兵至东兴，收兵赏劳了毕，乃聚诸将曰："司马昭兵败北归，正好乘势进取中原。"遂一面遣人赍书入蜀，求姜维进兵攻其北，许以平分天下；<small>前者石亭之胜，吴使入蜀献捷，与此正复相似。</small>一面起大兵二十万，来伐中原。临行时，忽见一道白气，从地而起，遮断三军，对面不见。<small>陵树拔而孙权将死，白气见而诸葛将亡，一般灾异。</small>蒋延曰："此气乃白虹也，主丧兵之兆。<small>不止在丧兵，又应在丧身。</small>太傅只可回朝，不可伐魏。"恪大怒曰："汝安敢出不利之言，以慢吾军心！"叱武士斩之，众皆告免，恪乃贬蒋延为庶人。乃催兵前进。丁奉曰："魏以新城为总隘口，若先取得此城，司马昭破胆矣。"恪大喜，即趱兵直至新城。守城牙门将军张特，见吴兵大至，闭门坚守。恪令四面围定。早有流星马报入洛阳。主簿虞松告司马师曰："今诸葛恪围新城，且未可与战。吴兵远来，人多粮少，粮尽自走矣。<small>与司马懿之料蜀兵，仿佛相似。</small>待其将走，然后击之，必得全胜。但恐蜀兵犯境，不可不防。"师然其言，遂令司马昭引一军助郭淮防姜维；毌丘俭、胡遵拒住吴兵。

却说诸葛恪连夜攻打新城不下，令众将曰："并力攻城，怠慢者立斩。"于是诸将奋力攻打。城东北角将陷。张特在城中定下一计，乃令一舌辩之士赍捧册籍，赴吴寨见诸葛恪，告曰：

"魏国之法：若敌人围城，守城将坚守一百日，而无救兵至，然后出城降敌者，家族不坐罪。今将军围城已九十馀日，望乞再容数日，某主将尽率军民出城投降。今先具册籍呈上。"曹洪之守潼关，曹操限之以十日；吴兵之攻皖城，吕蒙限之以半日。未闻有百日之约也。恪深信之，收了军马，遂不攻城。骗信了。原来张特用缓兵之计，哄退吴兵。遂拆城中房屋，于破城处修补完备，乃登城大骂曰："吾城中尚有半年之粮，岂肯降吴狗耶！尽战无妨！"诸葛恪着了道儿，可为受骗者之戒。恪大怒，催兵攻城。城上乱箭射下。恪额上正中一箭，翻身落马。诸将救起还寨，金疮举发。众军皆无战心；又因天气亢炎，回想雪天劫寨时，寒暑一更矣。军士多病。恪金疮稍可，欲催兵攻城。营吏告曰："人人皆病，安能战乎？"恪大怒曰："再说病者斩之！"众军闻知，逃者无数。忽报都督蔡林引本部军投魏去了。恪大惊，自乘马遍视各营，果见军士面色黄肿，各带病容，遂勒兵还吴。早有细作报知毌丘俭。俭尽起大兵，随后掩杀。吴兵大败而归。一胜不止至于败而后止，是画蛇添足矣。恪甚羞惭，托病不朝。吴主孙亮自幸其宅问安，文武官僚皆来拜见。恪恐人议论，先搜求众官将过失，轻则发遣边方，重则斩首示众。恪有死之道。于是内外官僚，无不悚惧。又令心腹将张约、朱恩掌御林军，以为牙爪。恪有死之道。

却说孙峻，字子远，乃孙坚弟孙静曾孙，孙恭之子也；孙权在日甚爱之，命掌御林军马。今闻诸葛恪令张约、朱恩二人掌御林军，夺其权，心中大怒。太常卿滕胤，素与诸葛恪有隙，乃乘间说峻曰："诸葛恪专权恣虐，杀害公卿，将有不臣之心。公系宗室，何不早图之？"峻曰："我有是心久矣。今当即奏天子，请旨诛之。"

于是孙峻、滕胤入见吴主孙亮，密奏其事。亮曰："朕见此人，亦甚恐怖，^{恪有死之道}常欲除之，未得其隙。今卿等果有忠义，可密图之。"胤曰："陛下可设席召恪，暗伏武士于壁衣中，掷杯为号，就席间杀之，以绝后患。"亮从之。

却说诸葛恪自兵败回朝，托病居家，心神恍惚。一日，偶出中堂，忽见一人穿麻挂孝而入。^{只是一道白气。}恪叱问之，其人大惊无措。恪令拿下拷问，其人告曰："某因新丧父亲，入城请僧追荐；初见是寺院而入，却不想是太傅之府。却怎生来到此处也？"^{宅第化为寺院，今日多有之矣。}恪怒，召守门军士问之。军士告曰："某等数十人，皆荷戈把门，未尝暂离，并不见一人入来。"^{孝子眼中误见是作怪，众人眼中不见更是作怪。}恪大怒，尽数斩之。是夜，恪睡卧不安，忽听得正堂中声响如霹雳。恪自出视之，见中梁折为两段。^{栋折榱崩，凶莫大焉。}恪惊归寝室，忽然一阵阴风起处，见所杀披麻人与守门军士数十人，各提头索命。^{前是人怪，此是鬼怪。}恪惊倒在地，良久方苏。次早洗面，闻水甚血臭。恪叱侍婢，连换数十盆，皆臭无异。^{轻于杀人，故有血惺之怪。}

恪正惊疑间，忽报天子有使至，宣太傅赴宴。恪令安排车仗。方欲出府，有黄犬衔住衣服，嘤嘤作声，如哭之状。^{君之犬不如臣之犬。}恪怒曰："犬戏我也！"叱左右逐去之，遂乘车出府。^{欲牵黄犬出东门不可得矣。}行不数步，见车前一道白虹，自地而起，如白练冲天而去。^{又是白虹，可见前之所应不止在兵败也。}恪甚惊怪，心腹将张约进车前密告曰："今日宫中设宴，未知好歹，主公不可轻入。"^{董卓入朝之时，有李肃赚之；诸葛恪入朝之时，有张约阻之。前后相类而相反。}恪听毕，便令回车。行不到十馀步，孙峻、滕胤乘马至车前曰："太傅何故便回？"恪曰："吾忽然腹痛，不可见天子。"胤曰："朝廷为太傅军回，不曾面叙，故特设宴相召，兼议大事。

太傅虽恙，还当勉强一行。"恪从其言，遂同孙峻、滕胤入宫，张约亦随入。

恪见吴主孙亮，施礼毕，就席而坐。亮命进酒，恪心疑，辞曰："病躯不胜杯酌。"孙峻曰："太傅府中尝服药酒，可取饮乎？"恪曰："可也。"遂令从人回府取自制药酒到，恪方才放心饮之。^{不饮君之酒，而自饮家中之酒，以为怀疑则怀疑极矣，以为不敬则不敬甚矣。}酒至数巡，吴主孙亮托事先起。孙峻下殿，脱了长服，着短衣，内披环甲，手提利刀，上殿大呼曰："天子有诏诛逆贼！"诸葛恪大惊，掷杯于地，欲拔剑迎之，头已落地。^{从前种种灾异，于此结局。}张约见峻斩恪，挥刀来迎。峻急闪过，刀尖伤其左指。峻转身一刀，砍中张约右臂。武士一齐拥出，砍倒张约，剁为肉泥。^{此亦一黄犬也。}孙峻一面令武士收恪家眷，一面令人将张约并诸葛恪尸首，用芦席包裹，以小车载出，弃于城南门外石子岗乱冢坑内。^{可惜聪明人如此结果，世之自恃聪明，妄自托大者，可不戒哉。}

却说诸葛恪之妻正在房中心神恍惚，动止不宁，忽一婢女入房。恪妻问曰："汝遍身如何血臭？"其婢忽然反目切齿，飞身跳跃，头撞屋梁，口中大叫曰："吾乃诸葛恪也！被奸贼孙峻谋杀！"^{前已写过无数灾异，想又有此一段在后。}恪合家老幼，惊惶号哭。不一时，军马至，围住府第，将恪全家老幼，俱缚至市曹斩首。^{前之灾异为恪杀之兆，后之灾异又为全家皆杀之兆。}时吴大兴二年冬十月也。

昔诸葛瑾存日，见恪聪明尽显于外，叹曰："此子非保家之主也！"^{知子莫若父。○此补前文所未及。}又魏光禄大夫张缉，曾对司马师曰："诸葛恪不久死矣。"师问其故，缉曰："威震其主，何能久乎？"^{宣帝负芒刺于背，霍光之所以亦族也。○此亦补前文所未及。}至此果中其言。

却说孙峻杀了诸葛恪，吴主孙亮封峻为丞相、大将军、富春侯，总督中外诸军事。自此权柄尽归孙峻矣。

　　且说姜维在成都接得诸葛恪书，欲求相助伐魏。^{遥接前文。}遂入朝奏准后主，复起大兵北伐中原。正是：

　　　　一度兴师未奏绩，两番讨贼欲成功。

　　未知胜负如何，且看下文分解。

第一百九回　困司马汉将奇谋　废曹芳魏家果报

廢曹芳魏家果報

姜维一伐中原，因夏侯霸之来，乘其宗党之内变也。再伐中原，因诸葛恪之约，乘其邻境之外侵也。而前后皆无成功者：前则借羌兵为助，而羌兵不至；后则羌兵至，而羌兵反为敌所用也。夫武侯在日，犹有铁车之助魏；武侯死后，安得恃羌兵之助刘？若以羌兵为可信，孰如南蛮孟获之可信乎？武侯不闻求助于蛮，而姜维乃欲求助于羌，此则姜维之失计者耳。

姜维虽失计，不得以失计咎姜维也。何也？牛头山之败，固甚于武侯之失街亭，而铁笼山之围，则不异武侯之算上方谷也。无如上方谷之烧，则水自天来，铁笼山之渴，则水从地出。街亭之水道绝，天不助马谡以泉；铁笼山之水道绝，天独助司马昭以水。天实为之，谓之何哉？故曰：不得以失计为姜维咎。

五月渡泸水之时，武侯尝拜井出泉矣。而武侯所拜，有数十井，司马昭所拜，止是一井。一井而有数十井之用，不更奇乎？赤壁鏖兵之时，武侯尝借箭曹营矣。而武侯借曹操之箭以射曹操，有十万枝，姜维借郭淮之箭以射郭淮，止是一枝。以一箭而胜十万箭之力，不更奇乎？读《三国》者，阅至后幅，愈出愈奇。谁谓武侯死后，无出色惊人之事？

郭淮死，徐质死，而司马昭不死，非天之爱司马也，为有一段绝妙排场在后，欲增司马氏演出，为后世乱臣贼子戒耳。献帝有衣带诏，曹芳亦有血诏；汉有伏后之见弑，魏亦有张后之见弑；汉有伏完、董承之事泄，魏亦有张缉之事泄。报复之来，何无分毫之或爽耶？且前人所为，后人效之，必有更甚者。曹操未尝以衣带诏而废献帝，司马师乃以血诏而废曹芳，则已甚矣。天之假手于后人，以报其前人，又必有比前而更快者。衣带诏之泄露甚迟，曹芳之血诏泄露甚速，则又快矣。天道好还，及其还也，又加倍相偿。读书至此，令人毛发俱悚！

甚矣，造物者之巧也！逆臣之报，不待后世之人言之，而即令其子孙当日自言之。今人以司马师比曹操，而曹芳亦自以其太祖比司马师；今人以董承比张缉，而曹芳亦自以其国丈比董承。此是现前因果，明明告世，不必更听释氏地狱轮回之说矣。

蜀汉延熙十六年秋，将军姜维起兵二十万，令廖化、张翼为左右先锋，夏侯霸为参谋，张嶷为运粮使，大兵出阳平关伐魏。_{此是二伐中原。}维与夏侯霸商议曰："向取雍州，不克而还。今若再出，必又有备。公有何高见？"霸曰："陇上诸郡，只有南安钱粮最广；若先取之，足可为本。_{武侯第一次出兵，曾取南安、安定、天水三郡。此计与前有合。}向者不克而还，盖因羌兵不至。今可先遣人会羌人于陇右，然后进兵出石营，从董亭直取南安。"维大喜曰："公言甚妙！"遂遣郤正为使，赍金珠蜀锦入羌，结好羌王。羌王迷当得了礼物，便起兵五万，令羌将俄何烧戈为大先锋，引兵南安来。_{前番不肯自来，今番买他便来，甚矣，阿堵之有用也。}

魏左将军郭淮闻报，飞奏洛阳。司马师问诸将曰："谁敢去敌蜀兵？"辅国将军徐质曰："某愿往。"师素知徐质英勇过人，心中大喜，即令徐质为先锋，令司马昭为大都督，领兵望陇西进发。军至董亭，正遇姜维，两军列成阵势。徐质使开山大斧，出马挑战。蜀阵中廖化出迎。战不数合，化拖刀败回。张翼纵马挺枪而迎，战不数合，又败入阵。徐质驱兵掩杀，蜀兵大败，_{先写徐质之勇，以见姜维之智。}退三十馀里。司马昭亦收兵回，各自下寨。

姜维与夏侯霸商议曰："徐质勇甚，当以何策擒之？"霸曰：“来日诈败，以埋伏之计胜之。”维曰：“司马昭乃仲达之子，岂不知兵法？若见地势掩映，必不肯追。司马昭收兵不赶之故，从姜维口中衬出吾见魏兵累次断吾粮道，今却用此计诱之，可斩徐质矣。”此计殊妙。遂唤廖化分付如此如此，又唤张翼分付如此如此，二人领兵去了。一面令军士于路撒下铁蒺藜，寨外多排鹿角，示以久计。

徐质连日引兵搦战，蜀兵不出。哨马报司马昭说：“蜀兵在铁笼山后，用木牛流马搬运粮草，木牛流马又于此一提，照应一百二卷中事。以为久计，只待羌兵策应。”昭唤徐质曰：“昔日所以胜蜀者，因断彼粮道也。今蜀兵在铁笼山后运粮，汝今夜引兵五千断其粮道，蜀兵自退矣。”不出姜维所料。徐质领令，初更时分，引兵望铁笼山来，果见蜀兵二百馀人，驱百馀头木牛流马，装载粮草而行。魏兵一声喊起，徐质当先拦住。蜀兵尽弃粮草而走。质分兵一半押送粮草回寨，自引兵一半追来。追不到十里，前面车仗横截去路。质令军士下马，拆开车仗，只见两边忽然火起。善学丞相火攻，是好徒弟。质急勒马回走，后面山僻窄狭处，亦有车仗截路，火攻迸起。质等冒烟突火，纵马而出。一声炮响，两路军杀来，左有廖化，右有张翼，大杀一阵，魏兵大败。徐质奋死只身而走，人困马乏。正奔走间，前面一枝兵杀到，乃姜维也。质大惊无措，被维一枪刺倒坐下马，徐质跌下马来，被众军乱刀砍死。质所分一半押粮兵，亦被夏侯霸所擒，尽降其众。霸将魏兵衣甲马匹令蜀兵穿了，就令骑坐，打着魏军旗号，从小路径奔回魏寨来。魏军见本部兵回，开门放入，蜀兵就寨中杀起。此处用兵，直与武侯仿佛。司马昭大惊，慌忙上马走时，前面廖化杀来。昭不能前进，急退时，姜维引兵从小路杀到。昭四下无路，只得勒兵上铁笼山据守。原来此山只有一条路，四下皆峻险难上；其上唯有一泉，止彀百人之饮。此时昭手下有六千人，被姜维绝其路口，^{绝其水道，可以全答前番二城之失。}山上泉水不敷，人马枯渴。昭仰天长叹曰："吾死于此地矣！"^{读至此，令人拍案一快。○上方谷苦于有火，铁笼山苦于无水，前后相对。}后人有诗曰：

妙算姜维不等闲，魏师受困铁笼间。

庞涓始入马陵道，项羽初困九里山。

主簿王韬曰："昔日耿恭受困，拜井而得甘泉。将军何不效之？"昭从其言，遂上山顶泉边，再拜而祝曰："昭奉诏来退蜀兵，若昭合死，令甘泉枯竭，昭自当刎颈，教部军尽降；如寿禄未终，愿苍天早赐甘泉，以活众命！"祝毕，泉水涌出，取之不竭，因此人马不死。^{此天助晋，非助魏也。看司马昭所祝，但为自己寿命祝耳，更无一语及魏事。}

却说姜维在山下困住魏兵，谓众将曰："昔日丞相在上方谷不曾捉住司马懿，吾深为恨；^{照应一百三卷中事。}今司马昭必被吾擒矣。"

却说郭淮听知司马昭困于铁笼山上，欲提兵来。陈泰曰："姜维会合羌兵，欲先取南安。今羌兵已到，^{羌兵之来，在陈泰口中虚写，省笔之法。}将军若彻兵去救，羌兵必乘虚袭我后也。可先令人诈降羌人，于中取事。若退了此兵，方可救铁笼之围。"郭淮从之，遂令陈泰引五千兵，径到羌王寨内，解甲而入，^{不战而降，便是假；带着五千兵来，一发是假。只好骗羌人，却骗蜀将不得。}泣拜曰："郭淮妄自尊大，常有杀泰之心，故来投降。郭淮军中虚实，某俱知之。只今夜愿引一军前去劫寨，便可成功。如兵到魏，泰自有内应。"迷当大喜，遂令俄何烧戈同陈泰来劫魏寨。俄何烧戈教泰降兵在后，令泰引羌兵为前部。是夜二更，竟到魏寨，寨门大开。陈泰一骑马先入。俄何烧戈骤马挺枪入寨之时，只叫得一声苦，连人带马，跌在陷坑里。陈泰从后面杀来，郭淮从左边杀来，羌兵大乱，自相践踏，死者无数，生者尽降。俄何烧戈自刎而死。_{二人略胜迷当。}郭淮、陈泰引兵直杀到羌人寨中，迷当大王急出帐上马时，被魏兵生擒活捉，来见郭淮。淮慌下马，亲去其缚，用好言抚慰曰："朝廷素以公为忠义，今何故助蜀人也？"迷当惭愧伏罪。淮乃说迷当曰："公今为前部，去解铁笼山之围；退了蜀兵，吾奏准天子，自有厚赐。"_{郭淮用计，亦与司马懿仿佛。}

迷当从之，遂引羌兵在前，魏兵在后，径奔铁笼山。_{维欲用羌人，羌人反为淮所用哉！惜哉！}时值三更，先令人报知姜维。维大喜，教请入相见。魏兵多半杂在羌人部内，行到蜀寨前，维令大兵皆寨外屯扎，迷当引百馀人到中军帐前。姜维、夏侯霸二人出迎。魏将不等迷当开言，就从背后杀将起来。维大惊，急上马而走。羌、魏之兵，一齐杀入。蜀兵四纷五落，各自逃生。_{读至此，拍案一叹。}维手无器械，腰间悬有一副弓箭，走得慌忙，箭皆落了，只有空壶。维望山中而走。_{读者为姜维捏一把汗。}背后郭淮引兵赶来，见维手无寸铁，乃骤马挺枪追之。看看至近，维虚拽弓弦，连响十馀次。淮连躲数番，不见箭到，知维无箭，乃挂住钢枪，拈弓搭箭射之。_{人为姜维捏一把汗。}维急闪过，顺手接了，就扣在弓弦上，待淮追近，望面门上尽力射去，淮应弦落马。_{得此一箭，稍快人意。}维勒回马来杀郭淮，魏军骤至。维下手不及，只夺得淮枪而去。魏兵不敢追赶，急救淮归寨，拔出箭头，血流不止而死。司马昭下山引兵追赶，半途而回。夏侯霸随后逃至，与姜维一齐奔走。维折了许多人马，一路收扎不住，自回汉中。虽然兵败，却射死郭淮，杀死徐质，挫动魏国之威，将功补罪。

以下按下蜀汉，
专叙魏国。

却说司马昭犒劳羌兵，发遣回国去讫，班师还洛阳，与兄司马师专制朝权，群臣莫敢不服。魏主曹芳每见师入朝，战栗不已，如针刺背。令人追想汉帝见曹操时。一日，芳设朝，见师挂剑上殿，慌忙下榻迎之。师笑曰："岂有君迎臣之礼也，请陛下稳便。"须臾，群臣奏事，司马师俱自剖断，并不启奏魏主。少时师退，昂然下殿，乘车入内，前遮后拥，不下数千人马。写得司马师声势依然曹操当年。芳退入后殿，顾左右止有三人，乃太常夏侯玄，中书令李丰，李丰有二，李严之子亦名李丰，乃蜀之李丰也。今此李丰则魏之李丰。光禄大夫张缉。缉乃张皇后之父，曹芳之皇丈也。令人追念伏完。

芳叱退近侍，同三人至密室商议。芳执张缉之手而哭曰："司马师视朕如小儿，觑百官如草芥，社稷早晚必归此人矣！"言讫大哭。令人追念献帝告董承之语。李丰奏曰："陛下勿忧。臣虽不才，愿以陛下之明诏，聚四方之英杰，以剿此贼。"夏侯玄奏曰："臣兄夏侯霸降蜀，因惧司马兄弟谋害故耳。照应一百七卷中事。今若剿除此贼，臣兄必回也。臣乃国家旧戚，安敢坐视奸贼乱国？愿同奉诏讨之。"芳曰："但恐不能耳。"三人哭奏曰："臣等誓当同心讨贼，以报陛下！"令人追念马腾等誓词。芳脱下龙凤汗衫，咬破指尖，写了血诏，授与张缉，令人追念献帝赐衣带诏时。乃嘱曰："朕祖武皇帝诛董承，盖为机事不密也。如此报应，妙在教他子孙自说出来。卿等须谨细，勿泄于外。"丰曰："陛下何出此不利之言？臣等非董承之辈，司马师安比武祖也？曹芳以武祖比师，便为司马氏篡位之兆。陛下勿疑。"

三人辞出，至东华门左侧，正见司马师带剑而来，从者数百人，皆持兵器。三人立于道旁。令人追念董承遇曹操之时。师问曰："汝三人退朝何迟？"李丰曰："圣上在内观书，我三人侍读故耳。"师曰："所看何书？"_{乃看汉史衣带诏故事。}丰曰："乃夏、商、周三代之书也。"师曰："上见此书，问何故事？"丰曰："天子所问伊尹扶商、周公摄政之事，我等皆奏曰：'今司马大将军，即伊尹、周公也。'"_{不欲学伊尹、周公，却欲学舜、禹受禅耳。}师冷笑曰："汝等岂将吾比伊尹、周公；其心实指吾为王莽、董卓！"_{何不竟说曹操。}三人皆曰："我等皆将军门下之人，安敢如此？"师大怒曰："汝等乃口谀之人！适间于天子在密室中所哭何事？"_{曹芳左右都是司马氏心腹，却于司马师口中见之。}三人曰："实无此状。"师叱曰："汝三人泪眼尚红，_{笔有在后文追叙前文者，此类是也。}如何抵赖！"夏侯玄知事已泄，乃厉声大骂曰："吾等所哭者，为汝威震其主，将谋篡逆耳！"师大怒，叱武士捉夏侯玄。玄揎拳裸袖，径击司马师，_{不是厮打的事。}却被武士擒住。师令将各人搜检，于张缉身畔搜出一龙凤汗衫，上有血字。_{比董承事又泄漏得快。}左右呈与司马师。师视之，乃密诏也。诏曰：

　　司马师弟兄，共持大权，将图篡逆。所行诏制，皆非朕意。各部官兵将士，可同仗忠义，讨灭贼臣，匡扶社稷。功成之日，重加爵赏。_{献帝手诏在董承眼中叙出，曹芳手诏在司马师眼中叙出，又自不同。}

　　司马师看毕，勃然大怒曰："原来汝等正欲谋害吾兄弟！情理难容！"遂令将三人腰斩于市，灭其三族。_{令人追念董承等七人遇害之时。}三人骂不绝口。比临东市中，牙齿尽被打落，各人含糊数骂而死。_{令人追念吉平截指之时。}师直入后宫。魏主曹芳正与张皇后商议此事。皇后曰："内庭耳目颇多，倘事泄露，必累妾矣！"_{令人追念伏后、董妃语。}

正言间，忽见师入，皇后大惊。师按剑谓芳曰："臣父立陛下为君，功德不在周公之下；臣事陛下，亦与伊尹何别乎？（曹操自比文王，今司马师自比伊、周，前后一辙。）今反以恩为仇，以功为过，欲与二三小臣，谋害臣兄弟，何也？"芳曰："朕无此心。"师袖中取出汗衫，掷之于地曰："此谁人所作耶！"（亲笔现在，如何抵赖。）芳魂飞天外，魄散九霄，战栗而答曰："此皆为他人所迫故也。朕岂敢兴此心？"师曰："妄诬大臣造反，当加何罪？"（自然反坐，有何理说。）芳跪告曰："朕合有罪，望大将军恕之！"（情甘罪责，所供是实。）师曰："陛下请起。"（"陛下"二字之下，忽接"请起"，自有"陛下"以来，未有如此之没体面者也。）国法未可废也。"（不当曰"国法"，当曰"家法"耳。）乃指张皇后曰："此是张缉之女，理当除之！"芳大哭求免，师不从，叱左右将张后捉出，至东华门内用白练绞死。（令人追念华歆破壁取伏后时。）后人有诗曰：

当年伏后出宫门，跣足哀号别至尊。
司马今朝依此例，天教还报在儿孙。

次日，司马师大会群臣曰："今主上荒淫无道，褒近娼优，听信谗言，闭塞贤路。其罪甚于汉之昌邑，不能主天下。吾谨按伊尹、霍光之法，别立新君，以保社稷，以安天下，如何？"（此时不学曹操，不学曹丕，反学董卓矣。觉第四卷中事于此又见。）众皆应曰："大将军行伊、霍之事，所谓应天顺人，谁敢违命？"（此时更无丁原、袁绍其人。）师遂同多官入永宁宫，奏闻太后。太后曰："大将军欲立何人为君？"师曰："臣观彭城王曹据，聪明仁孝，可以为天下之主。"太后曰："彭城王乃老身之叔，今立为君，我何以当之？今有高贵乡公曹髦，乃文皇帝之孙，此人温恭克让，可以立之。卿等大臣，从长计议。"一人奏曰："太后之言是也，便可立之。"众视之，乃司马师宗叔司马孚也。师遂遣使往元城召高贵乡公；据幼而髦长，故师利于立幼，因孚之言，勉从之耳。请太后升太极殿，召芳责之曰："汝荒淫无度，褻近娼优，不可承天下；当纳下玺绶，复齐王之爵，目下起程，非宣召不许入朝。"芳泣拜太后，纳了国宝，乘王车大哭而去。只有数员忠义之臣，含泪而送。后人有诗曰：

> 昔日曹瞒相汉时，欺他寡妇与孤儿。
> 谁知四十餘年后，寡妇孤儿亦被欺。

却说高贵乡公曹髦，字彦士，乃文帝之孙，东海定王霖之子也。比曹芳又觉来历明白。当日司马师以太后命宣至，文武官僚备銮驾于南掖门外拜迎。髦慌忙答礼。太尉王束曰："主上不当答礼。"髦曰："吾亦人臣也，安得不答礼乎？"文武扶髦上輦入宫。髦辞曰："太后诏命，不知为何，吾安敢乘輦而入？"遂步行至太极东堂。司马师迎着，髦先下拜，此时曹髦极其谦恭，后文仗剑出宫，只为更耐不得耳。师急扶起。问候已毕，引见太后。太后曰："吾见汝年幼时，有帝王之相。汝今可为天下之主，务须恭俭节用，布德施仁，勿辱先帝也。"髦再三谦辞。师令文武请髦出太极殿，是日立为新君，改嘉平六年为正元元年，大赦天下。假大将军司马师黄钺，入朝不趋，奏事不名，带剑上殿。与曹操无异。文武百官，各有封赐。

正元二年春正月，有细作飞报，说镇东将军毌丘俭、扬州刺史文钦，以废主为名，起兵前来。司马师大惊。正是：

汉臣曾有勤王志，魏将还兴讨贼师。

未知如何迎敌，且看下文分解。

第一百十回　文鸯单骑退雄兵　姜维背水破大敌

姜維背兵破大散

今人读董卓之废汉帝，未有不怒者也；读司马师之废魏主，未有不喜者也。今人读曹操之弑伏后，未有不怒者也；读司马师之弑张后，未有不喜者也。何也？为曹氏之报宜尔也。虽然，弑后废帝，不可以训。操为汉贼，师亦为魏贼。为汉臣者当为汉讨贼，为魏臣者安得不为魏讨贼乎？故毌丘俭之挥泪，文钦之起兵，文鸯之力战，作史者皆特书以予之。

魏之逼汉，即以司马氏之逼魏者报之矣。若司马氏之逼魏，岂得独无报乎？曰：有报。报之以金墉之祸，报之以青衣之辱，报之以牺牛之易，报之以刘宋之篡也。然司马昭有后，司马师无后。有后则报之于子孙，无后则当报之于其身。而司马师独以病终，将奈何？曰：眼珠迸出，亦可以当显戮也已。

姜维三伐中原，在曹芳既废，司马师既死之后。夫师既死，则有隙可乘；芳既废，则亦有贼可讨也。然维之心，自为汉讨贼，初非为魏讨贼也。而以讨汉贼为念，亦不妨借讨魏贼以为名者，何哉？盖人方欲讨司马，我姑从其讨司马之名；而天方大讨曹，则我自行我讨曹之志耳。

背水之阵，徐晃以之拒汉而不胜，武侯以之拒曹而胜。姜维用之，则视前而为三矣。疑兵之伏，武侯一以之退曹操于汉中，一以之退司马懿于祁山。邓艾用之，则亦视前而为三矣。此用彼法，彼用此法，或不皆得，或皆得，各各不同。读之不厌其复。

却说魏正元二年正月，扬州都督、镇东将军、领淮南军马毌丘俭，字仲闻，河南闻喜人也，以其能讨贼，故存其官，并书其地，书其字。闻司马师擅行废立之事，心中愤怒。长子毌丘甸曰："父亲官居方面，司马师专权废主，国家有垒卵之危，安可晏然自守？"〔与马腾父子相同。〕俭曰："吾儿之言是也。"遂请刺史文钦商议。钦乃曹爽门下客，〔为后尹大目追起一段伏笔。〕当日闻俭相请，即来拜谒。俭邀入后堂，礼毕，说话间，俭流泪不止。钦问其故，俭曰："司马师专权废主，天地反覆，安得不伤心乎！"〔前董承与马腾语，都用反挑；今毌丘俭与文钦语，只是直说。〕钦曰："都督镇守方面，若肯仗义讨贼，钦愿舍死相助。钦中子文淑，小字阿鸯，有万夫不当之勇，常欲杀司马师兄弟，与曹爽报仇，今可令为先锋。"〔又是一个好儿子，不减马超。〕俭大喜，即时酾酒为誓。二人诈称太后有密诏，令淮南大小官兵将士，皆入寿春城，立一坛于西，宰白马歃血为盟，宣言司马师大逆不道，今奉太后密诏，令尽起淮南军马，仗义讨贼。〔与曹操矫诏讨董卓时相似。〕众皆悦服。俭提六万兵，屯于项城。文钦领兵二万在外为游兵，往来接应。俭移檄诸郡，令各起兵相助。

却说司马师左眼肉瘤，不时痛痒，〔瘤者身之赘肉也。师之视君，亦如此矣。〕乃命医官割之，以药封闭，连日在府养病；忽闻淮南告急，乃请太尉王肃商议。肃曰："昔关云长威震华夏，孙权令吕蒙袭取荆州，抚恤将士家属，因此关公军势瓦解。〔七十五卷中事，于此一提。〕今淮南将士家属，皆在中原，可急抚恤，更以兵断其归路，必有土崩之势矣。"师曰："公言极是。但吾新害目瘤，不能自往。若使他人，心又不稳。"时中书侍郎钟会在侧，〔此处钟会出现。〕进言曰："淮楚兵强，其锋甚锐。若遣人领兵去退，多是不利。倘有疏虞，则大事废矣。"师蹶然起曰："非吾自往，不可破贼！"遂留弟司马昭守洛阳总摄朝政，师乘软舆带病东行，令镇东将军诸葛诞总督豫州诸军，从安风津取寿春；又令征东将军胡遵领青州诸军，出谯、朱之地，绝其归路；又遣豫州刺史、监军王基领前部兵，先取镇南之地。师领大军屯于襄阳，聚文武于帐下商议。光禄勋郑袤曰：
"毋丘俭好谋而无断，文钦有勇而无智。令大将出其不意，江、
淮之卒锐气正盛，不可轻敌，只宜深沟高垒，以挫其锐。此亚夫
之长策也。"^{一个说}监军王基曰："不可。淮南之反，非军民思乱
也，皆因毋丘俭势力所迫，不得已而从之。若大军一临，必然瓦
解。"^{一个说}师曰："此言甚妙。"遂进兵于㶟水之上，中军屯于
㶟桥。基曰："南顿极好屯兵，可提兵星夜取之。若迟则毋丘俭
必先至矣。"^{不唯要战，}师遂令王基前部兵来南顿下寨。

却说毋丘俭在项城闻知司马师自来，乃聚众商议。先锋葛雍
曰："南顿之地，依山傍水，极好屯兵；若魏兵先占，难以驱
遣，可速取之。"^{葛雍所料，已}俭然其言，起兵投南顿来。正行之
间，前面流星马报说，南顿已有人马下寨。俭不信，自到军前视
之，果然旌旗遍野，营寨齐整。俭回到军中，无计可施。忽哨马
飞报："东吴孙峻提兵渡江袭寿春来了。"^{孙峻之来，}俭大惊曰：
"寿春若失，吾归何处！"是夜退兵于项城。

司马师见毋丘俭军退，聚多官商议。尚书傅嘏曰："今俭兵
退者，忧吴人袭寿春也，必回项城分兵拒守。将军可令一军取乐
嘉城，一军取项城，一军取寿春，则淮南之卒必退矣。兖州刺史
邓艾足智多谋，^{又由傅嘏口中}若领兵径取乐嘉，更以重兵应之，破
贼不难也。"师从之，急遣使持檄文，教邓艾起兖州之兵破乐嘉
城。师随后引兵到彼会合。

却说毋丘俭在项城不时差人去乐嘉城哨探，只恐有兵来。请
文钦到营共议，钦曰："都督勿忧。我与拙子文鸯，只消五千
兵，敢保乐嘉城。"俭大喜。钦父子引五千兵投乐嘉来。前军报

说：“乐嘉城西，皆是魏兵，约有万馀。遥望中军，白旄黄钺，皂盖朱幡，簇拥虎帐，内竖立一面锦绣帅字旗，此必司马师也。师者，师也。安立营寨，尚未完备。”时文鸯悬鞭立于父侧，闻知此语，乃告父曰：“趁彼营寨未成，可分兵两路，左右击之，可全胜也。”钦曰：“何时可去？”鸯曰：“今夜黄昏，父引二千五百兵，从城南杀来；儿引二千五百兵，从城北杀来。三更时分，要在魏寨会合。”此之谓父子兵。钦从之，当晚分兵两路。

且说文鸯年方十八岁，身长八尺，全妆贯甲，腰悬铜鞭，绰枪上马，遥望魏寨而进。是夜，司马师到乐嘉，立下营寨，等邓艾未至。师为眼下新割肉瘤，疮口疼痛，卧于帐中，令数百甲士环立护卫。三更时分，忽然寨内喊声大震，人马大乱。师急问之，人报曰：“一军从寨北斩围直入，为首一将，勇不可当！”文鸯之来，先在众将眼中、司马师耳中虚写。师大惊，心如火烈，眼珠从肉瘤疮口内迸出，想其怒目视曹芳之时，当受此报。血流遍地，疼痛难当；又恐有乱军心，只咬被头而忍，被皆咬烂。做逆贼有何便宜。原来文鸯军马先到，一拥而进，在寨中左冲右突，所到之处，人不敢当，有相拒者，枪搠鞭打，无不被杀。此处方实写文鸯。鸯只望父到，以为外应，并不见来。数番杀到中军，皆被弓弩射回。鸯只杀到天明，只听得北边鼓角喧天。邓艾之来，先在文鸯耳中、众军眼中虚写。鸯回顾从者曰：“父亲不在南面为应，却从北至，何也？”妙在不知是邓艾。鸯纵马看时，只见一军行如猛风，为首一将，乃邓艾也，跃马横刀，大叫曰：“反贼休走！”此处方写是邓艾。鸯大怒，挺枪迎之。战有五十合，不分胜负。写文鸯，又写邓艾。

正斗间，魏兵大进，前后夹攻，鸯部下兵各自逃散，只文鸯单人独马，冲开魏兵，望南而走。背后数百员将，抖搜精神，骤马追来。将至乐嘉桥边，看看赶上，鸯忽然勒回马大喝一声，直冲入魏将阵中来，钢鞭起处，纷纷落马，各自倒退。鸯复缓缓而行。写文鸯如同生龙活虎。魏将聚在一处，惊讶曰："此人尚敢退我等之众耶！可并力追之！"于是魏将百员，复来追赶。鸯勃然大怒曰："鼠辈何不惜命也！"提鞭拨马，杀入魏将丛中，用鞭打死数人，复回马缓辔而行。文鸯之勇，直与常山赵云仿佛相似。魏将连追四五番，皆被文鸯一人杀退。总收一句，省笔。后人有诗曰：

> 长坂当年独拒曹，子龙从此显英豪。
>
> 乐嘉城内争锋处，又见文鸯胆气高。

原来文钦被山路崎岖，迷入谷中，行了半夜，比及寻路而出，天色已晓，文鸯人马不知所向，只见魏兵大胜。钦不战而退，老子殊梦梦。魏兵乘势追杀。钦自引兵望寿春而走。

却说魏殿中校尉尹大目，乃曹爽心腹之人，因爽被司马懿谋杀，故事司马师。照应一百七卷中事。常有杀师报爽之心；又素与文钦交厚，今见师眼瘤突出，不能动止，乃入帐告曰："文钦本无反心，今被毌丘俭逼迫，以致如此。某去说之，必然来降。"此是赚司马师语。师从之。大目顶盔贯甲，乘马来赶文钦，看看赶上，乃高声大叫曰："文刺史见尹大目么？"钦回头视之，大目除盔放于鞍鞒之前，以鞭指曰："文刺史何不忍耐数日也？"此是大目知师将亡，故来留钦。钦不解其意，厉声大骂，便欲开弓射之。文钦如此有粗无细，干得甚事。大目大哭而回。钦收聚人马奔寿春时，已被诸葛诞引兵去取了；欲复回项城时，胡遵、王基、邓艾三路兵皆到。钦见势危，遂投东吴孙峻去了。文钦之投吴，如夏侯霸之投蜀。

却说毌丘俭在项城内听知寿春已失，文钦势败，城外三路兵到，俭遂尽彻城中之兵出战。正与邓艾相遇，俭令葛雍出马，与艾交锋，不一合，被艾一刀斩之，引兵杀过阵来。毌丘俭死战相拒。江淮兵大乱。胡遵、王基引兵四面夹攻。毌丘俭敌不住，引十馀骑夺路而走。前至慎县城下，县令宋白开门接入，设席待之。俭大醉，被白令人杀了，将头献与魏兵。于是淮南平定。此时文钦去了，毌丘俭死了，唯文鸯不知下落，妙在此处不即叙明，留在后文始见。

司马师卧病不起，唤诸葛诞入帐，赐以印绶，加为征东大将军，都督扬州诸路军马；一面班师回许昌。师目痛不止，每夜只见李丰、张缉、夏侯玄三人立于榻前。与曹操临终见伏完等二十馀人正复相似。师心神恍惚，自料难保，令人往洛阳取司马昭到。昭哭拜于床下。师遗言曰："吾今权重，虽欲卸肩，不可得也。汝继我为之，大事切不可轻托他人，自取灭族之祸。"言讫，以印绶付之，泪流满面。昭急欲问时，大叫一声，眼睛迸出而死。两目俱出，此目无天子报。时正元二年二月也。于是司马昭发丧，申奏魏主曹髦。髦遣使持诏到许昌，即命暂留司马昭屯军许昌，以防东吴。昭心中犹豫未决。钟会曰："大将军新亡，人心未定，将军若留守于此，万一朝廷有变，悔之何及？"司马昭之有钟会，犹曹操之有贾诩、郭嘉耳。昭从之，即起兵还屯洛水之南。髦闻之大惊。太尉王肃奏曰："昭既继其兄掌大权，陛下可封爵以安之。"髦遂命王肃持诏，封司马昭为大将军，录尚书事。昭入朝谢恩毕。自此，中外大小事情，皆归于昭。去一司马师，又来一司马昭。○以下按下魏事，再叙蜀汉。

却说西蜀细作哨知此事，报入成都。姜维奏后主曰："司马师新亡，司马昭初握重权，必不敢擅离洛阳。臣请乘间伐魏，以复中原。"后主从之，遂命姜维兴师伐魏。维到汉中，整顿人马。征西大将军张翼曰："蜀地浅狭，钱粮浅薄，不宜远征。不如据险守分，恤军爱民，此乃保国之计也。"〔前文官谏，今武臣亦谏。〕维曰："不然。昔丞相未出茅庐，已定三分天下，然且六出祁山以图中原，不幸半途而丧，以致功业未成。〔将前事一提。〕今吾既受丞相遗命，当尽忠报国以继其志，虽死而无恨也。〔亦学武侯"死而后已"之语。〕今魏有隙可乘，不就此时伐之，更待何时？"夏侯霸曰："将军之言是也。〔曹芳既废，夏侯玄既死，霸之意在报仇，故必主于战。〕可将轻骑先出枹罕。若得洮西南安，则诸郡可定。"张翼曰："向者不克而还，皆因军出甚迟也。兵法云：'攻其无备，出其不意。'今若火速进兵，使魏人不能堤防，必然全胜矣。"〔张翼之意，不战则竟不战，欲战则必速战。〕于是姜维引兵百万，望枹罕进发。〔此是三伐中原。〕兵至洮水，守边军士报知雍州刺史王经、副将军陈泰。王经先起马步兵七万来迎。姜维分付张翼如此如此，又分付夏侯霸如此如此。二人领计去了。维乃自引大军背洮水列阵。〔妙，所谓置之死地而后生也。〕王经引数员牙将出而问曰："魏与吴、蜀，已成鼎足之势。汝累次入寇，何也？"维曰："司马师无故废主，邻邦理宜问罪，〔二句是客，此为魏报仇乃夏侯霸之意也。〕何况仇敌之国乎？"〔一句是主，此为汉报仇乃姜维之意也。〕

经回顾张明、花永、刘达、朱芳四将曰："蜀兵背水为阵，败则皆殁于水矣。姜维骁勇，汝四将可战之。彼若退动，便可追击。"四将分左右而出，来战姜维。维略战数合，拨回马望本阵便走。王经大驱士马，一齐赶来。维引兵望洮西而走，将次近水，大呼将士曰："事急矣！诸将何不努力！"〔与韩信破赵之计。〕众将一齐奋力杀回，魏兵大败。张翼、夏侯霸抄在魏兵之后，分两路杀来，把魏兵困在垓心。_{方知前分付之计乃此计也。}维奋武扬威，杀入魏军之中，左冲右突，魏兵大乱，自相践踏，死者大半，迫入洮水者无数，斩首万馀，叠尸数里。_{此番大胜，又当得风便转。}王经引败兵百骑，奋力杀出，径往狄道城而走，奔入城中，闭门保守。姜维大获全功，犒军已毕，便欲进兵攻打狄道城。张翼谏曰："将军功绩已成，威声大震，可以止矣。今若前进，倘不如意，正如'画蛇添足'也。"维曰："不然。向者兵败，尚欲进取，纵横中原；今日洮水一战，魏人胆裂，吾料狄道唾手可得。汝勿自堕其志也。"_{本欲不胜不止，却弄出不败不止。}张翼再三劝谏，维不从，遂勒兵来取狄道城。

却说雍州征西将军陈泰，正欲起兵与王经报兵败之仇，忽兖州刺史邓艾引兵到。泰接着，礼毕，艾曰："今奉大将军之命，特来助将军破敌。"泰问计于邓艾，艾曰："洮水得胜，若招羌人之众，东争关陇，传檄四郡，此吾兵之大患也。今彼不思如此，却图狄道城；其城垣坚固，急切难攻，空劳兵费力耳。吾今陈兵于项岭，然后进兵击之，蜀兵必败矣。"_{写邓艾有谋，以风今自许，亦殊不愧。}陈泰曰："真妙论也！"遂先拨二十队兵，每队五十人，尽带旌旗、鼓角之类，日伏夜行，去狄道城东南高山深谷之中埋伏，只待兵来，一齐鸣鼓吹角为应，夜则举火放炮以惊之。_{此武侯在汉中惊曹操之计。}调度已毕，专候蜀兵到来。于是陈泰、邓艾，各引二万兵相继而进。

却说姜维围住狄道城，令兵八面攻之，连攻数日不下，心中郁闷，无计可施。是日黄昏时分，忽三五次流星马报说："有两路兵来，旗上明书大字。一路是征西将军陈泰，一路是兖州刺史邓艾。"维大惊，遂请夏侯霸商议。霸曰："吾向尝为将军言，邓艾自幼深明兵法，善晓地理。^{应一百七}_{卷语。}今领兵到，颇为劲敌。"
维曰："彼军远来，我休容他住脚，便可击之。"乃留张翼攻
城，命夏侯霸引兵迎陈泰。维自引兵来迎邓艾。行不到五里，忽
然东南一声炮响，鼓角震地，火光冲天。维纵马看时，只见周围
皆是魏兵旗号。维大惊曰："中邓艾之计矣！"遂传令教夏侯
霸、张翼各弃狄道而退。^{邓艾先声足以夺人，非鼓声足以惊}_{姜维，因有夏侯霸之言为之先耳。}于是蜀兵皆
退于汉中。维自断后，只听得背后鼓声不绝。维退入剑阁之时，
方知火鼓二十馀处，皆虚设也。维收兵退屯于钟堤。

　　且说后主因姜维有洮西之功，降诏封维为大将军。维受了
职，上表谢恩毕，再议出师伐魏之策。正是：

　　　　成功不必添蛇足，讨贼犹思奋虎威。

未知此番北伐如何，且看下文分解。

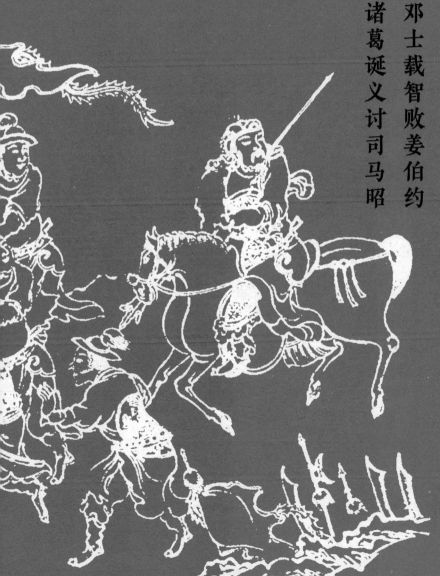

第一百十一回　邓士载智败姜伯约　诸葛诞义讨司马昭

諸葛誕義討
司馬昭

姜维一伐中原之后，间之以丁奉破魏之事。二伐中原之后，间之以文鸯反魏之事。而三伐、四伐，更无他事以间之者，何也？牛头山之战，全乎败者也；铁笼山之战，初胜而终败者也；洮西之战，则全乎胜者也。不全乎胜，则士气沮；全乎胜，则士气锐。锐则可以及锋而用焉。此四伐之师，所以继三伐而即出与！

邓艾有"五必出"之说以料蜀，姜维亦有"五可胜"之说以料魏，彼此若合符节，而料其出则果出，料其胜则不必果胜，则以维之所料，先为艾之所料故也。故知己，而不知彼之亦足以知己，则不得谓之知己；知彼而不知彼之亦料我之知彼，则不得谓之知彼。

四伐之败，与一伐等。盖一伐之役句安陷焉，四伐之役张嶷死焉：其失固相类也。然为国讨贼，虽败犹荣。一伐之时，未学武侯之自贬；四伐之后，亦学武侯之自责。君子于其败而哀其遇，于其贬而怜其心。

有毌丘俭之讨司马师于前，又有诸葛诞之讨司马昭于后，两人皆魏之忠臣也。诸葛兄弟三人，分事三国。人谓蜀得其龙，吴得其虎，魏得其狗。不知狗亦不易为矣。高帝以功臣比之功狗，蒯通曰："桀犬吠尧。"亦自比于狗。赵盾曰："君之獒不若臣之獒。"亦自比家将于狗。若后世无义之徒，正狗之不如耳。

司马昭之攻诸葛诞也，贾充劝其挟太后天子以亲征。此则从前未有之事矣。曹操南征北伐，岂尝挟献帝而俱行乎？其挟帝而俱行，惟许田射鹿之时则有之。至于挟太后而俱行，则又何尝有之乎？曹操所不为，而司马昭为之者，恐我出而天子在内，则曹芳之血诏，亦曹髦之所欲发也。故必挟天子而后可以无恐也。又恐天子虽在外而太后在内，则太后之诏可请，而城门可闭，亦未必无曹爽故事也。故必挟太后而后可以无恐也。凡乱臣贼子，欲效前人之所为，往往较前人之心又加危，较前人之心又加慎。嗟乎！人之窃弄威福，亦欲安意肆志以自娱乐耳！乃防患虑祸，岌岌不宁，至于如此。人亦何乐而为乱臣贼子哉？

却说姜维退兵屯于钟堤，魏兵屯于狄道城外。王经迎接陈泰、邓艾入城，拜谢解围之事，设宴相待，大赏三军。泰将邓艾之功，申奏魏主曹髦。髦封艾为安西将军，假节领护东羌校尉，同陈泰屯兵于雍、凉等处。邓艾上表谢恩毕，陈泰设宴与邓艾拜贺曰："姜维夜遁，其力已竭，不敢再出矣。"_{先写陈泰料敌不中，以反衬邓艾之智。}艾笑曰："吾料蜀兵其必出有五。"_{邓艾居然将才。}泰问其故，艾曰："蜀兵虽退，终有乘胜之势；_{知彼之壮。}吾兵终有弱败之实，_{知己之沮。}其必出一也。蜀兵皆是孔明教演，精锐之兵容易调遣；_{知彼之利。}吾将不时更换，军又训练不熟，_{知己之钝。}其必出二也。蜀人多以船行，_{知彼之逸。}吾军皆是旱地，_{知己之劳。}劳逸不同，其必出三也。狄道、陇西、南安、祁山四处皆有守战之地，蜀人或声东击西，指南攻北；吾兵必须分头守把，_{知己之分而小。}蜀兵合为一处而来，以一分当我四分，_{知彼之合而大。}其必出四也。若蜀兵至南安、陇西，则可取羌人之谷为食；若出祁山，则有麦可就食，_{知彼之粮易于我。但言知彼，而知己在其中。}其必出五也。"陈泰叹服曰："公料敌如神，蜀兵何足虑哉！"于是陈泰与邓艾结为忘年之交。_{如程普之服周郎。}艾遂将雍、凉等处之兵，每日操练，各处隘口皆立营寨，以防不测。_{以上按下魏国一边，以下再叙蜀汉一边。}

却说姜维在钟堤大设筵会，会集诸将，商议伐魏之事。令史樊建谏曰："将军屡出，未获全功。今日洮西之战，魏人既服威名，何故又欲出也？万一不利，前功尽弃。"维曰："汝等只知魏国地广人广，急不可得，却不知攻魏者有五可胜。"^{邓艾"五必出"，姜维"五可胜"，彼此若合符节。}众问之，维答曰："彼洮西一败，挫尽锐气，吾兵虽退，不曾损折，今若进兵，一可胜也。^{邓艾所言一必出，维却算在第一。}吾兵船载而进，不致劳困，彼兵皆从旱地来迎，二可胜也。^{邓艾所言三必出，维却算在第二。}吾兵久经训练之众，彼皆乌合之徒，不曾有法度，三可胜也。^{邓艾所言三必出，维却算在第三。}吾兵自出祁山，掠抄秋谷为食，四可胜也。^{邓艾所言五必出，维却算在第四。}彼兵虽各守备，军力分开，吾兵一处而去，彼安能救？五可胜也。^{邓艾所言四必出，维却算在第五。}不在此时伐魏，更待何时耶？"夏侯霸曰："艾年虽幼，而机谋深远，近封为安西将军之职，必于各处准备，非同往日矣。"^{维但能料其兵，霸则能料其将。}维厉声曰："吾何畏彼哉！公等休长他人锐气，灭自己威风！吾意已决，必先取陇西。"众不敢谏。维自领前部，令众将随后而进。于是蜀兵尽离钟堤，杀奔祁山来。^{此是四伐中原。}哨马报说魏兵已先在祁山立下九个寨栅。维不信，引数骑凭高望之，果见祁山九寨势如长蛇，首尾相顾。维回顾左右曰："夏侯霸之言，信不诬矣。此寨形势绝妙，止吾师诸葛丞相能之；今观邓艾所为，不在吾师之下。"^{在姜维眼中、口中写一邓艾，然亦未见其人，但见其营，尚是虚写。}遂回本寨，唤诸将曰："魏人既有准备，必知吾来矣。吾料邓艾必在此间。^{猜得着。}汝等可虚张吾旗号，据此谷口下寨，每日令百馀骑出哨，每出哨一回，换一番衣甲、旗号，按青、黄、赤、白、黑五方旗帜更换。^{示兵之多以疑之。}吾却提大兵偷出董亭，径袭南安去也。"^{亦是好计。}遂令鲍素屯于祁山谷口，维尽率大兵，望南安进发。

　　却说邓艾知蜀兵出祁山，早与陈泰下寨准备，见蜀兵连日不来搦战，一日五番哨马出寨，或十里十五里而回。艾凭高望毕，慌入帐与陈泰曰："姜维不在此间，<small>一个说邓艾必在此间，果然在此间；一个说姜维不在此间，果然不在此间。两个猜得都是对手拳头。</small>必取董亭袭南安去了。<small>料得如此。</small>出寨哨马只是这几匹，更换衣甲，往来哨探，其马皆困乏，主将必无能者。陈将军可引一军攻之，其寨可破也。破了寨栅，便引兵袭董亭之路，先断姜维之后。<small>先破前寨，却断后路，算出陈泰两路兵来。</small>吾当先引一军救南安，径取武城山。若先占此山头，姜维必取上邽。上邽有一谷，名曰段谷，地狭山险，正好埋伏。彼来争武城山时，吾先伏两军于段谷，破维必矣。"<small>先到武城，却伏段谷，又算出自己两路兵来。</small>泰曰："吾守陇西二三十年，未尝如此明察地理。公之所言，真神算也！公可速去，吾自攻此处寨栅。"于是邓艾引军星夜倍道而行，径到武城山，下寨已毕，蜀兵未到，即令子邓忠，<small>邓忠于此出现。</small>与帐前校尉师篡，各引五千兵，先去段谷埋伏，如此如此而行。二人受计而去。艾令偃旗息鼓，以待蜀兵。

　　却说姜维从董亭望南安而来，至武城山前，谓夏侯霸曰："近南安有一山，名武城山，若先得了，可夺南安之势。只恐邓艾多谋，必先堤防。"<small>你猜着我，我猜着你，好看杀人。</small>正疑虑间，忽然山上一声炮响，喊声大震，鼓角齐鸣，旌旗遍竖，皆是魏兵；中夹风飘起一黄旗，大书"邓艾"字样。<small>又未见其人，先见其旗；又只在姜维眼中虚写。</small>蜀兵大惊。山上数处精兵杀下，势不可当，前军大败。维急率中军人马去救时，魏兵已退。<small>恶甚。</small>维直来武城山下搦邓艾战，山上魏兵并不下来。<small>恶甚。但闻其声，不见其人。</small>维令军士辱骂。至晚方欲退军，山上鼓角齐鸣，却又不见魏兵下来。<small>恶甚。又但闻其声，不见其人。</small>维欲上山冲杀，山上炮石甚严，不能得进。守至三更欲回，山上鼓角又鸣，_{恶甚。又但闻其声，不见其人。}维移兵下山屯扎。比及令军搬运木石，方欲竖立为寨，山上鼓角又来，魏兵骤至。_{三番不下来，此处却突如其来。}蜀兵大乱，自相践踏，退回旧寨。次日，姜维令军士运粮草车仗至武城山，穿连排定，欲立起寨栅，以为屯兵之计。是夜二更，邓艾令五百人，各执火把，分两路下山，_{三番不下来，此处又突如其来。}放火烧车仗。两兵混杀了一夜，营寨又立不成。维复引兵退，再与夏侯霸商议曰："南安未得，不如先取上邽。上邽乃南安屯粮之所，若得上邽，南安自危矣。"_{姜维亦料到此，但先为邓艾料去了，毕竟是邓艾先猜先着。}遂留霸屯于武城山，维尽引精兵猛将，径取上邽。行了一宿，将及天明，见山势狭峻，道路崎岖，乃问乡道官曰："此处何名？"答曰："段谷。"维大惊曰："其名不美。'段谷'者，'断谷'也。倘有人断其谷口，如之奈何？"_{读书至此，令人一吓，几为落凤坡、晋口川之续矣。}正踌躇未决，忽前军来报："山后尘头大起，必有伏兵。"维急令退兵。师纂、邓忠两军杀出，维且战且走，前面喊声大震，邓艾引兵杀到，三路夹攻，蜀兵大败。幸得夏侯霸引兵杀到，魏兵方退，救了姜维，欲再往祁山。霸曰："祁山寨已被陈泰打破，鲍素阵亡，全寨人马皆退回汉中去了。"_{陈泰打寨，在夏侯霸口中虚写，省笔之法。}维不敢取董亭，急投山僻小路而回。后面邓艾急追，维令诸军前进，自为断后。正行之际，忽然山中一军突出，乃魏将陈泰也。魏兵一声喊起，将姜维困在垓心。维人马困乏，左冲右突，不能得出。荡寇将军张嶷，闻姜维受困，引数百骑杀入重围。维因乘势杀出。嶷被魏兵乱箭射死。维得脱重围，复回汉中，因感张嶷忠勇，殁于王事，乃表赠其子孙。于是，蜀中将士多有阵亡者，皆归罪于姜维。维照武侯街亭旧例，乃上表自贬为后将军，行大将军事。

抄旧文章，只是不如原稿。以上按
下蜀魏一边，以下再叙魏国一边。

却说邓艾见蜀兵退尽，乃与陈泰设宴相贺，大赏三军。泰表
邓艾之功，司马昭遣使持节，加艾官爵，赐印绶，并封其子邓忠
为亭侯。

时魏主曹髦，改正元三年为甘露元年。司马昭自为天下兵马
大都督，出入常令三千铁甲骁将前后簇拥，以为护卫；^{宛然董卓一变相。}
一应事务，不奏朝廷，就于相府裁处。^{宛然曹操后身。}自此常怀篡逆之心。
有一心腹人，姓贾名充，字公闾，乃故建威将军贾逵之子，为昭
府下长史。充语昭曰："今主公掌握大柄，四方人心必然未安；
且当暗访，然后徐图大事。"昭曰："吾正欲如此。汝可为我东
行，只推慰劳出征军士为名，以探消息。"贾充领命，径到淮南
入见镇东大将军诸葛诞。诞字公休，乃琅邪南阳人，即武侯之族
弟也，^{兄弟三人分事三国，亦大奇事。}向仕于魏，因武侯在蜀为相，因此不得重用；
后武侯身亡，诞在魏历任重职，封高平侯，总摄两淮军马。^{补叙诸葛诞前事。}
当日，贾充托名劳军，至淮南见诸葛诞。诞设宴待之。酒至
半酣，充以言挑诞曰："近来洛阳诸贤，皆以主上懦弱，不堪为
君。司马大将军三世辅国，功德弥天，可以禅代魏统。未审钧意
若何？"诞大怒曰："汝乃贾豫州之子，世食魏禄，安敢出此乱
言！"^{写得诸葛诞义形于辞，不愧为武侯族弟}充谢曰："某以他人之言告公耳。"诞
曰："朝廷有难，吾当以死报之。"^{说得凛凛烈烈。}充默然。

次日辞归，见司马昭细言其事。昭大怒曰："鼠辈安敢如
此！"充曰："诞在淮南，深得人心，^{又在贾充口中补写诸葛诞平日}久必为患，可
速除之。"昭遂暗发密书与扬州刺史乐綝，一面遣使赍诏征诞为
司空。诞得了诏书，已知是贾充告变，遂捉来使拷问。使者曰：

"此事乐綝知之。"诞曰："他如何得知？"使者曰："司马将军已令人到扬州送密书与乐綝矣。"使者口中泄漏机密，妙在要言不烦。诞大怒，叱左右斩了来使，遂起部下兵千人，杀奔扬州来。将至南门，城门已闭，吊桥拽起。诞在城下叫门，城上并无一人回答。诞大怒曰："乐綝匹夫，安敢如此！"遂令将士打城。手下十馀骁骑，下马渡河，飞身上城，杀散军士，大开城门，于是诸葛诞引兵入城，乘风放火，杀至綝家。綝慌上楼避之。诞提剑上楼，大喝曰："汝父乐进昔日受魏国大恩，不思报本，反欲顺司马昭耶！"乐进为曹操旧臣，于此提照出来。綝未及回言，为诞所杀。一面具表数司马昭之罪，使人申奏洛阳；申罪致讨，比毌丘俭更是烈烈。一面大聚两淮屯田户口十馀万，并扬州新降兵四万馀人，积草屯粮，准备进兵；又令长史吴纲送子诸葛靓入吴为质求援，务要合兵诛讨司马昭。志自可取，不必以成败论之。

此时东吴丞相孙峻病亡，从弟孙綝辅政。綝字子通，为人强暴，杀大司马滕胤、将军吕据、王惇等，顺笔代叙吴事。○杀诸葛恪用详叙，杀此三人用略叙，省笔之法。因此权柄皆归于綝。吴主孙亮虽然聪明，无可奈何。为后卷孙綝废亮张本。于是吴纲将诸葛靓至石头城，入拜孙綝。綝问其故，纲曰："诸葛诞乃蜀汉诸葛武侯之族弟也，不说诸葛瑾之弟，而独说武侯者，因孙峻杀诸葛瑾之子故也，有针线。向事魏国，今见司马昭欺君罔上，废主弄权，欲兴师讨之，而力不及，故特来归降。诚恐无凭，专送亲子诸葛靓为质。伏望发兵相助。"綝从其请，便遣大将全怿、全端为主将，于诠为合后，朱异、唐咨为先锋，文钦为乡导，起兵七万，分三队而进。吴纲回寿春报知诸葛诞。诞大喜，遂陈兵准备。

却说诸葛诞表文到洛阳，司马昭见了大怒，欲自往讨之。贾充谏曰："主公承父兄之基业，恩德未及四海，今弃天子而去，若一朝有变，后悔何及？不如奏请太后及天子一同出征，可保无虞。"^{曹瞒但挟天子耳，贾充又教司马昭挟太后，愈出愈奇。}昭喜曰："此言正合吾意。"遂入奏太后曰："诸葛诞谋反，臣与文武官僚计议停当，请太后同天子御驾亲征，以继先帝之遗意。"^{孙綝将诸葛诞儿子作当头，司马昭却将太后、天子带在军中作当头。}太后畏惧，只得从之。次日，昭请魏主曹髦起程。髦曰："大将军都督天下军马，任从调遣，何必朕自行也？"昭曰："不然。昔日武祖纵横四海，文帝、明帝有包括宇宙之志，并吞八荒之心，凡遇大敌，必须自行。^{然未闻奉母氏以行也。}陛下正宜追配先君，扫清故孽，何自畏也？"髦畏威权，只得从之。昭遂下诏，尽起两都之兵二十六万，命征南将军王基为正先锋，安东将军陈骞为副先锋，监军石苞为左军，兖州刺史周太为右军，保护车驾，浩浩荡荡，杀奔淮南而来。

东吴先锋朱异，引兵迎敌。两军对圆，魏军中王基出马，朱异来迎。战不三合，朱异败走。唐咨出马，战不三合，亦大败而走。王基驱兵掩杀，吴兵大败，退五十里下寨，报入寿春城中。诸葛诞自引本部锐兵，会合文钦并二子文鸯、文虎^{文鸯前卷不知下落，此处却与文钦会在一处。}雄兵数万，来敌司马昭。正是：

方见吴兵锐气堕，又看魏将劲兵来。

未知胜负如何，且看下文分解。

第一百十二回　救寿春于诠死节　取长城伯约鏖兵

取長城伯約鏖兵

诸葛恪之进兵于新城，魏无衅之可窥。若孙綝之进兵于寿春，则乘魏之衅而动矣。毌丘俭之讨司马师，犹惧吴之袭其后。若诸葛诞之讨司马昭，则吴且为之援矣。綝之事易于恪，诞之事易于俭，而迄无成功者，是綝之才不如恪，诞之才亦不如俭也。然吴有不降贼之将，则于诠一人为忠臣；魏有不降贼之兵，则诸葛诞数百人皆义士。君子谓吴之一人，可以愧吴之众人；而诞之数百人，愈以重诞之一人云。

威克厥爱，为将之道固然；而用法太严，御人太酷，又必败之理也。朱异不杀，则吴将不至离心；文钦不诛，则魏将不至解体。读书至此，可为严酷之戒。

曹操筑土城于潼关之西，地高而无水患；司马昭筑土城于淮水之南，地卑而有水患。无水患，则城难堕；有水患，则城易堕也。而天雨不降，淮水不发。与寿春相拒数月，而曾不得上方谷一日之雨；以淮河之势，而曾不及铁笼山一井之涨溢。此实天意，岂人事哉！此谯周《仇国论》之所以作也。

谯周《仇国论》，不过以成败利钝为言耳。其不作于武侯伐魏之时，而作于姜维伐魏之时者，盖武侯"非所逆睹"一语，已足以破之矣。使人尽明哲，孰竭愚忠？使人尽知天，孰尽人事？故后世人臣有报国之志者，愿读《出师表》，不愿读《仇国论》。

闻魏之衅而起，闻吴之败而止，此姜维五伐中原之师所以一出而即返。前于三伐、四伐之时，魏军中早有一邓艾，为之设谋，为之画策，而维与艾尚未识面。直至此卷，而又先见其子，后见其父。及既见之后，而又略战而退，未及大决雌雄。其事之纡徐，文之曲折如此。读书至此，又乐得而观其后矣。

却说司马昭闻诸葛诞会合吴兵前来决战，乃召散骑长史裴秀、黄门侍郎钟会，商议破敌之策。钟会曰："吴兵之助诸葛诞，实为利也；以利诱之，则必胜矣。"利与义相对，不为义则必为利。为魏讨贼者义也，会以吴人为利，则诞之义可知矣。昭从其言，遂令石苞、周太引两军于石头城埋伏，王基、陈骞领精兵在后，却令偏将成倅引兵数万先去诱敌；又令陈俊引车仗牛马驴骡，装载赏军之物，四面聚集于阵中，如敌来则弃之。

是日，诸葛诞令吴将朱异在左，文钦在右，见魏阵中人马不整，诞乃大驱士马径进。成倅退走，诞驱兵掩杀，见牛马驴骡遍满郊野，南兵争取，无心恋战。此曹操破文丑之计，其解渭桥之厄亦以此。忽然一声炮响，两路兵杀来：左有石苞，右有周太，诞大惊，急欲退时，王基、陈骞精兵杀到。诞兵大败。司马昭又引兵接应。诞引败兵奔入寿春，闭门坚守。昭令兵四面围困，并力攻城。

时吴兵退屯安丰，魏主车驾驻于项城。钟会曰："今诸葛诞虽败，寿春城中粮草尚多，更有吴兵屯安丰以为犄角之势。今吾兵四面攻围，彼缓则坚守，急则死战；吴兵或乘势夹攻，吾军无益。不如三面攻之，留南门大路，容贼自走；走而击之，可全胜也。先算诸葛诞。吴兵远来，粮必不继，我引轻骑抄在其后，可不战而自破矣。"次算吴兵。昭抚会背曰："君真吾之子房也！"曹操以荀彧为子房，昭又以钟会为子房，前后遥相照映。遂令王基撤退南门之兵。

却说吴兵屯于安丰，孙綝唤朱异责之曰："量一寿春城不能救，安可并吞中原？如再不胜必斩！"一味好杀，安能成功。朱异乃回本寨商议。于诠曰："今寿春南门不围，某愿领一军从南门入去，助诸葛诞守城。将军与魏兵挑战，我却从城中杀出，两路夹攻，魏兵可破矣。"此计亦妙，但城中增兵则粮愈少耳。诞然其言。于是全怿、全端、文钦等，皆愿入城，遂同于诠引兵一万，从南门而入城。本欲虚一门以待诞之走，不想吴兵反从此而入，出于意外。魏兵不得将令，未敢轻敌，任吴兵入城，乃报知司马昭。昭曰："此欲与朱异内外夹攻，以破我军也。"乃召王基、陈骞分付曰："汝可引五千兵截断朱异来路，从背后击之。"于诠所算，又早被司马昭所算。二人领命而去。朱异正引兵来，忽背后喊声大起，左有王基，右有陈骞，两路军杀来。吴兵大败。朱异回见孙綝，綝大怒曰："累败之将，要汝何用！"叱武士推出斩之。一味好杀，安能成功。又责全端子全祎曰："若退不得魏兵，汝父子休来见我！"是驱之降魏。于是孙綝自回建业去了。

钟会与昭曰："今孙綝退去，外无救兵，城可图矣。"昭从之，遂催军攻围。全祎引兵欲入寿春，见魏兵势大，寻思进退无路，遂降司马昭。势所必然。昭加祎为偏将军。一以杀驱之，一以赏招之。祎感昭恩德，乃修家书与父全端、叔全怿，言孙綝不仁，不若降魏，将书射入城中。怿得祎书，遂与端引数千人开门出降。诸葛诞在城中忧闷，谋士蒋班、焦彝进言曰："城中粮少兵多，不能久守，可率吴、楚之众，与魏兵决一死战。"诞大怒曰："吾欲守，汝欲战，莫非有异心乎！再言必斩！"与孙綝之令无异。二人仰天长叹曰："诞将亡矣！我等不如早降，免至一死！"是夜二更时分，蒋、焦二人逾城降魏，司马昭重用之。又以赏招之。因此城中虽有敢战之士，不敢言战。

诞在城中见魏兵四下筑起土城以防淮水，只望水泛冲倒土城，驱兵击之。不想自秋至冬，并无霖雨，淮水不泛。岂非天意。城中看看粮尽，文钦在小城内与二子坚守，见军士渐渐饿倒，只得来告诞曰："粮皆尽绝，军士饿损，不如将北方之兵尽放出城，以省其食。"^{去兵亦所以足食}诞大怒曰："汝教我尽去北军，欲谋我耶？"叱左右推出斩之。^{又是一个孙綝}文鸯、文虎见父被杀，各拔短刀，立杀数十人，飞身上城，一跃而下，越河赴魏寨投降。司马昭恨文鸯昔日单骑退兵之仇，欲斩之。^{照应一百十卷中事}钟会谏曰："罪在文钦，今文钦已亡，二子穷来归，若杀降将，是坚城内人之心也。"昭从之，遂召文鸯、文虎入帐，用好言抚慰，赐骏马锦衣，加为偏将军，封关内侯。^{要杀则竟杀，不杀则抚之、慰之、爵之、禄之，直是老瞒手段。}二子拜谢，上马绕城大叫曰："我二人蒙大将军赦罪赐爵，汝等何不早降！"城内人闻言，皆计议曰："文鸯乃司马氏仇人，尚且重用，何况我等乎？"^{如什方侯故事}于是皆欲投降。诸葛诞闻之大怒，日夜自来巡城，以杀为威。^{又是一个孙綝，如此安得不败。}

钟会知城中人心已变，乃入帐告昭曰："可乘此时攻城矣。"昭大喜，遂激三军四面云集，一齐攻打。守将曾宣献了北门，放魏兵入城。^{必至于此。}诞知魏兵已入，慌引麾下数百人，自城中小路突出，至吊桥边，正撞着胡奋，手起刀落，斩诞于马下，数百人皆被缚。^{必至于此。}王基引兵杀到西门，正遇吴将于诠。基大喝曰："何不早降！"诠大怒曰："受命而出，为人救难，既不能救，又降他人，义所不为也！"乃掷盔于地，大呼曰："人生在世，得死于战场者，幸耳！"急挥刀死战三十馀合，人马困乏，为乱军所杀。^{孔曰"成仁"，孟曰"取义"，于诠有焉。}后人有诗赞曰：

司马当年围寿春，降兵无数拜车尘。

东吴虽有英雄士，谁及于诠肯杀身！

司马昭入寿春，将诸葛诞老少尽皆枭首，灭其三族。武士将所擒诸葛诞部卒数百人缚至。昭曰："汝等降否？"众皆大叫曰："愿与诸葛公同死，决不降汝！"〔有卒如此，可不愧诸葛二字。〕昭大怒，叱武士尽缚于城外，逐一问曰："降者免死。"并无一人言降。直杀至尽，终无一人降者。〔与张睢阳之事相似。〕昭深加叹息不已，令皆埋之。后人有诗赞曰：

忠臣矢志不偷生，诸葛公休帐下兵。
《薤露》歌声应未断，遗踪直欲继田横！

却说吴兵大半降魏，裴秀告司马昭曰："吴兵老小尽在东南江、淮之地，今若留之，久必为变，不如坑之。"〔李广不封侯，只为杀降之故，何秀之不仁也。〕钟会曰："不然。古之用兵者，全国为上，戮其元恶而已。若尽坑之，是不仁也。不如放归江南，以显中国之宽大。"〔会之言与秀天渊，宜独为夏侯霸之所称许。〕昭曰："此妙论也。"遂将吴兵尽皆放归本国。〔从来成大事者必能用善言。〕唐咨因惧孙綝，不敢回国，亦来降魏。昭皆重用，令分布三河之地。淮南已平，正欲退兵，忽报西蜀姜维引兵来取长城，邀截粮草。〔姜维此来，先在司马昭一边听得，又是一样笔法。〕昭大惊，与多官计议退兵之策。

时蜀汉延熙二十年，改为景耀元年。姜维在汉中，选川将两员每日操练人马，一是蒋舒，一是傅佥。二人颇有胆勇，维甚爱之。忽报淮南诸葛诞起兵讨司马昭，东吴孙綝助之。昭大起两淮之兵，将魏太后并魏主一同出征去了。〔只听得一半。〕维大喜曰："吾今番大事济矣！"^{吾亦谓然。}遂表奏后主，愿兴兵攻魏。中散大夫谯周听知，叹曰："近来朝廷溺于酒色，信任中贵黄皓，^{黄皓事，借谯周口中叙出。}不理国事，只图欢乐；伯约累欲征伐，不恤军士，国将危矣！"乃作《仇国论》一篇，寄与姜维。维拆封视之。论曰：

或问古往能以弱胜强者，其术何如？曰：处大国无患者，恒多慢；处小国有忧者，恒思善。多慢则生乱，思善则生治，理之常也。故周文养民，以少取多；勾践率众，以弱毙强。此其术也。

或曰：曩者楚强汉弱，约分鸿沟，张良以为民志既定则难动也，率兵追羽，终毙项氏，岂必由文王、勾践之事乎？曰：商、周之际，王侯世尊，君臣久固。当此之时，虽有汉祖，安能仗剑取天下乎？及秦罢侯置守之后，民疲秦役，天下土崩，于是豪杰并争。今我与彼，皆专国易世矣，既非秦末鼎沸之时，实有六国并疆之势，故可以为文王，难为汉祖。时可而后动，数合而后举，故汤、武之师不再而克，诚重民劳而度时审也。如遂极武黩征，不幸遇难，虽有智者，不能谋之矣。

姜维看毕，大怒曰："此腐儒之论也！"掷之于地，遂提川兵来取中原。又问傅金曰："以公度之，可出何地？"金曰："魏屯粮草皆在长城，今可径取骆谷，度沈岭，直到长城，先烧粮草，^{魏兵屡次断蜀之粮，今则是蜀兵取魏之粮，反而用之。又变一样笔法。}然后直取秦川，则中原指日可得矣。"维曰："公之见与吾计暗合也。"即提兵径取骆谷，度沈岭，望长城而来。^{此是五伐中原。}

却说长城镇守将军司马望，乃司马昭之族兄也。城内粮草甚多，人马却少。望听知蜀兵到，急与王真、李鹏二将引兵离城二十里下寨。次日，蜀兵来到，望引二将出阵。姜维出马，指望而言曰："今司马昭迁主于军中，必有李傕、郭汜之意也。^{直应第九卷中事。}吾今奉朝廷明命，前来问罪，汝当早降。若还愚迷，全家诛戮！"望大声而答曰："汝等无礼，数犯上国，如不早退，令汝片甲不归！"言未毕，望背后王真挺枪出马，蜀阵中傅金出迎。战不十合，金卖个破绽，王真便挺枪来刺；傅金闪过，活捉真于马上，便回本阵。李鹏大怒，纵马轮刀来救。金故意放慢，等李鹏将近，努力掷真于地，暗掣四楞铁简在手；鹏赶上举刀待砍，傅金偷身回顾，向李鹏面门只一简，打得眼珠迸出，死于马下。^{写傅金不惟能谋，且又能勇。}王真被蜀军乱枪刺死。姜维驱兵大进。司马望弃寨入城，闭门不出。维下令曰："军士今夜且歇一宿，以养锐气。来日须要入城。"次日平明，蜀兵争先大进，一拥至城下，用火箭火炮打入城中。城上草屋一派烧着，魏兵自乱。维又令人取干柴堆满城下，一齐放火，烈焰冲天。^{几同博望、新野。}城已将陷，魏兵在城内嚎啕痛哭，声闻四野。

正攻打之间，忽然背后喊声大震。维勒马回看，只见魏兵鼓噪摇旗，浩浩而来。^{来得突兀。}维遂令后队为前队，自立于门旗下候之。只见魏阵中一小将，全装贯带，挺枪纵马而出，约年二十馀岁，面如傅粉，唇似抹朱，厉声大叫曰："认得邓将军否！"维自思曰："此必是邓艾矣。"^{小小年纪，便尔油嘴。}维自思曰："此必是邓艾矣。"^{在姜维意中虚猜一邓艾。}挺枪纵马而来。二人抖擞精神，战到三四十合，不分胜负。那小将军枪法无半点放闲。维心中自思："不用此计，安得胜乎？"便拨马望左边山路中而走。那小将骤马追来，维挂住了铜枪，暗取雕弓羽箭射之。那小将眼乖，早已见了，弓弦响处，把身望前一倒，放过羽箭。维回头看小将已到，挺枪来刺；维闪过，那枪从肋旁边过，被维扶住。那小将弃枪，望前阵而走。维嗟叹曰："可惜！可惜！"再拨马赶来。追至阵门前，一将提刀而出曰："姜维匹夫，勿赶吾儿！邓艾在此！"_{在姜维耳中实听一邓艾。}维大惊。原来小将乃艾之子邓忠也。_{此处方才叙明前文，故意令人不测。○钟会弟胜于兄，邓家子如其父，然则一艾真有两艾，风今不止一凤矣。}维暗暗称奇，欲战邓艾，又恐马乏，乃虚指艾曰："吾今日识汝父子也。_{幸甚，幸甚。}各自收兵，来日决战。"艾见战场不利，亦勒马应曰："既如此，各自收兵，暗算者非丈夫也。"于是两军皆退。邓艾据渭水下寨，姜维跨两山安营。艾见蜀兵地理，乃作书于司马望曰："我等切不可战，只宜固守。待关中兵至时，蜀兵粮草皆尽，三面攻之，无不胜也。今遣长子邓忠相助守城。"一面差人于司马昭处求救。

却说姜维令人于艾寨中下战书，约来日大战，艾佯应之。_{恶极。}次日五更，维令三军造饭，平明布阵等候。艾营中偃旗息鼓，却如无人之状。_{恶极。}维至晚方回。次日又令人下战书，责以失期之罪。艾以酒食待使，答曰："微躯小疾，有误相持，明日会战。"_{却像回债的。}次日，维又引兵来，艾仍前不出。_{如司马懿受巾帼时。}如此五六番。_{总叙一句，省笔。}傅金谓维曰："此必有谋也，宜防之。"维曰："此必捱关中兵到，三面击我耳。吾今令人持书与东吴孙綝，使并力攻之。"忽探马报说："司马昭攻打寿春，杀了诸葛诞，吴兵皆降。昭班师回洛阳，便欲引兵来救长城。"_{司马昭一边事，在姜维耳中，却分作两番听得。}

维大惊曰："今番伐魏又成画饼矣，不如且回。"正是：

已叹四番难奏绩，又嗟五度未成功。

未知如何退兵，且看下文分解。

第一百十三回　丁奉定计斩孙綝　姜维斗阵破邓艾

姜維鬭陣破鄧艾

天之报恶人，有报之奇者，有报之正者。曹丕以臣废君，而司马师亦以臣废君，此如其事以报之者也，报之奇者也；孙綝以臣废君，而孙休乃以君灭臣，此反其事以报之者也，报之正者也。天以为报之奇者不可训，则还以报之正者训天下而已矣。

吴之有孙綝，犹魏之有曹爽也。而司马懿以异姓去宗室，而政不复归于曹；丁奉亦以异姓去宗室，而政犹归于孙綝，则何也？孙峻之后有綝，犹司马懿之后有师、昭也。毌丘俭、诸葛诞以起兵讨师、昭而不胜，丁奉、张布以杯酒杀孙綝而有馀，则又何也？曰：魏之得国也以篡，吴之得国也不以篡，故魏之将灭，天必假手于其臣，而吴之将灭，天不必假手于其臣耳。

献帝谋诛权臣，而一泄于国舅董承，再泄于国丈伏完，有两事焉。若曹芳托国丈而事泄，止如汉之一事也；孙亮则因国舅以及国丈而事泄，是一事而合汉之两事也。且伏完为后父，而张缉亦为后父，董承受血诏，而张缉亦受血诏，则以魏之一人，兼为汉之两人。董承不必有父，而全纪有父，伏完不见有儿，而全尚有儿，则又以汉之两家，并为吴之一家。读《三国》者，读至后幅，有与前事相犯，而读之更无一毫相犯。愈出愈幻，岂非今古奇观！

雍纠之妻，祭仲之女也，而以父杀夫非也；卢蒲癸之妻，庆舍之女也，而以夫杀父亦非也。况全尚之妻，乃以兄之故，而杀其夫，又以兄之故，而并杀其子乎？然君子不责全尚之妻，而责全尚何也？国家之事而谋及妇人，宜其败也。知其必败，不可以学雍纠；即幸而不至于败，不可以学卢蒲癸。

孙亮知黄门之小过，而刘禅不能识黄门之大奸；孙休知邻国之是非，而刘禅不能知本国之得失：先主之后人，不及孙权之后人远矣。作者合而叙之，使人于相形之下见其短长云。

吴主以蜀有内侍之乱，而特使人以敌国之外患警之。此绝妙斗笋处，亦绝妙伏线处。何谓斗笋？姜维因外患而动，则伐魏之笋，于此斗也。何谓伏线？姜维因内侍而归，则班师之线，又于此伏也。叙事作文，如此结构，可谓匠心。

武侯以出祁山而胜，姜维亦以出祁山而胜。姜维能继武侯，则姜维之六伐中原，即谓是武侯之七出祁山可也。且其事多有仿佛者：武侯与仲达斗阵法，姜维亦与邓艾斗阵法；而武侯斗阵只是一番，姜维斗阵却有两番。邓艾之斗阵是真，即以斗阵破之；司马望之斗阵是假，又不必以斗阵破之：则姜维又得武侯之意而化之矣。武侯好布八门阵，姜维好布长蛇阵。武侯布八门阵于祁山，先有鱼腹浦边之石以为之端；姜维布长蛇阵于祁山，先有天水城城外之火以为之端。陆逊不遇黄承彦则必亡，邓艾不得司马望则必死。一样惊人，一样出色。每见读《三国志》者，谓武侯死后，便不堪寓目。今试观此篇，与武侯存日，岂有异哉？

司马懿用反间之计退武侯，邓艾亦用反间之计退姜维，诚前后一辙矣。然司马懿即以蜀人苟安为反间，是以蜀间蜀；邓艾必使魏人党均行反间，是以魏间蜀也。顾使蜀中无黄皓，魏即遣百党均，亦何益哉？然则邓艾之计，仍谓之以蜀间蜀也可。

却说姜维恐救兵到，先将军器车仗、一应军需、步兵先退，然后将马军断后。细作报知邓艾。艾笑曰："姜维知大将军兵到，故先退去。不必追之，追则中彼之计也。"乃令人哨探，回报果然骆谷迫狭之处，堆积柴草，准备要烧追兵。积草烧追兵之计，不在姜维一边实叙，却在探马口中虚叙。众皆称艾曰："将军真神算也！"遂遣使赍表奏闻。于是司马昭大喜，又奏赏邓艾。此下按下蜀魏，专叙东吴。

却说东吴大将军孙綝听知全端、唐咨等降魏，勃然大怒，将各人家眷尽皆斩之。与先生不杀黄权家属，厚薄相去天壤。吴主孙亮时年方十七，见綝杀戮太过，心甚不然。一日出西苑，因食生梅，令黄门取蜜。须臾取至，见蜜内有鼠粪数块，召藏吏责之。藏吏叩首曰："臣封闭甚严，安有鼠粪？"亮曰："黄门曾向尔求蜜食否？"问得聪明。藏吏曰："黄门于数日前曾求蜜食，臣实不敢与。"亮指黄门曰："此必汝怒藏吏不与尔蜜，故置粪于蜜中，以陷之也。"一语道破。黄门不服。从来偷食人极嘴强。亮曰："此事易知耳。若粪久在蜜中，则内外皆湿；若新在蜜中，则外湿内燥。"小智耳，妙在敏捷。命剖视之，果然内燥，黄门服罪。亮之聪明，大抵如此。载一小事之明，以见其大事之察。然无大事可叙者，以大事俱归于孙綝故耳。虽然聪明，却被孙綝把持，不能主张。綝之弟威远将军孙据入苍龙宿卫，武卫将军孙恩、偏将军孙干、长水校尉孙闿分屯诸营。孙綝父子兄弟五人，与曹爽兄弟三人，正复相似。

一日，吴主孙亮闷坐，黄门侍郎全纪在侧；纪乃国舅也。亮因泣告曰："孙綝专权妄杀，欺朕太甚；今不图之，必为后患。"如曹芳之告张缉。纪曰："陛下但有用臣处，臣万死不辞。"亮曰："卿可只今点起禁兵，与将军刘丞各把城门，朕自出杀孙綝。如曹髦之自讨司马昭。但此事切不可令卿母知之，卿母乃綝之姊也。倘若泄漏，误朕非轻。"一派亲戚，却在孙亮口中说明。纪曰："乞陛下草诏与臣。临行事之时，臣将诏示众，使綝手下人皆不敢妄动。"亮从之，即写密诏付纪。密诏请而后与，较曹芳之自书血诏付张缉，又是不同。纪受诏归家，密告其父全尚。尚知此事，乃告妻曰："三日内杀孙綝矣。"_{子不告其母，而夫乃告其妻，可见夫妻之情，密于子母也，为之一叹}妻曰："杀之是也。"口虽应之，却私令人持书报知孙綝。_{不顾其夫，不顾其子，而但以内家为重，今之妇人多有之矣。又为之叹。}綝大怒，当夜便唤弟兄四人，点起精兵，先围大内，一面将全尚、刘丞并其家小俱拿下。比及平明，吴主孙亮听得宫门外金鼓大震，内侍慌入奏曰："孙綝引兵围了内苑。"亮大怒，指全后骂曰："汝父兄误我大事矣！"乃拔剑欲出。全后与侍中近臣，皆牵其衣而哭，不放亮出。孙綝先将全尚、刘丞等杀讫，_{一个妇人送了老公与儿子也。}然后召文武于朝内，下令曰："主上荒淫久病，昏乱无道，不可以奉宗庙，今当废之。汝诸文武，敢有不从者，以谋叛论！"众皆畏惧，应曰："愿从将军之令。"尚书桓懿大怒，从班部中挺然而出，指孙綝大骂曰："今上乃聪明之主，汝何敢出此乱言！吾宁死不从贼臣之命！"_{全纪不得为孝子，桓懿乃可为忠臣。}綝大怒，自拔剑斩之，即入内指吴主孙亮骂曰："无道昏君！本当诛戮以谢天下！看先帝之面，废汝为会稽王，吾自选有德者立之！"叱中书郎李崇夺其印绶，令邓程收之。亮大哭而去。_{与司马师废曹芳一样身段。}后人有诗叹曰：

乱贼诬伊尹，奸臣冒霍光。

可怜聪明主，不得莅朝堂。

孙綝遣宗正孙楷、中书郎董朝，往虎林迎请琅邪王孙休为君。休字子烈，乃孙权第六子也，在虎林夜梦乘龙上天，回顾不见龙尾，失惊而觉。_{乘龙者应在为君，无尾应在其子之不得立也。}次日，孙楷、董朝至，拜请回都。行至曲阿，有一老人，自称姓干名休，叩头言曰："事久必变，愿殿下速行。"休谢之。行至布塞亭，孙恩将车驾来迎。休不敢乘辇，乃坐小车而入。百官拜谒道傍，休慌忙下车答礼。孙綝出，令扶起，请入大殿，升御座即天子位。休再三谦让，方受玉玺。文武官将朝贺已毕，大赦天下，改元永安元年；封孙綝为丞相、荆州牧；多官各有封赏；又封兄之子孙皓为乌程侯。^{为后文嗣}^{位张本}孙綝一门五侯，皆典禁兵，权倾人主。吴主孙休恐其内变，阳示恩宠，内实防之。綝骄横愈甚。

冬十二月，綝奉牛酒入宫上寿，吴主孙休不受。綝怒，乃以牛酒诣左将军张布府中共饮，酒酣，乃谓布口："吾初废会稽王时，人皆劝吾为君。吾为今上贤，故立之。今我上寿而见拒，是将我等闲相待。吾早晚教你看！"^{周郎对蒋干醉话，是假；}^{孙綝对张布醉话，是真。}布闻言，唯唯而已。次日，布入宫密奏孙休。休大惧，日夜不安。数日内，孙綝遣中书郎孟宗，拨与中营所营精兵一万五千，出屯武昌；又尽将武库内军器与之。于是将军魏邈、武卫士施朔二人密奏孙休曰："綝调兵在外，又搬尽武库内军器，早晚必为变矣。"^{孙休此时干}^{休不得。}休大惊，急召张布计议。布奏曰："老将丁奉，计略过人，能断大事，可与议之。"休乃召奉入内，密告其事。奉奏曰："陛下勿忧。臣有一计，为国除害。"休问何计，奉曰："来朝腊日，只推大会群臣，召綝赴席，臣自有调遣。"休大喜。奉令魏邈、施朔为外事，张布为内应。

是夜，狂风大作，飞沙走石，将老树连根拔起。天明风定，使者奉旨来请孙綝入宫赴宴。孙綝方起床，平地如人推倒，^{与诸葛}^{恪家黄}^{犬衔衣、孝子入门}^{之怪，仿佛相似。}心中不悦。使者十馀人，簇拥入内。家人止之曰："一夜狂风不息，今早又无故惊倒，恐非吉兆，不可赴宴。"

綝曰："吾兄弟共典禁兵，谁敢近身！倘有变动，于府中放火为号。"嘱讫，升车入内。吴主孙休慌下御座迎之，请綝高坐。酒行数巡，^{与诸葛恪饮酒时仿佛相似。}众惊曰："宫外望有火起！"^{此是丁奉等在外擒孙家兄弟时也，妙在虚写。}綝便欲起身。休止之曰："丞相稳便。外兵自多，何必惧哉？"言未毕，左将军张布拔剑在手，引武士三十馀人，抢上殿来，口中厉声而言曰："有诏擒反贼孙綝！"^{令人追想孙峻杀诸葛恪时。}綝急欲走时，早被武士擒下。綝叩头奏曰："愿徙交州归田里。"休叱曰："尔何不徙滕胤、吕据、王惇耶？"^{即以前事问之，现前果报。}命推下斩之。于是张布牵孙綝下殿东斩讫，^{前谓布云"吾早晚教你看"，不想"看"出这局面来。}从者皆不敢动。布宣诏曰："罪在孙綝一人，馀皆不问。"众心乃安。布请孙休升五凤楼。丁奉、魏邈、施朔等擒孙綝兄弟至，^{张布一边用实写，丁奉等一边用虚写，省笔之法。}休命尽斩于市。宗党死者数百人，灭其三族；命军士掘开孙峻坟墓，戮其尸首。将被害诸葛恪、滕胤、吕据、王惇等家，重建坟墓，以表其忠。其牵累流远者，皆赦还乡里。^{旧案尽翻。}丁奉等重加封赏。

驰书报入成都。后主刘禅遣使回贺，吴使薛珝答礼。^{使命往来，叙得简略，省笔之法。}珝自蜀中归，吴主孙休问蜀中近日作何举动。薛珝奏曰："近日中常侍黄皓用事，公卿多阿附之。入其朝，不闻直言；经其野，民有菜色。所谓'燕雀处堂，不知大厦之将焚'者也。"^{西蜀事在吴使口中虚写一番，妙在有意无意写来，只为后文姜维回兵伏线。}休叹曰："若诸葛武侯在时，何至如此乎！"于是又写国书，教人赍入成都，说司马昭不日篡魏，必将侵吴、蜀以示威，彼此各宜准备。^{因其不知内忧，故以外患动之。}

姜维听得此信，忻然上表，再议出师伐魏。^{孙休本欲以外患动其内忧，姜维乃舍内忧而图其外患，绝妙斗笋。}时蜀汉景耀元年冬，大将军姜维以廖化、张翼为先

^{与诸葛恪入朝时仿佛相似。}

锋，王含、蒋斌为左军，蒋舒、傅佥为右军，胡济为合后，维与夏侯霸总中军，共起蜀兵二十万，拜辞后主，径到汉中，与夏侯霸商议，当先攻取何地。霸曰："祁山乃用武之地，可以进兵。故丞相昔日六出祁山，因他处不可出也。"^{总照数卷以前之事。}维从其言，遂令三军并望祁山进发，^{此是六伐中原。}至谷口下寨。时邓艾正在祁山寨中，整点陇右之兵。忽流星马到，报说蜀兵见下三寨于谷口。艾听知，遂登高看了，回寨升帐，大喜曰："不出吾之所料也！"原来邓艾先度了地脉，故留蜀兵下寨之地；地中自祁山寨直至蜀寨，早挖了地道，伺蜀兵至时，于中取事。^{邓艾一边事，却从此处补出。}此时姜维至谷口分作三寨，地道正在左寨之中，乃王含、蒋斌下寨之处。邓艾唤子邓忠，与师纂各引一万兵，为左右冲击；却唤副将郑伦，引五百掘子军，于当夜二更，径于地道直至左营，从帐后地下拥出。^{以攻城之法攻营，不从天降却从地出。}

却说王含、蒋斌因立寨未定，恐魏兵来劫寨，不敢解甲而寝。忽闻中军大乱，急绰兵器上的马时，寨外邓忠引兵杀到，内外夹攻。王、蒋二将奋死抵敌不住，弃寨而走。姜维在帐中听得左寨中大喊，料道有内应外合之兵，遂急上马，立于中军帐前传令曰："如有妄动者斩！便有敌兵到营边，休要问他，只管以弓弩射之！"一面传示右营，亦不许妄动。^{与张辽之守合淝仿佛相似。}果然魏兵十馀次冲击，皆被射回。只冲杀到天明，魏兵不敢杀入。^{此处却无地孔可钻，但能竖进，不能横进。}邓艾收兵回寨，乃叹曰："姜维深得孔明之法，兵在夜而不惊，将闻变而不乱，真将才也！"次日，王含、蒋斌收聚败兵，伏于大寨前请罪。维曰："非汝等之罪，乃吾不明地脉之故也。"^{谯周以为不知天时。}又拨军马，令二将安营讫。却将伤死身尸，填于

地道之中，以土掩之；^{以地道为蜀人}令人下战书单搦邓艾来日交
锋，艾忻然应之。

次日，两军列于祁山之前。维按武侯八阵之法，依天、地、
风、云、鸟、蛇、龙、虎之形，分布已定。邓艾出马，见维布成
八卦，乃亦布之，左右前后，门户一般。^{前有武侯与仲达斗阵，今又有}
^{布，各以一样；此是邓}^{姜维与邓艾斗阵。前是仲达先}
^{艾后布，却是学样。}维持枪纵马大叫曰："汝效吾排八阵，亦能变阵
否？"艾笑曰："汝道此阵只汝能布耶？吾既会布阵，岂不知变
阵！"艾便勒马入阵，令执法官把旗左右招飐，变成八八六十四
个门户，^{好看。}复出阵前曰："吾变法若何？"维曰："虽然不
差，汝敢与吾入阵相围么？"^{前武侯是教仲达打阵，今姜维}艾曰："有
^{却教邓艾困阵，又自不同。}
何不敢！"两军各依队伍而进。艾在中军调遣，两军冲突，阵法
不曾错动。姜维到中间把旗一招，忽然变成长蛇卷地阵，^{邓艾会做}
^{穿山甲，}
^{今却遇了}将邓艾困在垓心，四面喊声大震。艾不知其阵，心中大
^{卷地蛇。}
惊。蜀兵渐渐逼近，艾引众将冲突不出。只听得蜀兵齐叫曰：
"邓艾早降！"艾仰天长叹曰："我一时自逞其能，中姜维之计
矣！"^{读至此，令人}
^{拍案一快。}

忽然西北角上一彪军杀入，艾见是魏兵，遂乘势杀出。救邓
艾者，乃司马望也。^{出于意外，}令比及救出邓艾时，祁山九寨皆被
^{人废书一叹。}
蜀兵所夺。^{读至此又令人}艾引败兵，退于渭水南下寨。艾谓望曰：
^{拍案一快。}
"公何以知此阵法而救出我也？"望曰："吾幼年游学于荆南，
曾与崔州平、石广元为友，讲论此阵。^{此二人从先主三顾时叙之，已}
^{久不复提矣，忽于此处照应出}
^{来，妙今日姜维所变者，乃长蛇卷地阵也。若他处击之，必不可}
^{极。}
破。吾见其头在西北，故从西北击之，自破矣。"^{蛇无头而}艾谢
^{不行。}
曰："我虽学得阵法，实不知变法。公既知此法，来日以此法复

夺祁山寨栅如何？"望曰："我之所学，恐瞒不过姜维。"艾曰："来日公在阵上与他斗阵法，我却引一军暗袭祁山之后。两下混战，可夺旧寨也。"<small>不欲以斗阵胜之，欲以诈斗阵胜之。</small>于是令郑伦为先锋，艾自引军袭山后；一面令人下战书，搦姜维来日斗阵法。<small>来日候教，伏惟枉临。</small>维批回去讫，乃谓众将曰："吾受武侯所传密书，此阵变法共三百六十五样，按周天之数。今搦吾斗阵法，乃班门弄斧耳！但中间必有诈谋，公等知之乎？"<small>妙在姜维不自说出。</small>廖化曰："此必赚我斗阵法，却引一军袭我后也。"<small>妙在等廖化说出此意。</small>维笑曰："正合我意。"即令张翼、廖化引一万兵去山后埋伏。

次日，姜维尽拔九寨之兵，分布于祁山之前。司马望引兵离了渭南，径到祁山之前，出马与姜维答话。维曰："汝请吾斗阵法，汝先布与我看。"望布成了八卦。维笑曰："此即吾所布八阵之法也。汝今盗袭，何足为奇！"<small>今人都是盗袭，那个是自己做出来的？</small>望曰："汝亦窃他人之法耳！"维曰："此阵凡有几变？"望笑曰："吾既能布，岂不会变？此阵有九九八十一变。"<small>比姜维学问没有一半，便要出来比试，极像今日子弟略读几句文字，便欲出来会考也。</small>维笑曰："汝试变来。"望入阵变了数番，复出阵曰："汝识吾变否？"维笑曰："吾阵法按周天三百六十五变。汝乃井底之蛙，安知玄奥乎！"望自知有此变法，实不曾学全，乃勉强折辨曰："吾不信，汝试变来。"<small>今日空疏之腹反不信淹博之人，往往如此。</small>维曰："汝教邓艾出来，吾当布与他看。"望曰："邓将军自有良谋，不好阵法。"维大笑曰："有何良谋！不过教汝赚吾在此布阵，他却引兵袭吾山后耳！"<small>此言洞见肺腑，胜领教阵法多矣。</small>望大惊，恰欲进兵混战，被维以鞭稍一指，两翼兵先出，杀的那魏兵弃甲抛戈，各逃性命。

<small>读至此，又令人拍案一快。
〇此时蜀兵亦有长蛇卷地之势。</small>

却说邓艾催督先锋郑伦来袭山后。伦刚转过山角，忽然一声炮响，鼓角喧天，伏兵杀出，为首大将乃廖化也。二人未及答话，两马交处，被廖化一刀，斩郑伦于马下。_{阵不会斗，将亦不经斗。}邓艾大惊，急勒兵退时，张翼引一军杀到。两下夹攻，魏兵大败。艾舍命突出，身被四箭。_{读至此，令人又拍案一快。○郭淮一箭便死，邓艾四箭不死，大是侥幸。}奔到渭南寨时，司马望亦到。二人商议退兵之策。望曰："近日蜀主刘禅宠幸中贵黄皓，日夜以酒色为乐。_{正与吴使薛珝语相应。}可用反间计召回姜维，此危可解。"_{如此良谋，胜斗阵法。}艾问众谋士曰："谁可入蜀交通黄皓？"言未毕，一人应声曰："某愿往。"艾视之，乃襄阳党均也。艾大喜，即令党均赍金珠宝物，径到成都结连黄皓，_{阉人偏好金珠，正不知欲传与何人，可叹。}发布散流言，说姜维怨望天子，不久投魏。_{与苟安谮孔明事相同。}于是成都人人所说皆同。黄皓奏知后主，即遣人星夜宣姜维入朝。_{读至此，又令人废书一叹。}

却说姜维连日搦战，邓艾坚守不出。维心中甚疑。忽使命至，诏维入朝。维不知何事，只得班师回朝。邓艾、司马望知姜维中计，遂拔渭南之兵，随后掩杀。正是：

乐毅伐齐遭间阻，岳飞破敌被谗回。

未知胜负如何，且看下文分解。

第一百十四回　曹髦驱车死南阙　姜维弃粮胜魏兵

姜維棄糧勝魏兵

有司马师之废曹芳于前，又有司马昭之弑曹髦于后，天之报曹氏，毋乃太过与？曰："非过也。曹芳为乞养之子，则未必其为操与丕之孙也，于其非孙者报之，不若于其真为孙者报之之为快也。且以非孙而冒孙者斩其祀，又不若去一冒孙者立一是孙者，而终至于夺其祀之为奇也。苍苍者之巧于报反如此，后世奸雄，尚其鉴哉！

或谓奸雄将作乱于内，必先立威于外，则司马昭之弑君，当在伐蜀之后；或谓奸雄将定难于外，必先除患于内，则司马昭之弑君，又当在灭蜀之前。由前之论，是孙休之所虑也；由后之论，是贾充之所劝也。然而弑君之事，人因难之矣。司马昭不自弑之，而使贾充弑之；贾充又不自弑之，而使成济弑之。所以然者，诚畏弑君之名而避之耳。孰知论者不归罪于济，而归罪于充，又不独归罪于充，而归罪于昭。然则虽畏而欲避，而何所容其避哉？《春秋》诛乱贼，必诛其首，有以夫！

赵盾不以赵穿之弑君为己辜，司马孚能以昭之弑君为己罪。然则由陈泰言之，有进于贾充者，以充为次；由司马孚言之，又有进于昭者，而昭又为次矣。故依齐南史之书法，当以司马昭为崔杼；依晋董狐之书法，又当以司马孚为赵盾。

陈泰之舅，舅不如甥；王经之母，母如其子。泰不死而其义不朽，经能死而其忠愈不朽。君子以髦之死为不足惜者，所以报先世为人臣而篡国之辜，而仍以经之死为足嘉者，所以正后世为人臣而从贼之义。

曹操以周文自比，司马昭亦以周文自比。然操比周文，则竟比周文耳，昭则自言学曹操之比周文，直自比曹操也。操欲学周

文，则篡国之意，犹隐然于言外；昭欲学曹操，则篡国之意，已
显然于言中。虽同一篡贼，而一前一后，又有升降之异焉。

蔡和、蔡中，实为蔡瑁之弟，犹不为周郎之所信。王瓘本非
王经之族，安得不为姜维之所料乎？纵使姜维信之，而夏侯霸必
能识之，则邓艾之诈，又疏于曹操矣。武侯知郑文之诈，而先斩
郑文，故有得而无失；姜维知王瓘之诈，而不先斩王瓘，安能有
得而无失乎？粮虽栈道，虽王瓘焚之，无异于维自焚之。则姜维
之智，终逊于武侯矣。文有后事胜于前事者，不观后事之深，不
知前事之浅，则后文不可不读；有后事不如前事者，不观后事之
疏，不见前事之密，则后文又不可不读。

却说姜维传令退兵，廖化曰："'将在外，君命有所不
受。'今虽有诏，未可动也。"^{廖化之言，只从君命起见。}张翼曰："蜀人为大将
军连年动兵，皆有怨望。不如乘此得胜之时，收回人马，以安民
心，再作良图。"^{张翼之言是从民心起见。}维曰："善。"遂令各军依法而退。
命廖化、张翼断后，以防魏兵追袭。

却说邓艾引兵追赶，只见前面蜀兵旗帜整齐，人马徐徐而退。
艾叹曰："姜维深得武侯之法也！"^{邓艾每赞姜维，必赞武侯，可见文中虽无武侯，却处处有一武侯。}因
此不敢追赶，勒军回祁山寨去了。

且说姜维至成都入见后主，问召回之故。后主曰："朕为卿
在边庭，久不还师，恐劳军士，故诏卿回朝，别无他意。"维
曰："臣已得祁山之寨，正欲收功，不期半途而废。此必中邓艾
反间之计矣。"后主默然不语。^{活画一昏庸之主。}姜维又奏曰："臣誓讨
贼，以报国恩。陛下休听小人之言，致生疑虑。"后主良久乃

曰：“朕不疑卿。卿且回汉中，俟魏国有变，再伐之可也。”极没气力语，却早为后卷七伐中原伏线。姜维叹息出朝，自投汉中去讫。以下按下蜀汉，再叙魏事。

却说党均回到祁山寨中，报知此事。邓艾与司马望曰：“君臣不和，必有内变。”就令党均入洛阳报知司马昭。昭大喜，便有图蜀之心，早为一百十六回伏笔。乃问中护军贾充曰：“吾今伐蜀，如何？”充曰：“未可伐也。天子方疑主公，若一旦轻出，内难必作矣。邓艾方说蜀有内变，贾充却说魏有内变，借伐蜀转出弑主，斗笋甚奇。旧年黄龙两见于宁陵井中，魏初改年号便曰“黄初”，自以为土德王，盖色尚黄色，黄龙正应曹氏为君，井中正应幽沈之象，两见者正应曹髦被弑之后，又有曹奂被篡也。群臣表贺，以为祥瑞。天子曰：‘非祥瑞也。龙者君象，乃上不在天，下不在田，而在井中，是幽囚之兆也。’遂作《潜龙诗》一首。诗中之意，明明道着主公。曹髦作诗之事，却在贾充口中写出，叙事妙品。其诗曰：‘伤哉龙受困，不能跃深渊。上不飞天汉，下不见于田。蟠居于井底，鳅鳝舞其前。藏牙伏爪甲，嗟我亦同然！’”汉少帝飞燕之诗，兴也，赋也；曹髦黄龙之诗，比也。不谓百卷之后，忽有其对。

司马昭闻之大怒，谓贾充曰：“此人欲效曹芳也！此人公之何人？若不早图，彼必害我。”彼者何人？充曰：“某愿为主公早晚图之。”时魏甘露五年夏四月，司马昭带剑上殿，髦起迎之。群臣皆奏曰：“大将军功德巍巍，合为晋公，加九锡。”髦低头不答。昭厉声曰：“吾父子兄弟三人有大功于魏，今为晋公，得毋不宜耶？”曹操受九锡尚能假意托辞，司马昭用九锡却是公然索取，尤而效之，殆有甚焉。髦乃应曰：“敢不如命。”口气亦恶。昭曰：“潜龙之诗，视吾等如鳅鳝，是何礼也？”天子以文字取祸，又见于此。髦不能答。昭冷笑下殿，众官凛然。髦归后宫，召侍中王沈、尚书王经、散骑常侍王业三人入内计议。髦泣曰：“司马昭将怀篡逆，人所共知。朕不能坐受废辱，卿等可助朕讨之！”不能为勿用之“潜龙”，却欲为有晦之

"亢龙"矣。王经奏曰："不可。昔鲁昭公不忍季氏，败走失国。今重权已归司马氏久矣，内外公卿不顾顺逆之理，阿附奸贼，非一人也。如华歆、王朗之助曹丕。且陛下宿卫寡弱，无用命之人。陛下若不隐忍，祸莫大焉。且宜缓图，不可造次。"髦曰："是可忍也，孰不可忍也！朕意已决，便死何惧！"还是献帝耐得。言讫，即入告太后。王沈、王业谓王经曰："事已急矣。我等不可自取灭族之祸，当往司马公府下出首，以免一死。"人心不附曹而附昭，果如王经之言。经大怒曰："主忧臣辱，主辱臣死，敢怀二心乎？"不肯轻动之人，正是敢死之士。王沈、王业见经不从，径自往报司马昭去了。

少顷，魏主曹髦出内，令护卫焦伯，聚集殿中宿卫苍头官僮三百余人，曹操帐前虎卫军动以万计，今何如此其急也。鼓噪而出。髦仗剑升辇，叱左右径出南阙。王经伏于辇前，大哭而谏曰："今陛下领数百人伐昭，是驱羊而入虎口耳，以龙自况，王经乃比之以羊。空死无益。臣非惜命，实见事不可行也！"髦曰："吾军已行，卿勿阻当。"遂望龙门而来。

只见贾充戎服乘马，左有成倅，右有成济，引数千铁甲禁兵，呐喊杀来。髦仗剑大喝曰："吾乃天子也！一向不成为天子，此时欲正名定分难矣。汝等突入宫庭，欲弑君耶？"禁兵见了曹髦，皆不敢动。众人还有"天子"二字在肚里。贾充呼成济曰："司马公养你何用？正为今日之事也！"贾充只有"司马"二字在意中。济乃绰戟在手，回顾充曰："当杀耶？当缚耶？"直将曹髦作一羊。充曰："司马公有令，只要死的。"不要献生，只要纳熟。成济捻戟直奔辇前。髦大喝曰："匹夫敢无礼乎！"言未讫，被成济一戟刺中前胸，撞出辇来；再一戟，刀从背上透出，死于辇傍。从前天子遇害，未有如此之惨者。为之一叹。焦伯挺枪来迎，被成济一戟刺死。众皆逃走。王经随后赶来，大骂贾充曰："逆贼安敢弑君耶！"充大怒，叱左右缚定，报知司马昭。昭入内，见髦已死，乃佯作大惊之状，以头撞辇而哭，<small>不知此副眼泪从何处得来，将谁欺？欺天乎？</small>令人报知各大臣。

时太傅司马孚入内，见髦尸首，枕其股而哭曰：<small>此是真哭。</small>"弑陛下者，臣之罪也！"<small>赵穿弑其君而《春秋》归罪于赵盾，孚殆以赵盾自比矣。</small>遂将髦尸用棺椁盛贮，停于偏殿之西。昭入殿中，召群臣会议。群臣皆至，独有尚书仆射陈泰不至。昭令泰之舅尚书荀颛召之。泰大哭曰："论者以泰比舅，今舅实不如泰也。"<small>吴国全纪是外甥背娘舅，魏国荀颛是娘舅背外甥。</small>今乃披麻带孝而入，哭拜于灵前。昭亦佯哭而问曰："今日之事，何法处之？"泰曰："独斩贾充，少可以谢天下耳。"<small>曰"少可以谢天下"，则知斩贾充亦是次着矣。</small>昭沉吟良久，又问曰："再思其次？"<small>意在成济一人。</small>泰曰："惟有进于此者，不知其次。"<small>明明道着司马昭。</small>昭曰："成济大逆不道，可剐之，灭其三族。"济大骂昭曰："非我之罪，是贾充传汝之命！"昭令先割其舌。济至死叫屈不绝。弟成倅亦斩于市，尽灭三族。<small>助乱贼者即为乱贼所杀，人亦何为而助乱贼也！</small>后人有诗叹曰：

> 司马当年命贾充，弑君南阙赭袍红。
>
> 却将成济诛三族，只道军民尽耳聋。

昭又使人收王经全家下狱。王经正在廷尉厅下，忽见缚其母至。经叩头大哭曰："不孝子累及慈母矣！"母大笑曰："人谁不死？正恐不得死所耳！以此弃命，何恨之有！"<small>可与徐庶之母并传，庶母欲其子之忠汉，经母喜其子之忠魏，同一意也。</small>次日，王经全家皆押赴东市。王经母子含笑受刑。满城士庶，无不垂泪。后人有诗曰：

汉初夸伏剑，汉末见王经。真烈心无异，坚刚志更清。

节如泰华重，命似羽毛轻。母子声名在，应同天地倾。

太傅司马孚请以王礼葬曹髦，昭许之。贾充等劝司马昭受魏禅，即天子位。昭曰："昔文王三分天下有其二，以服事殷，故圣人称为至德。〔曹操欲学周文王，司马昭亦称文王，看样得好。〕魏武帝不肯受禅于汉，犹吾之不肯受禅于魏也。"〔曹芳常以曹操比司马师矣，今司马昭亦以曹操自比。夫君比臣，于曹操犹可言也，臣亦公然自比于曹操，不可言也。〕贾充等闻言，已知司马昭留意于子司马炎矣，〔曹操让皇帝与曹丕做，司马昭亦让皇帝与司马炎做，欲篡其子孙而即学其祖宗之法，哀哉。〕遂不复劝进。是年六月，司马昭立常道乡公曹璜为帝，改元景元元年。璜改名曹奂，字景召，乃武帝曹操之孙，燕王曹宇之子也。奂封昭为丞相、晋公，赐钱十万、绢万匹。其文武多官，各有封赏。〔以下按过魏事，再叙西蜀。〕

早有细作报入蜀中。姜维闻司马昭弑了曹髦，立了曹奂，喜曰："吾今日伐魏，又有名矣。"遂发书入吴，令起兵问司马昭弑君之罪。一面奏准后主，起兵十五万，车乘数千辆，皆置板箱于上；令廖化、张翼为先锋，化取子午谷，翼取骆谷，维自取斜谷，皆要出祁山之前取齐。三路兵并起，杀奔祁山而来。〔此是七伐中原。〕

时邓艾在祁山寨中训练人马，闻报蜀兵三路杀到，乃聚诸将计议。参军王瓘曰："吾有一计不可明言，见写在此，谨呈将军台览。"艾接来展看毕，笑曰："此计虽妙，只怕瞒不过姜维。"瓘曰："某愿舍命前去。"艾曰："公志若坚，必能成功。"遂拨五千兵与瓘。瓘连夜从斜谷迎来，正撞蜀兵前队哨马。瓘叫曰："我是魏国降兵，可报与主帅。"哨军报知姜维，维令拦住馀兵，只教为首的将来见。瓘拜伏于地曰："某乃王经之侄王瓘也。近见司马昭弑君，将叔父一门皆戮，某痛恨入骨。今幸将军兴师问罪，故特引本部兵五千来降。愿从调遣，剿除奸党，以报叔父之恨。"（与前蔡中、蔡和之降吴，以杀蔡瑁为名，一样局面。）维大喜，（试令读者猜之，是真喜耶？是假喜耶？）谓瓘曰："汝既诚心来降，吾岂不诚心相待？吾军中所患者，不过粮耳。今有粮草见在川口，汝可运赴祁山。吾只今去取祁山寨也。"（读者试猜姜伯约是何意见。）瓘心中大喜，以为中计，忻然领诺。姜维曰："汝去运粮，不必用五千人，但引三千人去，留下二千引路，以打祁山。"（妙着，已算定。）瓘恐维疑惑，乃引三千兵去了。维令傅佥引二千魏兵随征听用。忽报夏侯霸到。霸曰："都督何故准信王瓘之言也？吾在魏，虽不知备细，未闻王瓘是王经之侄。（想是通谱耳。）其中多诈，请将军察之。"维大笑曰："我已知王瓘之诈，故分其兵势，将计就计而行。"（原来如此。）霸曰："公试言之。"维曰："司马昭奸雄比于曹操，既杀王经，灭其三族，安肯存亲侄于关外领兵？故知其诈也。（能料王瓘，只能料司马昭耳。）仲权之见，与我暗合。"于是姜维不出斜谷，却令人于路暗伏，以防王瓘奸细。不旬日，果然伏兵捉得王瓘回报邓艾下书人来见。维问了情节，搜出私书，书中约于八月二十日，从小路运粮送归大寨，却教邓艾遣兵于坛山谷中接应。维将下书人杀了，却将书中之意，改作八月十五日，约邓艾自率大兵，于坛山谷中接应。一面令人扮作魏军往魏营下书，（来降的是真魏兵，下书的是假魏兵，王瓘是以真用假，姜维是以假用假。）一面令人将见在粮车数百辆卸了粮米，装载干柴茅草引火之物，用青布罩之，（以粮米换柴草。）令傅佥引二千原降魏兵，执打运粮旗号，（方知前留下魏兵二千大有用处。）维却与夏侯霸各引一军，去山谷中埋伏；令蒋舒出斜谷，廖化、张翼俱各进兵来取祁山。（前姜维本自出斜谷，今却换了蒋舒，变化得妙。）

却说邓艾得了王瓘书信大喜，急写回书，令来人回报。至八月十五日，邓艾引五万精兵径往坛山谷中来，远远使人凭高眺探，只见无数粮草，接连不断，从山门中而行。^{此是傅佥扮作王瓘。}艾勒马望之，果然皆是魏兵。^{是真魏兵。}左右曰："天已昏暮，可速接应王瓘出谷口。"艾曰："前面山势掩映，倘有伏兵，急难退步，只可在此等候。"^{邓艾亦甚精细。}正言间，忽两骑马骤至，报曰："王将军因将粮草过界，背后人马赶来，望早救应。"^{此两人是假魏兵。}艾大惊，急催兵前进。

时值初更，月明如昼，^{正是八月十五日。○将写火，先写月，百忙中有此闲笔。}只听得山后呐喊，艾只道王瓘在山后厮杀，径奔过山后时，忽树林后一彪军撞出，为首蜀将傅佥，纵马大叫曰："邓艾匹夫！已中吾主将之计，何不早早下马受死！"^{读至此，为之一快。}艾大惊，勒回马便走。车上火尽着，^{中秋放烟火，似正月元宵。}那火便是火号。^{一火两用。}两势下蜀兵尽出，杀得魏兵七断八续，但闻山下山上只叫："拿住邓艾的，赏千金，封万户侯！"^{大是快人。}唬得邓艾弃甲丢盔，撇了坐下马，杂在步军之中，爬山越岭而逃。^{与曹操割须弃袍时仿佛相似。}姜维、夏侯霸只望马上为首的径来擒捉，不想邓艾步行走脱。维领得胜兵去接王瓘粮草。

却说王瓘密约邓艾，先期将粮草车仗整备停当，尚候举事。忽有心腹人报："事已泄漏，邓将军大败，不知性命如何。"瓘大惊，令人哨探，回报三路兵围杀将来，背后又有尘土大起，四下无路。瓘叱左右令放火，尽烧粮草车辆。^{前烧假粮，此烧真粮，弄假成真，以火济火。}一霎时，火光突起，烈火烧空。瓘大叫曰："事已急矣！汝等宜死战！"乃提兵望西杀出。背后姜维三路追赶。维只道王瓘舍命撞回魏国，不想反杀入汉中而去。瓘因兵少，只恐追兵赶上，遂将栈道并各关隘尽皆烧毁。_{姜维不先杀王
瓘，亦是失着。}姜维恐汉中有失，遂不追邓艾，提兵连夜抄小路来追杀王瓘。瓘被四面蜀兵攻击，投黑龙江而死。_{又是以水
济火。}馀兵尽被姜维坑之。维虽然胜了邓艾，却折了许多粮草，又毁了栈道，乃引兵还汉中。邓艾引部下败兵，逃回祁山寨内，上表请罪，自贬其职。司马昭见艾数有大功，不忍贬之，复加厚赐。艾将原赐财物，尽分给被害将士之家。昭恐蜀兵又出，遂添兵五万，与艾守御。姜维连夜修了栈道，又议出师。正是：

连修栈道兵连出，不伐中原死不休。

未知胜负如何，且看下文分解。

第一百十五回　诏班师后主信谗　托屯田姜维避祸

托屯田姜維迴禍

姜维四伐与三伐相连，而三伐胜，而四伐不胜。张翼所谓画蛇添足者也。今八伐亦与七伐相连，而七伐胜而八伐不胜，是又画蛇添足矣。而姜维之意，则以为不然。盖画蛇而既成，则蛇固可以无足；若画蛇而未就，则蛇正不可无尾耳。

洮阳之出，维以为非艾之所料，而艾则知其料我之不料也；祁山之救，维知为艾之所料，而艾则不知其料我之能料也。至于后主之召回，不独维不料之，艾亦不料之矣。智者之智，常出于智者之意外；愚者之愚，亦出于智者之意外。读书至此，能不为之慨然！

又有读书至终篇，而复与最先开卷之数行相应者。如观黄龙见井中之兆，令人思青蛇见御座之时；观曹髦咏黄龙之诗，令人思汉帝咏飞燕之句。斯已奇矣。然当时之人，犹未以前事相况也。至于姜维之欲去黄皓，则明明以十常侍为比，明明以灵帝为鉴。于一百十回之后，忽然如睹一百十回以前之人，忽然重见一百十回以前之事。如此首尾连合，岂非绝世奇文？

武侯出师以屯田终，姜维出师亦以屯田终。屯沓中与屯渭滨无异耳。以为避祸，而保蜀之道在焉；以为保蜀，而取魏之道亦在焉。姜维未尝有九伐之事，而后人以沓中之役为姜维之九伐中原。夫为取魏而屯田，则虽谓之九伐焉可也。

蜀之伐魏自此终，而魏之伐蜀又自此始。可见汉不灭贼，则贼必灭汉，此正武侯"不两立"之说也。先主将入西川，先见孔明画图一幅，又得张松画图一幅；司马昭将取西川，先见邓艾沓中画图一本，又得钟会全蜀画图一本。前后天然相对，若合符节，真奇文奇事。

却说蜀汉景耀五年冬十月，大将军姜维差人连夜修了栈道，整顿军粮兵器，又于汉中水路调拨船只，俱已完备，上表奏后主曰："臣累出战，虽未成大功，已挫动魏人心胆。今养兵日久，不战则懒，懒则致病。其语甚壮，如先主髀肉复生之叹。况今军思效死，将思用命。臣如不胜，当受死罪。"数语又抵得一篇《出师表》。后主览表，犹豫未决。谯周出班奏曰："臣夜观天文，见西蜀分野，将星暗而不明。谯周好言天文，又为后文伏笔。今大将军又欲出师，此行甚是不利。陛下可降诏止之。"后主曰："且看此行若何。果然有失，却当阻之。"谯周再三谏劝不从，乃归家叹息不已，遂推病不出。

却说姜维临兴兵，乃问廖化曰："吾今出师，誓欲恢复中原，当先取何处？"化曰："连年征伐，军民不宁，兼魏有邓艾，足智多谋，非等闲之辈。将军强欲行强为之事，此化所以不敢专也。"廖化前番欲战，此番不欲战，亦与张翼之见合矣。维勃然大怒曰："昔丞相六出祁山，亦为国也。吾今八次伐魏，岂为一己之私哉？今当先取洮阳，如有逆吾有必斩！"遂留廖化守汉中，自同诸将提兵三十万，径取洮阳而来。此是八伐中原。早有川口人报入祁山寨中。时邓艾正与司马望谈兵，闻知此信，遂令人哨探。回报蜀兵尽从洮阳而出。司马望曰："姜维多计，莫非虚取洮阳而实来取祁山乎？"邓艾曰："今姜维实出洮阳也。"望曰："公何以知之？"艾曰："向者姜维累出吾有粮之地，今洮阳无粮，维必料吾只守祁山，不守洮阳，故径取洮阳；如得此城，屯粮积草，结连羌人，以图久计耳。"姜维欲取洮阳之意，姜维不曾说明，却在邓艾口中说出，妙。望曰："若此，如之奈何？"艾曰："可尽撤此处之兵，分为两路去救洮阳。离洮阳二十五里，有侯河小城，乃洮阳咽喉之地。公引一军伏于洮阳，偃旗息鼓，大开四门，如此如此而行；我却引一军伏侯河，必获大胜也。"此番又为邓艾所算，与取上邽时一样局面。筹画已定，各各依计而行，只留偏将师纂守祁山寨。

却说姜维令夏侯霸为前部，先引一军径取洮阳。霸提兵前进，将近洮阳，望见城上并无一杆旌旗，四门大开。霸心下疑惑，未敢入城，回顾诸将曰："莫非诈乎？"诸将曰："眼见得是空城，只有些小百姓，听知大将军兵到，尽弃城而走了。"霸未信，自纵马于城南视之，只见城后老小无数，皆望西北而逃。霸大喜曰："果空城也。"夏侯霸多谋，此番却在邓艾之下。遂当先杀入，馀众随后而进。方到瓮城边，忽然一声炮响，城上鼓角齐鸣，旌旗遍竖，拽起吊桥。霸大惊曰："误中计矣！"慌欲退时，城上矢石如雨。可怜夏侯霸同五百军，皆死于城下。如曹仁在南郡射周郎时。后人有诗叹曰：

大胆姜维妙算长，谁知邓艾暗堤防。

可怜投汉夏侯霸，顷刻城边箭下亡。

司马望从城内杀出，蜀兵大败而逃。随后姜维引接应兵到，杀退司马望，就傍城下寨。维闻夏侯霸射死，嗟伤不已。是夜二更，邓艾自侯河城内，暗引一军潜地杀入蜀寨。蜀兵大乱，姜维禁止不住。城上鼓角喧天，司马望引兵杀出。两下交攻，蜀兵大败。维左冲右突，死战得脱，退二十馀里下寨。姜维又输一筹。蜀兵两番败走之后，心中摇动。维与诸将曰："胜败乃兵家之常，今虽损兵折将，不足为忧。成败之事，在此一举，汝等始终勿改，如有言退者立斩。"不但天意不可回，
心亦未可以强矣。人张翼进言曰："魏兵皆在此处，祁山必然空虚。将军与邓艾交锋，攻打洮阳、侯河；某引一军取祁山，取了祁山九寨，便驱兵直向长安。此为上计。"张翼之计亦
自胜着，惜又为邓艾
猜破维从之，即令张翼引后军径取祁山。维自引兵到侯河搦邓艾交战。艾引兵出迎。两军对圆，二人交锋数十馀合，不分胜负，各收兵回寨。次日，姜维又引兵挑战，邓艾按兵不出。姜维令军辱骂。邓艾寻思曰："蜀人被吾大杀一阵，全然不退，连日反来搦战，必分兵去袭祁山寨也。守寨将师纂，兵少智寡，必然败矣。吾当亲往救之。"张翼所算，
在邓艾算中。乃唤子邓忠分付曰："汝用心守把此处，任他搦战，却弗轻出。吾今夜引兵去祁山救应。"是夜二更，姜维正在寨中设计，忽听得寨外喊声震地，鼓角喧天，人报邓艾引三千精兵夜战。诸将欲出，维止之曰："勿得妄动。"原来邓艾引兵至蜀寨前哨探了一遍，乘势去救祁山，邓艾之救祁山，
不用衔枚疾走，却用鼓角喧天，借夜战为名，
乘势而去，真意料所不及。邓忠自入城去了。姜维唤诸将曰："邓艾虚作夜战之势，必然去救祁山寨矣。"你猜着我，我猜着
你，好看杀人。乃唤傅佥分付曰："汝守此寨，勿轻与敌。"嘱毕，维自引三千兵来助张翼。两人真是对手，
叙法简净。

却说张翼正到祁山攻打，守寨将师纂兵少，支持不住。看看待破，忽然邓艾兵至，冲杀了一阵，蜀兵大败，把张翼隔在山后，绝了归路。正慌急之间，忽听的喊声大震，鼓角喧天，只见魏兵纷纷倒退。左右报曰："大将军姜伯约杀到！"伯约之来，又
在张翼一边写得
突。翼乘势驱兵相应。两下夹攻，邓艾折了一阵，急退上祁山寨不出。姜维令兵四面攻围。

话分两头。却说后主在成都，听信宦官黄皓之言，又溺于酒色，不理朝政。^{阿斗如此不长进，子龙错抱了他也。}时有大臣刘琰妻胡氏，极有颜色，因入宫朝见皇后，后留在宫中，一月方出。^{此时宫中、府中大觉一体了。}琰疑其妻与后主私通，^{命妇留宫一月，原无此体，但后主南道方盛，北道恐未暇及此。}乃唤帐下军士五百人列于前，将妻绑缚，令每军以履挞其面数十，几死复苏。^{与面何干，想怒其冶容诲淫也。}后主闻之大怒，令有司议刘琰罪。有司议得："卒非挞妻之人，面非受刑之地，^{命妇非入侍宫禁之人，宫中亦非命妇游翔之地。君臣皆失也。}合当弃市。"遂斩刘琰。自此命妇不许入朝。然一时官僚以后主荒淫，多有疑怨者。于是贤人渐退，小人日进。^{"亲贤人，远小人，前汉所以兴隆也；亲小人，远贤人，后汉所以倾颓也。"令人忆武侯之言。}时右将军阎宇，身无寸功，只因阿附黄皓，遂得重爵；闻姜维统兵在祁山，乃说皓奏后主曰："姜维屡战无功，可命阎宇代之。"^{是欲以骑劫代乐毅也。}后主从其言，遣使赍诏，召回姜维。维正在祁山攻打寨栅，忽一日三道诏至，宣维班师。^{何异岳飞金牌十二。}维只得遵命，先令洮阳兵退，次后与张翼徐徐而退。邓艾在寨中，只听得一夜鼓角喧天，不知何意。至平明，人报蜀兵尽退，止留空寨。^{与邓艾救祁山时一样方法。}艾疑有计，不敢追袭。^{姜维此番退兵，不独维所不料，亦艾所不料也。}姜维径到汉中，歇住人马，自与使命入成都见后主。后主一连十日不朝。维心中疑虑，是日至东华门，遇见秘书郎郤正。维问曰："天子召维班师，公知其故否？"正笑曰："大将军何尚不知？黄皓欲使阎宇立功，奏闻朝廷，发诏取回将军。今闻邓艾善能用兵，因此寝其事矣。"^{忽兴忽寝，全凭一个宦官做主，可发一笑。〇早知如此，何如勿召姜维。}维大怒曰："我必杀此宦竖！"^{此时姜维欲效袁绍之杀十常侍，亦是快事。}郤正止之曰："大将军继武侯之事，任大职重，岂可造次？倘若天子不容，反为不美矣。"维谢曰："先生之言是也。"次日，后主与黄皓在后园宴饮，维引数人径入。早有人报知黄皓，皓急避于湖山之侧。^{黄皓如此害怕，原不比张让、赵忠之难除，特天子不欲除之耳。}

维至亭下，拜了后主，泣奏曰："臣困邓艾于祁山，陛下连降三诏，召臣回朝，未审圣意为何？"后主默然不语。维又奏曰："黄皓奸巧专权，乃灵帝时十常侍也。〔直照应到第一卷，可谓常山率然，首尾相应。〕陛下近则鉴于张让，远则鉴于赵高。〔又说一个样子与他看。〕早杀此人，朝廷自然清平，中原方可恢复。"后主笑曰："黄皓乃趋走小臣，纵使专权，亦无能为。昔者董允每切齿恨皓，朕甚怪之。〔补前文所未及。〕卿何必介意？"维叩头奏曰："陛下今日不杀黄皓，祸不远也。"后主曰："'爱之欲其生，恶之欲其死。'卿何不容一宦官耶？"令近侍于湖山之侧唤出黄皓至亭下，命拜姜维伏罪。〔和事天子。〕皓哭拜维曰："某早晚趋侍圣上而已，并不干与国政。将军休听外人之言欲杀某也。某命系于将军，惟将军怜之！"言罢，叩头流涕。〔乞怜取奸是此辈故态，其如姜维之不好男风何。〕

维忿忿而出，即往见郤正，备将此事告之。正曰："将军祸不远矣。将军若危，国家随灭！"〔不特为伯约忧，正为国家忧之也。〕维曰："先生幸教我以保国安身之策。"正曰："陇西有一去处，名曰沓中，此地极其肥壮。将军何不效武侯屯田之事，〔又将屯田渭滨事一提，照应一百二回中事。〕奏知天子，前去沓中屯田？一者得麦熟以助军实；〔一是足兵。〕二者可以尽图陇右诸郡；〔二是进取。〕三者魏人不敢正视汉中；〔三是御敌。〕四者将军在外掌握兵权，人不能图，可以避祸。〔四是自保。〕此乃保国安身之策也，宜早行之。"〔三句是保国，一句是安身。〕维大喜，谢曰："先生金玉之言也。"次日，姜维表奏后主，求沓中屯田，效武侯之事。后主从之。维遂还汉中，聚诸将曰："某累出师，因粮不足，未能成功。今吾提兵八万，往沓中种麦屯田，徐图进取。汝等久战劳苦，今且敛兵聚谷，退守汉中。魏兵千里运粮，经涉山岭，自然疲乏；疲乏必退，那时乘虚追袭，无不胜矣。"<small>姜维意中口中只是以破魏为事</small>遂令胡济屯汉寿城，王含守乐城，蒋斌守汉城，蒋舒、傅佥同守关隘。分拨已毕，维自引兵八万，来沓中种麦，以为久计。<small>以下按过蜀汉，再叙魏国。</small>

却说邓艾闻姜维在沓中屯田，于路下四十馀营，连络不绝，如长蛇之势。<small>连营亦与阵法一般。○此是九伐中原。</small>艾遂令细作相了地形，画成图本，具表申奏。<small>先是一本画图。</small>晋公司马昭见之，大怒曰："姜维屡犯中原，不能剿除，是吾心腹之患也。"贾充曰："姜维深得孔明传授，急难退之。须得一智勇之将，往刺杀之，可免动兵之劳。"<small>贾充是盗贼之计。</small>从事中郎荀勖曰："不然。今蜀主刘禅溺于酒色，信用黄皓，大臣皆有避祸之心。姜维在沓中屯田，正避祸之计也。若令大将伐之，无有不胜，何必用刺客乎？"<small>方是堂堂正正之论。</small>昭大笑曰："此言最善。吾欲伐蜀，谁可为将？"荀勖曰："邓艾乃世之良材，更得钟会为副将，大事成矣。"昭大喜曰："此言正合吾意。"乃召钟会入而问曰："吾欲令汝为大将，去伐东吴，可乎？"<small>将行刺跌出兴师，又将伐吴跌出伐蜀，事曲而文亦曲。</small>会曰："主公之意，本不欲伐吴，实欲伐蜀也。"<small>妙人。</small>昭大笑曰："子诚识吾心也。但卿往伐蜀，当用何策？"会曰："某料主公欲伐蜀，已画图现在此。"<small>又是一本画图。</small>昭展开视之，图中细载一路安营下寨屯粮积草之处，从何而进，从何而退，一一皆有法度。<small>邓艾止画沓中之图，钟会又画全蜀之图，同一画图，又自各别。</small>昭看了大喜曰："真良将也！卿与邓艾合兵取蜀何如？"会曰："蜀川道广，非一路可进，当使邓艾分兵各进可也。"<small>既以伐吴跌出伐蜀，又以合兵跌出分兵，曲折之甚。</small>昭遂拜钟会为镇西将军，假节钺，都督关中人马，调遣青徐兖豫荆扬等处；一面差人持节令邓艾为征西将军，都督关外陇上，使约期伐蜀。<small>因遣新将，再封旧将，一新一旧，便有不相下之势。</small>次日，司马昭于朝中计议此事，前将军邓敦曰："姜维屡犯中原，我兵折伤甚多，只今守御尚自未保，奈何深入山川危险之地，自取祸乱耶？"昭怒曰："吾欲兴仁义之师，伐无道之主，汝安敢逆吾意！"叱武士推出斩之。须臾，呈邓敦首级于阶下。众皆失色。_{弑君之后，又必示威于臣；伐国之前，亦必示威于内。奸雄作威，往往如此。}昭曰："吾自征东以来，息歇六年，治兵缮甲，皆已完备，欲伐吴、蜀久矣。今先定西蜀，乘顺流之势，水陆并进，并吞东吴，此灭虢取虞之道也。_{方算伐蜀，又算到伐吴，自此至末卷方是一气呵成。}吾料西蜀将士守成都者八九万，守边境者不过四五万，姜维屯田者不过六七万。今吾已令邓艾引关外陇右之兵十馀万，绊住姜维于沓中，使不得东顾；遣钟会引关中精兵二三十万直抵骆谷，三路以袭汉中。_{此处本欲邓艾绊住姜维，钟会潜入西川，后文却是钟会绊住姜维，邓艾潜入西川，正妙在与后相反，方见事之变化。}蜀主刘禅昏暗，边城外破，士女内震，其亡可必矣。"众皆拜服。

却说钟会受了镇西将军之印，起兵伐蜀。会恐机谋或泄，却以伐吴为名，令青、兖、豫、荆、扬等五处各造大船；又遣唐咨于登、莱等州傍海之处拘集海船。_{钟会佯作伐吴，即刘晔讳言伐蜀之意。}司马昭不知其意，遂召钟会问之曰："子从旱路收川，何用造船耶？"会曰："蜀若闻我兵大进，必求救于东吴也。故先布声势作伐吴之状，吴必不敢妄动。一年之内，蜀已破，船已成，而伐吴，岂不顺乎？"_{亦从伐蜀，先算到伐吴，自此至末卷，方是一气呵成。}昭大喜，选日出师。时魏景元四年秋七月初三日，钟会出师，司马昭送之于城外十里方回。西曹椽邵悌密谓司马昭曰："今主公遣钟会领十万兵伐蜀，愚料会志大心高，不可使独掌大权。"_{早为钟会谋反伏线。}昭笑曰："吾岂不知之？"悌曰："主公既知，何不使人同领其职？"昭言无数语，使悌疑心顿释。正是：

方当士马驱驰日，早识将军跋扈心。

未知其言若何，且看下文分解。

第一百十六回　钟会分兵汉中道　武侯显圣定军山

　　此卷记魏取蜀之事也，而司马昭主其事，则非魏之能取之，而晋之取之也。魏之灭，尚在蜀灭之后，然曹芳已废，而曹髦已弑，虽奂之一息尚存，而已全乎其为晋也。全乎其为晋，则不得复以魏目之。犹之起兵徐州，乃备之讨曹，而非备之犯汉；兵败当阳，乃魏之攻备，而非汉之伐备也。前乎此者，魏之攻蜀有二：一发于曹丕，而五路之兵，不战而自解；再发于曹叡，而陈仓之兵，遇雨而引归，是天之不欲以魏灭汉也明矣。天不欲兴汉，而又不欲以魏灭汉，于是灭之以灭魏之晋焉。而汉之灭，庶可以无憾云尔。

　　钟会将取蜀，而佯作取吴之势，其谋是诈；乃未取蜀，而先为取吴之地，其谋仍是真。斯亦伏线之最奇者矣。而犹未也。邵悌于会之未行，而预知其必胜，预知其必叛，则更奇；司马昭于会之未胜，而预知其胜后之必叛，又知其叛之必无成，则尤奇。以数卷之线，于一卷伏之，天然有此一气呼应之文。近之作稗官者，虽欲执笔而效焉，岂可得耶？

　　黄巾以妖邪惑众，此第一卷中之事也，而师婆之妄托神言似之；张让隐匿黄巾之乱，以欺灵帝，亦第一卷中之事也，而黄皓隐匿姜维之表又似之。前有男妖，后有女妖，而女甚于男；前有十常侍，后有一常侍，而一可当十。文之有章法者，首必应尾，尾必应首，读《三国》至此篇，是一部大书前后大开合处。

　　以死诸葛走生仲达，而武侯不死；以死诸葛吓生钟会，而武侯又不死。然武侯能显圣以谕魏将，而不显圣以教后主；能显圣以护百姓，而不显圣以助姜维，则何也？曰：此天之不可强也。自非然者。武侯之前，关公亦尝显圣矣。关公能显圣以追吕蒙，岂不能显圣以追陆逊；能显圣以解铁车之围，岂不能显圣以救猇亭之败哉？

邓艾未入川时，先得一梦；钟会于定军山前，亦得一梦。人但知艾与会之梦为梦，而不知艾之以梦告卜者亦梦也。会之祭武侯，与武侯之托梦于会亦梦也。不独两人之事业以成梦，即三分之割据皆成梦。先主、孙权、曹操，皆梦中之人；西蜀、东吴、北魏，尽梦中之境。谁是谁非，谁强谁弱，尽梦中之事。读《三国》者，读此卷述梦之文，凡三国以前、三国以后，总当作如是观。

却说司马昭谓西曹掾邵悌曰："朝臣皆言蜀未可伐，是其心怯；若使强战，必败之道也。_{此不遣他人同往之意}今钟会独建伐蜀之策，是其心不怯；心不怯，则破蜀必矣。蜀既破，则蜀人心胆已裂。'败军之将，不可以言勇；亡国之大夫，不可以图存。'会即有异志，蜀人安能助之乎？_{早为姜维助会不成伏线。}至若魏人得胜思归，必不从会而反，更不足虑耳。_{又为魏将不从钟会伏线。}此言乃吾与汝知之，切不可泄漏。"邵悌拜服。

却说钟会下寨已毕，升帐大集诸将听令。时有监军卫瓘，护军胡烈，大将田续、庞会、田章、爰彰、丘健、夏侯咸、王买、皇甫闿、句安等八十馀员。会曰："必须一大将为先锋，逢山开路，遇水叠桥。谁敢当之？"一人应声曰："某愿往。"会视之，乃虎将许褚之子许仪也。_{虎痴之勇已隔数十卷，于此一提。}众皆曰："非此人不可为先锋。"会唤许仪曰："汝乃虎体猿班之将，父子有名；今众将亦皆保汝。汝可挂先锋印，领五千马军、一千步军，径取汉中。兵分三路：汝领中路出斜谷，<small>武侯尝从此处去，钟会却从此处来，与前文相映。</small>左军出骆谷，<small>姜维尝从此处去，钟会却从此处来，与前文相映。</small>右军出子午谷，<small>魏延欲从此处去，钟会却从此处来，与前文相映。</small>此皆崎岖山险之地，当令军填平道路，修理桥梁，凿山破石，勿使阻碍。如违必按军法。"<small>数语极似常套，却为后文伏笔。</small>许仪受命，领兵而进。钟会随后提十万馀众，星夜起程。

却说邓艾在陇西既受伐蜀之诏，一面令司马望往遏羌人，又遣雍州刺史诸葛绪、天水太守王颀、陇西太守牵弘、金城太守杨欣，各调本部兵前来听令。<small>先写钟会一番调度，更接写邓艾一番调度，各自声势。</small>比及军马云集，邓艾夜作一梦，梦见登高山望汉中，忽于脚下迸出一泉，水势上涌。须臾惊觉，<small>一场大事，先述一梦起。</small>却浑身汗流；遂坐而待旦，乃召护卫邵缓问之；缓素明《周易》。艾备言其梦，缓答曰："《易》云：'山上有水曰"蹇"。'蹇卦者，'利西南，不利东北'。孔子云：'蹇利西南，往有功也；不利东北，其道穷也。'<small>不是圆梦，却是起课。</small><small>不消更卜，梦即是卜。</small>将军此行，必然克蜀；但可惜蹇滞不能还。"<small>早为邓艾被杀伏案。</small>艾闻言，愀然不乐。忽钟会檄文至，约艾起兵，于汉中取齐。艾遂遣雍州刺史诸葛绪，引兵一万五千，先断姜维归路；次遣天水太守王颀，引兵一万五千，从左攻沓中；陇西太守牵弘，引一万五千人，从右攻沓水；又遣金城太守杨欣，引一万五千人，于甘松邀姜维之后。<small>钟会是三路，邓艾是四路，各各不同。</small>艾自引兵三万，往来接应。

却说钟会出师之时，有百官送出城外，旌旗蔽日，铠甲凝霜，人强马壮，威风凛凛，人皆称羡，惟有相国参军刘实微笑不语。<small>邵悌知而言之，刘实知而不言，更有意思。</small>太尉王祥见实冷笑，就马上挥其手而问曰："钟、邓二人此去可平蜀乎？"实曰："破蜀必矣。但恐皆不得还都耳。"<small>此处又总为二王祥问其故，刘实但笑而不答。</small><small>人被杀伏线。</small><small>是有意祥思人。</small>祥遂不复问。

却说魏兵既发，早有细作入沓中报知姜维。维即具表申奏后主："请降诏遣左车骑将军张翼领兵守护阳平关，右车骑将军廖化领兵守阴平桥。这二处最为要紧，若失二处，汉中不保矣。钟会三路，邓艾四路，姜维却重在二路，又各不同。一面当遣使入吴求救，正与钟会之言相合。臣一面自起沓中之兵拒敌。"连此亦是四路。时后主改景耀五年为炎兴元年，插入此句，为后二火初出语伏笔。日与宦官黄皓在宫中游乐。忽接姜维之表，即召黄皓问曰："今魏国遣钟会、邓艾大起人马，分道而来，如之奈何？"赤壁之战曾仗孔明东风之功，今何不以黄皓之南风退之？皓奏曰："此乃姜维欲立功名，故上此表。陛下宽心，勿生疑虑。臣闻城中有一师婆，供奉一神，能知吉凶，可召来问之。"今日人家女子往往信此。后主从其言，于后殿陈设香花纸烛、享祭礼物，令黄皓用小车请入宫中，坐于龙床之上。即此师婆，亦是蜀中之大灾异，当与柏树夜哭等同观。后主焚香祝毕，师婆忽然披发跣足，就殿上跳跃数十遍，盘旋于案上。活画一师婆身分。皓曰："此神人降矣。陛下可退左右，亲祷之。"后主尽退侍臣，再拜祝之。即天子拜师婆，亦是朝中一大灾异，当与青蛇升御座同观。师婆大叫曰："吾乃西川土神也。即师婆自称土神，亦是朝中一大灾异，当与雌鸡化为雄同观。陛下欣乐太平，何为求问他事？数年之后，魏国疆土亦归陛下矣。陛下切勿忧虑。"言讫，昏倒于地，半晌方苏。活画一师婆身分。后主大喜，重加赏赐。自此深信师婆之说，遂不听姜维之言，每日只在宫中饮宴欢乐。自李傕信师巫之后，已隔百馀回，忽又有其匹。姜维累申告急表文，皆被黄皓隐匿，因此误了大事。与张让隐匿黄巾消息，前后一辙。

却说钟会大军迤逦望汉中进发。前军先锋许仪要立头功，先领兵至南郑关。仪谓部将曰："过此关即汉中矣。关上不多人马，我等便可奋力抢关。"众将领命，一齐并力向前。原来守关蜀将卢逊早知魏兵将到，先于关前木桥左右伏下军士，装起武侯所遗十矢连弩；^{又将武侯临终之事一提，}^{与一百四回照应。}比及许仪兵来抢关时，一声梆子响处，矢石如雨。仪急退时，早射倒数十骑。魏兵大败。仪回报钟会。会自提帐下甲士百馀骑来看，果然箭弩一齐射下。会拨马便回，关上卢逊引五百军杀下来。会拍马过桥，桥上土榻，陷住马蹄，争些儿掀下马来。马挣不起，会弃马步行，跑下桥时，卢逊赶上，一枪刺来，^{读者至此必谓}^{钟会死矣。}却被魏兵中荀恺回身一箭，射卢逊落马。钟会麾众乘势抢关，关上军士因有蜀兵在关前，不敢放箭，被钟会杀散，夺了山关，^{钟会几死复生，又夺山}^{关，皆意外惊人之笔。}即以荀恺为护军，以全副鞍马铠甲赐之。会唤许仪至帐下，责之曰："汝为先锋，理合逢山开路，遇水叠桥，专一修理桥梁道路，以便行军。吾乃才到桥上，陷住马蹄，几乎堕桥；若非荀恺，吾已被杀矣！^{会之不死，}^{实有天幸。}汝既违军令，当按军法！"叱左右推出斩之。诸将告曰："其父许褚，有功于朝廷，^{又将许褚前}^{事一提。}望都督宽恕之。"会怒曰："军法不明，何以令众？"遂令斩首示众。诸将无不骇然。^{早为后文诸将不}^{从钟会张本。}

　　时蜀将王含守乐城，蒋斌守汉城，见魏兵势大，不敢出战，只闭门自守。钟会下令曰："兵贵神速，不可少停。"^{魏兵利在速}^{战，蜀兵利}在固乃令前军李辅围乐城，护军荀恺围汉城，自引大军取阳平^{守。}关。守关蜀将傅金与副将蒋舒商议战守之策，舒曰："魏兵甚众，势不可当，不如坚守为上。"^{战不如守，其言是矣。}^{守不如降，其理何居。}金曰："不然。魏兵远来，必然疲困，虽多不足惧。我等若不下关战时，汉、乐二城休矣。"蒋舒默然不答。^{不怀好}^{意了。}忽报魏兵大队已至关前，蒋、傅二人至关上视之。钟会扬鞭大叫曰："吾今统十万之众到此，如早早出降，各依品级升用；如执迷不降，打破关隘，玉石俱焚！"傅金大怒，令蒋舒把关，自引三千兵杀下关来。钟会便走，魏兵尽退。金乘势追之，魏兵复合。金欲退入关时，关上已竖起魏家旗号，<small>读至此，只道钟会使人袭关耳，孰知却是蒋舒。可发一叹。</small>只见蒋舒叫曰："吾已降了魏也！"金大怒，厉声骂曰："忘恩背义之贼，有何面目见天子乎！"拨回马复与魏兵接战。魏兵四面合来，将傅金围在垓心。金左冲右突，往来死战，不能得脱；所领蜀兵，十伤八九。金乃仰天叹曰："吾生为蜀臣，死亦当为蜀鬼！"<small>如此之鬼，鬼可不朽矣。若师婆之说鬼话，连鬼亦不是鬼也。</small>乃复拍马冲杀，身被数枪，血盈袍铠；坐下马倒，金自刎而死。<small>蒋舒能无愧死？</small>后人有诗叹曰：

> 一日抒忠愤，千秋仰义名。
>
> 宁为傅金死，不作蒋舒生。

钟会得了阳平关，关内所积粮草、军器极多，大喜，遂犒三军。是夜，魏兵宿于阳安城中。忽闻西南上喊声大震，钟会慌忙出帐视之，绝无动静。魏军一夜不敢睡。次夜二更，西南上喊声又起，<small>读者至此，疑是姜维设下疑兵耳。</small>钟会惊疑，向晓使人探之。回报曰："远哨十馀里，并无一人。"<small>却是作怪。</small>会惊疑不定，乃自引数百骑，俱全装贯带，望西南巡哨。前至一山，只见杀气四面突起，愁云布合，雾锁山头。<small>读者至此，又疑是武侯所设八阵图，如鱼腹浦边故事耳。</small>会勒住马，问乡导官曰："此何山也？"答曰："此乃定军山，昔日夏侯渊殁于此处。"<small>夏侯渊事已隔数十卷，于此忽然照应。○读者至此，又疑是夏侯渊阴魂作怪。</small>会闻之，怅然不乐，遂勒马而回。转过山坡，忽然狂风大作，背后数千骑突出，随风杀来。<small>读者至此，再猜不出。</small>会大惊，引众纵马而走。诸将坠马者，不计其数。乃奔到阳平关时，不曾折一人一骑，只跌损面目，失了头盔。皆言曰："但见阴云中人马杀来，比及近身，却不伤人，只是一阵旋风而已。"

师婆所言之神，不过鬼混；钟会所见之鬼，却是神奇。

会问降将蒋舒曰："定军山有神庙乎？"舒曰："并无神庙，惟有诸葛武侯之墓。"照应一百五回中事。会惊曰："此必武侯显圣也。定军山显圣与玉泉山显圣，前后遥遥相映。吾当亲往祭之。"次日，钟会备祭礼，宰太牢，自到武侯坟前再拜致祭。祭毕，狂风顿息，愁云四散。忽然清风习习，细雨纷纷。一阵过后，天色晴朗。魏兵大喜，皆拜谢回营。是夜，钟会在帐中伏几而寝，忽然一阵清风过处，只见一人，纶巾羽扇，身衣鹤氅，素履皂绦，面如冠玉，唇若抹朱，眉清目朗，身长八尺，飘飘然有神仙之概。忽于钟会梦中写一诸葛孔明，仿佛先主草庐初遇时。其人步入帐中，会起身迎之曰："公何人也？"其人曰："今早重承见顾，吾有片言相告。虽汉祚已衰，天命难违，然两川生灵，横罹兵革，诚可怜悯。汝入境之后，万勿妄杀生灵。"朗朗数语，迄今如闻其声，不似师婆鬼话。言讫，拂袖而去。会欲挽留之，忽然惊醒，乃是一梦。会知是武侯之灵，不胜惊异。于是传令前军立一白旗，上书"保国安民"四字，所到之处，如妄杀一人者偿命。不是写活钟会，正是写死武侯。于是汉中人民，尽皆出城拜迎。会一一抚慰，秋毫无犯。后人有诗赞曰：

数万阴兵绕定军，致令钟会拜灵神。

生能决策扶刘氏，死尚遗言保蜀民。

却说姜维在沓中，听知魏兵大至，传檄廖化、张翼、董厥提兵接应；一面自分兵列将以待之。忽报魏兵至，维引兵出迎。魏阵中为首大将乃天水太守王颀也。颀出马大呼曰："吾今大兵百万，上将千员，分二十路而进，已到成都。汝不思早降，犹欲抗拒，何不知天命耶！"维大怒，挺枪纵马，直取王颀。战不三合，颀大败而走。姜维驱兵追至二十里，只听得金鼓齐鸣，一枝兵摆开，旗上大书"陇西太守牵弘"字样。维笑曰："此等鼠辈，非吾对手！"遂催兵追之，又赶到十里，却遇邓艾领兵杀到。两军混战。维抖擞精神，与艾战十有馀合，不分胜负，后面锣鼓又鸣。维急退时，后军报说："甘松诸寨，尽被金城太守杨欣烧毁了。"<small>两路太守实叙，一路太守虚叙，笔法变换。</small>维大惊，急令副将虚立旗号，与邓艾相拒。维自撤后军，星夜来救甘松，正遇杨欣。欣不敢交战，望山路而走。维随后赶来。将至山岩下，岩上木石如雨，维不能前进。比及回到半路，蜀兵已被邓艾杀败。魏兵大队而来，将姜维围住。维引众骑杀出重围，奔入大寨坚守，以待救兵。忽流星马到，报说："钟会打破阳平关，守将蒋舒归降，傅佥战死，汉中已属魏矣。<small>此事已实叙在前，于此再虚叙一遍。</small>乐城守将王含，汉城守将蒋斌，知汉中已失，亦开门而降。<small>二人之降，在前未曾实叙，特于此处虚叙出来，妙。</small>胡济抵敌不住，逃回成都求援去了。"<small>此事在前未曾实叙，特于此处补叙出来，妙。</small>

维大惊，即传令拔寨。是夜兵至疆川口，前面一军摆开，为首魏将，乃是金城太守杨欣。维大怒，纵马交锋，只一合，杨欣败走，维拈弓射之，连射三箭皆不中。维转怒，因折其弓，挺枪赶来。战马前失，将维跌在地上。杨欣拨回马来杀姜维。<small>读至此，必谓姜维死矣。</small>维跃起身，一枪刺去，正中杨欣马脑。<small>又是绝处逢生。</small>背后魏兵骤至，救欣去了。维骑上纵马，欲待追时，忽报后面邓艾兵到。维首尾不能相顾，遂收兵要夺汉中。哨马报说："雍州刺史诸葛绪已断了归

路。"^{诸葛绪之兵
亦用虚叙。}维乃据山险下寨。魏兵屯于阴平桥头。维进退无

路，长叹曰："天丧我也！"副将宁随曰："魏兵虽断阴平桥，雍州

必然兵少，将军若从孔函谷径取雍州，诸葛绪必撤阴平之兵救雍

州，将军却引兵奔剑阁守之，则汉中可复矣。"^{欲取剑阁，反先取
雍州，其计亦曲。}维从

之，即发兵入孔函谷，诈取雍州。细作报知诸葛绪。绪大惊曰：

"雍州是吾合兵之地，倘有疏失，朝廷必然问罪。"急撤大兵从南

路去救雍州，只留一枝兵守桥头。姜维入北道约行三十里，料知魏

兵起行，乃勒回兵，后队作前队，径到桥头。果然魏兵大队已去，

只有些小兵把桥，被维一阵杀散，尽烧其寨栅。诸葛绪听知桥头火

起，复引兵回，姜维已过半日了，因此不敢追赶。^{绝处逢生。}

　　却说姜维引兵过了桥头，正行之间，前面一军来到，乃左将

军张翼、右将军廖化也。维问之，翼曰："黄皓听信师巫之言，

不肯发兵。翼闻汉中已危，自起兵来时，阳平关已被钟会所取。

今闻将军受困，特来接应。"遂合兵一处。化曰："今四面受

敌，粮道不通，不如退守剑阁，再作良图。"^{与宁随之
意相合。}维疑虑未

决。忽报钟会、邓艾分兵十馀路杀来。维欲与翼、化分兵迎之。

化曰："白水地狭路多，非争战之所，不如且退去救剑阁可也；

若剑阁一失，是绝路矣。"维从之，遂引兵来投剑阁。将近关

前，忽然鼓角齐鸣，喊声大起，旌旗遍竖，一枝军把住关口。

^{故作惊人之笔，
令读者着急。}正是：

　　　　汉中险峻已无有，剑阁风波又忽生。

　　未知何处之兵，且看下文分解。

踏萬層疇戰郎猿獠竹

有入险而能出者：先主檀溪之跃，后主当阳之夺，孙权逍遥津之逃，曹操濮阳之败、潼关之奔、华容道之释，司马懿上方谷之走，皆是也。然此特事之险，而非地之险也；又特难之以险脱，而非功之以险成也。若夫造最险之谋，而经最险之地，犯最险之患，而成最险之功，则未有如邓艾之贯索于悬崖，裹毡于峭壁，持斧挟凿以行七百里无人之境者也。人即好幽，幽不至此；文即好奇，奇不至此。不谓读《三国》者，读至终篇，有此惊见骇闻之乐。

南郑桥边之钟会，犹铁笼山中之司马昭也。昭几死而不死，会亦几死而不死，皆天意也。偷渡阴平岭之邓艾，犹欲出子午谷之魏延也。武侯以延之计为危，而延不得自行其危；钟会以艾之计为危，而艾竟得自行其危，亦皆天意也。天意所在，有非人力所得而强耳。

武侯显圣以告钟会，而不显圣以告邓艾，不见武侯之神也。然既显圣于定军山，又必显圣于阴平岭，则武侯之灵，毋乃太劳乎？今有不必显圣，而同于显圣者。定军有墓，武侯如在焉；阴平有寨，武侯亦如在焉。风中隐隐有人，不若石上明明有字。山前一梦，能保蜀人之生，又不若岭边一碣，能决魏将之死。愈出愈奇，岂非旷古奇观？

蜀之求援甚急，而吴之来援甚迟，论者以此咎吴，而不必以此咎吴也。何也？孙休之不能援刘禅，犹张鲁之不能援刘璋也。以汉中救成都则近，以江东救绵竹则远。近且莫救，远何望乎？且人事已非，天命已去。即使丁奉倍道而来，若马超之攻葭萌，而蜀中之有黄皓，甚于陇中之有杨松。内乱既深，虽有外助，必无济矣。故君子不为吴咎，而但为蜀咎。

诸葛瞻父子受命于大事既去之后，而能以一死报社稷。君子曰：武侯于是乎不死矣。盖战死绵竹之心，亦秋风五丈原之心也。使当日甘心降魏，以图苟全，则于"鞠躬尽瘁，死而后已"之家训，不其有愧乎？故瞻、尚生则武侯死，瞻、尚亡则武侯存。

却说辅国大将董厥，闻魏兵十馀路入境，乃引二万兵守住剑阁，当日望尘头大起，疑是魏兵，急引军把住关口。董厥自临军前视之，乃姜维、廖化、张翼也。*姜维绝处逢生，却在董厥一边叙出，笔法变换。*厥大喜，接入关上，礼毕，哭诉后主黄皓之事。维曰："公勿忧虑。若有维在，必不容魏来吞蜀也。且守剑阁，徐图退敌之计。"厥曰："此关虽然可守，争奈成都无人；倘为敌人所袭，大势瓦解矣。"*预为后主出降伏线。*维曰："成都山险地峻，非可易取，不必忧也。"正言间，忽报诸葛绪领兵杀至关下。维大怒，急引五千兵杀下关来，直撞入魏阵中，左冲右突，杀得诸葛绪大败而走，退数十里下寨，魏军死者无数。蜀兵抢了许多马匹器械，维收兵回关。*此是灯欲灭而复明。*

却说钟会离剑阁二十里下寨，诸葛绪自来伏罪。会怒曰："吾令汝守把阴平桥头，以断姜维归路，如何失了！今又不得吾令，擅自进兵，以致此败！"绪曰："维诡计多端，诈取雍州；绪恐雍州有失，引兵去救，维乘机走脱；绪因赶至关下，不想又为所败。"会大怒，叱令斩之。监军卫瓘曰："绪虽有罪，乃邓征西所督之人，不该将军杀之，恐伤和气。"会曰："吾奉天子明诏、晋公钧命，特来伐蜀。便是邓艾有罪，亦当斩之！"（会与艾不睦自此始。）众皆力劝。会乃将诸葛绪用槛车载赴洛阳，任晋公发落；随将绪所领之兵，收在部下调遣。（全不顾邓艾体面，为邓艾者实难堪此。）有人报与邓艾，艾大怒曰："吾与汝官品一般，吾久镇边疆，于国多劳，汝安敢妄自尊大耶！"（此时尚不是争功，不过是争体面、争意气耳。〇想口吃人发怒，此时正不知称多少"艾、艾"矣。）子邓忠劝曰："'小不忍则乱大谋'，父亲若与他不睦，必误国家大事。望且容忍之。"艾从其言，然毕竟心中怀怒，（不以诸葛绪送邓艾而送晋公，一可怒也；不交还其兵，二可怒也；言欲杀邓艾，三可怒也。该怒。）乃引十数骑来见钟会。会闻艾至，便问左右："艾引多少军来？"左右答曰："只有十数骑。"会乃令帐上帐下列武士数百人。艾下马入见。会接入帐礼毕。艾见军容甚肃，心中不安，乃以言挑之曰："将军得了汉中，乃朝廷大幸也，可定策早取剑阁。"（并不提起诸葛绪，亦甚见机。）会曰："将军之明见若何？"艾再三推称无能。（期期不吐，口吃模样，是。）会固问之。艾答曰："以愚意度之，可引一军从阴平小路出汉中德阳亭，用奇兵径取成都，姜维必撤兵来救，将军乘虚就取剑阁，可获全功。"（邓艾此计，原是行险徼幸。）会大喜曰："将军此计甚妙！可即引兵去。吾在此专候捷音！"（一片奸诈。）二人饮酒相别。会回本帐与诸将曰："人皆谓邓艾有能。今日观之，乃庸才耳！"（方知适才大喜答应都是假话。）众问其故。会曰："阴平小路，皆高山峻岭，若蜀以百馀人守其险要，断其归路，则邓艾之兵皆饿死矣。吾只以正道而行，何愁蜀地不破乎！"遂置云梯炮架，只打剑阁关。

却说邓艾出辕门上马，回顾从者曰："钟会待吾若何？"从者曰："观其辞色，甚不以将军之言为然，但以口强应而已。"（在从人口中写一钟会。）艾笑曰："彼料我不能取成都，我偏欲取之！"回到本寨，师纂、邓忠一班将士接问曰："今日与钟镇西有何高论？"

艾曰："吾以实心告彼，彼以庸才视我。彼今得汉中，以为莫大之功。若非吾在沓中绊住姜维，彼安能成功耶！若非钟会在剑阁绊住姜维，艾亦安能成功。吾今若取了成都，胜取汉中矣！"当夜下令，尽拔寨望阴平小路进兵，离剑阁七百里下寨。有人报钟会说："邓艾要去取成都了。"会笑艾不智。有此一笑，乃见下文之奇，出于意外。

却说邓艾一面修密书遣使驰报司马昭，一面聚诸将于帐下问曰："吾今乘虚去取成都，与汝等立功名于不朽，汝等肯从乎？"诸将应曰："愿遵军令，万死不辞！"艾乃先令子邓忠引五千精兵，不穿衣甲，各执斧凿器具，凡遇峻危之处凿山开路，搭造桥阁，以便军行。竟似一班匠人，不是军士。艾选兵三万，各带干粮绳索进发。约行百馀里，选下三千兵，就彼扎寨；又行百馀里，又选三千兵下寨。是年十月自阴平进兵，至于巅崖峻谷之中，凡二十馀日，行七百馀里，皆是无人之地。谢灵运凿山是高兴，邓士载凿山是大胆。魏兵沿途下了数寨，只剩下二千人马。前至一岭，名摩天岭，马不堪行，艾步行上岭，只见邓忠与开路壮士尽皆哭泣。钟会笑而邓忠哭，一哭一笑，正是相对。艾问其故。忠告曰："此岭西背是峻壁岭崖，不能开凿，虚废前劳，因此哭泣。"不能为灵威持炬之入，将为阮籍穷途之哭矣。艾曰："吾军到此，已行了七百馀里，过此便是江油，岂可复退？"乃唤诸军曰："'不入虎穴，焉得虎子？'吾与汝等来到此地，若得成功，富贵共之。"欲求生富贵，须下死工夫。众皆应曰："愿从将军之命。"艾令先将军器撞将下去。艾取毡自裹其身，先滚下去。副将有毡衫者裹身滚下，无毡衫者各用绳索束腰，攀木挂树，鱼贯而进。行险徼幸。邓艾、邓忠并二千军，及开山壮士，皆度了摩天岭。"凤兮凤兮"，以摩天之翅飞过摩天之岭矣。方才整顿衣甲器械而行，忽见道傍有一石碣，上刻："丞相诸葛武侯题。"其文云："二火初兴，有人越此。二士争衡，不久自死。"^{二火者，炎字也，}二火初兴，乃炎兴^{元年也；二士者，邓士载与钟士季也；不久自死者；二人争功而}^{皆被杀也。武侯之神至于如此，则此处亦可谓之武侯再显圣也矣。}艾观讫大惊，慌忙对碣再拜曰："武侯真神人也！艾不能以师事之，惜哉！"后人有诗曰：

> 阴平峻岭与天齐，玄鹤徘徊尚怯飞。
>
> 邓艾裹毡从此下，谁知诸葛有先机。

却说邓艾暗渡阴平，引兵行时，又见一个大空寨。左右告曰："闻武侯在日，曾发二千兵守此险隘。今蜀主刘禅废之。"^{补叙前事，又与武}^{侯临终之语相应。}艾嗟呀不已，乃谓众人曰："吾等有来路而无归路矣！前江油城中粮食足备，汝等前进可活，后退即死，须并力攻之。"^{置之死地而后生，置之亡地而}^{后存，即韩信背水阵之意。}众皆应曰："愿死战！"于是邓艾步行，引二千馀人，星夜倍道来抢江油城。

却说江油守将马邈，闻东川已失，虽为准备，只是提防大路；又仗着姜维全师守住剑阁关，遂将军情不以为重。当日操练人马回家，与妻李氏拥炉饮酒。^{饮醇酒，近妩}^{人，何其乐也。}其妻问曰："屡闻边情甚急，将军全无忧色，何也？"邈曰："大事自有姜伯约掌握，干我甚事？"^{马邈与后主正是一对，}^{有是君必有是臣。}其妻曰："虽然如此，将军所守城池，不为不重。"邈曰："天子听信黄皓，溺于酒色，吾料祸不远矣。魏兵若到，降之为上，何必虑哉？"^{立定主}^{意。}其妻大怒，唾邈面曰："汝为男子，先怀不忠不义之心，枉受国家爵禄，吾有何面目与汝相见！"^{马邈与李氏却不是一对，}^{有是夫不意有是妻。}马邈羞惭无语。忽家人慌入报曰："魏将邓艾不知从何而来，引二千馀人一拥而入城矣！"*陈后主正在宫中饮酒赋诗，而韩擒虎已到，马邈之事将毋同？* 邈大惊，慌出纳降，拜伏于公堂之下，泣告曰："某有心归降久矣。今愿招城中居民及本部人马，尽降将军。"*此等老主意，已在拥炉时算定。* 艾准其降，遂收江油军马于部下调遣，*一向都是步卒，此处方才有马，* 即用马邈为乡导官。忽报马邈夫人自缢身死。*夏侯之女但知有夫妇，马邈之妻独知有君臣，其节义更胜夏侯女矣。* 艾问其故，邈以实告。艾感其贤，令厚礼葬之，亲往致祭。魏人闻者，无不嗟叹。后人有诗赞曰：

后主昏迷汉祚颠，天差邓艾取西川。

可怜巴蜀多名将，不及江油李氏贤。

邓艾取了江油，遂接阴平小路诸军，皆到江油取齐，径来攻涪城。部将田续曰："我军涉险而来，甚是劳顿，且当休养数日，然后进兵。"艾大怒曰："兵贵神速，汝敢乱我军心耶！"喝令左右推出斩之。众将苦告方免。*为后文田续杀艾伏线。* 艾自驱兵至涪城。城内官吏军民疑从天降，尽皆出降。

蜀人飞报入成都。后主闻知，慌召黄皓问之。皓奏曰："此诈传耳。神人必不肯误陛下也。"*邓艾如从天降，疑有神人助之，若后主则非神人之所能助矣。* 后主又宣师婆问之，却不知何处去了。*土神逃走了。* 此时远近告急表文，一似雪片，往来使者，联络不绝。*此时何不治黄皓隐匿之罪。* 后主设朝计议，多官面面相觑，并无一言。郤正出班奏曰："事已急矣！陛下可宣武侯之子商议退兵之策。"*先主无儿，武侯有子。* 原来武侯之子诸葛瞻，字思远。其母黄氏，即黄承彦之女也。母貌甚陋，而有奇才，*黄帝之有嫫母，齐王之有无盐，得此而三。* 上通天文，下察地理；凡韬略遁甲诸书，无所不晓。*武侯是天上神仙。* *夫人亦是天上神仙，皆不从人间来者。* 武侯在南阳时，闻其贤，求以为室。武侯之学，夫人多所赞助焉。_{天下奇人必有奇配，然武侯之名彰而夫人之名不甚著者，盖无成而有终，坤道也，妇道也。}及武侯死后，夫人寻逝，临终遗教，惟以忠孝勉其子瞻。_{武侯夫人事，直至篇终补出，叙事妙品。}瞻自幼聪明，尚后主女，为驸马都尉；_{后主有佳儿亦有佳婿。}后袭父武乡侯之爵，景耀四年迁行军护卫将军。时为黄皓用事，故托病不出。_{诸葛瞻往事，却于此处补出，叙事妙品。}当下后主从郤正之言，即时连发三诏，召瞻至殿下。_{三诏与三顾前后相应。}后主泣诉曰："邓艾兵已屯涪城，成都危矣。卿看先君之面，救朕之命！"_{"朕"字两头着"救命"二字，与献帝一般狼狈。}瞻亦泣奏曰："臣父子蒙先帝厚恩、陛下殊遇，虽肝脑涂地，不能补报。愿陛下尽发成都之兵，与臣领去决一死战。"_{此数语亦抵得乃翁前后《出师表》。}后主即拨成都兵将七万与瞻。瞻辞了后主，整顿军马，聚集诸将问曰："谁敢为先锋？"言未讫，一少年将出曰："父亲既掌大权，儿愿为先锋。"众视之，乃瞻长子诸葛尚也。尚时年一十九岁，博览兵书，多习武艺。_{先主有孙，武侯亦有孙。}瞻大喜，遂命尚为先锋。是日，大军离了成都，来迎魏兵。

却说邓艾得马邈献地理图一本，备写涪城至成都一百六十里山川道路，关隘险峻，一一分明。_{又是一个张松，令人回想前事，为之一叹。}艾看毕，大惊曰："吾只守涪城，倘被蜀人据住前山，何能成功耶？如迁延日久，姜维兵到，我军危矣。"_{钟会之笑艾，正为此耳。}速唤师纂并子邓忠，分付曰："汝等可引一军，星夜径去绵竹，以拒蜀兵。吾随后便至。切不可怠缓。若纵他先据了险要，决斩汝首！"

师、邓二人引兵将至绵竹，早遇蜀兵。两军各布成阵。师、邓二人勒马于门旗下，只见蜀兵列成八阵。三咚鼓罢，门旗两分，数十员将簇拥一辆四轮车，车上端坐一人，纶巾羽扇，鹤氅方裾。车傍展开一面黄旗，上书："汉丞相诸葛武侯。"_{读至此，又令人疑}

^{是武侯}虓得师、邓二人汗流遍身，回顾军士曰："原来孔明尚在，^{显圣。}
我等休矣！"^{惊人之笔，}
_{出于意外。}

急勒兵回时，蜀兵掩杀将来，魏兵大败而走。蜀兵掩杀二十余里，遇见邓艾援兵接应。两家各自收兵。艾升帐而坐，唤师纂、邓忠责之曰："汝二人不战而退，何也？"忠曰："但见蜀阵中诸葛孔明领兵，因此奔还。"艾怒曰："纵使孔明更生，我何惧哉！^{已来到这里，}_{得不说硬话。}汝等轻退，以至于败，宜速斩以正军法！"众皆苦劝，艾方息怒。令人哨探，回说孔明之子诸葛瞻为大将，瞻之子诸葛尚为先锋。车上坐者乃木刻孔明遗像也。^{至此方才叙明，又可谓}_{"死诸葛走生邓忠"矣。}

艾闻之，谓师纂、邓忠曰："成败之机，在此一举。汝二人再不取胜，必当斩首！"师、邓二人又引一万兵来战。诸葛尚匹马单枪，抖擞精神，战退二人。诸葛瞻指挥两掖兵冲出，撞入魏阵中，左冲右突，往来杀有数十番，魏兵大败，死者不计其数。师纂、邓忠中伤而逃。瞻驱军马随后掩杀二十余里，扎营相拒。^{第一番胜，是武侯徐威；第二番胜，是瞻、}_{尚本事。前是写武侯，此是为瞻、尚。}师纂、邓忠回见邓艾，艾见二人俱伤，未便加责，乃与众将商议曰："蜀有诸葛瞻善继父志，两番杀吾万余人马，^{又在邓艾口中}_{写一诸葛瞻。}今若不速破，彼必为祸。"监军丘本曰："何不作一书以诱之？"艾从其言，遂作书一封，遣使送入蜀寨。守门将引至帐下，呈上其书。瞻拆封视之。书曰：

征西将军邓艾，致书于行军护卫将军诸葛思遽麾下：切观近代贤才，未有如公之尊父也。昔自出茅庐，一言已分三国，扫平荆、益，遂成霸业，古今鲜有及者；后六出祁山，非其智力不足，乃天数耳。今后主昏弱，王气已终，艾奉天子之命，以重兵伐蜀，已皆得其地矣。成都危在旦夕，公何不应天顺人，仗义来归？艾当表公为琅邪王，以光耀祖宗，决不虚言。幸存照鉴。

瞻看毕，勃然大怒，扯碎其书，叱武士立斩来使，令从者持首级回魏营见邓艾。又极写一艾大怒，即欲出战。丘本谏曰："将军不可轻出，当用奇兵胜之。"艾从其言，遂令天水太守王颀、陇西太守牵弘，伏两军于后，艾自引兵而来。此时诸葛瞻正欲搦战，忽报邓艾自引兵到。瞻大怒，即引兵出，径杀入魏阵中。邓艾败走，瞻随后掩杀将来。忽然两下伏兵杀出。蜀兵大败，退入绵竹。连写诸葛瞻战胜，则邓艾为无用矣。此处却按下诸葛瞻，再写邓艾。艾令围之。于是魏兵一齐呐喊，将绵竹围的铁桶相似。

诸葛瞻在城中见事势已迫，乃令彭和赍书杀出，往东吴求救。连写蜀中厮杀，则东吴一边冷落矣。此处却按下绵竹，再写东吴。和至东吴，见了吴主孙休，呈上告急之书。吴主看罢，与群臣计议曰："既蜀中危急，孤岂可坐视不救！"即令老将丁奉为主帅，丁封、孙异为副将，率兵五万前往救蜀。丁奉领旨出师，分拨丁封、孙异引兵二万向沔中而进，自率兵三万向寿春而进，分兵三路来援。纲目如此书吴人来援，书人微之也。书"来援"，缓词也。是时汉有倒悬之急，吴之救之当如救焚拯溺，犹恐弗及，乃仅命丁奉等将向寿春、沔中而已，是果何益于事哉？虽然，吴人为义不力，行将自及，悲夫。

却说诸葛瞻见救兵不至，谓众将曰："久守非良图。"遂留子尚与尚书张遵守城，瞻自披挂上马，引三军大开三门杀出。邓艾见兵出，便撤兵退。瞻奋力追杀，忽然一声炮响，四面兵合，把瞻困在垓心。瞻引兵左冲右突，杀死数百人。再极写诸葛瞻一句。艾令众军放箭射之，蜀兵四散。瞻中箭落马，乃大呼曰："吾力竭矣，当以一死报国！"遂拔剑自刎而死。此写诸葛瞻之死忠。其子诸葛尚在城上，见父死于军中，勃然大怒，遂披挂上马。张遵谏曰："小将军勿得轻出。"尚叹曰："吾父子祖孙，荷国厚恩，今父既死于敌，我何用生为！"遂策马杀出，死于阵中。*此写尚之死孝。*后人有诗赞瞻、尚父子曰：

> 不是忠臣独少谋，苍天有意绝炎刘。
> 当年诸葛留嘉胤，节义真堪继武侯。

邓艾怜其忠，将父子合葬，乘虚攻打绵竹。张遵、黄崇、李球三人，各引一军杀出。蜀兵寡，魏兵众，三人亦皆战死。*傅佥可以愧蒋舒，三人亦可以愧马邈。*艾因此得了绵竹。劳军已毕，遂来取成都。正是：

> 试观后主临危日，无异刘璋受逼时。

未知成都如何守御，且看下文分解。

第一百十八回　哭祖庙一王死孝　入西川二士争功

入司
二二
士美

　　武侯有子又有孙，而武侯不死；先主虽无子，有孙可以当子，而先主亦不死。使蜀之后主，而以北地王为之，则吴可吞、魏可灭，而汉亦安得遂亡哉？虽然，绵竹之战，臣死于君，识武侯之家教；成都之失，子死于父，见昭烈之遗风。汉虽亡，凛凛有生气矣。

　　西汉亡于孺子婴，东汉亡于献帝，皆奄奄不振矣。独至后汉之亡，而刘禅虽懦，幸有北地王之能死，为汉朝生色。西汉亡而有王皇后之骂王莽，东汉亡而有曹皇后之骂曹丕，然两后皆未能死，则犹未见其烈矣。独至后汉之亡，而北地王能死，又有夫人崔氏之能死，尤足为汉朝生色。

　　三国人才之盛，不独于男子中见之，又于妇人中见之。然男子有才，不必其皆节；而妇人无节，即谓之不才。故论才于男子，才与节分；论才于妇人，必才与节合。是妇人之才，视男子之才，而更难也。惟其最难而能盛，则三国有足述焉。魏之才妇有五：姜叙之母、赵昂之妻、辛敞之姊、夏侯令之女、王经之母是也。吴之才妇有三：孙策之母、孙翊之妻、孙权之妹是也。汉之才妇有五：先主之夫人糜氏、北地王之夫人崔氏、武侯之夫人黄氏，及徐庶之母、马邈之妻是也。至于权变如貂蝉，聪慧如蔡琰，又其下者耳。

　　武侯初死，有杨仪、魏延互相上表一段文字；成都初亡，又有钟会、邓艾互相上表一段文字，遥遥相对。然邓艾之表，未尝讦奏钟会，则邓艾与魏延异矣；魏延之表，未尝为杨仪所更易，则钟会与杨仪异矣。且一在班师之日，一在克敌之初，其势既殊，其事亦别，令人耳目一新。钟会之将叛，司马昭之所料也；

邓艾之将叛，则司马昭之所未料也。于其所未料者，而变生于意外，安得不于其所既料者，防患于意中，故使会制艾，而即自将以防会，防会而又恐会知之；于是讳之秘之，即心腹如贾充者，而亦不以其意告之。昭之奸雄，诚不亚于曹操矣。会欲伐蜀而佯作伐吴之势，昭欲收会而亦佯托收艾之名，治其人而即用其法，出乎尔者反乎尔，其钟士季之谓与？

　　却说后主在成都闻邓艾取了绵竹，诸葛瞻父子已亡，大惊，急召文武商议。近臣奏曰："城外百姓，扶老携幼，哭声大震，各逃生命。"后主惊惶无措。忽哨马报到，说魏兵将近城下。多官议曰："兵微将寡，难以迎敌，不如早弃成都，奔南中七郡。其地险峻，可以自守，就借蛮兵，再来克复未迟。"〔南人但能使其不复反耳，若欲恃难相从，岂可恃乎？○嗟哉后主，南人不可以止些。〕光禄大夫谯周曰："不可。南蛮久反之人，平昔无惠，今若投之，必遭大祸。"多官又奏曰："蜀、吴既同盟，今事急矣，可以投之。"〔先主半生作客，尝依吕布矣，寄袁绍矣，托刘表矣，然彼一时此一时也。○嗟哉后主，东方不可以止些。〕周又谏曰："自古以来，无寄他国为天子者。〔此言一国不可有两天子。〕臣料魏能吞吴，吴不能吞魏。若称臣于吴，是一辱也；若吴被魏所吞，陛下再称臣于魏，是两番之辱矣。〔此言一身不可事两天子。〕不如不投吴而降魏。魏必裂土以封陛下，则上能自守宗庙，下可以保安黎民。愿陛下思之。"〔谯周前劝刘璋出降，今又劝后主出降，是劝降惯家。〕后主未决，退入宫中。

　　次日，众议纷然。谯周见事急，复上疏诤之。后主从谯周之言，正欲出降，忽屏风后转出一人，厉声而骂周曰："偷生腐儒，岂可妄议社稷大事！自古安有降天子哉！"〔蜀无降将军，岂得有降天子哉。〕后主视之，乃第五子北地王刘谌也。〔昭烈无儿，后主却有子。〕后主生七子：长子刘璿，次子刘瑶，三子刘惊，四子刘瓒，五子即北地王刘谌，六子刘恂，七子刘璩。七子中惟谌自幼聪明，英敏过人，馀皆懦善。^{后主七子于此叙出，补前文之所未及。}后主谓谌曰："今大臣皆议当降，汝独仗血气之勇，欲令满城流血耶？"谌曰："昔先帝在日，谯周未尝干预国政；今妄议大事，辄起乱言，甚非理也。臣切料成都之兵尚有数万，姜维全师皆在剑阁，^{提照姜维。}若知魏兵犯阙，必来救应，内外攻击，可获大功。^{此言降不如战，战不如守。}岂可听腐儒之言，轻废先帝之基业乎？"^{提照先帝。}后主叱之曰："汝小儿岂识天时！"谌叩头哭曰："若势穷力极，祸败将及，便当父子君臣背城一战，同死社稷，以见先帝可也。奈何降乎！"^{此言不得已则战。}后主不听。谌放声大哭曰："先帝非容易创立基业，今一旦弃之，吾宁死不辱也！"^{先主不死矣。}后主令近臣推出宫门，遂令谯周作降书，^{惯修降书第二手。}遣私署侍中张绍、驸马都尉邓良同谯周赍玉玺来雒城请降。

时邓艾每日令数百铁骑来成都哨探。当日见立了降旗，艾大喜。不一时，张绍等至，艾令人迎入。三人拜伏于阶下，呈上降款玉玺。^{三人追想刘璋纳款之时，为之一叹。}艾拆降书视之大喜，受下玉玺，重待张绍、谯周、邓良等。艾作回书，付三人赍回成都，以安人心。三人拜辞邓艾，径还成都，入见后主，呈上回书，细言邓艾相待之善。后主拆封视之大喜，即遣太仆蒋显赍敕令姜维早降；^{又以降天子敕谕降将军，为之一叹。}遣尚书郎李虎，送文簿与艾：共户二十八万，男女九十四万，带甲将士十万二千，^{有此何以不战。}官吏四万，仓粮四十馀万，^{有此何以不守。}金银三千斤，锦绮丝绢各二十万匹。馀物在库，不及具数。^{有此何不以赏战士。}择十二月初一日，君臣出降。

北地王刘谌闻知，怒气冲天，带剑入宫。其妻崔夫人问曰：

"大王今日颜色异常，何也？"谌曰："魏兵将近，父皇已纳降款，明日君臣出降，社稷从此殄灭。吾欲先死以见先帝于地下，不屈膝于他人也！"^{后主有此子，是干蛊之子}崔夫人曰："贤哉！贤哉！得其死矣！妾请先死，王死未迟。"^{后主有佳儿}谌曰："汝何死耶？"崔夫人曰："王死父，妾死夫，其义同也。夫亡妻死，何必问焉！"言讫，触柱而死。^{马邈夫妇是有妇无夫}谌乃自杀其三子，并割妻头，提至昭烈庙中，伏地哭曰："臣羞见基业弃于他人，故先杀妻子，以绝罣念，后将一命报祖！祖如有灵，知孙之心！"大哭一场，眼中流血，自刎而死。^{凛凛烈烈，如闻其声，如见其人。}蜀人闻知，无不哀痛。后人诗赞曰：

君臣甘屈膝，一子独悲伤。去矣西川事，雄哉北地王！

殒身酬烈祖，搔首泣穹苍。凛凛人如在，谁云汉已亡？

后主听知北地王自刎，乃令人葬之。^{后主闻北地王之死，不但不知愧耻，亦不知痛惜，真无心人哉。}

次日，魏兵大至。后主率太子诸王，及群臣六十馀人，面缚舆榇，出北门十里而降。邓艾扶起后主，亲解其缚，焚其舆榇，并车入城。后人有诗叹曰：

魏兵数万入川来，后主偷生失自裁。

黄皓终存欺国意，姜维空负济时才。

全忠义士心何烈，守节王孙志可哀。

昭烈经营良不易，一朝功业顿成灰。

于是成都之人，皆具香花迎接。艾拜后主为骠骑将军，^{司马昭明幸不}

为尚书左仆射，而后主刘禅竟为骠骑将军，可发一叹。其馀文武，各随高下拜官；邓艾竟擅自封爵，有死之道。请后主还宫，出榜安民，交割仓库。又令太常张峻、益州别驾张绍，招安各郡军民。又令人说姜维归降。一面遣人赴洛阳报捷。艾闻黄皓奸险，欲斩之。皓用金宝赂其左右，因此得免。黄皓之受金珠原来为此。自是汉亡。后人因汉之亡，有追思武侯诗曰：

> 猿鸟犹知畏简书，风云应为护储胥。
>
> 徒劳上将挥神笔，终见降王走传车。
>
> 管乐有才真不忝，关张无命欲何如！
>
> 他年锦里经祠庙，《梁父》吟成恨有馀！

　　且说太仆蒋显到剑阁入见姜维，传后主敕命，言归降之事。维大惊失语。帐下众将听知，一齐怨恨，咬牙怒目，须发倒竖，拔刀砍石，大呼曰："吾等死战，何故先降耶！"号哭之声，闻数十里。蜀中有如此之将、如此之兵，而天子甘心面缚，可发一叹。维见人心思汉，乃以善言抚之曰："众将勿忧。吾有一计，可复汉室。"众皆求问。姜维与诸将附耳低言，说了计策，以下无数文字，皆在附耳低言之内，此处妙在不即叙明。即于剑门关遍竖降旗，先令人报入钟会寨中，说姜维引张翼、廖化、董厥前来降。会大喜，令人迎接维入帐。会曰："伯约来何迟也？"维正色流涕曰："国家全师在吾，今日至此，犹为速也。"既来诈降，又偏说亦有便降，乃是善诈。会甚奇之，下座相拜，待为上宾。维说会曰："闻将军自淮南以来，算无遗策。司马氏之盛，皆将军之力，维故甘心俯首。如邓士载，当与决一死战，安肯降之乎？"如此口气，便是姜维用诈处，读者当自知之。会遂折箭为誓，与维结为兄弟，情爱甚密，为上宾则犹疏，兄弟则甚密矣。仍令照旧领兵。维暗喜，遂令蒋显回成都去了。

却说邓艾封师纂为益州刺史，牵弘、王颀等各领州郡；又于绵竹筑台以彰战功，^{既擅自封爵，又筑台示功，邓艾有死之道。}大会蜀中诸官饮宴。艾酒至半酣，乃指众官曰："汝等幸遇我，故有今日耳。若遇他将，必皆殄灭矣。"^{气骄而言夸，邓艾有死之道。}多官起身拜谢。忽蒋显至，说姜维自降钟会镇西了。艾因此痛恨钟会。遂修书令人赍赴洛阳，致晋公司马昭。昭得书视之。书曰：

臣艾切谓兵有先声而后实者，今因平蜀之势以乘吴，此席卷之时也。然大举之后，将士疲劳，不可便用，宜留陇右兵二万、蜀兵二万，煮盐兴冶，并造舟船，预备顺流之计；然后发使，告以利害，吴可不征而定也。更宜厚待刘禅，以攻孙休；若便送禅来京，吴人必疑，则于向化之心不劝。且权留之于蜀，须来年冬月抵京。今即可封禅为扶风王，锡以赀财，供其左右，爵其子为公卿，以显归命之宠，则吴人畏威怀德，望风而从矣。^{书中虽以劝吴为名，实以封蜀为主，既不送禅于京，又自议封爵，大有专制之意，此艾之所以见杀也。}

司马昭览毕，深疑邓艾有自专之心，乃先发手书与卫瓘，随后降封艾。诏曰：

征西将军邓艾，耀威奋武，深入敌境，使僭号之主，系颈归降；兵不逾时，战不终日，云彻席卷，荡定巴、蜀；虽白起破强楚，韩信克劲赵，不足比勋也。其以艾为太尉，增邑二万户，封二子为亭侯，各食邑千户。^{诏中但封邓艾，并不提起封刘禅，便是不欲邓艾专制之意。}

邓艾受诏毕，监军卫瓘取出司马昭手书与艾。书中说邓艾所言之事，须后奏报，不可辄行。_{诏用实写，手书用虚写，省笔之法。}艾曰："'将在外，君命有所不受。'吾既奉诏专征，如何阻当？"遂又作书，令来使赍赴洛阳。时朝中皆言邓艾必有反意，司马昭愈加疑忌。忽使命回，呈上邓艾之书。昭拆封视之。书曰：

艾衔命西征，元恶既服，当权宜行事，以安初附。若待国命，则往复道途，延引日月。《春秋》之义：大夫出疆，有可以安社稷、利国家，专之可也。_{实有不臣之心，反引《春秋》之义，亦善于词令。}今吴未宾，势与蜀连，不可拘常以失事机。兵法"进不求名，退不避罪"。艾虽无古人之节，终不自嫌以损于国也。先此申状，见可施行。

司马昭看毕大惊，慌与贾充计议曰："邓艾恃功而骄，任意行事，反形露矣。如之奈何？"贾充曰："主公何不封钟会以制之？"_{邓艾方忌钟会，又使钟会制邓艾，此已成不两立之势。}昭从其议，遣使赍诏封会为司徒，就令卫瓘监督两路军马，以手书付瓘，使与会伺察邓艾，以防其变。_{此处手书亦用虚写。}会接读诏书。诏曰：

镇西将军钟会，所向无敌，前无强良，节制众城，网罗迸逸；蜀之豪帅，面缚归命；_{以收姜维为功，愈使会之与维密也。}谋无遗策，举无废功。其以会为司徒，进封县侯，增邑万户，封子二人亭侯，邑各千户。

钟会既受封，即请姜维计议曰："邓艾功在吾之上，又封太尉之职。今司马公疑艾有反志，故令卫瓘为监军，诏吾制之。伯约有何高见？"维曰："愚闻邓艾出身微贱，幼为农家养犊，^{明明以世家子弟推重钟会，妙。}今侥幸自阴平斜径，攀木悬崖，成此大功，非出良谋，实赖国家洪福耳。^{又与钟会初时笑艾之意相合，妙。}若非将军与维相拒于剑阁，又安能成此功耶？^{直以邓艾之功为钟会之功，妙。}今欲封蜀主为扶风王，乃大结蜀人之心，其反情不言可见矣。晋公疑之是也。"会深嘉其言。维又曰："请退左右，维有一事密告。"^{来了。}会令左右尽退。维袖中取一图与会，曰："昔日武侯出草庐时，以此图献先帝，^{钟会曾画一图，已呈司马昭矣。又不若姜维之图为详悉也。○又照应三十八卷中事。}且曰：'益州之地，沃野千里，民殷国富，可为霸业。'先帝因此遂创成都。^{夸美西蜀以引动钟会，妙甚。}今邓艾至此，安得不狂？"^{张扬邓艾以激恼钟会，妙甚。}会大喜，指问山川形势。^{此时钟会也动念了。}维一一言之。会又问曰："当以何策除艾？"维曰："乘晋公疑忌之际，当急上表，言艾反状；晋公必令将军讨之，一举而可擒矣。"^{绝妙挑构，绝妙撺掇。}会依言，即遣人赍表进赴洛阳，言邓艾专权恣肆，结好蜀人，早晚必反矣。^{此处钟会表文又用虚写，笔法变换。}于是朝中文武皆惊。会又令人于中途截了邓艾表文，按艾笔法，改写傲慢之辞，以实己之语。^{邓艾所上之表与钟会所改之辞，又皆用虚写，笔法变换。}

司马昭见了邓艾表章大怒，即遣人到钟会军前，令会收艾；又遣贾充引三万兵入斜谷，昭乃同魏主曹奂御驾亲征。西曹椽邵悌谏曰："钟会之兵，多邓艾六倍，当令会收艾足矣，何必明公自行耶？"昭笑曰："汝忘了旧日之言耶？^{照应一百十五卷中语。}汝曾道会后必反。吾今此行，非为艾，实为会耳。"^{奸雄心事，与曹操仿佛。}悌笑曰："某恐明公忘之，故以相问。今既有此意，切宜秘之，不可泄漏。"^{一般都是有心人，写来真是好看。}昭然其言，遂提大兵起程。时贾充亦疑钟会有变，

密告司马昭。昭曰："如遣汝，吾亦疑汝耶？且到长安，自有明

白。" ^{昭听邵悌不可泄漏之语，}_{连对贾充亦无实话。}早有细作报知钟会，说昭已至长安。

会慌请姜维商议收艾之策。正是：

才见西蜀收降将，又见长安动大兵。

未知姜维以何策破艾，且看下文分解。

第一百十九回　假投降巧计成虚话　再受禅依样画葫芦

再受禪依樣
畫葫蘆

姜维欲先杀诸魏将，然后杀钟会，而重立汉帝，其计不为不深，其心不为不苦矣；且将除邓艾，而假手于会，将除卫瓘，而又假手于艾。是谋杀诸将者姜维，谋杀邓艾者亦姜维也；谋杀钟会者姜维，谋杀卫瓘者亦姜维也。然而会灭而诸将不灭，艾灭而卫瓘不灭，则天之未可强也。论者往往以多事责姜维，然则陆秀夫之航海、张世杰之瓣香、文天祥之崖山流涕，皆得谓之多事耶？李陵之不即死，或犹虚谅其得当报汉之言；而姜维之不即死，岂得实没其设谋报汉之志？元人有诗曰："诸葛未亡犹是汉。"予请更下一语以对之曰："姜维不死尚为刘。"庶不负其苦心云。

先主基业，半以哭而得成：送徐庶则哭而送之，不哭则庶安得有走马之荐？请诸葛亮，则哭而请之，不哭则亮安得有出山之心？乃其父善哭，而其子独不善哭，何也？或曰：哀欢非人之所得而教，若待教而后哭，便是不能哭。予曰：不然。先主亦尝受人之教矣。其对鲁肃而哭，孔明教之也；其对孙夫人而哭，亦孔明教之也。但教之哭而哭，必其人先自会哭，然后能如所教耳。若后主生平眼泪从来贵重，其睡着于子龙怀中，则丧其母而不知哭；其听北地王之自刃于庙，则丧其子而亦不知哭。以此二者不能得其眼泪，更何从得其眼泪？

观后主之不哭，而司马昭笑其不哭，郤正又当哭其所笑矣。不独为郤正哭，又当为孔明哭，为先主哭。先主有如此之子，此托孤之时，所以执手流涕；孔明有如此之君，此出师之时，所以临表涕泣也。

或作高视刘禅之说曰"此间乐不思蜀"之言，乃禅之巧于自全也。若日夜流涕，感愤思归，奸雄如司马昭，其能容之乎？然则闭目开目之刘禅，依然一青梅煮酒，闻雷失箸之刘玄德耳。虽然，使禅而果能如是，则不至于用黄皓，不至于疑姜维，亦不至于献成都降邓艾矣。然则为此说者，夫岂其然？

司马昭欲舍炎立攸，以继师后，其与宋太宗之杀德昭而自立其子者，不啻天渊矣。虽然，以此为昭之爱兄，则犹未知昭者也。使攸而非昭之子，而昭欲立之，乃为公耳。今则阳托立侄之名，而阴受立子之利，其计不亦巧乎？且炎为长而攸为次，若以炎为师之子而立之，更无他议耳。今不以炎嗣师，而以攸嗣师，使人得执立长之说，以废其立侄之事，其计不更巧乎？盖不明君臣之义者，必不能笃兄弟之谊。故观曹丕之篡汉帝，知其必不能爱曹植；观司马昭之弑魏主，知其必不能念司马师。魏之亡，非晋亡之而魏自亡之也。何也？炎之逼主，一则曰：我何如曹丕？再则曰：父何如曹操？是其篡也，魏教之也。魏教之则谓之魏之亡魏可矣。且魏之亡魏，自亡之而亦汉亡之。何也？炎之受禅，一则曰：我为汉报仇；再则曰：我依汉故事。是其禅也，汉教之也，汉教之则谓之汉之亡魏可矣。天理昭然，丝毫不爽，岂不重可畏哉？

曹氏以再世而篡刘，司马氏历三世而篡魏，似魏之亡独迟于汉也。汉灭于魏未灭之时，似汉之亡，独早于魏也，而非也。当曹芳之立而魏已亡，及曹芳之废而魏再亡，及曹髦之弑而魏三亡矣！何待于奂之见黜，而后谓之亡哉？然则汉之亡终在后，魏之亡终在先耳。

董卓闻受禅台之言，曹丕有受禅台之事，魏则取前之虚者而实之，晋又取前之实者而再实之也。汉将亡有黄巾之妖，魏将亡有黄巾之怪；汉则先举后之一黄巾而散为众人，魏则又举前之众黄巾而合为一人也。受禅台有三，则两实一虚；黄巾有二，则一多一寡。此又一部大书前后关合处。

却说钟会请姜维计议收邓艾之策。维曰：“可先令监军卫瓘收艾。艾欲杀瓘，反情实矣。将军却起兵讨之可也。”*姜维忌艾亦忌瓘，若使艾杀瓘，是为维先去一忌也。*会大喜，遂令卫瓘引数十人入成都，收邓艾父子。瓘部卒止之曰：“此是钟司徒令邓征西杀将军，以正反情也。切不可行。”瓘曰：“吾自有计。”遂先发檄文二三十道。其檄曰：“奉诏收艾，其馀各无所问。若早来归，即加爵赏；敢有不出者，灭三族。”*妙在先散其羽翼，众不可擒，少则可擒。*随备槛车两乘，星夜望成都而来。比及鸡鸣，艾部将见檄文者，皆来投拜于卫瓘马前。时邓艾在府中未起。瓘引数十人突入大呼曰：“奉诏收邓艾父子！”艾大惊，滚下床来。瓘叱武士缚于车上。其子邓忠出问，亦被捉下，缚于车上。*妙在事成于俄顷，迟则不可擒，速则可擒。*府中将吏大惊，欲待动手抢夺，早望见尘头大起，哨马报说钟司徒大兵到了。*钟会之至，却在邓艾一边叙来，笔法变换。*众各四散奔走。钟会与姜维下马入府，见邓艾父子已被缚。会以鞭挞邓艾之首而骂曰：“养犊小儿，何敢如此！”姜维亦骂曰：“匹夫行险徼幸，亦有今日耶！”艾亦大骂。*一吃口怎敌得两便口。*会将艾父子送赴洛阳。会入成都，尽得邓艾军马，威声大震，乃谓姜维曰：“吾今日方趁平生之愿矣！”*渐渐露出马脚来了。*维曰：“昔韩信不听蒯通之说，而有未央宫之祸；*此句隐然劝他共反，是主句。*大夫种不从范蠡于五湖，卒伏剑而死。*此句是陪说，然却不可少。*斯二子者，其功名岂不赫然哉，徒以利害未明，而见几之不早也。^{先以危辞动之。}今公大勋已就，威震其主，何不泛舟绝迹，登峨嵋之岭，而从赤松子游乎？"^{再以冷语挑之。○将劝其谋叛，反劝其辞官，妙甚，恶甚。}会笑曰："君言差矣。吾年未四旬，方思进取，岂能便效此退闲之事？"^{正要钓他此句出来。}维曰："若不退闲，当早图良策。此则明公智力所能，无烦老夫之言矣。"^{分明教他谋反，妙在隐而不言。}会抚掌大笑曰："伯约知吾心也。"二人自此每日商议大事。维密与后主书曰："望陛下忍数日之辱，维将使社稷危而复安，日月幽而复明，必不使汉室终灭也。"^{若有此事，真是快事；纵无此事，亦是快文。}

却说钟会正与姜维谋反，忽报司马昭有书到。会接书。书中言："吾恐司徒收艾不下，自屯兵于长安；相见在近，以此先报。"会大惊曰："吾兵多艾数倍，若但要我擒艾，晋公知吾独能办之。今日自引兵来，是疑我也！"^{钟会之反，姜维催之，司马昭又催之。}遂与姜维计议。维曰："君疑臣则臣必死，岂不见邓艾乎？"^{更不消引韩信、文种为喻，即以邓艾为喻，譬如作者只用本题，不用请客。}会曰："吾意决矣！事成则得天下，不成则退西蜀，亦不失作刘备也。"^{不必学他人，只学刘先主，亦如作文者只用本题，不消请客。}维曰："近闻郭太后新亡，可诈称太后有遗诏，教讨司马昭以正弑君之罪。^{司马昭必挟曹奂而出，恐有以天子之诏讨之者耳。今维见曹奂在军中，便算出亲太后遗诏来，正与司马懿讨曹爽之诏相合。}据明公之才，中原可席卷而定。"会曰："伯约当作先锋。成事之后同享富贵。"维曰："愿效犬马微劳。但恐诸将不服耳。"^{既说倒了主帅，便又算倒众将。}会曰："来日元宵佳节于故宫大张灯火，请诸将饮宴。如不从者尽杀之。"^{董承与吉平饮宴，亦是元宵佳节，至此已隔九十馀卷，忽然相映。}维暗喜。次日会、维二人请诸将饮宴。数巡后，会执杯大哭。^{邓忠阴平岭上之哭是真哭，钟会席间之哭是假哭。}诸将惊问其故，会曰："郭太后临崩有遗诏在此，为司马昭南阙弑君，^{又将南阙事一提。}大逆无道，早晚将篡魏，命吾讨之。汝等各自金名，共成此事。"众皆大惊，面面相觑。会拔剑出鞘曰："违令者斩！"众皆恐惧，只得相从。画字已毕，_{勉强画字，与甘责一般，画犹不画也。}会乃困诸将于宫中，严兵禁守。维曰："我见诸将不服，请坑之。"会曰："吾已令宫中掘一坑，置大棒数千；如不从者，打死坑之。"_{若听姜维之言而遂坑之，何必又置大棒乎？几不早决，变将作矣。}

时有心腹将丘建在侧。建乃护军胡烈部下旧人也，时胡烈亦被监在宫。建乃密将钟会所言，报知胡烈。烈大惊，泣告曰："吾儿胡渊领兵在外，安知会怀此心耶？汝可念向日之情，透一消息，虽死无恨。"_{丘建只为一胡烈，又因胡烈转出一胡渊。}建曰："恩主勿忧，容某图之。"遂出告会曰："主公软监诸将在内，水食不便，可令一人往来传递。"会素听丘建之言，遂令丘建监临。会分付曰："吾以重事托汝，休得泄漏。"_{事之将败，所托非人。}建曰："主公放心，某自有紧严之法。"建暗令胡烈亲信人入内，烈以密书付其人。其人持书火速至胡渊营内，细言其事，呈上密书。渊大惊，遂遍示诸营中知之。众将大怒，急来渊营商议曰："我等虽死，岂肯从反臣耶？"_{又因胡渊转出众将。}渊曰："正月十八日中，可骤入内，如此行之。"_{妙在不即叙明。}监军卫瓘深喜胡渊之谋，_{又因众将转出卫瓘。}即整顿了人马，令丘建传与胡烈。烈报知诸将。

却说钟会请姜维问曰："吾夜梦大蛇数千条咬吾，主何吉凶？"_{与邓艾水山寒之梦一远一近，正自相对。}维曰："梦龙蛇者，皆吉庆之兆也。"_{邵缓为邓艾圆梦，是真话；姜维为钟会圆梦，是假话。}会喜，信其言，乃谓维曰："器仗已备，放诸将出问之，若何？"维曰："此辈皆有不服之心，久必为害，不如乘早戮之。"会从之，即命姜维领武士往杀众魏将。维领命，方欲行动，忽然一阵心疼，昏倒在地，_{凭他胆大，无奈心疼，天命已然，人谋何益。}左右扶起，半响方苏。忽报宫外人声沸腾。会方令人探时，喊声大震，四面八方无限兵到。维曰："此必是诸将作恶，可先斩之。"忽报兵已入内。会令关上殿门，使军士上殿屋以瓦击之，互相杀死数十人。宫外四面火起，外兵砍开殿门杀入。会自掣剑立杀数人，却被乱箭射到。众将枭其首。谋事不密又不速，宜其死也，然使事纵得成，维杀诸将之后又必杀会，则会固始终一维拔剑上殿，往来冲突，不幸心疼转加。维仰天大叫曰："吾计不成，乃天命也！"此时姜维即不心疼，而事机已泄，外兵已来，亦无及矣。遂自刎而死，噫，维死矣，汉斯亡矣。时年五十九岁。宫中死者数百人。卫瓘曰："众军各归营所，以待王命。"魏兵争欲报仇，共剖维腹，其胆大如鸡卵。子龙一身都是胆，正不知又怎样大。众将又尽取姜维家属杀之。邓艾部下之人见钟会、姜维已死，遂连夜去追劫邓艾。早有人报知卫瓘。瓘曰："是我捉艾，今若留他，我无葬身之地矣。"护军田续曰："昔邓艾取江油之时欲杀续，得众官告免。提照一百十七卷中事今日当报此恨！"丘建欲报旧主之恩，田续欲报旧主之恨，两人相反而相对。瓘大喜，遂遣田续引五百兵赶至绵竹，正遇邓艾父子放出槛车，欲还成都。艾只道是本部兵到，不作准备；欲待问时，被田续一刀斩之。邓忠亦死于乱军之中。水山寒之梦于此应矣。后人有诗叹邓艾曰：

自幼能筹画，多谋善用兵。凝眸知地理，仰面识天文。

马到山根断，兵来石径分。功成身被害，魂绕汉江云。

又有诗叹钟会曰：

髫年称早慧，曾作秘书郎。妙计倾司马，当时号子房。

寿春多赞画，剑阁显鹰扬。不学陶朱隐，游魂悲故乡。

又有诗叹姜维曰：

天水夸英俊，凉州产异才。系从尚父出，术奉武侯来。
大胆应无惧，雄心誓不回。成都身死日，汉将有馀哀。

却说姜维、钟会、邓艾已死，张翼等亦死于乱军之中。太子
刘璿、汉寿亭侯关彝，皆被魏兵所杀。军民大乱，互相践踏，死
者不计其数。旬日后，贾充先至，出榜安民，方始宁靖。留卫瓘
守成都，乃迁后主赴洛阳。止有尚书令樊建、侍中张绍、光禄大
夫谯周、秘书郎郤正等数人跟随。廖化、董厥皆托病不起，后皆
忧死。时魏景元五年，改为咸熙元年。春三月，吴将丁奉见蜀已
亡，遂收兵还吴。^{补应前卷}中书丞华覈奏吴主孙休曰："吴、蜀乃
唇齿也，'唇亡则齿寒'。臣料司马昭伐吴在即，乞陛下深加防
御。"^{为后卷}休从其言，遂命陆逊子陆抗为镇东大将军，领荆州
牧，守江口；左将军孙异守南徐诸处隘口，又沿江一带，屯兵数
百营，老将丁奉总督之，以防魏兵。^{不能救蜀，已成灭虢举虞}
^{之势，此时欲自守难矣。}

建宁太守霍戈闻成都不守，素服望西大哭三日。诸将皆曰：
"既汉主失位，何不速降？"戈泣谓曰："道路隔绝，未知吾主
安危若何。若魏主以礼待之，则举城而降，未为晚也；万一危辱
吾主，则主辱臣死，何可降乎？"^{虽不能死，与早}众然其言，乃使人
^{降者不啻天渊。}
到洛阳，探听后主消息去了。

且说后主至洛阳时，司马昭已自回朝。昭责后主曰："公荒
淫无道，废贤失政，理宜诛戮。"^{司马昭本不欲杀后主，因见他醉生梦}
^{死，故意吓他一吓，要他醒一醒耳。}后
主面如土色，不知所为。文武皆奏曰："蜀主既失国纪，幸早归

降，宜赦之。"昭乃封禅为安乐公，_{生于忧患而死于安乐，以其不知忧患，固当封以此名。}赐住宅，月给用度，赐绢万匹，僮婢百人。子刘瑶及群臣樊建、谯周、郤正等皆封侯爵。后主谢恩出内。昭因黄皓蠹国害民，令武士押出市曹，凌迟处死。_{快事快事。○此时后主何不乞免之？}时霍戈探听得后主受封，遂率部下军士来降。次日后主亲诣司马昭府下拜谢。昭设宴款待，先以魏乐舞戏于前，蜀官感伤，独后主有喜色。_{见魏而不思蜀，已为无情。}昭令蜀人扮蜀乐于前，蜀官尽皆堕泪，后主嬉笑自若。_{见蜀而不思蜀，尤为无情。}酒至半酣，昭谓贾充曰："人之无情乃至于此！虽使诸葛孔明在，亦不能辅之久全，何况姜维乎？"乃问后主曰："颇思蜀否？"后主曰："此间乐，不思蜀也。"_{此之谓安乐公。}须臾，后主起身更衣，郤正跟至厢下曰："陛下如何答应不思蜀也？倘彼再问，可泣而答曰：'先人坟墓远在蜀地，乃心西悲，无日不思。'晋公必放陛下归蜀矣。"_{要他放回恐亦未必。}后主牢记入席。酒将微醉，昭又问曰："颇思蜀否？"后主如郤正之言以对，_{学舌不差还算亏他。}欲哭无泪，遂闭其目。_{两番闻乐不能得泪，此时安得有泪。}昭曰："何乃似郤正语耶？"_{趣甚。}后主开目惊视曰："诚如尊命。"_{写得后主如画。}昭及左右皆笑之。_{且漫笑着，司马氏再传而后，便有问虾蟆食肉糜之主矣。}昭因此深喜后主诚实，并不疑虑。后人有诗叹曰：

追欢作乐笑颜开，不念危亡半点哀。

快乐异乡忘故国，方知后主是庸才。

却说朝中大臣因昭收川有功，遂尊之为王，表奏魏主曹奂。时奂名为天子，实不能主张，政皆由司马氏，不敢不从，遂封晋公司马昭为晋王，[令人追想曹操封魏王时。]谥父司马懿为宣王，兄司马师为景王。昭妻乃王肃之女，生二子：长曰司马炎，人物魁伟，立发垂地，两手过膝，聪明英武，胆量过人；[此处详叙司马炎，为下文称帝伏线。]次曰司马攸，情性温和，恭俭孝悌，昭甚爱之，因司马师无子，嗣攸以继其后。[不以炎继而以攸继，一片权诈。]昭常曰："天下者，乃吾兄之天下也。"[公然以天下归之司马氏，目中久已无曹氏矣。○既笃于兄弟之情，何独不知君臣之义。]于是司马昭受封晋王，欲立攸为世子。[一片权诈。]山涛谏曰："废长立幼，违礼不祥。"[若论承嗣之礼，则继师者固当以炎，继昭者乃当以攸也。]贾充、何曾、裴秀亦谏曰："长子聪明神武，有超世之才；人望既茂，天表如此，非人臣之相也。"昭犹豫未决。[惟攸与炎本皆为昭之子，故犹豫未决耳。若使攸而真为师之所出，则昭又未必然矣。]太尉王祥、司空荀顗谏曰："前代立少，多致乱国。愿殿下思之。"昭遂立长子司马炎为世子。[其以次子嗣师而不以长子嗣师者，逆料诸臣必以立长为言。即犹豫未决亦是假。]

大臣奏称："当年襄武县天降一人，身长二丈馀，脚迹长三尺二寸，白发苍髯，着黄单衣，裹黄巾，[此时又遇一黄巾之妖，与首卷遥遥相应。]拄藜头杖，自称曰：'吾乃民王也，["民王"二字，名色甚奇，与首卷大贤良师等号相似。]今来报汝：天下换王，立见太平。'如此在市游行三日，忽然不见。此乃殿下之瑞也。[此非晋之符瑞，乃魏之妖孽。]殿下可戴十二旒冠冕，建天子旌旗，出警入跸，乘金根车，备六马，进王妃为王后，立世子为太子。"昭心中暗喜，回到宫中，正欲饮食，忽中风不语。次日病危，太尉王祥、司徒何曾、司马荀顗及诸大臣入宫问安。昭不能言，以手指太子司马炎而死。[司马师临终时有目至于无目，司马昭临终时有口一如无口，皆以臣凌君之报。]时八月辛卯日也。何曾曰："天下大事，皆在晋王；可立太子为晋王，然后祭葬。"是日，司马炎即晋王位，封何曾为晋丞相，司马望为司徒，石苞为骠骑将军，陈骞为车骑将军，谥父为文王。

昭自比文王，故如其所命。安葬已毕，炎召贾充、裴秀入宫问曰："曹操曾云：'若天命在吾，吾其为周文王乎！'果有此事否？"照应七十八回中语。充曰："操世受汉禄，恐人议论篡逆之名，故出此言，乃明教曹丕为天子也。"得此一注脚，遂使曹操教曹丕之意，竟教了司马炎，可发一叹。炎曰："孤父王比曹操何如？"妙。充曰："操虽功盖华夏，下民畏其威而不怀其德。贬坏曹操，以赞司马氏。子丕继业，差役甚重，东西驱驰，未有宁岁。又贬坏曹丕以赞司马氏。后我宣王、景王，累建大功，布恩施德，天下归心久矣。与民不怀德对说。文王并吞西蜀，功盖寰宇，与东西驱驰对说。又岂操之可比乎？"见得司马昭不做皇帝，已算极耐得。炎曰："曹丕尚绍汉统，孤岂不可绍魏统耶？"司马昭明明要曹操，司马炎亦明明要学曹丕。贾充、裴秀二人再拜而奏曰："殿下正当法曹丕绍汉故事，复筑受禅台，布告天下，以即大位。"此处受禅台与八十卷之受禅台，正是依样葫芦。

炎大喜，次日带剑入内。此时魏主曹奂连日不曾设朝，心神恍惚，举止失措。炎直入后宫，奂慌下御榻而迎。炎坐毕，问曰："魏之天下，谁之力也？"奂曰："皆晋王父祖之赐耳。"炎笑曰："吾观陛下文不能论道，武不能经邦，何不让有才德者主之？"明明当面鄙薄，要他义让。奂大惊，口噤不能言。傍有黄门侍郎张节大喝曰："晋王之言差矣！昔日魏武祖皇帝，东荡西除，南征北讨，非容易得此天下。今天子有德无罪，何故让与人耶？"炎大怒曰："此社稷乃大汉之社稷也。曹操挟天子以令诸侯，自立魏王，篡夺汉室。借司马炎口中替汉朝出气。吾祖父三世辅魏，得天下者，非曹氏之能，实司马氏之力也，四海咸知。吾今日岂不堪绍魏之天下乎？"曹丕欲篡汉，却从他人说合；司马炎欲篡魏，竟是自家开口。节又说："欲行此事，是篡国之贼也！"炎大怒曰："吾与汉家报仇，有何不可！"此是苍苍者之意，却在司马炎口中直叫出来。叱武士将张节乱瓜打死于殿下。奂泣泪跪告。献帝尚不曾如此无体面。炎起身下殿而去。奂谓贾充、裴秀曰："事已急矣，如之奈何？"充曰："天数尽矣，陛下不可逆天，当照汉献帝故事，重修受禅台，是祖宗做样与他人看，曹奂只当怨曹丕耳。具大礼，禅位与晋王，上合天心，下顺民情，陛下可保无虞矣。"奂从之，遂令贾充筑受禅台。以十二月甲子日，奂亲捧传国玺，立于台上，大会文武。后人有诗叹曰：

魏吞汉室晋吞曹，天运循环不可逃。

张节可怜忠国死，一拳怎障泰山高。

请晋王司马炎登坛，授以大礼。奂下坛，具公服立于班首。炎端坐于台上，贾充、裴秀列于左右，执剑令曹奂再拜伏地听命。充曰："自汉建安二十五年，魏受汉禅，已经四十五年矣；处处提出魏篡汉故事来，可见当日之事，乃是贼偷贼物。今天禄永终，天命在晋。司马氏功德弥隆，极天际地，可即皇帝正位，以绍魏统。封汝为陈留王，即用献帝初时名号，一发分毫不差。出就金墉城居止，当时起程，非宣诏不许入京。"与华歆叱献帝语，前后一辙。奂泣谢而去。太傅司马孚哭拜于奂前曰："臣身为魏臣，终不背魏也。"曹氏篡汉时，曹家宗族中却无此人。炎见孚如此，封孚为安平王。孚不受而退。是日，文武百官，再拜于台下，山呼万岁。炎绍魏统，国号大晋，改元为太始元年，大赦天下。魏遂亡。后人有诗叹曰：

晋国规模如魏王，陈留踪迹似山阳。

重行受禅台前事，回首当年止自伤。

晋帝司马炎汉以炎兴为年号，恰合司马炎之名，亦一谶也。追谥司马懿为宣帝，伯父司马师为景帝，父司马昭为文帝，立七庙以光祖宗。那七庙？汉征西将军司马钧，钧生豫章太守司马亮，亮生颍州太守司马隽，隽生京兆尹司马防，防生宣帝司马懿，懿生景帝司马师、文帝司马昭：是为七庙也。_{曹丕不闻帝曹腾、曹嵩，晋则更有胜焉者。}大事已定，每日设朝计议伐吴之策。正是：

汉家城郭已非旧，吴国江山将复更。

未知怎生伐吴，且看下文分解。

第一百二十回　荐杜预老将献新谋　降孙皓三分归一统

降孫皓三分歸一統
吳下惠鄉
頌樊作

此卷纪三分之终，而非纪一统之始也。书为三国而作，则重在三国，而不重在晋也。推三国之所自合，而归结于晋武，犹之原三国之所从分，而追本于桓、灵也。以虎狼之秦而吞六国，则始皇不可以比汤武；以篡窃之晋而并三国，则武帝岂足以比高光？晋之刘毅对司马炎曰：陛下可比汉之桓、灵。然则《三国》一书，以桓、灵起之，即谓以桓、灵收之可耳。

前卷晋之篡魏，与魏之篡汉，相对而成篇；此卷炎之取吴，亦与昭之取蜀，相对而成篇。而前卷于不相似之中，偏有特特相类者，见报应之不殊也；此卷于极相似之中，偏有特特相反者，见事变之不一也。如邓艾之拒姜维，悉力攻击；而羊祜之交陆抗，通好馈遗，则大异。钟会之忌邓艾，彼此不合；而杜预之继羊祜；前后一心，则大异。伐蜀之议决诸终朝，而伐吴之议迟之又久，则大异。平蜀之役，二将不还；而平吴之役，全师皆返，则大异。"此间乐不思蜀"之刘禅以懦而称臣，亦设此座以待陛下之孙皓以刚而屈首，则又大异。至于取蜀之难，难在事后：邓艾专焉，钟会叛焉，姜维构焉，而邵悌忧之，刘实知之，司马昭亦料之矣；取吴之难，难在事先：羊祜请焉，杜预劝焉，王濬、张华又赞焉，而冯纯沮之，荀勖、贾充沮之，王浑、胡奋亦欲缓之矣。比类而观，更无分寸雷同，丝毫合掌。凡书至终篇，每虞其易尽。有如此之竿头百尺，愈出愈奇者哉！

《三国》一书，每至两军相聚、两将相持，写其勇者披坚执锐，以决死生，写其智者，殚虑竭思，以衡巧拙，几于荆棘成林，风云眩目矣。忽于此卷见一轻裘缓带之羊祜，居然文士风流；又见一馈酒受药之陆抗，无异良朋赠答。令人气定神闲，耳目顿易，直觉险道化为康庄，兵气销为日月，真梦想不到之文。

或谓大夫之交不越境，以羊、陆二人交欢边境，如宋华元、楚子反之自平于下，毋乃有违君命乎？予曰不然。一施德而一施暴，则人尽舍暴而归德，而施暴者将为施德者之所制矣。彼以德怀我之人，是欲不战而服我也；我亦以德怀彼之人，是亦欲不战而服彼也。外似于相和，而意实主于相敌，又何讥焉？

中原之兵所以难于取吴者，有前事以为之鉴也。周郎有赤壁之捷，陆逊有猇亭之捷，徐盛有南徐之捷，朱桓有江陆之捷，周鲂有石亭之捷，丁奉有徐塘之捷，斯诚未易图矣。而孰知从前之难，则屡战而不克；向后之易，则一战而成功。贯索之舰，断之以刀，连环之舟，焚之以火，吴之摧敌者有然；而横江之锁，熔之以炬，沉水之锥，冲之以筏，吴之受摧于敌者，又有然。时移势改，险不足恃。凡古今成败无常，皆当以此类之。

三国之兴，始于汉祚之衰，而汉祚之衰，则由于阉竖之欺君与乱臣之窃国也。一部大书，始之以张让、赵忠，而终之以黄皓、岑昏，可为阉竖之戒；首篇之末结之以张飞之欲杀董卓，终篇之末结之以孙皓之讥切贾充，可为乱臣之戒。

三国以汉为主，于汉之亡可以终篇矣。然篡汉者魏也。汉亡而汉之仇国未亡，未足快读者之心也；汉以魏为仇，于魏之亡，又可以终篇矣；然能助汉者吴也，汉亡而汉之与国未亡，犹未足竟读者之志也，故必以吴之亡为终也。至于报复之反，未有已时：禅、皓稽首于前，而怀、愍亦受执于后；师、昭上逼其主，而安、恭亦见逼于臣；西晋以中原而并建业，东晋又以建业而弃中原；晋主以司马而吞刘氏，宋主又以刘氏而夺司马，则自有两晋之史在，不得更赘于三国之末矣。

却说吴主孙休，闻司马炎已篡魏，知其必将伐吴，忧虑成疾，卧床不起，乃召丞相濮阳兴入宫中，令太子孙𩅌出拜。吴主把兴臂，手指𩅌而卒。兴出，与群臣商议，欲立太子孙𩅌为君。左典军万彧曰："𩅌幼不能专政，不若取乌程侯孙皓立之。"^{何不仍求孙亮而复立之？}左将军张布亦曰："皓才识明断，堪为帝王。"丞相濮阳兴不能决，入奏朱太后。太后曰："吾寡妇人耳，安知社稷之事？卿等斟酌立之可也。"兴遂迎皓为君。皓字元宗，大帝孙权太子孙和之子也。当年七月，即皇帝位，改元为元兴元年，封太子孙𩅌为豫章王，追谥父和为文皇帝，尊母何氏为太后，^{若论入继大统，便不当自帝其父}加丁奉为左右大司马。次年改为甘露元年。

皓凶暴日甚，酷溺酒色，宠幸中常侍岑昏。^{又是一个中常侍，与蜀之黄皓正是一对。}濮阳兴、张布谏之，皓怒斩二人，灭其三族。^{第一便杀两个顾命定策大臣，其亡可知。}由是廷臣缄口，不敢再谏。又改宝鼎元年，以陆凯、万彧为左、右丞相。时皓居武昌，扬州百姓溯流供给，甚苦之；又奢侈无度，公私匮乏。陆凯上疏谏曰：

今无灾而民命尽，无为而国财空，臣窃痛之。昔汉室既衰，三家鼎立；今曹、刘失道，皆为晋有，此目前之明验也。臣愚，但为陛下惜国家耳。武昌土城险瘠，非王者之都。且童谣云："宁饮建业水，不食武昌鱼；宁还建业死，不止武昌居！"此足明民心与天意也。今国无一年之蓄，有露根之渐；官吏为苛扰，莫之或恤。大帝时，后宫女不满百；景帝以来乃有千数，此耗财之甚者也。又左右皆非其人，群党相挟，害忠隐贤，此皆蠹政病民者也。愿陛下省百役，罢苛扰，简出宫女，清选百官，则天悦民附而国安矣。

疏奏，皓不悦。又大兴土木，作昭明宫，令文武各官入山采木，^{又有曹叡之风。}又召术士尚广，令筮蓍问取天下之事。尚对曰："陛下筮得吉兆：庚子岁，青盖当入洛阳。"^{为后文降晋之兆。刘禅误信师婆，师婆之言不应，孙皓误信术士，术士之言却应。}皓大喜，谓中书丞华覈曰："先帝纳卿之言，分头命将沿江一带屯数百营，命老将丁奉总之。朕欲兼并汉土，以为蜀主复仇，当取何地为先？"^{既好土木，又好甲兵，其亡可知。}覈谏曰："今成都不守，社稷倾崩，司马炎必有吞吴之心。陛下宜修德以安吴民，乃为上计。若强动兵甲，正犹披麻救火，必致自焚也。愿陛下察之。"^{前以一吴伐一魏尚不能胜，今晋兼魏、蜀，是二两魏矣，以一吴伐两魏，岂能胜乎？华覈之言最是老成。}皓大怒曰："朕欲乘时恢复旧业，汝出此不利之言！若不看汝旧臣之面，斩首号令！"叱武士推出殿门。华覈出朝叹曰："可惜锦绣江山，不久属于他人矣！"^{为吴亡伏笔。}遂隐居不出。于是皓令镇东将军陆抗部兵屯江口，以图襄阳。

早有消息报入洛阳，近臣奏知晋主司马炎。晋主闻陆抗寇襄阳，与众官商议。贾充出班奏曰："臣闻吴国孙皓，不修德政，专行无道。陛下可诏都督羊祜率兵拒之，俟其国中有变，乘势攻取，东吴反掌可得也。"^{平吴之未遣杜预而先遣羊祜，犹平蜀之未遣钟会而先遣邓艾也。}炎大喜，即降诏遣使到襄阳，宣谕羊祜。祜奉诏整点军民，预备迎敌。自是羊祜镇守襄阳，甚得军民之心。吴人有降而欲去者，皆听之。减戍逻之卒，用以垦田八百馀顷。^{与孔明屯田渭滨、姜维屯田沓中，前后相似。}其初到时，军无百日之粮；及至末年，军中有十年之积。祜在军，尝着轻裘，系宽带，不披铠甲，帐前侍卫者不过十馀人。_{彬彬然有儒雅之风，其
视羽扇纶巾亦不多让。}一日，部将入帐禀祜曰："哨马来报，吴兵皆懈怠，可乘其无备而袭之，必获大胜。"祜笑曰："汝众人小觑陆抗耶？此人足智多谋，日前吴主命之攻拔西陵，斩了步阐及其将士数十人，吾救之无及。_{在羊祜口中补
前文所未及。}此人为将，我等只可自守；候其内有变，方可图取。若不审时势而轻进，此取败之道也。"_{自邓艾与姜维苦战之后，
又见此一段不战之文，出}_{人意
外。}众将服其论，只自守疆界而已。

一日，羊祜引诸将打猎，正值陆抗亦出猎。羊祜下令："我军不许过界。"众将得令，止于晋地打围，不犯吴境。陆抗望见，叹曰："羊将军兵有纪律，不可犯也。"日晚各退。_{曹操与孙权书曰"愿与
将军会猎于吴"，是以}_{猎为战
也。今观此二人之猎，
何其从容不迫、两无猜忌乎？}祜归至军中，察问所得禽兽，被吴人先射伤者皆送还。_{更妙。}吴人皆悦，来报陆抗。抗召来人入，问曰："汝主帅能饮酒否？"来人答曰："必得佳酿，则饮之。"抗笑曰："吾有斗酒，藏之久矣。今付与汝持去，拜上都督，此酒陆某亲酿自饮者，特奉一勺，以表昨日出猎之情。"_{周瑜饮玄德以酒是
歹意，陆抗送羊祜}_{以酒
美情。}来人领诺，携酒而去。左右问抗曰："将军以酒与彼，有何主意？"抗曰："彼既施德于我，我岂得无以酬之？"众皆愕然。

却说来人回见羊祜，以抗所问并奉酒事，一一陈告。祜笑曰："彼亦知吾能饮乎！"遂命开壶取饮。部将陈元曰："其中恐有奸诈，都督且宜慢饮。"祜笑曰："抗非毒人者也，不必疑虑。"竟倾壶饮之。_{关公饮鲁肃之酒，是大胆；
羊祜饮陆抗之酒，是雅量。}自是使人通问，常相往来。一日，抗遣人候祜。祜问曰："陆将军安否？"来人曰："主帅卧病数日未出。"祜曰:"料彼之病,与我相同。吾已合成熟药在此,可送与服之。"孔明识周郎之病,以不药药之;羊祜识陆抗之病,即以药药之。一是赌智斗巧,一是开心见诚。来人持药回见抗。众将曰:"羊祜乃是吾敌也,此药必非良药。"抗曰:"岂有鸩人羊叔子哉!曹操不信华佗,是奸雄机智;陆抗不疑羊祜,是良将高怀。汝众人勿疑。"遂服之。次日病愈,众将皆拜贺。抗曰:"彼专以德,我专以暴,是彼将不战而服我也。今宜各保疆界而已,无求细利。"正是羊叔子敌手。众将领命。

忽报吴主遣使来到,抗接入问之。使曰:"天子传谕将军,作急进兵,勿使晋人先入。"抗曰:"汝先回,吾随有疏章上奏。"使人辞去,抗即草疏遣人赍到建业。时吴主皓已还都建业。近臣呈上。皓拆观其疏,疏中备言晋未可伐之状,且劝吴主修德慎罚,以安内为念,不当以黩武为事。吴主览毕,大怒曰:"朕闻抗在边境与敌人相通,今果然矣!"遂遣使罢其兵权,降为司马,却令左将军孙冀代领其军。阎宇代姜维,蜀主但有其意;孙冀代陆抗,吴主竟有其君。群臣皆不敢谏。吴主皓自改元建衡至凤凰元年,恣意妄为,穷兵屯戍,上下无不嗟怨。丞相万彧、将军留平、大司农楼玄三人见皓无道,直言苦谏,皆被所杀。前后十余年,杀忠臣四十余人。羊祜所谓孙皓之暴过于刘禅,正为此也。皓出入常带铁骑五万。群臣恐怖,莫敢奈何。

却说羊祜闻陆抗罢兵,孙皓失德,见吴有可乘之机,乃作表遣人往洛阳请伐吴。陆抗谏伐晋而羊祜请伐吴,其言似异,而其旨实同。其略曰:

夫期运虽天所授,而功业必因人而成。此将"谋事在人,成事在天"二语倒转说来。孔明谓"天时之不可强",羊祜谓"人事之不可忽"。今江淮之险,不加剑阁;孙皓之暴,过于刘禅;吴人之困,甚于巴蜀;而大晋兵力,盛于往时。不于此际平一四海,而更阻兵相守,使天下困于征戍,经历盛衰,不可长久也。

非好黩武，正欲止武；非好动兵，正欲息兵，盖吴平则征戍可息也。

司马炎观表大喜，便令兴师。^{伐吴之事于此一紧。}贾充、荀勖、冯三人，力言不可，炎因此不行。^{伐吴之事于此一宽，此是第一层曲折。}祜闻上不允其请，叹曰："天下不如意者，十常八九。今天与不取，岂不大可惜哉！"^{亦是至言。}至咸宁四年，羊祜入朝，奏辞归乡养病。炎问曰："卿有何安邦之策，以教寡人？"祜曰："孙皓暴虐已甚，于今可不战而克。若皓不幸而殁，更立贤君，则吴非陛下所能得也。"^{陆抗未去，则吴不可得；孙皓既死，则吴亦不可得。}炎大悟曰："卿今便提兵往伐，若何？"^{伐吴之事，又于此一紧。}祜曰："臣年老多病，不堪当此任。陛下另选智勇之士可也。"^{伐吴之事又于此一宽，此第二层曲折。}遂辞炎而归。是年十一月，羊祜病危，司马炎车驾亲临其家问安。炎至卧榻前，祜下泪曰："臣万死不能报陛下也！"炎亦泣曰："朕悔不能用卿伐吴之策。今日谁可继卿之志？"祜含泪而言曰："臣死矣，不敢不尽愚诚。右将军杜预可任，若欲伐吴须当用之。"^{钟会与邓艾彼此相妒，羊祜与杜预前后相荐，与前卷相反而相对。}炎曰："举善荐贤，乃美事也；卿何荐人于朝，即自焚其奏稿，不令人知耶？"^{钟会伐国欲密，羊祜荐人亦欲密。伐国之密，恐其备我也；荐人之密，恐其感我也。恐其备我不足奇，恐其感我则奇矣。}祜曰："拜官公朝，谢恩私门，臣所不取也。"^{如此则免朝廷朋党之疑，可为万世人臣之言法。}言讫而亡。炎大哭回宫，敕赠太傅、钜平侯。南州百姓闻羊祜死，罢市而哭。江南守边将士，亦皆哭泣。襄阳人思祜存日常游于岘山，遂建庙立碑，四时祭之。往来人见其碑文者，无不流涕，故名为"堕泪碑"。^{与蜀人之思武侯、南人之思武侯，仿佛相似。}后人有诗叹曰：

晓日登临感晋臣，古碑零落岘山春。

松间残露频频滴，疑是当年堕泪人。

晋主以羊祜之言，拜杜预为镇南大将军，都督荆州事。杜预为人老成练达，好学不倦，最喜读左丘明《春秋传》，坐卧常自携，每出入必使人持《左传》于马前，时人谓之"左传癖"。_{关公好读《春秋》，杜预好读《左传》，正复相对。}及奉晋主之命，在襄阳抚民养兵，准备伐吴。

此时吴国丁奉、陆抗皆死，吴主皓每宴群臣，皆令沉醉；又置黄门郎十人为纠弹官。宴罢之后，各奏过失，有犯者或剥其面，或凿其眼。_{此断胫剖心之类也。不意读至《三国演义》终篇，如见《封神演义》首卷。}由是国人大惧。晋益州刺史王濬上疏请伐吴。其疏曰：

孙皓荒淫内逆，宜速征伐。若一旦皓死，更立贤主，则强敌也；_{伐之当急者一。}臣造船七年，日有朽败；_{伐之当急者二。}臣年七十，死亡无日；_{伐之当急者三。}三者一乖，则难图矣。愿陛下无失事机。_{孔明《出师表》有六不可解，王濬伐吴表有三不可失。孔明意在尽人事，王濬意在顺天时。}

晋主览疏，遂与群臣议曰："王公之论，与羊都督暗合。朕意决矣。"_{伐吴之事，于此一紧。}又侍中王浑奏曰："臣闻孙皓欲北上，军伍已皆整备，声势正盛，难与争锋。更迟一年以待其疲，方可成功。"晋主依其奏，乃降诏止兵莫动，_{伐吴之事又于此一宽，此第三层曲折。}退入后宫，与秘书丞张华围棋消遣。_{不用王濬紧着，却用王浑缓着，不依王濬着有用之着，却与张华着无用之着。文势至此，又是一顿。}近臣奏边庭有表到。晋主开视之，乃杜预表也。表略曰：

往者，羊祜不博谋于朝臣，而密与陛下计，故令朝臣多异同之议。凡事当以利害相校。度此举之利，十有八九，而其害止于无功耳。自秋以来，讨贼之形颇露；今若中止，孙皓恐怖，徙都武昌，完修江南诸城，迁其民居，城不可攻，野无所掠，则明年之计亦不及矣。

　　晋主览表才罢，张华突然而起，推却棋枰，敛手奏曰："陛下圣武，国富兵强；吴主淫虐，民忧国敝。今若讨之，可不劳而定。愿勿以为疑。"弃了局中之着，却助表中之着，纸上与局中无异也。若失此机会，则一着错，满盘错矣。晋主曰："卿言洞见利害，朕复何疑！"羊祜之棋全赖杜预为之终局，杜预之棋又亏张华为之帮局，而孙皓之棋乃于是结局矣。伐吴之事，即出升殿，命镇南大将军杜预为大都督，又于此一紧。引兵十万出江陵；镇东大将军琅邪王司马伷出滁中；征东大将军王浑出横江；建威将军王戎出武昌；平南将军胡奋出夏口。各引兵五万，皆听预调用。以上是五路陆兵。又遣龙骧将军王濬、广武将军唐彬，浮江东下，水陆兵二十馀万，战船数万艘。以上是二路水兵。又令冠南将军杨济出屯襄阳，节制诸路人马。如平蜀之有卫瓘监军。

　　早有消息报入东吴。吴主皓大惊，急召丞相张悌、司徒何植、司空滕修，计议退兵之策。悌奏曰："可令车骑将军伍延为都督，进兵江陵，迎敌杜预；骠骑将军孙歆进兵拒夏口等处军马。臣敢为将帅，领左将军沈莹、右将军诸葛靓，引兵十万，出兵牛渚，接引诸路军马。"吴兵只三路。皓从之，遂令张悌引兵去了。皓退入后宫，面有忧色。幸臣中常侍岑昏问其故。皓曰："晋兵大至，诸路已有兵迎之；争奈王濬率兵数万，战船齐备，顺流而下，其锋甚锐；朕因此忧也。"昏曰："臣有一计，令王濬之舟，皆为齑粉矣。"皓大喜，遂问其计。昏奏曰："江南多铁，可打连环索百馀条，长数百丈，每环重二三十斤，于沿江紧要去处横截之。再造铁锥数万，长丈余，置于水中。若晋船乘风而来，逢锥则破，岂能渡江也？"〔岑昏献计虽是下策，犹胜于黄皓之请师婆也。○东吴前几番御敌都是用火，此一番御敌却是用金。〕皓大喜，传令拨匠工于江边连夜造成铁索、铁锥，设立停当。

却说晋都督杜预，兵出江陵，令牙将周旨引水手八百人，乘小舟暗渡长江，〔邓艾使人偷越山岭，杜预使人暗渡长江，前后仿佛相似。〕夜袭乐乡，多立旌旗于山林之处，日则放炮擂鼓，夜则各处举火。旨领令，引众渡江，伏于巴山。次日，杜预领大军水陆并进。前哨报道：吴主遣伍延出陆路，陆景出水路，〔陆景一路又在此处补出，叙法参差。〕孙歆为先锋，三路来迎。杜预引兵前进，孙歆船早到。两兵初交，杜预便退。歆引兵上岸，迤逦追时，不到二十里，一声炮响，四面晋兵大至。吴兵急回，杜预乘势掩杀，吴兵死者不计其数。孙歆奔到城边，周旨八百军混杂于中，就城上举火。歆大惊曰："北来诸军乃飞渡江也？"〔杜预巴山之兵与邓艾阴平之兵仿佛相似。〕急欲退时，被周旨大喝一声，斩于马下。〔了却吴兵第二路。〕陆景在船上望见江南岸上一片火起，巴山上风飘出一面大旗，上书"晋镇南大将军杜预"。〔杜预渡江，却在陆景眼中叙出，倍觉声势。〕陆景大惊，欲上岸逃命，被晋将张尚马到斩之。〔了却陆景。〕伍延见各军皆败，乃弃城走，被伏兵捉住，缚见杜预。预曰："留之无用！"叱令武士斩之，〔了却吴兵第二路。〕遂得江陵。于是沅、湘一带，直抵黄州诸郡，守令皆望风赍印而降。〔省笔之法。〕预令人持节安抚，秋毫无犯。遂进兵攻武昌，武昌亦降。杜预军威大振，遂大会诸将，共议取建业之策。〔如邓艾之取成都。〕胡奋曰："百年之寇，未可尽服。方今春水泛涨，难以久住。可俟来春，更为大举。"〔如田续之阻邓艾。○伐吴之事又于此一宽，此第四层曲折。〕预曰："昔乐毅济西一战而并强齐；今兵威大振如破竹之势，数节之后，皆迎刃而解，无复有着手处也。"事如破竹，文遂驰檄约会诸将，一齐进兵，攻取建业。伐吴之事又于此一紧。

时龙骧将军王濬率水兵顺流而下。前哨报说："吴人造铁索沿江横截，又以铁锥置于水中为准备。"濬大笑，遂造大筏数十万，上缚草为人，披甲执杖，立于周围，顺水放下。江中草人乃孔明所以借箭者，不意此日反为北军所用。吴兵见之，以为活人，望风先走。暗锥着筏，尽提而去。又于筏上作大炬，长十馀丈，大十馀围，以麻油灌之，但遇铁索，燃炬烧之，须臾皆断。东吴欲用金克木，王濬却用火克金。两路从大江而来，所到之处，无不克胜。

却说东吴丞相张悌，令左将军沈莹、右将军诸葛靓，来迎晋兵。莹谓靓曰："上流诸军不作堤防，吾料晋军必至此，宜尽力以敌之。若幸得胜，江南自安。今渡江与战，不幸而败，则大事去矣。"靓曰："公言是也。"言未毕，人报晋兵顺流而下，势不可当。二人大惊，慌来见张悌商议。靓谓悌曰："东吴危矣，何不遁去？"方知答应沈莹乃是勉强。悌垂泣曰："吴之将亡，贤愚共知。今若君臣皆降，无一人死于国难，不亦辱乎！"此处若无死难之人，不独吴国无气色，即书中煞尾亦无气色。诸葛靓亦垂泣而去。张悌与沈莹挥兵抵敌，晋兵一齐围之。周旨首先杀入吴营。张悌独奋力搏战，死于乱军之中。沈莹被周旨所杀。了却吴兵第三路。吴兵四散败走。后人有诗赞张悌曰：

> 杜预巴山见大旗，江东张悌死忠时。
>
> 已拚王气南中尽，不忍偷生负所知。

却说晋兵克了牛渚，深入吴境。王濬遣人驰报捷音，晋主炎闻知大喜。贾充奏曰："吾兵久劳于外，不服水土，必生疾病。宜召军还，再作后图。" _{伐吴之事又于此一宽，此第五层曲折。}_{○以上凡作五番顿跌，出人意外。}张华曰："今大兵已入其巢，吴人胆落，不出一月，孙皓必擒矣。若轻召还，前功尽废，诚可惜也。" _{棋局可以不完，}_{兵局不可不完。}晋主未及应，贾充叱华曰："汝不省天时地利，欲妄邀功勋，困弊士卒，虽斩汝不足以谢天下！" _{贾充更无他长，但}_{会相帮弑君耳。}炎曰："此是朕意，华但与朕同耳，何必争辩！"忽报杜预驰表到。晋主视表，亦言宜急进兵之意。晋主遂不复疑，竟下征进之命。_{伐吴之事又}_{于此一紧。}王濬等奉了晋主之命，水陆并进，风雷鼓动，吴人望旗而降。吴主皓闻之，大惊失色。诸臣告曰："北兵日近，江南军民不战而降，将如之何？"皓曰："何故不战？"众对曰："今日之祸，皆岑昏之罪，请陛下诛之。臣等出城决一死战。"皓曰："量一中贵，何能误国？"众大叫曰："陛下岂不见蜀之黄皓乎！" _{姜维以黄皓比张让，吴人又以}_{岑昏比黄皓，三人正是一般。}遂不待吴主之命，一齐拥入宫中，碎割岑昏，生啖其肉。陶濬奏曰："臣以战船皆小，愿得二万兵乘大船以战，自足破之。"皓从其言，遂拨御林诸军与陶濬上流迎敌。前将军张象，率水兵下江迎敌。二人部兵正行，不想西北风大起，_{此时东风不吴兵旗帜，}_{可复借矣。}皆不能立，尽倒竖于舟中；兵各不肯下船，四散奔走，只有张象数十军待敌。

却说晋将王濬扬帆而行，过三山，舟师曰："风波甚急，船不能行；且待风势少息行之。"濬大怒，拔剑叱之曰："吾目下欲取石头城，何言住耶！"遂擂鼓大进。_{若避险峻，不能取蜀；}_{若畏风波，何以取吴！}吴将张象引从军请降。濬曰："若是真降，便为前部立功。"象回本船，直至石头城下，叫开城门，接入晋兵。孙皓闻晋兵入城，欲自刎。中书令胡冲、光禄勋薛莹奏曰："陛下何不效安乐公刘禅乎？"皓从之，亦與楼自缚，率诸文武，诣王濬军前归降。^{剥面凿眼之威何处去了。}濬释其缚，焚其榇，以王礼待之。唐人有诗叹曰：

> 王濬楼船下益州，金陵王气黯然收。
>
> 千寻铁锁沉江底，一片降旗出石头。
>
> 人世几回伤往事，山形依旧枕寒流。
>
> 今逢四海为家日，故垒萧萧芦荻秋。

于是东吴四州，八十三郡，三百一十三县，户口五十二万三千，军吏三万二千，兵二十三万，男女老幼二百三十万，米谷二百八十万斛，舟船五千馀艘，后宫五千馀人，皆归大晋。^{令人追想孙策破刘繇时。}大事已定，出榜安民，尽封府库仓廪。次日，陶濬兵不战自溃。琅邪王司马伷并王戎大兵皆至，见王濬成了大功，心中忻喜。次日，杜预亦至，大犒三军，开仓赈济吴民。于是吴民安堵。惟有建平太守吴彦，拒城不下，闻吴亡乃降。^{如蜀之有霍戈。}王濬上表报捷。朝廷闻吴已平，君臣皆贺上寿。晋主执杯流涕曰："此羊太傅之功也，惜其不亲见之耳！"^{此杯亦是堕泪杯。}骠骑将军孙秀退朝，向南而哭曰："昔讨逆壮年，以一校尉创立基业；今孙皓举江南而弃之！'悠悠苍天，此何人哉！'"^{此数语抵一篇麦秀之歌。}

却说王濬班师，迁吴主孙皓赴洛阳面君。皓登殿稽首以见晋帝。^{此是青盖入洛阳矣。}帝赐坐曰："朕设此座以待卿久矣。"皓对曰："臣于南方亦设此座以待陛下。"^{孙皓应对捷于刘禅，然只是南人轻薄嘴耳。}帝大笑。贾充问皓曰："闻君在南方，每凿人眼目，剥人面皮，此何等刑耶？"

皓曰：“人臣弑君及奸佞不忠者，则加此刑耳。”_{明明道着下官。}充默然甚愧。帝封皓为归命侯，子孙封中郎，随降宰辅皆封列侯。丞相张悌阵亡，封其子孙。封王濬为辅国大将军。其馀各加封赏。

自此三国归于晋帝司马炎，为一统之基矣。_{一部大书，此一句是总结。}此所谓“天下大势，合久必分，分久必合”者也。_{直应转首卷起语，真一部如一句。}后来后汉皇帝刘禅亡于晋太康七年，魏主曹奂亡于太康元年，吴主孙皓亡于太康四年，皆善终。_{不以司马炎作结，仍以三国之主作结，方是《三国志》煞尾。}

后人有古风一篇，以叙其事曰：

高祖提剑入咸阳，炎炎红日升扶桑。光武龙兴成大统，金乌飞上天中央。哀哉献帝绍海宇，红轮西坠咸池傍。何进无谋中贵乱，凉州董卓居朝堂。王允定计诛逆党，李傕郭汜兴刀枪。四方盗贼如蚁聚，六合奸雄皆鹰扬。孙坚孙策起江左，袁绍袁术兴河梁；刘焉父子据巴蜀，刘表军旅屯荆襄；张燕张鲁霸南郑，马腾韩遂守西凉；陶谦张绣公孙瓒，各逞雄才占一方。曹操专权居相府，牢笼英俊用文武；威震天子令诸侯，总领貔貅镇中土。楼桑玄德本皇孙，义结关张愿扶主；东西奔走恨无家，将寡兵微作羁旅；南阳三顾情何深，卧龙一见分寰宇；先取荆州后取川，霸业图王在天府；呜呼三载逝升遐，白帝托孤堪痛楚。孔明六出祁山前，愿以只手将天补。何期历数到此终，长星半夜落山坞。姜维独凭气力高，九伐中原空劬劳。钟会邓艾分兵进，汉室江山尽属曹。丕叡芳髦才及奂，司马又将天下交。受禅台前云雾起，石头城下无波涛。陈留归命与安乐，王侯公爵从根苗。纷纷世事无穷尽，天数茫茫不可逃。鼎足三分已成梦，后人凭吊空牢骚。^{此一篇
古风将}

全部事迹骒括其中，而末二语以一"梦"字、一"空"字结之，正与首卷词中之意相合。一部大书以词起，以诗收，绝妙笔法。

图书在版编目（CIP）数据

毛宗岗批评本三国演义 / (明) 罗贯中著 ;(清) 毛宗岗评点.
一长沙: 岳麓书社, 2024.1
ISBN 978-7-5538-1961-7

Ⅰ. ①毛⋯ Ⅱ. ①罗⋯ ②毛⋯ Ⅲ. ①《三国演义》
Ⅳ. ①I242.4

中国国家版本馆CIP数据核字(2023)第209518号

MAO ZONGGANG PIPINGBEN SANGUO YANYI

毛宗岗批评本三国演义

著　　者｜〔明〕罗贯中
评　　点｜〔清〕毛宗岗
校　　点｜孟昭连　卞清波　王　凌
出 版 人｜崔　灿
出版统筹｜马美著　蒋　浩
策划编辑｜陈文韬
责任编辑｜陈文韬　陶嵋玲　曾　倩　周家琛　肖　航
助理编辑｜夏楚婷
责任校对｜舒　舍
营销编辑｜谢一帆　唐　睿　向媛媛
书籍设计｜罗志义

岳麓书社出版发行

地址｜长沙市岳麓区爱民路47号

承印｜湖南天闻新华印务有限公司

开本｜890mm×1240mm 1/32　印张｜51.625　字数｜1250千字
版次｜2024年1月第1版　印次｜2024年1月第1次印刷
书号｜ISBN 978-7-5538-1961-7
定价｜198.00元

如有印装质量问题，请与本社印务部联系
电话｜0731-88884129